A CAÇADA AO LOBO DE WALL STREET

JORDAN BELFORT

A CAÇADA AO LOBO DE WALL STREET

Tradução
Julio de Andrade Filho

Planeta

Título original: *Catching the Wolf of Wall Street – More incredible true stories of fortunes, schemes, parties, and prison*
Essa tradução é publicada por acordo com a Bantam Books, selo da Random House Publishing Group, parte da Random House, Inc.

Preparação de texto: Fabiana Mioto
Revisão: Thais Rimkus
Diagramação: Ingrid Velasques
Capa: Mayumi Okuyama
Imagem da capa: Getty Images

CIP-BRASIL. CATALOGAÇÃO NA PUBLICAÇÃO
SINDICATO NACIONAL DOS EDITORES DE LIVROS, RJ

B378c

Belfort, Jordan, 1962-
A caçada ao Lobo de Wall Street / Jordan Belfort ; tradução Julio de Andrade Filho. - 1. ed. - São Paulo : Planeta, 2014.
il.

Tradução de: Catching the Wolf of Wall Street
ISBN 978-85-422-0149-9

1. Belfort, Jordan, 1962-. 2. Securitização. 3. Corretores da bolsa - Estados Unidos - Biografia. 3. Wall Street (Nova Iorque, Estados Unidos). 4. Investimentos. I. Título.

13-04601 CDD: 923.3
CDU: 929:330

2014

EDITORA PLANETA DO BRASIL LTDA.
Avenida Francisco Matarazzo, 1500 – 3º andar – conj. 32B
Edifício New York
05001-100 – São Paulo – SP
www.editoraplaneta.com.br
atendimento@editoraplaneta.com.br

Para meu amor, Anne Koppe, por sua generosidade.

Nota do autor

Este é um livro de memórias. É uma história verdadeira baseada em minhas recordações sobre vários acontecimentos de minha vida. Em alguns trechos, alterei o nome e as características que possam identificar certas pessoas mencionadas no livro, a fim de proteger-lhes a privacidade. Em outros, reorganizei ou abreviei certas passagens no tempo a serviço da narrativa e também recriei alguns diálogos para que pudessem coincidir com minhas lembranças desses acontecimentos.

PRÓLOGO

LÁGRIMAS DE CROCODILO

2 de setembro de 1998

Qualquer um poderia pensar que uma pessoa que estivesse encarando 30 anos de prisão e uma multa de 100 milhões de dólares estaria pronta para se aquietar e fazer as coisas direito depois disso. Mas não, eu devo ser algum tipo de obcecado por castigos, ou talvez eu seja apenas meu pior inimigo.

Seja como for, o fato é que eu sou o Lobo de Wall Street, lembra-se de mim? O banqueiro de investimentos que dava festas como se fosse uma estrela do rock, aquele sujeito cuja vida era pura loucura? O cara que tinha o rosto de um coroinha, um sorriso inocente e o hábito de usar drogas em quantidade que poderia sedar a Guatemala? Acho que você se lembra. Eu queria ser jovem e rico, então entrei na Long Island Railroad e fui parar em Wall Street em busca de fortuna... Até que tive uma brilhante ideia que me inspirou a trazer minha própria versão de Wall Street para Long Island.

E que ideia brilhante! No meu 27º aniversário, eu tinha construído um dos maiores escritórios de corretagem dos Estados Unidos. Aquele era um lugar para onde os jovens e os pouco instruídos iriam para ficar muito mais ricos do que poderiam imaginar.

O nome da minha empresa era Stratton Oakmont, mas quando olho para trás, depois de todos esses anos, penso que ela deveria ter sido batizada de Sodoma e Gomorra. Porque, de fato, não era toda empresa que tinha prostitutas no porão, traficantes de drogas no estacionamento, animais exóticos na sala de reuniões da diretoria e competições de arremesso de anões às sextas-feiras.

Aos meus 30 e poucos anos, eu já ostentava todos os sinais da riqueza extrema de Wall Street: mansões, iates, jatinhos particulares, helicópteros, limusines, seguranças armados, uma multidão de empregados domésticos, contato de traficantes de drogas na memória do celular, prostitutas que aceitavam cartões de crédito, policiais que recebiam propina, políticos na folha de pagamento, carros exóticos em quantidade suficiente para abrir minha própria revendedora... E uma leal e amorosa segunda esposa loira chamada Nadine.

Na verdade, talvez você tenha visto Nadine na TV nos anos 1990; ela era aquela loira absurdamente sexy que tentava lhe vender a cerveja Miller Lite durante o Monday Night Football. A garota tinha o rosto de um anjo, embora suas pernas e sua bunda é que tivessem lhe conseguido o trabalho; bem, isso e seus jovens peitinhos empertigados, que ela havia aumentado de tamanho logo após dar à luz o segundo de nossos filhos, um menino!

Nadine e eu estávamos vivendo o que eu tinha imaginado ser O Estilo de Vida dos Ricos e Malucos, uma versão superagitada, superdrogada e superapimentada do sonho americano. Nós dois estávamos descendo a estrada a 200 por hora, com um dedo segurando o volante, sem nunca dar o sinal de pisca-alerta ao fazer as curvas e sem olhar o retrovisor. (E quem se importava com isso?) Os destroços do passado eram surpreendentes. Era doloroso demais olhar para trás; porque era muito mais fácil apenas mergulhar para a frente e continuar acelerando na estrada, rezando para que o passado não nos alcançasse. Mas é claro que ele alcançou...

Na verdade, eu estava à beira do desastre depois que um pequeno exército de agentes do FBI invadiu minha propriedade em Long Island e me levou embora algemado. Isso aconteceu em uma noite quente de terça-feira, na semana que antecedia o Dia do Trabalho, e menos de dois meses depois de meu aniversário de 36 anos. O agente que me prendeu falou:

– Jordan Belfort, você foi indiciado em 22 acusações de fraude de valores mobiliários, manipulação de ações, lavagem de dinheiro e obstrução da Justiça...

Bem, a essa altura, eu já tinha me desligado. Afinal, de que adiantava eu ficar ali ouvindo a lista de todos os crimes que eu sabia que tinha cometido? Era como cheirar um recipiente de leite rotulado como "leite estragado"...

Por isso eu telefonei para meu advogado e me resignei a passar a noite na cadeia. E enquanto me levavam algemado para o carro, meu único consolo foi dar um último adeus para minha amada segunda esposa. Ela estava parada na porta da casa, com lágrimas nos olhos e vestindo um shortinho jeans. Estava linda como sempre, mesmo na noite da minha prisão.

Enquanto eles me acompanhavam e eu passava por ela, fiz uma cara de confiante e sussurrei:

– Não se preocupe, querida. Tudo vai ficar bem...

Ela assentiu com a cabeça e sussurrou de volta:

– Eu sei, querido... Seja forte por mim e pelas crianças. A gente ama você.

Ela soprou um beijo carinhoso para mim e enxugou uma lágrima.

E, então, fui embora.

LIVRO I

CAPÍTULO 1

O DIA SEGUINTE

4 de setembro de 1998

Joel Cohen, o desgrenhado promotor assistente do Distrito Leste de Nova York, era um sacana de primeira, com um desleixo degenerado. Quando fui formalmente denunciado no dia seguinte, ele tentou convencer a juíza a me negar a fiança, alegando que eu era um mentiroso nato, um trapaceiro compulsivo, um devasso habitual, um viciado em drogas inútil, um sujeito que iria coagir as testemunhas e, acima de tudo, um fugitivo em potencial.

Um monte de merda, embora as únicas coisas que ele tenha dito que de fato me incomodaram foram que eu era um viciado em drogas e um devasso. Afinal, eu estava sóbrio havia quase 18 meses e me afastara das prostitutas na mesma época. Independentemente do caso, o fato é que a juíza definiu minha fiança em 10 milhões de dólares e, num período de 24 horas, minha esposa e meu advogado já tinham feito todos os arranjos necessários para me soltar.

Horas depois, eu estava descendo as escadas do tribunal em direção aos braços amorosos de minha esposa. Era uma tarde ensolarada de sexta-feira, e ela estava me esperando na calçada, usando um vestido amarelo minúsculo e calçando sandálias de salto alto que a faziam parecer tão linda quanto uma margarida. Naquela parte do Brooklyn, no verão, às 4 horas da tarde, o sol estava a pino, no ângulo certo para iluminar cada pedacinho de Nadine: o cabelo loiro reluzente, os brilhantes olhos azuis, seu rosto perfeito de modelo de capa de revista, os lindos peitos aumentados cirurgicamente, suas gloriosas pernas e a bunda, tudo tão suculento acima dos joelhos e tão delgado no tornozelo. Ela estava com 30 anos de idade e absolutamente linda. No momento em que cheguei perto dela, caí em seus braços.

– Você é um colírio para meus olhos – disse eu, abraçando-a na calçada. – Senti muitas saudades suas...

– Saia de perto de mim – gaguejou ela. – Eu quero o divórcio!

Senti um alarme de segunda esposa ser acionado em meu sistema nervoso central.

– Mas do que você está falando, querida? Você está sendo ridícula!

– Você sabe exatamente do que estou falando!

Ela recuou de meu abraço e começou a marchar em direção a uma limusine Lincoln azul estacionada na calçada da Cadman Plaza, 225, a principal via de acesso ao tribunal de Brooklyn Heights. Esperando perto da porta traseira da limusine estava nosso motorista paquistanês Monsoir, que mal balbuciava o inglês. Ele abriu a porta do carro na hora, e eu assisti a Nadine desaparecer em um mar de couro preto suntuoso mesclado de marrom, levando com ela seu minúsculo vestido e seus cabelos loiros.

Minha vontade era entrar no carro junto com ela, mas estava atordoado demais. Meus pés pareciam estar enraizados na calçada, como se eu fosse uma árvore. Além da limusine, do outro lado da rua, dava para ver um parque sombrio adornado com bancos verdes de madeira, algumas árvores desnutridas e um campinho de terra coberto por manchas esparsas de capim. Esse parquinho parecia tão suntuoso quanto um cemitério. Minha tristeza fez com que meus olhos se fixassem nele por alguns instantes.

Respirei fundo e soltei o ar lentamente. Caramba, eu precisava assumir minha vida de novo! Olhei para meu relógio... Estava sem ele... Eu o tinha tirado antes que eles prendessem as algemas em meus pulsos. De repente, me senti terrivelmente consciente de minha aparência. Olhei para baixo, para meu abdômen. Eu parecia uma ruga gigante, desde minhas calças de golfe até minha camisa polo de seda branca, passando por meus mocassins de couro. Eu não tinha dormido por... Quantos dias? Três? Quatro? Era difícil dizer, mas de qualquer forma eu nunca tinha sido uma pessoa de dormir muito, mesmo. Meus olhos azuis queimavam como brasa. Minha boca estava seca como um osso. Meu hálito estava... Espere um pouco! Tinha sido meu hálito? Era isso, meu bafo tinha espantado Nadine. Também, depois de três dias comendo aquela salsicha de sei lá o quê, eu estava com o pior caso de bafo de dragão desde... Desde não sei quando. Mas, ainda assim, como Nadine podia me deixar num momento como aquele? Que tipo de mulher era ela? Que vaca! Pior do que qualquer maria-gasolina, era uma caçadora de dotes e...

Os pensamentos rugindo em minha mente eram completamente loucos. Minha esposa não estava indo para lugar nenhum. Ela só estava em estado de choque. Além disso, todo mundo sabia que as segundas esposas não pagavam a fiança de seus maridos no momento em que eles eram indiciados; elas esperavam um pouco para a coisa não ficar tão óbvia assim. Será que...

Só então eu vi que Monsoir estava sorrindo para mim e acenando com a cabeça.

Terrorista de merda!, pensei.

Monsoir estava trabalhando para nós havia quase seis meses, e até então eu ainda não tinha tomado uma decisão sobre ele. Ele era um desses estrangeiros irritantes que viviam com um sorriso perpétuo no rosto. No caso de Monsoir, concluí que era porque sua próxima parada seria numa fábrica de fogos local, para misturar explosivos. De qualquer maneira, ele era magro, calvo, cor de caramelo, altura mediana e tinha um crânio estreito na forma de uma caixa de sapatos. Quando falava, parecia o Papa-Léguas do desenho animado, as palavras saindo da boca em minúsculos "bips" e "bops". E, ao contrário de meu antigo motorista, George, Monsoir era incapaz de ficar de boca fechada.

Fui até a limusine parecendo um zumbi, fazendo uma observação mental de quebrar a cara dele se tentasse uma conversa fiada. Quanto a minha esposa, bem, eu teria apenas que tentar agradá-la. E, se isso não funcionasse, começaria uma briga com ela. Afinal, nosso romance era daquele tipo meio descontrolado, disfuncional, com um tantinho de brigas que só nos aproximavam mais.

– Como vai, chefe? – perguntou Monsoir. – É muito, muito bom ter *voxê* de volta. Como era lá dentro da...

Eu o interrompi com a mão espalmada.

– Não comece a falar, Monsoir, caralho! Nem agora nem nunca!

Então entrei na parte de trás da limusine e me sentei no banco em frente a Nadine. Ela estava sentada com suas longas e maravilhosas pernas cruzadas, olhando pela janela do carro para as entranhas rançosas do Brooklyn.

Sorri e lhe disse:

– Matando as saudades de seu antigo pedaço, Duquesa?

Nenhuma resposta. Ela apenas olhou para fora pela janela, como se fosse uma linda escultura de gelo.

Porra, isso era um absurdo! Como a Duquesa de Bay Ridge tinha a ousadia de voltar as costas para mim na hora que eu mais precisava? Duquesa de Bay Ridge era o apelido que eu tinha dado a minha mulher, e, dependendo do estado de espírito dela no momento, ela poderia lhe dar um sorriso rápido ou mandar você se foder no mesmo instante. O apelido tinha a ver com os cabelos loiros, a cidadania britânica, sua beleza estonteante e sua criação no Brooklyn. Aquela cidadania britânica, coisa que ela era muito rápida em lembrar, tinha criado certa mística de realeza e refinamento ao redor dela; a criação no Brooklyn, por sua vez, bem no meio das profundezas tristes de Bay Ridge, fez com que palavras como *merda, idiota, viado* e *filho da puta* rolassem para fora de sua boca como se fosse a mais requintada poesia. E sua extrema beleza permitia continuar com tudo isso. Aos 27 anos, a Duquesa e eu éramos praticamente do mesmo tamanho, embora ela tivesse o temperamento do monte Vesúvio e a força de um urso cinzento. Quando eu era mais jovem e mais maluco, ela era muito rápida para me dar uma bordoada ou jogar água fervente na minha cabeça, quando a necessidade surgia. E, por mais estranho que possa parecer, eu amava isso!

Respirei fundo e disse, em tom de brincadeira:

–Vamos, Duquesa, estou muito chateado agora e preciso de um pouquinho de compaixão. *Por favor?*

Então ela virou os olhos para mim. Seus olhos azuis brilharam sobre as maçãs salientes de seu rosto.

– Não me chame mais assim, porra! – rosnou e, então, virou a cabeça de novo para olhar pela janela do carro, retomando sua pose de escultura de gelo.

– Caralho! – murmurei. – Mas que diabos deu em você?

Ainda olhando pela janela, ela disse:

– Não posso mais ficar com você. Não estou mais apaixonada por você – e, então, enfiando a faca mais fundo, completou –, e isso já faz muito tempo.

Mas que palavras desprezíveis! Que audácia daquela vaca! No entanto, por alguma razão que não compreendia, essas palavras me faziam querê-la ainda mais.

– Você está sendo ridícula, Nae. Tudo vai ficar bem – minha garganta estava tão seca que eu mal conseguia pronunciar as palavras. – Nós temos dinheiro mais que suficiente, então você pode relaxar. *Por favor*, não faça isso agora.

Ainda olhando para fora, ela disse:

– É tarde demais.

Enquanto a limusine se dirigia para a Expressway Brooklyn-Queens, um misto de medo, amor, desespero e traição tomou conta de mim de uma só vez. Eu estava com uma sensação de perda que nunca havia experimentado antes. Sentia-me completamente vazio, totalmente oco. Não conseguia ficar apenas sentado lá, em frente a ela, daquele jeito; aquilo era uma absoluta tortura! Eu precisava beijá-la ou fazer amor com ela ou *estrangulá-la até a morte*. Era hora da estratégia número dois: a hora de arrastá-la para a pancadaria.

Com uma boa dose de veneno, disse:

– Então tudo bem, deixe-me entender essa porra direito, Nadine. Quer dizer que *agora* você quer o divórcio? Agora que estou sob uma merda de acusação? Agora que estou em prisão domiciliar? – Puxei a barra de minha calça, expondo um aparelho de monitoramento eletrônico que estava presa a meu tornozelo esquerdo. Parecia um bipe. – Que porra de pessoa é você, Nadine? Diga-me, o que é? Você está tentando estabelecer um recorde mundial de falta de compaixão?

Ela me lançou um olhar inexpressivo.

– Eu sou uma boa mulher, Jordan, todo mundo sabe disso. Mas você me maltratou durante anos. Já estou farta desse casamento há muito tempo, desde que você me chutou escada abaixo. Minha decisão não tem nada a ver com o fato de você ir para a cadeia.

Mas que monte de merda! Sim, eu tinha levantado a mão contra ela uma vez, naquela terrível briga na escada, um ano e meio antes, num terrível momento, um dia antes de eu ficar limpo... E se ela tivesse me deixado *naquela época*, teria sido justificável. Mas ela não me deixou, e eu fiquei limpo. Só agora, quando a ruína financeira estava pairando sobre mim, ela queria sair. Inacreditável!

Agora estávamos na Expressway Brooklyn-Queens, nos aproximando dos limites entre o Brooklyn e o Queens. À esquerda estava a reluzente ilha de Manhattan, onde 7 milhões de pessoas iriam dançar e cantar durante o final de semana, despreocupadas com minha situação. Achei isso uma coisa totalmente deprimente. Logo à minha esquerda, via a axila malcheirosa de Williamsburg, uma faixa plana de terra atulhada de armazéns dilapidados e blocos de apartamentos precários, onde as pessoas falavam polonês. Agora, por que todos aqueles poloneses se estabeleceram lá, eu não tinha a mínima ideia.

Ahhhh, uma inspiração! Decidi mudar de assunto, para os filhos. Isso, afinal, era um elo comum que compartilhávamos.

– E as crianças, estão bem? – perguntei baixinho.

– Sim, elas estão bem – respondeu ela, em um tom bastante alegre. E depois: – Elas ficarão bem, não importa o que aconteça – e olhou pela janela novamente.

A mensagem implícita era: "Mesmo que você fique na cadeia por cem anos, Chandler e Carter sempre estarão bem, porque mamãe vai encontrar um novo marido mais rápido do que você consegue falar *Papaizinho querido*!".

Respirei fundo mais uma vez e resolvi não falar mais nada, pois não havia como convencê-la naquele momento. Se eu pelo menos tivesse ficado com minha primeira mulher! Será que Denise estaria dizendo agora que não me amava mais? Fodam-se essas segundas esposas. Elas são uma verdadeira bagunça, especialmente aquelas da categoria troféu. Na alegria e na tristeza? Ah, claro! Elas só falam isso por causa do vídeo do casamento... Na verdade, elas estão lá apenas por causa das alegrias...

Essa era a recompensa por ter trocado minha primeira esposa, Denise, por aquela vigarista loira que estava sentada a minha frente. A Duquesa tinha sido minha amante uma vez, um flerte inocente que cresceu de forma descontrolada. Antes que eu me desse conta, nós dois estávamos loucamente apaixonados e não conseguíamos mais viver um sem o outro, não conseguíamos nem mais *respirar* um sem o outro. Claro, eu tinha racionalizado minhas ações naquela altura dos acontecimentos, dizendo a mim mesmo que Wall Street era um lugar muito difícil para as primeiras esposas, por isso não era realmente minha culpa. Afinal de contas, quando um homem se torna um verdadeiro e influente corretor da Bolsa, essas são coisas que se espera que aconteçam.

Essas coisas, no entanto, têm resultados positivos e negativos, porque se o Mestre do Universo despenca rapidamente do ponto de vista financeiro, então a segunda esposa rapidamente passa para pastagens mais férteis. Em essência, aquela garimpeira, ciente de que a mina de ouro tinha deixado de produzir o precioso minério, iria passar para outra mina mais produtiva, onde ela poderia continuar imperturbavelmente a extrair o minério. Aquela era, de fato, uma das mais cruéis equações da vida, e agora eu estava na mais distante extremidade dela.

Com o coração apertado, voltei meu olhar para a Duquesa. Ela ainda olhava pela janela do carro, uma escultura de gelo bela e malévola. Naquele instante, senti variadas emoções em relação a ela, mas principalmente tristeza – tristeza por nós dois, e uma tristeza ainda maior por nossos filhos. Até agora, eles tinham vivido uma vida encantada em Old Brookville, seguros com a noção de que as coisas eram como deveriam ser e que sempre ficariam daquele jeito. Isso era triste, pensei, era triste pra caralho.

Passamos em silêncio o restante da viagem na limusine.

CAPÍTULO 2

AS VÍTIMAS INOCENTES

13 de dezembro de 1993

O lugarejo de Old Brookville fica na esfuziante "Costa Dourada" de Long Island, uma região tão magnífica que até bem pouco tempo tinha estado estritamente fora de alcance para os judeus. Não literalmente, é claro, mas, para todos os efeitos práticos, nós, judeus, ainda éramos considerados cidadãos de segunda classe, um bando de vendedores ambulantes escorregadios que tinham conseguido se destacar no meio da multidão e precisavam ser vigiados e controlados para que não invadissem a área dos cidadãos de primeira classe, ou seja, os WASPs*.

Na verdade, esses não eram os velhos WASPs comuns, mas uma pequena subespécie de WASP, conhecida como "os de sangue azul". Contados apenas aos milhares, os de sangue azul, altos e esguios e usando roupas extravagantes, tinham entre seus hábitats naturais clubes de golfe de primeira linha, mansões, chalés exclusivos para caça e pesca e sociedades secretas. A maioria deles tinha linhagem britânica e demonstrava grande orgulho em traçar sua genealogia até os tempos do *Mayflower***. No entanto, em termos evolutivos, eles não eram muito diferentes dos enormes dinossauros que vagaram pela mesma Costa Dourada 65 milhões de anos antes deles: estavam à beira da extinção, vítimas do aumento de impostos, dos impostos sobre as propriedades e de uma

---

* WASP significa "Branco, Anglo-Saxão e Protestante" (*White, Anglo-Saxon and Protestant*). Costuma ser usado em sentido pejorativo para designar os norte-americanos de religião protestante e ascendência britânica que supostamente detêm enorme poder econômico, político e social. (N. T.)

** *Mayflower* foi o navio que, em 1620, transportou os primeiros peregrinos da Inglaterra para o Novo Mundo. (N. T.)

diluição constante do gene intelectual por conta da endogamia praticada por gerações, que rendera filhos e filhas idiotas que provocaram uma tremenda dilapidação financeira nas grandes fortunas que seus ancestrais de sangue azul demoraram gerações para construir (a magia de Charles Darwin fazendo hora extra...).

Seja como for, era ali onde a Duquesa e eu morávamos e onde eu tinha acreditado que iríamos envelhecer juntos. Mas, enquanto a limusine passava pelos pilares de pedra que margeavam nossa propriedade de 6 hectares, comecei a pensar sobre o que acontecera.

Uma longa estradinha particular em formato de círculo, limitada por sebes impecavelmente aparadas, levava à nossa mansão de 10 mil metros quadrados projetada em estilo de castelo francês, com brilhantes torretas de cobre e janelas com caixilhos. No final daquela estradinha pavimentada, uma comprida passarela de paralelepípedos conduzia até a porta de mogno, de quase 4 metros de altura. Enquanto a limusine estacionava perto da porta de entrada, decidi fazer uma última tentativa com a Duquesa antes de entrarmos. Fiquei de joelhos e coloquei minhas mãos de cada lado de suas coxas. A Duquesa estava de pernas cruzadas e, como sempre, a pele dela estava sedosa. Resisti ao desejo de correr as mãos por todo o comprimento de suas pernas nuas. Em vez disso, levantei os olhos como os de um cachorrinho perdido e disse:

– Ouça, Nae, eu sei que isso tem sido difícil para você – difícil para *você*? – e realmente sinto muito por tudo o que vem acontecendo, mas já estamos juntos há oito anos, querida. E temos dois filhos maravilhosos! A gente vai superar isso – fiz uma pausa por um momento e assenti com a cabeça, para acentuar o efeito do que acabara de dizer. – E mesmo que eu acabe indo parar na cadeia, sempre vai ter alguém cuidando de você e das crianças. Eu prometo.

– Não se preocupe conosco – disse ela, friamente. – Você tem de se preocupar apenas consigo mesmo.

Estreitei os olhos e disse:

– Não entendo uma coisa, Nadine. Você faz parecer que está totalmente chocada com tudo que está acontecendo... Mas, quando nos conhecemos, não era como se eu estivesse sendo indicado para o Nobel da Paz. Eu estava sendo investigado e difamado por todos os jornais do mundo livre! – inclinei a cabeça para o lado, em um ângulo que implicava lógica, e continuei – O que eu quero dizer é que acho que seria uma coisa diferente se você tivesse se casado com um médico e depois descobrisse que ele vinha fraudando a Previdência durante os últimos 20 anos! Acho que, *num caso desse*, você teria justificativa! Mas, agora, tendo em vistas as circunstâncias...

Ela me cortou na hora:

– Eu não tinha ideia do que você andava fazendo... – *Ah, então quer dizer que os 2 milhões em dinheiro na minha gaveta de meias nunca levantaram suspeitas em você?* – ... Nunca! E depois que eles levaram você embora, aquele tal agente Coleman ficou me interrogando por cinco horas, cinco horas direto, porra! – disse, e gritou as últimas quatro palavras, tirando minhas mãos de suas pernas. – Ele falou que eu também iria para a cadeia, a menos que lhe contasse tudo! Você me colocou em risco, seu filho da puta! Você me colocou em perigo. E eu nunca vou lhe perdoar por isso.

Ela balançou a cabeça, desgostosa, e olhou para longe.

Mas que merda! O agente Coleman a tinha deixado traumatizada. Lógico, ele tinha sido totalmente sacana, mas ainda assim ela estava me acusando de ser o responsável. Talvez fosse um bom presságio para nosso futuro juntos. Apesar de tudo, assim que visse que não corria risco nenhum, a Duquesa poderia mudar de opinião. Eu estava a ponto de explicar isso quando Nadine se virou para mim e disse:

– Eu preciso me afastar por um tempo. Os últimos dias foram muito estressantes para mim, e quero ficar sozinha. Vou para a casa de praia durante o final de semana e voltarei na segunda...

Abri a boca, mas nenhuma palavra foi articulada, apenas um pequeno suspiro. Quando finalmente consegui, perguntei:

– Você vai me deixar sozinho com as crianças, em prisão domiciliar?

– Exatamente!

Ela disse isso com orgulho, depois abriu a porta de trás do carro e pulou de seu assento num acesso de raiva. E assim, de repente, foi embora, marchando impetuosamente em direção à enorme porta da mansão, a bainha de seu minúsculo vestido subindo e descendo a cada passo. Fiquei olhando para o fabuloso traseiro da Duquesa por um momento, então pulei para fora do carro e a segui para dentro da casa.

No SEGUNDO ANDAR da mansão, três grandes quartos ficavam no final do longo corredor a leste, enquanto um quarto aposento, a suíte principal, ficava do lado oposto. Nossos filhos ocupavam dois daqueles três quartos; o terceiro servia como quarto de hóspedes. Uma escadaria de mogno de 4 metros de largura subia em uma curva sinuosa, saindo de um grande vestíbulo de mármore lá embaixo.

Quando cheguei ao alto da escada, em vez de seguir a Duquesa até o quarto principal, que era o nosso, me virei e fui até os quartos das crianças. Encontrei os dois no quarto de Chandler, sentadinhos num glorioso tapete rosa. Já estavam de pijaminha, brincando alegremente. O quarto era uma pequena terra da fantasia rosa, com dúzias de bichinhos de pelúcia espalhados por todos os cantos. As cortinas, o tratamento que tinha sido dado à janela e o edredom de penas de ganso sobre a cama *queen-size* de Chandler tinham sido todos feitos ao estilo "Laura Ashley", com uma paleta de tons pastel suaves e estampas florais. Era o quarto perfeito para uma garotinha, feito para minha menininha perfeita.

Chandler tinha acabado de completar 5 anos e era a cara da mãe, uma pequena *top model* loirinha. Naquele momento, ela estava envolvida em seu passatempo favorito: organizar suas 150 bonecas Barbie em um círculo perfeito ao redor dela, de forma que pudesse se sentar no meio e se tornar o centro das atenções. Carter, que já tinha completado 3 anos, estava deitado de bruços fora do círculo. Ele estava folheando com a mão direita um livro ilustrado, com o cotovelo esquerdo descansando no tapete e o queixinho apoiado na palma da mão. Seus enormes olhos azuis brilhavam por trás dos cílios, tão exuberantes quanto as asas de uma borboleta. O cabelo loiro platinado era tão fino como palha de milho e tinha pequenos cachos na parte de trás da cabeça que reluziam como vidro polido.

No momento em que eles me viram, levantaram-se e correram para mim.

– Papai tá em casa! – gritou Chandler.

Então Carter entrou na conversa:

– Papai! Papai!

Agachei-me e eles me abraçaram.

– Estava com saudades de vocês! – disse, enchendo os dois de beijos. – Ei, acho que vocês cresceram mais nesses últimos três dias! Deixe-me olhar para vocês.

Segurei as duas crianças bem na minha frente e depois inclinei a cabeça para um lado, estreitando os olhos desconfiadamente, como se estivesse inspecionando os dois.

Eles ficaram parados de pé, orgulhosos, ombro a ombro, os queixos ligeiramente erguidos. Chandler era bem grande para sua idade, e Carter era pequeno, então ela era quase uma cabeça e meia mais alta que o irmão menor. Apertei os lábios e assenti com a cabeça gravemente, como se estivesse dizendo: "Minhas suspeitas foram confirmadas!".

Foi então que disse, em tom de acusação:

– Eu sabia! Vocês dois cresceram mesmo, seus danadinhos!

E ambos gargalharam deliciosamente. Foi quando Chandler perguntou:

– Por que você está chorando, papai? Você tem um dodói?

Sem que eu me desse conta, um fio de lágrimas tinha aberto caminho pelo meu rosto, descendo até o queixo. Sequei-o com a palma da mão e então ofereci à minha filha uma inofensiva mentira branca:

– Não, não estou com dodói, sua boba. É que eu fiquei tão feliz de ver vocês que isso me fez chorar de alegria.

Carter assentiu em concordância, mas logo foi perdendo o interesse naquela situação. Afinal, ele era um menino, e sua capacidade de atenção era limitada. Na verdade, Carter vivia apenas para cinco coisas: dormir, comer, assistir ao vídeo do *Rei Leão*, subir nos móveis da casa e observar os longos cabelos loiros da Duquesa, que o acalmavam tanto quanto se ele tivesse engolido 10 miligramas de Valium. Carter era uma pessoa de poucas palavras, de fato, mas era extremamente inteligente. Já em seu primeiro aniversário era capaz de fazer funcionar a TV, o aparelho de VHS e o controle remoto. Com 1 ano e meio era um chaveiro de mão cheia, abrindo as fechaduras com a precisão de um arrombador de cofres. E, aos 2 anos, já havia memorizado duas dúzias de livros ilustrados. Ele era calmo e equilibrado, contente com seu jeito.

Chandler, por outro lado, era seu exato oposto. Ela era uma menina complexa, curiosa, intuitiva, introspectiva e sempre tinha algo a dizer. Seu apelido era CIA, porque estava sempre espionando as conversas, tentando juntar mais informações. Chandler tinha dito suas primeiras palavras aos 7 meses e quando tinha 1 ano já era capaz de falar frases inteiras. Aos 2 anos, já discutia com a Duquesa e, desde então nunca parou de fazer isso desde então. Era uma menina difícil de persuadir, impossível de manipular e possuía um raro e apurado dom de enxergar através do papo furado.

Isso foi uma coisa que me criou problemas. Minha tornozeleira poderia ser explicada como algum tipo de dispositivo médico superavançado, uma coisa que o médico havia receitado para garantir que minha dor nas costas nunca mais voltasse. Diria a Chandler que aquilo seria uma terapia de seis meses e que eu deveria manter a tornozeleira durante todo o tempo, o dia todo. Ela provavelmente compraria essa explicação durante algum tempo. O problema era ficar preso dentro de casa, essa seria uma situação muito mais difícil de esconder.

Nossa família estava sempre em movimento, correndo e fazendo coisas e indo para lá e para cá e vendo outras coisas – por isso, o que Chandler pensaria sobre meu súbito desejo de não querer sair de casa? Fiquei pensando nisso durante bastante tempo e cheguei à rápida conclusão de que, apesar de tudo, eu teria que contar com a Duquesa para me ajudar naquilo.

Foi então que Chandler perguntou:

– Você está chorando por que teve que devolver o dinheiro das pessoas, papai?

– Hã? – murmurei.

Que golpe sujo da Duquesa, pensei. Como teve coragem de fazer isso? A troco de quê ela fez isso? Tentar envenenar Chandler contra mim... A Duquesa estava travando uma guerra psicológica, e essa tinha sido sua primeira salva de canhões. Passo um: deixar as crianças saberem que Papai não passa de um grande trapaceiro; passo dois: explicar para as crianças que há outros homens bons por aí, que não são esses trapaceiros grandes e que vão tomar conta da Mamãe; passo três: no momento em que Papai for para a cadeia, contar a elas que ele as abandonou porque não as ama; e, finalmente, o passo quatro: dizer às crianças que será apropriado chamar o novo marido da mamãe de "papai", pelo menos até que essa nova mina de ouro se esgote, de forma que, nesse ponto, Mamãe será obrigada a sair a campo em busca de um novo Papai para seus filhos.

Respirei fundo e conjurei outra daquelas mentiras brancas. Disse a Chandler:

– Acho que você entendeu mal, querida, eu estava ocupado trabalhando.

– Não – argumentou Chandler, frustrada com minha obtusidade. – Mamãe disse que você pegou dinheiro de outras pessoas e que agora tem que pagar de volta para elas.

Balancei a cabeça em descrença e em seguida dediquei um momento a observar Carter. Ele parecia olhar para mim com desconfiança. Caramba! Será que ele também sabia? Ele só tinha 3 aninhos, e a única coisa com que se importava era com a porra do *Rei Leão*!

Eu tinha um monte de explicações a dar, não apenas naquele momento, mas também nos dias e anos vindouros. Chandler estaria lendo em breve, e isso iria ajudar a abrir uma nova lata de vermes. O que eu poderia dizer a ela? Senti uma nova onda de desespero me inundar. De certa forma, a Duquesa estava certa, ela estava com a razão... Eu tinha que pagar por meus crimes, embora todos em Wall Street fossem criminosos, não era verdade? No fundo, era apenas uma questão de grau. Ou seja, o que me fez pior que qualquer outra pessoa foi o fato de que fui pego, certo?

Decidi não continuar seguindo essa linha de pensamento. Para mudar de assunto, eu disse:

– Bem, isso realmente não é importante, Channy. Vamos brincar com suas bonecas Barbie.

E depois que você for dormir, pensei, Papai vai descer as escadas até seu estúdio e passar algumas horas pensando em uma maneira de acabar com Mamãe sem ser pego.

CAPÍTULO 3

AS OPÇÕES EVAPORAVAM

Estávamos em algum lugar da Grand Central Parkway, perto do limite entre Queens e Manhattan, quando finalmente perdi a paciência com Monsoir.

Era a manhã de uma terça-feira, um dia depois do feriado do Dia do Trabalho, e eu estava a caminho do escritório de meu advogado em Midtown Manhattan, com o monitoramento eletrônico preso ao tornozelo esquerdo, ouvindo seu balbuciar em paquistanês ao volante do carro. No entanto, apesar desses entraves, eu estava vestido para o sucesso, em um terno cinza risca de giz, uma camisa de um branco vivo, gravata vermelha, meias de algodão pretas que, na perna esquerda, escondiam a tornozeleira eletrônica, e um par de mocassins pretos Gucci com pendentes de couro de enfeite sobre cada um.

Vestir-se para o sucesso. Isso era uma coisa que me parecera importante naquela manhã, embora tivesse absoluta certeza de que, mesmo que estivesse usando fraldas e gravata borboleta, meu advogado criminal de confiança, Gregory J. O'Connell, ainda me diria que eu parecia um cara que valia 1 milhão de dólares. Afinal de contas, a primeira tarefa comercial daquela manhã seria entregar a ele um cheque exatamente nesse valor: 1 milhão de dólares. Isso era prioridade, explicou-me Gregory, porque havia uma boa chance, de mais de 50%, de a Procuradoria entrar com um pedido de congelamento de meus bens naquela mesma semana. E os advogados, evidentemente, precisam receber...

Passava um pouco das 10 da manhã, e a hora do *rush* matinal já tinha acabado. À minha direita eu podia ver os hangares baixos e os terminais do aeroporto La Guardia, parecendo tão encardidos como de costume. Do lado esquerdo já dava para ver o florescente paraíso grego de Astoria, no Queens, que tinha uma concentração de gregos por metro quadrado maior que em qualquer outro lugar do mundo, incluindo Atenas. Eu tinha crescido não muito longe dali, no paraíso judeu de Bayside, que fora um bairro de ruas seguras e que estava agora passando por um processo de invasão de prósperos coreanos.

Tínhamos saído de Old Brookville 30 minutos antes, e desde então aquele terrorista enrustido não tinha parado de falar. Continuava a tagarelar sem cessar sobre o sistema de justiça criminal em seu amado Paquistão. Na maioria dos dias, eu simplesmente teria lhe dito para calar a boca. Naquela manhã, em particular, eu estava desgastado demais para reprimir sua tagarelice. E era tudo culpa da Duquesa.

Fiel à sua palavra, aquela malandrinha loira deu no pé naquele final de semana, passando três dias e três noites nos Hamptons. Eu tinha absoluta certeza de que ela havia ficado em nossa casa de praia naquelas noites, mas não fazia a menor ideia do que fizera durante os dias, e muito menos com quem. Ela não telefonou nem uma única vez, pintando um quadro bem nítido de que estivera *ocupada! Ocupada! Ocupada!* À procura de uma nova mina de ouro.

Quando Nadine finalmente entrou pela porta de casa, na tarde de segunda-feira, dirigiu-me apenas algumas poucas palavras, algo sobre ter um tráfego brutal na estrada de volta dos Hamptons. Então ela subiu em direção aos quartos das crianças, sorrindo, e os levou para os balanços lá fora. Ela não parecia ter uma única preocupação no mundo, acentuando isso para amplificar sua jovialidade *ad nauseam*.

Ela empurrava as crianças nos balanços de um jeito muito alegre e, depois de tirar seus próprios sapatos, ficou pulando com elas pelo quintal. Era como se nossa vida não estivesse interligada de nenhuma maneira. Sua tremenda insensibilidade havia enviado minha alma para um mergulho ainda mais fundo. Eu me sentia como se estivesse em um buraco escuro, sufocante, sem escapatória.

Estava sem comer, sem dormir, sem rir e sem sorrir havia quase quatro dias e, naquele momento, com as divagações vazias de Monsoir, estava pensando seriamente em cortar meus pulsos.

Ele tinha começado a falar de novo.

– Eu só estava tentando animá-lo, chefe. *Voxê* é de fato *uma* homem de muita sorte. *Na minha* país, eles teriam cortado sua mão fora se o pegassem roubando um pedaço de pão.

Eu interrompi sua ladainha.

– Sim, isso é mesmo fascinante, Monsoir. Obrigado por compartilhar...

E fiquei algum tempo refletindo sobre os prós e os contras da justiça islâmica. Cheguei rapidamente à conclusão de que, tendo em vistas as atuais circunstâncias, para mim havia pontos positivos e negativos. Pelo lado bom da coisa, a Duquesa não estaria dando uma de durona se fosse obrigada a vestir uma daquelas burcas que cobrem uma mulher dos pés à cabeça e a sair pela cidade desse jeito; e isso iria impedir que aquela loira ficasse andando por aí como a porra de um pavão. Pelo lado negativo, a pena islâmica para os crimes de colarinho branco e para um tarado compulsivo por prostitutas devia ser bastante severa. Eu e meus filhos tínhamos assistido ao *Aladdin*, da Disney, recentemente, e havia uma cena em que estavam prestes a cortar a mão do rapaz porque ele tinha roubado uma laranja. Ou tinha sido um pedaço de pão? De qualquer maneira, eu tinha roubado bem mais que 100 milhões de dólares e conseguia imaginar qual seria o castigo islâmico para isso.

Mas, pensando bem, eu realmente tinha roubado alguma coisa? Quer dizer, essa palavra, "roubar", não seria uma espécie de descaracterização do que eu tinha feito? Em Wall Street, nós não éramos de fato ladrões, éramos? Nós simplesmente persuadíamos as pessoas a nos dar seu dinheiro, a gente não *roubava* deles! Havia uma grande diferença. Os crimes que havíamos cometido eram do tipo suave, como vender o maior número possível de títulos numa mesma conta para inflar nossas comissões, negociar informações privilegiadas ou se envolver em lavagem de dinheiro e evasão fiscal. Eram violações *técnicas*, mais que qualquer outra coisa. Não era assim um roubo descarado.

Ou era? Bem, talvez fosse... Talvez... Talvez eu tenha levado as coisas a um novo nível. Ou pelo menos era isso que os jornais pensavam.

Nessa altura, a limusine estava passando pelos grandes arcos da Ponte Triborough, e eu já conseguia distinguir a brilhante silhueta dos prédios de Manhattan à esquerda. Em dias claros como aquele, os edifícios pareciam subir todos em direção ao céu. Você poderia sentir o peso de todos eles. Não havia dúvida de que Manhattan era o centro financeiro do Universo, um lugar onde os mandachuvas podiam se mover e se agitar, reunindo-se com os Mestres do Universo como se fossem deuses gregos no Olimpo. E cada um deles era tão trapaceiro quanto eu!

Pois é, pensei, eu não era muito diferente de nenhum outro dono de corretora, fosse do WASP de sangue azul que dirigia o JP Morgan até o branquelo pateta que tocava sua Foda-se Valores Mobiliários (que fica em Foda-se, Minnesota). A verdade é que todos nós pegávamos alguns atalhos. Nós somos obrigados a fazer isso; afinal, se não fosse por qualquer outro motivo, era para, pelo menos, ficarmos acompanhando nossa concorrência. Tal era a natureza da perfeição contemporânea de Wall Street, caso você quisesse ser de fato um verdadeiro e influente corretor.

Então, na verdade, nada daquilo era de fato culpa minha. A culpa era de Joe Kennedy! Sim, ele é que tinha começado essa terrível onda de manipulações, tramas e armadilhas corporativas. Nos anos 1930, o velho Joe foi o verdadeiro Lobo de Wall Street, queimando qualquer um que se colocasse em seu caminho. Na verdade, foi ele um dos principais instigadores da quebra da Bolsa de Nova York de 1929, que mergulhou os Estados Unidos na Grande Depressão. Ele e um pequeno punhado de lobos fabulosamente ricos se aproveitaram de um público desavisado e tomaram dezenas de milhões de dólares em ações de curto prazo que já estavam à beira do colapso, fazendo com que elas caíssem ainda mais.

E qual foi o castigo deles? Bem, a menos que eu esteja mal informado sobre nossa história, o velho Joe se tornou o primeiro presidente da Comissão de Valores Mobiliários. *Olhe a audácia!* Sim, o maior bandido do mercado de ações havia se tornado seu principal cão de guarda! E durante todo o tempo, mesmo sendo o presidente da comissão, ele continuou a derrubar os preços das ações por trás das cortinas, faturando outros milhões.

Eu não era diferente de nenhum deles, não era mesmo.

– Você é muito diferente de todo mundo – disse Gregory J. O'Connell, meu advogado criminalista de quase 2 metros de altura. – Esse é seu problema.

Ele estava sentado do outro lado de sua fabulosa mesa de mogno, recostado em sua fabulosa poltrona de couro de espaldar alto, segurando a cópia de meu não tão fabuloso indiciamento. Gregory era um homem de boa aparência, em seus 40 e poucos anos, com cabelo castanho-escuro e um queixo bastante quadrado. Tinha uma semelhança impressionante com Tom Selleck, do seriado *Magnum*, embora para mim parecesse bem mais alto. De fato, inclinado como estava agora sobre a mesa, sua cabeça e seu tronco pareciam ter 1 quilômetro de altura (na verdade, ele tinha 1,95 metro de altura, embora para mim qualquer um que tivesse 1,90 já parecesse suficientemente alto).

– Pelo menos é assim que o governo parece ver você, assim como seus amigos da imprensa, que não se cansam de falar sobre o Lobo de Wall Street – continuou Magnum, com sua voz de tenor e oferecendo conselhos da mesma forma teatral que Enrico Caruso teria feito, caso fosse essa a inclinação dele. – Odeio dizer isso, mas você se tornou o garoto-propaganda da fraude contra os pequenos investidores, Jordan. Foi por isso que o juiz lhe deu uma fiança de 10 milhões de dólares, para fazer de você um exemplo.

Respondi reclamando:

– Ah, é mesmo? Pois bem, tudo isso é um monte de merda do caralho, Greg! Até a última gota! – Ergui-me da poltrona de couro preto onde estava sentado, para elevar-me ao nível de seus olhos. – Todo mundo em Wall Street é safado, e você sabe disso! – Inclinei a cabeça para o lado e estreitei os olhos, desconfiado. – Quer dizer, que tipo de advogado é você, afinal? Eu sou inocente, pelo amor de Deus! Completamente inocente!

– Eu sei – disse meu amigo e advogado pelos últimos quatro anos. – E eu sou a Madre Teresa, a caminho de Roma, fazendo minha peregrinação. E o Nick aqui – ele ergueu o queixo, apontando o terceiro ocupante da sala, seu sócio Nick de Feis, que estava sentado na outra poltrona de couro ao meu lado – é Mahatma Gandhi. Não é mesmo, Nick?

– É Mohandas – respondeu ele, que tinha se formado em primeiro lugar em sua classe em Yale. Ele tinha mais ou menos a mesma idade de Greg e um QI que beirava 7 mil... Era magro, de cabelos escuros cortados bem curtos, olhos intensos e comportamento tranquilo. Com mais ou menos a minha altura, Nick ficava muito bem no terno risca de giz azul, com o colarinho pesadamente engomado e sapatos estilo escocês bem WASP, e a soma disso tudo o fazia parecer um sujeito muito inteligente. – Mahatma não é realmente um nome – continuou o veterano de Yale –, é a palavra sânscrita para "grande alma", caso você queira saber o significado. Mohandas foi...

Eu o cortei:

– E quem se importa com essa merda, Nick? Porra, eu estou aqui encarando uma condenação para passar o resto da vida na prisão e vocês dois, filhos da puta, ficam tagarelando sobre sânscrito!

Caminhei até uma janela de vidro que ia do piso ao teto e exibia uma vista fantástica para a selva de concreto de Manhattan. Fiquei olhando pela janela, sem expressão, imaginando como diabos eu tinha ido parar ali – e sabendo exatamente como.

Estávamos no 26º andar de um edifício estilo *art déco* que se levantava 60 andares acima da Quinta Avenida e da Rua 42. Era uma área de Manhattan conhecida como Bryant Park, embora também tivesse sido conhecida como Needle* Park, quando cerca de 200 prostitutas viciadas em heroína, nos anos

* Agulha, em inglês. (N. T.)

1970, tinham orgulhosamente transformado aquele lugar em seu lar. Mas o parque havia muito tinha sido recuperado e era agora considerado um bom local para a classe trabalhadora da cidade desfrutar de uma hora de almoço serena, um lugar onde essas pessoas podiam se sentar em bancos pintados de verde, respirar com calma os gases nocivos de centenas de milhares de carros que passavam e escutar as buzinas estridentes dos 20 mil taxistas imigrantes. Olhei para baixo, para o parque, mas tudo o que eu pude enxergar foi uma faixa de grama verde e algumas pessoas do tamanho de formigas, nenhuma das quais, pelo que pude adivinhar, estava usando aquelas tornozeleiras. Achei tudo aquilo muito deprimente.

Enfim, aquele edifício, o de número 500 na Quinta Avenida, era um lugar especialmente bom para se manter um escritório de advocacia. Na verdade, isso tinha instilado grande confiança em mim quando encontrei Nick e Greg pela primeira vez, quatro anos antes, confirmando uma intuição que eu tive de que aqueles dois jovens advogados ascenderiam rapidamente.

Veja, na época, o escritório de advocacia De Feis O'Connell & Rose não era um dos grandes nomes de Nova York. Eles eram da nova geração, dois afiados e jovens advogados que tinham feito seu nome no gabinete do Procurador-Geral (processando trapaceiros como eu) e que só recentemente tinham se mudado para seu próprio escritório. Era aqui que eles poderiam realmente ganhar dinheiro (defendendo trapaceiros como eu).

O terceiro sócio do escritório de advocacia, Charlie Rose, havia morrido tragicamente de um tumor maligno no cérebro. Mas a placa banhada a ouro na porta de nogueira da frente ainda mantinha seu nome, e havia inúmeras fotos dele nas paredes da área de recepção, na sala de reuniões e também nas paredes das salas de Nick e Greg. Aquele foi um toque sentimental que não passou despercebido para mim. Em minha mente, a mensagem era bem clara: Nick e Greg eram dois caras extremamente leais, o tipo certo de gente a quem eu poderia confiar minha liberdade.

– Por que você não se senta? – perguntou Magnum num tom de voz bastante apaziguador, estendendo o braço de 1 quilômetro de extensão e apontando para minha poltrona. – Você precisa se acalmar um pouco, colega.

– Eu estou calmo – murmurei. – Estou calmo pra caralho. E por que diabos eu ficaria nervoso, afinal? Pelo fato de que posso ser condenado a 300 anos de cadeia? – dei de ombros e tomei meu lugar. – Isso não é tão ruim no esquema geral das coisas, não é?

– Você não corre o risco de pegar 300 anos – respondeu Magnum, em um tom que um psiquiatra normalmente usaria para convencer um suicida a não pular da ponte. – No máximo, são 30 anos; 35 na pior das hipóteses – então ele fez uma pausa, franzindo os lábios como um agente funerário. – Embora exista uma excelente oportunidade de o governo substituir a acusação...

Eu me encolhi na poltrona.

– Substituir? Do que você está falando?

É claro que eu sabia exatamente do que ele estava falando. Afinal de contas, eu estivera sob investigação criminal durante a maior parte de minha vida adulta, então me tornara um especialista nesses assuntos. Mas ainda assim pensei que, de alguma forma, se eu fizesse com que a expressão *substituir* me soasse como um conceito totalmente estranho, isso tornaria menos provável que a situação de fato acontecesse.

– Deixe-me esclarecer as coisas – disse o rapaz de Yale. – Exatamente agora você está sendo acusado de fraudes de valores mobiliários e lavagem de dinheiro, mas apenas em quatro ações. São grandes as chances de que eles tentem agregar outras acusações, ou seja, *substituir as* acusações contra você, como seria o termo jurídico. Não fique surpreso se eles tentarem indiciá-lo quanto às demais empresas cujas ações você tornou públicas. No total foram 35, certo?

– Mais ou menos – respondi de modo casual, a essa altura da conversa totalmente entorpecido pela quantidade de más notícias, que fariam um homem normal mijar nas calças.

Sem falar que, no fundo, qual seria a diferença entre 30 e 35 anos? Ambas eram condenações pela vida toda, não eram? A Duquesa já estaria bem longe há muito tempo, e meus filhos já seriam adultos, provavelmente casados e com seus próprios filhos.

E, no meu caso, qual seria meu destino? Bem, eu iria acabar como um daqueles velhos desdentados, o tipo de bêbado inútil que envergonha seus filhos e netos quando aparece na porta da casa deles nos feriados. Eu acabaria como aquele velho presidiário, o senhor Gower, o farmacêutico do filme *A felicidade não se compra*. Ele tinha sido um homem muito respeitado em sua comunidade até envenenar uma criança inocente depois de receber um telegrama informando que seu filho tinha morrido na Primeira Guerra Mundial. Na última vez em que assisti ao filme, vi a cena em que tinham acabado de jogar água com gás no rosto do senhor Gower, e depois ele era expulso de um bar com um chute na bunda.

Respirei fundo. Caralho... Eu precisava controlar de algum modo essas digressões! Mesmo nos bons tempos, minha mente tinha o hábito de fugir para longe. Então, disse:

– Muito bem, então me digam quais são minhas opções aqui. Porque a ideia de passar 30 anos na prisão não é exatamente algo que me deixa emocionado...

– Beeeeeemmmm – disse Magnum –, da forma como eu vejo as coisas, e sinta-se livre para interromper a conversa, Nick... Você tem três opções. A primeira é lutar essa batalha até o final, enfrentar o júri e ganhar uma absolvição – ele assentiu com a cabeça uma vez, deixando a palavra *absolvição* pairando no ar. – E se nós ganharmos, bem, tudo estará terminado. Esse assunto vai ficar para trás, de uma vez por todas.

– Não se aplicará o princípio da dupla incriminação – acrescentei, sentindo-me ao mesmo tempo orgulhoso e perturbado por meu conhecimento em direito penal.

– Exatamente – concordou o rapaz de Yale. – Você não poderá ser julgado duas vezes pelo mesmo crime. Vai ser um caso sobre o qual as pessoas vão falar durante anos. Vai ser algo que transformará a Greg e a mim nos *reis do pedaço* – então ele fez uma pausa e sorriu tristemente. – Mas eu recomendo fortemente que *não* tome esse caminho. Acho que seria um grande erro levar esse assunto ao tribunal do júri. Estou dizendo isso como seu amigo, Jordan, não como seu advogado.

Nessa altura, Magnum assumiu:

– Compreenda uma coisa, amigo, se fossemos falar como um escritório de advocacia, recomendaríamos que levasse a coisa a julgamento, porque ganharíamos muito mais dinheiro assim... Provavelmente dez vezes mais, num caso como este. Um julgamento complicado desse tipo iria se arrastar para sempre, bem mais que um ano, e o custo seria astronômico: muito mais que 10 milhões...

O rapaz de Yale entrou na conversa:

– Mas, se de fato formos a julgamento e perdermos, será um desastre monumental. Uma catástrofe de proporções bíblicas. Você receberia uma pena de mais de 30 anos, Jordan, e...

Magnum, sobrepondo-se à conversa:

– Você não cumpriria a pena em uma prisão federal, jogando golfe e praticando tênis. Estaria em uma penitenciária federal, ao lado de assassinos e estupradores – disse e balançou a cabeça gravemente. – Seria o inferno na Terra.

Assenti com a cabeça, bastante consciente sobre a maneira como os federais alojavam seus criminosos, de acordo com o tempo: quanto mais anos você tivesse em sua pena, maior era o risco que oferecia à segurança. Qualquer sentença menor que dez anos, sem violência nos registros, e você se qualificava para uma prisão de segurança mínima (existe o Club Med, esse seria o Club Fed). Mas, se sua sentença fosse de mais de dez anos, eles o trancavam em um lugar onde um frasco de vaselina valia muito mais que um caminhão carregado de plutônio.

Greg continuou:

– Agora, falando como amigo, eu ficaria muito chateado de saber que você seria trancado em um lugar desse tipo, especialmente quando há outras opções... Opções muito melhores, eu diria.

E Magnum continuou falando sem parar, mas eu me desliguei. Já sabia muito bem que ir a julgamento de fato não seria uma boa decisão. Sabia que, ao contrário do que muita gente pensava, as sentenças dispensadas aos crimes financeiros eram de longe bem piores que as dadas aos crimes violentos. No fundo, tudo se resumia aos valores envolvidos: se as perdas do investidor tivessem excedido 1 milhão de dólares, a sentença do juiz seria bastante severa. E se as perdas do investidor superassem 100 milhões, como era meu caso, a sentença ultrapassaria todos os limites.

Ainda havia mais, começando pelo fato de que eu era realmente culpado. Isso era algo que Nick sabia, Greg sabia e eu também sabia. Eles dois me representavam como advogados desde o início, desde o verão de 1994, quando cometi o erro fatal de contrabandear milhões de dólares para a Suíça.

Isso acontecera quando eu tinha estado sob pressão regulatória intensa, começando com a Comissão de Valores Mobiliários, que estava obcecada com minha corretora, a Stratton Oakmont. Eu tinha aberto a empresa lá atrás, no outono de 1988, descobrindo um nicho desenfreadamente lucrativo nos títulos de mercado, vendendo ações de 5 dólares para o 1% mais rico dos americanos. Tinha sido exatamente assim que a Stratton se tornara uma das maiores corretoras de valores dos Estados Unidos.

Em retrospecto, as coisas poderiam ter sido muito diferentes. Tão facilmente como isso aconteceu, eu poderia ter seguido o caminho mais seguro e tradicional, abrindo uma empresa que teria como concorrentes e rivais a Lehman Brothers ou a Merrill Lynch. Quis o destino que um de meus primeiros mentores, um verdadeiro gênio chamado Al Abrams, tivesse feito uma aquisição agressiva que se configurou numa violação das leis federais de valores mobiliários. Al era um homem cuidadoso, o tipo de homem que mantinha canetas antigas na gaveta de sua mesa, de forma que, quando colocasse datas retroativas em seus documentos, a tinta combinasse com os dados cromatográficos do FBI. Al passava boa parte de seus dias tentando prever os movimentos dos agentes regulatórios abelhudos e cobrindo os rastros que porventura deixasse.

E foi ele quem me ensinou.

Assim, do mesmo modo que Al, eu também tinha agido de forma cuidadosa, cobrindo meus rastros com o zelo e o entusiasmo de um atirador de elite atrás das linhas inimigas. Desde os primeiros dias da Stratton, eu estava ciente de que cada negociação que fazia, cada negócio que fechava e cada palavra que dizia ao telefone poderia um dia vir à tona sob o microscópio das agências reguladoras. Portanto, sendo legítimas ou não, minhas ações deveriam parecer que eram.

Em consequência, fiz o pessoal da Comissão de Valores Mobiliários subir pelas paredes quando eles me processaram, no outono de 1991, esperando uma vitória fácil. Eles até se estabeleceram em minha sala de reuniões por vários dias, com o intuito de me intimidar. Infelizmente, as coisas não correram como eles planejavam: acabei instalando microfones ocultos em minha própria sala de reuniões e, ao ajustar o termostato a temperaturas extremas, congelava-os durante o inverno e assava-os durante o verão. Então, contratei o ex-chefe deles, um homem chamado Ike Sorkin, para me proteger, me defender e minar a investigação deles a cada conjuntura. Enquanto isso, entre 1991 e 1994, estava faturando coisa de 50 milhões de dólares por ano, ao passo que esses jovens investigadores (todos recebendo 30 mil dólares por ano) desistiram, imersos em frustração e desgraça e sofrendo com terríveis casos de queimaduras ou desidratação, dependendo da estação do ano.

Com o passar do tempo, acabei resolvendo meu caso com a comissão. "Paz honrosa", como chamou meu advogado, embora para mim tenha sido uma vitória arrasadora. Concordei em pagar uma multa de 3 milhões de dólares e, então, fui caminhar calmamente ao pôr do sol. O único problema é que eu não conseguia desistir de tudo aquilo. Eu tinha ficado intoxicado por toda a riqueza e o poder, enganchado e preso em toda uma geração de jovens habitantes de Long Island me chamando de rei ou de Lobo. A palavra de ordem do dia era gratificação instantânea, e os fins justificando os meios eram o instrumento para garanti-la. Exatamente por isso, e do nada, a Stratton saiu de controle. E eu junto com ela...

No começo da década de 1990, o Lobo de Wall Street estava usando suas presas. Ele era meu diabólico *alter ego*, uma personalidade muito distante da criança que meus pais tinham entregado ao mundo. Meu senso de certo e errado tinha praticamente desaparecido, minha linha de moralidade havia sido enviada para o lado negro por meio de uma série de minúsculos e quase imperceptíveis passos, que juntos me levaram firmemente ao lado errado da lei.

O Lobo era um personagem desprezível, que traía a mulher, dormia com prostitutas, esbanjava quantias obscenas de dinheiro e via os regulamentos das transações de valores como nada mais que obstáculos rasos para serem vencidos em um único salto. Ele justificava suas ações fazendo uso de racionalizações absurdas, ao mesmo tempo que enterrava a culpa e o remorso de Jordan Belfort debaixo de quantidades enormes de drogas perigosas.

Enquanto isso, o governo continuava se aproximando... O problema seguinte foi a NASDAQ, que se recusava a listar qualquer empresa da qual o Lobo fosse o acionista majoritário. A solução dele, por mais insana que possa parecer agora, foi contrabandear milhões de dólares para a Suíça, utilizando a lendária legislação de sigilo bancário para tentar se transformar num homem invisível. Usando uma série de empresas de fachada, contas numeradas e documentos habilmente forjados, parecia ser um plano perfeito.

Mas, desde o início, ele também parecia estar amaldiçoado. Os problemas começaram quando meu principal transportador de fundos foi preso nos Estados Unidos com meio milhão em dinheiro, e os problemas terminaram (em desastre) quando meu banqueiro suíço foi preso alguns anos depois, também nos Estados Unidos, no momento em que começou a cooperar contra aqueles meus envios de fundos.

Nessa época, um jovem agente do FBI chamado Gregory Coleman estava obcecado pelo Lobo, prometendo capturá-lo. Numa série de investidas que se transformaram em um jogo de gato e rato que se tornou lendário dentro do FBI, Coleman seguiu meu rastro em papel por meio mundo e depois de volta ao lar. Finalmente, depois de cinco anos de trabalho braçal batendo pernas por milhares de quilômetros, ele conseguira ligar pontos suficientes para garantir um indiciamento.

Então, lá estava eu, depois desse indiciamento, vítima de minha própria imprudência e da persistência obcecada de Coleman. E lá estava Magnum, passando agora para a segunda opção, que era fazer um acordo.

– Embora eu não possa lhe prometer de quanto seria o tempo da sentença, não acredito que venha a ser algo mais do que sete anos, no máximo oito – e deu de ombros. – Vamos pensar em oito, para ser mais pessimistas.

– De jeito nenhum! – retruquei. – Vamos usar sete e sermos otimistas, pelo amor de Deus! Esses são *meus* anos, não a porra dos seus anos, então se eu quiser usar sete deles é uma prerrogativa minha!

O homem de Yale interveio:

– Tudo bem, tudo bem, sete anos é um bom número para a gente trabalhar. São 84 meses antes das reduções, e...

Cortei o discurso do homem de Yale.

– Ah, ótimo, vamos falar dessas minhas reduções de pena! Sinta-se livre para exagerar, se quiser. Prometo que não vou processar vocês por negligência...

Ambos sorriram respeitosamente, e o homem de Yale retomou a conversa:

– Bem, a primeira possibilidade de progressão prisional é a redução por bom comportamento. Você ganha 15% para cada ano cumprido. Ou seja, se falamos de 15% descontados de 84 meses... – ele olhou para Magnum. – Você tem uma calculadora?

– Esqueça a calculadora – balbuciei eu, o gênio da matemática. – São 71 meses e meio. Mas vamos deixar por 71, só para arredondarmos. O que mais?

O homem de Yale prosseguiu:

– Bem, você tem seis meses numa casa de recuperação para drogados, o que é quase como estar em casa. Isso deixa você com 65 meses.

Magnum entrou na conversa:

– E ainda temos seu programa de reabilitação, o que, tendo em vista seu histórico, o deixa qualificado para se beneficiar disso – disse e soltou uma risadinha, olhando para Nick. – Talvez ele pudesse inclusive *dar* esse curso, não acha, Nick?

– Uma coisa a se pensar – respondeu o homem de Yale, encolhendo os ombros engomados. – Você daria um excelente professor, Jordan. Tenho certeza de que faria com que as aulas fossem muito interessantes. De qualquer forma, podemos tirar esses 12 meses relacionados ao programa de tratamento do vício em drogas, o que nos deixa agora com 53 meses.

Magnum disse:

– Você está entendendo o que estamos lhe mostrando aqui, Jordan? A coisa não é assim tão ruim quanto você pensava.

– Sim, claro... – fiquei um momento pensando sobre meu destino.

Quatro anos e meio... Bem, isso era certamente melhor do que me arriscar a enfrentar um julgamento e acabar me tornando um novo senhor Gower. Eu ainda poderia cumprir minha pena no Club Fed, jogando golfe e praticando tênis, e ser libertado próximo de meu aniversário de 40 anos. Claro, precisaria pagar uma multa pesada, mas ainda teria dinheiro suficiente para emergir da prisão como um homem rico.

E então tudo me veio à mente: *talvez eu fosse capaz de vender esse cenário para a Duquesa!* Talvez ela ficasse quando soubesse que eu ia encarar apenas quatro anos e meio na cadeia... embora pudesse reduzir um pouco esse tempo, dizendo a ela que eu ia ficar apenas quatro anos. Como ela iria saber que eu estava mentindo? De repente, eu podia dizer a ela que eram 48 meses. Qual dos dois parecia mais curto? Provavelmente os 48 meses, ou então eu talvez devesse dizer 47 meses e continuar com um "Isso é menos que quatro curtos anos, querida!".

Uau, aquilo soava agradável! *Menos que quatro curtos anos, querida!* Não seria mais longo que um soluço, uma coisa que poderia acontecer com qualquer homem de poder. Sim, eu iria explicar isso à Duquesa, e ela iria entender. Afinal, eu tinha sido um ótimo provedor durante todos aqueles anos. Então, por que ela haveria de perder seu tempo pesquisando uma nova mina de ouro quando a minha, que ela já possuía, estaria de volta às operações em *menos de quatro curtos anos, querida*?

– ... sempre poderia cooperar – disse Magnum, erguendo as sobrancelhas duas vezes em rápida sucessão. – Agora, se você seguir por esse caminho, é possível que não passe nem um dia na cadeia; poderia conseguir liberdade condicional no ato. Apesar de provavelmente ter que cumprir um ano ou pouco mais.

Eu tinha estado tão ocupado fantasiando sobre a traição da Duquesa que perdi a primeira metade do que Magnum estava dizendo. Aparentemente, ele tinha começado a explicar qual seria minha terceira opção: cooperação, também conhecida como delação, ser informante, traíra, dedo-duro. Pode chamar como quiser, decidi ignorar a última parte da explicação de Magnum, referente as suas previsões, e disse, com um leve traço de esperança na voz:

– Não vou ter de passar um dia sequer na cadeia?

Magnum deu de ombros e respondeu:

– Isso é uma possibilidade, como eu disse. Não é uma garantia. Assim que você se tornar uma testemunha cooperativa, as normas de condenação são jogadas pela janela. O juiz pode, a partir daí, fazer como ele quiser. Ele pode lhe dar liberdade condicional, pode sentenciá-lo a um ano de prisão ou, em teoria, pode sentenciá-lo com a pena mais severa que existir. Agora, no seu caso, você tem o juiz Gledson, que eu considero o juiz perfeito para um processo como este. Ele compreende a importância da cooperação com a Justiça, de forma que deve ser justo com você.

Assenti lentamente com a cabeça, sentindo que havia uma luz no fim do túnel.

– Então ele é pró-defesa?

– Não – replicou Magnum, furando minha bolha de sabão. – Ele não é pró-defesa e não é pró-governo tampouco. Ele é um juiz que fica exatamente no meio e dança de acordo com sua própria música. O juiz Gledson é um dos mais inteligentes juízes do Distrito Leste, de modo que ninguém vai ser capaz de jogar areia nos olhos dele, nem você nem a Promotoria Pública. Mas isso é uma coisa positiva, porque, se você fizer a coisa certa, John será justo. Isso é tudo que posso lhe prometer... Ah, não o chame de John no tribunal, a menos que prefira ser preso por desacato – ele sorriu e piscou. – Basta chamá-lo de meritíssimo e tudo ficará bem.

Nesse momento, o homem de Yale interveio:

– Greg conhece John como ninguém mais. Eles trabalharam juntos no gabinete do Procurador, são amigos.

Espere um minuto. Ele acaba de dizer que eles são amigos? Quer dizer que meu advogado é amigo do juiz? Aquilo era música para meus ouvidos.

Agora as coisas estavam fazendo sentido. Eu sempre soube que Magnum seria o advogado perfeito para mim. Eu até desconsiderei o fato de que ficar de pé ao lado dele me fazia parecer pequeno como com um camarão. No fim de tudo, veja só como as coisas tinham terminado bem! Por pura coincidência, meu advogado era amigo do juiz, o que significava que ele daria uma piscada sutil assim que o juiz estivesse prestes a anunciar minha sentença; nessa altura o juiz acenaria de volta a Magnum tão sutilmente quanto e depois diria: "Jordan Belfort, apesar do fato de você ter roubado 100 milhões de dólares e corrompido toda uma geração de jovens americanos, estou lhe dando uma pena de 12 meses em condicional e 100 dólares de multa".

Enquanto isso, a Duquesa estaria sentada no tribunal, vestida com esmero e agradecendo a sua estrela da sorte por ter abandonado sua busca por uma nova mina de ouro. Afinal, a mina de ouro do Lobo estava prestes a reabrir para extração de minério, e tudo isso simplesmente porque *seu advogado era amigo do juiz*!

Sorri calorosamente para Magnum e disse:

– Bem, essas são realmente boas notícias, Greg – assenti lentamente com a cabeça, deixando escapar um suspiro de alívio. – Por que você não me contou desde o início que era amigo desse juiz? Esse é um desenrolar fantástico para toda essa história. Realmente fantástico, se você pescar minha isca – pisquei para Magnum de forma conspiratória, esfregando o dedão e os dois primeiros dedos da mão juntos, como se estivesse dizendo "Basta me dizer de quanto você precisa para subornar esse juiz!", e depois pisquei uma vez mais.

– Ei, ei, ei! – exclamou Magnum, em um tom grave o suficiente para despertar os mortos. – John não é esse tipo de juiz! É um cara completamente honesto. Ele é do tipo que um dia vai acabar nomeado para a Suprema Corte. Ou no mínimo para o Tribunal de Apelações. De qualquer forma, ele não vai fazer nada que seja impróprio.

Que desmancha-prazeres de merda!, pensei. Meu próprio advogado não ia me ajudar e, em vez disso, estava tentando acabar com minha confiança. Eu me segurei para não mandá-lo se foder e repliquei:

– Bem, eu não gostaria de fazer nada que comprometesse as aspirações de carreira de ninguém. Enfim, não acho que eu possa me transformar em uma testemunha cooperativa, de forma que esse é um ponto discutível.

Magnum pareceu surpreso.

– Mas por que você está dizendo isso?

– Pois é! – acrescentou o rapaz de Yale, atordoado. – Discordo totalmente. Você seria uma excelente testemunha para o governo. Por que está pensando o contrário?

Deixei escapar um profundo suspiro.

– Por uma série de razões, Nick, e a não menos importante é o fato de que estou bem no topo da cadeia alimentar. Qualquer pessoa que eu denunciar estará numa posição mais baixa que a minha. Sem falar que a maioria das pessoas nas quais o governo poderia estar interessado são meus melhores amigos. Por isso, me digam, como diabos vocês acham que eu poderia delatar meus melhores amigos e manter pelo menos um grama de respeito próprio? Eu não seria capaz de andar por Long Island com a cabeça erguida. Eu seria um leproso – fiz uma pausa, balançando a cabeça em desespero. – E se eu decidir cooperar, vou ter de dizer a verdade sobre todos os meus crimes, contar tudo a eles, não é assim?

Ambos concordaram.

Eu disse:

– Foi o que pensei. Então, quer dizer que basicamente estarei confessando ser culpado de todos os negócios que fiz, o que significa que minha multa vai ser enorme. Vão tirar tudo de mim – o que também significaria dar tchauzinho pra Duquesa – e eu teria de recomeçar do zero. Não acho que eu possa lidar com isso agora. Tenho uma esposa e dois filhos em quem pensar. Quer dizer, o que é melhor? Passar quatro anos na cadeia, enquanto minha família vive no luxo, ou passar um ano na prisão, enquanto minha família se pergunta de onde virá sua próxima refeição?

– Calma, não é uma coisa assim tão simples e direta – replicou Magnum. – Quer dizer, sim, definitivamente você vai se declarar culpado de tudo. É assim que as coisas funcionam quando se passa a cooperar com o governo. Mas não, você não vai ficar absolutamente sem nada. O governo vai lhe deixar com alguma coisa para seu sustento, talvez algo como 1 milhão de dólares, por aí. Mas todo o restante vai embora: as casas, os carros, as contas bancárias, sua carteira de ações, tudo!

Houve alguns momentos de silêncio. Então, Nick disse, com grande fervor:

– Mas você é um cara novo, Jordan. E ainda é um dos caras mais inteligentes que já conheci na vida! – afirmando isso, sorriu tristemente. – Você vai reconstruir sua vida. Memorize minhas palavras, você vai refazer sua fortuna. Um dia vai voltar ao topo novamente, e ninguém em sã consciência apostaria contra você.

– Ele está certo – acrescentou Greg. – Se você acha que este é o fim para você, está seriamente enganado, meu amigo. Este é o começo. É hora de começar sua vida de novo. Você é um vencedor. Nunca se esqueça disso. – Ele fez uma pausa por um breve instante. – Sim, você cometeu alguns erros ao longo do caminho, alguns erros absurdos. Mas isso não desmente o fato de que você é um vencedor. Da próxima vez, fará as coisas direito. Estará mais velho e mais sábio, irá construir sua vida em bases mais sólidas do que alicerces de areia. E então ninguém será capaz de tirar isso de você. Ninguém.

Ele acenou com a cabeça lenta e sabiamente.

– Quanto a delatar seus amigos, bem... Eu não ficaria tão preocupado. Se isso acontecesse com qualquer um deles e os papéis estivessem trocados, pode acreditar, cada um deles se voltaria contra você. Neste exato momento, o que você precisa fazer é o melhor para si e para sua família. É só isso que importa. Esqueça o resto do mundo, porque certamente eles vão se esquecer de você – disse Magnum, que de repente adotou um tom nostálgico. – Sabe, a gente costumava usar um ditado na Procuradoria: os italianos cantam na Mulberry Street e os judeus cantam na Court Street*. Em outras palavras, as pessoas liga-

* A Mulberry Street faz parte do centro do bairro italiano, e a Court Street fica no centro do Brooklyn, bairro onde mora a maior parte da comunidade judaica da cidade de Nova York. (N. T.)

das à máfia não cooperam, elas não "cantam" sobre quem são os outros mafiosos. Mas isso é tudo um monte de merda agora. Com a RICO*, as penas agora começam em 20 anos de prisão e vão daí para cima. Por isso, os mafiosos começaram a cantar também. Os judeus cantam, os italianos cantam, os irlandeses cantam, todo mundo canta.

Ele deu de ombros.

– Seja como for, o maior problema que vejo em sua cooperação se chama Joel Cohen, o promotor assistente do seu caso – ele soltou um grande suspiro. Então, como se fosse uma batida em *staccato*, disse: – Joel Cohen é um sujeito em quem não se pode confiar. Vou repetir: não se pode confiar nele. É um ovo podre no cesto.

Foi nesse momento que Nick entrou na conversa:

– Greg tem razão no que está dizendo. Já passamos por experiências ruins com esse Joel no passado. Veja bem, a forma como as coisas funcionam quando você coopera é a seguinte: o promotor assistente deve escrever uma carta ao juiz atestando quanto você tem sido útil nas investigações e como tem sido uma ótima testemunha, e assim por diante. Então, de acordo com a lei, Joel terá de escrever a carta, mas é aqui que as coisas ficam um pouco complicadas. O conteúdo da carta depende exclusivamente dele, ou seja, se ele quiser ferrar com você, poderá pintar a carta em tons bem negativos para seu lado. E então você estaria numa merda total...

– Bem, foda-se! – murmurei. – Parece que um desastre se aproxima, caralho – balancei a cabeça em espanto. – E, sem querer ofender, mas não preciso que vocês dois fiquem aí me contando como esse Joel é idiota. Eu poderia dizer isso só de olhar para a cara dele. Quer dizer, vocês não viram como ele foi desprezível na audiência preliminar de fiança? Se dependesse dele, eles iriam me pregar na cruz!

– Mas não depende dele – argumentou Magnum. – Na verdade, provavelmente nem será Joel a escrever sua carta quando chegar a hora. Veja bem, se você cooperar, o processo vai se arrastar por uns quatro ou cinco anos, e você não receberá sua pena até que sua cooperação esteja completa. Há uma grande chance de que Joel já tenha saído do gabinete a essa altura, ingressando em nossas humildes fileiras, dos advogados de defesa.

---

* A *Racketeer Influenced and Corrupt Organizations* (RICO) é uma lei de combate a organizações corruptas e influenciadas pelo crime organizado que entrou em vigor em 1970 com a finalidade específica de ajudar no combate à máfia. (N. T.)

Passamos os minutos seguintes debatendo os prós e os contras de minha eventual cooperação com o governo, e quanto mais eu aprendia sobre isso, menos me parecia atraente. Ninguém estaria a salvo, fora de perigo; eu seria forçado a delatar todos os meus velhos amigos. A única exceção seria meu pai, que tinha sido Diretor Financeiro da Stratton (ele não tinha feito nada ilegal, de qualquer forma), e minha assistente de longa data, Janet[1] (que tinha feito coisas ilegais, mas que estava tão lá embaixo na pirâmide que ninguém se importaria com ela). Greg me garantiu que conseguiria "passe livre" para os dois.

O que mais me incomodava, porém, era a ideia de delatar meu antigo sócio, Danny Porush, que havia sido indiciado junto comigo e ainda estava na prisão, tentando conseguir fiança. E havia também meu melhor e mais antigo amigo, Alan Lipsky. Ele também estava sendo acusado, embora seu processo fosse apenas parcialmente relacionado com o meu. Nós éramos melhores amigos desde que usávamos fraldas. Ele era mais meu irmão que meu próprio irmão.

Exatamente nesse instante, soou um barulho insolente do telefone de Greg. A secretária disse de maneira bem casual:

– Joel Cohen está na linha um. Você vai atender ou devo dizer que retornamos mais tarde?

Naquele exato momento, dentro da sala de canto da firma de advocacia De Feis O'Connel & Rose, no 26º andar do edifício, você poderia ouvir um alfinete caindo ao chão. Nós três ficamos apenas sentados ali, um olhando para a cara do outro, boquiabertos.

Eu fui o primeiro a falar:

– Esse traidor filho da puta! Ele já está substituindo as acusações! Puta merda! Puta merda do caralho!

Magnum e o homem de Yale concordaram com a cabeça. Então Magnum colocou o dedo indicador nos lábios, dizendo um rápido "Psssst!", e pegou o telefone.

– Oi, Joel, e aí?... Ahã, ahã... Certo. Bem, acontece que estou com sua pessoa favorita sentada bem aqui a minha frente neste exato instante... Certo, é isso mesmo. Estávamos por acaso conversando sobre o flagrante ato disfuncional da Justiça que é essa coisa toda – Greg me deu uma piscadela confiante e, em seguida, recostou-se na poltrona, começando a balançar. Ele era um

[1] O nome foi mudado.

guerreiro poderoso, pronto para assumir o controle sobre aquele insolente Joel Cohen. Magnum poderia esmagá-lo com um só golpe. – Ahã... Ahã... – continuou Magnum, balançando para a frente e para trás na poltrona. – Ahã... Ahã... – então, de repente, seu rosto demonstrou surpresa e ele parou de se balançar em seu fabuloso trono de couro preto, como se o dedo de Deus tivesse acabado de descer sobre sua cabeça. Meu coração perdeu uma batida antes de Magnum falar. – Ei, ei, ei, calma aí, Joel. Devagar. Não faça nada precipitado. Você não pode estar falando sério sobre isso... Ela não é do tipo de... Ahã... Ahã... Bem, vou conversar com ele sobre isso. Mas não faça nada até eu retornar. Certo?

Ela?, pensei. Mas de que porra Magnum estava falando? Ela quem? Janet? Será que eles estavam querendo pegar Janet? Mas não fazia nenhum sentido. Janet era uma mera assistente, a troco de quê eles iriam atrás dela? Um Magnum visivelmente abalado desligou o telefone e murmurou as seis palavras mais venenosas que eu já tinha ouvido na vida. Ele falou, sem um traço de emoção na voz:

– Eles vão indiciar sua mulher amanhã.

Houve alguns momentos de silêncio aterrador, e então, subitamente, dei um pulo da cadeira onde estava sentado e gritei:

– *O quê?* Mas nem fodendo! Como eles podem fazer isso? Ela não fez nada! Como eles podem indiciar minha Duquesa?

O homem de Yale jogou as mãos para o ar e encolheu os ombros. Então ele abriu a boca para falar alguma coisa, mas nenhuma palavra saiu. Virei-me para Magnum e disse, em um tom de desespero:

– Caralho, ah, meu Deus! Merda! Mas que porra de merda!

– Acalme-se – disse Magnum. – Você precisa se acalmar. Joel não vai fazer nada por enquanto. Ele prometeu esperar até que eu conversasse com você.

– Falar comigo sobre o quê? Eu... Eu não estou entendendo. Como eles podem acusar minha esposa de alguma coisa? Ela não fez nada!

– De acordo com o que Joel me disse, eles têm uma testemunha que diz que ela estava no quarto com você quando estava contando dinheiro. Mas ouça bem: os fatos não são realmente importantes. Joel não tem interesse em processar Nadine. Ele deixou isso bem claro para mim. Ele quer apenas que você coopere; esse é o começo e o fim de tudo. Se você cooperar, sua esposa fica livre. Caso contrário, eles vão prendê-la amanhã. A decisão é sua.

Dizendo isso, Magnum olhou para seu relógio de pulso. Era um daqueles propositalmente discretos, supercaros, com uma pulseira de couro marrom-

-chocolate e uma face branco-pérola. Devia ter custado uns 20 mil dólares, calculei, mas era o tipo de relógio que supostamente anunciaria "Eu sou um sujeito tão confiante e bem-sucedido que não tenho necessidade de usar um relógio de pulso de ouro reluzente para projetar uma imagem de sucesso e de confiança". Magnum acrescentou:

– Ele me deu até as 4 horas para retornar, ou seja, em quatro horas a contar de agora. Diga-me o que você quer fazer.

Bem, estava claramente óbvio que eu não tinha escolha. Eu teria de cooperar agora, independentemente das consequências. Afinal, eu não podia deixar Joel indiciar minha esposa. Nem em um milhão de anos.

Espere um segundo! De uma vez só, uma série de pensamentos deliciosos borbulhou em meu cérebro, começando com: Como a Duquesa poderia me deixar se ela também fosse indiciada? Ela estaria presa a mim, certo? Nós seríamos como duas ervilhas numa vagem. O que quero dizer é: qual homem em seu juízo perfeito iria assumir o ônus de uma mulher indiciada e com duas crianças?

Sim, a Duquesa podia ter uma bunda de categoria internacional, sem dúvida, mas duas crianças novinhas e um processo federal pairando sobre a cabeça dela a tornariam muito menos atraente para a nova mina de ouro.

Na verdade, eu seria obrigado a dizer que praticamente todas as minas de ouro existentes, ou pelo menos as mais produtivas, iriam rapidamente fechar seus veios para uma mulher envolvida em tais circunstâncias terríveis. Ela se tornaria, em si, uma história de advertências, uma jovem mulher com mais bagagem que o depósito de achados e perdidos do aeroporto Kennedy.

Então, sim, essa seria a resposta. Não havia outra maneira: eu deixaria que a Duquesa fosse comigo para o meio do fogo. Deixaria que ela fosse indiciada também. E ela, então, não teria outra escolha a não ser continuar casada comigo. Esse era o único movimento lógico que me restava fazer. Era meu único movimento *racional*. Olhei Magnum nos olhos, torci os lábios subversivamente e disse:

– Telefone para aquele rato e diga a ele para se foder – fiz uma pausa por alguns instantes e observei cada gota de cor desaparecer de seu bonito rosto comprido. E então acrescentei: – E então, *depois* de dizer isso, pode contar que eu irei cooperar.

Ouvindo isso, Magnum e o rapaz de Yale deixaram escapar um sopro gigante de ar. Continuei:

– O que quero dizer é que realmente não me importo mais, mesmo se eu for para a cadeia por 20 anos. Realmente, não dou mais a mínima.

Foi ironia pura, evidente. Minha mulher tinha me traído e ia me largar em meu momento mais sombrio e desesperado, mas eu ainda estava disposto a desembainhar minha espada para protegê-la. Não venha me falar que o mundo está de cabeça para baixo...

Magnum concordou com a cabeça lentamente.

– Você está tomando a decisão correta, Jordan.

– Está mesmo, e no fim as coisas vão se resolver – acrescentou Nick.

Olhei para o homem de Yale e dei de ombros.

– Pode ser que sim, Nick, mas pode ser que não. Só mesmo o tempo para dizer. Seja como for, sei que estou fazendo a coisa certa. Disso eu sei com certeza. Nadine é a mãe de meus filhos, e eu não vou deixá-la passar nem um dia sequer na cadeia, não se eu puder evitar.

CAPÍTULO 4

UMA RELAÇÃO DE AMOR E ÓDIO

Mais tarde, naquela mesma noite, alguns minutos antes da meia-noite, eu estava deitado sob meu edredom branco de seda, sozinho com meus pensamentos. Eu me sentia completamente sozinho, como se fosse um homem sem país, um homem sem propósito. Também me sentia como alguém à deriva em um vasto oceano de seda chinesa. Ah, sim, a Duquesa tinha decorado o quarto com esmero; de fato, a casa toda havia sido decorada com esmero, mas especialmente aquele aposento, que era digno de um rei e, como tal, um escárnio ao Lobo caído.

O que eu era agora? Quão fundo eu tinha caído? Estava em prisão domiciliar e sendo abandonado por uma Duquesa garimpando ouro: uma duquesa com cidadania britânica nascida no Brooklyn, que tinha o rosto de um anjo, o temperamento do Vesúvio e a lealdade de uma hiena faminta.

Respirei fundo e tentei me recompor. Porra, eu estava arruinado! Sentei-me na cama e olhei em volta do quarto. Estava completamente nu, totalmente exposto. Cruzei os braços, como se estivesse me sentindo envergonhado. Apertei os olhos. Nossa, estava escuro ali dentro. A única luz vinha da tela de TV de tela plana que estava suspensa na parede, acima da lareira de pedra calcária. O volume tinha sido posto no mudo, de forma que o quarto estava estranhamente silencioso. Eu conseguia ouvir o som de minha própria respiração, assim como o *tum, tum, tum* de meu coração partido.

E onde estava minha querida esposa que partiu meu coração? Bem, isso ainda era um mistério para mim. Supostamente ela estaria em Manhattan, com as amigas. Pelo menos era isso que dizia seu bilhete, alguma coisa sobre ter de participar da festa de aniversário de 30 anos de sua amiga Gigi, que eu me lembrava claramente de ter sido comemorado há três meses, em junho.

Ou talvez eu só estivesse sendo paranoico, e a traidora da Duquesa ainda merecesse confiança.

Eu tinha encontrado o bilhete em cima do balcão da cozinha, debaixo de um pote de cerâmica do Ursinho Puff que custara 1.400 dólares (um item de colecionador de algum tipo, comprado em leilão), com as palavras *Querido* e *Amor* conspicuamente ausentes da saudação e do encerramento. Era como se fosse um bilhete trocado entre dois estranhos, um chamado Jordan e o outro Nadine, nenhum dos quais amava ou respeitava o outro. Apenas o fato de ler aquelas palavras tinha colocado meu espírito ainda mais para baixo.

Pensando em um aspecto mais positivo, entretanto, desde que deixara o escritório de Magnum, eu tinha praticamente conseguido chegar a um acordo comigo mesmo em relação a minha cooperação, ou pelo menos já havia racionalizado as coisas até o ponto de deixar tudo um pouco mais palatável. Sim, iria fornecer ao governo todas as informações que eles desejassem, mas iria ser mais esperto quanto a isso, fornecendo informações de uma forma que ajudasse a proteger meus amigos. Quando fosse necessário, fingiria ignorância; quando fosse plausível, fingiria lapsos de memória; e, o mais importante, quando chegasse a uma encruzilhada ou quando me visse em uma bifurcação da estrada, conduziria os homens do governo a um caminho que os levasse para longe de meus amigos. Com um pouco de sorte, as pessoas com as quais eu de fato me importava também iriam cooperar, e eu seria poupado de ter que trair a todos eles.

Enquanto isso, a Duquesa ficaria encantada ao descobrir que eu estava cooperando. Uma de suas principais queixas era a de que eu a tinha colocado em risco, e agora eu poderia lhe dizer que esse risco não era mais uma possibilidade. Naturalmente, eu iria omitir o fato de que realmente a pusera em risco. Eu não era bobo, afinal, então qual seria a vantagem de lhe dar munição fresca contra mim? Seria muito mais produtivo focar nos aspectos positivos de minha cooperação com o governo: a saber, que eu não teria de passar nem mesmo um dia na cadeia e que, mesmo depois de ter pagado minha multa, eu, ou melhor, nós teríamos dinheiro suficiente para nos sustentar pelo resto da vida. Embora a primeira afirmação fosse um pequeno exagero e a última fosse de fato uma tremenda mentira, ainda se passariam muitos anos até que a Duquesa descobrisse. Assim, por enquanto eu não precisava me preocupar com isso.

Nesse momento, escutei o som de cascalho sendo revolvido na entrada de casa. A traidora da Duquesa finalmente voltara, pronta para causar mais dores emocionais em mim. Alguns minutos depois, ouvi a porta da frente bater e alguns passos bastante irritados subindo a suntuosa escadaria em espiral. Os passos não pareciam pertencer à Duquesa loira de 50 e poucos quilos, pareciam mais de um búfalo agitado. Deitei de costas na cama e me preparei para mais torturas.

A porta se abriu completamente e a Duquesa entrou, vestindo um conjunto jeans azul-claro. Puta merda! Apesar de ela ter vindo de limusine para casa, parecia que tinha acabado de descer de uma diligência a caminho do Velho Oeste. A única coisa que lhe faltava era o chapéu de caubói e o cinturão com o Colt de seis tiros. Enquanto ela se mexia, caminhando para seu lado da cama, dediquei alguns momentos a olhá-la. Nadine estava usando uma longa saia jeans com pequenos plissados na bainha inferior e uma fabulosa fenda que corria por toda a frente. Eu não era exatamente um especialista em saias femininas, mas tinha uma leve suspeita de que poucas mulheres do Velho Oeste poderiam ousar com uma daquelas. Ela ainda vestia uma blusa de algodão de manga curta azul-clara, com um decote na frente e bem apertada na cintura, que acentuava as curvas naturais de seu corpo, além de destacar seus seios cirurgicamente aumentados.

Sem dizer uma única palavra, aquela Duquesa do Oeste alcançou o abajur cor de damasco que ficava no criado mudo e acendeu a luz. Rolei para o lado e a encarei. Ela realmente sabia como controlar suas emoções. Isso era uma coisa que eu invejava demais.

Baixei os olhos... Ahhh, aquelas botas de caubói! Eram bem familiares. Bege e branco, com arremates em vermelho-cereja e com a biqueira prateada. Fora eu quem comprara esse par de botas um ano antes, em um ataque de euforia, durante uma viagem ao Texas para um torneio de golfe. Tinha me custado 13 mil dólares, uma verdadeira pechincha, considerei na época. Hoje, me perguntava se tinha sido isso mesmo...

Nesse momento ela inclinou a cabeça para a direita e tirou um brinco de prata, colocando-o na mesa com grande cuidado. Depois, inclinou a cabeça para o lado esquerdo e tirou o brinco esquerdo, pousando-o ao lado do outro. Forcei um sorriso e resisti à vontade de dizer "Oi, querida, como foi a prospecção hoje à noite? Conseguiu encontrar algum metal precioso?". Mas, com muito amor e ternura na voz, perguntei:

– E aí, como foi a festa da Gigi?

– Tudo bem – disse ela, com uma simpatia surpreendente. – Nada de especial.

Ela se virou para mim e quase perdeu o equilíbrio, de modo que eu percebi que a Duquesa do Oeste tinha bebido naquela noite bem mais do que apenas refrigerante. Na verdade, ela estava bêbada.

– Você está se sentindo bem? – perguntei, segurando um sorriso e me preparando para segurá-la se ela caísse. – Precisa de ajuda, querida?

Ela balançou a cabeça negativamente. Um pouco oscilante, ela se sentou na beirada do colchão. Então, de uma só vez e mais rápido do que percebi, a Duquesa jogou as botas de caubói em cima da cama, rolou de lado, e se estatelou sobre seu cotovelo esquerdo ao meu lado. Ela descansou a bochecha esquerda na palma da sua mão e olhou em meus olhos, sorrindo:

– E como foi com seu advogado hoje?

Muito interessante, pensei, fazendo uma nota mental de agradecer ao gênio mexicano que tinha inventado a tequila, bem como ao barman que tinha sido gentil o suficiente para servir muitas delas à Duquesa naquela noite. Nadine não tinha estado tão próxima de mim na semana quanto naquele momento. E ela estava linda demais sob o brilho do abajur. Seus enormes olhos azuis, agora parecendo um espelho, estavam exuberantes. Respirei profundamente para saborear seu cheiro, que era uma mistura interessante do perfume Angel com tequila dourada. Senti um formigamento agradável, uma onda de fogo em minha virilha! Talvez, pensei, talvez esta noite. Senti uma vontade incontrolável de saltar sobre ela exatamente naquele momento, antes que ela se acalmasse e começasse a me torturar novamente. Mas resisti à vontade e disse:

– Foi muito bem, querida. Para falar a verdade, tenho novidades muito boas para você.

– Ah, é? O quê? – disse ela, esfregando minha bochecha com a palma da mão. Então ela correu os dedos com grande ternura por meus cabelos.

Eu não podia acreditar! A Duquesa tinha finalmente caído em si! Ela iria fazer amor comigo naquele instante, e então tudo ficaria bem novamente. Sempre tinha sido assim com a gente. As coisas poderiam ficar complicadas por algum tempo, mas não muito mais que aquilo. No final, nós sempre fazíamos amor e tudo era esquecido.

"Será que eu devo pular sobre ela agora?", eu me perguntava. Como ela reagiria? Ela ficaria com raiva de mim ou me respeitaria? Eu era um homem, no fim das contas, e a Duquesa era alguém que entendia esse tipo de coisa. Ela conhecia os meandros do mundo, especialmente quando se tratava dos homens e, mais especialmente ainda, quando se tratava de sua manipulação...

Só que agarrar a Duquesa naquele momento não seria a coisa mais prudente a fazer. Antes, eu precisava tentar uma abordagem diferente, uma abordagem *muito* diferente, sobre meus problemas jurídicos. Precisava fazer com que ela se sentisse totalmente confiante de que minha mina de ouro estava prestes a abrir outra vez para a extração de minério, sem restrições.

Respirei profundamente, amarrando todas as pontas soltas de minha história fictícia, e fui em frente, sem medo de colocar tudo a perder.

– Em primeiro lugar – disse eu, muito confiante –, quero que saiba que eu sei que você estava preocupada com toda aquela porcaria que o Coleman vomitou em você e que nada daquilo, nem mesmo uma gota daquilo, jamais teve a mínima possibilidade de acontecer – essa era a mentira número um. – Nós dois sabemos que você jamais fez algo de errado – e essa era a mentira número dois, considerando que ela de fato tinha me visto contando dinheiro, do jeito que Joel Cohen tinha alegado – e, é claro, o governo também sabe disso. Coleman só falou aquilo para amedrontar você e deixar as coisas mais difíceis para mim. É isso.

Nadine concordou com a cabeça lentamente.

– Eu sei disso – respondeu a Duquesa. – Quer dizer, isso me incomodou da primeira vez que ele disse, mas de fato nunca acreditei nele.

Você não acreditou? Hummm, tudo bem, então! A ignorância é mesmo uma bênção. Assenti em concordância e segui em frente.

– Claro, eu sei disso. Era tudo um grande monte de merda, Nae – e lá veio a mentira número três –, tudo mentira. Mas, seja como for, tudo isso é bastante discutível agora. Veja, Joel Cohen telefonou para Greg hoje; na verdade, ele telefonou bem na hora em que eu estava lá, sentado à frente dele, e Joel disse a Greg que o que ele de fato queria, o que ele de fato vinha tentando todo esse tempo, é que eu concordasse em cooperar. É isso – dei de ombros. – Aparentemente, eu sei tanta coisa sobre o que anda acontecendo no mercado de ações que eu poderia economizar anos de ataques cardíacos para o pessoal do governo, sem falar os incontáveis milhões de dólares.

Hummm, eu realmente gostei do modo como aquilo tudo estava soando. Aquilo me fazia parecer um cara inteligente, vital, importante, altruísta, um participante necessário na luta contra a ganância e a corrupção em Wall Street, não aquele rato delator desprezível que eu estava prestes a me tornar! Decidi enfeitar um pouco mais essa minha linha de pensamento, porque, afinal, estava valendo a pena.

– De qualquer forma, Joel disse que se eu cooperasse de verdade, se eu estivesse disposto a ajudar o governo a entender tudo o que está acontecendo, provavelmente não terei de passar nem um dia sequer na cadeia. Isso mostra que as coisas que eu sei são muito valiosas – assenti com a cabeça uma vez e me perguntei se eu tinha dado um tiro no pé ao usar *provavelmente* na frase, por isso acrescentei: – O que eu quero dizer é que já passei três dias na prisão, o que é suficiente, você não acha? – e sorri de maneira inocente.

Ela concordou com a cabeça lentamente, mas permaneceu em silêncio. Percebi que uma lágrima descia por seu rosto. Enxuguei-a com as costas de minha mão. Isso era um bom sinal, pensei. Enxugar as lágrimas de uma mulher me levava a dar mais um passo em direção ao coração dela e àquilo que me interessava naquele momento: mais perto de seu quadril. Era um fenômeno biológico. Quando um homem forte enxuga as lágrimas de uma mulher, ela não consegue mais lhe recusar nada.

Encorajado pelas lágrimas da Duquesa, continuei meu discurso com prazer:

– Mas a coisa não para aí, fica ainda melhor, Nae. Veja, se eu cooperar, não serei sentenciado antes de quatro ou cinco anos, e caso eu tenha, veja bem, *caso* eu tenha de pagar uma multa, ela não será cobrada até lá. O que eu quero dizer, e por favor não me entenda mal, é que será uma multa bem pesada, mas nada que possa acabar com todas as nossas reservas... Ainda seremos bem ricos quando tudo isso terminar – e lá se foi a maior mentira de todas, a de número quatro.

A verdade era que, se o governo deixasse para a gente alguma coisa como 1 milhão de dólares, como tinha indicado Magnum, a Duquesa e eu estaríamos falidos em três meses. Mas eu havia racionalizado isso também, por isso continuei:

– Mas, independente da quantidade de dinheiro que eles nos deixem – enfatizei o *nos* –, não é como se eu fosse me aposentar ou coisa assim. Ou seja, assim que toda essa comoção terminar, daqui alguns meses, voltarei a negociar ações de novo – fiz uma pausa, não gostando muito de como isso estava soando. – Quer dizer, voltarei de forma honesta, é óbvio. Estou falando de ações de grandes empresas, não de pequenas empresas. Não estou a fim de voltar para todas aquelas loucuras e tudo o mais – e me encontrei desesperadamente à procura de uma rampa de saída. – Seja como for, eu serei capaz de ganhar entre 5 milhões e 10 milhões de dólares por ano apenas negociando ações por conta própria, de forma totalmente legítima, sem qualquer risco.

Estudei o rosto da Duquesa por alguns instantes. Ela parecia estar um pouco mais sóbria. Hummm... Eu não sabia se isso era um bom ou um mau sinal, mas senti que uma janela de oportunidade estava se fechando. Já era hora de parar de tentar vender o futuro e partir para uma coisa mais próxima. Disse, confiante:

– Então é isso, Nae. Essa é toda a história. Sei que pode parecer bom demais para ser verdade, mas é assim. Acho que eu devia apenas agradecer à minha estrelinha da sorte pelo fato de o governo estar tão desesperado para conhecer as informações que eu tenho – fiz uma pausa nessa altura e balancei a cabeça gravemente. – Na verdade, a única coisa que realmente me deixou chateado foi que eu teria que passar a eles informações sobre meus amigos. – Sorri e dei de ombros, como se estivesse dizendo "Há uma fresta de esperança aqui", e depois disse: – Mas, de acordo com Greg, todos os meus amigos também irão cooperar, quer dizer, no fim, isso não será também um fator de preocupação.

Cheguei mais perto dela e comecei a passar meus dedos por seus cabelos.

Ela sorriu e disse:

– Bem, isso é realmente uma boa notícia, querido. Estou muito feliz por você.

Você? Ela havia acabado de dizer *você*? Que merda, isso era ruim... Ela devia estar feliz por nós dois, e não apenas por mim! Estava me preparando para corrigi-la quando ela continuou:

– Eu não ficaria assim tão preocupada em relação a seus amigos. Todos eles, exceto Alan Lipsky, entregariam você em dois segundos quando fossem pressionados. Não existe lealdade em Wall Street. Foi isso que você sempre me disse, certo?

Concordei com a cabeça, mas não disse uma palavra. Na verdade, eu já tinha ouvido demais e falado demais. Mais uma vez, a Duquesa e eu estávamos em sintonia, o que significava que era hora de atacar. Estiquei o braço e a segurei pela cintura, puxando-a para mais perto de mim. Então peguei sua linda gravatinha de caubói e puxei a cabeça dela em minha direção.

E dei um beijo nela.

Foi um beijo lento, molhado e ao mesmo tempo completamente apaixonado, que acabou mais cedo do que eu esperava, quando a Duquesa se afastou e disse:

– Pode parar! Ainda estou brava com você!

Era hora de assumir o comando.

– Eu preciso de você – gemi, atirando minha mão na fenda de seu vestido e procurando a Terra Prometida. Na hora em que alcancei o topo de sua coxa, o calor era tão fantástico que eu quase gozei nos lençóis.

Então eu a ataquei, jogando todo meu peso em cima dela. Comecei a beijá-la ferozmente. Ela tentou se mexer para se libertar, mas não era páreo para mim.

– Pare! – ela gemia, com um toque que pensei que fosse uma risadinha. – Pare com isso!

Acreditando que fosse uma risadinha, ergui sua saia de brim, revelando sua linda e rosada vulva, com sua minúscula penugem loira. Ahh, eu sempre tinha ficado maravilhado com aquela fantástica vagina que a Duquesa tinha! Era a vagina mais deliciosa que eu já provara, e, considerando que eu tinha dormido com quase mil prostitutas, bem, minha opinião valia alguma coisa. Mas toda essa coisa de putaria era passado. O que eu queria naquele momento era a Duquesa, ali e para sempre!

Diminuí um pouco o ritmo, olhando nos olhos dela e dizendo:

– Eu te amo, Nae. Eu te amo muito – meus olhos começaram a ficar úmidos com as lágrimas. – Eu sempre te amei, desde a primeira vez que a vi – e sorri calorosamente para ela. – Senti tanto sua falta essa semana, nem sei como lhe dizer como me senti vazio sem você... Faça amor comigo, querida. Faça amor comigo agora, devagar... – disse e puxei os cabelos dela para trás com a mão, chegando mais perto.

– Vá se foder! – cuspiu ela. – Eu odeio você! Você quer me comer? Tudo bem, então vá em frente e me foda! E me foda muito, porque eu odeio você! Eu odeio você inteiro, seu idiotinha egoísta! Você não dá a mínima pelo que eu estou sentindo. Tudo o que importa é você e nada mais – ela começou a se mexer com desprezo, mantendo-se propositalmente fora do ritmo. Era como se estivesse tentando me mostrar que, apesar de eu estar dentro dela, a Duquesa não era de fato minha.

Fiquei chocado. E totalmente arrasado. Mas, acima de tudo, fiquei chateado por ela ter usado "inho" para se referir a mim... Idiotinha egoísta, para ser mais exato. A Duquesa sabia que eu era muito sensível sobre minha altura!

Mas eu me recusei a ficar com raiva. Em vez disso, peguei seu rosto com as duas mãos e a beijei, mantendo meus lábios sobre os dela e tentando desesperadamente conseguir algum ritmo. Mas foi difícil. Ela estava mexendo a cabeça loira de um lado para o outro, como se fosse uma criança recusando uma colher de óleo de rícino, e ficava desviando os quadris em um exagerado movimento circular.

Com um pouco da minha raiva já transbordando, reclamei:

– Fique quieta, Nadine! O que há de errado com você?

Sua resposta venenosa foi:

– Foda-se! Eu odeio você, eu odeio você! – disse e agarrou meu rosto, completando: – Olhe em meus olhos, Jordan. Olhe em meus olhos agora.

Eu olhei. Ela continuou:

– Nunca se esqueça do que se passou com este casamento, nunca se esqueça dessa porra. – Seus olhos azuis eram como raios da morte vítreos. – Esta é a última vez que você vai me foder. É isso, você pode guardar minhas palavras. Você nunca mais vai transar comigo novamente, então é melhor aproveitar enquanto dura. – E ela começou a se esfregar em mim com estocadas profundas, rítmicas, como se ela estivesse tentando me fazer gozar bem ali, naquele exato momento e pronto.

Caralho!, pensei. Ela realmente tinha exagerado em seu pileque de tequila. Ela não estava mesmo querendo dizer tudo aquilo que acabara de expressar em palavras, estava? Como um rosto tão bonito como aquele podia despejar tanto veneno? Não fazia sentido... Eu sabia que a coisa certa a fazer era pular para fora dela, para não lhe dar a satisfação de me fazer gozar enquanto me dizia que me odiava... Mas ela estava absolutamente linda sob aquela luz cor de damasco do abajur. Então, foda-se!, pensei. Era impossível compreender as mulheres, e se ela estava de fato falando a verdade sobre ser minha última vez, então seria melhor que eu fizesse valer a pena ou que pelo menos eu gozasse rapidamente, antes que ela mudasse de ideia e dissesse que a última vez... Tinha sido a última vez... Então, com uma estocada profunda, tentei ao máximo chegar na base do colo do útero e... *Bang!* Assim, do nada, eu gozei dentro dela.

– Eu te amo, Nae...

Ela gritou em resposta:

– Eu odeio você, seu idiota!

Então eu saí de cima dela.

Lá ficamos os dois, deitados, pelo que pareceu um longo período, que na verdade não passou de 5 segundos, no que ela me empurrou e começou a chorar histericamente. Seu corpo tremia vulcanicamente, enquanto falava entre soluços terríveis e angustiantes:

– Ah, meu Deus! O que foi que eu fiz? O que foi que eu fiz?

Ela continuou repetindo essas mesmas palavras enquanto fiquei ali, deitado ao lado dela, congelado de horror.

Tentei passar o braço ao redor dela, mas Nadine o afastou.

E então vieram mais soluços, e ela me disse uma coisa que jamais irei esquecer, pelo resto de minha vida:

– Era dinheiro manchado de sangue! – soluçou ela. – Era tudo manchado de sangue! – Ela mal conseguia pronunciar as palavras em meio a todos aqueles soluços. – Eu sabia disso o tempo todo e não fiz nada. As pessoas perderam seu dinheiro e eu gastei tudo. Ah, Deus, o que foi que eu fiz?

De repente, eu me descobri ficando intensamente raivoso. Foi a referência ao dinheiro manchado de sangue, o pensamento de que tudo aquilo que compartilhamos, incluindo meu próprio sucesso, estava de alguma forma maculado por isso. Foi como se nosso casamento inteiro tivesse sido uma farsa, como se nada daquilo que existia a minha volta fosse real e genuíno. Eu era um homem feito de partes, e a soma delas não era igual a um todo. Eu estava cercado por riqueza, beleza e ostentação, mas ainda assim me sentia pobre, feio e irremediavelmente sem graça. Eu ansiava por dias mais simples. Eu ansiava por uma vida mais simples. Eu ansiava por uma mulher mais simples.

Sem fazer nenhum esforço para esconder meu desagrado, inclinei-me rapidamente sobre ela.

– Dinheiro manchado de sangue! – esbravejei. – Ah, dá um tempo, Nadine, porra! Eu trabalho em Wall Street, não sou um filho da puta de um mafioso – balancei a cabeça em desgosto. – Tudo bem, eu tomei alguns atalhos, do mesmo jeito que todo mundo faz, então controle-se, caralho!

Em meio a soluços terríveis, vindos diretamente da boca do estômago, ela continuou:

– Ah, Deus, você corrompeu todo mundo, até minha própria mãe! E eu... Eu... Só fiquei lá... Assistindo... E... E torrando... Esse di... nheiro... man... chado de sangue! – ela estava soluçando tão descontroladamente que suas palavras saíam entrecortadas.

– Sua mãe? – gritei. – Você sabe quão bem tratei sua mãe? Quando eu a conheci ela estava sendo despejada da merda do apartamento por não ter pagado a porra do aluguel! E eu tomei conta do idiota do seu irmão e do idiota do filho da puta do seu pai, e da sua irmã e de você e de todo mundo, caralho! E é isso que eu recebo de volta? – fiz uma pausa, tentando me controlar. Eu também estava chorando agora, mas a raiva era tanta que não havia lágrimas. – Eu não posso acreditar nessa porra! – gritei. – Não posso acreditar nessa porra! Como você pode fazer isso agora? Você é minha mulher, Nadine. Como consegue fazer isso agora, porra?

– Desculpe, desculpe – disse ela, chorando. – Desculpe, eu não tive a intenção de te machucar – ela estava tremendo como uma folha. – Eu não tive intenção... Eu não tive intenção.

E então ela saiu da cama, enrolando-se numa posição fetal sobre o tapete Edward Fields de 120 mil dólares e continuou a chorar incontrolavelmente.

E isso foi tudo.

Eu soube naquele momento que tinha perdido minha esposa para sempre. Qualquer que tivesse sido o vínculo que a Duquesa e eu tínhamos compartilhado um dia, já tinha sido gravemente partido. Se eu iria ou não fazer amor com ela de novo era apenas uma questão semântica, e, na verdade, eu já não me importava tanto com isso. Afinal, eu estava enfrentando problemas muito maiores do que onde ou quando dar uma trepada.

De fato, no final do corredor estavam nossos dois filhos pequenos, vítimas inocentes daquilo tudo, que estavam prestes a acordar para uma das mais cruéis realidades da vida: nada dura para sempre.

CAPÍTULO 5

O TOC E O MÓRMON

Na manhã seguinte, eu estava de volta à limusine.

Dessa vez, no entanto, o terrorista não estava me levando pelos cantos sombrios a oeste do Queens; em vez disso, ele me levava pelos intestinos rançosos do oeste do Brooklyn. Na verdade, estávamos passando pelo pesadelo demográfico conhecido como Sunset Park, uma vizinhança tão etnicamente diversa – carregada de chineses e coreanos e malaios e vietnamitas e tailandeses e mexicanos e porto-riquenhos e dominicanos e salvadorenhos e guatemaltecos, mais um punhado de notáveis e bobos finlandeses, que eram muito lentos para perceber que o resto de seus irmãos tinha fugido 30 anos atrás, quando as hordas étnicas invadiram o lugar – que, olhando pela janela lateral do carro, me senti como se estivesse passando pelo estacionamento da ONU depois de um ataque com mísseis.

Sim, essa parte do Sunset Park era, de fato, uma merda. Era nada mais que uma faixa de terra e asfalto plano pontuada por armazéns em ruínas, lojas desertas, cais apodrecendo e cocô de passarinho. O centro de Manhattan, para onde de fato eu me dirigia naquela manhã, ficava a poucos quilômetros a oeste, do outro lado do poluído East River. Do meu ponto de vista atual, à direita da limusine e no banco de trás, eu podia ver as agitadas águas do rio, o imponente horizonte de Lower Manhattan e o glorioso arco da ponte Verrazano-Narrows, que se estende até o bairro não tão glorioso de Staten Island.

Segundo o planejado, precisamente às 9 horas, Monsoir estacionou em uma suja garagem subterrânea no lado sul de uma via de mão dupla encardida. Quando saí da limusine, eu disse:

– Fique aí até que eu o chame pelo bipe, Monsoir.

E, enquanto eu estiver fora, não tente explodir nenhuma ponte, pensei.

Então, fechei a porta do carro na cara dele e desci um pequeno lance de escadas até o piso inferior do estacionamento.

Ouvi uma voz familiar.

– Jordan, por aqui!

Virei à direita e lá estava o agente especial Gregory Coleman. Ele estava de pé em frente a um típico carro padrão do governo, ou seja, de quatro portas, sem batidas, talvez com dois anos de uso, e fabricado nos Estados Unidos. De fato, era um Ford Taurus 1997 marrom, com janelas levemente escurecidas e sem sirene. Coleman estava encostado junto à porta de trás do lado do passageiro com os braços cruzados, a pose do guerreiro vitorioso.

De pé ao lado dele, com um sorriso amável no rosto, pude ver seu parceiro em treinamento, o agente especial Bill McCrogan. Eu tinha me encontrado com McCrogan apenas uma vez, na noite de minha prisão, e por alguma inexplicável razão tinha gostado dele. Talvez porque parecesse uma pessoa gentil demais para ser um agente do FBI, embora eu tivesse certeza de que, assim que tivesse acabado seu treinamento, ele não seria mais um cara tão legal. McCrogan era alguns centímetros mais alto que Coleman e parecia ter uns 30 anos. Seus cabelos castanhos eram grossos e encaracolados, tinha um rosto meio padrão e uma constituição física média. Sobre seus olhos azuis claros, usava um par de óculos de armação de arame que o fazia parecer um sujeito temente a Deus. Um mórmon, pensei, provavelmente vindo de Salt Lake City, Provo ou talvez até das colinas de Idaho... Mas que merda importava de onde ele tinha vindo?

Coleman, por outro lado, já se parecia mais com um italiano ou um grego, embora eu imaginasse que sua origem era alemã, por causa do sobrenome. Sim, ele era, provavelmente, das colinas da Baviera. Ele tinha aproximadamente a mesma altura que eu e não pesava mais que 75 quilos. Tinha o peito largo, mas não excessivamente. Suas feições eram finas e equilibradas, apesar de sempre parecer suspeitar de tudo, especialmente de mim. Os cabelos castanhos eram aparados bem curto, penteados para o lado, e pude ver alguns fios grisalhos perto das orelhas, que deviam ser resultado de ele ter ficado correndo atrás de mim nos últimos cinco anos, o que seria suficiente para fazer qualquer homem ficar abastecido de muitos cabelos brancos. Sua pele era de um suave tom oliva, o nariz era aquilino, a testa, grande, e ele tinha os olhos castanhos mais penetrantes que você possa imaginar. Eles pareciam mais afilados que os olhos de um falcão. Coleman devia ter mais ou menos a minha idade, o que significava que tinha estado atrás de mim desde seus 20 e tantos anos! Caramba... Que tipo de homem pode se tornar tão obcecado em trazer alguém para a Justiça? Quer dizer, realmente, esse cara devia ter um caso grave de TOC, porra! E justo comigo ele tinha ficado obcecado? Mas que merda era tudo aquilo...

– Bem-vindo à equipe USA! – disse o agente TOC, sorrindo e estendendo a mão direita. No pulso ostentava um relógio esporte preto de plástico, de corpo redondo, que devia ter custado 5,99 dólares.

Apertei aquela mão com cautela e procurei por algum traço de ironia no rosto do homem. Mas tudo que encontrei foi o que me pareceu um sorriso honesto.

– Obrigado – murmurei – Mas eu achei que você estaria se regozijando um pouco. Quer dizer, não o culparia se você o fizesse.

O Mórmon entrou na conversa:

– Você deve estar brincando. Ele está triste desde o dia em que o pegou! Ele gostava mesmo era da perseguição – e olhou para o agente TOC –, certo, Greg?

TOC revirou os olhos e assentiu com a cabeça.

– É, sei lá... – sorriu de novo para mim, mas esse último sorriso estava salpicado com um pouco de tristeza. – Estou contente que você tenha finalmente se decidido a se unir aos mocinhos. Você está fazendo a coisa certa. Você realmente está, pode crer.

Dei de ombros.

– Sim, mas... Eu me sinto um cara desprezível...

– Não, você não é – devolveu ele.

– Claro que não – acrescentou o Mórmon, com um sorriso que mostrava muitos dentes. – Você é muito pior que isso! – completou, soltando uma calorosa risada mórmon e depois estendendo a mão temente a Deus para um aperto de mão mórmon.

Sorri para aquele rapaz de bom coração e apertei sua mão obedientemente. Depois, levei um tempo para observar meus dois novos amigos. Ambos usavam ternos azuis-escuros, camisas de um branco nítido, uma gravata azul bem careta e sapatos pretos de amarrar (um conjunto típico dos homens do governo). Eles tinham boa aparência, na verdade; tudo se encaixava muito bem neles e os ternos pareciam ter sido passados a ferro à perfeição.

De qualquer maneira, minha roupa parecia bem mais interessante que a deles. Achei que deveria estar bem vestido em meu primeiro dia como delator, então escolhi cuidadosamente cada peça que iria usar. Trajava um terno de botão único de 2.200 dólares, uma camisa branca tradicional, de colarinho, uma gravata preta de crepe e sapatos pretos de amarrar. Mas, diferentemente dos sapatos dos agentes, bem rústicos, os meus eram de couro macio de napa e tinham sido feitos sob encomenda na Inglaterra por quase 2 mil dólares. Bom para mim!, pensei. Eu era o campeão por uma larga margem no departamento de sapatos.

E no departamento de relógios também.

De fato. Para as festividades do dia, eu tinha decidido usar meu Tabbah suíço de 26 mil dólares, com sua pulseira cor de chocolate e sua enorme face retangular. Era do tipo daqueles relógios suíços ultrafinos que denunciava a riqueza para os familiarizados com a grife e que não pareceria nada especial para pessoas com a renda de Coleman e McCrogan. Tinha sido uma jogada inteligente da minha parte, a de ter deixado o Bulgari em casa, na caixa, naquela manhã. Afinal, por que deixar meus novos amigos com inveja? Será que eles teriam o direito de arrancar o relógio direto do meu pulso e colocar no deles? (Seriam os despojos de guerra, por assim dizer...) Hummm, isso era algo que eu teria que perguntar a Magnum.

O Mórmon e eu ainda estávamos nos cumprimentando, quando ele disse:

– Agora falando sério, Jordan, você está realmente fazendo a coisa certa aqui. Bem-vindo ao time USA!

– Sim – repliquei, num tom impregnado de ironia. – Estou fazendo a única coisa que poderia fazer, certo?

Ambos franziram os lábios e assentiram lentamente com a cabeça, como se dizendo "Sim, ameaçar a esposa de um homem de fato lhe deixa poucas opções, não é mesmo?". Então Coleman disse:

– De toda forma, sinto muito sobre essa coisa meio capa e espada, mas a gente acha que alguns de seus velhos amigos poderiam tentar segui-lo. Por isso, nós vamos levá-lo pelas ruas do Brooklyn por um tempo para sacudir qualquer pista que tenha deixado pelo caminho.

Maravilhoso, pensei. O agente TOC devia ter informações que não pretendia compartilhar comigo – por exemplo, alguém que estivesse tentando me matar! Isso era algo que nunca me ocorrera, a ideia de ser assassinado durante o negócio da cooperação com o FBI, mas, agora que pensara sobre isso, me matar seria uma coisa que faria todo o sentido para um bocado de pessoas, não é mesmo? Na verdade, talvez eu devesse apenas assassinar a mim mesmo e não dar esse trabalho às pessoas, resolvendo todos os problemas. É lógico que a Duquesa ficaria feliz com isso! Ela iria dançar sobre minha tumba, cantando "Isso era dinheiro manchado de sangue! Isso era dinheiro manchado de sangue!", e então acenderia uma fogueira cerimonial e queimaria nossa certidão de casamento.

Caralho, eu tinha de me controlar! Eu precisava me concentrar. Tinha de afastar aquela linda malandrinha loira de meus pensamentos. Meu foco tinha que estar naqueles dois à minha frente. Respirei fundo e disse:

– Quem você acha que pode estar atrás de mim?

TOC encolheu os ombros.

– Não sei. Quem *você* acha que pode querer pegar você?

Também encolhi os ombros.

– Não sei. Acho que todo mundo, né? – parei por um instante, depois acrescentei: – Ou todo mundo, exceto minha esposa. Quer dizer, ela deve estar pouco se lixando sobre onde estou ou para onde estou indo, desde que não chegue perto dela.

– É mesmo? – disse TOC. – Por que você diz isso?

– Porque ela me odeia, porra! É por isso que eu digo isso!

"E porque ontem à noite ela me disse que nunca mais deixaria eu enfiar meu pênis dentro dela de novo", disse a mim mesmo.

– Bem... – murmurou ele. – Isso me surpreende.

– Ah, é? Por que?

TOC deu de ombros mais uma vez.

– Não sei. Na noite em que você foi preso, me pareceu que ela o amava pra valer. Para falar a verdade, perguntei isso a ela, se ela o amava, e ela disse que sim.

– Verdade – concordou o Mórmon.

Apertei os olhos, como se estivesse confuso.

– Por que vocês perguntariam uma coisa dessas à minha esposa? Isso não estaria um pouco fora do foco da investigação?

– *Beeeemm* – chiou o TOC –, você ficaria surpreso com as coisas que conseguimos extrair de uma esposa se ela estiver descontente. Algumas vezes essas esposas gritam "Meu marido tem dinheiro escondido no porão! Ele não paga os impostos!" enquanto estou acompanhando o marido algemado até o carro – riu o TOC. – Mas não sua esposa. Ela não falou nada.

– Não disse nada – acrescentou o Mórmon. – Quer dizer, eu posso estar enganado, mas acho que sua esposa ainda o ama.

– Eu odeio acabar com a festa – ponderou Coleman –, mas precisamos cair na estrada. Além do mais, este lugar aqui fede a... hummm...

– Bosta de cachorro? – sugeri.

– Argh, isso mesmo – respondeu ele, abrindo a porta traseira do passageiro e fazendo sinal para eu entrar no carro. – Basta sentar no banco de trás e manter a cabeça para baixo, o.k.?

Eu olhei para o TOC por alguns bons segundos, me perguntando se ele estava se referindo à possibilidade de um atirador estar por ali me esperando, escolhendo a hora certa para explodir meus miolos. Mas rejeitei aquela ideia ridícula; afinal de contas, se alguém estivesse querendo me matar, haveria momentos mais convenientes que aquele, em que eu estava sob a proteção de dois agentes do FBI...

Então entrei no carro depois de dar de ombros e logo estávamos a caminho de nosso destino, passando pelas ruas malcheirosas de Sunset Park. Fizemos uma série de curvas para a direita e para a esquerda, juntamente com ocasionais conversões, enquanto eles tentavam se livrar de veículos imaginários que pudessem estar em nosso encalço. Ao mesmo tempo, ficamos conversando sobre assuntos genéricos, os três conscientes de que seria inadequado discutir algo significativo sem meu advogado presente.

Para minha surpresa, ambos pareciam genuinamente preocupados com o rompimento de meu casamento, sobretudo o impacto que poderia ter sobre meus filhos. Senti-me muito mais leve e otimista quando eles repetiram a história de como a Duquesa tinha professado seu amor por mim na noite de minha prisão. Além disso, eles estavam convencidos de que, uma vez que o choque inicial tivesse passado, ela iria preferir continuar casada. Mas eu sabia que ambos estavam errados, eles não conheciam a Duquesa como eu. Ela tinha decidido seguir em frente sem mim, e assim seria.

No momento em que atingimos a ponte de Brooklyn, meu espírito estava mais deprimido que nunca. Eu estava correndo contra o tempo, me aproximando rapidamente de um ponto sem retorno. A sede do FBI ficava num prédio a menos de cinco minutos de distância.

Sim, havia alguns dias bem sombrios a minha espera, isso era algo de que eu tinha muita certeza. A única dúvida era: quão profundo seria aquele buraco? Respirei fundo e tentei fortalecer minha mente e meu espírito, mas foi inútil.

Em breve eu estaria cantando na Court Street.

CAPÍTULO 6

O CANALHA E A BRUXA

O escritório do FBI em Nova York ocupava os andares 20, 21 e 22 de uma torre de concreto e vidro de 42 andares em Lower Manhattan. A área, que era conhecida como Tribeca, era a parte da cidade que incluía Wall Street, os tribunais federais, o World Trade Center e a menos respeitada de todas as instituições governamentais: o Serviço de Imigração e Naturalização.

Caminhei por um longo corredor estreito no subsolo do edifício, com Coleman e McCrogan me escoltando, cada um de um lado. Coleman tinha acabado de explicar que estávamos na parte do edifício que normalmente era utilizada para as inquirições.

Assenti com a cabeça respeitosamente e continuei andando, resistindo à vontade de perguntar a ele se o FBI considerava a palavra *inquirição* como sinônimo de *interrogatório*. De qualquer maneira, eu não tinha dúvida de que muitas coisas que tinham acontecido ali embaixo não se coadunavam necessariamente com os direitos civis (provavelmente tinha rolado algum tipo de tortura leve, alguma privação de sono e muitas violações de *habeas corpus*). Mas achei melhor manter esses pensamentos errantes só para mim e continuei assentindo e caminhando, mantendo uma expressão neutra no rosto, enquanto ambos me escoltavam até uma pequena sala de interrogatório que ficava no final do corredor.

Dentro da sala, três pessoas já se encontravam sentadas em poltronas pretas baratas posicionadas ao redor de uma mesa de reuniões de madeira barata. Essa sala não tinha janelas, apenas lâmpadas fluorescentes emitindo um brilho azul tuberculoso. As paredes eram completamente nuas, pintadas com um perturbador branco cinzento de hospital. De um lado da mesa, estava sentado meu confiável advogado, Gregory J. O'Connell, também conhecido como

Magnum, sorrindo, parecendo mais imponente e garboso que nunca. Ele estava usando um terno cinza risca de giz, com camisa branca e gravata vermelha listrada. Parecia sentir-se em casa, ele mesmo um antigo promotor que agora desfrutava do prazer de defender um culpado.

Do lado oposto ao de Magnum estavam sentados um homem e uma mulher. O homem já me era familiar desde o dia de minha acusação, quando ele disse todas aquelas coisas boas a meu respeito durante minha audiência da fiança. Seu nome era Joel Cohen, e pouco mais de dois anos antes ele havia se unido a TOC para me trazer à Justiça, sucedendo com êxito a meia dúzia de promotores anteriores que haviam fracassado.

Na essência, por mais dedicado e aguçado que TOC fosse, ele precisava de alguém com esse mesmo espírito para ser sua contrapartida dentro da Procuradoria-Geral, a fim de lidar com o lado legal das coisas. TOC só podia mesmo investigar; ele precisava de um canalha como Joel Cohen para me processar.

Naquele exato momento, o Canalha estava inclinado para a frente em sua poltrona, com os cotovelos ossudos apoiados nos braços da cadeira. Ele estava me encarando com os olhos apertados, lambendo os beiços interiormente, não havia dúvidas. Ele usava um terno cinza barato, uma camisa branca barata, uma gravata vermelha barata e mantinha uma expressão sinistra. Tinha uma maçaroca de cabelos castanhos curtos, testa grande, nariz carnudo e um rosto pálido. Ele não era de todo feio, porém estava despenteado, malcuidado, como se tivesse acabado de sair da cama e vindo imediatamente para o escritório. Mas aquilo tinha sido planejado, imaginei. Ah, sim, o Canalha estava tentando fazer uma declaração, a de que agora que estávamos em *seu* mundo, o preço de meu terno, a reputação de minha alfaiataria e o bom gosto de meu cabeleireiro não importavam. Era o Canalha quem detinha o poder, e eu era seu prisioneiro, independentemente da aparência de cada um. Ele tinha estatura e peso médios também, embora demonstrasse aquele desleixo degenerado mencionado acima, o que o fazia parecer ainda mais baixo. Eu não tinha dúvida de que ele me desprezava tanto quanto eu o desprezava. Ele tinha um olhar em seu rosto que dizia algo do tipo: "Bem-vindo ao meu covil subterrâneo, prisioneiro! E que a tortura comece!".

A terceira ocupante da sala era uma pequena e tímida criatura chamada Michele Adelman. Ela estava sentada à esquerda do Canalha. Eu nunca tivera a oportunidade de encontrá-la antes, mas já conhecia sua reputação. Seu apelido era Bruxa Má do Leste, e obviamente ela o tinha ganhado devido a sua estranha semelhança, tanto fisicamente quanto na personalidade, com a velha bruxa de *O mágico de Oz*. E uma vez que Michele (e Joel) trabalhava como promotora assistente no Distrito *Leste* de Nova York, aquele apelido fazia total sentido.

A Bruxa parecia agachada, com cerca de um 1,50 metro, pouco mais que isso, uma grande juba de cabelos crespos e escuros, olhos escuros e redondos, lábios finos e um queixo curto. Eu fiquei imaginando como ela ficaria com cara de rato se estivesse com um pedaço de queijo suíço entre as patinhas e começasse a mordiscá-lo. E só conseguia imaginar a cara de bruxa que ela teria se montasse num cabo de vassoura e desse uma volta pela sala de interrogatório. Estava vestindo um terninho azul-escuro e mantinha uma expressão severa no rosto.

– Bom dia! Gostaria de apresentá-lo às duas pessoas com quem você deverá passar bastante tempo durante os próximos meses – disse Magnum, e fez um sinal com a mão, apontando a Bruxa e o Canalha, que obedientemente assentiram com a cabeça. Então continuou: – Jordan, este é Joel Cohen, que acho que você já teve o prazer de conhecer – inclinei-me e apertei a mão do Canalha, me perguntando se ele não tentaria passar uma algema em torno de meus pulsos –, e esta é Michele Adelman, que acredito que você não tenha tido o prazer de conhecer.

Apertei a mão da Bruxa, com medo de que ela pudesse me transformar em uma salamandra. Magnum continuou, assentindo com a cabeça:

– Bem, eu gostaria que todos aqui soubessem que Jordan está totalmente comprometido nesse processo de colaboração. Ele tem a intenção de ser honesto e franco em todas as oportunidades, e posso garantir que as informações que ele possui são extremamente valiosas para sua luta contra o crime e a injustiça em Wall Street.

Mas que monte de merda! E dos grandes!

– Isso é ótimo – replicou o Canalha, apontando uma cadeira ao lado de Magnum. – Estamos todos ansiosos por sua cooperação, Jordan, e sei que posso falar por todos os presentes aqui que não guardamos nenhum tipo de rancor em relação a sua pessoa – com o canto dos olhos eu pude notar que TOC estava revirando os olhos, enquanto ele e Mórmon se sentavam um de cada lado do Canalha e da Bruxa. – E afirmo que, se você agir de modo correto conosco, será tratado de forma justa.

Assenti com a cabeça, sem acreditar em uma só palavra do que ele acabara de dizer. TOC seria alguém que me trataria de forma justa, *ele* era um homem honrado. Mas não o Canalha; ele tinha um sentimento hostil por mim e me faria mal sempre que pudesse. Sobre a Bruxa, no entanto, eu não tinha certeza. De acordo com Magnum, ela detestava todos os homens, incluindo os agentes TOC e Mórmon, de forma que eu não teria nenhum interesse especial da parte dela. Meu problema era mesmo o Canalha. Esperávamos que ele saísse do escritório da Promotoria antes que eu fosse sentenciado. Aí tudo ficaria bem.

Com grande humildade, respondi:

– Eu acredito em você, Joel, e, como Greg já disse, estou totalmente comprometido com essa minha atitude colaborativa. Pergunte o que quiser, e eu responderei da melhor maneira que puder.

– Você afundou seu iate para conseguir o dinheiro da seguradora? – perguntou de repente a Bruxa. – Vamos ouvir a verdade aqui.

Eu olhei para ela e lhe ofereci um sorriso morto. Notei que, em cima da mesa, havia um jarro grande de água com seis copos ao lado, um dos quais estava cheio pela metade. O que aconteceria se eu atirasse esse copo de água na Bruxa? Ela provavelmente começaria a gritar: "Socorro! Estou derretendo! Estou derretendo!". Mas achei melhor manter esse pensamento só para mim mesmo, e tudo o que disse foi:

– Não, Michele. Se eu quisesse afundar o barco e pegar o dinheiro do seguro, não teria feito isso com minha esposa e eu a bordo.

– E por que não? – rebateu a Bruxa. – Esse seria o álibi perfeito.

– E também seria uma maneira perfeita de se matar – rosnou TOC. – Ele foi pego em uma tempestade, Michele. Vá ler a revista *Yachting*. Está tudo lá.

Com grande confiança, Magnum disse:

– Eu posso garantir a todos aqui presentes que Jordan não afundou seu iate pelo dinheiro do seguro. Certo, Jordan?

– Absolutamente – respondi. – Mas não vou negar que eu odiava aquela coisa. Era uma dor de cabeça flutuante de 170 pés. Estava sempre quebrando e queimava dinheiro mais depressa que o Haiti – dei de ombros inocentemente. – Seja como for, fiquei contente quando aquela banheira afundou.

Será que eles queriam mesmo que eu contasse como o iate tinha afundado? Aquilo tinha sido um acidente... A única coisa da qual eu poderia ser acusado era a de fazer um mau julgamento, comportamento que na ocasião andava meio prejudicado. Eu estava sob a influência de uma tal quantidade de drogas que poderia sedar a Guatemala inteira, então tinha forçado o capitão a meter o barco no meio de um vendaval de grau 8, para acabar com meu tédio induzido por drogas.

– De qualquer forma – disse Magnum –, você tem sua resposta, Michele. Aquilo foi um acidente.

Assenti em concordância, sentindo-me mais confiante depois de nosso primeiro embate. Tinha sido completamente inócuo, e Magnum e eu tínhamos tratado daquilo maravilhosamente, neutralizando o feitiço da Bruxa. Ou era isso o que eu pensava, até que o Canalha disse:

– Quando o iate estava afundando, não é verdade que você telefonou para Danny Porush e disse a ele que tinha 10 milhões de dólares em dinheiro enterrados em seu quintal e que, se você e sua mulher morressem, ele deveria desenterrar o dinheiro e garantir que fosse entregue a seus filhos?

Olhei em volta da sala de interrogatório e todos os olhos estavam em cima de mim, incluindo os de Magnum. TOC tinha um sorriso irônico no rosto, que dizia algo do tipo: "Veja só, Jordan, eu sei de coisas sobre você que você nem imaginava que eu soubesse!". O Mórmon, no entanto, mostrava um sorriso mais travesso, como se dissesse: "Eu divido esses 10 milhões com você se me entregar um mapa do tesouro e deixar os outros fora dessa parada". Mas a Bruxa e o Canalha mantinham expressões sombrias, passando a mensagem: "Vamos lá, conte uma mentira e você vai ver o que lhe acontece!".

Ironicamente, eu não tinha a mínima ideia sobre o que eles estavam falando. Na verdade, eu estava atônito por três motivos: primeiro, porque eu não tinha enterrado nem 10 dólares no fundo de meu quintal, quanto mais 10 milhões; em segundo lugar, não havia como provar isso, a não ser levando TOC ao meu quintal com uma pá e uma picareta para escavar 20 mil metros quadrados da grama supercara importada das Bermudas; e em terceiro lugar, por causa da maneira como havia sido formulada a pergunta, insinuando que a informação teria vindo da parte de Danny Porush, o que demonstrava que ele estava cooperando também.

E isso era tanto uma coisa boa quanto uma coisa ruim. Pelo lado bom, significava que eu não teria de delatar Danny, o que tinha sido algo que Magnum havia previsto. Pelo lado não tão bom, Danny tinha sido meu braço direito, o que significava que qualquer coisa que eu dissesse seria checada com ele para garantir sua exatidão. Eu teria que ser extremamente cauteloso com essa situação; as mentiras teriam de ser evitadas. Seria simplesmente muito fácil ser pego. A omissão dos fatos, na verdade, seria minha única esperança. Afinal, reter informações poderia ser classificado apenas como um lapso da memória.

Com um toque de desdém, respondi:

– Essa é a coisa mais ridícula que já escutei, Joel – sacudi a cabeça e deixei escapar uma risadinha cínica. – Olhe, não sei de onde você tem recebido suas informações, mas juro que isso é completamente falso.

Olhei para o TOC. Sua expressão era neutra, seus olhos de falcão estavam ligeiramente cerrados, como se ele estivesse me avaliando. Olhei para ele diretamente nos olhos e continuei:

– Acredite em mim, Greg, quem quer que tenha lhe dito isso está gozando com sua cara. Pense nisso por um segundo: quem em sã consciência iria enterrar 10 milhões de dólares em seu quintal? Eu teria de ter escavado o buraco no meio da noite e, em seguida, reposto o gramado antes de o sol nascer. E eu não sou exatamente o sujeito mais inclinado a fazer esse tipo de esforço manual. De fato, na última vez que a lâmpada de um de meus abajures queimou, eu joguei fora o abajur... – e olhei diretamente nos olhos do Canalha.

– Você tem um advogado muito competente – bufou Joel –, por isso tenho certeza de que ele lhe explicou que, se você for pego mentindo ou tentando nos enganar da maneira que for, nós teremos o direito de rasgar seu acordo de cooperação e atirá-lo no cesto de lixo – ele me dirigiu um sorriso irônico. – Isso quer dizer que você será condenado sem o benefício da carta da Promotoria, o que se traduz em mais ou menos 30 anos em uma...

Magnum o cortou:

– Ei, ei, ei, Joel! Acalme-se! Jordan está plenamente ciente de suas obrigações, e ele tem toda a intenção de seguir de acordo com elas.

O Canalha deu de ombros.

– Eu não estou dizendo que ele não sabe disso – devolveu. – Mas é minha obrigação legal informá-lo sobre o *terrível destino* que pode se abater sobre sua pessoa – *e sobre como isso me deixaria feliz*, era o que seu tom de voz implicava – se ele for condenado sem o benefício da carta.

O Canalha se virou para me olhar diretamente nos olhos e acrescentou:

– E lembre-se ainda de que todas as informações que nos fornecer podem ser usadas contra você caso mude de ideia e decida enfrentar o tribunal.

– Estou bem informado sobre tudo isso – respondi calmamente. – Greg me explicou ontem à tarde. Mas você não precisa se preocupar, eu não vou colocá-lo em uma posição em que possa arruinar minha vida, Joel – por mais que eu tentasse, minhas últimas palavras escorregaram de minha boca com uma dose substancial de ironia.

– Sabem de uma coisa? Eu acho que este pode ser um bom momento para conversar com meu cliente – disse Magnum. – Vocês poderiam nos dar alguns minutos?

– Sem problema – disse o Canalha, levantando-se de sua cadeira.

Ele sorriu para a Bruxa Má do Leste, que se ergueu de sua cadeira, seguida pelo TOC e pelo Mórmon. Então, numa fila única, todos saíram da sala e fecharam a porta atrás deles. No momento em que saíram, pulei de minha cadeira, me levantei e grunhi:

– Isso tudo é uma grande merda, Greg, uma grande merda! Você tinha razão sobre esse filho da puta, ele é um completo imbecil! E aquela outra, a Michele Adelman, puta merda! É uma vadia! Alguém devia dar a ela uma vassoura e mandá-la de volta para a Terra de Oz!

Magnum concordou com a cabeça, levantando-se lentamente de sua cadeira até ficar a minha frente, cerca de duas cabeças acima da minha. Com um sorriso amigável, ele disse:

– Antes de qualquer coisa, eu quero que você se acalme. Respire fundo e conte até dez; então, quando você estiver mais calmo, aí nós poderemos conversar sobre esses 10 milhões enterrados no fundo do seu quintal.

Olhei para cima, para Magnum, cuja cabeça agora parecia encostar nas lâmpadas fluorescentes do teto.

– Você quer, por favor, se sentar? – exigi. – Você é alto pra caralho! Eu acabo perdendo a perspectiva das coisas quando nós dois estamos de pé – e fiz sinal para que ele se sentasse.

– Você não é tão baixinho assim – respondeu ele, olhando para o topo de minha cabeça como se eu fosse um anão. – Você tem é complexo, isso sim – ele estendeu a mão enorme e a pousou em meu ombro. – Tem mais, eu acho que, quando isso tudo acabar, você deveria buscar ajuda para tratar disso.

Soltei um suspiro.

– Tá, claro, eu vou procurar o psiquiatra da prisão quando não estiver ocupado sendo enrabado por Bubba, o Touro Viado... – balancei a cabeça, frustrado. – Olhe, Greg, eu não enterrei nem um centavo no quintal nem em nenhum outro lugar.

– Isso é ótimo – disse Magnum, sentando-se de novo. – Então não há nada com que se preocupar. Joel terá de escrever a carta para você, mesmo que ele não acredite em uma só palavra do que você disser. Ele só poderá reter a carta se você for pego numa mentira de maneira indiscutível. Mas você terá que lhe fornecer uma declaração financeira – parou por alguns instantes. – E isso inclui qualquer quantia em dinheiro vivo que você tiver. Se alguma coisa vier à tona durante o processo – ele me olhou diretamente –, poderá ser muito ruim para você. Muito ruim mesmo. Quanto é o valor em dinheiro que você tem no momento?

– Não muito – respondi. – Acho que 1 milhão, um pouco menos.

– Isso é tudo?

– Sim, é... Talvez você esteja se esquecendo de todo o dinheiro que contrabandeei para o exterior. Por que porra você acha que estou sentado aqui agora, por causa de uma multa de trânsito?

– Eu entendo que você mandou dinheiro para o exterior, mas não todo ele – disse Magnum, que então fez uma pausa e girou seu longo e esguio pescoço, provocando uma dúzia de *cracs* nas vértebras. – Ouça, Jordan, só estou fazendo o papel do advogado do diabo, tentando antecipar o que o Joel poderia pensar, pois acho que ele vai ficar muito cético.

Balancei a cabeça, consternado.

– Deixe-me explicar uma coisa a você, Greg. Durante os últimos quatro anos, eu não fui realmente dono de um escritório de corretagem. Eu só estava controlando a empresa por trás das cortinas, entendeu?

Ele assentiu.

– Certo, então siga meu raciocínio: uma vez que eu não possuía de fato uma corretora, era eu quem estava recebendo participações nos novos lançamentos mais quentes e era eu quem estava chutando o dinheiro de volta para os proprietários sob a forma de propina – fiz uma pausa, tentando encontrar uma forma simples de explicar a Magnum (que não era um pilantra) como as coisas acontecem no mundo da malandragem. – Em outras palavras, lá atrás, no começo dos anos 1990, quando eu era dono da Stratton, era eu quem recebia os subornos em dinheiro. Mas assim que fui chutado para fora do negócio de corretagem e passei a operar nos bastidores, todo o processo se inverteu e eu passei a ser o cara que pagava as propinas, eu que pagava suborno para os proprietários das corretoras. Entendeu?

Ele concordou de novo.

– Sim, entendi – disse ele, confiante. – Isso faz todo o sentido para mim.

Assenti.

– Ótimo, porque isso tudo é a pura verdade – dei de ombros. – Seja como for, acho que não tenho nem esse milhão de dólares. Minha sogra está guardando isso para mim.

– Como é que é? – perguntou Magnum, surpreso.

Como ele era ingênuo! Magnum era um advogado muito bom, mas não pensava como um verdadeiro criminoso. Eu teria de ensiná-lo.

– O que acontece é que, na noite em que fui preso, achei que Coleman voltaria depois com um mandado de busca. Então, pedi a Nadine que desse o dinheiro para que a mãe dela tomasse conta. Mas eu posso pegar isso de volta a qualquer hora. Você acha que devo fazer isso?

– Sim, acho que deve. E se o assunto do dinheiro vivo aparecer de novo, você deveria oferecer essa informação de modo proativo. Lembre-se de uma coisa: enquanto você se comportar de forma honesta, não poderá se ver em apuros.

Ele alcançou o bolso interno do paletó e puxou uma folha de papel amarelo que tinha sido dobrada em três. Então sorriu e ergueu as sobrancelhas por três vezes em rápida sucessão, colocando depois o papel na mesa da sala de reuniões. Tirou do bolso um par de óculos de leitura e desdobrou o precioso documento, dizendo:

– Esta é a lista das pessoas sobre as quais você disse ter informações. São 97 nomes, e alguns deles são bastante suculentos – ele balançou a cabeça. – Você realmente cometeu crimes com todas essas pessoas? – perguntou, com alguma incredulidade. – Parece quase impossível...

Apertei os lábios e assenti com a cabeça lentamente. Então sentei-me ao lado dele e levei um tempo estudando aquela lista, que parecia ser um "Quem é Quem" dos vilões de Wall Street. Acompanhando os vilões estava o nome de políticos corruptos, alguns policiais corruptos, um ou dois juízes corruptos, um punhado de mafiosos e alguns contadores, advogados, CEOs e CFOs de empresas, e então pouco mais de uma dúzia de civis, pessoas que não estavam no ramo de corretagem de valores, mas que agiam como meus prepostos, o que na linguagem de Wall Street significava meus *homens de frente*.

Com o coração apertado, eu disse:

– Mas isso é uma vergonha, que porra! – disse, examinei a lista, balançando a cabeça em desespero. – Isso é uma merda, Greg, uma grande merda. Pensei que você iria deixar alguns desses nomes de fora, alguns dos meus amigos, como Lipsky... E Elliot Lavigne... E... Andy Greene?

Ele balançou a cabeça lentamente.

– Não, não posso – disse, com seriedade. – Isso só iria piorar as coisas. Se eu deixasse um de seus amigos de fora da lista, só iria despertar ainda mais o interesse do governo.

Eu balancei a cabeça resignado, sabendo que Magnum estava certo. No dia anterior, quando tinha feito a lista, não tinha parecido grande coisa. Nós até tínhamos dado algumas risadas com ela, achando graça de como as pessoas de todas as esferas da vida poderiam ser corrompidas pelo fascínio do dinheiro fácil em Wall Street. Parecia que a avidez, em forma de lucros instantâneos, não conhecia limites. Ela atravessava todas as fronteiras da ética, infectando todos os grupos etários. Na lista, havia negros, brancos, asiáticos, hispânicos, indianos e indígenas americanos, jovens, velhos, saudáveis, enfermos, machos, fêmeas, homossexuais, bissexuais, estavam todos lá. Parecia que ninguém podia resistir à tentação de ganhar centenas de milhares de dólares sem risco. Que triste comentário, pensei, sobre a situação do capitalismo no século XX.

Cinco minutos depois, os nomes continuavam sobre a mesa da sala de interrogatório, embora agora tivesse uma plateia muito maior. O Canalha, a Bruxa, o TOC e o Mórmon estavam de volta, todos eles curvados em suas cadeiras e olhando para a lista, como se ela fosse o Santo Graal.

– Esta é uma lista bastante abrangente – maravilhou-se o Canalha. Então ele olhou para cima, com um sorriso razoavelmente amigável para mim, e disse: – Se este é um sinal das coisas que estão por vir, Jordan, então tudo vai funcionar perfeitamente bem para você.

Ele olhou para a lista novamente e continuou murmurando:

– Muito bem, de fato... Isso é excelente...

Sorri respeitosamente e me desliguei por alguns momentos. Enquanto o Canalha continuava babando sobre minha lista, me peguei pensando sobre o que ele acharia se eu tivesse deixado todas as putas na lista. Deviam ter sido umas mil prostitutas, no mínimo 500. O que a Bruxa teria pensado disso? Será que ela tentaria lançar um feitiço de impotência sobre mim? Ela certamente devia ter ouvido histórias sobre como os strattonistas classificavam nossas prostitutas como ações – as melhores eram Blue Chips e as mais vagabundas eram classificadas como Pink Sheeters (as folhas rosa, ou Pink Sheets, eram onde as ações de pouco ou de nenhum valor eram listadas). E, em algum lugar, ocupando um espaço não muito claro, havia as NASDAQs, que ou eram Blue Chips que tinham caído ou que nunca tinham sido quentes o suficiente para se beneficiar do *status* de verdadeiras Blue Chips.

– ... e o melhor lugar para começarmos é do início – disse o Canalha, que finalmente tinha parado com seus resmungos. Ele apanhou uma caneta Bic barata e disse, em um tom de voz muito sério: – Onde foi que você fez a escola primária?

– Na escola pública 169 – respondi.

Ele assentiu com a cabeça uma vez e anotou minha resposta em um bloco de notas amarelo.

– Isso fica em Bayside?

– Sim, Bayside, no Queens.

Ele rabiscou isso também e então olhou para mim, como se estivesse aguardando que eu dissesse mais alguma coisa. Mas eu fiquei quieto, esperando que ele fizesse a próxima pergunta.

– Pode ficar à vontade para expandir mais suas respostas – disse o Canalha. – Esta não é uma daquelas situações em que menos é mais – e sorriu ligeiramente.

Assenti em compreensão.

– Claro – e não disse mais nada.

Não é que eu estivesse tentando dificultar as coisas para o Canalha. É que, ao longo dos anos, eu tinha sido treinado para dar respostas curtas durante as inquirições legais. Na verdade, eu tinha sido chamado a depor não menos que 50 vezes, na maior parte pela NASD (em arbitragens de clientes), mas também pela Comissão de Valores Mobiliários e pelo Comitê de Ética do Senado, este último na época em que estavam conduzindo uma investigação de suborno a um de seus menos conceituados senadores.

Que seja. Eu havia sido condicionado a dar como respostas apenas "sim" e "não" e a não oferecer nenhuma informação extemporânea baseada naquilo que eu pensava que meu interrogador queria ouvir. E, embora estivesse bem consciente de que as regras ali eram muito diferentes, os velhos hábitos custam a desaparecer.

Mais alguns momentos de silêncio se passaram, até que o Canalha finalmente disse:

– Você foi um aluno com notas A?

– Sim – respondi com orgulho. – Eu tirava A o tempo todo.

– Teve problemas disciplinares?

– Nenhum, embora uma vez eu tenha ficado em apuros por ter arrancado o chapéu de uma menina quando estávamos voltando para casa depois da aula – encolhi os ombros. – Acho que eu estava na terceira série, então isso nem foi anotado em meus registros – pensei nisso por um momento. – Engraçado, mas eu posso relembrar praticamente todos os problemas que tive em minha vida em relação às mulheres – ou mais acuradamente, pensei, durante minha busca por uma xana...

Houve mais um momento de silêncio. Por fim, respirei fundo e disse:

– Você quer que eu lhe conte minha história de vida? É isso que você está procurando?

– Sim – respondeu o Canalha, assentindo com a cabeça lentamente. – Isso é exatamente o que estou querendo. – Ele depositou sua caneta na mesa, recostou-se na cadeira e disse: – Tenho certeza de que as últimas perguntas devem ter lhe parecido ridículas, mas eu lhe asseguro que não são. Quando você se coloca no banco das testemunhas, a defesa vai tentar pintá-lo como sendo um criminoso de carreira, um mentiroso nato que diz qualquer coisa para salvar seu pescoço da forca. E onde quer que eles achem que exista sujeira, mesmo que isso tenha sido durante a infância, será aí que começarão a cavoucar. Eles usarão tudo o que puderem encontrar para tentar desacreditá-lo.

– Joel tem razão – acrescentou Magnum. – Eles irão desenterrar tudo o que encontrarem. E a forma como a Promotoria age é divulgando ao júri todas as coisas erradas que você fez antes mesmo que a defesa tenha uma oportunidade. Em outras palavras, nós vamos lavar sua roupa suja de forma proativa, como se não houvesse nenhum grande segredo, como coisas inteiramente irrelevantes aos procedimentos legais.

– Isso mesmo – soltou o Canalha. – Nós deixamos a defesa sem saber se estão indo ou se estão voltando.

Nesse momento, o TOC entrou na conversa:

– O que não podemos suportar são as surpresas. Elas não servem a nenhum de nossos propósitos. Nós precisamos conhecer os detalhes mais íntimos de sua vida, tudo, qualquer coisa que você tenha feito e da qual consiga relembrar.

Agora quem falava era a Bruxa:

– E isso inclui não apenas o uso de drogas, mas também seu apreço pelas prostitutas, sendo que ambos foram devidamente notados pela imprensa.

A isso, o Canalha acrescentou:

– E ambos certamente serão explorados pelos bons advogados de defesa.

Depois de alguns momentos de silêncio constrangedor, eu disse:

– Tudo bem, mas eu tinha a impressão – e resisti ao impulso de olhar diretamente para os olhos de Magnum e disparar um raio da morte em cima dele – de que as pessoas raramente vão a julgamento nesses casos, de que geralmente fazem um acordo ou passam a cooperar.

O Canalha encolheu os ombros.

– Isso é verdade na maioria dos casos, mas eu não contaria com isso. No final, há sempre um indivíduo que demora em consentir, alguém que prefere assumir suas chances em um tribunal...

Todo mundo assentiu em uníssono, incluindo Magnum, que estava agora no processo de revisar a história. Bem, foda-se então! Já era hora de as fichas caírem onde deviam cair...

– Vocês sabem – disse eu, num tom casual –, eu tenho apenas 36 anos, mas tive uma vida muito intensa. Isso pode levar bastante tempo.

O TOC sorriu ironicamente.

– Venho tentando compreender sua vida durante os últimos cinco anos – disse ele. – Portanto, pessoalmente, tenho todo o tempo que for necessário.

– Isso mesmo, vamos ouvir – acrescentou o Canalha.

– É sua única chance de conseguir uma redução da pena – retrucou a Bruxa.

Ignorei a Bruxa e olhei diretamente para o Canalha, dizendo:

– Certo. Como você levantou o assunto de Bayside, então vamos começar por lá. É um lugar tão bom para começar como qualquer outro, considerando que foi de lá que veio a maioria dos strattonitas que começaram na empresa – fiz uma pausa, refletindo sobre o tempo passado. – Mesmo aqueles que realmente não vieram de Bayside acabaram se mudando para lá depois que a empresa começou.

– Todo mundo se mudou para Bayside? – perguntou ceticamente o Canalha.

– Nem todos – retruquei. – Mas a grande maioria, sim. Veja, mudar-se para Bayside era uma forma de provar sua lealdade à firma, uma forma de mostrar que você era um verdadeiro strattonita. Eu sei que isso parece um pouco absurdo, pensar que se mudar para determinado bairro possa representar uma declaração de princípios desse gênero, mas era assim que as coisas funcionavam naquele tempo. Nós éramos como a máfia, sempre procurando novas maneiras de manter os estranhos longe – dei de ombros. – Quando você trabalhava na Stratton, você socializava apenas com outros funcionários da firma, e era disso que se tratava morar em Bayside. Você estaria bloqueando os estranhos, provando, então, que fazia parte do culto.

– Você está afirmando que a Stratton era um culto? – balbuciou a Bruxa.

– Sim – respondi com calma. – É *exatamente* o que estou dizendo, Michele. Por que você acha que era tão difícil entrar na Stratton? – Olhei para TOC. – Em quantas portas você acha que teve de bater ao longo dos anos... Apenas uma estimativa?

– Pelo menos 50 – respondeu ele. – Talvez mais.

– E cada uma delas foi batida na sua cara, não foi?

– Exatamente – disse ele, cansado. – Ninguém queria falar comigo.

– Um dos grandes motivos para isso, se não o maior, é que todo mundo estava ganhando tanto dinheiro que ninguém queria causar problemas – fiz uma pausa, deixando que eles absorvessem essas palavras. – Mas era mais do que isso: o que estava bem no âmago desse comportamento era proteger o modo de vida Stratton. Era isso que todo mundo estava fazendo, protegendo aquela vida.

– Defina "aquela vida" – disse o Canalha com uma pitada de sarcasmo na voz.

Dei de ombros.

– Bem, entre outras coisas, significava ter o carro mais badalado, comer nos restaurantes da moda, dar as maiores gorjetas, usar as melhores roupas – balancei a cabeça, assombrado. – Quero dizer que nós fazíamos todas as coisas juntos. Passávamos todo o tempo possível juntos. E isso não significa apenas no trabalho, mas em casa também – olhei para a Bruxa, fixamente dentro de seus olhos escuros, negros como a noite. – É por esse motivo que a Stratton era um culto, Michele. Era tipo um por todos e todos por um, e um monte para si mesmo, é claro. E não havia estranhos por perto, nunca – olhei ao redor da sala. – Entenderam?

Todos, incluindo a Bruxa, assentiram.

O Canalha disse:

– Isso que você está nos contando faz sentido, mas eu pensava que a maioria de seus recrutas iniciais tivesse vindo de Long Island, de Jericho e Syosset.

– Mais ou menos a metade deles – respondi rapidamente. – E existe uma razão para isso, mas nós estamos nos adiantando aqui. Seria melhor se a gente seguisse uma ordem.

– Por favor – disse o Canalha. – Está sendo muito produtivo.

Assenti, reunindo meus pensamentos.

– Então, de volta a Bayside. É um bocado irônico, considerando que quando eu era adolescente jurei que deixaria Bayside assim que ficasse rico. Eu devia ter uns 15 anos quando me dei conta de que havia um tipo diferente de vida lá fora, uma vida melhor, pensei na ocasião, uma vida de riqueza e fartura. Lembrem-se de que eu não nasci numa família com dinheiro, então extravagâncias como mansões, iates, jatinhos particulares, essas coisas que as pessoas agora associam a mim, me eram completamente estranhas até então. Bayside era um lugar estritamente de classe média, sobretudo a parte do bairro onde cresci – sorri nostalgicamente. – Acontece que era um lugar maravilhoso onde crescer. Não havia crimes, e todos se conheciam. Todo mundo tinha se mudado para lá vindo do Bronx ou de outras partes do Queens, de vizinhanças e bairros que... Vocês sabem... Tinham se modificado. Meus pais se mudaram para lá vindos do sul do Bronx, que agora é uma verdadeira merda... Você não está anotando nada disso, Joel.

O Canalha sorriu conspiratório.

– Tudo aquilo que eu escrever terei de passar para os advogados de defesa, quem quer sejam eles. Então, no meu caso, menos é mais. De qualquer forma, basta continuar falando, eu tenho uma excelente memória.

Assenti.

– Tudo bem. Então, meus pais se mudaram para Bayside para me poupar da dor de cabeça de ter que crescer em um lugar como o Bronx. Morávamos em um apartamento em um edifício de seis andares que ficava em uma daquelas comunidades planejadas que estavam pipocando na época. E era lindo: tinha campos para jogar bola, parques infantis, vias concretadas para os pedestres, casas de árvores, arbustos para brincar de esconde-esconde e, o mais importante, tinha centenas de crianças. O que significava que havia dezenas de futuros strattonitas para ser recrutados. E todos eles estavam recebendo boa instrução – fiz uma pausa, reconsiderando minhas palavras. – Embora essa parte da educação tenha sido uma faca de dois gumes.

– Por que você está dizendo isso? – perguntou TOC, que parecia se divertir com a história.

– Bem – respondi –, quando nós chegamos à adolescência, estávamos instruídos o suficiente para saber que tínhamos recebido *muito pouca* educação. Em outras palavras, nós sabíamos que, sim, a gente podia não morrer de fome como as crianças na África, mas havia definitivamente algo mais fora de Bayside – fiz uma pausa para conseguir mais efeito. – Era desse jeito que todo mundo no bairro pensava. Havia uma sensação de esperança ilimitada ou uma intuição, pode-se dizer assim, de que um dia nós iríamos ficar ricos e nos mudar para Long Island, onde estava o dinheiro de verdade, onde as pessoas moravam em casas e guiavam Mercedes e Cadillacs.

– Alan Lipsky cresceu no mesmo prédio que você, não é? – perguntou TOC.

– Sim – respondi –, no mesmo andar. Andy Greene, que você provavelmente deve conhecer como Cabana, morava a apenas algumas quadras de distância. Embora ninguém o chamasse por esse apelido naquela época, ele só foi perder os cabelos quando estava no colegial – dei de ombros. – Ele só foi arrumar sua primeira peruca quando estava no primeiro ano da faculdade. Foi lá que ele se tornou o Cabana, apesar de usar a pior peruca vista do lado de cá da antiga Cortina de Ferro.

Encolhi os ombros de novo, me perguntando se Andy Greene estaria sentado naquela mesma cadeira, naquela mesma sala, em um futuro não muito distante. Afinal, ele tinha sido o chefe do Departamento Financeiro da Stratton, responsável por descobrir negócios que podiam ser lançados a público e fazer com que fossem liberados pela Comissão de Valores Mobiliários. Ele era um bom homem, e era bem possível que ficasse arrasado se tivesse de ir para a cadeia e fosse forçado a se livrar de sua peruca.

– De qualquer forma – disse –, Alan morava no apartamento 5-K e eu no apartamento 5-F, e nós nos tornamos melhores amigos desde que usávamos fraldas. Tenho certeza de que todos vocês estão cientes do fato de que fui eu quem deu a Alan o treinamento e o financiamento e que lhe mostrei como o jogo funcionava – todos concordaram. – E, em contrapartida, ele e Brian me pagavam adiantado 5 milhões por ano em royalties, numa espécie de reciprocidade. Mas estou me adiantando, outra vez. Isso aconteceu muitos anos depois.

O Canalha assentiu.

– Você afirmou antes que nunca teve problemas disciplinares durante seu crescimento. Você não nunca foi para a prisão? Nada relacionado à delinquência juvenil?

Balancei a cabeça, dizendo que não e desejando dar uma porrada no Canalha por insinuar que eu tinha sido uma semente ruim desde criança. Mas tudo o que disse foi:

– Eu era um bom garoto, um aluno que só tirava A, exatamente como contei – pensei por um momento. – Assim como o restante de minha família. Meus dois primos mais velhos entraram em Harvard e se formaram entre os melhores da classe. Os dois são médicos agora. E meu irmão mais velho, acho que Joel o conhece, é um dos mais respeitados advogados do país. Ele costumava jogar pôquer com alguns de seus amigos do gabinete do Procurador do Estado, embora tenha abandonado esses jogos no momento em que minha investigação começou a esquentar. Acho que a situação ficou bastante desconfortável para ele.

O Canalha assentiu respeitosamente.

– Nunca me encontrei com seu irmão, mas só ouvi coisas boas sobre ele. É incrível que vocês dois sejam parentes...

– É... – murmurei. – É uma porra de um milagre. Mas nós somos parentes, e eu era exatamente igual a ele quando mais novo. Talvez nossas personalidades fossem diferentes, quer dizer, eu era o cara extrovertido, e ele, o introvertido, mas eu sempre fui tão bom aluno quanto ele. Provavelmente até melhor... A escola era ridiculamente fácil para mim. Mesmo depois de eu ter começado a fumar maconha, acho que por volta da 6ª série, eu ainda continuava tirando A direto em todas as matérias. Só por volta do colegial que as drogas começaram a pegar para mim.

TOC recuou visivelmente.

– Quer dizer que você começou a fumar maconha na 6ª série?

Assenti, com um senso de orgulho distorcido.

– Exatamente, Greg, quando eu estava com 11 anos. O irmão mais velho de um amigo era traficante de drogas, e uma noite Alan e eu dormimos na casa desse amigo, e foi lá que o irmão do cara nos deixou doidões – fiz uma pausa, sorrindo para aquela absoluta loucura de fumar maconha aos 11 anos. – De qualquer forma, a maconha não era tão forte naquela época, e então a gente só teve um pequeno barato. Eu não comecei a saltar pelas paredes, como fiz mais tarde quando adulto – dei um minúsculo sorriso. – Continuei brincando com maconha por mais alguns poucos anos, mas ela nunca me causou nenhum problema. Meus pais ainda pensavam que tudo estava bem.

Fiz mais uma pausa e gastei alguns segundos estudando a expressão no rosto dos demais ocupantes da sala, que variavam em diferentes graus de incredulidade.

– Acho que a primeira vez que eles notaram que alguma coisa estava errada foi quando eu estava na 8ª série e recebi uma nota 92 em uma prova de matemática. Minha mãe ficou arrasada. Antes disso, eu nunca tinha tirado uma nota inferior a 98, e mesmo isso fazia com que ela levantasse uma sobrancelha. Eu me lembro de ela dizer alguma coisa como: "Está tudo bem com você, querido? Você estava doente? Alguma coisa aborreceu você?" – balancei a cabeça quando recordei essa passagem. – Claro que eu não lhe contei que tinha fumado dois baseados rechonchudos de Colombian Gold antes da prova e que, por isso, estava tendo dificuldades em somar dois mais dois naquela tarde – dei de ombros inocentemente. – Mas eu me lembro de ela ter ficado de fato muito preocupada com aquela nota, como se eu ter tirado 92 em matemática fosse reduzir minhas chances de entrar na faculdade de medicina de Harvard. Mas essa era minha mãe. Ela era uma pessoa que sempre buscava exceder às expectativas e que nos mantinha em um nível muito elevado. De fato, não faz muito tempo, ela se tornou a mulher mais velha no Estado de Nova York a passar no exame da Ordem dos Advogados. Ela hoje exerce a advocacia em Long Island, fazendo tudo *pro bono* – disse, e pensei numa forma de me redimir perante a Bruxa. – Ela defende mulheres vítimas de violência, aquelas que não podem pagar um advogado – e olhei nos olhos redondos da Bruxa, esperando conquistá-la com as fabulosas ações de minha mãe.

Infelizmente, ela permaneceu impassível, totalmente imóvel. Era uma durona filha da puta. Decidi redobrar os esforços.

– Naqueles dias, minha mãe era uma contadora certificada muito bem-sucedida, numa época em que havia poucas mulheres no mercado de trabalho – arqueei as sobrancelhas e assenti com a cabeça rapidamente, como que dizendo “Impressionante, não acha?”. E depois olhei diretamente para ela, esperando que sua expressão se suavizasse um pouco.

Nada. A Bruxa continuava me encarando, atirando dardos. Depois de alguns momentos, desviei o olhar. Ela era tão venenosa que me peguei olhando para o Canalha em busca de salvação, esperando que ele aprovasse minha mãe, apesar da insolência da Bruxa. E disse a ele:

– Ela é um gênio, minha mãe. Uma senhora verdadeiramente maravilhosa.

O Canalha concordou com a cabeça, aparentemente admirado com a retidão de minha mãe, embora eu também notasse em sua expressão corporal uma sugestão de “E quem liga pra essa merda?”. Mas então, e com grande sinceridade, ele disse:

– Bem, parece mesmo que ela é uma mulher notável – e concordou com a cabeça uma vez mais.

– Ela é, de fato – repliquei. – E tem meu pai, que tenho certeza de que você também conhece – sorri tristemente. – Ele também é contador, e um gênio a seu modo, *maaaas*... – fiz uma pausa, tentando encontrar a palavra exata para definir meu pai, Max, cujo apelido na Stratton era Mad Max, por causa de seu temperamento descontroladamente feroz.

Mad Max era um fumante compulsivo inveterado, um grande defensor das melhores vodcas russas, uma bomba-relógio humana e um surpreendente dândi no modo de se vestir. Mad Max não era de escolher seus favoritos, ele odiava a todos igualmente.

– Bem – disse, com um sorriso maroto –, vamos dizer apenas que ele não é uma criatura tão benevolente quanto minha mãe.

Com um começo de sorriso, TOC perguntou:

– É verdade que ele costumava estourar o vidro do carro dos corretores que paravam na vaga dele?

Concordei vagarosamente com a cabeça.

– É verdade; se ele estivesse de mau humor, amassava a lataria e os para-lamas também. E depois chamava o guincho e mandava rebocar o carro – dei de ombros. – Mas o pessoal continuava parando na vaga dele de qualquer maneira. Isso se tornou apenas mais uma forma de provar a lealdade para com a empresa: levando uma surra de Mad Max, você se tornava um verdadeiro strattonita.

Houve alguns momentos de silêncio, e então o Canalha falou:

– Quando você começou a desobedecer à lei? Quantos anos você tinha?

Encolhi os ombros:

– Isso depende de como você define o ato de desobedecer às leis. Se você considerar que o consumo de drogas perigosas é uma violação da lei, então eu já era um criminoso aos 11 anos. Se infringir a lei é faltar às aulas, então eu era um arquicriminoso, porque faltei à maior parte das aulas no 1º colegial. Mas, se você quer saber se eu fiz alguma coisa que eu mesmo considerei ilegal, algo que eu fazia dia sim e dia não, diria que foi quando comecei a vender sorvetes na Jones Beach.

– Qual era sua idade então? – perguntou o Canalha.

– Quase 17 – pensei por um momento, lembrando meus dias na praia. – O que eu fazia era andar pela praia com minha geladeira de isopor, vendendo sorvetes de barraca em barraca. Eu andava por lá anunciando "Sorvetes italianos, Chipwiches, Fudgsicles, picolés de fruta, Milky Ways e Snickers", e andava, andava, o dia inteiro. Foi o melhor trabalho de todos, absolutamente o melhor! Todos os dias pela manhã, às 6 da matina, eu ia até o distribuidor grego aonde iam todos os caminhões das sorveterias, em Howard Beach, no Queens, e enchia meu isopor de sorvetes. Então enchia as geladeiras de gelo seco e ia direto para a praia – fiz outra pausa, saboreando a lembrança. – Fiz uma fortuna vendendo sorvetes na praia. Num dia bom, rentável, ganhava mais de 500 dólares limpos. Mesmo num dia devagar, dava para fazer 250, que era dez vezes mais o que meus amigos recebiam.

E continuei:

– Foi lá que conheci Elliot Loewenstern; nós vendíamos sorvetes juntos – fiz um gesto para minha lista de vilões, ladrões e pilantras. – Tenho certeza de que vocês todos estão familiarizados com Elliot. Ele está aí em algum lugar, muito perto do topo – dei de ombros, nem um pouco preocupado em dizer algo que implicasse Elliot Loewenstern.

Afinal, eu sabia que Elliot, cujo apelido era Pinguim, devido ao nariz longo e fino, à barriguinha compacta e às pernas ligeiramente arqueadas que o faziam andar desengonçadamente como um pinguim, iria cooperar rapidamente se precisasse enfrentar a possibilidade de passar mais que algumas horas na cadeia. Na verdade, eu já o tinha visto se abrindo durante um interrogatório da polícia, quando o que estava em jogo era pouca coisa. Durante nossa operação de venda de sorvetes, ele foi multado em 50 dólares por fazer vendas sem licença. Em vez de pagar a multa e ficar de bico calado, ele dedurou todos os outros vendedores na praia, inclusive eu. Então, sim: se o TOC e o Canalha garantissem uma acusação contra o Pinguim, ele cantaria na Court Street com prazer digno de uma Celine Dion.

Eu estava pronto para continuar minhas histórias, quando o Canalha disse:

– Acho um pouco estranho que, depois de tudo o que você fez, ainda pense que vender sorvetes é infringir a lei – ele encolheu os ombros. – Muitas pessoas achariam que isso é uma forma honesta de um garoto ganhar um dinheirinho.

Que interessante, pensei. O Canalha tinha levantado uma questão muito profunda: o que constitui de fato uma violação da lei? Voltando àqueles dias, praticamente todo mundo que eu conhecia (tanto meus colegas quanto os adultos) tinham considerado que minha venda ilegal de sorvetes era uma coisa totalmente justa. Para falar a verdade, eu tinha até recebido muitos elogios. Ainda assim, o fato é que era uma atividade ilegal, porque eu estava vendendo sem licença.

Mas aquilo era de fato ilegal? Será que algumas dessas leis não eram feitas para não serem cumpridas? No fim das contas, o que nós estávamos tentando fazer era conseguir algum dinheiro de forma honesta, não é verdade? Por outro lado, estávamos também ajudando a melhorar a experiência de ir à praia para milhares de nova-iorquinos, que de outra forma teriam que andar muito até o calçadão (que estava cheio de lascas e farpas) e ficar esperando na fila da barraca de sorvete, que era tocada por um jovem de cara amarrada que provavelmente cuspia no lanche no momento em que as pessoas viravam as costas. Portanto, qualquer um poderia argumentar que Elliot e eu estávamos praticando uma "boa ação", apesar do fato de que, tecnicamente falando, estávamos infringindo a lei.

– Bem, a resposta mais curta aqui é que – disse eu ao Canalha – nós estávamos realmente infringindo a lei. Era uma venda sem licença, o que, para melhor ou pior, era uma contravenção classe B no Estado de Nova York. Para ir mais adiante, também éramos culpados de evasão de imposto de renda, porque estávamos faturando 20 mil pratas no verão sem declarar um centavo disso. Avançando ainda mais um pouco, quando fiz 18 anos comecei a vender também colares de conchinhas. Pensei o seguinte: já que eu estava andando pela praia toda oferecendo sorvetes, por que não tirar vantagem do mercado mal servido das bijuterias? – disse e dei de ombros de um modo bem capitalista. – Então fui até o distrito das joalherias em Chelsea, comprei mais de mil colares de conchinhas e contratei alguns garotos do ginásio para andar pela praia comigo. Eu tinha três moleques como meus empregados, e eles cobravam 4 dólares em cada colar. Meu custo era de apenas 50 centavos cada peça, de forma que, mesmo depois de pagar 50 pratas por dia para cada um dos meninos, eu ainda tinha um lucro de 200 dólares. Era muito mais dinheiro que eu ganhava com meus sorvetes!

Continuei:

– Mas é claro que os moleques não eram registrados, e eu não estava pagando impostos por aquilo que eles vendiam. Sem mencionar o fato de que eu os tinha vendido pela praia também sem licença. Então não era mais só eu que estava infringindo a lei, eu estava corrompendo um monte de jovens inocentes também. A certa altura, coloquei minha mãe no negócio. Fazia com ela acordasse às 5 da manhã para fazer bagels na manteiga, os quais eu vendia entre 9 e 11 horas da manhã, antes que o sol estivesse alto o suficiente para estimular a venda dos sorvetes. Havia todas as leis da Vigilância Sanitária que eu estava violando, por preparar alimentos em um local que não tinha sido inspecionado, apesar de minha mãe manter uma cozinha de fato impecável, pois ela era *kosher*. Por isso, acho que ninguém nunca ficou doente. Mas, ei, tudo aquilo foi em nome do capitalismo à moda antiga, então eu realmente não estava infringindo a lei, estava? Foi tudo muito inofensivo, tudo muito louvável. – Olhei para o Canalha e sorri. – Como você disse, Joel, aquela era uma forma muito honesta para um garoto ganhar seu dinheiro – fiz uma pausa, para deixar minhas palavras ecoarem nas pessoas. – De qualquer forma, eu poderia continuar por muito tempo nisso, mas acredito que vocês tenham compreendido meu ponto de vista: todo mundo, incluindo meus pais, cumpridores das leis, achou que vender sorvetes era a melhor coisa na face da Terra. Era a iniciativa de um empreendedor! Mas a questão é, existe mesmo essa coisa de crime justo? Quando foi que eu cruzei a linha com os sorvetes? Bem no comecinho, quando decidi vender sem obter a licença apropriada? Ou quando recrutei aqueles garotos do ginásio? Ou quando envolvi minha mãe? Ou quando escolhi não pagar os impostos...

Respirei fundo e disse:

– Quero que vocês entendam uma coisa: você não começa no lado negro da força, a menos, evidentemente, que seja um sociopata, e espero que todos saibam que eu não sou um – todos assentiram em concordância. Em um tom mais sério, acrescentei: – O problema é que você se torna insensível com as coisas, você cruza a linha um pouquinho e nada de ruim lhe acontece, então você acha que tudo bem dar um passo além, só que então é um passo maior. É da natureza humana fazer isso, seja um cara viciado em adrenalina, seja um drogado ou mesmo se não for viciado em coisa nenhuma; você está simplesmente mergulhando o pé em uma banheira de água fervente. No começo você nem consegue manter o dedão lá dentro, porque a água está quente demais. Mas depois de um ou dois minutos todo o corpo está mergulhado lá dentro e a água está gostosa.

Continuei:

– Quando fui para a Universidade Americana, todas essas coisas acabaram sendo reforçadas. Comecei a namorar uma garota de família muito rica, cujo pai estava no ramo de encadernação. Seu nome era David Russell e ele valia milhões. Não surpreendentemente, ele achou que aquilo que eu andava fazendo na praia era a melhor coisa de todos os tempos. Na verdade, um dia ele deu uma grande festa na casa dele e me fez desfilar por todos os lados dizendo: "Este é o rapaz de quem eu estava falando!". E me fez contar a todo mundo a história de como eu acordava de madrugada, ia às 6 da manhã no tal distribuidor grego para encher minhas geladeiras de isopor com sorvetes italianos e depois ficava caminhando pela praia de barraca em barraca oferecendo meus produtos, fugindo dos guardas que corriam atrás de mim por vender sem licença. E, é claro, até o último de seus convidados achou que aquilo era a melhor coisa que eles já tinham ouvido. E faziam brindes para mim. "Para o milionário de amanhã!", diziam eles.

Sorri com essa lembrança.

– Eu só estava no primeiro ano da faculdade, era um calouro naquela época, mas eu tinha certeza de que eles tinham razão. Eu sabia que seria rico um dia, e assim também pensavam meus amigos. Mesmo quando eu trabalhava na praia, sempre ganhei o dobro de qualquer outro vendedor. E nem estou computando aqui os pães com manteiga ou os colares de conchinhas. O que acontecia era apenas que eu trabalhava mais duro e por mais tempo que qualquer outra pessoa, até mesmo que Elliot, que também era um trabalhador incansável. Mas no final do dia, quando ele e eu nos sentávamos para fazer as contas, eu sempre o superava em pelo menos 50%.

Fiz uma pausa para recuperar o fôlego e dediquei alguns momentos para avaliar a temperatura de meus captores. O que eles estariam pensando? Eu me perguntei: será que eles poderiam ter algum tipo de conexão com uma pessoa como eu? Eu era de uma raça à parte. No caso da Bruxa, éramos de uma espécie diferente. De qualquer maneira, todos pareciam perplexos. Estavam apenas lá, sentados, olhando para mim, como se eu tivesse um parafuso solto ou coisa parecida.

Pulei para meus primeiros anos de vida adulta.

– Então, depois que terminei a faculdade, decidi estudar odontologia, porque queria ganhar muito dinheiro. É engraçado como isso parece ridículo agora, o fato de eu achar que a odontologia seria um caminho para fazer fortuna, mas acho que toda a falação de minha mãe em meus ouvidos enquanto eu estava crescendo acabou exercendo grande impacto sobre mim – dei de ombros. – Na verdade, eu achava que minha única alternativa era fazer medicina, mas me tornar um médico me pareceu uma insanidade a longo prazo. Somando-se o estágio, a residência, o mestrado, tudo me parecia muito fora de alcance. Então eu perdi o MCAT* por dormir demais, o que praticamente acabou com tal possibilidade. Como eu poderia dizer à minha mãe que tinha perdido os exames que ela vinha esperando que eu fizesse praticamente desde o dia em que saí do ventre dela? Ela ficaria de coração partido! Então concluí que, sendo o bom filho que eu era, o melhor seria mentir para minha mãe; disse a ela que tinha decidido não fazer a prova porque achava que ser médico não era o melhor para mim. Afirmei e garanti que ser dentista era meu futuro – balancei a cabeça lentamente, impressionado pela maneira como tinha selado meu destino tantos anos antes. – Agora chegamos à parte da história em que toda a verdadeira loucura começa: meu primeiro dia na faculdade de odontologia – sorri cinicamente. – Vocês já ouviram a velha expressão de que todas as estradas levam a Roma?

Todos assentiram, concordando.

– Certo... Bem, em meu caso, todas as estradas levavam à Stratton, e eu pisei nessa estrada logo no primeiro dia, que era o de orientação. Estávamos todos sentadinhos no auditório da faculdade, 110 estudantes, esperando para ouvir as primeiras palavras de sabedoria do reitor. Eu me lembro desse dia como se fosse ontem. Estava correndo os olhos em volta do auditório, ten-

---

* O Medical College Admissions Test (MCAT) é uma prova feita nos Estados Unidos por pessoas que querem entrar na escola de medicina. (N. T.)

tando avaliar meus competidores, tentando descobrir se todos eles também eram esfomeados por dinheiro como eu ou se alguns deles estavam lá apenas pelo amor à odontologia. Tipo servir à humanidade e coisas assim – balancei a cabeça, como se minhas últimas palavras desafiassem a lógica.

– A sala estava lotada, metade de homens e metade de mulheres. O reitor estava de pé na frente, atrás de um pódio barato de madeira. Ele parecia um cara bem decente, na faixa de seus 50 anos, e razoavelmente bem-vestido. Tinha cabelos grisalhos, que o faziam parecer um homem bem-sucedido, respeitável e muito odontológico, pelo menos na minha maneira de pensar. Mas ele tinha um tipo de expressão sombria no rosto, como se fizesse hora extra à noite, como um diretor de penitenciária estadual... – *Como você, Joel, seu sarnento!* – Mas, apesar disso, ele ainda parecia um cara basicamente legal. Então, quando ele pegou o microfone que estava no pódio, me inclinei para a frente na cadeira para ouvir. Em uma voz surpreendentemente profunda, ele disse: "Quero acolher todos vocês aqui na Faculdade de Cirurgia Dentária de Baltimore. Vocês todos merecem ficar muito orgulhosos hoje, porque foram aceitos em uma das melhores escolas de odontologia do país". E ele fez uma pausa, deixando suas palavras pairando no ar. Até agora, tudo bem, pensei. Então, o reitor voltou a falar: "O que vocês vão aprender ao longo dos próximos quatro anos vai lhes garantir um lugar de destaque na sociedade, assim como uma vida de razoável conforto. Então, por favor, deem a si mesmos uma calorosa salva de palmas, porque com certeza merecem. Bem-vindos! Bem-vindos!". Ele levantou seu microfone e todo mundo começou a aplaudir, na hora certa. Todos, exceto eu, porque me senti arrasado, sabendo exatamente naquela hora que tinha cometido um erro terrível – girei o pescoço para um lado e para o outro, tentando fazer com que aquela lembrança não me chateasse demais. – Foi a maneira como ele tinha usado a palavra *razoável*. Era uma palavra forte para caralho, pelo amor de Deus! Aquele cretino sabia, ele sabia, porra, que a idade de ouro da odontologia já tinha acabado, por isso ele não conseguiu dizer que a gente iria ter conforto *total*. Aquele puto se esquivou e disse "*razoável* conforto", o que é uma coisa completamente diferente. No entanto, para minha surpresa total, quando olhei ao redor da sala, ninguém mais parecia preocupado com isso. Todo mundo estava muito bem e feliz, batendo palmas alegremente, *lá lá lá*, e todos com uma expressão de expectativa no rosto. Os dentistas de amanhã! Eu nunca vou me esquecer disso, pelo menos nunca vou esquecer a ironia disso, porque, enquanto eles estavam ocupados batendo palmas, eu estava a ponto de cortar meus pulsos.

Fiz uma pausa e soltei um suspiro profundo. Com uma pitada de tristeza em meu tom de voz, disse:

– A verdade é que eu sabia que tinha cometido um erro bem antes disso, eu sabia desde que era criança. O que eu quero dizer é: quem eu achava que estava enganando? Eu não tinha paciência para ficar tanto tempo estudando – balancei a cabeça em resignação. – Tinha nascido com apenas a metade da equação: era esperto como um chicote e tinha o dom da palavra, mas não tinha paciência. Eu queria ficar rico rapidamente, queria tudo na hora. Essa foi minha ruína. E depois de ganhar tanto dinheiro na praia durante todas aquelas férias de verão, estava com gosto de sangue na boca. Eu era como um acidente esperando para acontecer. Como um carro de corrida de alto desempenho zunindo pela estrada a 200 quilômetros por hora: ou eu ganhava a corrida ou queimava como o ônibus espacial. Aquilo poderia acontecer de um jeito ou de outro.

Apertei os lábios e balancei a cabeça gravemente.

– Bem, infelizmente, meus instintos tinham acertado bem no alvo. Assim que os aplausos terminaram, o reitor levou o microfone à boca e disse: "Eu quero que todos vocês ouçam um pequeno segredo: a idade de ouro da odontologia já terminou". Ele assentiu com a cabeça uma única vez. "Se você está aqui simplesmente porque quer ganhar um monte de dinheiro, está no lugar errado. Então, siga meu conselho, saia agora e nunca mais volte. Há maneiras melhores no mundo para ficar rico; evite essa dor de cabeça". Então, ele disse algumas coisas mais, que entraram e saíram por meus ouvidos, porque eu estava muito ocupado procurando uma saída de incêndio. Então, ele enfiou a faca mais profundamente. "Lembre-se, seu objetivo é praticar a odontologia preventiva. Então, se você praticar sua profissão direito, verá seus pacientes cada vez menos." E começou a assentir com a cabeça várias vezes, como se tivesse acabado de soltar uma grande pérola de sabedoria. O reitor começou a falar de novo, embora eu não estivesse mais ouvindo. Na verdade, o que eu fazia era pedir passagem nesse momento. "Com licença, desculpe, licença...", enquanto caminhava para fora do auditório, bem no meio do discurso. Lembro-me de receber alguns olhares curiosos no meio do caminho e também me lembro de não dar a mínima para eles – fiz uma pausa na minha história para causar mais efeito. – Foi assim que desisti da faculdade de odontologia em meu primeiro dia, e foi tudo culpa do reitor. A única questão era como dar a notícia à minha mãe.

– Isso é terrível – exclamou a Bruxa. – Ela deve ter ficado arrasada!

A Bruxa comprimiu os lábios finos e me encarou ameaçadoramente.

Ora, ora, ora, pensei. A Bruxa sentia pena de minha mãe, afinal! Aparentemente, a bondade da minha mãe era irresistível.

Eu disse:

– Sim, Michele, minha mãe teria ficado muito chateada se eu tivesse contado a ela, o que, é claro, não fiz – e dei de ombros, como o bom filho que era. – Eu a amava demais para ser honesto com ela. Além disso, ela era minha mãe, e eu estava mentindo para ela desde que tinha cinco anos – olhei para a Bruxa com um sorriso travesso. – Então, por que diria a verdade a ela naquele momento, certo, Michele?

A Bruxa respondeu sem palavras, apenas com dois espasmos de seu nariz.

Caramba! Balancei a cabeça rapidamente, tentando me livrar de seu feitiço.

– De qualquer forma – disse eu, com certo tremor em meu tom de voz –, contei a ela que a faculdade de odontologia estava ótima e, então, me escondi em Maryland por quatro meses, onde me exercitava o dia todo e ficava tomando sol. Baltimore é um lugar muito bonito nessa época do ano, de forma que o tempo passou rapidamente. Como ainda sobrava dinheiro de meus sorvetes na praia, vivi bastante bem nesse tempo. No final, fiz um leilão de meus equipamentos de dentista para suplementar as coisas. Todas as brocas, cinzéis, almofadas de gaze, eles nos fizeram comprar toda essa merda antes de começarmos as aulas, então eu estava com toda essa tralha.

Coçando a cabeça, o TOC perguntou:

– Você realmente fez um leilão de seus equipamentos odontológicos? Sério?

Eu balancei a cabeça, concordando.

– Pode apostar que sim! Na verdade, espalhei cartazes por todo o campus e consegui até um bom público – sorri, orgulhoso. – Veja, Greg, eu já estava bem consciente da importância da oferta e da demanda então. Eu sabia que, se quisesse ter um leilão bem-sucedido, precisaria ter muitos interessados. Então, fiz propaganda – dei de ombros, agora de forma capitalista. – Você devia ter visto o leilão, foi mesmo de arrebentar. Ele aconteceu no laboratório, em meio a bicos de Bunsen e pipetas, e uns 50 ou 60 alunos compareceram, a maioria usando avental branco. Eu usava uma daquelas viseiras de plástico azuis, parecia um agente de apostas. De início, eles ficaram um pouco tímidos, então usei um pouco de teatralidade. Comecei falando bem depressa, como um leiloeiro de verdade faria, e em seguida as coisas começaram a rolar. "O.k., o.k.", eu disse rapidamente, "tenho aqui uma máquina realmente rápida, de alta velocidade, fabricada pelos nossos bons amigos lá da Star Dental Labs. Ela é de aço inoxidável, resfria sozinha e gira em 20 mil rpm. Ela vem na caixa, com garantia vitalícia. Basta olhar para ela, é de fato uma beleza!" E levantei a broca para inspeção pública. "Ela é uma necessidade absoluta", disse. "Um item obrigatório para qualquer dentista que leve a sério um tratamento dentário de primeira a seus pacientes. Nova em folha, ela lhe custaria 950 dólares. Será que eu teria uma oferta inicial de 200 dólares? Tenho 200? Estou esperando 200 dólares!"

E continuei:

– Então, um garoto com cabelo vermelho e óculos de aro de tartaruga levantou a mão e disse: "Eu vou levá-la por 200!", ao que eu disse, "Excelente! Temos uma oferta inicial de 200 dólares de um rapaz muito esperto de avental branco e óculos de aro de tartaruga. Eu teria uma oferta de 250? Alguém tem 250? *Caramba!* Vamos, pessoal, é uma pechincha! Lembrem-se, essa broca tem autorrefrigeração e lança jatos de água para evitar o acúmulo de calor. É a mais avançada que existe..." Aí uma garota asiática de pele impecável e corpo parecendo um hidrante ergueu a mão e disse com uma voz ansiosa: "Eu pago os 250!", e eu respondi: "Ahhh, temos um lance de 250 daquela linda mocinha de branco, que sabe muito bem aproveitar uma pechincha! Parabéns, senhorita!". E fui seguindo desse jeito até que toda a sala estivesse em transe.

Fiz uma pausa para retomar o fôlego de minha narrativa. E então, cheio de orgulho, continuei:

– Arrecadei mais de 3 mil dólares naquele dia. Foi o primeiro dia em toda minha vida em que me senti como um vendedor de verdade. Eu era bom naquilo. Meu *rap* de leiloeiro saía fácil da minha boca, como se não houvesse amanhã – sorri com a lembrança. – Perto do fim do leilão, o reitor entrou na sala, veio andando até mim e ficou ali, olhando. Depois de um minuto, ele balançou a cabeça e caminhou para longe, muito aturdido para comentar qualquer coisa. Tenho certeza de que foi o primeiro leilão feito nas dependências da faculdade de cirurgia dentária de Baltimore e também estou certo de que foi o último. E foi um grande sucesso, devo acrescentar.

Naquela altura da narrativa, todo mundo na sala estava rindo, até mesmo a Bruxa e o Canalha. Era um bom sinal, pensei, então decidi saltar direto para a insanidade do negócio de carne e frutos do mar em que me meti.

– O que eu esqueci de mencionar, porém, foi o que me inspirou a realizar o leilão naquele dia.

– Você disse que estava ficando sem fundos para se manter em Baltimore – disse o TOC.

Dei de ombros sem me comprometer.

– Isso teve a ver com a história, sim, mas não era o que realmente estava me motivando. O que aconteceu foi que, alguns dias antes, eu tinha recebido um telefonema de Elliot, o Pinguim. Eu estava em casa, no momento em que ele ligou, deitado na cama e olhando para o teto, perguntando o que diabos eu ia fazer com o resto da minha vida. Na época eu morava em um pequeno apartamento nos arredores de Baltimore e tinha duas peças de mobiliário: a cama e um sofá cujo tecido de revestimento estava meio apodrecido. O Pinguim tinha ido morar no Queens e, quando ele me telefonou, estava muito agitado, quase sem fôlego. Ele disse: "Acabo de descobrir um meio de ganhar dinheiro na praia durante o ano inteiro. Estou trabalhando como vendedor de uma empresa que distribui carne e frutos do mar e faturo 250 por dia, em dinheiro. Eles até me deram um veículo da empresa". Acho que foi a última parte da frase que mais me chocou. "Sério?", respondi, "eles lhe deram um carro? Nossa, mas isso é incrível." E o Pinguim respondeu: "Pois é, posso lhe arranjar um emprego lá, se você quiser".

Fiquei pensando naquela época e nas palavras do Pinguim.

– Refletindo sobre isso, eu deveria ter percebido que alguma coisa não estava muito correta. Lembrem-se, Elliot não chegou a me dizer que eles tinham dado um carro da empresa, ele disse "veículo da empresa", o que é uma forma bastante esquisita de mencionar esse benefício, não acham? O que quero dizer é que, se você for trabalhar na IBM e receber um carro da empresa, você não vai se referir a ele como "veículo", vai dizer "A IBM me deu um carro da empresa", oras! Ainda assim, o pensamento de ganhar dinheiro na praia durante todo o ano era tão atraente que eu decidi não me angustiar com esse tipo de coisa. Antes de desligar, ainda perguntei a Elliot: "Tem certeza de que eles vão me contratar, Elliot? Eu não tenho uma experiência real em vendas!".

E comecei a rir.

– Vocês não têm ideia de como essa pergunta era irônica – e comecei a balançar a cabeça.

– O que ela tem de tão irônico? – perguntou o Canalha, sem emoção. – Eu não entendo.

– Bem, é que empresas como a Great American Meat and Seafood, o nome da empresa onde Elliot trabalhava, estão sempre à procura de vendedores. O mesmo vale para empresas como a Stratton Oakmont ou Monroe Parker ou Aspiradores Kirby ou qualquer outra empresa que precise de vendedores falantes e que recebam na base da comissão – parei de falar e refleti sobre aquela época. – No caso da Stratton, a gente costumava testar os candidatos com a prova do espelho, ou seja, a gente punha um espelho debaixo do nariz da pessoa e esperava que ele embaçasse. Se ficasse embaçado, o cara estava contratado, se não, ele estava morto e essa seria a única razão pela qual não seria contratado; a menos que fosse um corretor licenciado, que a gente nunca iria contratar mesmo, porque seria alguém que sabia demais. Queríamos que nossos corretores fossem jovens e ingênuos, famintos e idiotas – dei de ombros. – Dê-me alguém assim e eu farei com que ele fique rico, sem nenhum problema. Mas dê-me alguém com cérebro e imaginação, bem, aí é um pouco mais difícil. Mas, voltando à história, passei mais alguns minutos ao telefone com o Pinguim, ouvindo-o piar sobre como era maravilhoso esse negócio de carne e de frutos do mar: "É tudo comida da mais alta qualidade para os restaurantes", foi o que ele me assegurou, "Nada além do melhor entre o melhor". Quer dizer, a coisa toda parecia boa demais para ser verdade, mas Elliot nunca foi um mentiroso. Ele era um pouco ingênuo, talvez, mas definitivamente não era um mentiroso. Então coloquei de lado meu ceticismo, fiz as malas, lotei meu Mercury Cougar 1973 e fui para Nova York soltar a bomba na casa de meus pais. Era fevereiro de 1985. Eu tinha 22 anos na ocasião. E toda a vida pela frente.

CAPÍTULO 7

O NASCIMENTO DE UM VENDEDOR

– Quer dizer então que pegou suas coisas e foi embora? – perguntou a Bruxa, mexendo a cabeça para trás e para a frente.

– Sim – respondi casualmente –, foi exatamente isso que eu fiz. E parti com tudo o que eu tinha no mundo, ou seja, uma mala cheia de roupas sujas e a camisa que estava vestindo. E, claro, os 3 mil dólares faturados no leilão. Quando olho para trás e relembro essas coisas, fico espantado com a facilidade que foi juntar minhas coisas e partir de Baltimore. O apartamento onde eu vivia era um daqueles que você paga mês a mês, eu não tinha móveis com os quais me preocupar, e minhas obrigações financeiras eram basicamente inexistentes. O único problema era que eu estaria morando na casa de meus pais novamente, e posso garantir que não era nada fácil. Os dois ainda estavam morando naquele mesmo apartamento de dois dormitórios onde cresci, justamente o mesmo apartamento para onde jurei nunca mais voltar depois que ficasse rico...

Fiz uma pausa e cocei o queixo, pensativo.

– Na verdade, eles ainda estão morando nesse mesmo apartamento, apesar de todo o dinheiro que meu pai ganhou na Stratton – balancei a cabeça com espanto. – Dá pra imaginar isso? Eu até me ofereci para comprar uma casa para eles quando as coisas estavam bem, mas eles não quiseram se mudar de lá. Pode-se dizer que eles são os últimos sobreviventes daquelas antigas criaturas de hábitos...

– E então você deu a notícia a eles... – o Canalha me interrompeu, impaciente.

– Bem, achei que seria mais fácil se eles digerissem as novidades em pequenas doses, de forma que, antes de sair de Baltimore, já tinha avisado a meus pais que iria desistir da faculdade de odontologia; não informei naquele momento que iria trabalhar como vendedor da empresa de carnes e frutos do mar... Soltei a bomba sobre os dois na sala de estar, que era o local onde todas as conversas familiares importantes aconteciam. Meu pai estava sentado em sua cadeira favorita e minha mãe, no sofá, lendo um livro. Por alguma razão, ainda me lembro qual livro era... Sobre a morte e o morrer... – dei de ombros. – Sei lá, minha mãe sempre gostou dessas coisas meio mórbidas... Meu pai, enquanto isso, se distraía assistindo ao último episódio de um seriado policial e fumando, completamente desligado do que acontecia a sua volta. Naquele momento, sentei-me em frente a meu pai e disse: "Preciso conversar com vocês dois um pouquinho". Meu pai olhou para minha mãe e falou, em um tom de voz um pouco irritado, "Lee, dá pra desligar a TV por um minuto?"; minha mãe colocou o livro de lado e praticamente correu para desligar a antiga Trinitron. Era assim o relacionamento entre meus pais, Mad Max e Santa Leah. Ela passou a melhor parte de sua vida tentando evitar que ele queimasse um fusível emocional.

E continuei:

– Seja como for, eu disse a eles: "Olhem, essa coisa de ser dentista não é para mim. Tentei um semestre inteiro e agora tenho absoluta certeza de que não serei feliz nessa profissão". Claro que era mentira, mas eu percebi que se contasse a eles que tinha desistido já no primeiro dia, os dois iriam ficar realmente chateados. Seja como for, minha mãe não estava aceitando muito a ideia. "Eu nunca pensei que fosse ser dentista para sempre", disse ela. "Eu achava que você iria abrir uma rede de clínicas odontológicas um dia, ou então iria descobrir um novo procedimento, não sei. Mas ainda não é tarde demais..." "Não, mãe, já é tarde demais, sim, eu não vou voltar", e então olhei para meu pai, pedindo seu apoio. Ele, de fato, era melhor nessas situações. Ele adorava uma boa crise; parecia acalmá-lo de algum jeito, e isso acontece até hoje. Eram as pequenas coisas que o deixavam louco da vida. Eu disse a ele: "Ouça, pai, eu não quero ser dentista, quero ser vendedor. É para isso que eu sirvo, para vender coisas e...". E então minha mãe pulou do sofá e gritou: "Ah, meu Deus, Max! Vendedor, não! Tudo menos isso!". Então ela se virou para mim e disse: "Olha o que você já me causou". Depois abaixou a cabeça e apontou para uma pequena mecha de cabelos grisalhos: "Isso foi quando você largou o colégio e ficou fumando maconha o dia inteiro com aquele horrível Richard Kushner!". Logo apontou para uma ruga na testa e continuou: "E isso é de quando você inventou de plantar maconha no quarto e disse que era um projeto da aula de ciências! E agora você está saindo da faculdade de odontologia para se tornar um vendedor!".

– Eu estava lentamente perdendo a paciência com ela. Com um pouco de irritação no meu tom de voz, retruquei: "Eu não vou voltar para aquela faculdade, mãe, e isso é definitivo!". E ela: "Não é definitivo, nada!". E eu: "É sim". E ficamos naquela de bater e rebater até que finalmente Mad Max se intrometeu na discussão: "Vocês querem parar com isso?", gritou ele. "Caramba!" E balançou a cabeça, descrente. Então olhou para minha mãe e disse: "Ele não vai voltar para a faculdade, Leah. Qual é a utilidade?". Em seguida, olhou para mim e sorriu calorosamente. Com um leve sotaque britânico, perguntou: "Que tipo de vendedor você gostaria de ser, filho? O que você se vê vendendo?".

– Seu pai é britânico? – perguntou o TOC. – Eu não sabia disso – o tom da voz dele deixava transparecer alguma surpresa, como se alguém tivesse lhe dado algumas informações muito ruins.

– Não, ele não é realmente britânico – respondi. – Ele só fala com sotaque britânico quando está tentando agir e se comportar de forma mais razoável. Essa é a outra persona de meu pai: *Sir* Max. É seu *alter ego* amável. Quando Mad Max se transforma em *Sir* Max, ele franze os lábios e começa a falar com uma pitada de aristocracia britânica. É bastante notável, na verdade, considerando que ele nunca sequer visitou a Inglaterra – curvei os cantos da boca e encolhi os ombros. – Algumas coisas simplesmente desafiam a lógica, e não vale a pena ponderar sobre isso. Mas *Sir* Max é o melhor. Ele nunca perde a paciência. Ele é totalmente razoável em todas as situações.

– Então, o que você disse a *Sir* Max? – perguntou o Canalha.

– Bem, de início hesitei e falei de forma meio evasiva, especulando sobre a possibilidade da venda de suprimentos médicos ou dentários, algo que se encaixasse no meu nível, digamos, superior de educação. Mas depois, como uma segunda hipótese, trouxe à baila o assunto de Elliot Loewenstern e a carne e os frutos do mar. Minha mãe, é claro, imediatamente começou a me torturar, usando a típica culpa judaica, que é aquela culpa judaica recorrente e comum mesclada a agressividade e passividade sarcástica. "Meu filho, um vendedor de carne!", ela começou a murmurar. "Mas que maravilha! Ele larga a faculdade para vender bife. O que uma mãe poderia pedir mais?" Ela começou a proferir mais algumas palavras desse naipe e, em seguida, o telefone tocou. *Sir* Max se transformou de novo em Mad Max e passou a xingar: "Esse maldito filho da puta, esse pedaço de merda de telefone! Quem diabos tem a ousadia de ligar para essa casa nessa porra de terça-feira à tarde? É um insensível!" Minha mãe pulou do sofá e correu para o telefone como se fosse Jesse Owens, enquanto implorava a meu pai: "Acalme-se, Max! Acalme-se! Já vou atender, já vou atender!". Mas Mad Max ainda estava murmurando palavrões em voz baixa: "Esse rato desgraçado! Quem é o imbecil que liga para essa casa numa maldita tarde de terça-feira?".

Com um falso ar de seriedade, expliquei:

– Meu pai realmente detestava quando o telefone tocava! Juro, não havia *nada* que o deixasse mais maluco.

– Por quê? – perguntou TOC.

Dei de ombros.

– Em grande parte, acredito que tenha a ver com o fato de que ele é resistente a mudanças. Ele odeia mudanças em qualquer tamanho ou forma. Veja, nos últimos 36 anos ele manteve o mesmo endereço, o mesmo número de telefone, a mesma oficina mecânica, até mesmo a mesma lavanderia chinesa! Ele conhece todos os proprietários dessas lojas e desses serviços pelo nome, então ele fala assim: "O Pepe", se referindo à tinturaria, ou "o Wing", para a lavanderia, ou "o Jimmy", do posto de gasolina, entendeu?[1] É uma coisa totalmente inacreditável – balancei a cabeça para trás e para a frente, enfatizando esse ponto. – Quando o telefone toca, ele traz um estímulo indesejável a seu ambiente, criando potencial para uma mudança. Não importa se o telefonema traz uma notícia boa ou ruim, isso não faz diferença para ele; Mad Max fica doido da mesma maneira. – Dei de ombros de novo, como se fosse apenas mais um acontecimento esperado no Chez Belfort. Então disse: – Sob circunstâncias normais, a pior coisa que minha mãe pode dizer depois que pega o telefone é: "Max! É para você!". Mas, uma vez que Mad Max pega o telefone, ele se torna *Sir* Max novamente, usando seu sotaque britânico: "Em que posso *ajudá-lou*? Ah, *certou*! *Esplêndidou, amigou!*". E ele fica assim, como *Sir* Max, até que desliga o telefone e volta imediatamente a Mad Max de novo, amaldiçoando enquanto volta para sua cadeira e acende mais um cigarro. De qualquer forma, quando minha mãe atendeu ao telefone naquele dia, a ligação não era para meu pai. Era para mim e, entre todas as pessoas do mundo, era justo o Pinguim. E então meu pai começou a resmungar: "Essa merda desse telefone! É sempre a mesma coisa. E esse porra desse merda do Pinguim! De que buraco esse filho da puta saiu? É um vagabundo que nem sabe andar direito...".

---

[1] Os nomes foram trocados

A essa altura da história, todos nós estávamos chorando de rir, e o primeiro a se recuperar foi o Canalha:

– Então Mad Max ficou louco com sua história de ser vendedor de carne?

– Nem tanto – respondi. – No momento em que desliguei o telefone, eu lhes disse que tinha conseguido um emprego como vendedor de carne e frutos do mar, o que quase fez Santa Leah desmaiar e possibilitou que *Sir* Max ressurgisse. – Fiz uma pausa por alguns instantes e depois disse – Meus problemas só começaram mesmo no dia seguinte, quando o Pinguim parou em frente ao meu prédio em seu veículo da empresa, que era uma picape Toyota. "Que porra é essa?", perguntei. "Não me diga que esse é o veículo da empresa sobre o qual você estava falando!". E o Pinguim respondeu: "Sim, não é uma beleza?". E então saiu da picape, vestindo jeans e tênis, e gingou até perto de mim, colocando a mão em meus ombros. Ele olhou para o Toyota e perguntou: "O que você acha?". "É um belo pedaço de merda!", rosnei, e depois notei um grande freezer na carroceria da picape. "Que porra é essa, Pinguim? Parece um caixão!" Eu vi um rastro de fumaça de gelo seco cinza elevando-se a partir de um dos cantos do freezer. "E aquela bosta, o que é?", perguntei, apontando para a coluna de fumaça. Elliot me lançou um sorriso e, levantando o dedo indicador, disse: "Venha, eu vou mostrar!". Ele foi gingando até o lado do passageiro e abriu a tampa da geladeira. "Dê uma espiada na comida!", disse orgulhosamente, puxando as caixas, uma a uma, e me mostrando a comida. Cada caixa tinha o tamanho de uma pequena mala e trazia um corte diferente de carne ou um tipo diferente de peixe ou de frutos do mar. Havia de tudo lá dentro: filé-mignon, camarão, lagosta grelhada, cordeiro, costeletas de porco, vitela, filé de linguado, filés de salmão, patas de caranguejo. Ele tinha até comidas já preparadas, como frango kiev e frango *cordon bleu*. Eu nunca tinha visto nada como aquilo...

– Quando ele acabou de mostrar tudo, estávamos cercados por mais de duas dúzias de caixas, e eu estava mais confuso que nunca. Eu sabia que havia algo me incomodando, mas não conseguia dizer o que era. "Como vamos conseguir que os restaurantes comprem isso de nós?", perguntei. "Nossos preços são mais baixos, nossa carne é melhor, o que é?" O Pinguim me olhou impassível e disse: "Quem falou sobre venda para restaurantes?".

Olhei para o Canalha e balancei a cabeça. Com um espasmo que indicava uma risada, disse:

– Naquele instante, achei que já sabia de tudo, e o que veio depois disso foi meramente incidental. Quando eu decidi não correr de volta para casa e refazer minha matrícula na faculdade de odontologia, selei meu destino – encolhi os ombros. – A década seguinte de minha vida, quer dizer, a insanidade da Stratton Oakmont, era então uma conclusão precipitada.

O Canalha se inclinou para a frente em sua cadeira, obviamente intrigado.

– O que o faz dizer isso? – perguntou.

Eu pensei por um momento.

– Bem, vamos apenas dizer que ali, naquele momento, eu sabia muito bem no que estava me envolvendo. Eu sabia que tudo aquilo era um... – eu evitava usar a palavra *golpe*, não só porque aquele negócio de carne e frutos do mar não era um golpe indiscutível, mas também porque não desejava que meus captores me vissem como um golpista de carteirinha. Era melhor que eles enxergassem a Stratton como uma manchinha na vida de alguém até então semicumpridor da lei – ... era um pouco de confusão – continuei, com cuidado. – Ou talvez até mais que um pouco. Mas pensei o seguinte: já que a comida era tão boa, que mal poderia fazer?

Dei de ombros à minha própria racionalização.

– Enfim, eram mais ou menos 20 minutos de viagem até o depósito, e no caminho Elliot me explicou os prós e os contras. Tudo estava sendo vendido de porta em porta, para donas de casa ou empresas, mas nunca a restaurantes. Desse modo, não havia como estabelecer um preço fixo. "Nós vendemos no varejo, não no atacado", o Pinguim me informou. E, embora ele não tenha dito isso claramente, acredito que sugeriu que nossos preços não eram baixos. "Trata-se da conveniência", disse ele. "Nós entregamos comida de qualidade de restaurante diretamente na sua casa. E até organizamos seu freezer com elas!", ele repetia a última parte nomeando-se um empacotador profissional de freezers, como se isso compensasse o fato de estar cobrando um preço exagerado pela comida.

– Bem, quer fosse um preço alto ou não, o fato é que, quando chegamos ao depósito, eu já tinha uma boa ideia do que estava acontecendo na Great American Meat and Seafood: não havia territórios, brochuras, clientes que devessem ser atendidos nem salários de qualquer tipo. Era tudo na base da comissão. "Nós somos máquinas de captação de clientes", disse o Pinguim assim que entramos no armazém. "É por isso que ganhamos tanto dinheiro." Minha entrevista de trabalho ocorreu dentro de um escritório desorganizado na parte da frente do armazém. Durou oito segundos e meio, depois dos quais fui contratado. Eu ainda não tinha ouvido falar do teste do espelho na época, então apenas supus que tinha conseguido o trabalho porque era amigo de

Elliot. Não sabia até então que eles iriam contratar qualquer um que tivesse batimentos cardíacos comprovados – dei de ombros inocentemente. – E então veio o programa de treinamento, que consistiu em dois dias em uma picape com Elliot. Sentei-me no banco do passageiro, observando, enquanto ele dirigia sem rumo, batendo na porta da casa das pessoas, tentando vender a comida. O discurso que ele usava era o de ser motorista de uma picape e ter um excesso de carga que não podia levar de volta para o freezer, por isso estava disposto a vender tudo a preço de custo, antes que a comida descongelasse e ele perdesse a mercadoria. E, para apoiar sua alegação, cada caixa tinha um preço inflacionado marcado nela. Enquanto estava vendendo, o Pinguim chamava a atenção para os preços e começava a dizer "Eu aceito 15 dólares por essa caixa e 15 dólares por aquela caixa...". E, em seguida, sorria para o cliente e acrescentava: "Ei, eu prefiro vender a preço de custo a deixar descongelar tudo, certo?".

– Ele estava mentindo descaradamente na cara de seus clientes! – rosnou a Bruxa.

Eu sorri por dentro.

– Sim, Michele, ele estava mentindo para seus clientes. Quero esclarecer que isso definitivamente me chocou no início. Aquilo que ele estava fazendo me parecia totalmente desprezível. Totalmente viscoso, nojento, sacana. Mas, é claro, o Pinguim tinha uma racionalização para tudo, inclusive para essa atitude. Estávamos em algum lugar da costa sul de Long Island quando abordei o assunto com ele. Elliot estava ao volante, em busca de "território virgem", que era um termo "pinguinzístico" para um bairro do qual nunca ninguém tinha ouvido falar antes. Era início de tarde, e eu já o tinha visto fazer seu discurso mais ou menos meia dúzia de vezes até então, embora não tivesse vendido nenhuma caixa ainda. Foi quando comecei a falar: "Não consigo acreditar no golpe que é isso aqui, Elliot. Tem certeza de que isso é mesmo legal?". Elliot olhou para mim como se eu tivesse acabado de cair de um caminhão de nabo e disse: "Olha quem está falando, seu hipócrita do caralho! Você não é o cara que costumava raspar o fundo das geladeiras de isopor para vender mais algumas bolas de sorvete?". E deixou escapar uma bufada. "Isso aqui não é diferente, amiguinho. Além disso, as pessoas não podem nem mesmo encontrar essas caixas de comida no supermercado." Eu balancei a cabeça e disse: "Sim, sim, eu entendo que a comida é ótima e estou muito feliz com tudo, mas nada disso muda o fato de que você é um mentiroso de merda!". Parei por um momento e, em seguida, acrescentei: "E quanto a esse comentário de eu raspar o fundo da geladeira, isso só aconteceu por acidente, foi uma coisa meio automática". "Claro, claro que foi", chiou o Pinguim. "Foi tudo um acidente. Não dava para deixar o gelo separado de lado sem misturar, não." Ele revirou os olhos para mim. "Enfim, o que estou fazendo com os preços é uma coisa que acontece em todos os lugares. Sério. Basta você andar em qualquer loja de joias ou de eletrônicos e conferir. Todo mundo age assim."

Fiz uma pausa, deixando as palavras de Elliot pairando no ar. Então disse:

– Não há como negar que ele tinha razão em um ponto. Você vê isso em joalherias o tempo todo. Eles aumentam os preços e depois remarcam as etiquetas bem na sua frente, e assim você pensa estar fazendo um grande negócio – fiz nova pausa e continuei. – E esse lance de ter excesso de pedidos na picape não é muito diferente de todas essas lojas que você vê anunciando "queima de estoque", "fechando a loja" ou coisa parecida. A maioria delas fica anunciando que vai sair do mercado por dez anos, e dez anos depois elas ainda estarão saindo do mercado...

Respirei fundo e continuei:

– De qualquer forma, passamos a maior parte do primeiro dia trabalhando em bairros de classe média, batendo na porta das pessoas e tocando a campainha. A rejeição foi absolutamente impressionante. Portas foram batidas em nossa cara a torto e a direito, com as pessoas basicamente nos dizendo para irmos para o inferno. Por volta das 2 horas da tarde, Elliot estava ficando pessimista. Ele começou a se lamentar para mim: "Ninguém quer comprar comida hoje" – balancei a cabeça e comecei a rir. – Aquilo foi triste de ver. Quer dizer, o pobre coitado estava quase chorando! Na praia, todo mundo nos amava, éramos tratados quase como celebridades por lá. Mas ali nós éramos tratados como leprosos. Ainda assim, de alguma forma o Pinguim conseguiu descarregar 12 caixas naquele dia, e no dia seguinte ele descarregou outras 16 – balancei a cabeça lentamente, ainda muito impressionado com a persistência dele. – Uma coisa que posso dizer sobre o Pinguim é que ele é um cara implacável. Ele se manteve vagando de porta em porta, batendo e tocando campainhas até que os nós dos dedos ficassem quase sangrando, mesmo enquanto engolia as lágrimas. Mas ele estava faturando em média 300 dólares por dia em comissões, portanto aquilo valia algumas lágrimas. Quer dizer, isso era muito dinheiro naquela época, especialmente para um moleque que tinha acabado de cair fora da faculdade de odontologia. Então, foda-se, eu pensei. Apesar de saber que era sacanagem, resolvi que era uma coisa que valia a pena tentar.

Fiz uma pausa e olhei para o TOC.

– Você quer adivinhar o que aconteceu a seguir?

TOC sorriu e balançou a cabeça algumas vezes.

– Nem consigo imaginar...

– Na verdade – retruquei –, de fato você não conseguiria imaginar, porque ninguém naquela empresa conseguiria. Já que o preço parecia ser a maior objeção das pessoas, então porque não tentar vender para os mais ricos? Ou melhor, para as pessoas ricas que eu conhecia? O problema era que eu realmente não conhecia ninguém rico, exceto pelo pai da minha namorada na faculdade, David Russell. Mas era uma situação que podia ser meio complicada, porque ele e sua esposa tinham acabado de se separar e eu não tinha ideia de onde ele estava vivendo. Ela, eu sabia, ainda estava vivendo na mansão em Westchester, mas eu não podia simplesmente bater à porta dela. Ela nunca gostou de mim, embora eu não possa imaginar por que – olhei para a Bruxa e disse: – O que há para não gostar, certo, Michele?

A Bruxa não disse nada nem sorriu; ela simplesmente ergueu a fina sobrancelha esquerda como se questionasse: "Você está brincando comigo, certo?". Dei de ombros e disse:

– Bem, acho que ela teve suas razões. Mas, deixando isso de lado, tomei a melhor decisão que podia e fui até seu vizinho – balancei a cabeça uma única vez, o que denotava a correção daquela minha decisão. – Sim – contei com orgulho –, eu estacionei minha picape Toyota bem na frente da enorme porta do vizinho e pulei do carro, subindo a escada e batendo na porta. Lembro-me de tudo como se tivesse acontecido ontem. Era uma enorme casa no estilo colonial, com persianas de cor verde-floresta, e a porta da frente era maior que aquela que conduzia à Cidade das Esmeraldas. Era pintada de vermelho escuro e devia ter umas mil mãos de verniz sobre ela. Continuei batendo, até que, finalmente, depois de um minuto, uma senhora de seus 60 anos e aparência gentil, com cabelos grisalhos e óculos de vovó, veio até a porta e me disse: "Posso ajudá-lo, meu jovem?". Ofereci a ela um sorriso triste e respondi: "Talvez a senhora possa. Meu nome é Jordan e eu entrego carnes e frutos do mar para alguns de seus vizinhos na região. Eu tenho um excesso de produtos na minha picape hoje e não posso levar isso de volta para o freezer. Estou disposto a vender-lhe tudo a preço de custo". Lancei a ela meus grandes e tristes olhos azuis de cachorrinho e acrescentei: "Tem algum jeito de a senhora me ajudar?". Ela olhou para mim por alguns segundos e, depois, em um tom maduro e repleto de ceticismo, perguntou:

"Quem são esses vizinhos para quem você faz entregas?". Sem perder o ritmo, respondi: "Para os Russells aqui ao lado". De repente, me ocorreu que ela podia realmente telefonar para eles, então rapidamente acrescentei: "Na verdade, era para o senhor Russel, David, como ele gostava de ser chamado", e então apertei os lábios e balancei a cabeça tristemente. "Mas, como sabe, com tudo que vem acontecendo por lá com essa história do divórcio, eles não têm comprado muita coisa de mim ultimamente".

– A senhorinha de fato ficou comovida com isso, e seu tom imediatamente suavizou. "Eu posso imaginar", disse ela, com tristeza. "É terrível essa coisa de divórcio!". De repente, ela se animou e perguntou: "Bem, meu filho, o que você tem no caminhão hoje?". Eu levantei o dedo indicador e disse: "Espere um minuto e já voltarei!". Corri para a picape, peguei uma caixa de cada e fui tropeçando pelo caminho com uma dúzia de pacotes. Empilhei todos eles e segurei essa pilha, que ficava quase uma cabeça mais alta que eu. Quando cheguei até a porta da casa, a mulher disse: "Está congelando aí fora, porque não traz isso tudo aqui para o hall?". Ela fez sinal em direção a um hall de mármore cinza, que era grande o suficiente para pousar um avião. "Humm, obrigado", agradeci, soltando um par de óbvios grunhidos e gemidos. "Estas caixas são muito pesadas." Então, enquanto passava à frente da senhora, comentei: "A senhora está certa sobre estar muito frio lá fora. É brutal!". Então, caí sobre meus joelhos e depositei a pilha de caixas sobre o piso de mármore, deixando que fizessem um ruído exagerado.

Fiz uma pausa e encarei meus captores.

Eles todos pareciam estar mais chocados que aborrecidos com aquela maravilhosa série de mentiras que eu havia contado para a velha senhora. O que eles não tinham ideia, porém, é que as maiores lorotas ainda estavam por vir. É evidente que eu não deveria me aprofundar em todos os detalhes sobre como havia convencido a gentil senhora a comprar todas as 40 caixas de carnes e de frutos do mar que eu trazia em minha picape. Esse não era o tipo de coisa que faria meus captores me respeitarem, mas parece que eu simplesmente não conseguia parar. Estava começando a sentir uma alegria irracional por voltar a explorar o passado, quando eu ainda era um vendedor iniciante. Além disso, enquanto eu estava ocupado falando sobre o passado, ficava sem tempo de me concentrar no presente, ou seja, na dura realidade em que minha vida havia se transformado. Então, segui em frente, com prazer.

– Bem, eu tenho de dizer uma coisa a vocês – voltei a falar, com um pouco de petulância escorregando das minhas palavras –, existem algumas ocasiões na vida de um jovem, momentos decisivos em que alguma coisa tão *extraordinária* acontece que ele sabe que nada nunca mais será como era – fiz uma pausa para dar mais efeito. – Aquela ocasião foi uma delas. Eu tinha vendido sorvetes na praia antes, mas aquilo não tinha sido de fato *vender*, tinha mais a ver com o trabalho duro e o desejo de ser bem-sucedido. E mesmo aquele pequeno leilão na faculdade de odontologia não tinha sido de fato uma experiência na arte de vender, embora tivesse sido definitivamente um passo adiante. Mas quando olhei para o rosto sorridente daquela senhora, bem... – adicionei um toque sobrenatural ao meu tom de voz – um estranho sentimento tomou conta de mim, quase mágico, na verdade. Era como se eu soubesse exatamente o que a mulher precisava ouvir, melhor ainda, exatamente o que eu precisava dizer a ela para convencê-la a comprar tudo.

E continuei:

– Eu abri a primeira caixa e fiz um gesto com a palma da mão para os 12 maravilhosos filés-mignons, cada um deles embalado individualmente em plástico transparente. "São de Black Angus", expliquei com orgulho, "com 4 centímetros de espessura. Eles foram rapidamente congelados e mantidos assim de uma forma próxima à perfeição e podem durar até um ano em seu freezer, minha senhora". Eu balancei a cabeça orgulhosamente, chocado com a facilidade como toda aquela merda rolava para fora de minha boca. "Os restaurantes grelham esses filés durante 7 minutos de cada lado e depois servem com molho *béarnaise*." Então olhei direto nos olhos dela e disse com a máxima convicção: "Essa carne é tão macia que se pode fatiá-la com um garfo!". Depois coloquei a caixa de lado e fui abrir a seguinte. "Aqui são caudas de lagosta da África do Sul", expliquei. "Separe cada uma e divida ao meio, espalhe a manteiga com alho e, depois de 20 minutos no forno pode se esbaldar". E segui em frente, fazendo um pequeno discurso sobre o conteúdo de cada uma das caixas e informando que de uma delas eu tinha mais três na picape e de outra eu tinha mais quatro caixas. Finalmente, quando todas as caixas já estavam abertas e nós dois estávamos rodeados por carnes e peixes e frutos do mar, fiz um gesto apontando os preços e disse: "Posso aceitar 15 dólares por caixa, que é meu custo, e mais nada. Pode acreditar, madame, a senhora não vai encontrar esses produtos nem nos supermercados, de tão bons que eles são!".

– Depois de alguns momentos, ela me disse: "Bem, eu adoraria ajudar você, meu jovem, porque me parece um rapaz muito bom. Mas é que somos apenas meu marido e eu, e não sei o que faríamos com tanta comida assim".

Ela pensou por alguns segundos antes de continuar: "Além disso, eu dificilmente terei espaço em meu freezer para armazenar tanta coisa", e deu de ombros tristemente. "Sinto muito." Eu olhei para ela e balancei a cabeça lentamente. "Eu compreendo totalmente o que a senhora está me dizendo, mas deixe-me, por favor, explicar uma coisa. Acontece que eu sou um embalador profissional de freezers e aposto que consigo dar um jeito de caber e, de repente, até limpar algumas coisas enquanto faço isso. E não apenas irei embalar as coisas para a senhora em seu freezer, mas também estou disposto a passear com o cachorro, esfregar o chão, cortar seu gramado e pintar sua casa". Levantei as mãos espalmadas em direção à senhora: "Não que sua casa precise disso ou coisa parecida, mas o que estou tentando lhe dizer é que farei qualquer coisa para conseguir vender essas caixas de comida hoje". Pressionei meus lábios para dar mais efeito. "Veja, se minha comida descongelar, perco meu emprego, não posso permitir que isso aconteça, porque estou tentando entrar na faculdade." De repente, um pensamento maravilhoso borbulhou em meu cérebro. Mordi o lábio inferior e disse: "A senhora tem netos, por acaso?". Bem, ela sorriu depois da pergunta. Acho que deixei seu dia melhor, de fato. "Ah, sim!", respondeu ela com um largo sorriso. "Tenho cinco netos e todos eles são maravilhosos!" Eu sorri em resposta e disse: "Tenho certeza de que são preciosos. Então, por que a senhora não organiza um grande churrasco para eles? Seria uma ótima ocasião para reunir toda a família. E então poderá contar a eles sobre esse jovem rapaz tão educado que apareceu aqui e lhe vendeu toda essa comida maravilhosa! A senhora pode até mesmo dar um pouco para eles levarem para casa". Ergui as sobrancelhas e assenti ansiosamente: "Na verdade, eu mesmo posso entregar a comida para eles! Apenas me chame de volta, e eu passarei aqui com minha picape!". Ela refletiu sobre isso por alguns segundos e então disse: "Tudo bem, eu tenho um freezer extra na garagem. Você pode colocar lá". "Ah, meu Deus", eu declarei. "Muito obrigado, minha senhora. A senhora salvou minha vida! O que gostaria? Eu tenho todos os tipos de alimentos preparados também, como frango kiev, frango *cordon bleu*, caranguejo à *thermidor*, que é especialmente delicioso...", e que por acaso era o item com maior *markup* que eu tinha. A mulher sorriu para mim e disse: "Eu acho que vou levar tudo. Quer dizer, não quero que você perca seu emprego, certo?".

Fiz uma pausa e me recostei na cadeira, olhando para o Canalha.

– E foi simples assim, ela comprou toda a carga que eu trazia na picape de uma tacada só – dei de ombros. – Claro, eu me senti um pouco culpado por mentir para aquela senhora, mas a comida, bem, aquilo era de alto nível, para não mencionar o fato de que eu sozinho a inspirei a organizar uma reunião de família. Então foi tudo bem, certo?

– Sim, foi tudo bem – rosnou o Canalha.

Eu ignorei seu sarcasmo.

– Certo, foi tudo bem. Na verdade, foi tudo tão bem que, na minha primeira semana na empresa, vendi 240 caixas, o que foi mais que o dobro do recorde da empresa. E foi assim que tudo começou. A partir daí, uma cadeia de acontecimentos bizarros me levou para o mercado de ações e, em seguida, para a Stratton. Deixe-me conduzi-los por esse caminho na ordem em que os fatos aconteceram.

O Canalha aquiesceu uma vez com a cabeça.

– Por favor, faça isso.

Respondi com outro aceno.

– Tudo começou com o escritório da Great American. Foi como se toda a força de vendas da empresa subitamente pegasse fogo. A produção de todo mundo praticamente dobrou, de alguns caras até triplicou. Foi como se eu tivesse aberto uma tranca, um novo campo de possibilidades em relação ao dinheiro que podia ser feito se você trabalhasse duro e vendesse os produtos da maneira certa. Depois de uma semana, o gerente veio falar comigo e me perguntou se eu não poderia ajudar no treinamento dos novos vendedores. O nome dele era P. J. Cammarata. Ele disse: "Você bombou este escritório, Jordan, você bombou de um jeito que não se consegue acreditar..." e blá-blá-blá. Ele ficava falando sobre como eu tinha feito bem todas as coisas e tal...

Fiz uma pausa, chocado pela maneira como minhas lembranças desse momento eram bastante límpidas.

– Quando olho para trás e vejo o que aconteceu, penso que aquilo foi a única coisa inteligente que aquele sujeito disse na vida. Vejam, fazer essa pressão é crucial, porque sem ela a força de vendas murcha e morre mais rápido do que você pode imaginar.

– Então você concordou em treinar os vendedores? – perguntou o Canalha.

– Sim, mas por razões egoístas. Eu já estava pensando em começar minha própria empresa, era apenas uma questão de quando iria fazer isso. Pensei em comprar meu próprio caminhão, ir até o mercado de carnes e fazer o atacado também. Era o que eu tinha feito na praia todos aqueles anos e tinha dado muito certo – encolhi os ombros. – Então comecei a treinar os vendedores e rapidamente percebi que tinha um talento especial para isso. Na verdade, eu era tão bom que podia pegar praticamente qualquer moleque na rua e transformá-lo em um vendedor de carnes. Algumas semanas depois, P. J. me perguntou se eu daria uma palestra sobre vendas para o pessoal interno, para aumentar a motivação e a pressão.

Fiz uma pausa, refletindo sobre aqueles acontecimentos por um momento.

– É bastante irônico o fato de que um idiota como P. J., com seus jeans sujos e sua jaqueta de funcionário, tenha instigado um dos momentos definidores da minha vida. Veja, acima de tudo, era minha capacidade de falar diante da multidão, coordenando reuniões de vendas para os strattonitas, que residia no centro do meu sucesso. Foi isso o que manteve a bomba funcionando todos esses anos, apesar de todos os problemas regulatórios que tivemos.

– As reuniões? – o Canalha perguntou, me interrompendo.

– Sim, as reuniões. É o que separa ou, devo dizer, o que separou a Stratton das outras corretoras do país. Duas vezes por dia eu ficava diante de todos na sala de reuniões, pregando para os corretores. Ninguém em Wall Street tinha feito isso antes. Ocasionalmente uma corretora trazia um orador convidado, alguém como um Anthony Robbins da vida, mas foi sempre um negócio de um tiro só, não como parte de um programa regular. E isso é uma completa perda de tempo, quer dizer, fazer isso apenas uma vez. Se você quer resultados, tem de fazê-lo todos os dias; se você realmente quer muitos resultados, você tem de fazê-lo duas vezes por dia, uma de manhã e outra à tarde. Então, os milagres podem acontecer. Mas é claro que eu ainda não sabia de nada disso em meus dias de Great American... Embora eu seja obrigado a lhes dizer que minha primeira reunião foi de fato uma verdadeira revelação. Aconteceu dentro do armazém, em Forest Hills, no Queens. Havia uns 20 vendedores lá, a maioria deles com 20 e tantos anos. Estavam todos vestidos de jeans e tênis, tentando se parecer com motoristas de caminhão. Eles estavam dispostos em um círculo e eu de pé, no centro. No começo, falei devagar, exaltando a qualidade da comida, como ela era excepcional, destacando o fato de que não havia nada parecido no mercado e de como nossos clientes eram sortudos por ter acesso a ela. Em retrospecto, eu estava começando a lançar as bases de um culto, embora na época eu não tivesse consciência disso. E o fato de que...

TOC levantou a mão:

– O que você quer dizer com "lançar as bases de um culto"?

Olhei para ele e respondi:

– Deixe-me colocar desta forma: no coração de qualquer culto, seja ele a Stratton Oakmont, a Great American ou aqueles Davidianos loucos de Waco, no Texas, a crença fundamental é de que não interessa o que o resto do mundo está dizendo, todos são loucos e eles não. E, sem exceção, tudo sempre começa com a crença na justiça de sua causa. Com os extremistas muçulmanos, isso se demonstra em uma interpretação distorcida do Alcorão, com o Ramo Davidiano é uma interpretação distorcida da Bíblia, e na Stratton foi a sala de reuniões em si, o grande equalizador em um mundo que era, de outra forma, injusto. Em outras palavras, não tinha a menor importância se você nascera em uma família sem *pedigree*, se só tinha estudado até o ensino fundamental ou se seu QI era muito baixo. Uma vez que entrasse na sala de reuniões da Stratton, tudo isso ficava para trás. Você se igualava aos outros e poderia, a partir daí, ganhar tanto dinheiro quanto o mais poderoso CEO do país – dei de ombros, como se isso fizesse parte das coisas mais básicas.

E continuei:

– Todos os cultos sugam seu poder de um conceito como esse, de que eles possuem algum tipo de vantagem em relação ao mundo. No caso da Great American, era o fato de eles venderem um tipo de comida que não se conseguia encontrar nos supermercados; com a Stratton, era a promessa de ficar rico, mesmo que não tivesse completado o ensino fundamental e só merecesse trabalhar como atendente de uma loja de conveniência – dei uma risadinha irônica. – Foi por isso que eu disse antes: "Eu quero os jovens e os pouco instruídos, os jovens e os ingênuos". Porque eles se tornam os melhores membros dessa seita.

E disse mais:

– Enfim, de volta à primeira reunião, depois de alguns minutos dizendo aos vendedores como aquela comida era boa, as palavras começaram a jorrar em torrentes. Era uma sequência perfeita de pensamentos, derramando-se de minha boca. E, antes mesmo que eu percebesse, estava ali pregando a eles, falando em detalhes íntimos sobre coisas que nunca tinham me ocorrido antes. E, mesmo assim, eu parecia ser o maior especialista do mundo nesses assuntos: coisas como a diferença entre vencedores e perdedores, o poder do pensamento positivo e como ser o mestre de seu próprio destino. Eu me tornei mais técnico e mergulhei na arte de vender, explicando como abrir e fechar uma venda, como modular a velocidade e o tom de sua voz para manter as pessoas interessadas e a importância de ser implacável, de não aceitar um não como resposta e bater nas portas até que os dedos comecem a sangrar. "Você deve isso a si mesmo!", disse aos vendedores. "Você deve isso a si mesmo, você deve isso à sua família e, mais importante, você deve isso àquelas pessoas em cujas portas está batendo, porque a comida que está vendendo é tão incrível que cada pessoa que a comprar lhe será eternamente grata!"

Parei por um momento, depois continuei.

– Não tenho como estimar quanto fiquei perplexo com minha própria capacidade de falar assim. Foi uma coisa que saiu completamente sem esforço e que me deu uma gratificação instantânea. Eu podia ver nos olhos de cada vendedor. Eles adoraram meu discurso, eles me amavam. E, quanto mais eu falava, mais eles me amavam. Com o tempo, descobri que essas reuniões eram uma atividade que preenchia um buraco dentro de mim. Era simplesmente o sentimento mais incrível que tive, você não pode nem imaginar – sorri tristemente diante daquela lembrança. – Mas, é claro, como tudo o mais, eu me tornei insensível a ela. E com o passar do tempo, lá na Stratton, quando eu estava dando palestras para um campo de futebol cheio de corretores, eu já não sentia esse mesmo influxo. Daí o buraco começou a ficar maior...

Fiz uma nova pausa, deixando que as implicações dessa frase envolvessem os ouvintes. Então, disse:

– Foi por isso que saí em busca de outras coisas, como as drogas, o sexo e a vida no limite. No início dos anos 1990, a fofoca em Wall Street era de que eu tinha uma atração pela morte. Mas eu nunca pensei dessa forma: eu só achava que estava vivendo a vida da forma como ela se apresentava para mim, colocando um pé na frente do outro e andando por um caminho predeterminado. Mas o caminho acabou se tornando a trilha de minha própria destruição, e fui derrubado por minhas próprias ações.

Nenhuma resposta. A sala de interrogatório estava silenciosa agora. De fato, dava para ouvir um alfinete caindo. E então continuei com minha história:

– Eu me lembro do rosto dos vendedores como se fosse ontem. Mas o rosto que fica mais nítido em minha lembrança é o de Elliot. Ele parecia totalmente hipnotizado. Parecia que ia sair correndo do armazém naquele exato instante e esmurrar a primeira porta que encontrasse. Foi desse modo que aquele encontro o afetou, e foi quando afetou nosso relacionamento. Porque antes disso nós nos considerávamos iguais, mas depois da reunião ambos ficamos com a certeza silenciosa de que, a partir de então, eu seria o único a dar as cartas. Foi mais ou menos duas semanas depois, eu me aproximei dele para falar da ideia de abrir nossa própria empresa de carnes e frutos do mar. "Por que a gente tem que pagar a eles 20 dólares a caixa", eu disse, "se a gente pode ir ao mercado de carnes por nossa conta?". Mas a lavagem cerebral que tinha sido feita no Pinguim fora tão arraigada que ele retrucou:

"Mas e quanto à comida? Onde a gente vai encontrar uma comida tão boa quanto a deles?".

Ri sozinho com essa lembrança.

– Dá para imaginar uma coisa dessas? Quer dizer, o cara tinha sofrido uma lavagem cerebral tão profunda que ele realmente estava convencido de que a comida vendida pela Great American era tão boa que ele não poderia bater à porta da casa das pessoas sem ela. Era quase risível. Tudo bem, a comida era boa, mas era só boa, não era *ótima*! Os filés não eram de primeira e o peixe era congelado, não era peixe fresco. Por isso, fui obrigado a desprogramar o Pinguim, retirando-o daquela seita. De certa forma, foi fácil fazer isso. "Mas que porra há de errado com você, Pinguim? Aquela comida é apenas razoável, pelo amor de Deus! Portanto, vê se toma jeito, caralho!" Então eu sorri calorosamente e disse: "Olha, nós vamos encontrar filés ainda melhores que os deles e vamos arrumar peixes mais frescos. E então vamos contratar vendedores nossos, que irão de porta em porta para nós, e ficaremos ricos!". Foi assim que Elliot e eu entramos no negócio de carnes e frutos do mar. Nós tínhamos o plano perfeito: era quase verão, por isso a gente ia vender sorvetes durante o dia e amarrar todas as pontas soltas de nosso empreendimento à noite. Com o dinheiro da praia, nós iríamos financiar nossa empresa. Nós até trouxemos outro vendedor da praia para fazer parceria conosco, nosso amigo Paul Burton.

Fiz um gesto para minha lista de novo, e continuei, casualmente:

– Ele está aí também. Paul estava vivendo com sua mãe naquela época, em uma grande casa em Douglaston, no Queens, e, por coincidência, a casa tinha um quintal grande, perfeita para uma empresa de carnes e frutos do mar. Pelo menos, era o que achávamos. Mas, apesar de Douglaston ser um bairro muito chique, a casa de Paul era uma bosta. A mãe dele tinha conseguido a casa num divórcio, coisa de 20 anos antes, e não tinha gastado um centavo nela desde então. Era quase como uma casa assombrada, e o quintal não era nem um pouco melhor. Tinha uma garagem independente rodeada apenas por lixo e sujeira, com 2 mil metros quadrados de extensão – sorri nostalgicamente. – Ainda assim, era absolutamente perfeito para nós. Éramos empresários novatos, e começar em uma garagem parecia uma coisa muito romântica. Quer dizer, é assim que Steve Jobs e Michael Dell começaram. Ou talvez tenham começado em seus quartos... Bem, seja como for, foi assim que o Pinguim e eu financiamos a nós mesmos, os Bilionários do Amanhã! Na verdade, nós até fomos ver um contador para ter certeza de que não deixaríamos passar nada!

Dei de ombros inocentemente e continuei:

– E foi aí que os problemas começaram. Ele tinha sido recomendado pelo pai de Elliot, que é um judeu hassídico. O contador também era judeu hassídico e aparentemente tinha tanta experiência com a indústria de carnes e frutos do mar quanto tinha em comer costeletas de porco. Depois que nós explicamos nosso plano de negócios a ele, o homem sorriu e disse: "Bem, parece que vocês dois estão a caminho de fazer uma fortuna juntos. *Mazel tov!*". E então acrescentou: "Vocês dois serão dois jovens muito ricos em breve. Muito, muito ricos". Bem, o que mais havia a dizer sobre isso? Elliot e eu tomamos as palavras dele como quem necessita desesperadamente de deduções de imposto. Então, fomos direto do escritório do contador para o restaurante Palm, onde gastamos 450 dólares em lagosta e champanhe. Depois, alugamos dois carros esportivos: eu aluguei um Porsche e o Pinguim alugou um Lincoln Continental – revirei os olhos ao lembrar a escolha de automóvel do Pinguim. – Compramos um celular para cada um, apesar do fato de que, naquela época, celulares eram tão ridiculamente caros que apenas o CEO de uma empresa listada nas 500 maiores da revista *Fortune* ousaria ter um. De qualquer maneira, tudo aquilo fazia sentido para nós: éramos empresários, afinal, de forma que, na nossa maneira de pensar, tínhamos direito a algumas coisas. Com todo o dinheiro que estávamos economizando por dar o pontapé inicial da empresa no quintal da casa de Paul, ganhamos o direito de nos presentear com alguns luxos básicos. Então veio o dia da inauguração, 26 de setembro de 1985. Parecia um dia tão bom quanto qualquer outro para abrir uma empresa de carnes e frutos do mar, mas a Mãe Natureza discordava. Pelo menos foi isso que pensei quando o furacão Gloria colidiu com Long Island e o olho do furacão passou direto sobre o quintal da casa de Paul. Na verdade, ele encheu o quintal com quase 1 metro de água, porque ali era a base para onde convergiam quatro colinas. E assim nossa pequena empresa se tornou uma gigantesca poça de lama do caralho – balancei a cabeça espantado. – Nós estávamos fora do negócio antes mesmo de começar.

– Você nunca abriu a empresa? – perguntou o Canalha, ceticamente. – Mas no artigo da *Forbes*...

A Bruxa o cortou.

– De acordo com a *Forbes,* você ficou nesse negócio por algum tempo – ela inclinou a cabeça para o lado e olhou para mim de maneira acusadora.

TOC balançou a cabeça.

– Eu não acho que ele quis dizer literalmente, Michele.

– Greg está certo – respondi, tentando não fazer da Bruxa uma inimiga. – E, fazendo um aparte, devo confessar que dar essa entrevista para a *Forbes* foi um dos maiores erros que cometi na minha vida adulta. Eu estava com apenas 28 anos e era um bocado ingênuo então... – dei de ombros. – De qualquer forma, pensei que ia ter a chance de contar meu lado da história, colocar todos os pingos nos Is. A Stratton só tinha começado a operar dois anos antes, de forma que ninguém tinha ouvido falar de nós. Mas a mulher que me entrevistou atirou uma machadinha em minhas costas, cunhando-me como *uma versão distorcida de Robin Hood, que rouba dos ricos e dá a si mesmo e a seu alegre bando de corretores* – fiz uma careta com essa recordação. – Aquele artigo foi um pesadelo. Um pesadelo do caralho...

– E você perdeu corretores por causa dele? – perguntou o Canalha.

– Não – respondi rapidamente –, os corretores amavam a imprensa marrom, sobretudo esse artigo. De fato, no dia seguinte à publicação da revista, eles vieram trabalhar vestidos em trajes medievais e ficaram correndo e gritando: “Nós somos seu alegre bando! Nós somos seu bando!” – ri com essa imagem do passado. – O que me incomodou no artigo, no entanto, foi a foto que eles usaram. Era horrível.

TOC sorriu com sarcasmo.

– Você quer dizer aquela com você em pé ao lado do cano enferrujado? – ele soltou uma risada irônica.

O Mórmon acrescentou:

– Sim, aquela em que você aparece com um sorriso malévolo!

Balancei a cabeça, desgostoso.

– Sim, sim, sim – murmurei. – O cano enferrujado, como se a Stratton estivesse indo para o ralo. Eu sei tudo sobre isso. O fotógrafo da *Forbes* me ferrou nessa; primeiro, ele me levou até o telhado e então, casualmente, me pediu para ficar ao lado do cano da calha de chuva – revirei os olhos. – Não percebi a sacanagem na época, porque estava mais preocupado com meu cabelo enquanto ele batia um milhão de fotos, esperando até me pegar no momento certo, quando eu dei aquele sorriso de merda. Essa foi a imagem que eles usaram – balancei a cabeça, não acreditando em minha própria ingenuidade. – E, é claro, o artigo zombou de meus dias na empresa de carnes e frutos do mar, enfatizando a ideia de que eu não tinha nada que me meter no mundo das altas finanças, já que era um humilde vendedor de bifes e nada mais que isso. Na verdade, o título do artigo era *Bifes, ações, qual é a diferença?*.

Olhei para a Bruxa e disse:

– Mas acontece que você está certa, Michele. Como o artigo apontou, nós continuamos no negócio por mais algum tempo, embora não se pudesse categorizar aquilo como um negócio. Era mais como correr atrás do próprio rabo ou brincar de pegar a bola – parei para pensar por um momento. – Depois que o furacão se foi, o quintal da casa de Paul ficou submerso sob 1 metro de água. Passamos as duas semanas seguintes tentando nos tirar da lama. E então, do nada, aquele quintal se transformou em um sumidouro e tudo começou a entrar em colapso, a começar pela garagem, depois o pátio e em seguida a própria casa. Nós até chamamos um geólogo para saber se a casa estava sobre uma falha geológica anteriormente desconhecida, mas não estava. Nós tivemos outros problemas também. Compramos um freezer usado muito velho, achando que poderíamos economizar alguns dólares. Mas aquele troço era descontroladamente ineficiente e sugou energia elétrica suficiente para eletrificar Nova Jersey inteira. E, é claro, a fiação na casa de Paul não conseguiu suportar tamanha amperagem – busquei minhas lembranças por algum tempo. – Acho que foi no início de dezembro que quase pusemos fogo na casa dele. Foi quando sua mãe veio marchando pelo quintal, com uma corda amarrada em volta da cintura para que não fosse sugada para o centro da terra, e gritou: "Caiam fora daqui! E levam essas merdas de picapes com vocês!".

Sorri com a lembrança.

– Mas a mãe de Paul era uma mulher amável e nos deu um mês para encontrar um novo armazém. Aquilo pareceu uma coisa bastante razoável na ocasião, embora fosse mais fácil falar que fazer. Nós não tínhamos histórico de crédito e nosso balanço era um desastre, de forma que todos os proprietários de armazéns e galpões se negaram a fazer qualquer tipo de negócio conosco. Havia seis de nós nesse momento: Elliot, Paul, eu e nossos três funcionários, começando pelo grande Frank Bua, que, com 1,95 metro, era a imagem cuspida de um bebê de comercial, o Gerber Baby, só que com barba; depois havia o pequeno George Barbella, que ficava alguns centímetros acima do *status* de anão e parecia o próprio diabo; e o intratável pedaço de merda chamado Chucky Jones,[2] que se parecia com o deus nórdico Thor. Só que, com 1,60 metro e pouco, era o deus Thor depois de ser esmagado. Não surpreendentemente, cada um de nossos funcionários tinha uma dis-

[2] O nome foi trocado

função grave, embora, no caso de Frank, tivesse mais a ver com a esposa dele. Ela sofria de uma doença rara chamada *alopecia totalis*, que fazia com que todos os seus cabelos caíssem, até mesmo os cílios e as sobrancelhas. A moça parecia uma versão feminina daquele ator, o Yul Brinner. Já George Barbella era completamente obcecado pela nossa comida, ainda mais que Elliot. Ele costumava reclamar que nossos camarões tinham sido vitrificados com água para aumentar o peso deles. "Quando meus clientes cozinharem esses camarões jumbo", gemia, "eles vão ficar micro!" – dei de ombros inocentemente. – Mas fazer isso com os camarões era um procedimento da indústria, de forma que não era culpa minha. Enfim, ele realmente deveria ter se preocupado com a comida cheirando a querosene.

O Canalha recuou em seu assento.

– A comida cheirava a querosene?

– Às vezes – respondi. – A garagem de Paul não tinha aquecimento e, quando dezembro estava se aproximando, quase congelamos até a morte. Então comprei esse aquecedor gigante a querosene, que parecia um torpedo sobre rodas. Ele fez um bom trabalho ao aquecer o lugar, embora fosse mais quente que o Sol e fizesse mais barulho que um F-15 decolando. De vez em quando ele falhava, expelindo uma espessa fumaça que caía na comida. Ainda assim, era bem melhor que ficar congelando – fiz uma pausa para tomar um gole de água. – E então tinha a disfunção do Chucky, que era, entre tantas outras coisas, abaixar as calças no meio da garagem e injetar testosterona na bunda. Mas, vendo pelo lado bom, ele tinha um senso de humor fantástico e deu a cada um de nós apelidos bem legais: Frank Bua era Gerber Baby, George Barbella era Tattoo, em homenagem ao anão da *Ilha da Fantasia*, e Paul Burton era o Telão, porque segundo ele, Paul tinha uma testa enorme, tão grande que daria para projetar um filme nela.

Eles já sabiam do apelido de Elliot. Eu estava prestes a falar o meu quando TOC sorriu e disse:

– Elliot era o Pinguim. E o seu, qual era? – ele estreitou os olhos astutamente. – Deixe-me adivinhar: você era Napoleão, certo?

"Que imbecil", pensei. A Duquesa costumava me chamar de Napoleão quando estava tentando me irritar! Ela até me fez colocar a roupa desse pequeno filho da puta para uma festa de Halloween uma vez. Será que o TOC tinha ouvido falar disso? Ou será que era tão óbvio assim para todo mundo que eu tinha um complexo de Napoleão? Ou ele tinha apenas adivinhado? Bem, isso realmente não tinha importância.

Eu estava prestes a mandar TOC se foder quando o Mórmon me salvou do problema:

– Olha quem está falando! – soltou o Mórmon, e começou a rir, como fizeram também a Bruxa e o Canalha. A mensagem não dita era: *o TOC e o Lobo de Wall Street têm complexo de Napoleão!*

Mas Magnum, no entanto, não ria, recusando-se a zombar da estatura de outro homem; afinal, ele era do tamanho de dois homens crescidos, e tirar sarro de um menorzinho seria inadequado.

Antes de TOC ter a chance de puxar a arma para o Mórmon, eu respondi:

– Você está parcialmente certo, Greg, pelo menos acerca de Elliot. O apelido dele não era apenas Pinguim, na verdade era Pinguim Suicida. Veja, nós já estávamos à beira da falência, e Elliot estava à beira do suicídio. Assim, Chucky costumava circular pelo escritório com o dedo indicador esticado apontando para a têmpora e o polegar apontando para cima, como se estivesse se preparando para explodir os próprios miolos. "Oi, eu sou o Pinguim Suicida", ele dizia, "e eu entrego carnes e frutos do mar para os restaurantes da cidade. Estou com uma sobra de pedidos extras na minha picape e não posso levar de volta para meu freezer", e ele continuava dizendo isso sem parar, enquanto gingava ao redor da garagem agitando os braços como um pinguim. "Ajudem-me! Ajudem-me!", gritava. "O furacão Gloria mijou em cima de mim e o aquecedor a querosene está me sufocando e a mulher do Gerber Baby parece um alien e a mãe do Telão está mandando fechar nosso cinema e... – comecei a rir. – Ele era realmente uma peça rara, Chucky, e então um dia... PUF! Ele sumiu. Desapareceu como um peido no vento. Acontece que ele estava roubando lojas de bebidas alcoólicas à noite. A última vez que ouvi falar dele foi quando dois detetives vieram até a garagem tentando descobrir seu paradeiro. Ele deve estar provavelmente morto ou fazendo *stand up* em algum lugar.

– Afinal, qual era seu apelido? – perguntou a Bruxa, comprimindo os lábios finos até desaparecerem.

Eu sorri e disse:

– Fácil, Michele. Chucky me chamava de J. P., que era a abreviatura de J. P. Morgan. Veja, Chucky nunca zombava de mim. Ele acreditava em mim, amava as reuniões que eu fazia. Depois de cada reunião, ele me puxava de lado e dizia: "Que porra você está fazendo nesse negócio? Isso aqui não está à sua altura, você é o cara mais esperto que conheço, J. P.". Ele me incentivava a desencanar do Telão e do Pinguim. "Eles estão segurando você, cara!", dizia ele. "Afinal, você é o J. P. Morgan e eles são apenas dois pilantrinhas de merda" – fiz uma pausa, lembrando-me desse conselho. – Ele de fato acertou no alvo em relação a Paul, ele era muito preguiçoso para vender de porta em porta. E também estava certo sobre nossa empresa, ir de porta em porta era uma tarefa de tolos, uma coisa totalmente ridícula. Mas ele estava enganado sobre Elliot. O Pinguim era um vencedor, no verdadeiro sentido da palavra. Ninguém trabalhou mais que ele, e ele era completamente leal a mim. Nós iríamos fazer uma fortuna juntos, embora não no negócio de carne e frutos do mar. Seria em Wall Street. Primeiro, a gente precisava aprender mais algumas lições sobre humildade.

Respirei fundo e disse:

– Foi em algum momento no final de dezembro que finalmente chegamos ao fundo do poço. Nós estávamos literalmente sem um centavo, e a mãe de Paul ameaçava chamar o xerife. Tudo parecia estar perdido; todas as opções haviam se esgotado. E então algo incrível aconteceu, algo totalmente inesperado. Eu tinha acabado de voltar à garagem depois de um dia tortuoso na rua, quando o Pinguim me disse: "Recebi um telefonema estranho hoje de um de nossos fornecedores de carne. Ele me perguntou em que termos a gente queria". Ele encolheu os ombros, como se estivesse confuso. "Eu não sabia sobre o que eles estavam falando, por isso disse que ia pensar no assunto e depois voltaria a telefonar." "O que esse negócio de *termos* quer dizer?", perguntei. "Nossos termos para a rendição?". O Pinguim Suicida encolheu os ombros de novo e disse: "Não tenho a mínima ideia, mas que diferença faz? Nosso freezer está vazio, e não temos dinheiro para comprar comida, então... Isso quer dizer que estamos fora do negócio, vamos fechar".

Fiz uma pausa e sorri diante da lembrança de como éramos pouco sofisticados naquela época. Nós não tínhamos a mínima ideia de que nossos fornecedores estavam dispostos a nos enviar comida a crédito. Parecia estranho que eles estivessem dispostos a fazer isso conosco, mas, como eu estava prestes a aprender, aquilo era um procedimento operacional padrão: todo mundo dava crédito. O jargão no mundo dos negócios foi *termos*, que é a forma curta para *termos de pagamento*.

Com uma pitada de malícia em meu tom de voz, eu disse:

– Depois que eu descobri que nossos fornecedores eram burros o suficiente para nos enviar comida a crédito, rapidamente vi que havia uma saída. Era simples: crescer com tudo. Ou seja, assumir tanto crédito quanto fosse possível e empurrar as condições de pagamento para o mais longe possível no futuro. Depois, comprar a maior quantidade possível de picapes, todas elas sem pagamento à vista, coisa que pode ser feita se você estivesse disposto a pagar juros de 24%. Mas eu não estava preocupado com os pagamentos mensais, porque quanto mais picapes eu tivesse na rua, mais comida estaria vendendo e melhor seria meu fluxo de caixa. Em outras palavras, uma vez que meus fornecedores estavam me dando 30 dias para pagar a comida, e meus clientes me pagavam à vista todos os dias, enquanto eu continuasse vendendo mais e mais meu fluxo de caixa continuaria melhorando sempre. Mesmo que eu não estivesse gerando um centavo de lucro em cada venda, ainda estaria gerando caixa, usando os 30 dias de folga.

O Canalha disse rapidamente:

– Mas esse é o ABC da administração.

Ah, claro!, pensei cinicamente. O Canalha obviamente não poderia apreciar a arte negra do malabarismo com o fluxo de caixa! (Ele era muito honesto para isso.) Não sei, talvez ele entendesse a matemática simples desse tipo de coisa, mas havia muitas estratégias diabólicas que eu podia empregar, especialmente na fase final, quando os credores ficavam circulando ao redor e o balanço patrimonial mostrava um sangramento de tinta vermelha que escorria mais rápido que um hemofílico com ferimento à bala. Seria preciso pelo menos um mês para explicar todas as nuances imundas para alguém como o Canalha.

Por outro lado, Elliot e eu rapidamente nos tornamos mestres Jedi nessa arte e, com a mesma rapidez, passamos para o lado escuro, para que fossemos capazes de encontrar todas as maneiras possíveis de fazer malabarismos com o fluxo de caixa. Minha forma favorita era a extorsão financeira inversa, durante a qual você virava o jogo com um fornecedor, explicando-lhe que a única chance de ele receber era aceitar um pequeno pagamento em uma fatura antiga em troca de esticar ainda mais o crédito. Essa funcionava como mágica. E havia o velho truque da assinatura no cheque, quando a gente entregava a um fornecedor um cheque com uma assinatura faltando, a minha ou a de Elliot, o que fazia com que o banco devolvesse o cheque por faltar um endosso, em oposição à insuficiência de fundos. É claro, nós estávamos sempre tomando o cuidado de avisar ao gerente sobre esse cheque, senão ele poderia ficar tentado a autorizar o pagamento e o cheque voltaria saltando como um canguru.

Havia vários outros truques, só que nenhum deles era da conta do Canalha. Então, tudo o que eu disse foi:

– Exatamente, é o ABC da administração, Joel. E, antes que eu percebesse, eu tinha 26 caminhões na rua, um armazém legítimo e um monte de dinheiro no banco. Naturalmente, meu balanço era um desastre total, embora eu me recusasse a me preocupar com esse tipo de coisa. Ao contrário, eu preferia apresentar as reuniões de vendas para 26 panacas, a maioria deles viciados em heroína, crack ou álcool. Ainda assim, pelo menos eu era o orgulhoso proprietário de uma aparentemente bem-sucedida empresa de carnes e frutos do mar. E todos os meus amigos estavam realmente impressionados comigo, todos eles achavam que eu era um empreendedor de primeira linha – encolhi os ombros inocentemente. – Foi quando conheci Kenny Greene. Ele veio trabalhar para mim no negócio de carnes...

– Sério? – perguntou TOC. – Eu não sabia disso.

Aquiesci com a cabeça lentamente, perguntando-me por qual motivo Kenny Green não tinha sido indiciado juntamente com Danny e eu. Ele era o terceiro sócio na Stratton, embora só tivesse se juntado à empresa depois que havíamos resolvido nosso problema com a Comissão de Assuntos Mobiliários, quatro anos antes. Ainda assim, ele tinha sido um sócio com 20% da empresa, do mesmo modo que Danny (eu era dono dos 60% restantes). Ele ganhou dezenas de milhões de dólares e tinha infringido tantas leis quando nós. Parecia altamente ilógico (e também um pouco injusto) que ele tivesse escapado da ira do TOC, a menos, é claro, que ele estivesse cooperando o tempo todo!

Decidi manter esses pensamentos para mim mesmo e disse:

– Ele foi indicado por um de meus amigos da faculdade, um cara chamado Jeff Honigman. Ele e Kenny eram primos de primeiro grau – fiz um gesto para minha lista de vilões, ladrões e vigaristas. – Jeff está aí em algum lugar, também, embora a maioria de suas trapaças tenha ocorrido depois que ele saiu da Stratton, quando trabalhava para Victor Wang, na Duke Valores Mobiliários – uma vez mais, apontei para a lista. – Victor está aí também, em algum lugar bem perto do topo da lista, logo acima do nome de Kenny – disse, e me perguntei se aquela gente tinha alguma ideia do maníaco depravado que era esse Victor Wang. – Para falar a verdade, Victor trabalhou para mim no negócio de carnes e frutos do mar também, embora apenas por cerca de uma hora. Ele era muito orgulhoso e muito preguiçoso para realmente levar um caminhão para a rua e ir de porta em porta. Ele só apareceu para ouvir uma de minhas reuniões de vendas. E, claro, ainda me lembro da primeira vez que eu coloquei os olhos em Victor – comecei a rir com a lembrança.

O Mórmon entrou na conversa:

– Como você poderia se esquecer, certo?

Balancei a cabeça, concordando.

– Certo, como alguém poderia se esquecer? Ele é basicamente o maior chinês que já caminhou sobre o planeta. Tem um peitoral que é do tamanho da Grande Muralha, fendas no lugar dos olhos, a testa marrom como se fosse uma rocha e uma cabeça maior que a de um panda gigante – fiz uma pausa para tomar fôlego. – Quer dizer, não sei se algum de vocês já viu Victor, mas ele é a cara do Oddjob, do filme *Goldfinger*, de James Bond. Alguém se lembra do Oddjob? Ele é o cara que mata as pessoas atirando o chapéu nelas...

– Qual é o objetivo disso? – perguntou o Canalha, balançando a cabeça.

Eu dei de ombros.

– Nenhum, na verdade, a não ser deixar claro que Kenny e Victor eram amigos de infância, que lidavam com drogas juntos na escola e, posso acrescentar, com a ajuda da mãe de Kenny, Gladys. Mas eu me recuso a dar qualquer informação sobre Gladys. Ela poderia tentar chutar minha bunda – sorri tristemente. – Na verdade, a última vez que alguém se envolveu em problemas com Gladys estava em uma pista de boliche. Acho que ela acabou jogando o cara para fazer um *strike*. Ou talvez tenha sido em um supermercado, onde ela nocauteou uma mulher na fila do caixa. Seja como for, se algum de vocês já viu Gladys, nada disso que contei seria surpresa – balancei a cabeça três vezes, para dar ênfase. – Não há um pingo de gordura no corpo dela e sua barriga poderia parar uma bala de mosquetão disparada a mais de 20 passos de distância. Conhecem o tipo? – ergui as sobrancelhas.

Nada além de expressões vazias, pontuadas pelo silêncio. Então, continuei:

– Bem, Gladys está nessa lista também, embora eu suponha que não estejam interessados nela, certo? – disse, e cruzei os dedos.

– Certo – o Canalha falou sem qualquer emoção. – Nós não estamos interessados nela. Por que você não volta para o negócio da carne?

Balancei a cabeça, aliviado.

– Tudo bem, mas só para você saber, todo esse triângulo Kenny-Gladys-Victor leva de volta à sua pergunta inicial, sobre de onde veio a primeira leva de strattonitas. Kenny e Victor cresceram em Jericho. Kenny era traficante de maconha e Victor era traficante de cocaína, e Gladys os financiava – fiz uma pausa e acrescentei: – Mas seus motivos eram puros, é claro.

Quer dizer, ela estava apenas tentando manter a família depois que o pai de Kenny morreu de câncer. Foi tudo muito triste – encolhi os ombros, esperando que Gladys pudesse ouvir de alguma forma aquilo que eu estava dizendo e não quisesse me bater quando nossos caminhos se cruzassem de novo. – Seja como for, na primeira leva de strattonitas, cerca de metade deles veio de Jericho e Syosset, que são cidades-irmãs, e praticamente todos tinham sido clientes de Kenny e Victor. Foi dessa forma que a Stratton pôde crescer tão rapidamente; mesmo antes de ganharmos a reputação de ser um lugar onde a molecada podia ficar rica depressa, eu tinha dúzias deles fazendo fila na minha porta. E então eles se mudaram para Bayside para participar da seita.

Fiz uma pausa e continuei:

– Mas deixe-me ordenar as ideias. Kenny trabalhou em nossa empresa de carnes e frutos do mar por apenas um dia, até que bateu uma de minhas picapes e nunca mais me telefonou, pelo menos não até que eu tivesse saído do negócio. E Victor, como eu já contei, nunca trabalhou lá; ele apenas apareceu um dia para ouvir uma de minhas palestras e depois nunca mais voltou. Enquanto isso, meu negócio estava à beira de implodir – balancei a cabeça lentamente, me preparando para reviver aquela lembrança tão temida. – Você só consegue brincar com esse negócio de fluxo de caixa até o momento em que ele se volta contra você. No nosso caso, a reversão começou em janeiro de 1987. Foi um inverno feroz, e as vendas despencaram. E o fluxo de caixa, é óbvio, mergulhou atrás delas. Dei reuniões atrás de reuniões, palestras atrás de palestras, desesperadamente tentando motivar os vendedores para sair a campo e vender, mas não adiantou. Era um inverno muito frio, e as vendas chegaram a zerar. E, pela própria natureza do jogo de fluxo de caixa, é num momento como esse que o bumerangue vem voando de volta com tudo. Lembre-se, Joel, é o ABC da administração. Quando você aumenta seu crédito, as contas de hoje são de coisas que você vendeu 30 dias antes ou, em nosso caso, 60 dias antes, porque já estávamos atrasados 30 dias em nossas contas – fiz uma pausa para me corrigir. – Na verdade, estávamos 90 dias atrasados com a maioria de nossas contas e já não fazíamos negócios com essas empresas; eles já haviam nos cortado, de modo que fomos forçados a nos mudar para pastagens mais férteis, ou, em outras palavras, para novos fornecedores que ainda não tinham ouvido falar que éramos maus pagadores.

Fiz uma breve pausa.

– Mas essa parte do jogo já estava terminada. Todo mundo no mercado já sabia que éramos um grande risco de crédito e que ninguém deveria nos entregar mercadorias se não pagássemos em dinheiro e no ato. Enquanto isso, Elliot e eu ainda estávamos tentando manter as coisas à tona. Tínhamos esgotado nossos cartões de crédito e a cada dia afundávamos mais e mais em dívidas. Nós não tínhamos pagado o aluguel de nossas picapes, nossas contas de telefone celular nem o *leasing* de nossos carros. Nosso novo locador, um canalha sírio, tinha uma ordem de despejo contra nós e nos fazia pagar o aluguel em dobro até que a gente fosse embora – balancei a cabeça lentamente, ainda espantado com a profundidade do buraco financeiro que tínhamos cavado para nós mesmos... – Foi por volta dessa época, no inverno de 1987, que comecei a ouvir rumores sobre um garoto do bairro, chamado Michael Falk. Ele conseguira um emprego em Wall Street logo que saíra da faculdade, mais ou menos na mesma época em que eu estava começando a faculdade de odontologia, e supostamente estava ganhando mais de 1 milhão de dólares por ano.

Fiz uma pausa para conseguir mais efeito.

– No começo, eu não quis acreditar. Quando crescemos juntos, Michael Falk não era dos caras mais espertos. Na verdade, ele era o mané do bairro, aquele sujeito com quem todo mundo zoa porque não toma banho, essas coisas. Ele também não era um sujeito rápido, brilhante ou falante. Quer dizer, era apenas um cara mediano, uma pessoa comum, nada mais. Por isso concluí que tudo aquilo que falavam dele era besteira, que não podia existir nenhuma maneira de que Falk estivesse ganhando todo esse dinheiro. Um dia, por pura coincidência, ele estacionou em frente ao meu prédio, dirigindo uma Ferrari conversível. Felizmente, ele foi condescendente comigo, explicando que todos os rumores eram verdadeiros. Falando do assunto com naturalidade, ele explicou que estava a caminho de faturar mais de 1,5 milhão de dólares naquele ano e que no ano anterior ganhara quase 1 milhão. Nós conversamos por mais alguns minutos, durante os quais menti o tempo todo, ao explicar como estávamos indo bem no negócio de carnes e frutos do mar, apontando para meu pequeno Porsche vermelho como prova desse fato. Ele deu de ombros e mencionou algo sobre o fretamento de um iate de 100 pés para ir às Bahamas com um monte de modelos loiras, uma das quais, ironicamente, se tornaria minha segunda esposa um dia. E então ele foi embora, suavemente, imaculadamente, expelindo uma nuvem de fumaça do caro escapamento italiano bem na minha cara, que naquele instante era uma mistura de admiração e espanto.

Deixei escapar uma risada.

– De qualquer forma, posso lhes dizer que nunca fui tão afetado por um único encontro em toda a minha vida. Eu me lembro de ficar observando a Ferrari ir embora e dizer para mim mesmo: "Se esse cara consegue ganhar 1 milhão por ano, eu vou conseguir ganhar 50 milhões!" – parei e deixei essas palavras submergirem na mente de meus ouvintes. – Essa previsão acabou por ser surpreendente, não acham? Embora tenha falhado em prever a segunda metade da equação: que eu enfrentaria uns 200 de anos de prisão – e travei os olhos nos da Bruxa –, além da condenação eterna de minha alma.

E continuei:

– De qualquer forma, na época eu estava morando com minha primeira esposa, Denise, embora ela ainda não fosse minha esposa de verdade. Nós dois estávamos dividindo um pequeno apartamento em um prédio infestado de *yuppies* em Bayside, chamado Bay Club. Foi lá que conheci Danny Porush. Ele morava no andar de cima, embora eu ainda não o tivesse encontrado para conversar. Eu já o tinha visto por perto de vez em quando, mas nunca tinha realmente parado para falar. É engraçado, mas eu me lembro de sempre ter pensado nele como um sujeito normal, como se ele fosse o *yuppie* perfeito. Na verdade, ele e sua esposa, Nancy, eram o retrato de sucesso e felicidade. Os dois até eram parecidos! Mas, claro, eu não sabia na época que os dois eram primos de primeiro grau. E também não tinha ideia de que a única missão na vida de Nancy era torturar Danny, para fazer com que a vida dele fosse tão miserável e tão difícil quanto possível, nem que Danny, apesar de sua aparência normal, era completamente maluco, gastando a maior parte do tempo enfurnado em um antro de crack no Harlem, fumando o dinheiro de seu empreendimento mais recente, uma falência induzida por cocaína. Mas estou avançando um pouco aqui... Eu só conheceria Danny no ano seguinte. Voltando a Michael Falk: foi naquela mesma tarde que eu contei a Denise sobre meu rápido encontro com esse antigo perdedor. Quando terminei de falar, não eram necessárias outras palavras. Denise apenas olhou para mim com seus grandes olhos castanhos e balançou a cabeça lentamente, e foi tudo. Nós dois sabíamos, ali mesmo, que meu destino era Wall Street. Eu era o vendedor mais talentoso do mundo, ambos sabíamos disso. Meu erro era ter escolhido o produto errado para vender.

– Como você conseguiu um emprego como corretor da Bolsa? – perguntou o Canalha. – Sua formação era em biologia e você estava saindo de uma falência. Por que alguém iria contratá-lo?

– Eu bati numa porta com a ajuda de um amigo de meus pais, um homem chamado Bob Cohen. Ele era um gerente de nível médio na LF Rothschild e tinha influência suficiente para me conseguir uma entrevista. A partir daí, eu me venderia. Saí, comprei um terno azul barato e, em seguida, dois dias depois, me encontrava sentado no ônibus expresso a caminho de Manhattan para uma entrevista de emprego. Nesse meio tempo, Denise ficou sentada em casa esperando por um caminhão de reboque para reaver nosso Porsche, coisa que aconteceu na mesma hora em que eu estava sendo contratado como corretor estagiário na LF Rothschild.

Então eu sorri tristemente e disse:

– Depois disso, minha parada seguinte foi na empresa de carne e frutos do mar, onde despejei a bomba em Elliot – parei por um momento, pensando. – Ainda me lembro desse dia como se fosse ontem, do sentimento agridoce que me atravessou, das emoções misturadas que senti. Eu estava tão feliz em relação a meu futuro quanto estava triste por me separar de Elliot. Ele era como um irmão para mim. Nós tínhamos sido parceiros desde a metade de nossa adolescência. Juntos, tínhamos atravessado uma parede de fogo, tirando da lama picapes atoladas e batendo à porta de possíveis clientes até os nós dos dedos sangrarem. E agora estávamos tomando caminhos diferentes. Nosso armazém, claro, era um completo desastre. Estávamos cercados por caminhões quebrados e caixas vazias, e o congelador era uma desgraça total. A porta estava aberta e não havia uma única caixa lá dentro. Espessas camadas de gelo cresciam dentro do freezer, como se fosse fungo. Aquilo servia como um lembrete desagradável de quão mal administrado fora nosso negócio. Lembro-me de minha autoconfiança sendo quebrada. Com o coração pesado, eu disse a Elliot: "Me desculpe, estou saindo fora, isso é algo que tenho de fazer. Eu tenho de tentar Wall Street. O dinheiro que as pessoas estão conseguindo ganhar lá é impressionante, Elliot. Verdadeiramente impressionante". Ele logo respondeu: "Eu sei disso, mas não consigo me imaginar sentado atrás de uma mesa o dia todo. Tudo é feito por telefone. Você vai ligar para pessoas que nunca viu antes, tentando fazer com que elas enviem dinheiro a você... Não faz sentido para mim...".

Balancei a cabeça lentamente.

– Sei que isso pode parecer engraçado agora, mas eu me lembro de ter pensado exatamente a mesma coisa, que era inconcebível que alguém que eu nunca tinha visto nem conhecido antes fosse me enviar centenas de milhares de dólares com base em um telefonema. Sem falar que eu estaria telefonando para pessoas de todo o país. Quer dizer, quais eram as chances de um completo estranho do interior do Texas ser insano o suficiente para me enviar meio milhão de dólares de seu suado dinheirinho, sem nunca ter colocado os olhos em mim? Mas eu ainda tinha a imagem de Michael Falk queimando em meu cérebro. O simples fato era que alguns jovens estavam fazendo fortuna em Wall Street. Eu pertencia àquele lugar.

A Bruxa entrou na conversa:

– Então, Elliot não quis ir com você?

Balancei a cabeça.

– Acredite ou não, ele não quis. Ele ficou no negócio de carnes e frutos do mar para mais uma tentativa. Elliot imaginou que poderia ganhar dinheiro como um show de um homem só, mais enxuto e eficiente – pensei por um momento. – Não me levem a mal, não é que eu tenha lhe oferecido um emprego ou algo parecido. Eu não tinha autoridade para isso; mas eu de fato lhe perguntei se não estaria interessado em ir até lá para uma entrevista de emprego se eu a conseguisse. Mas ele disse que não, mais uma vez – dei de ombros. – Cheguei em casa à noite sem carro, sem dinheiro e pessoalmente falido. E quer saber? Eu nem dei bola. Eu ia ser um cara de Wall Street, e isso era tudo que importava. O fato de que meu salário seria de apenas 100 dólares por semana não me incomodava nem um pouco. Eu tinha esperança, a esperança de um futuro, que é a maior esperança de todas.

Fiz uma pausa e passei alguns momentos estudando o rosto de meus captores, perguntando a mim mesmo o que eles estavam pensando, o que eles achavam de mim. E, embora isso fosse impossível de dizer, eu tinha uma leve suspeita de que eles estavam mais confusos que nunca. Não exatamente sobre minha história, mas sobre qual tinha sido a exata motivação para um cara como eu.

Em qualquer caso, aquela manhã tinha sido apenas um aquecimento. O material mais suculento, como as prostitutas, as drogas, a devassa ilegalidade de minha vida, ainda estava a um dia ou dois de distância. Com esse pensamento, olhei para TOC e perguntei:

– Você acha que poderíamos almoçar agora? É quase 1 hora da tarde e estou começando a ficar com fome.

– Claro – disse TOC, calorosamente. – Existem alguns lugares muito bons na Reade Street. É uma caminhada de menos de dois minutos daqui até lá.

O Canalha concordou com a cabeça.

– Foi uma manhã muito produtiva. Você fez por merecer um bom almoço.

– Na verdade – retrucou a Bruxa – devo dizer que você nos proporcionou um raro vislumbre da mente de um criminoso.

Ofereci-lhe um sorriso sem graça em troca.

– Bem, estou feliz que você sinta as coisas dessa forma, Michele, porque estou ansioso para agradar.

CAPÍTULO 8

FEDORENTOSLOVÁQUIA

Após trinar como um canário por mais de sete horas, o primeiro dia de cantar na Court Street tinha finalmente chegado ao fim. Eu tinha ido bem longe na história do meu primeiro dia como corretor licenciado, que, por pura coincidência, foi no dia 19 de outubro de 1987, o dia do Grande Crash no Mercado de Ações. Meus quatro captores, bem como meu próprio advogado, tinham achado uma grande ironia nisso. Afinal, entre meu primeiro dia na faculdade de odontologia, meu primeiro dia no negócio de carnes e frutos do mar e meu primeiro dia em Wall Street, eu de fato parecia ter o Toque de Midas, só que ao contrário: tudo o que eu tocava se transformava em merda.

No entanto, pelo outro lado da moeda, não havia como negar que eu tinha certa resiliência. Da forma como Magnum colocou, se alguém me enfiasse em um vaso sanitário e apertasse a descarga, eu iria sair do outro lado segurando uma licença de encanador. E embora as palavras de Magnum tivessem sido grandemente apreciadas, eu estava totalmente certo de que não havia nenhuma licença de encanador esperando por mim do outro lado *daquela* privada...

Eu estava na limusine de novo, à caminho da velha Brookville, onde iria me colocar de volta sob prisão domiciliar, reduzido mais uma vez a um simples prisioneiro dentro da minha própria casa, bem como a uma *piñata* emocional para que a Duquesa golpeasse. Como sempre, o balbuciante paquistanês estava ao volante, mas ele não havia dito uma só palavra desde que tinha deixado a Sunset Park 30 minutos antes, quando eu tinha ameaçado cortar-lhe a língua fora se ele não parasse de falar.

Nós estávamos na Long Island Expressway, em algum lugar perto da divisa entre o Queens e Long Island. Estávamos na ponta de um dos congestionamentos da cidade, na hora do entardecer, quando as luzes da rua se acendem, mas fazem pouca diferença. À medida que o carro se arrastava ao longo do caminho no ritmo de uma lesma, eu olhei para fora da janela, perdido em meus pensamentos.

A grande crise de 1987 foi o ponto central da minha vida, um excepcional acontecimento a partir do qual todos os outros eventos se desenrolaram. O índice Dow Jones caiu 508 pontos naquela Segunda-Feira Negra em um único pregão, enviando o maior mercado de ações da história moderna a um ponto insustentável.

Na verdade, eu tinha sido nada mais que um observador casual, não apenas da queda da Bolsa, mas também da fabulosa preparação que a precedeu. No verão de 1982, na esteira dos cortes de impostos sobre os rendimentos e da queda nas taxas de juros, a inflação galopante havia sido finalmente domada e a economia de Reagan foi o alvo da raiva de todos. O dinheiro tornou-se barato, fazendo com que o mercado de ações começasse a pegar fogo. Michael Milken tinha acabado de inventar títulos de alto risco, virando a América corporativa de cabeça para baixo. Especuladores hostis como Ronald Perelman e Henry Kravis, que faziam parte de uma nova raça de celebridades financeiras armadas com baús de dinheiro levantados pelos títulos de alto risco de Milken, foram se tornando nomes conhecidos. Um a um, eles estavam fazendo com que as maiores corporações dos Estados Unidos ficassem de joelhos por meio de aquisições hostis. TWA, Revlon, RJR Nabisco... Quem seria o próximo?

Em outubro de 1987, a euforia tinha atingido seu auge, quando o Dow Jones ultrapassou a marca de 2.400. A era dos *yuppies* estava em pleno andamento, e o final dela não estava à vista. E enquanto os Michael Falks da vida ganhavam milhões, pessoas como Bill Gates e Steve Jobs foram mudando o mundo. Era o início da Era da Informação, que chegou com a força de uma bomba atômica. Computadores mais rápidos que a velocidade da luz estavam aparecendo em todas as mesas, e eles eram poderosos, intuitivos e reduziram o mundo ao tamanho de uma aldeia global.

Para Wall Street, isso abriu vastas possibilidades: computadores mais rápidos renderam enormes aumentos no volume de negociações, assim como produtos financeiros mais atualizados e novíssimas estratégias de negociação. Os produtos financeiros, chamados de derivativos, permitiram às grandes instituições compensar suas carteiras de investimento como nunca puderam fazer antes, e as novas estratégias, a mais emocionante delas chamada de seguro da carteira de investimentos, começaram a alimentar o frenesi de compras.

Em uma farsa financeira de proporções kafkianas, esse seguro de carteira de investimentos provocou avanços no índice Dow Jones para estimular os computadores a cuspir volumosas ordens de compra para derivativos, o que então fez com que o Dow avançasse ainda mais e estimulou aqueles mesmos computadores a cuspir mais ordens de compras de derivativos... E isso foi em frente sem parar. Teoricamente, poderia ter continuado para sempre.

Na verdade, não poderia, porque as duas toupeiras que tinham inventado aquela coisa de seguro na carteira de investimentos programaram um mecanismo à prova de falhas dentro do programa. Em outras palavras, depois de um determinado nível de aumento de preços, os computadores diriam: "Espere um segundo, tem algo de podre no reino da Dinamarca! É melhor vender todas as ações em nossas carteiras, e tão rapidamente quanto nossos cérebros de silicone permitirem!".

Foi quando os problemas começaram. Em uma versão real de *O exterminador do futuro,* computadores se conectaram e começaram a expelir ondas intermináveis de ordens de venda à velocidade da luz. De início, o mercado declinou drasticamente, e isso já era ruim. Mas, infelizmente, os computadores continuaram a vender e, por volta do meio-dia, o volume era tão grande que as máquinas no piso da Bolsa de Valores de New York (NYSE) não conseguiram acompanhar. Isso foi trágico, porque do nada a coisa toda chegou a um impasse.

Enquanto isso, os corretores, sendo corretores da Bolsa, pararam de atender aos seus telefones, pensando: qual é a vantagem de ficar escutando a porra de um cliente irado gritar: "Venda, caramba, venda!" quando não há compradores ao redor para vender? Então, em vez de segurar as mãos de seus clientes e dizer que ia ficar tudo bem, eles se recostaram em suas poltronas, colocaram os sapatos de couro de crocodilo sobre as mesas e deixaram os telefones fora do gancho. Por volta das 4 da tarde daquele dia, o Dow Jones tinha despencado 22%, meio trilhão de dólares desapareceu no ar, a confiança dos investidores foi abalada e a era dos *yuppies* tinha oficialmente chegado ao fim.

Mais de uma década depois, enquanto contava esses eventos para meus captores, eu me sentia estranhamente separado deles, como se o jovem que vivera tudo aquilo, um pobre idiota chamado Jordan Belfort, fosse um completo estranho para mim, alguém cuja história de vida eu estava narrando em primeira pessoa por uma questão de simplicidade. Mais estranho ainda foi o modo como eu tinha convenientemente omitido o impacto pessoal que esses eventos causaram em mim, especialmente quando se tratou de meu casamento com minha primeira esposa, Denise, com quem eu tinha me casado três meses antes do *crash* da Bolsa. Nós dois estávamos mais falidos do que qualquer outra pessoa. No entanto, sabíamos que o sucesso estava logo ali, ao virar da esquina. Então tínhamos esperança e tivemos fé, até a Segunda-Feira Negra.

E foi nesse ponto que eu parei: Jordan Belfort tinha acabado de deixar a sala de reuniões da LF Rothschild com o desespero no coração e o rabo entre as pernas. Ele era um jovem de 25 anos, quebrado, com uma falência nas costas e uma licença para vender ações que de repente se tornara inútil.

Ironicamente, dentro da sala de interrogatório, eu tinha ficado perturbadoramente confortável com o passar do dia. Perder-me no passado havia permitido que eu bloqueasse a dor do presente, sobretudo minha sensação de perda em relação à Duquesa. E apesar do fato de saber que estava dedurando, toda a informação que eu tinha fornecido era algo estritamente histórico, sobrevoando apenas ligeiramente os traços da ilegalidade e da marginalidade. Aquelas 97 pessoas em minha lista de vilões, ladrões e vigaristas ainda estavam razoavelmente seguras.

Mas então o Canalha estourou minha bolha.

Faltavam alguns minutos para as 5 da tarde quando Joel disse:

– Nós precisamos colocar essa aula de história em espera por um tempo. Nós estamos lutando contra o relógio com sua cooperação...

Então ele passou a explicar que meu papel como traídor poderia ser mantido em segredo por apenas um determinado período. Havia sinais reveladores quando alguém estava cooperando com o FBI, começando pelos registros do tribunal, que no meu caso seria algo visivelmente maçante. Em outras palavras, havia certas moções que deveriam ser encaminhadas quando o réu estava levando um caso para julgamento, moções essas que não seriam efetivadas se esse mesmo réu estivesse cantando na Court Street.

Em termos práticos, explicou o Canalha, haveria dois aspectos distintos para minha cooperação: a delação histórica e a delação proativa. Até então, eu tinha colaborado apenas na primeira modalidade. Agora, no entanto, o Canalha tinha me pedido para fazer uma ligação telefônica gravada a uma das almas que em breve estariam se lamentando em me atender, selecionada de minha lista de vilões, vigaristas e ladrões. E o Canalha tinha escolhido, entre todas as pessoas, meu leal e confiável contador, Dennis Gaito, também conhecido como Chef.

Dennis Gaito era, de fato, um *chef*, embora não no tradicional sentido da palavra. Era um apelido nascido do amor e do carinho, como resultado de sua natural propensão para "cozinhar" a contabilidade*. Ele era um homem calmo, tranquilo e controlado. Vivia para os melhores campos de golfe, charutos cubanos, bons vinhos, viagens de primeira classe conversas cultas, especialmente quando eram relacionadas a maneiras de foder o Imposto de Renda e a Comissão de Valores Mobiliários, o que parecia ser sua missão mais importante na vida.

Com 50 e poucos anos, o Chef vinha cozinhando os livros desde o começo dos anos 1970, quando eu ainda estava na escola, ganhando experiência sob os olhos atentos de Bob Brennan, um dos maiores supercorretores de ações de todos os tempos. O apelido de Bob era Demônio de Olhos Azuis, uma referência a seus olhos de aço azuis, suas diabólicas estratégias de negociação e o sangue gelado que corria por suas veias, que os boatos diziam ser dois graus mais frios que o nitrogênio líquido.

O Demônio de Olhos Azuis foi o fundador da First Jersey Securities, que no final dos anos 1970 e início dos anos 1980 tinha sido uma operação de *penny stocks*** com um alcance e uma escala sem precedentes. O Chef tinha sido contador do Olhos Azuis, assim como seu principal confidente. Como equipe, foram lendários, deixando um rastro de fraudes em ações. E, ao contrário da maioria dos caras que operavam nesse mercado de centavos, o Demônio de Olhos Azuis saiu com todo o dinheiro, quase um quarto de bilhão deles.

Aí residia o problema: o Demônio de Olhos Azuis tinha fugido com o dinheiro. Ele tinha enganado os reguladores a cada passo do caminho, e não havia nada que o Canalha desejasse mais que a cabeça do Olhos Azuis em uma bandeja.

Só então a voz de Monsoir me trouxe de volta ao presente.

– *Essa* trânsito está horrível! – declarou. – Vai ser um milagre se chegarmos a Brookville. *Voxê* não acha, chefe?

– Monsoir – eu disse suavemente –, acontece que você é um motorista muito bom. Você nunca fica doente, nunca se perde, e, por ser muçulmano e

* No original, uma brincadeira com a expressão *cook the book* (cozinhar os livros, em tradução literal), que significa falsificar os livros contábeis. (N. T.)

** As *penny stocks* são ações com cotações muito baixas, significando algo como ações de "centavos", ou seja, que não valem nem 1 dólar e são negociadas aos centavos. (N. T.)

tudo, acho que não pode beber! – balancei a cabeça em admiração. – É por isso que eu tenho três palavras amáveis para você.

– Ah, é, chefe, e quais são?

– Vai se foder!

Depois de grunhir, apertei um botão no console e assisti à cabeça do balbuciante paquistanês desaparecer atrás de uma divisória coberta de feltro. Fiquei olhando para aquele azul profundo por uns bons segundos, e então meus olhos se iluminaram com três letras douradas, um N, um J e um B, que significavam Nadine e Jordan Belfort. As letras tinham sido bordadas no feltro, em fios de ouro 18 quilates, escritas em estilo gótico. "Que *palhaçada* de merda!", pensei. Que despesa inútil e imprudente. Que excesso ridículo! Tudo era tão sem sentido agora...

Minha mente foi rugindo de volta para o Demônio de Olhos Azuis e o Chef. Na verdade, eu não tinha realmente me envolvido com ele, então não podia implicá-lo em qualquer crime, pelo menos não diretamente. Com o Chef, no entanto, era uma história diferente. Nós dois tínhamos preparado mil esquemas juntos, tantos que era demais para contar. Ironicamente, eu havia decidido excluí-lo de minhas atividades suíças, com medo, na época, de que seu relacionamento com o Demônio de Olhos Azuis pudesse trazer algum problema para mim.

Infelizmente, quatro anos mais tarde – o que quer dizer, há algumas horas, o Canalha e TOC tinham concluído que essa exclusão era uma coisa difícil de engolir. Ela não fazia sentido, o Canalha tinha argumentado.

– Por que você manteve o Chef fora disso? – perguntou ele, cético. – Você incluiu seu contador em tudo o mais e o deixou fora desse esquema? Isso não bate, a menos, é claro, que você o tenha incluído e esteja apenas tentando protegê-lo!

Com isso, o Canalha tinha retirado uma pilha de registros antigos relativos a uma viagem que eu tinha feito para a Suíça no verão de 1995, e, não por coincidência, à qual o Chef tinha me acompanhado. Ainda mais incriminador foi o fato de que, depois de termos partido da Suíça, em vez de voarmos de volta para os Estados Unidos tínhamos feito uma breve parada atrás da antiga Cortina de Ferro, na Tchecoslováquia. De acordo com registros do Canalha, ficamos lá por menos de 18 horas, literalmente voando para dentro e para fora. Alguma coisa nisso não cheirava bem ao Canalha; afinal, por que razão nós faríamos isso, exceto se fosse para deixar dinheiro, abrir uma conta secreta ou preparar um esquema? Qualquer que fosse o esquema, o Canalha sabia que eu estava escondendo alguma coisa, e queria saber o que era.

Enquanto isso, eu só podia coçar a cabeça. O Canalha estava tão por fora que suas conclusões eram incompreensíveis. Bem, como não tinha nenhuma outra escolha, relatei a excursão em detalhes, começando pela Suíça e explicando que meu único propósito de ir para lá tinha sido fazer um controle de danos. Eu estava tentando descansar da mais recente série de desastres horríveis, a soma dos quais tinha me feito pousar na sala em que eu estava sentado. Esse desastre específico tinha a ver com a morte prematura da encantadora tia da Duquesa, Patricia, a qual, sem o conhecimento de minha esposa, eu tinha recrutado para ser o coração do meu esquema de lavagem de dinheiro.

Eu tinha convencido a tia favorita de minha esposa, uma professora britânica aposentada de 65 anos de idade que nunca tinha desobedecido a uma única lei em toda a sua vida, a desobedecer mais de mil delas em um único movimento, agindo como meu preposto suíço. No momento em que ela concordou, comecei escondendo milhões de dólares em contas numeradas ligadas a seu nome. Então, sem aviso, ela morreu de derrame, levando esses milhões para o limbo.

No começo, pensei que sua morte me causaria grandes problemas, o mais óbvio dos quais seria que meu dinheiro ficaria amarrado no submundo do sistema bancário suíço para toda a eternidade. Mas eu estava errado, porque os suíços eram peritos em tais assuntos. Para eles, a morte de um preposto nomeado era algo muito positivo, uma coisa para a qual se devia abrir uma garrafa de champanhe. Afinal, o melhor preposto é o preposto morto, pelo menos foi isso que disse meu curador suíço, Roland Franks[1], um afável gorducho com um apetite voraz por doces e um dom espiritual para a criação de documentos falsos, que apoiariam uma noção de negação plausível. Quando perguntei a meu Mestre Falsificador o porquê daquela afirmação, ele encolheu os ombros gordos e disse:

– Porque os mortos não contam histórias, meu jovem amigo, nem tias mortas!

Ao contar toda essa sordidez aos meus captores, tinha destacado bem o fato de que o Chef e eu não estávamos sozinhos nessa viagem; tínhamos trazido companhia, sob a forma de Danny Porush, meu antigo parceiro no crime, e Andy Greene, meu leal advogado de confiança, que era mais conhecido como Cabana.

---

[1] O nome foi trocado.

Eu tinha admitido livremente que Danny tinha sido meu parceiro naquilo tudo.

– Ele é tão culpado quanto eu – declarei ao Canalha, e depois jurei para ele que Cabana e o Chef não tinham tomado parte no esquema. Eles foram apenas pelo passeio na Tchecoslováquia, eu disse, que era nossa parada seguinte na viagem. Nenhum deles sabia que Danny e eu já tínhamos contrabandeado dinheiro para a Suíça; eles pensavam que nossa visita era apenas para verificar as coisas como futura referência.

Neste ponto, tanto TOC quanto o Canalha pareciam estar comprando toda a história, então mergulhei na etapa seguinte de nossa excursão, a Tchecoslováquia, explicando como nosso empreendimento havia considerado uma tentativa fracassada de dominar o mercado de *vouchers* tchecos, que o novo governo emitira recentemente aos cidadãos como meio de privatização da economia. No entanto, não consegui me abrir completamente com meus captores. Afinal, o que acabou acontecendo na Tchecoslováquia era algo tão completamente decadente que eles nunca teriam compreendido. Então, em vez disso, eu lhes passei uma versão mais tranquila, mais diluída dos acontecimentos, para que eles não me vissem como um completo desajustado social, que não era digno de receber uma carta da Promotoria. Somente então, duas horas mais tarde, eu pude saborear plenamente a loucura que tinha definido aquele trecho da viagem.

Tudo começou dentro do jato particular, que era um Gulfstream III. Como todos os Gulfstreams, este tinha uma cabine espaçosa revestida em suaves tons de bege. Os assentos eram tão grandes como tronos, e os motores gêmeos Rolls-Royce tinham sido equipados com o mais recente *kit* de sonorização, o que tornava a viagem muito silenciosa, de forma que tudo o que se podia ouvir era o zumbido suave dos ventiladores quando o vento passava pela fuselagem a 55 nós.

Era início da noite, e nós estávamos bem no alto, voando acima do sul da Polônia, embora eu mesmo estivesse bem mais alto que isso. Mas não tão alto quanto Danny, que estava sentado à minha frente e tinha perdido completamente o poder da fala. Ele estava na segunda metade da fase de babar, quer dizer, ele estava naquele momento num pico no qual não conseguia emitir as palavras sem que um rio de saliva escorresse pelo queixo.

– Ezz ua boa maooooaa! – exclamou, com um grosso jorro de saliva.

Nas duas últimas horas de voo, ele tinha consumido quatro Quaaludes, quase 1 litro de uísque Macallan *single malt*, 20 miligramas de Valium e 2 gramas de pó da Bolívia, que aspirara com auxílio de uma nota de 100 dólares enrolada como um canudo. Então, cerca de 10 segundos antes, ele tinha dado uma tragada numa espessa bagana de maconha do norte da Califórnia, o que me fez acreditar que ele tinha tentado dizer: "Essa é uma boa maconha!".

Como sempre, eu achava incompreensível como Danny parecia um cara normal. Aquele cabelo curto e loiro, sua estatura média, dentes branquíssimos, ele exalava um cheiro maravilhosamente WASP, o tipo de cheiro que seria de se esperar de um homem que podia traçar sua genealogia até os porões do *Mayflower**. Ele estava vestido informalmente naquela noite, com um par de calças de algodão bege e uma camisa polo de manga curta. Sobre seus pálidos olhos azuis, usava óculos de aro de tartaruga com aspecto bastante conservador, que o faziam parecer um cara mais refinado, mais WASP.

No entanto, apesar do jeitão waspiano, Danny Porush era um judeu de raça pura que podia traçar suas raízes até um *kibutz* pequeno perto de Tel Aviv. Só que, como tantos judeus antes dele, tentou ser confundido com um WASP de sangue azul, por isso aqueles óculos waspianos de lentes claras.

Ao mesmo tempo, o interior da cabine do avião parecia um armário voador de drogas apreendidas da Divisão de Narcóticos da polícia. Entre Danny e eu, sobre uma mesa desdobrável de mogno, uma bolsa Louis Vuitton transbordava com uma fabulosa mescla de perigosas drogas: 15 gramas de maconha, 60 Quaaludes farmacêuticos, algumas anfetaminas, um saco de papel cheio de cocaína, uma dezena de doses de Ecstasy, e depois o material seguro, que tinha vindo dos médicos: um frasco de Xanax, um frasco de morfina, alguns Valium, Restorils, Somas e Vicodin, e alguns Ambiens, Ativans e Klonopins, bem como metade de uma caixa de Heineken e uma garrafa quase no fim de Macallan, para engolir todas as coisas. Logo, logo, porém, todo aquele material não receitado iria embora, empurrado para dentro de nossos cus coletivamente ou enterrados bem fundo atrás de nossos sacos escrotais, enquanto negociávamos nossa passagem pela alfândega tcheca.

Meu advogado, Cabana, estava sentado à direita de Danny. Ele também estava vestido informalmente, embora, no seu caso, mantivesse sua expressão perpetuamente triste e aquela horrível peruca. Essa peruca tinha cor de lama, uma combinação pobre para sua pele pálida, e tinha a consistência de palha ressecada. Na verdade, a Cortina de Ferro já tinha caído havia quatro anos, mas ainda era uma aposta segura que sua horrível peruca iria atrair alguns olhares atentos dos tchecos.

---

* O primeiro navio a trazer os puritanos ingleses aos Estados Unidos. (N. T.)

Seja como for, Cabana também estava doidão, embora, como nosso advogado, tivesse se mantido em um padrão mais elevado. Ele entendeu que não podia aparecer babando até depois de terminar com os tchecos. Então, ele tinha exagerado na cocaína e pegado leve nos Ludes. Foi uma estratégia inspirada, que dava um efeito psicotrópico perfeito. Afinal, tomar um Quaalude era como beber três garrafas de álcool com o estômago vazio, enquanto cheirar cocaína era como consumir 8 mil xícaras de café por via intravenosa. O primeiro deixava você sonolento e desleixado, enquanto a segunda o deixava alto e paranoico. Uma vez que eram nossos negócios que estavam em questão, era mais eficaz você ficar alto e paranoico que sonolento e desleixado. Mas, infelizmente, Cabana tinha sem querer iniciado uma paranoia induzida pela coca.

– Caralho! – murmurou Cabana. – Essa cabine está cheirando a erva! Você não pode colocar essa merda de lado, Danny? Quer dizer... Nós vamos... Vamos... Nós vamos... – *fala logo essa merda, Cabana* – ... acabar numa cadeia tcheca, pelo amor de Deus! – ele fez uma pausa, limpando as gotas de suor que se formaram em sua testa pálida e paranoica. Ele tinha até uma boa aparência, de uma forma masculina, por assim dizer. Tinha estatura média, com estrutura delgada, embora tivesse um pouco de barriga.

– Eu vou ser deportado – resmungava. – Eu sei disso, ahhhhh!

Era um gemido paranoico, por causa das drogas, e assim que ele terminou de gemer segurou a peruca nas mãos e balançou a cabeça em formato de ovo, em desespero.

O Chef estava sentado à minha esquerda, e ele era firme como uma rocha. Na verdade, ele nunca tinha tomado qualquer espécie de droga em toda a vida, sendo um daqueles raros homens que podiam se ver cercados de viciados recorrentes em drogas e ficar totalmente bem com isso. O Chef era um homem bonito e vistoso, como uma versão reduzida de Mr. Clean*. Ele era completamente careca, com uma testa proeminente, uma mandíbula bem quadrada, olhos castanhos penetrantes, nariz aquilino e um sorriso contagioso.

O Chef nascera e crescera em Nova Jersey, mas podia deixar seu sotaque forte na hora que quisesse e quando a situação assim o exigisse, como ele fazia agora:

* Marca da Procter & Gamble de limpador multiuso lançado em 1958, com um personagem em estilo marinheiro, bronzeado, alto e forte, vestindo camiseta regata, além de um brinco na orelha esquerda. (N. T.)

– *Qualé, qualé?* – dizia ele para Cabana. – *Cê* tem que se recompor, Andy! Se *tá* preocupado com o cheiro, liga os ventiladores de cima, cara! A pressão *tá* muito baixa lá fora e isso vai limpar o mau cheiro *num segundo!*

De fato. O Chef estava absolutamente certo.

– Você deve ouvir o que o Chef diz – falei para Cabana. – Ele tem uma estranha capacidade de raciocínio nessas situações – estendi a mão esquerda e coloquei-a no ombro de Cabana, oferecendo-lhe um sorriso preocupado. – E, cá entre nós, eu recomendo fortemente que você tome um par de Xanax. Você precisa se equilibrar um pouco.

Ele olhou para mim.

– Você parece que foi atropelado por um trem – comentei. – Confie em mim, dois Xanax é exatamente o que o médico me receitou – virei-me para o Chef. – Não é verdade, Chef?

– De fato – o Chef concordou.

Cabana assentiu nervosamente.

– Acho que vou fazer isso – respondeu ele –, mas preciso fazer uma faxina em primeiro lugar.

Ele se levantou da cadeira e começou a caminhar pela cabine, abrindo as saídas de ar. Olhei para Danny, que ainda estava fumando um baseado.

– Apesar de nosso advogado ser um drogado – eu disse –, ele tem um argumento válido. Por que você não se livra disso apenas por segurança?

Danny ergueu aquele baseado de meia polegada e inclinou a cabeça para o lado, como se a inspecioná-lo. Ele virou os cantos de sua boca para baixo, encolheu os ombros e então atirou o cigarro para dentro de sua boca e o engoliu.

– Engolir um desses te deixa fodido! – gaguejou com orgulho.

Só então Cabana sentou-se, o queixo ainda fazendo uma versão latina de um viciado em coca.

– Tome – disse eu, pegando o frasco adequado da bolsa LV. Desenrosquei a tampa e derramei alguns comprimidos. – A dosagem correta é de dois azuis – fiz uma pausa, pensando por um momento, – embora a esta altitude não haja maneira de ter certeza. O corpo pode ser mais suscetível aqui no alto.

Dei de ombros.

Cabana assentiu nervosamente, ainda preso à fase da preocupação. Se eu o cutucasse com a história de como ele tinha perdido o cabelo enquanto ainda estava no colegial e depois de que fora pego trapaceando no vestibular, haveria uma chance maior que 50% de que ele correria loucamente até a saída de emergência e saltaria do avião. Mas tive pena dele e não disse nada.

Virei-me para o Chef e sorri respeitosamente.

– Voltando aos negócios – disse, em voz baixa –, não fiquei muito impressionado com as pessoas que conheci na Suíça, então não pretendo ir em frente com eles, não me pareceram muito confiáveis.

Dei de ombros novamente. Isso foi uma mentira, claro, e, por mais que odiasse mentir para o Chef, eu tinha minhas razões.

Nos Estados Unidos, um obcecado agente do FBI chamado Gregory Coleman estava desesperado atrás de mim, e eu precisava criar pistas falsas para ele seguir e, assim, desviar sua atenção para longe de minhas *reais* contas suíças. Eu teria o Chef me ajudando com esse fim, ou seja, abrir uma conta na Suíça em que eu nunca realmente teria fundos nem utilizaria, mas cuja existência eu iria vazar para o agente Coleman. E quando Coleman pedisse ao governo suíço para abrir minha conta, eu lutaria com unhas e dentes contra isso, como se realmente tivesse algo a esconder. Isso iria mantê-lo ocupado por uns bons dois anos, pensei, talvez ainda mais que isso. E quando ele finalmente conseguisse seu intento e abrisse a conta, iria descobrir que eu nunca realmente a tinha coberto de fundos.

Em essência, a piada estouraria em Coleman, e meus negócios verdadeiros continuariam imperturbáveis. Com isso em mente, eu disse para o Chef:

– Então vamos fazer as coisas que você falou antes. O que eu tenho que fazer para que as coisas comecem a andar?

– Você não tem que fazer nada – respondeu o Chef de Jersey, utilizando uma dupla negativa para reforçar o pouco que eu tinha que fazer. – Eu já tenho a coisa toda configurada para você, os administradores, os mandatários, e eu posso ser um conselheiro para o fundo. Isso vai manter outra zona de proteção entre você e o dinheiro. E que Deus permita que os caras fiquem fuçando ao redor, então renuncio ao cargo de conselheiro e o dinheiro desaparece em Liechtenstein e, você sabe... *Schhhwiitttt!* – ele espalmou as mãos e bateu-as, esticando o braço direito em direção ao sul da Romênia – estamos prontos para seguir em frente.

Sorri para o Chef e concordei calorosamente. Ele era um homem de muitos talentos, embora sua mais notável habilidade fosse a capacidade de usar uma intrincada combinação de gestos e sons para reforçar seu ponto de vista. Meu favorito era *Schhhwiitttt,* que ele fazia ao enrolar a língua em um C reverso e, em seguida, forçando uma rajada de ar para fora. E, enquanto fazia o som, ele batia as mãos espalmadas, jogando o braço direito para longe. O Chef utilizava esse som quando pretendia amarrar as pontas soltas de uma história, como se estivesse sugerindo algo do tipo: "É, e com o último documento falso que criamos, você sabe... *Schhhwiitttt!*... não há como os federais serem capazes de entender coisa alguma!".

Olhando para trás e refletindo sobre esse tipo de coisa, sentado no Gulfstream, eu sabia que tinha cometido um erro colossal em não usar uma das muitas fabulosas receitas do Chef para saciar o apetite dos bancos suíços. Mas seu relacionamento com o velho Demônio de Olhos Azuis tinha me assustado. Era do conhecimento geral que eles estavam fazendo negócios na Suíça, e, por mais quente que eu estivesse no momento, o Demônio era ainda mais quente que eu, e eles ainda não tinham sido capazes de pegá-lo! Isso poderia ser um augúrio para minha situação? Bem possível, imaginei. Como o velho Olhos Azuis, eu era um homem cuidadoso, sempre percorrendo grandes distâncias para cobrir minhas pegadas.

Eu me agarrei a esse pensamento feliz quando peguei minha maleta de remédios e abri o frasco de Valium, engolindo três pílulas azuis. Era uma dose para leão, eu sabia, mas, dada a quantidade de cocaína que tinha cheirado, era do que eu precisava para chegar em segurança à Tchecoslováquia.

Em vez de passar pelo terminal principal do aeroporto Ruzyne, em Praga, o Gulfstream foi direcionado para um pequeno terminal privado, que, até pouco tempo antes, havia sido reservado para os dignitários comunistas. Isso me serviu muito bem, dado meu estado de intoxicação, mas quando eles nos levaram para uma sala que parecia o interior de um santuário do Kremlin, algo me incomodou, algo que eu não conseguia definir. Danny estava parado a meu lado, parecendo perturbado.

– Você está sentindo o cheiro de alguma coisa? – perguntei, esfregando o nariz.

Danny franziu o próprio nariz e deu duas fungadas profundas.

– Sim – respondeu ele. – Que porra é essa? Tem cheiro de... Eu não sei, mas não gosto – e deu mais duas fungadas.

Eu me virei para Cabana.

– E você, está sentindo o cheiro de alguma coisa? – sussurrei.

Cabana correu os olhos ao redor da sala como se fosse um animal selvagem.

– É gás venenoso – disse ele nervosamente. – Eu... Eu tenho que pegar meu passaporte de volta. Eu... Por favor... Eu vou perdê-lo! – ele colocou o dedo indicador na boca e começou a morder a unha.

As preocupações, pensei.

Inclinei-me para o Chef.

– Sentiu o cheiro de alguma coisa, Chef?

Ele acenou com a cabeça.

– Sim, cheiro de sovaco, cheiro de catinga! – declarou. – Esses porras desses comunistas de merda não usam desodorante! – ele coçou o queixo, e ficou algum tempo refletindo. – Ou talvez eles não consigam encontrá-los nas lojas. Você ficaria surpreso como os comunistas renunciam aos mais normais dos prazeres.

Foi então que um tcheco de meia-idade, fedido, usando um uniforme azul e cinza da polícia, caminhou até nós. Ele nos olhou com desconfiança por um momento; em seguida, apontou para uma série de poltronas de couro, de encosto alto, que tinham sido colocadas ao redor de uma enorme mesa de mogno. Nada mau, pensei. Sentamos, e um garçom uniformizado apareceu do nada, carregando uma bandeja de aperitivos que colocou diante de nós sem dizer uma só palavra.

Eu olhei para o garçom, que estava suando.

– Desculpe-me – disse eu, humildemente. – Por que é tão quente aqui?

Ele lançou-me o olhar de uma pessoa desinteressada e lobotomizada e depois foi embora sem dizer uma palavra. Quando cheguei mais perto para pegar meu copo, Cabana advertiu:

– Não beba o vinho! – começou a dizer, olhando em volta, nervosamente. – É isso que eles querem – ele olhou para mim de volta, com olhos selvagens. – Você entendeu?

O Chef se inclinou.

– Eu acho que o cara não fala inglês – sussurrou em meu ouvido –, mas quando eu estava saindo do avião o capitão me disse que eles estão tendo a pior onda de calor em cem anos. Acho que hoje foi o dia mais quente na história do país.

Dentro do táxi, eu respirei pela boca.

– Argh, você já sentiu um cheiro tão ruim assim? – perguntei a Danny.

Danny balançou a cabeça gravemente.

– Nunca. O cara precisa ser mergulhado em ácido sulfúrico.

O Chef concordou com a cabeça, em seguida acrescentou suas pitadas de sabedoria:

– Não se preocupem – disse ele, confiante. – Nós vamos ficar no melhor hotel do país. Tenho certeza de que vai ter ar-condicionado lá. Vocês podem contar com isso.

Dei de ombros, não acreditando muito nele.

– Praga é a maior cidade da Tchecoslováquia? – perguntei ao motorista malcheiroso.

Sem aviso, o motorista do táxi cuspiu um catarro gigante em seu próprio painel.

– Os eslavos são cães – rosnou ele. – Eles não fazem mais parte do país. Estamos na República Tcheca: a Joia do Leste Europeu! – e girou o pescoço para um lado e para o outro, como se estivesse tentando recuperar a compostura.

Eu assenti nervosamente com a cabeça e olhei para fora, tentando absorver um pouco da beleza da Joia do Leste, mas não havia iluminação pública e eu não conseguia enxergar nada. No entanto, ainda estava esperançoso; afinal, depois de tudo, nosso destino era o fabuloso Hotel Ambassador, o único hotel quatro estrelas em Praga. E graças a Deus! Aquela parte da nossa viagem parecia estar amaldiçoada. Um pouco de mimo seria exatamente o que o médico receitaria!

Infelizmente, o Chef não sabia que o Hotel Ambassador tinha acabado de ser classificado como um dos piores hotéis quatro estrelas da Europa. Coisa que descobri no momento em que pisei no lobby do hotel, que estava a uns 100 graus e com uma umidade de 1.000%. Na verdade, era tão sufocante que eu quase desmaiei.

O espaço do lobby era vasto e sombrio, como um abrigo antibombas da época da Guerra Fria. Havia apenas três sofás, que tinham uma perturbadora cor de bosta de cachorro.

Na recepção, sorri para a garota tcheca que fazia o *check-in*, uma pálida jovem loira com ombros largos, enormes seios tchecos, blusa branca e um crachá onde se lia Lara[2].

– Por que não há ar-condicionado? – perguntei à adorável Lara.

Lara sorriu tristemente, expondo alguns dentes tchecos tortos.

– Nós estamos com problemas no ar-condicionado – respondeu, em um inglês com forte sotaque. – Não está funcionando agora...

[2] O nome foi trocado.

Com o canto do olho eu vi Danny desabar, mas depois o Chef ofereceu mais palavras de sabedoria.

– Nós vamos ficar bem aqui – disse ele, balançando a cabeça uma única vez. – Eu já vi coisa muito, muito pior.

Eu recuei, descrente.

– É mesmo, Chef? Onde?

Ele sorriu conscientemente.

– Você esquece que eu sou de Nova Jersey.

Tal lógica é brilhante, pensei. O Chef foi um verdadeiro guerreiro!

Encorajado por suas palavras, lancei meu cartão AmEx, sorri para Lara e disse a mim mesmo: "Isso não pode ser tão ruim... Quando se está tão cansado e pós-Lude como eu estou, a tendência é só desmaiar de exaustão".

Duas horas depois, eu estava deitado na cama, olhando para o teto, totalmente pelado e pensando em suicídio. Meu quarto no hotel devia ser mais quente que a sala da caldeira do Titanic. As janelas tinham sido aparafusadas e não se podia abri-las, e o aquecedor estava ligado. O motivo, ninguém no hotel parecia saber. No entanto, era calor que vinha do aquecedor, nada estava vindo pelo ar-condicionado, e eu teria pago 1 milhão de dólares para alguém soltar um enxame de abelhas que ficassem pairando sobre mim e agitando suas minúsculas asinhas.

Era pouco mais de 2 da manhã, cerca de 8 horas da noite no horário de Nova York. Eu precisava desesperadamente falar com a Duquesa. Eu precisava ouvir algumas palavras gentis da parte dela, ouvi-la dizer que me amava e que tudo ficaria bem. Ela sempre conseguia me fazer sentir melhor, mesmo nos momentos mais complicados. Tentei ligar para ela meia dúzia de vezes e continuei recebendo a mesma porra de gravação do caralho, dizendo que as linhas para o exterior estavam ocupadas.

E então o telefone tocou. *Ahhh, a deliciosa Duquesa! Ela sempre sabe!* Peguei o telefone. Droga, era Danny.

– Eu não consigo dormir – rosnou. – Precisamos engolir uns Ludes e ir caçar umas putas, não há outro jeito.

Sentei-me na cama.

– Você está brincando! Alguém vem buscar a gente daqui umas poucas horas, Dan! Isso é loucura – respondi, e passei alguns momentos pensando naquilo, chegando à conclusão de que o plano dele era, de fato, insano. – E, seja como for, como vamos encontrar putas a essa hora da noite? É muito complicado.

– Já arranjei tudo com a Lara – respondeu ele, orgulhoso. – Há um lugar que fica a menos de dez minutos daqui, na periferia de Praga. Lara me garantiu que lá vamos encontrar as melhores putas fedidas do país. – Ele fez uma breve pausa. – De qualquer forma, temos de fazer isso, JB. Seria um carma muito ruim deixar as coisas seguirem seu curso atual. Precisamos tomar medidas drásticas. Temo por você, se não consegue ver isso.

– De jeito nenhum – respondi. – Dessa vez eu passo. Se quiser, vá sozinho.

De alguma forma, e *ainda* não tenho certeza de como, uma hora mais tarde eu tinha engolido três Ludes e tinha uma enorme prostituta tcheca em cima de mim, com cabelos loiros descoloridos e o rosto de um cão pastor, cavalgando como um cavalo de corridas. Quase nenhuma palavra foi trocada, apenas 200 dólares e algo que soava como *"Ooo-brrri-gaduuu!"* logo depois que eu meti naquela enorme boceta tcheca. Que seja. Boceta era boceta, pensei, e apesar de ela ser grande o suficiente para estacionar um táxi tcheco lá dentro, eu ainda sentia que era meu dever patriótico depositar dentro dela minha carga vermelha, branca e azul, e, se não fosse por qualquer outro motivo, apenas para lembrá-la quem tinha vencido a Guerra Fria.

Uma hora depois eu estava de volta a meu quarto de hotel, suando de novo, planejando minha própria morte e sentindo muita saudade da Duquesa. Mas, acima de todas as coisas, eu estava me perguntando por que tinha acabado de fazer aquilo. Eu amava a Duquesa mais que qualquer coisa, mas não conseguia me controlar. Eu era fraco e estava decadente. O lobo selvagem vivia escondido dentro de mim, logo abaixo da superfície, pronto para se levantar diante da menor provocação e mostrar suas presas viciadas. Eu não tinha a menor ideia de como aquilo iria acabar, mas a fofoca em Wall Street era a de que eu estaria morto dentro de poucos anos. Que seja. Eu já estava morto em mais de uma maneira...

Às 4 da manhã, desabei e ataquei a bolsa Luis Vuitton novamente. Então, 30 minutos mais tarde, eu estava dormindo, com Xanax borbulhando em meu sistema nervoso em quantidade suficiente para derrubar metade de Praga.

Às 7H30 DA MANHÃ, apenas três horas mais tarde, o telefone tocou. Era a recepção ligando para me acordar.

Eu pisquei, em seguida vomitei, e então levantei da cama para tomar um banho gelado de chuveiro. Depois, cheirei meio grama de cocaína, engoli um Xanax, para sufocar qualquer paranoia futura, e desci as escadas para o lobby. Senti uma pontada de culpa por estar cocainado na minha primeira reunião de negócios naquele simpático país, mas, depois da escapada da noite anterior para a fossa decadente do bairro da luz vermelha de Praga, não havia outra maneira de começar meu dia.

No térreo, no lobby, Marty Sumichrest, Jr., de 30 anos, nos cumprimentou calorosamente. Ele era alto, magro, de rosto pálido e usava óculos de aros de aço com lentes muito grossas. Ele vivia em algum lugar perto de Washington, DC, mas estava em Praga porque esperava levantar 10 milhões de dólares para sua empresa, a Czech Industries. Àquela altura, a empresa não era nada mais que uma casca vazia e inútil, mas ele nos garantiu que poderia usar o *status* de seu pai de "herói de guerra" do país para se insinuar nos mais altos escalões da estrutura de poder tcheca.

Nós trocamos as gentilezas da manhã e, em seguida, nos amontoamos em uma limusine horrenda chamada Skoda. Ela era negra, quadradona, toda batida e, é claro, não tinha ar-condicionado. O fedor de odor corporal era tão poderoso que poderia ter incapacitado um pelotão inteiro de fuzileiros navais. Eu olhei para o relógio: ainda eram 8h15 da manhã... Apenas 5 minutos tinham se passado, mas parecia uma hora. Olhei em volta dentro do carro e todos estavam a meio mastro: Danny estava branco como um fantasma; os lábios do Chef estavam retorcidos subversivamente; a peruca de Cabana parecia um animal morto.

Sentado no banco da frente, Marty se virou para nós.

– Praga é uma das únicas cidades da Europa que não foi destruída pelos nazistas – disse ele, orgulhoso. – A maior parte da arquitetura original ainda permanece – ele levantou a palma da mão em direção à janela, fez um gesto de arco da esquerda para a direita, como a dizer: "Eis aqui a maravilha e a beleza!" e então continuou: – Muitos a consideram a mais bela cidade da Europa, a Paris do Leste Europeu, por assim dizer. Praga tem sido o lar de muitos artistas, e de muitos poetas também. Eles vêm aqui para se inspirar, para se...

Santo Deus! Eu estava entediado até a morte, suando até a morte e cheirava a morte, tudo ao mesmo tempo! Como poderia ser? Eu senti desesperadamente muitas saudades de casa, de repente, como um menino que fora obrigado a ir para um acampamento e estava louco para voltar para casa.

– ...E os tchecos têm sido sempre empreendedores. Foram os eslavos que deram má reputação a este país – Marty balançou a cabeça em desgosto. – Eles são idiotas, bêbados e preguiçosos com QI um pouco acima do nível de um idiota. Eles foram empurrados para nós pela União Soviética, mas agora estão de volta ao que pertencem: à Eslováquia. Escreva o que eu digo. Daqui a dez anos eles vão ter o menor PIB da Europa Oriental e nós teremos o maior – ele acenou com a cabeça orgulhosamente. – Pode escrever!

– Muito interessante – eu disse casualmente –, mas, se os tchecos são tão inteligentes assim, como é que eles ainda não descobriram o desodorante?

– O que você quer dizer? – perguntou Marty, estreitando os olhos.

– Não importa – respondi. – Eu estava apenas fazendo uma piada, Marty. O cheiro aqui é igual a lavanda...

Ele acenou com a cabeça, parecendo entender.

– Bem – acrescentou –, a primeira empresa que vamos visitar nesta manhã é a Motokov. Eles detêm os direitos de distribuição exclusivos da Skoda – e bateu com a mão no seu encosto de cabeça duas vezes – para que eles possam inundar o mundo com estes meninos maus!

– Hmmm – murmurou o Chef. – Eu aposto que as pessoas em toda a Europa Ocidental vão fazer filas enormes para comprar um Skoda. Na verdade, é melhor que o pessoal da Mercedes fique bem atento, senão logo vão estar mergulhados até os joelhos nas dívidas.

O filho do herói de guerra concordou com a cabeça.

– Como eu disse, a República Tcheca é cheia de oportunidades. Motokov é apenas um exemplo disso.

A SEDE CORPORATIVA da Motokov era um edifício de escritórios cinza, feito de concreto, que se erguia 23 andares acima das ruas de Praga. Infelizmente, a empresa precisava de apenas dois andares para suas operações. Mas os comunistas tinham acreditado fortemente na crença de que "quanto maior, melhor", enxergando conceitos do tipo lucros e perdas como pequenas trivialidades, ou pelo menos como de importância secundária em relação à criação de empregos inúteis e mal remunerados para aplacar a força de trabalho bêbada da antiga Tchecoslováquia.

Pegamos um elevador revestido com painéis de linóleo até o 20º andar e caminhamos por um corredor longo e silencioso que parecia ter pouco oxigênio. Eu estava prestes a desmaiar quando chegamos a uma grande sala de reuniões, onde nos foram oferecidos assentos ao redor de uma enorme mesa feita de madeira barata e que era grande o suficiente para umas 30 pessoas. Mas apenas três representantes da Motokov estavam na sala; por isso, depois de termos tomado os assentos, ficamos tão distantes uns dos outros que era preciso quase gritar para ser ouvido do outro lado. Ah, esses comunistas, pensei.

Eu estava sentado em uma ponta da mesa, de frente para uma parede de vidro laminado que dava para a cidade de Praga. Àquela hora da manhã, naquele momento do mês de junho, o sol estava brilhando diretamente através da placa de vidro, aquecendo o ambiente com a temperatura do planeta Mercúrio. No chão havia três gerânios em vasos brancos de plástico. Eles estavam mortos.

Depois de alguns momentos dedicados às amenidades de apresentação, o presidente da Motokov tomou o centro do palco e começou a falar em inglês com forte sotaque. A empresa tinha sofrido muito devido à ruptura com a União Soviética, explicou. As leis antimonopólio tinham sido aprovadas, basicamente lançando-os para fora do negócio. Ele parecia ser um sujeito inteligente, um sujeito completamente afável, de fato, mas logo comecei a notar algo muito estranho nele. No início eu não conseguia perceber exatamente do que se tratava, mas então fui atingido pela constatação: ele era um pisca-pisca. Sim, ele era um pisca-pisca de qualidade internacional! A cada palavra que escapava de seus lábios, ele piscava os olhos, às vezes mais de uma vez.

– Então você vê – explicou o Pisca-pisca, com três rápidas piscadas –, sob as novas leis, os monopólios não são mais permitidos, o que nos coloca – *pisca, pisca* –, nós, da Motokov, em uma posição – *pisca, pisca, pisca* – difícil – *pisca*. – De certa forma, temos sido empurrados para muito perto da falência – *pisca, pisca, pisca, pisca, pisca, pisca, pisca...*

Aquilo parecia uma bela oportunidade, pensei, especialmente se seu objetivo é jogar dinheiro fora em um vaso sanitário tcheco!

Ainda assim, fiz o papel do convidado interessado e balancei a cabeça de modo solidário, ao que o Pisca-pisca piscou.

– Sim, nós estamos à beira da falência – continuou o Pisca-pisca. – Nós temos a sobrecarga da estrutura – *pisca, pisca* – de uma empresa de bilhões de dólares, mas que já não tem mais a autorização das vendas.

O Pisca-pisca soltou um suspiro profundo. Ele parecia estar na casa dos 40 anos e tinha a pele muito branca. Usava um tipo de camisa xadrez de manga curta e uma gravata de lã azul que o deixavam parecido com um contador de nível médio em um matadouro em Omaha.

Ele então enfiou a mão no bolso da calça, tirou um maço de cigarros e acendeu um. Aparentemente, seus dois subordinados entenderam isso como um sinal para acender seus cigarros também, e antes que eu percebesse a sala estava envolta em uma nuvem ameaçadora de fumaça de tabaco tcheco barato. Com o canto do olho, vislumbrei Danny, cujo cotovelo direito estava apoiado na mesa de reuniões, com o queixo embalando a mão. E ele estava dormindo. Dormindo? *Dormindo!*

Através da fumaça exalada, o Pisca-pisca prosseguiu:

– É por isso que agora estamos focando nossa atenção em franquias do Kentucky Fried Chicken – disse ele, e eu pensei "Que porra é essa? Kentucky Fried Chicken? Mas do quê..." –, rede que planejamos implantar – *pisca, pisca* – de forma muito agressiva durante os próximos cinco anos.

O Pisca-pisca assentiu de acordo com seus próprios pensamentos e piscou mais um pouco.

– Sim – continuou, dessa vez com uma rápida piscada dupla. – Vamos concentrar nossos esforços em frango frito e purê de batatas, com a marca Kentucky Fried, é claro, que é delicioso se...

BONC! E a cabeça de Danny foi direto para a mesa de reuniões.

Houve um silêncio absoluto quando todo mundo, incluindo o Pisca-pisca, olhou espantado para Danny. A face direita dele estava pressionada contra a mesa de reuniões e um pequeno rio de baba abria caminho lentamente pelo seu queixo. Então ele começou a emitir um daqueles roncos guturais de drogas que chegam lá do fundo do estômago.

– Não ligue para ele – eu disse para o Pisca-pisca. – Ele só está sofrendo de *jet-lag* da viagem. Por favor, continue. Estou intrigado com os planos da Motokov para capitalizar o mercado de frango frito mal atendido – dei de ombros. – Eu não estava ciente de que os tchecos gostavam de frango frito.

– Ah, sim – piscou o Pisca-pisca –, é um de nossos alimentos de primeira necessidade.

E então ele começou a piscar novamente, Danny se manteve roncando, o Chef continuou revirando os olhos e a peruca de Cabana foi lentamente se transformando em cola, e cada um de nós, incluindo o próprio Pisca-pisca, estava suando até a morte.

O RESTANTE DO DIA não foi melhor: um monte de tchecos fedorentos, escritórios fervendo, salas cheias de fumaça e Danny babando. O filho do herói de guerra nos arrastou de empresa a empresa, cada qual em situação semelhante à da Motokov. Sem exceção, todas sofriam de sobrecarga de uma estrutura inchada, equipes de gestão inexperientes e uma compreensão limitada dos princípios básicos do capitalismo. O que me espantou, no entanto, foi a enorme esperança compartilhada por todas as pessoas que conhecemos. Todos eles continuavam sempre relembrando que Praga era a "Paris do Leste" e que a República Tcheca fazia realmente parte da Europa Ocidental. A Eslováquia não tinha nada a ver com eles, todos asseguravam. Na verdade, aquelas terras eram habitadas por um bando de macacos retardados.

Eram 6 horas da tarde e nós quatro estávamos sentados no saguão do hotel, nos sofás de tecido marrom cor de bosta de cachorro, necessitando desesperadamente de pílulas de sal. Eu disse para o grupo:

– Não sei quanto mais posso suportar, não há dinheiro que pague esse abuso!

Danny pareceu concordar comigo.

– Por favor! – pediu, esfregando um galo do tamanho de uma bola de golfe que tinha se formado em sua têmpora direita. – Vamos dar o fora dessa merda e ir para a Escócia! – e mordeu o lábio inferior, como se estivesse à beira de um colapso. – Eu estou dizendo a você, a Escócia é linda! É a terra do leite e do mel! – ele acenou com a cabeça ansiosamente. – Aposto que lá deve estar abaixo de zero, sem uma gota de umidade... Podemos jogar golfe durante todo o dia... Fumar charutos... Beber conhaque... E aposto que ainda podemos encontrar jovens prostitutas escocesas que cheiram a sabonete! – disse, jogando as mãos para o ar. – Estou implorando, JB, jogue a toalha agora, por favor, simplesmente jogue a toalha.

– Como seu advogado – acrescentou Cabana –, eu recomendo fortemente que você siga o conselho de Danny. Acho que você deve chamar Janet agora e mandar que ela verifique se o avião está abastecido. Nunca me senti tão péssimo na vida.

Eu olhei para o Chef. Aparentemente, ele não estava pronto para jogar a toalha, ele ainda tinha dúvidas.

– Dá para acreditar naquele filho da puta da Motokov falando e falando sobre Kentucky Fried Chicken? O que há de tão bom no Kentucky Fried Chicken? – ele sacudiu a cabeça, como se ainda estivesse confuso. – Eu pensei que eles comessem principalmente porco nesta parte do mundo.

Eu dei de ombros.

– Eu não tenho certeza – respondi –, mas você conseguiu contar quantas vezes aquele filho da puta piscou? Foi incrível! – balancei a cabeça em reverência.

– Ele era como uma máquina de somar humana. Eu nunca tinha visto nada parecido.

– Sim, bem, eu perdi a conta quando chegou a mil – disse o Chef. – Ele deve ter algum tipo de doença, provavelmente que seja peculiar aos tchecos – e encolheu os ombros também. – De qualquer forma, como seu contador, eu tenho que concordar com Cabana: recomendo fortemente que você evite fazer qualquer tipo de investimento neste país até que eles comecem a usar desodorante – o Chef encolheu os ombros novamente. – Mas isso é apenas minha opinião...

Trinta minutos mais tarde, estávamos a caminho do aeroporto. O fato de que 20 tchecos estavam nos esperando para um tradicional jantar tcheco de cinco horas de duração foi meramente incidental. Às 6 horas da manhã seguinte, todos nós estaríamos na terra do leite e do mel, e eu nunca mais veria aqueles tchecos fedorentos de novo. A Escócia era linda, mas sua beleza se perdeu em mim.

Eu tinha passado muito tempo longe da Duquesa. Eu precisava ver aquela mulher, literalmente senti-la em meus braços, precisava fazer amor com ela. Chandler, claro, também estava esperando por mim. Ela estava com quase 1 ano de idade, e quem poderia adivinhar quais as surpreendentes façanhas intelectuais que ela realizara na semana em que eu estivera longe? Sem falar no fato de que os Ludes estavam acabando, o que significava que iríamos começar a usar narcóticos. E então as náuseas e os vômitos iriam se instalar, bem como a intensa prisão de ventre. E não há nada pior que ficar preso em um país estrangeiro com a cabeça debruçada sobre um vaso sanitário, enquanto o cólon descendente está congelado como uma geleira.

Foi por todas essas razões que quase desmaiei nos braços da Duquesa quando entrei pela porta da nossa casa em Westhampton Beach naquela manhã de sexta-feira. Foi um pouco depois das 10, e tudo o que eu queria era ir lá para cima, segurar Chandler por um momento, e então me esgueirar para o quarto e fazer amor com a Duquesa. Então eu iria dormir por um mês.

Mas eu nunca tive essa chance. Eu estava em casa há menos de 30 segundos quando o telefone tocou. Era Gary Deluca, um de meus funcionários, que ostentava uma estranha semelhança com Grover Cleveland, o presidente morto com a barba espessa e expressão perpetuamente sombria.

– Desculpe incomodá-lo – disse Grover severamente –, mas achei que você gostaria de saber que Gary Kaminsky foi indiciado ontem. Ele está na prisão, detido sem fiança.

– Sério? – respondi com naturalidade. Eu estava num estado de extremo cansaço, a ponto de você não entender imediatamente as consequências daquilo que está ouvindo. Então, o fato de que Gary Kaminsky tinha íntimo conhecimento de todos os meus negócios suíços não estava me incomodando, pelo menos ainda não. – Ele está sendo acusado de quê? – perguntei.

– Lavagem de dinheiro. Será que o nome de Jean Jacques Saurel[3] lhe diz alguma coisa?

Aquilo me pegou! Acordou-me bem na hora! Saurel era meu banqueiro suíço, o único homem que poderia me ferrar com o agente Coleman.

– Na verdade, não – disse timidamente, tensionando minha bunda. – Talvez eu o tenha encontrado uma vez, não sei... Eu não tenho certeza, por quê?

– Porque ele foi indiciado também – disse Grover. – Ele está na cadeia com Kaminsky neste exato momento.

Para minha surpresa, TOC ainda levou mais de três anos para conseguir uma acusação contra mim, apesar de Saruel ter começado a cooperar quase imediatamente. E, embora parte do atraso tivesse a ver com a lealdade de meus strattonitas, muito estava ligado ao fato de que eu havia recrutado o Chef para me ajudar a inventar uma história que me acobertasse. Na verdade, enquanto meu castelo de cartas estava desabando à minha volta, o Chef foi preparar uma de suas lendárias receitas. E essa receita em particular foi tão saborosa e tão deliciosa que manteve TOC coçando a cabeça por mais de três anos completos.

E agora o Chef era um homem procurado. Ele tinha um alvo dos federais plantado nas costas, e não apenas porque ele tinha me ajudado e instigado, ao ajudar a cobrir minha derrocada na lavagem de dinheiro, mas também por causa de seu relacionamento com o Demônio de Olhos Azuis. A gente aperta o Gaito, raciocinou o Canalha, e ele vai entregar o Brennan, que era o verdadeiro alvo.

Na verdade, eu não tinha tanta certeza disso. O Chef era alguém ferozmente leal ao Demônio, tinha vendido a alma a ele, por assim dizer, e era o tipo de cozinheiro endurecido em batalhas, que poderia suportar o calor na cozinha, preferindo, de fato, inventar suas receitas ao lado das chamas. O Chef não apenas amava a ação, ele *vivia* para a ação, e, depois de todos esses

[3] O nome foi trocado.

anos de trabalho com o Demônio, tinha se tornado completamente insensível. Coisas como medo, insegurança e autopreservação passaram a ser conceitos estranhos para o Chef. Se você fosse seu amigo, ele se ergueria ao seu lado; se estivesse em apuros, ele iria para a guerra por você; e se estivesse de fato encurralado de costas para a parede, e se a escolha fosse entre você e ele, ele cairia sobre a espada por você.

Talvez tenha sido esse o motivo, naquela mesma tarde, de o Chef ter desafiado a sabedoria convencional e atendido meu telefonema. Afinal, a primeira regra de ouro no meu mundo, ou seja, o mundo dos ladrões, vigaristas e canalhas, era: quando alguém fosse indiciado pelo FBI, você perderia seu número de telefone para sempre. Era como se tornar um leproso, e se um leproso realmente toca você ou não, isso realmente não importa. Basta chegar perto e ele infecta você do mesmo jeito.

Então, o dia seguinte seria o dia D, o plano simples e diabólico do FBI: o Chef viria até minha casa e eu estaria recheado de escutas. Depois de alguns minutos de conversa, eu casualmente traria o passado à baila e faria o Chef se incriminar. Por mais triste e deplorável que fosse essa atitude, que escolha eu tinha? Se eu não cooperasse, eles iriam acusar a Duquesa; se eu não cooperasse, meus filhos iriam crescer sem pai; se eu não cooperasse, correria o risco de me tornar o senhor Gower! Tudo o que eu podia esperar era que o Chef fosse inteligente o suficiente para não se incriminar, que ele dançasse, se quisesse, perto da linha, mas que fosse esperto para não cruzá-la.

Essa era minha única esperança.

CAPÍTULO 9

TOTALMENTE LIGADO

Meu Deus, eles estão contaminando o quarto da minha filha!

Era início da tarde, e eu estava sentado no meu pátio coberto de ardósia cinza, em uma poltrona da Smith & Hawken de 1.200 dólares, quando esse pensamento horrível borbulhou em meu cérebro. Embora não pudesse vê-los, sabia que estavam lá, *Zé Colmeia e Catatau, Debi e Loide*! TOC e Mórmon estavam acampados no quarto rosa e perfeito de Chandler, dando uma olhadinha rápida em mim através dos espaços minúsculos das ripas cor-de-rosa perfeitas de sua veneziana.

Que tipo de pai permitiria que uma coisa dessas acontecesse? Eu supostamente deveria ser o protetor de Chandler! Seu guardião! Seu salvador! Era função do papai manter os intrusos afastados; mas agora havia dois intrusos armados contaminando seu quarto, além das 150 Barbies imaculadamente vestidas e um número igual de bichinhos de pelúcia, todos em total desamparo, sendo testemunhas silenciosas do fracasso do papai como protetor.

O Chef estava para chegar a qualquer minuto, então eu precisava me recompor. Eu precisava controlar todos esses pensamentos desgarrados rugindo em meu cérebro: a culpa, o remorso, o pânico, o puro e simples terror do caralho! Na verdade, não era realmente minha culpa que o FBI tivesse declarado completo domínio sobre o perfeito quarto cor-de-rosa de minha filha; o problema era daqueles de geometria, uma vez que a janela do quarto de Chandler era o ângulo perfeito para TOC e Mórmon tirarem fotos clandestinas do Chef enquanto ele e eu nos sentávamos lá fora no pátio de ardósia cinza e eu começava a destruir a vida dele.

Que vergonha eu senti! Que desonra terrível! Eu, um rato ignóbil!

Ainda assim, o fato é que estava muito bonito lá fora. Era um daqueles dias gloriosos e edificantes, quando um jovem de valor e substância pode apreciar a Mãe Natureza e tudo o que ela tem para oferecer. E que lugar melhor para fazer isso senão a partir do pátio de ardósia cinza na fabulosa Chez Belfort? A paisagem, afinal, era bonita; atrás de mim, minha mansão de pedra cinza com 10 mil metros quadrados se elevava acima do terreno com a grandeza e a magnificência do Palácio de Versalhes; diante de mim, as águas azuis cristalinas de minha piscina olímpica brilhavam como se fossem diamantes e, além dela, a lagoa de tirar o fôlego e um sistema de cachoeira que bombeava milhares de galões de água por minuto, enquanto uma fonte disparava um jato de água a 15 metros de altura, em uma deslumbrante exibição de riqueza e excesso. Que opulência! Com quanta beleza eu me cerquei!

E então, minha alma afundou. Aquelas merdas de lagoa e de cachoeira tinham me custado uma porra de 1 milhão de dólares, 1 milhão de dólares de merda que eu poderia realmente usar agora! Ainda naquela manhã, eu tinha tido um ataque debilitante de ansiedade por dinheiro. Eu estava sozinho na cama quando a realidade cruel de ter que vomitar a maioria dos meus ativos para o governo federal me atingiu como uma bola de ferro de demolição. No momento seguinte, meu coração estava batucando no peito e eu suava profusamente. Comecei a entrar em pânico.

E por que eu estava sozinho? Por que a cadela da Duquesa não tinha sequer voltado para casa na noite anterior? Aparentemente, ela se concentrava em uma nova mina de ouro e estava agora no processo de construir a cerca em torno de sua nova posse. Era apenas uma questão de tempo até que ela se tornasse um acessório de luxo de cabelos loiros de outro dono de mina. E aonde isso me levava? Que mulher gostaria de ficar com um Lobo quebrado, sem dinheiro e que tinha dedurado todos os amigos?

Respirei fundo e resisti à vontade de dar uma espiada rápida na veneziana do quarto de minha filha. Eu tinha estado lá menos de cinco minutos antes, e a cena era uma confusão enorme. O Mórmon estava andando para trás e para a frente (enquanto mantinha um largo sorriso gentil) com uma câmera Minolta pendurada no pescoço, como um sorridente turista japonês. Enquanto isso, TOC tinha se mantido curvado de joelhos, fixando um gravador de fita ultrassensível logo acima de meu quadril, utilizando um rolo de fita adesiva que ele tinha comprado na Staples.

Quanto a mim, passei quase o tempo todo reclamando.

– Porra, vai doer pra caralho quando você retirá-lo! – reclamei com TOC. Eu estava me referindo ao fato de que a maioria de meus pelos pubianos seria arrancada quando ele tirasse o gravador.

– Eu sei, eu sei – respondeu TOC de maneira simpática, enquanto cuidadosamente evitava meus pelos pubianos com as costas da mão. – Mas você tem que confiar em mim, não há melhor lugar para esconder um gravador de fita – ele deu de ombros, ao fixar o último pedaço de fita adesiva quatro centímetros acima da minha bolsa escrotal. – Mesmo alguém que suspeita de tudo como o Chef vai pensar duas vezes antes de acariciar suas bolas!

Tudo bem, pensei, mas e o fio que estava ligado ao gravador? Ele vinha subindo pelo lado de fora da linha de cintura do meu jeans, continuando então até a linha média do meu abdômen. Na ponta do fio, um pequeno microfone, mais ou menos do tamanho de uma borracha de lápis número dois, estava preso com fita adesiva entre a depressão de meus músculos peitorais. De acordo com TOC, esse aparelho de gravação, chamado Nagra, era tão sensível que pegaria nossa conversa mesmo que fosse feita de sussurros. E essas foram suas palavras finais antes que eu saísse do quarto de minha filha e descesse as escadas até o pátio.

Então, lá estava eu, todo "ligado" e cheio de fios. O Chef, rezei, era inteligente demais para incriminar-se.

Naquele instante, minha empregada de longa data, Gwynne Latham, emergiu da porta lateral da cozinha. Ela usava calças de algodão brancas, uma camiseta branca bem solta e tênis brancos também. De fato, vestida do jeito que estava, alguém poderia tê-la confundido com a Senhora Bom Humor, não fosse pelo fato de que ela estava carregando uma bandeja de prata com uma jarra de chá gelado e dois copos altos sobre ela. Gwynne estava na casa dos 50 anos, embora parecesse uns dez anos mais nova. Ela era uma negra gordinha, atemporal, com traços caucasianos finos e o mais puro coração. Gwynne era do Sul e tinha me adotado praticamente como o filho que ela nunca teve. Nos primeiros dias de meu vício, ela me servia, na cama, café gelado e Quaaludes, e nos últimos tempos, quando eu estava tão drogado que praticamente tinha perdido a maior parte de minhas habilidades motoras, ela trocava minha roupa e limpava a baba de meu queixo.

Mas desde que fiquei sóbrio e larguei as drogas, ela havia redirecionado seu amor incondicional para Chandler e Carter, passando a maior parte do dia cuidando deles. (Deus os abençoe.) Enfim, Gwynne era como alguém da família, e o simples pensamento de ter que deixá-la ir algum dia me entristeceu terrivelmente. Eu não tinha muita certeza do quanto ela sabia sobre o que estava acontecendo. E então, tudo de uma vez, *um pensamento terrível!*

Gwynne era sulista, o que significava que ela era geneticamente predisposta a tagarelar. E, assim como acontecia com todo mundo, ela amava o Chef, e certamente tentaria conversar com ele. Eu comecei a imaginar o que aconteceria: "Oi, Chef? Quer que lhe prepare alguma coisa para comer, um sanduíche de peru ou uma salada de frutas?". "Bem, acho que sim, Gwynne, você tem morangos?". "Puxa, sinto muito, Chef, mas aqueles dois homens que estão no quarto da Chandler comeram os últimos que eu tinha...". "Como é? Dois homens no quarto da Chandler? Como eles são, Gwynne?". "Bem, Chef, um deles sorri bastante. Ele está usando fones de ouvido e tem uma câmera em torno do pescoço com uma lente teleobjetiva; o outro não sorri, mas tem um revólver gigante no quadril e um par de algemas penduradas no cinto e...".

Ah, caralho, eu precisava dizer alguma coisa para Gwynne! Eu tinha apresentado aquelas forças de ocupação como sendo velhos amigos, e Gwynne, não sendo uma pessoa de ficar fazendo perguntas, tinha entendido as coisas literalmente, acreditando no que eu tinha dito e sorrindo amistosamente para os invasores, e então perguntando se eles queriam comer alguma coisa, do mesmo jeito como faria com o Chef! Eu tinha organizado as coisas para que as crianças não estivessem em casa e provavelmente conseguiria sobreviver sem Gwynne por algumas horas, mas ela poderia se sentir insultada se eu pedisse que saísse de casa sem uma boa explicação.

– Eu trouxe um pouco de chá gelado para sua reunião de negócios – disse Gwynne carinhosamente, embora a frase soasse mais como "Eu trusse um pocu de chá geladu pra sua reunião de negósss". Com muito cuidado, ela colocou a bandeja de prata na obscenamente cara mesa redonda de teca. – Será que us homi lá em cima num vão querê nada? – acrescentou.

– Não, Gwynne, eu tenho certeza de que eles estão bem – disse e, com extremo cansaço, completei: – Ouça, Gwynne, eu realmente prefiro que você não diga nada sobre aqueles dois homens lá em cima enquanto Dennis estiver por aqui – e fiz uma pausa, em busca de uma possível explicação dos motivos. – Porque, hã, tem a ver com, hã, questões de segurança. Tem tudo a ver com segurança, Gwynne, especialmente com tudo o que está acontecendo por aqui.

Que porra eu estava falando?

Gwynne assentiu tristemente, parecendo entender. Então ela começou a olhar para minha camisa polo azul-clara, contraindo os lábios.

– Meu Deus, ah meu Deus, o sinhô tem uma manchinha na camisa – e ela começou a andar em minha direção com o dedo apontado diretamente para o microfone escondido.

Eu pulei da minha poltrona, como se a madeira de repente tivesse se tornado eletrificada. Gwynne parou no meio do caminho e lá ficou, parada, de pé, a Senhora Bom Humor, olhando para mim com um estranho olhar em seu rosto. *Caramba, ela sabia, não sabia*? Estava escrito no rosto inteiro dela, e em todo o meu rosto também! Eu praticamente estava gritando: *Eu sou um rato, Gwynne, sou um delator! Não fale comigo! Estou cheio de fios ligados a um gravador!*

Na verdade, seu rosto não demonstrava nada além de uma verdadeira preocupação de que o homem para quem ela trabalhara por quase uma década de repente tivesse perdido o juízo. Em retrospecto, havia muitas coisas que eu poderia ter dito a Gwynne para explicar meu comportamento irracional. Eu poderia ter dito a ela que uma abelha tinha me assustado, que eu tinha sentido uma cãibra na perna, que era uma reação atrasada para os três dias de tortura atrás das grades.

Em vez disso, tudo o que eu disse foi:

– Caramba, Gwynne, você está certa! É melhor eu ir ao meu quarto e trocar de camisa antes que o Dennis chegue! – e corri escada acima para trocar de camisa, voltando com uma polo azul-escura.

Depois fui para o banheiro, com o piso de mármore cinza de 100 mil dólares, uma sauna sueca de tamanho grande e a gloriosa banheira de hidromassagem, tão grande que era mais apropriada para Shamu, a baleia assassina, do que para o Lobo de Wall Street, e acendi todas as luzes para dar uma boa olhada no espelho.

Eu não gostei do que vi.

– Eiiiiiiiiiii – disse um Chef cheio de sorrisos, estendendo os braços para me dar um acolhedor abraço. – Venha aqui e me dê um abraço!

Puta merda! O Chef sabia também! Ele tinha visto na minha cara, do mesmo modo que Gwynne. Quando me abraçasse, ele ia me dar tapinhas para procurar a escuta. Eu estava congelado, em pânico. Era precisamente 13h05 da tarde, e o tempo parecia estar parado. Estávamos na grande entrada de mármore da mansão, separados por apenas quatro reluzentes quadrados de mármore italiano preto e branco, dispostos como um tabuleiro de xadrez, e eu estava tentando evocar uma desculpa esfarrapada para explicar por que não iria abraçar o Chef, como sempre tinha feito.

Os cálculos começaram a rugir em meu cérebro mais rápido do que eu poderia acompanhá-los. Se eu *não* abraçasse o Chef, ele saberia que algo estava errado, mas, se eu o abraçasse, ele pode sentir aquele gravadorzinho diabólico preso a meu quadril ou o microfone supersensível colado em meu peito. *Que cara desonesto! Que decepção! Eu era um dedo-duro safado!* No entanto, se eu empinasse a bunda um pouco e deixasse cair os ombros para a frente, talvez estivesse mais seguro.

Enquanto eu olhava para o Chef, fiquei terrivelmente consciente daqueles diabólicos fios que TOC tinha fixado em meu corpo. O gravador, o microfone e a fita adesiva pareciam ter crescido e ficado maiores, mais pesados, mais evidentes. O gravador não era maior que um maço de Marlboro, ainda que me parecesse maior do que uma caixa de sapatos; e o microfone, do tamanho de uma ervilha, pesava menos de 30 gramas, mas parecia mais pesado que uma bola de boliche. Eu estava suando profusamente e meu coração batia *tum-tum-tum*, como se um coelho assustado estivesse morando lá dentro. E lá estava o Chef de Jersey, em seu estiloso paletó azul-claro não transpassado e camisa branca de colarinho. Eu não tinha escolha a não ser abraçá-lo, mas então veio uma ideia: *um patógeno contagioso!*

Com um par de fungadas, eu disse:

– Porra, Dennis, você é um colírio para meus olhos... Snif, snif... Obrigado por ter vindo – disse, atirando minha mão direita para a frente e travando meu cotovelo, oferecendo um aperto de mão caloroso. – Mas procure não ficar muito perto de mim, acho que peguei alguma coisa naquela cela da prisão... Snif, snif... Uma forte gripe, eu acho – sorri timidamente e projetei minha mão um pouco mais, como se dissesse: "Cumprimente, amigo!".

Infelizmente, o Chef era mais macho que a maioria dos homens e não seria um vírus de gripe que iria assustá-lo:

– Venha cá! – disse ele. – Com gripe ou sem gripe, são em momentos como este que você sabe quem são seus verdadeiros amigos.

Quem são seus verdadeiros amigos? Caramba, que merda de culpa angustiante! Agora eu tinha o privilégio de conhecer o puro pânico que já havia se instalado em meu cérebro. Então veio um relâmpago mais rápido do que a morte. A culpa foi logo dizendo: "Como você pode delatar alguém tão leal quanto o Chef? Você não tem vergonha?". Mas aí o pânico respondeu: "Foda-se o Chef! Se você não delatar esse cara, você vai acabar babando que nem o velho idiota do Sr. Gower". A culpa contra-atacou: "Isso não importa, o Chef tem sido leal e verdadeiro, e delatar esse homem vai transformar você em uma escória mais suja que o esgoto!". E o pânico replicou: "Bela merda! Eu prefiro ser a escória que ficar na cadeia o resto da vida! Além disso, o Chef vai acabar delatando o Demônio de Olhos Azuis para salvar a própria pele, então qual é a diferença, porra?". A culpa argumentou: "Isso não é necessariamente verdade. O Chef não é uma bichinha covarde, como você, ele é um cara durão!". Então, de repente, *uma nova onda de pânico*! O Chef tinha passado pela minha mão e estava rapidamente diminuindo a distância.

Caralho! O que devo fazer? *Pense, seu rato!* O caminho mais fácil ou o mais difícil? Culpa ou autopreservação? Infelizmente, quando você é um rato, a autopreservação supera tudo: pouco antes de o Chef e eu nos abraçarmos, meu cérebro de rato desencadeou uma enxurrada de sinais de emergência para meu sistema musculoesquelético. Mais rápido do que pude perceber, minha bunda empinou como um garoto de programa anunciando seu produto, e meus ombros caíram para a frente como Quasimodo tocando um sino de igreja, e foi assim que nos abraçamos, o Chef de Jersey de pé e orgulhoso e o Lobo de Wall Street como um prostituto corcunda.

– Você está bem? – perguntou o Chef, liberando-me do abraço. Ele agarrou meus ombros e me segurou pelos braços. – Não me diga que machucou as costas de novo?

– Não, não – respondi rapidamente. – É que fiquei um pouco dolorido de ficar sentado naquela cadeia... E também minha gripe... snif, snif – esfreguei meu nariz com a palma da mão. – Você sabe, é incrível, mas, se eu ficar só um pouco doente, isso vai direto para minhas costas.

Caralho! Mas que merda eu estava falando? Dei de ombros, tentando organizar os pensamentos.

– Vamos, vamos sentar lá fora. Um pouco de ar fresco vai me fazer bem.

– Vá na frente e eu sigo você – disse ele.

Um par de prodigiosas portas francesas levava para o pátio de pedra e, no momento em que passamos por elas, pude sentir o *clic, clic, clic* da temida máquina fotográfica do Mórmon. Ela parecia estar fazendo buracos em mim, como se fossem raios laser atravessando meu corpo. Quando atingimos a área onde estava a mesinha de teca, eu ofereci ao Chef a poltrona superfaturada que ficava de frente para a janela do quarto.

Resisti ao impulso de olhar para as venezianas, servindo um copo de chá gelado para cada um de nós. E então comecei uma conversa sem importância:

– Eu vou te falar – disse, cansado. – Não posso acreditar que esses sacanas filhos da puta – depois que *sacanas filhos da puta* escapou de minha boca, me ocorreu que TOC e o Canalha poderiam não apreciar a caracterização que fiz deles. Eu fiz uma nota mental para ser mais gentil no futuro – me mantêm em prisão domiciliar. Como se eu realmente representasse um risco de fuga com uma esposa e dois filhos. Que porra de piada...

Balancei a cabeça em desgosto e o Chef concordou.

– Sim, bem, esse é o jogo que esses cretinos jogam – disse venenosamente. – Eles vão fazer tudo o que puderem para tornar sua vida miserável. Como está a Duquesa, segurando as pontas?

Eu balancei a cabeça e deixei escapar um grande suspiro.

– Não muito bem – respondi.

Fiz uma pausa, tentando reprimir meu desejo de abrir o coração para o Chef. Até mesmo os ratos têm orgulho, afinal de contas, e eu sabia que inúmeros outros acabariam ouvindo essa fita em algum momento.

– Ela está agindo como se tudo fosse um grande choque para ela, como se pensasse que estava casada com um médico ou algo assim. Eu não sei... Não acho que vamos superar isso, não como um casal, pelo menos...

– Não diga isso – respondeu o Chef rapidamente. – Vocês dois vão superar isso, mas só se você for forte. Ela é sua esposa, então ela vai seguir sua liderança, de um jeito ou de outro. Mostre um pouco de fraqueza e... *Badabing!* – o Chef bateu as mãos ao mesmo tempo – ela sai pela porta da rua em dois segundos. Essa é a natureza da fêmea, gravitar em torno da força.

Eu levei um momento para considerar as palavras do Chef, e por um breve instante meu ânimo se elevou, mas depois afundou de novo. Com efeito, as palavras do Chef eram normalmente carregadas de sabedoria, mas naquele caso ele estava completamente errado. Manter-se ou não forte não tinha nada a ver com aquilo, a Duquesa era forte o suficiente de sua própria maneira, e forte o suficiente para saber que sob nenhuma circunstância ela permitiria que meus problemas diminuíssem sua cota de extração de ouro. Ela cresceu muito pobre nas ruas ladeadas de lixo de Bay Ridge, no Brooklyn, e de jeito nenhum ela se arriscaria a ver essa história se repetindo.

No entanto, foi uma oportunidade perfeita para mostrar ao Chef um ponto importante, ou seja, que eu não tinha intenção de cooperar. Em um tom muito sério, eu disse:

– Bem, talvez eu não possa controlar as ações da Duquesa, mas posso controlar as minhas. Você não tem que se preocupar comigo quanto a me manter forte, Dennis. Eu vou lutar contra isso até o fim, até meu último suspiro, se for preciso. Não me importo quanto possa custar, quanto sangue possa ser derramado nem quantos corpos serão enterrados ao longo do caminho. Eu não dou a mínima para toda essa porra! Estou levando essa coisa a julgamento e vou ser absolvido – balancei a cabeça, gostando do meu jeito fanfarrão e de como isso tinha soado. Era bem ao estilo do Lobo. Pena que eu era uma bichinha covarde... – É só esperar pra ver – acrescentei, contorcendo o nariz ameaçadoramente.

– Bom para você! – disse o Chef de maneira enfática. – Isso era exatamente o que eu queria ouvir. Mantenha-se assim e os cretinos lá do centro da cidade vão ter uma desagradável surpresa – e encolheu os ombros com confiança. – Eles esperam que você deite no chão e se finja de morto, porque é isso que todo mundo faz. Mas quando se trata de ir ao fundo das coisas, eles têm a versão *deles*, e nós temos a *nossa*, e a nossa versão vai fazer tanto sentido para um júri quanto a versão deles...

– E o ônus da prova não está conosco – acrescentei com confiança –, está com eles!

– Exatamente – disse o Chef –, e, até onde sei, você é inocente até que se prove o contrário, que é como as coisas funcionam em nosso belo país – ele piscou e meu deu um rápido sorriso. – E, mesmo que seja culpado, eles ainda têm que provar essa culpa além de uma dúvida razoável, e isso não é uma coisa muito fácil de fazer quando existem duas versões das coisas, entendeu?

Eu balancei a cabeça lentamente.

– Claro que entendi – disse sem entusiasmo –, mas... Eu quero dizer... A história de cobertura que temos é muito boa, mas ainda não é tão crível como a verdade.

– Não se iluda – retrucou o Chef. – A verdade é mais estranha que a ficção às vezes. – Ele deu de ombros. – Na verdade, eu aceitaria mais um álibi que fosse bom do que a versão verdadeira dos fatos. De qualquer forma, acho que o maior problema que estamos enfrentando aqui é que Danny ainda está na cadeia. Quanto mais tempo ele ficar lá, maiores são as chances de ele mudar de lado... – o Chef fez uma pausa, como se estivesse procurando as palavras certas. – Veja, enquanto está sentado lá, Danny não tem ideia do que está acontecendo do lado de fora. Ele não sabe que eu estou do lado dele e que você está do lado dele, ele pode até pensar que está sozinho em tudo isso, talvez até que você esteja cooperando. Só Deus sabe o que os federais estão sussurrando em seu ouvido.

O Chef balançou a cabeça em consternação, mas em seguida, de repente, seu rosto se iluminou:

– Vou dizer o que realmente preciso fazer: eu preciso dar um jeito de entrar naquela cela para falar com Danny, para que ele saiba que tudo vai ficar bem. – O Chef comprimiu os lábios e assentiu lentamente. – Isso seria a melhor coisa que poderia acontecer para nós agora. Talvez eu consiga colocar meu nome na lista de visitas. O que você acha?

Porra, o Chef era um cara pra lá de durão! Ele estava preparado para ir direto ao coração do território inimigo! Será que ele não conhecia o medo? Ele era um guerreiro tão poderoso assim? Agora tudo começava a fazer sentido: os federais nunca tinham sido capazes de capturar o Chef e o Demônio porque eles não pensavam como os outros homens. Eles eram verdadeiros Scarfaces, mafiosos de colarinho branco de um tipo totalmente diferente.

Só então Gwynne veio andando para fora da cozinha.

Ah, cacete!, pensei. Ela vai começar a falar, falar, falar...

Será que ela ia fazer tudo cair por terra? Não tinha como saber. Seu coração era puro demais para entender todo o mal que estava acontecendo, todas as malandragens. Quando ela se aproximou, notei que estava segurando o telefone sem fio. Ela cumprimentou o Chef primeiro, em tons quentes do Sul:

– Olá, Dennis, como vai você? – que saiu como "*Olá, Dainess, cumu vai ocê?*".

– Eu estou bem – respondeu o Chef, em tons quentes de Jersey. – *Nunca tive melhor, cara! E você, como tá, Gwynne?*

– *Tou beim, tou beim* – a dama sulista respondeu, e havia um sorriso muito triste ligado a esses dois "Estou bem". Um sorriso que dizia tanto quanto "Estou bem tanto quanto seria de se esperar, considerando que meu patrão está com um pé na prisão, sua esposa com um pé em uma nova mina de ouro e eu a ponto de ser dispensada de um emprego do caralho!".

Então ela se virou para mim e disse:

– Seu *devogado* está ao telefone. Ele disse que é importante.

Magnum? Por que ele iria me telefonar naquele momento? Ele sabia sobre aquela reunião. Por que interromper o fluxo das coisas? Eu pedi um minuto para o Chef e então me levantei da cadeira para pegar o telefone sem fio de Gwynne. Com as costas voltadas para o Chef, olhei bem dentro dos olhos de Gwynne e apontei discretamente para a cozinha com o queixo, como a dizer: "Tudo bem, por que você não dá o fora daqui antes que faça alguma merda, sua tagarela?", ao que ela deu de ombros e voltou para a segurança da cozinha.

Andei alguns metros para longe de onde o Chef estava sentado, para as grades de ferro na borda do pátio, coloquei os cotovelos no corrimão e me inclinei. Ainda estava ao alcance do Chef quando eu disse ao telefone:

– Ei, Greg. O que está acontecendo?

– Sim, é o Greg – disse a voz de TOC –, mas não o Greg que estava esperando. Basta agir naturalmente.

Puta merda! Por que TOC estaria me ligando? Ele tinha perdido o juízo?

– Oi – respondi casualmente –, bem, isso não me surpreende. Danny é um cara ponta firme. Ele nunca vai cooperar – virei-me para o Chef e pisquei, então disse ao telefone: – De qualquer forma, basta dizer ao advogado de Danny que eu estou sempre ao lado dele, não importa o que aconteça. Para o que ele precisar.

– Ótimo – disse o TOC – isso é que é pensamento rápido. Você está fazendo as coisas muito bem até agora. Mas escute: Dennis parece muito aberto para falar com você, então eu quero que tente marcar uma reunião com Brennan. Acho que ele pode comprar essa ideia.

– Vou tentar fazer isso – respondi com ceticismo, sabendo muito bem que as chances de conseguir uma reunião cara a cara com o Demônio de Olhos Azuis eram de uma em um milhão. Mesmo no melhor dos momentos, o cara agia como um paranoico filho da puta; com as coisas complicadas, como então, não havia nenhuma maneira de convencê-lo a ser imprudente o suficiente para se encontrar comigo. – Mas não converso com Nancy faz quase um ano – continuei. – Eu acho que ela odeia o governo mais que o Danny.

Eu olhei para o Chef, que estava olhando para mim com curiosidade, da forma que uma pessoa faz quando está tentando descobrir o que está sendo dito do outro lado em uma conversa por telefone. *Nossa, se ele soubesse!* Eu lhe lancei um rápido sorriso, revirei os olhos e balancei a cabeça rapidamente, como se quisesse dizer: "Meu advogado está me fazendo perder tempo aqui", então eu disse para o telefone:

– Sim, bem, você apenas diga ao advogado de Danny para se certificar de que Danny saiba que eu estou com ele. Esse é o... – *bip, bip,* era a chamada em espera. – ... ponto mais importante aqui. Bem, eu tenho que desligar. Eu tenho outra ligação.

Cliquei na outra linha:

– Alô?

Uma voz feminina desconhecida e abafada disse:

– Oi... É o Jordan?

– Sim – respondi, um pouco irritado com a voz sensual. O que essa porra de voz quer? – Aqui é o Jordan, quem fala?

– Maria Elena. Sou a noiva de Michael Burrico.

Meu coração afundou no estômago antes que meu cérebro percebesse o motivo. Michael Burrico tinha sido o primeiro amor da Duquesa, naqueles tempos gloriosos em que ela ainda era uma duquesa em formação. Na última vez que ouvi falar dele, estava morando em Manhattan e ficara rico no negócio da construção. Na mente da Duquesa, eu sabia, isso poderia traduzir-se em três palavras simples: mina de ouro.

Em um tom misturado com sarcasmo, eu disse a Maria:

– Sim, Maria. Seu noivo foi o primeiro namorado de minha amada segunda esposa. A que devo o prazer de seu telefonema?

Maria soltou um gemido minúsculo antes de dizer:

– Bem, eu sei que você está passando por um momento complicado, mas achei que gostaria de saber que sua esposa estava batendo na porta do meu noivo na noite passada, por volta da meia-noite. Ela estava...

Maria continuou falando, mas eu parei de ouvir, ou, mais precisamente, me senti incapaz de ouvir, porque minha cabeça já estava se enchendo de vapor. Eu poderia literalmente ouvir o som sibilante, enquanto mágoa, raiva, vergonha e desesperança inundaram todos os meus sentidos ao mesmo tempo.

Eu nem sabia quem estava mais envergonhado àquela altura, se eu ou ela. Nossa vida juntos tinha chegado ao ponto de se tornar motivo de chacota, o derradeiro sinal de advertência de homens ricos e esposas-troféu, de queimar etapas nos negócios, de queimar etapas na vida. Tínhamos brincado no Jogo da Vida de forma rápida e sem freios, desabando na autoestrada a 1 milhão de quilômetros por hora, e acabamos como derrotados, a história de um desastre total e irremediável. A única diferença entre a Duquesa e eu era que ela estava tentando se afastar do acidente sem um arranhão, enquanto eu não tinha escolha a não ser aceitar meu destino como vítima tetraplégica com queimaduras.

– ...e eu realmente ficaria feliz com isso – continuou Maria, em um tom irritado – quer dizer, se você dissesse à sua esposa para manter as patas longe de meu noivo.

Ela disse tudo, pensei. Na verdade, eu não poderia ter concordado mais com Maria, e foi por isso que respondi com um pesado clique em seu ouvido, sem nem dizer adeus. Então me virei para o Chef e congelei, confuso, sem saber o que dizer. Minha mente estava tremendo descontroladamente. Já tinha sido bem difícil me concentrar antes, mas agora era um pouco demais. Tudo estava me atingindo ao mesmo tempo, vindo de todos os lados. Todo homem tem um limite e eu tinha alcançado o meu.

Enquanto olhava para o Chef, eu sabia que deveria estar tentando descobrir uma maneira de abordar o assunto do Demônio de Olhos Azuis e sabia que TOC e Mórmon estavam bem lá em cima, vidrados em cada uma de minhas palavras, fazendo anotações detalhadas sobre meu desempenho, notas que um dia iriam para minha carta do Promotor e ajudariam a decidir quantos anos eu deveria passar na prisão.

No entanto, com tudo o que estava acontecendo, com tudo o que estava em jogo, com a minha liberdade na balança, a única pergunta que meu cérebro estava pedindo que eu respondesse era: a que horas a Duquesa voltaria para casa hoje? Isso era tudo o que importava para mim. Eu queria confrontá-la, não, eu *precisava* confrontá-la. Eu não poderia seguir em frente com minha vida até que tivesse uma briga com ela. Uma briga estrondosa que só poderia acabar em uma coisa: violência. A Duquesa chegara ao fim. Era passado. Eu não ia deixá-la escapar com isso, nem por um segundo a mais. Se isso fosse de fato a história de um desastre completo, então tudo bem, seria uma história sem sobreviventes, exceto as crianças. Que meus pais as criassem, concluí; eles certamente iriam fazer um trabalho muito melhor do que a Duquesa e eu.

– Você está bem? – perguntou o Chef calorosamente. – Você parece um pouco pálido.

Sem resposta, então...

– Não... Quer dizer, sim. – Comecei balançando a cabeça. – Eu estava... Foi só algo relacionado ao negócio de maternidade da Nadine. Uma garota ligou, está grávida... Com um bebê – sorri distraidamente. – Eu estou bem. Estou ótimo, Dennis...

E a primeira coisa que eu vou fazer quando a Duquesa chegar em casa, pensei, é confrontá-la. Mas eu não vou contar a ela sobre o telefonema, não no início. Vou esperar até que ela diga que não tocou a campainha daquele filho da puta, e então vou saltar sobre ela. Aí, vamos ver...

Sentei-me de novo, meu coração explodindo no peito, minha mente fora de controle. Coloquei o telefone em cima da mesa. Minha boca estava completamente seca. Olhei para o Chef, forçando um sorriso. Era hora de acabar com a reunião. Eu não podia mais ficar lá. Eu não poderia manter um único pensamento construtivo até que confrontasse a Duquesa.

Com desespero em meu coração, fiz uma última tentativa:

– Vou lhe contar uma coisa – murmurei. – Eu não sei o que é pior: meus problemas com os federais ou meus problemas com a Duquesa – balancei a cabeça em genuína confusão. Então, com um sorriso, acrescentei: – Talvez eu devesse ir ver o Bob, talvez ele possa me oferecer algumas palavras de consolo, de sabedoria, porque dessa minha vida não tenho mais nada.

Houve alguns momentos de silêncio, então o Chef quase me lançou longe da minha cadeira quando disse:

– Eu acho que é uma excelente ideia. Bob vai gostar muito de conversar com você. Que tal na terça no campo de golfe? Você acha que vai conseguir sair se conversar com as pessoas da tornozeleira?

Sim, pensei, tenho certeza de que as pessoas que cuidam da tornozeleira estarão dispostas a fazer vista grossa para um encontro meu com o Demônio de Olhos Azuis, embora, naquele momento, eu pudesse cagar dois montes de merda para isso. Tudo o que me interessava era saber a que horas a Duquesa voltaria para casa.

Todo o resto era incidental.

CAPÍTULO 10

COMO CONFRONTAR UMA DUQUESA

Passo um: acenda um fogo abrasador.

A lareira de pedras francesas do quarto principal tinha 1,5 metro de altura por 2 metros de largura e fora adaptada com um mecanismo elétrico de acendimento. Como sempre, quatro grossos pedaços de tronco de pinheiro, divididos longitudinalmente, apoiavam-se sobre uma prodigiosa pilha de gravetos de cedro branco. Como era setembro, a lareira não tinha visto sequer uma chama em quase 5 meses. Tudo bem, ótimo. Precisamente às 21h15, apertei o botão de aço inoxidável na parede, acendendo a primeira, mas não a última chama arrasadora daquela noite.

Passo dois: queime uma peça de mobiliário superfaturada.

Grunhindo e gemendo, eu arrastei uma das aquisições favoritas de minha ex-aspirante a decoradora, um pufe otomano de seda branca de 13 mil dólares, que deve ter demorado quase um ano para ser feito por aqueles ladrões safados em High Point, na Carolina do Norte, e o deixei a 1 metro das chamas. Sentei-me e olhei para o fogo. Em menos de um minuto, os gravetos começaram a crepitar e as chamas ardiam ameaçadoramente. Não satisfeito, agachei-me e puxei o pufe para mais perto e sentei-me de novo. Muito melhor. Em dez minutos, o pufe e eu estaríamos torrados.

Passo três: acenda as chamas da justa indignação.

Uma tarefa simples. Será que existiria algum júri no mundo que me condenaria se eu esfaqueasse o coração gelado da Duquesa usando aquele abridor de cartas de 18 quilates que estava descansando confortavelmente em sua escrivaninha de laca branca de 26 mil dólares? Eu só precisaria me preocupar com um júri que fosse composto por seus pares, ou seja, formado por 12 garimpeiras de cabeça loira que não teriam enxergado nenhum ato criminoso no fato de uma mulher casada, *e com dois filhos, note-se!*, ir bater à porta da casa do ex-namorado à meia-noite, enquanto o marido estava em casa na cama (em prisão domiciliar) contemplando o suicídio e sonhando com maneiras de reconquistá-la. Mantive esse pensamento e respirei profundamente algumas vezes, com raiva. Continuei olhando para o fundo das chamas, deixando o fogo assar minha pele cada vez mais irritada, mais honrada, mais indignada com a passagem de cada segundo.

Foi então que ouvi os sons familiares da Duquesa ao chegar, o triturar do cascalho na garagem, o bater da maciça porta de mogno da frente, o *click clack clack* de seus sapatos de salto alto supercaros subindo os degraus da suntuosa escada. E finalmente a porta do quarto se abriu. Virei-me de frente e lá estava ela, vestida de preto. Era apropriado, pensei, considerando-se que ela havia acabado de chegar a seu próprio funeral.

Quando ela me viu sentado tão perto das chamas, ela parou e fez uma pose, com a cabeça inclinada para um lado, as mãos nos quadris, os ombros jogados para trás e as costas ligeiramente arqueadas, empurrando seus gloriosos seios para a frente. Ela abriu a boca para dizer algo, mas as palavras não saíram. Então ela começou a mastigar o interior da bochecha.

Houve alguns momentos de silêncio, enquanto nós só olhávamos um para o outro, como se fossemos dois pistoleiros esperando o momento de sacar as armas para o duelo. A Duquesa estava ótima, como sempre. Não havia como negar isso, mesmo então. A claridade do fogo iluminava seu conjunto inteiro: o vestido preto minúsculo, os sensuais sapatos pretos de salto alto, aquelas longas pernas sem meia, sua juba de cabelos loiros brilhantes, os faiscantes olhos azuis, as maçãs do rosto salientes, os lábios com *gloss*, a suave linha do queixo.

Sim, a Duquesa era, de fato, uma mulher composta de várias partes, embora naquele momento a única parte de seu corpo na qual eu estava interessado fosse uma pequena área um pouco acima de seu silicone na mama esquerda, bem entre a segunda e a terceira costelas. Era ali que seu coração gelado estava localizado e seria ali que eu mergulharia o abridor de cartas de ouro. Então eu giraria o abridor para cima e levemente para a esquerda, e com esse movimento giratório cortaria a artéria pulmonar dela, o que faria com que ela se afogasse no próprio sangue. Seria uma morte dolorosa, medonha, horrível, o tipo de morte que uma Duquesa garimpeira merecia.

– Por que o fogo? – perguntou ela, abandonando a pose e se dirigindo para sua escrivaninha de laca branca. – É um pouco cedo na estação, você não acha?

Ela me deu um sorriso frio quando se sentou na borda da escrivaninha, colocando as mãos sobre ela e travando os cotovelos. Em seguida, cruzou as pernas e contorceu a bunda, como se para ficar mais confortável.

Olhei de volta para as chamas.

– Eu estava com frio – respondi, *porque você sugou até a última gota de sangue e vigor e vida de mim, sua vadia conivente e caçadora de minas de ouro* –, então achei melhor acender a lareira – *antes de fatiar seu corpo e livrar a Terra de você.*

Depois de alguns momentos de silêncio, ela inclinou a cabeça para o lado.

– Onde estão as crianças? – perguntou.

Eu fiquei olhando para as chamas.

– Com Gwynne – respondi, sem emoção. – Vão dormir lá esta noite – *para que eu possa matá-la sem perturbá-las.*

Ela demonstrou confusão misturada com ansiedade:

– Por que elas estão, uh, dormindo na Gwynne?

Ainda olhando para as chamas:

– Porque eu queria a casa para mim – *sem gente passando, sem testemunhas, distrações ou qualquer alma que pudesse tentar me dissuadir de fazer o que sei que devo fazer para me livrar de você.* – É por isso.

Ela riu nervosamente, tentando brincar com uma situação que agora percebera ter se transformado em um encontro sombrio:

– Para você? – respondeu. – Bem, o que dizer de mim? Eu também estou aqui, certo?

Eu olhei para cima e ela estava segurando o abridor de cartas de ouro em sua mão direita, *toque-toque-toque* da lâmina na palma da mão esquerda. Como ela havia descoberto? Era tão óbvio assim que eu estava planejando esfaqueá-la? Ou foi apenas coincidência? Não importa. Eu tinha visto uma vez Arnold Schwarzenegger esfaquear um terrorista islâmico com a própria faca do terrorista e aquilo me parecera bastante elementar.

Só então notei que a Duquesa ainda usava a aliança de casamento. Que piada, porra! A Duquesa devoradora de homens e sua porra de aliança de casamento!

– Vejo que você ainda está usando sua aliança de casamento. Você não acha que é um pouco irônico, Nadine?

Ela colocou o abridor de cartas na mesa e estendeu a mão esquerda na frente dela, parecendo intrigada. Depois de alguns momentos, ergueu os olhos e deu de ombros.

– Por quê? – perguntou inocentemente. – Nós ainda estamos casados, não?

Eu balancei a cabeça lentamente.

– Sim – respondi –, acho que estamos. Então, o que você fez na noite passada?

Uma resposta rápida:

– Eu fui ver Earth, Wind and Fire. Com minhas amigas – as últimas três palavras gritaram: *álibi!*

Comprimi os lábios e assenti.

– Ah, suas amigas... – disse eu, compreensivo. – E que amigas são essas?

Outra resposta rápida:

– Donna e Ophelia.

Donna Schlesinger, *aquela vadia do caralho!* Definitivamente tinha o dedo dela na história, não havia dúvidas! Ela e a Duquesa eram amigas desde o colégio, e, naquela época, Donna tinha namorado um dos amigos mais próximos de Michael.

– E como foi o show? – perguntei casualmente.

A Duquesa deu de ombros.

– Foi o.k. Nada de especial. – Então, uma mudança de assunto estratégica: – Eu estava esperando que as crianças estivessem em casa hoje à noite.

Por quê? Assim você poderia usá-las como escudos humanos? Desculpe, Duquesa, você está sem sorte. Somos só você e eu esta noite; você, eu e o abridor de cartas de ouro. Prepare-se para colher as consequências de sua infidelidade!

Eu retruquei:

– Só por curiosidade, onde você dormiu na noite passada?

– Na casa da Ophelia – retrucou ela. – Por quê?

– Você foi direto do show para a casa dela? – perguntei com ceticismo. – Não parou no caminho, para comer alguma coisa ou sei lá?

Ela balançou a cabeça, negando.

– Não, eu fui direto para lá, sem paradas.

Houve alguns momentos de silêncio, durante os quais eu me vi querendo desesperadamente acreditar nela. Por qual motivo, eu ainda não conseguia explicar, mas tinha algo a ver com a natureza bizarra do macho, sua vaidade, seu orgulho tolo, seu desejo de não ser desprezado por uma bela mulher. Sim, apesar de tudo, meu orgulho masculino ainda estava tentando me convencer de que minha esposa era fiel e de que tudo tinha sido um mal-entendido gigantesco.

Eu respirei fundo e olhei para o núcleo do fogo, reacendendo minhas chamas de raiva, ódio e indignação.

– Então, como vai Michael Burrico? – perguntei e olhei para cima, desviando os olhos da lareira direto para os olhos dela.

A Duquesa recuou.

– Michael Burrico? – disse ela, incrédula. – E como eu vou saber?

Ela olhou para mim com uma expressão vazia, e eu ainda queria acreditar nela. Eu realmente queria.

Mas ela era uma mentirosa de merda, eu sabia disso!

– Quando foi a última vez que você o viu, Nadine? Diga-me! Há quanto tempo? Dias? Semanas? Horas? Diga-me, porra!

A Duquesa se inclinou.

– Eu não tenho ideia do que você está falando – ela desviou o olhar. – Alguém está lhe passando informações erradas.

–Você é uma mentirosa! – eu gaguejava. – Uma mentirosa filha da puta!

Ela ficou olhando para baixo, sem dizer nada.

– Olhe para mim! – gritei, me levantando do pufe. Ela olhou. Eu caí em cima. – Olhe-me nos olhos e me diga que você não foi ao apartamento de Michael Burrico na noite passada. Vá, me diga!

Ela balançou a cabeça rapidamente.

– Eu... Eu não fui. Eu não estava lá – seu tom era quase de pânico. – Eu não sei do que você está falando. Por que está fazendo isso?

Dei um passo agressivo na direção dela.

– Jure pela saúde de seus filhos que você não estava lá ontem à noite – cerrei os punhos. – Jure pra mim, Nadine.

– Você está doente – murmurou ela, desviando o olhar novamente. – Você mandou alguém me seguir, é isso? – Então ela olhou para mim. – Eu quero você fora desta casa. Eu quero o divórcio! – E ergueu o queixo em desafio.

Dei mais um passo para a frente. Eu estava a menos de 1 metro dela agora.

– Sua... vaca! – gritei. – Você é uma vadia atrás de minas de ouro, cadela do caralho! Eu não mandei seguir você! Foi a noiva de Michael Burrico que me telefonou! Foi assim que fiquei sabendo onde você estava, sua... Sua...

Ela me cortou.

– Foda-se! – gritou a Duquesa. – Você está me chamando de traidora? Quantas mulheres você comeu, seu hipócrita maldito?

Com isso, ela pulou da borda da escrivaninha e deu um passo em minha direção, diminuindo a distância. Estávamos a menos de meio metro um do outro.

– Eu quero você fora da minha vida! – ela gritou freneticamente. – Eu quero você fora da minha casa! Eu nunca mais quero falar com você de novo!

– Sua casa? – eu gaguejava. – Você está brincando comigo? Isto aqui é a *minha* casa! Eu não vou para a porra de nenhum lugar!

– Eu estou contratando um advogado! – gritou Nadine.

– Sim, o melhor que meu dinheiro pode comprar! – gritei de volta.

Ela cerrou os punhos.

– Foda-se! Você é um bandido, porra! Você roubou todo o dinheiro que tem! Eu espero que você morra na cadeia!

A Duquesa deu um passo agressivo para a frente, como se estivesse prestes a me dar um soco, e então, de repente, fez algo que eu nunca vou esquecer pelo resto da vida. Com completa serenidade, ela deixou cair os braços para os lados do corpo, relaxou a postura, inclinou a cabeça para trás, expondo a parte mais vulnerável de seu longo pescoço nu, e disse:

– Vá em frente! Mate-me! – sua voz era suave e macia, num tom completamente resignado. – Eu sei que é isso o que você quer, então vá em frente – ela inclinou a cabeça ainda mais para trás. – Mate-me agora. Eu não vou lutar. Eu prometo. Apenas me estrangule e livre-nos dessa vida de tristezas. Você pode se matar depois.

Dei um passo em sua direção, pronto para cometer um assassinato, quando de repente meus olhos avistaram uma moldura afixada na parede. Estava exatamente sobre o ombro esquerdo da Duquesa. O quadro era longo e estreito, acho que com 30 centímetros de largura por uns 90 de altura, e dentro dele havia três fotos grandes de nossos filhos. Chandler estava em cima, sorrindo timidamente. Usava uma linda camiseta amarela com um colar e uma fita de cabelos combinando. Tinha 3 anos e meio na época em que a fotografia foi tirada, e parecia uma Duquesa em miniatura. Embaixo dela estava Carter, com apenas 1 ano e meio, e ele usava uma fralda branca como a neve. Seus olhos estavam arregalados, sua expressão era cheia de admiração enquanto olhava para uma bolha flutuando no ar. Seu cabelo loiro brilhava como vidro polido. Seus cílios eram tão exuberantes como asas de borboleta. E, novamente, tudo o que eu vi foi a Duquesa. E abaixo de Carter havia um retrato dele e de sua irmã. Ele estava sentado em seu colo, ela tinha os braços em volta dele, e os dois estavam olhando um para o outro em adoração.

No mesmo instante, a verdadeira ironia da minha situação me atingiu, como se fosse um dos raios de Zeus. Não era o bastante eu não conseguir matar minha esposa porque ela era a mãe de meus filhos, era muito pior que isso. O simples fato de ela ser a mãe de meus filhos era o que deixava claro que eu nunca me livraria dela. Ela estaria na minha vida para sempre!

Assombrando-me até o dia em que morresse! Eu seria obrigado a vê-la em cada aniversário, formatura, casamento e *bar mitzvah*. Porra, eu até teria que dançar com ela no casamento de meus filhos!

Seria obrigado a vê-la na saúde e na doença, na alegria e na tristeza, por todos os dias de minha vida, até que a morte nos separasse. Em essência, eu continuaria casado com ela para sempre, continuaríamos ligados pelo intenso amor que tínhamos pelos nossos dois filhos.

E lá estava ela, de pé, à espera de ser sufocada até a morte.

– Eu nunca vou perdoá-la por isso – disse eu suavemente. – Até meu último suspiro, nunca vou perdoá-la – fui para a porta, andando lentamente.

Assim que cheguei à porta, ouvi-a dizer em um tom suave e gentil:

– Eu nunca vou perdoá-lo também. Até meu último suspiro.

Então eu saí do quarto.

LIVRO II

CAPÍTULO 11

A CRIAÇÃO DE UM LOBO

– Bem, eu sinto muito em ouvir isso – disse o Canalha, solidário, inclinando-se para a frente em sua poltrona preta barata e apoiando os cotovelos ossudos na mesa de reuniões. – É sempre uma pena quando os filhos estão envolvidos.

– Sim – concordei com tristeza. Sim, claro!, pensei. Essa é a razão de sua vida, Canalha! Você adora descascar um homem e retirar dele todas as posses! O que mais poderia fazer valer a pena uma vida de merda como a sua? – É triste para todos nós, Joel, mas agradeço sua preocupação.

Ele assentiu respeitosamente. TOC, no entanto, sacudia a cabeça com desconfiança.

– Eu não sei – disse ele. – Eu realmente achei que vocês dois passariam por isso e ficariam juntos, realmente acreditei nisso.

– Bem – retruquei com tristeza –, eu também achava isso. Mas há água demais passando sob a ponte. Muitas lembranças ruins.

Era um pouco depois das 10 da manhã e eu estava cantando na Court Street novamente, ainda que para um público um pouco menor. A Bruxa, o Mórmon e meu gigantesco advogado, Magnum, estavam todos conspicuamente ausentes. A Bruxa, me disseram, estava ocupada com outro caso, sem dúvida destruindo a vida de algum outro pobre idiota; o Mórmon estava ocupado resolvendo questões pessoais, provavelmente ainda na cama com uma de suas esposas mórmons, tentando conceber uma nova leva de bebês mórmons; Magnum, por outro lado, estava ocupado demais fazendo nada. Na verdade, a única razão pela qual ele não estava lá naquela manhã, no hediondo subsolo do número 26 na Federal Plaza, era porque ele pensou que seria bom se eu passasse algum "tempo a sós" com meus captores. Ao mesmo tempo que suas palavras pareciam ter um pouco de lógica, também pareciam suspeitosamente convenientes, levando-se em conta que eu acabara de preencher um cheque de 1 milhão de dólares uma semana antes. (Por que aparecer por ali mais vezes quando ele poderia sacar o dinheiro e fugir?)

Então, só havia nós três naquela manhã: o Canalha, TOC e eu.

– Você está muito quieto nesta manhã – disse TOC. – Se não quiser falar sobre sua vida pessoal, tudo bem.

Eu dei de ombros.

– O que há para dizer, além de contar que minha esposa devia estar numa crise de sonambulismo quando fizemos os votos de casamento?

– Você acha que ela está tendo um caso?

– Não, Greg! Sem chance – respondi confiante.

É claro que ela está me traindo!, pensei. Ela está transando com aquele idiota do Michael Burrico, do Brooklyn. Uma anta como ele era um alvo fácil para uma Duquesa atrás de ouro.

– Ela definitivamente não está me traindo – continuei. – O que está acontecendo com a gente é muito mais profundo que isso.

Ele sorriu calorosamente.

– Não se ofenda, eu só estou tentando que tudo faça algum sentido, entendeu? Normalmente, quando esse tipo de coisa acontece, há sempre outro homem esperando atrás das cortinas. Mas, ei, o que eu sei sobre as coisas, né?

O Canalha entrou na conversa:

– Assim como Greg, eu também sou solidário à sua situação, mas a única coisa com que você deve se preocupar agora é com sua cooperação. Todo o resto é secundário.

Ah, é? E meus filhos, idiota?

– Joel tem razão – disse TOC. – Provavelmente não seja uma boa hora para se divorciar. Talvez você e Nadine devam esperar um pouco, até que toda essa comoção esfrie.

– Tudo bem – retrucou o Canalha –, então vamos começar a rever o caso. Na última vez que nos falamos, o mercado de ações tinha caído e você estava desempregado. O que aconteceu depois?

Que idiota!, pensei. Respirei fundo e disse:

– Bem, eu não diria que estava realmente sem emprego, porque o que eu tinha na LF Rothschild não era de fato um emprego, em primeiro lugar. Eu era um conector, que é a posição abaixo da posição mais baixa em Wall Street. Tudo o que eu fazia era ficar discando o dia todo e tentando passar pelas secretárias dos empresários ricos. Aquela era uma função que o fazia engolir o orgulho, mas eu não tinha escolha a não ser sorrir e aguentar. A única coisa que me mantinha seguindo em frente era a esperança no futuro.

Fiz uma pausa para manter o efeito.

– E aí veio o *crash*. Ainda me lembro de como foi voltar para casa naquela noite, no ônibus expresso: dava para ouvir um alfinete caindo. Havia um tipo de medo no ar que eu nunca tinha experimentado antes. Os meios de comunicação estavam fazendo um sensacionalismo das coisas levando à histeria, prevendo a quebra dos bancos, desemprego em massa, pessoas pulando das janelas dos prédios. Aquilo seria o início de uma nova Grande Depressão, segundo eles.

– Uma depressão que nunca veio – acrescentou o Canalha, um estudante com notas A em História, pelo jeito.

– Exatamente – disse eu. – Ela nunca veio, embora ninguém tivesse nenhuma maneira de saber ou de prever isso, naquela época. Lembre-se, a última vez que o mercado tinha caído desse jeito fora em 1929, e a Depressão veio logo em seguida, nos calcanhares das falências e das quebras de bancos. Então, de fato não era nenhum exagero ou alarmismo pensar que poderia acontecer de novo – parei por um momento. – Para as pessoas que cresceram na Grande Depressão, como meus pais, a perspectiva era assustadora, mas para pessoas como eu, que tinha apenas lido sobre isso em livros de História, era algo simplesmente inimaginável. Assim, se você trabalhasse em Wall Street ou na Main Street naquele dia, todos estavam assustados com o que poderia acontecer – dei de ombros. – Todos, exceto Denise, que estava tão fria como um pepino em conserva!

– Isso é muito impressionante – raciocinou o TOC –, considerando que vocês dois estavam totalmente quebrados.

– Sim – disse rapidamente – e isso teria sido até mais impressionante se ela tivesse a mínima ideia de que a Bolsa tinha desabado – sorri tristemente.

O Canalha estreitou os olhos.

– Ela não tinha ouvido a notícia?

Eu balancei a cabeça, negando.

– Denise nunca assistia ao noticiário. Ela era mais uma garota das novelas que uma garota dos noticiários – fiz uma pausa por um momento, e uma onda de profunda tristeza me invadiu.

Denise podia ter seus defeitos, mas ainda era uma grande esposa. Ela era linda, uma daquelas belezas italianas de cabelos escuros que todo moleque adolescente fantasia quando está no colégio. Sabia como usar uma roupa, minissaia de couro preto e blusas de algodão branco, que eram mais macias que bumbum de bebê.

Pensando bem, a forma como nós dois tínhamos nos alojado em nosso minúsculo apartamento de Bayside tinha sido pura magia. Tínhamos jurado amor eterno um para o outro, certos de que nosso amor poderia conquistar tudo. No entanto, de alguma forma, tínhamos conseguido destruir esse amor. Nós permitimos que o sucesso e o dinheiro subissem à nossa cabeça. Nós permitimos que ele nos separasse, que ele nos devorasse. E no final isso a havia transformado em uma viciada em compras das mais compulsivas, e eu em um estrondoso viciado em drogas. E depois veio a Duquesa...

– Ainda com a gente? – perguntou o Canalha. – Você precisa fazer uma pausa por alguns minutos? – Ele me ofereceu seu sorriso sádico de diretor de prisão.

– Não, eu estou bem – respondi. – De qualquer forma, Denise não tinha ideia de que a Bolsa havia desmoronado, de modo que, no momento em que entrei pela porta, ela me abraçou como se eu fosse um herói conquistador. "Ah, meu Deus!", disse ela. "Você finalmente chegou em casa! Como foi seu primeiro dia como corretor da Bolsa? Bateu o recorde da empresa de mais ações vendidas?".

TOC e o Canalha começaram a rir.

Eu ri de volta.

– Sim, foi muito engraçado, tudo bem, exceto quando, em meados de novembro, estávamos praticamente a zero, juntando centavos para comprar xampu... Mas foi só depois de um mês da queda da Bolsa que decidi jogar a toalha e abandonar Wall Street. Foi numa manhã de domingo. Denise e eu estávamos sentados na sala de estar, como dois zumbis, procurando alguma coisa na seção de empregos do jornal. Depois de alguns minutos, me deparei com algo que me pareceu estranho. "Veja isso", eu disse para ela, "há uma empresa anunciando vagas para corretores, mas eles não estão em Wall Street, estão em Long Island...". Denise leu o anúncio e perguntou: "O que significa PI, MP?". Respondi: "Período integral e meio período", e fiquei imaginando que tipo de corretora seria essa, que contratava corretores em meio período. Eu nunca tinha ouvido falar disso antes. Ainda assim, dadas as minhas circunstâncias, parecia uma ideia razoável. Então eu disse a ela: "Trabalhar por meio período não pode ser uma coisa tão ruim. Talvez eu possa ganhar algum dinheiro enquanto procuro outra coisa". E ela concordou com a cabeça.

Fiz uma pausa e continuei:

– De qualquer forma, nenhum de nós pensou muito sobre isso na época, e assim, quando telefonei para eles na manhã seguinte, eu estava completamente desencanado. Uma rouca voz masculina atendeu ao telefone e disse: "Investors' Center, como posso ajudar?", e eu soube na hora que não era um telefonista. O nome da empresa causou arrepios na minha espinha. Eu estava acostumado com nomes como Goldman Sachs e Merrill Lynch, nomes que ressoam como Wall Street. Eu só podia me imaginar dizendo: "Oi, aqui é Jordan Belfort, ligando da Investors' Center aqui do Cu do Mundo, Long Island. Não estou mais perto de Wall Street do que você, então por que não me envia logo seu suado dinheirinho? Você provavelmente nunca o verá novamente!".

– Muito profético – retrucou o Canalha.

– Sim – concordei – se bem que o Investors' Center não ficava no Cu do Mundo, mas em Great Neck, Long Island, que é na verdade uma parte muito boa da cidade. A empresa ficava no 2º andar de um edifício comercial de três andares.

Parei por um momento.

– Lembro-me de estacionar perto do prédio e ficar bem impressionado. Estava dirigindo aquele velho pedaço de merda da Denise, um Datsun caindo aos pedaços, que era o único carro que tínhamos na época, e dizia para mim mesmo: "Ei, até que esse lugar não parece tão ruim!". Mas, então, no momento em que entrei na sala, meu queixo caiu. O espaço era muito menor do que eu esperava. Tinha talvez uns 20 metros quadrados, e não havia uma única coisa ali que lembrasse Wall Street. Não havia monitores de computador, assistentes de vendas nem corretores andando para a frente e para trás. Não havia nada mais que 20 antigas mesas de madeira, todas elas parecendo bem desgastadas pelo tempo, dispostas a esmo. Apenas cinco das mesas mostravam corretores ali sentados, e nada de agitação, a não ser um murmúrio baixo. Eu tinha colocado terno e gravata para a entrevista, e era o único na sala vestido desse jeito. Todo mundo usava jeans e tênis, com exceção de um cara. O único problema era que seu terno parecia saído de uma caixa do Exército da Salvação. Tenho gravada na memória até hoje a expressão idiota que ele mostrava no rosto. Parecia alguém que tinha sido lobotomizado. O cara estava na casa dos 30 anos e tinha o cabelo preto mais ensebado que se pode imaginar, como se tivesse tomado banho com óleo de motor de carro e...

O Canalha começou acenando com a cabeça de novo, como se dissesse: "Melhor seguir em frente".

– Enfim – continuei –, o gerente estava sentado em um pequeno escritório na frente dessa sala e parecia alheio a tudo. Ele latia em seu telefone, conversando com a esposa, disso consigo lembrar, falando alguma coisa sobre o cão deles estar doente. Quando ele me viu, levantou o dedo indicador, ao qual aquiesci respeitosamente. Então ele continuou falando. Seu nome, como vim a saber depois, era George Grunfeld, e dois anos antes ele era professor de Estudos Sociais. Tinha por volta de 45 anos de idade e era a cara de Gabe Kaplan, o professor de *Welcome Back, Kotter* – sorri para TOC. – Você se lembra de *Welcome Back, Kotter*, Greg?

TOC assentiu.

– Sim, com Travolta – ele olhou para o Canalha. – Você assistia a *Welcome Back, Kotter?*

O Canalha deu um sorriso morto para TOC.

– Sim, "pode enfiar aí mesmo onde está pensando"* – disse ele, sem emoção.

– Ahá, eu sabia! – disse eu de maneira calorosa. – Isso é exatamente o que Travolta costumava dizer ao senhor Kotter – sorri para meu novo amigo, com a satisfação de finalmente ter encontrado um ponto em comum com ele.

Infelizmente, o Canalha recusou-se a sorrir de volta. Em vez disso, olhou para mim, com cara de pedra. Eu dei de ombros.

– Bem, de qualquer maneira, ele se parecia com aquele sujeito, peludo em todos os lugares, no cabelo, nas sobrancelhas, no bigode, nos dedos. Parecia que alguém tinha colado um punhado de arbustos no cara!

TOC balançou a cabeça, rindo, enquanto o Canalha olhou-me ameaçadoramente.

– Por fim, George desligou o telefone e veio me cumprimentar. "Basta escolher uma mesa livre e iniciar os telefonemas", disse ele depois de alguns segundos de conversa fiada. "Isso é tudo?", perguntei surpreso. "Você está me contratando?" "Sim, por que não? Não é como se eu estivesse lhe pagando um salário, certo? Isso não é um problema, é?" Eu estava prestes a dizer-lhe que não era, quando um dos vendedores de repente saiu de sua cadeira e começou a andar para trás e para a frente. George apontou para o

* No original, "*Up your nose with a rubber hose*", insulto repetido sempre pelo personagem de John Travolta nesse seriado, muito popular nos Estados Unidos nos anos 1970. O insulto virou um bordão na época. (N. T.)

cara e disse: "Esse é Chris Knight, nosso melhor vendedor. Ele tem um discurso e tanto, venha ouvir...". Concordei e foquei a atenção em Chris, que era alto e magro e tinha um rosto mais longo que o de um puro-sangue. Ele não devia ter mais do que 20 anos e estava vestido como se tivesse acabado de sair de uma festa da cerveja. Eu me lembro de ficar chocado com o jeito terrível como ele suava; murmurando, meio que mastigando as palavras, eu dificilmente conseguia compreender o que o cara dizia! Então, do nada, ele começou a gritar em seu telefone, em rajadas curtas e rápidas de um surto de vendas ridículo: "Caralho, Bill, eu garanto isso!", gritava. "Eu garanto que essas ações vão subir. Você não pode perder, é impossível! Tenho informações que ainda não vieram a público, está me ouvindo? Eu não acho que esteja, porque tenho informações privilegiadas!". E então ele puxou o telefone para longe da orelha, estendeu-o na frente de seu próprio nariz e olhou para o receptor com desprezo. Então, depois de 5 segundos em que ficou olhando, colocou o telefone de volta no ouvido e começou a gritar novamente. Olhei para George e disse: "O que diabos foi aquilo tudo?". George acenou com a cabeça conscientemente e disse: "Esse é muito bom, não é?". Eu só balancei a cabeça, descrente, e não falei nada. Enquanto isso, Chris ainda estava gritando: "Você não entendeu? Não temos como perder aqui, Bill! Eu juro a você! Essa ação vai subir até a Lua! Nada de 'se' e 'mas', chega! Você tem que comprar agora, agora mesmo!".

Dei de ombros e continuei:

– Durante meus seis meses de LF Rothschild, eu nunca tinha ouvido nada tão ridículo, e não estou falando apenas de todas as leis de valores mobiliários que ele estava violando, mas também de sua completa falta de profissionalismo. Toda a gritaria e os ridículos refrãos de vendas, era tudo tão Mickey Mouse que ninguém, mesmo com a menor sofisticação financeira, iria dedicar um pouco de seu tempo ao sujeito.

O Canalha levantou a mão.

– Deixe-me ver se entendi – disse ele cético. – Você está dizendo que não é um defensor do exagero verbal nas vendas?

Virei os cantos da boca para baixo e balancei a cabeça.

– Não, eu não sou, na verdade. A venda através de todo esse exagero é uma completa perda de tempo. Em termos militares, é como um bombardeio em massa. É muito alto e ameaçador, mas é apenas parcialmente eficaz. Na Stratton, eu ensinei um estilo diferente de venda, que era o equivalente a deixar cair bombas inteligentes guiadas a laser em alvos de alta prioridade –

dei de ombros. – Deixe-me organizar as ideias e você verá exatamente de que eu estou falando.

O Canalha assentiu lentamente.

– Tudo bem – continuei. – Por mais que Chris Knight fosse um vendedor horrível, ou, melhor dizendo, por menos treinado e inexperiente que fosse, foi o que saiu de sua boca que realmente me chocou. "Ah, vamos lá!", o rapaz gritou para seu cliente. "Essas ações custam apenas 30 centavos de dólar a opção. Pegue um lote de mil ações, isso é tudo que estou pedindo! É só um investimento de 300 dólares, o que pode dar errado nisso?". Quando ele disse isso, virei-me para George e perguntei: "Ele acaba de mencionar 30 centavos de dólar por ação, é isso mesmo?". George disse: "Sim. Por quê?". "Bem, é que eu nunca ouvi falar de ações tão baratas. Eu fui treinado numa empresa que negociava basicamente as ações que estavam na Bolsa de Nova York. E mesmo na NASDAQ, trabalhávamos com coisas na faixa de 15 a 20 dólares". Enquanto isso, Chris estava ocupado batendo o telefone de raiva. Então ele começou a murmurar: "Aquele filho da puta desligou na minha cara! Que canalha, esse rato!". Então George olhou para mim e disse: "Não se preocupe, ele vai pegar o próximo. Mas, de qualquer forma, você deve sentar-se ao lado dele por alguns dias, para que ele possa mostrar-lhe as coisas". Bem, eu estava prestes a cair na gargalhada depois de ouvir isso, mas logo em seguida George acrescentou: "Ele ganhou mais de 10 mil no mês passado. E você, quanto ganhou?". Olhei para George, incrédulo, imaginando como um idiota como Chris Knight poderia fazer 10 mil dólares em um mês e, depois, algo muito estranho ocorreu. "Espere um segundo", eu disse a ele. "Como diabos ele fez 10 mil dólares em um mês trabalhando com negociações de 300 dólares?". Então eu expliquei a George como um negócio de 300 dólares na LF Rothschild renderia uma comissão entre 3 e 6 dólares, dependendo de quão agressivo você quisesse ficar com o cliente. Às vezes as comissões eram ainda menores que isso, acrescentei, especialmente em vendas de meio milhão ou mais. Então George acenou para eu entrar em seu escritório e me ofereceu uma explicação visual de minha pergunta. Ele pegou uma folha de papel de sua mesa e disse: "Estas são as únicas ações que você vai recomendar aqui. Há seis delas". Ele me entregou a folha de papel e eu levei um momento para estudar o que estava escrito. "Controle de Poluição KBF?", murmurei para mim mesmo. "Arncliffe National?" Estava prestes a dizer algo como "Nunca ouvi falar de nenhuma dessas ações", quando George apontou para uma coluna de números e disse: "Estas são as propostas para as ações", e vi que estavam todos abaixo de 1 dólar. Eu ia dizer "Devem ser uns belos pedaços de merda se estão todos abaixo de 1 dólar" quando ele apontou para outra coluna de números e disse: "E estas são as ofertas. Tudo entre uma coluna e outra é a sua comissão".

Parei por um momento para que minhas palavras pudessem ser absorvidas. Então, sorri e voltei a falar:

– Você pode achar difícil de acreditar, dada minha atual postura de sofisticação nesse mercado, mas naquela época eu não entendia a diferença entre venda imediata e compra imediata. Quer dizer, eu sabia que você vendia na compra e comprava na venda, mas nunca tinha pensado de fato no que acontecia com o dinheiro nesse meio-tempo. Você vê, com as grandes ações de valor mais alto, a diferença entre os dois é muito pequena, talvez 0,5%, e só ocasionalmente é que os corretores conseguem uma lasca disso, geralmente o valor é engolido pelas firmas. Na verdade, na Rothschild, os corretores ficavam malucos quando um bloco de ações vinha com uma diferença embutida. Eles iriam ligar para seus clientes e insistir porque estariam fazendo uma comissão em dobro. Mas na Investors' Center, eu não podia acreditar no que estava vendo. Os *spreads* eram enormes, de pelo menos 50% ou mais. Eu disse a George: "Como é que o preço de venda para a Arncliffe National pode ser de 25 centavos e o de compra 50 centavos? Minha comissão não pode realmente ser de um quarto, pode?". Ele respondeu: "Claro, por que não?". Eu disse: "Bem, vamos apenas supor que um cliente compre 250 mil dólares da Arncliffe National", que era uma negociação média na LF Rothschild... "Será que minha comissão vai realmente ser de 125 mil dólares?", perguntei. "Sim, em teoria", respondeu ele, "mas realmente não funciona desse jeito, porque ninguém coloca esse tipo de dinheiro em ações que valem centavos". "Por que não?", perguntei. "Bem, porque... Bem, hã, nós não telefonamos para pessoas que tenham todo esse dinheiro. Nós ligamos para as pessoas das classes trabalhadoras, entendeu?"

Parei por um instante e continuei:

– "Sério?", retruquei. "Mas por que ligar para as pessoas que não têm dinheiro para investir no mercado de ações? Parece ilógico". "Sim, talvez seja", respondeu ele, "mas as pessoas ricas não compram ações de 1 centavo". "Por que não?", perguntei pela segunda vez, e ele começou a resmungar e a mastigar as palavras. Ele não tinha outra coisa a dizer a não ser que eu devia confiar nele, coisa que fiz. Em retrospecto, acho que eu estava abatido demais até para discutir, porque em circunstâncias normais eu teria debatido com ele até perder o fôlego. Em todo caso, decidi tomar suas palavras como verdade e segui o programa. Sentei-me ao lado de Chris Knight e, em seguida, escrevi um *script* de vendas para uma empresa de cosméticos chamada Arncliffe International.

– Por que você escolheu essa? – perguntou TOC.

Eu dei de ombros.

– Parecia o cão com menos pulgas. Quer dizer, eles não tinham vendas reais sobre as quais pudéssemos falar e havia algo como 50 milhões de ações pendentes. Mas, pelo lado positivo, eles acabavam de desembarcar na Macy's como fornecedores, o que eu sabia que seria ótimo num discurso de vendas. Isso e o fato de o presidente da empresa ter sido vice-presidente da Revlon, o que eu sabia que seria um bom argumento também. De qualquer forma, quando finalmente terminei o *script*, lembro de ter ficado muito impressionado com ele. Eu tinha feito a Arncliffe soar como se fosse uma IBM, ou pelo menos próxima da Revlon, e eu não tinha contado tantas mentiras assim. Claro, eu tinha omitido alguns fatos materiais, ou seja, informações que o cliente realmente não precisava saber para tomar sua decisão, mas apesar de tudo eu realmente não tinha violado nenhuma lei de valores mobiliários.

O Canalha balançou a cabeça gravemente.

– Omissões relevantes são violações das leis de valores mobiliários – disparou ele.

– Sim, estou ciente disso agora. Na verdade, eu estava ciente disso naquela época, também, embora soubesse que seria difícil de provar. Veja, o que é material e o que *não é* material é um pouco subjetivo. Não se iluda, em Wall Street as omissões relevantes são a regra, e não a exceção. Seja nas grandes firmas ou nas pequenas.

Houve alguns momentos de silêncio.

– Em todo caso, mesmo com meu *script* sobre a Arncliffe sendo tão fabuloso quando era, Chris Knight não tinha compreendido a verdadeira beleza daquilo tudo. "Você está desperdiçando seu tempo com isso", disse ele, apontando para meu *script*. "Você não precisa de um *script* para vender ações. Você tem apenas que jurar para os clientes que as ações estão subindo e eles compram de você." "Sim, obrigado por compartilhar", respondi e então eu peguei o telefone e comecei a discar. Eu estava usando os nomes que George tinha me dado, que eram na verdade cartões de pessoas que responderam a um mailing em massa. Na parte da frente dos cartões havia alguns argumentos de venda do tipo *Faça uma Fortuna Comprando Ações Baratas* e, na parte de trás, havia nomes de pessoas e números de telefone. Não sei, aqueles nomes me pareciam um grande acerto, quer dizer, poderia haver lista melhor do que alguém que tenha preenchido um cartão e jogado na caixa de correio? Por isso, quando consegui falar com meu primeiro cliente em potencial, um amigável sulista chamado Jim Campbell[1], tive esperanças razoavelmente altas. Em um tom de voz bem otimista, eu disse "Ei, Jim! Jordan Belfort ligando da Investors' Center! Como você está hoje?". "Er... Tô bem", respondeu ele, "E você, tudo bem?". "Ah, estou ótimo, obrigado por perguntar. Agora, Jim, se você se lembra, cerca de uma semana atrás, você me enviou um cartão-postal de três por cinco, dizendo que estava interessado em investir em ações de baixo valor. Será que está lembrado?"

Continuei:

– Depois de alguns segundos de silêncio, Jim finalmente disse: "Ah, sim, eu acho que fiz isso. Quer dizer, parece uma coisa que eu faria!". Eu me lembro de pensar: meu Deus! Ele estava tão ansioso! Tão incrivelmente receptivo! Era incompreensível. Mas mantive a compostura e disse: "Ótimo, Jim. Agora, o motivo da ligação hoje é que chegou uma coisa à minha mesa agora mesmo, e é a melhor coisa que já vi nos últimos seis meses. Se você tiver 60 segundos, eu gostaria de compartilhar a ideia com você. Tem um minuto?". E Jim disse: "Claro! Manda bala!". Com isso, eu me levantei da cadeira, já preparado para dar o bote. Lembro-me de um vislumbre de Chris, que estava sentado em sua cadeira, me olhando e bebendo uma garrafa de Evian. Ao telefone, eu disse: "O.k., Jim, veja, o nome da empresa é Arncliffe National, e é uma das empresas de crescimento mais rápido na indústria de cosméticos. É uma indústria de mais de 30 bilhões de dólares, essa de cosméticos, crescendo em torno de 20% ao ano. E é praticamente à prova de recessão, mantendo um crescimento consistente em tempos bons e ruins. Você me entendeu até agora?". "Opa!", disse Jim, impressionado. "Eu entendo!" "Ótimo!", respondi, e fui em frente, passando alguns fatos muito gerais sobre a Arncliffe, como o nome de alguns dos produtos que eles vendiam, onde a empresa tinha sede e então, finalmente, falei do contrato que eles tinham acabado de assinar com a Macy's. Depois disse: "Mas por melhor que tudo isso pareça, a coisa mais importante em qualquer empresa é a gestão. Você não concorda?". "Sim", respondeu Jim, "é claro". "Bom", eu disse astutamente, "no caso da Arncliffe National, a administração e a gestão estão nas melhores mãos que podiam existir. O presidente do conselho de

[1] O nome foi trocado.

administração, um homem chamado Clifford Seales[2], é uma das mentes mais astutas da indústria de cosméticos. Ele foi VP da Revlon, um homem--chave por lá. E, com ele no comando, a Arncliffe não pode dar errado... Mas o motivo dessa ligação hoje, Jim, é muito específico: Clifford Seales está prestes a ir até Wall Street para apregoar seu estoque, na esteira de um crescimento de vendas surpreendente e do anúncio de um grande contrato. Estará indo se encontrar com bancos, companhias de seguros, fundos de pensão... os agentes institucionais. E você sabe o que eles dizem, Jim: dinheiro institucional é dinheiro inteligente, e mesmo quando não é, ainda não é o suficiente para abastecer o mercado de qualquer maneira. Você está me acompanhando?". "Opa!", disse Jim, "com certeza!".

– "Muito bem, Jim. Agora, as ações estão sendo negociadas por apenas 50 centavos por ação, o que é ridiculamente barato, considerando-se o futuro da companhia. E a chave para ganhar dinheiro aqui é posicionar-se agora, antes que Seales vá para Wall Street e se reúna com todos os fundos de pensão e bancos, porque, assim que ele fizer isso, será tarde demais". Fiz uma pausa e deixei as palavras no ar. "Então, o que eu gostaria que você fizesse é o seguinte, Jim: pegue um bloco de 1 milhão de cotas da Arncliffe National", e ouvi *splat!,* um monte de água caindo da boca de Chris Knight. Depois ele engasgou e, em seguida, saiu de sua cadeira com a Evian na mão e correu em direção ao escritório de George. Eu balancei a cabeça descrente e prossegui com a venda, notando pela primeira vez que os outros corretores estavam reunidos em torno de mim. "É um desembolso de caixa de apenas meio milhão de dólares", disse casualmente, "e não é uma questão de ter fundos hoje ou amanhã, Jim, você tem uma semana para pagar essa compra. Mas, acredite em mim", disse, baixando a voz para um pouco acima do sussurro, "se você se posicionar agora, antes que Seales vá para Wall Street, o único problema que você terá é não ter comprado mais. Parece justo?".

– Você pediu ao cara meio milhão de dólares? – perguntou TOC, rindo.

– Sim, eu fiz isso. É o que eles costumavam fazer na Rothschild, por isso esse tipo de coisa meio que escapou. Mas enquanto esperava que Jim respondesse ao meu pedido de meio milhão de dólares, George saiu correndo de seu escritório, com Chris Knight a reboque. Ouvi George resmungando: "Alguém tem um gravador de fita? Apresse-se! Quem tem um gravador?". E então Jim disse: "Ah, me desculpe, Jordan, mas eu acho que você pegou o cara errado.

---

[2] O nome foi trocado.

Eu trabalho em uma fábrica de chapéus. Sou um operador de máquina. Só ganho 30 mil por ano...".

Parei por um momento.

– De qualquer forma, para não insistir nessa questão, acabei fechando 10 mil ações com Jim, o que foi uma transação de 5 mil dólares, um dos maiores negócios da história da Investors' Center. Eu estava prestes a aprender que essa Investors' Center não era coisa pequena. Eles empregavam mais de 300 corretores e tinham mais de 30 escritórios, todos eles pequenos e mal administrados como aquele. Mas voltando a Jim Campbell por um segundo, eu tinha convencido o homem a comprar as ações com o dinheiro de sua conta de aposentadoria, que era a única poupança real que ele tinha...

Fiz uma pausa e soltei um suspiro perturbado.

– Se você está se perguntando se eu me sentia culpado por isso, a resposta é sim: eu me senti absolutamente horrível. Desprezível. Eu sabia que ele não deveria investir sua aposentadoria em ações de valor tão pequeno. Era muito arriscado. Mas eu estava tão completamente quebrado no momento que as palavras *dinheiro do aluguel, dinheiro do aluguel* ficaram piscando dentro de minha cabeça como um disco quebrado. No final, elas afogaram todo o resto, inclusive minha consciência. No momento em que desliguei o telefone, me vi instantaneamente inundado pela admiração de meus colegas, anulando todas as dúvidas residuais. Eu lembro de George me dizer: "Onde você aprendeu a vender desse jeito, Jordan? Eu nunca ouvi nada nem remotamente parecido com isso! Foi incrível!". Claro, eu não vou negar que apreciava cada gota de sua admiração. E, não surpreendentemente, os demais corretores também estavam tomados de admiração por mim. Eles olhavam para mim com os olhos arregalados, como se eu fosse um deus. Eu me senti um deus naquele momento. Aquela nuvem negra que havia me seguido desde o negócio das carnes e frutos do mar finalmente se evaporara. Eu me senti como um novo homem, ou, melhor ainda, me senti como meu velho eu de novo.

"Bem ali, naquele momento, sabia que meus problemas financeiros estavam finalmente acabando, e sabia que Denise teria finalmente as coisas sobre as quais tínhamos falado e sonhado durante os dias negros. Um mundo de possibilidades infinitas de repente se abriu, um mundo repleto de mil oportunidades. E a partir daí as coisas passaram a acontecer muito rapidamente, começando quando George se aproximou de mim, algumas semanas depois, pedindo-me para treinar os vendedores. Foi quase idêntico ao que tinha acontecido no negócio de carnes, quando o gerente tinha me pedido para treinar os vendedores. E, assim como no negócio de carnes, minhas sessões de formação de vendas rapidamente se transformaram em reuniões motivacionais e a sala começou a lotar. Além disso, reorganizei o escritório, criando um estilo de carteiras de sala de aula e instituindo um código de vestimentas, e coloquei um fim naquele total absurdo de corretores em meio período. O que eu estava tentando fazer, em essência, era que o local se parecesse um pouco como Wall Street, para fazer os corretores se sentirem verdadeiros corretores. E não percebi a resistência de ninguém, todos eles me seguiram cegamente, tanto George quanto os vendedores, e as comissões subiram, sobretudo as minhas. No meu primeiro mês, na verdade, levei para casa um cheque de 42 mil dólares.

Parei por um momento, deixando o número ser absorvido.

– E deixe-me lhes dizer uma coisa: era mais dinheiro do que eu tinha recebido em toda minha vida. Imediatamente, Denise e eu pagamos todas as nossas contas, e depois fomos comprar um novíssimo Jeep, um Wrangler, por 13 mil dólares. Em seguida renovamos todo o guarda-roupa. Comprei para ela seu primeiro relógio de ouro e depois uma pulseira de diamantes. No final do mês, ainda havia 10 mil dólares sobrando! No mês seguinte, faturei 60 mil dólares e fui comprar o carro de meus sonhos: um Jaguar XJS branco pérola, zerinho.

Sorri com a lembrança.

– Era o modelo de duas portas, aquele com 12 cilindros e 300 cavalos de potência. A coisa era uma fera total. E enquanto Denise remodelou nosso apartamento, fui pagar todos os meus antigos credores do negócio de carnes e frutos do mar. E no mês seguinte fiz outros 60 mil, e a coisa seguiu assim; foi quando Denise e eu olhamos um para o outro com admiração. Nós simplesmente não sabíamos o que fazer com todo aquele dinheiro. Tínhamos tudo o que precisávamos e o dinheiro estava entrando mais rápido do que conseguíamos gastar. Lembro-me de um dia em particular, quando estávamos sentados à beira de um cais de madeira em Douglaston, não muito longe de onde ficava o Investors' Center. Era meio de março, um daqueles dias mais amenos de inverno no qual se pode sentir os primeiros sinais da primavera no ar. Acho que me lembro desse dia tão vividamente porque foi uma das poucas vezes em minha vida em que me senti verdadeiramente feliz e estava verdadeiramente em paz. Era fim de tarde, estávamos sentados em duas cadeiras dobráveis que tínhamos levado e estávamos de mãos dadas, assistindo ao pôr do sol. Lembro-me de pensar que nunca amara uma pessoa tanto quanto amava aquela mulher, que nunca nem mesmo pensara que fosse possível amar alguém de forma tão pura, tão completamente. Eu não tinha um único arrependimento sobre ela, jamais pensara duas vezes a respeito de Denise. Do outro lado da Baía de Little Neck, eu podia ver a margem de Bayside, onde Denise e eu morávamos, onde eu cresci, e logo atrás de mim estava a North Shore de Long Island, para onde estaria me mudando em alguns anos e criando uma família.

Balancei a cabeça tristemente.

– Nunca, nem em um milhão de anos, teria imaginado que meu lar não fosse incluir Denise e que a mãe de meus filhos seria outra mulher. Parecia algo totalmente impossível naquele momento. Mas o que eu não tinha como saber na época era que a insanidade, como eu viria a chamar, estava logo ali, virando a esquina, entrando lentamente em mim sem que eu soubesse – balancei a cabeça uma vez mais. – No final, isso não poupou ninguém. Nem a mim, nem a Denise, nem minha família. Quase todo mundo que eu conhecia e todos com quem cresci viriam a trabalhar para mim ou iam se tornar financeiramente dependentes de mim. Vocês entendem o que eu estou dizendo?

Ambos assentiram, e então o Canalha disse:

– Quanto tempo depois disso você conheceu Danny?

Eu pensei por um momento.

– Não muito tempo, talvez três ou quatro meses. Eu o tinha visto algumas vezes ao redor do prédio onde morávamos, mas nunca trocáramos mais que uma ou duas palavras. Kenny, no entanto, estava prestes a entrar de novo na minha vida quase imediatamente. Foi naquele fim de semana ou no seguinte, não sei direito, que ele me ligou do nada e perguntou se eu podia treiná-lo para ser um corretor da bolsa.

– Como ele sabia que você tinha entrado no mercado? – perguntou TOC.

– Foi seu primo Jeff. Ele era uma das poucas pessoas da faculdade com quem eu ainda mantinha algum contato. Jeff contara a Kenny como eu estava me dando bem. Mas eu estava totalmente desconectado de Kenny quando ele me telefonou da primeira vez. Quer dizer, na última vez que nossos caminhos tinham se cruzado, o cara tinha batido uma de minhas picapes e depois se mandara me deixando uma conta de 300 dólares. As vagas lembranças que tinha dele eram totalmente negativas. Tinha algo meio errado com ele, alguma coisa em que eu não conseguia confiar. Isso foi antes mesmo de eu ter conhecido Victor Wang. Juntos, porém, os dois eram como uma aberração completa, um show de horrores: o Cabeça Quadrada e o

Panda Falante – revirei os olhos. – De qualquer forma, vamos apenas dizer que minhas lembranças sobre Kenny não tinham praticamente nada de afetivo. Eu tinha atrelada a ele a ideia de uma pessoa que gostava de falar sobre arregaçar as mangas e trabalhar duro, mas que não tinha a menor ideia do que esse conceito significa.

– Por que você o contratou, então? – perguntou TOC, sorrindo.

Eu sorri de volta.

– Essa é uma pergunta muito boa, Greg... Mas vamos apenas dizer que o Kenny Greene que conheci no negócio de carnes e frutos do mar e o Kenny Greene que encontrei pela segunda vez eram duas pessoas totalmente diferentes. Ele ainda era um palerma e tudo mais, mas então, pelo menos, era um palerma mais humilde. Ele parecia saber seu lugar no mundo. De fato, uma das primeiras coisas que ele disse ao telefone era que queria me encontrar para um café, de forma que pudesse devolver o dinheiro que me devia. O único problema era que eu não precisava mais do dinheiro. Então, me vi tentado a dizer "Foda-se, amigo! Onde estavam você e seu talão de cheques quando precisei de vocês?". Mas, claro, não fiz isso. A verdade é que havia algo no Cabeça Quadrada de que eu gostava. Quer dizer, até hoje ainda sinto certo carinho por ele, embora não tenha ideia do porquê. Ele é como um cachorrinho gigante que mija e caga na sua casa inteira, mas você sabe que ele não faz isso de propósito, o problema é que não consegue se controlar. Ainda assim, você tem certeza de que todas as manhãs o cachorrinho estará correndo pelo gramado em frente de casa para buscar seu jornal.

"Enfim, nós dois nos encontramos em um pequeno restaurante grego, no fim da rua onde ficava o Investors' Center, e, no momento em que nos sentamos, Kenny entregou-me um cheque de 300 dólares juntamente com um pedido de desculpas por ter batido minha picape. Então ele me contou como seu primo Jeff estava sempre dizendo a ele que eu era o cara mais esperto de todos e que não havia nada no mundo que ele quisesse mais que trabalhar ao meu lado, como meu braço direito – balancei a cabeça e dei uma risada. – É bastante irônico que Kenny tivesse uma visão mais clara do futuro nesse quesito do que eu. Ele estava convencido de que eu seria o próximo fodão em Wall Street, enquanto eu tinha zero aspiração nessa área. Eu acho que ainda estava chocado demais com o lance da empresa de carnes e frutos do mar e estava tão apaixonado por Denise que não queria que nada mudasse...

TOC estreitou os olhos.

– O que fez Kenny acreditar tanto assim em você? Quer dizer, eu entendo que ele ouviu você em uma reunião de vendas na sua empresa de carnes e coisa e tal, mas ainda parece um pouco demais esse ato de fé da parte dele.

– Verdade – concordei abertamente –, mas o que ocorre é que pulei uma parte importante da história. Veja, eu não tinha certeza se Kenny era um cara talhado para o mercado de ações, por isso, em vez de concordar em treiná-lo imediatamente, pedi que depois de nosso encontro ele fosse até o Investors' Center para que eu pudesse dar-lhe uma demonstração em primeira mão de como ser um corretor de ações. Foi depois de me ouvir ao telefone com um cliente pela primeira vez que ele jurou lealdade a mim. Isso faz mais sentido?

TOC assentiu. Eu balancei a cabeça para trás e levei um momento para pensar naquela noite. Então comecei a rir.

– O que é tão engraçado? – soltou o Canalha.

Eu balancei a cabeça rapidamente.

– Você não vai querer saber – respondi.

– Na verdade, quero, sim – ele disparou de volta.

– Bem, se você insiste – devolvi com um sorriso e estalei o pescoço lentamente. – Então, em vez de me encontrar no Investors' Center, Kenny se ofereceu para me pegar no meu apartamento. Quando estacionou em frente ao meu prédio, ele não estava sozinho, tinha trazido sua namorada para o passeio com ele.

Parei por um momento, torcendo os lábios com o pensamento nela.

– Vamos apenas dizer que ela tinha seios do tamanho de bolas de futebol americano e os lábios de um peixinho dourado. Ela não era linda nem maravilhosa, mas era uma das garotas mais sexy em quem eu já tinha posto os olhos. Em todo caso, os dois ficaram sentados na sala enquanto assistiam a meu show pelo telefone e, claro, não pude evitar um desempenho especial para a Peixinho, que estava ocupada me despindo com os olhos enquanto eu me afundava ao telefone. Acabei tendo uma noite bem decente, faturando algo como 3 mil, e me lembro de vê-la sussurrando para Kenny sobre quão molhada ela estava ficando, apenas por me ouvir. Mas foi só no caminho de volta para casa que eu tive minha primeira dose de Peixinho e, além disso, de Kenny Greene. Nós estávamos no Mustang vermelho de Kenny, ele ao volante, eu no assento do passageiro e a Peixinho sentada entre nós dois, no meio do assento, vestindo uma camiseta minúscula e usando um perfume selvagemente sexy. Estávamos na Cross Island Parkway, perto da saída para

Bayside, quando Kenny lhe disse: "Vá em frente, querida, diga a ele!". "Não", gemeu ela, "estou com vergonha, Kenny!". Então, Kenny disse: "Tudo bem, eu falo então". Ele olhou para mim e disse: "Ela ficou superexcitada só de ver você vendendo esta noite, então ela queria fazer um boquete em você. E pode acreditar: a menina consegue sugar todo o cromado de um engate de reboque! Basta olhar para sua boca. Mostre a ele, querida". Eu olhei para Peixinho atônito, enquanto ela olhava para mim com os fabulosos lábios num bico sensual. Então ela começou a balançar a cabeça timidamente, como se dissesse "Eu realmente quero chupar tudo, senhor!".

Parei por um momento, procurando as palavras certas.

– Quero que vocês saibam que eu tinha toda a intenção de resistir aos encantos da Peixinho, eu amava Denise com todo o coração e alma e nunca a tinha traído antes. Mas então a Peixinho começou a se esfregar em meus jeans e a enfiar seus peitos de bola de futebol no meu rosto. Enquanto ainda me deixava atônito com isso, ela deslizou para a pequena área onde estavam meus pés e lentamente abriu o zíper de minha calça.

Fiz uma pausa e balancei a cabeça gravemente.

– Bem, não é preciso dizer, ela me dominou, e só fui dar por mim quando ela já estava fazendo um boquete espetacular enquanto cruzávamos a Cross Island Parkway. Enquanto eu gemia em êxtase, Kenny, o Pervertido, mantinha um olho na pista, uma mão no volante, outro olho na boca da Peixinho e a outra mão segurando para trás os cabelos castanhos dela, para que não obstruíssem sua visão. Eu gozei, se bem me lembro, em frente à escola pública 69, a qual frequentei. De qualquer forma, quero que ambos saibam que me senti absolutamente péssimo quando passei pela porta de casa naquela noite. Eu me senti sujo e nojento, e jurei a mim mesmo que nunca trairia Denise novamente. Continuei me sentindo culpado por muito tempo depois, principalmente quando nós quatro saíamos juntos – fiz outra pausa e balancei a cabeça. – Eu acho que essa foi a parte mais difícil de todas, a de Denise e Peixinho terem se tornado boas amigas. Mas esse foi o jeito que as coisas ficaram; Kenny teve seu desejo realizado e se tornou meu braço direito, e nós quatro nos tornamos inseparáveis.

Nesse momento, a porta se abriu e entrou a Bruxa, vestida de preto. Os três olharam para ela, sem trocar palavras. Ela sentou-se ao lado de TOC e disse:

– O que foi que eu perdi?

Nada além de silêncio.

Finalmente TOC disse, com falsa formalidade:

– Bem, Jordan estava apenas nos dando algumas valiosas informações sobre seu relacionamento com Kenny Greene e a Peix...

– E eu acho que este é um bom momento para fazermos uma pausa para o almoço – interveio o Canalha.

– Sim, estou morrendo de fome – concordei.

– Hummm – murmurou a Bruxa. – Você vai ter que explicar as coisas para mim, Joel.

Espero que sim, pensei, e talvez você possa convencê-la a lhe fazer um boquete enquanto isso... Embora, pensando bem, ela pareça mais do tipo mordedor...

Fizemos a pausa para o almoço.

CAPÍTULO 12

UM SALTO DE LÓGICA

Exatamente uma hora depois, eu estava de volta ao calabouço do Canalha, com duas fatias de pizza no estômago e meus três captores me olhando atentamente. Eu tinha passado os últimos 15 minutos falando sobre como o Cabeça Quadrada havia se envolvido em todos os aspectos de minha vida, tanto nos negócios quanto na vida pessoal. Ele fazia tudo por mim, eu dissera a eles, quase como se fosse uma segunda esposa. E, embora eu não tivesse nenhum cargo especial no Investors' Center, quem nos via juntos sabia que eu era o chefe. Kenny estava bem com isso; na verdade, ele gostava da situação.

Há reis e há aqueles que fazem os reis, disse aos meus captores, e o Cabeça Quadrada era definitivamente da última estirpe. Eu expliquei como Kenny começou a passar a maior parte de seu tempo executando as operações do que havia se tornado então nosso escritório dentro de um escritório. A gente tinha nossa própria área na parte de trás da sala dos pregões, onde ficava nossa equipe. Naquela época, nós tínhamos quatro conectores, três corretores e uma assistente de vendas, e todos eles tinham jurado lealdade a mim (a pedido de Kenny).

E então eu estava dizendo:

– O que mais me impressionou em Kenny, ou o que mais me desconcertou nele, era o fluxo interminável de amigos dele que desfilava no escritório. Todos tinham vindo exatamente do mesmo molde: estavam no final da adolescência ou em seus 20 anos, eram de famílias razoavelmente boas e razoavelmente bem instruídos.

– Interessante – disse o Canalha. – E todos eles eram ex-clientes de drogas?

Eu dei de ombros.

– A maior parte deles eu diria que sim, embora não colocasse muita ênfase nisso. Eram bons garotos, não jovens desamparados. Era como no filme

Negócio arriscado, em que Tom Cruise se torna "cafetão de uma noite" e conecta seus amigos do ensino médio a um feliz esquadrão de prostitutas de alta classe. Isso é o que Kenny fez, e seus amigos continuaram aparecendo.

– E onde Victor Wang entra nisso tudo? – perguntou a Bruxa.

Epa!, pensei. Victor estava ferrado agora!

– Bem, o chinês, quer dizer, Victor, ficou fora da equação por um tempo. Ele estava muito ocupado esperando à margem, observando. Veja, ele e Kenny tinham uma amizade completamente bizarra na época. Era uma mistura de amor, ódio e desprezo mútuo, e, dependendo do momento, era como rolar um dado para definir como se sentiam um em relação ao outro. Eles podiam ser os melhores amigos ou inimigos mortais, ou algo entre essas duas situações. Na primavera de 1988, quando essa história estava acontecendo, Kenny e Victor estavam em desacordo, e eu só iria descobrir mais tarde que era por minha causa.

– Por que isso? – perguntou TOC.

– Porque Victor tinha tomado o juramento de lealdade de Kenny a mim como uma afronta pessoal. Desde que eram crianças, eles sempre tinham planejado um negócio juntos, e uma vez que Victor era o mais brilhante dos dois, ele era o líder não declarado. Quando Kenny tinha trazido Victor para minha empresa de carnes, era só para ele dar uma estudada no negócio e ver como funcionava, para ver se aquela ideia valia ser roubada para ele e o Cabeça Quadrada, o que evidentemente não valia. Mas um ano e meio depois as mesmas forças estavam em ação quando Kenny veio do nada querendo se tornar um corretor da bolsa. No início, ele tinha toda a intenção de aprender o que pudesse e depois se mandar com Victor. Mas uma coisa Kenny não tinha previsto, e foi quando ele me ouviu ao telefone. De repente, ele percebeu que havia outras pessoas lá fora que eram mais espertas que seu amado Victor Wang. Então, ele mudou de lado e, em vez de tentar vasculhar meu cérebro para roubar o conhecimento e a sabedoria, ele tomou o caminho oposto, dando tudo de si para me promover e tentando me transformar em um rei.

– Que história sórdida – murmurou TOC.

– Sim, certamente. Mas, de qualquer maneira, para resumir toda essa coisa do Victor Wang, Kenny tentou trazê-lo à cena quando ainda estávamos no Investors' Center. Ele implorou para que Victor jurasse lealdade a mim, mas Victor se recusou, pois ele era muito orgulhoso. Assim, ele menosprezou a ideia de entrar no mercado de ações e continuou lidando com a cocaína – dei de ombros. – Com o passar dos meses, eu logo cresci em termos de poder, e a janela se fechou na cara de Victor. Em menos de um ano, a Stratton seria a

Stratton e mais amigos de Victor estariam trabalhando para mim. O mais idiota estaria ganhando centenas de milhares de dólares por ano, os mais espertos estariam faturando milhões, e um seleto grupo estaria fazendo dezenas de milhões. Os últimos foram os que eu apoiei em suas próprias empresas, as quais usei para expandir meu império nefasto e manter os reguladores fora de equilíbrio. Bem mais tarde, Victor viria a possuir uma dessas empresas, a saber, a Duke Securities, e a única razão pela qual concordei em financiá-la foi para aplacar os ânimos do Cabeça Quadrada. Eu tinha sido inteiramente contra ele na época, porque conhecia Victor pelo que ele era: um homem de insultos e rancores mudos. Ele nunca poderia ser fiel a mim nem a qualquer outra pessoa, para falar a verdade.

Olhei nos olhos negros da Bruxa.

– Não se engane sobre isso, Michele: Victor é, foi e sempre será um personagem insano. São 100 quilos de músculos indestrutíveis cercados por 50 quilos de gordura abundante, e ele não tem medo de entrar numa briga caso surja a necessidade. Na verdade, uma vez ele pendurou meu mordomo gay do lado de fora da janela de meu apartamento que ficava no 53º andar, isso depois de transformar o rosto dele em carne moída.

Meus captores ficaram me olhando, surpresos.

– Sim, essa é uma história pouco conhecida. Meu mordomo gay roubou 50 mil dólares de mim, depois de Nadine ter brigado com ele por ter organizado uma orgia gay em nosso apartamento – encolhi os ombros. – Eu posso lhes dar todos os detalhes sujos, se quiserem, embora a violência, eu lhes asseguro, nunca tenha desempenhado nenhum papel na Stratton. O que aconteceu com meu mordomo foi uma aberração única, bem como uma prova da selvageria de Victor. Danny, por outro lado, não é um selvagem. No momento em que viu Patrick sangrando, correu para vomitar no banheiro.

O Canalha ergueu o dedo indicador e disse:

– Desculpe-me – ele se inclinou e cochichou algo no ouvido de TOC. Então a Bruxa se inclinou também e acrescentou suas próprias opiniões.

Eu não fiz nenhum esforço para escutar. Afinal, eu estava muito ocupado perdido em meus pensamentos, imaginando como minha vida tinha espiralado dessa forma, tão fora de controle. Talvez se eu tivesse seguido o conselho de minha mãe e ido para a faculdade de medicina, eu teria me tornado um cirurgião cardíaco como meu primo, ou talvez tivesse me tornado um ortopedista, como meu outro primo, ou talvez fosse um advogado agora, como meu santo irmão Bob. Quem poderia saber? Era tudo tão complicado.

Só então meus captores deixaram de se amontoar em complô.

– Tudo bem – disse o Canalha –, vamos passar para Danny agora. Quando foi que vocês dois finalmente se conheceram?

Eu pensei por um momento.

– Em junho de 88 – respondi –, bem na época em que decidi sair da Investors' Center. Eu sabia que o lugar era uma farsa total, então, se eu não saísse logo, meus clientes seriam massacrados – fiz uma pausa por um momento, avaliando minhas palavras. – Farsa talvez seja uma palavra muito forte, no entanto. Eu não acho que o que eu estava fazendo era realmente ilegal.

– Você não espera que a gente acredite nisso, não é? – rosnou a Bruxa, com uma contração perturbadora em seu nariz. Eu mostrei-lhe um sorriso amarelo.

– Sim, Michele, eu espero e, francamente, isso não deveria ser um choque tão grande assim... Aquela firma, a Investors' Center, era uma corretora com licença para operar com um departamento de *compliance*, um departamento de negociações e todos os outros recursos opcionais. Eles eram até mesmo membros da NASD! Não é como se estivessem operando nas sombras! Todo mês eles vinham com as ações de uma empresa na bolsa e bem lá na primeira página do prospecto dizia: "Este negócio foi revisado pela Comissão de Valores Mobiliários" – dei de ombros. – E você também continua esquecendo que eu andava quebrado na época. Quando entrei na firma, a única coisa em que eu pensava era no dinheiro para pagar o aluguel. Era isso que estava guiando todas as minhas decisões – deixei escapar um suspiro óbvio. – Não posso explicar as coisas melhor que isso, apesar de eu admitir que, quando o dinheiro do aluguel deixou de ser um problema, comecei a notar algumas coisas. No começo eu tentei racionalizar, mas a cada mês que passava isso se tornou mais e mais difícil. E eu me senti mais e mais horrível por dentro.

A Bruxa:

– Então por que não parou, se você se sentiu tão mal?

– Bem, acredite ou não, Michele, era exatamente isso o que eu tinha em mente quando conheci Danny. Aliás, foi de fato por isso que o conheci: eu estava no meu terraço, matando um dia de trabalho. Eu vestia um roupão branco atoalhado e pensava que direção tomar na minha vida. Já tinha um estoque decente de grana, de forma que não estava sob nenhuma pressão. Todas as opções estavam abertas para mim, todas exceto a abertura de uma corretora, que eu já havia descartado. Eram meados de junho, e George tinha abordado o assunto comigo. Ele me chamou em seu escritório e disse: "Os proprietários da Investors' Center estão fazendo uma fortuna. É uma pena deixar tanto dinheiro assim sobre a mesa, você não acha?". E minha resposta a George foi: "Não, eu não acho!". Eu não queria ser dono de uma empresa de corretagem, especialmente uma como aquela onde trabalhava. Minha derrocada com a empresa de carnes e frutos do mar ainda estava muito fresca em minha mente, e eu sabia que todos os negócios pareciam lucrativos quando se olhava de fora; apenas quando você entrava para olhar é que conhecia sua verdadeira história. Claro, George não tinha ideia disso porque nunca tinha sido dono de alguma coisa antes. Tudo o que via eram os cifrões e nem uma única responsabilidade.

– Então você conheceu Danny enquanto estava no seu terraço? – perguntou o Canalha.

– Sim, eu morava no quarto andar, e Danny estava brincando com seu filho, Jonathon, no parquinho. Jonathon tinha 2 anos nessa época, e ele sempre chamava minha atenção porque tinha um fantástico cabelo loiro platinado. Ele era muito bonito. Enfim, depois de alguns minutos fazendo o papel de bom pai, Danny pareceu ficar entediado, e então saiu de lado e acendeu um cigarro. Em certo momento nossos olhares se cruzaram e eu lhe lancei um sorriso cortês de vizinho. Eu acho que o que mais me chocou em Danny naquele dia era como ele parecia um cara normal. Estava usando um short de golfe azul-claro e uma camisa polo de manga curta combinando. Era um conjunto de golfista, pensei, ou talvez um conjunto de iatista. Era difícil dizer. O que quer que fosse, eu nunca teria imaginado que ele era judeu.

O Canalha olhou para mim, confuso. Eu continuei:

– Enfim, trocamos olás, e então notei que Jonathon tinha subido ao alto do escorregador. No começo fiquei impressionado, porque parecia uma poderosa façanha para um menino de 2 anos de idade, mas então me ocorreu que provavelmente deveria avisar Danny. E então, de repente, Jonathon perdeu o equilíbrio e eu gritei: "Caralho! Cuidado, Danny! Seu filho!", e Danny se virou a tempo de assistir a Jonathon perder o equilíbrio e bater no pavimento como uma bola de chumbo.

Fiz uma pausa e balancei a cabeça, sério.

– Eu vou dizer a verdade: de início, achei que o pobre garoto estava morto. Quer dizer, ele estava deitado, imóvel, e Danny também ficou imóvel, muito espantado para se mexer. Por fim, no entanto, depois de alguns segundos dolorosamente longos, Jonathon levantou a cabeça e começou a olhar em volta, mas não estava chorando ainda. Isso veio um segundo mais tarde, quando ele cruzou os olhos com Danny. Então ele ficou gritando com toda a força de seus pulmões, agitando os braços e chutando com as pernas loucamente. Aí concluí que deveria descer até lá e dar uma mão a Danny. Parecia a coisa certa a fazer, em nome da boa vizinhança. Mas quando cheguei ao parquinho, Jonathon estava chorando muito alto mesmo. Ele estava berrando nos braços de Danny! Eu disse a Danny: "Você quer que eu vá procurar sua esposa?". Danny recuou com horror e disse: "Meu Deus! Procure qualquer um, menos ela! Por favor! Você pode chamar a polícia, não me importa, e fazer com que eu seja preso por ser um mau pai, só não telefone para minha esposa, por favor!". É claro que eu pensei que ele estava brincando na hora, então concordei com a cabeça e sorri. Mas ele não sorriu de volta, e isso porque não estava brincando. Eu só iria descobrir o motivo, no entanto, alguns dias mais tarde, quando Denise e eu tivemos o prazer de sair com eles para jantar e assistimos a Nancy tirar um cigarro aceso de sua boca e jogá-lo no rosto de Danny. Mas, para não me adiantar aqui: Jonathon acabou por se acalmar, e Danny me disse: "Minha esposa me falou que o vê saindo no terraço durante toda a semana em roupão de banho. Com o que você trabalha?". "Sou corretor de ações", respondi casualmente. "É mesmo?", disse ele. "Eu pensei que você precisava trabalhar em Wall Street para ser um corretor da Bolsa." Balancei a cabeça negativamente. "Isso é um equívoco total. Tudo é feito através do telefone agora. Você poderia estar em qualquer lugar. Eu, por exemplo, trabalho em Great Neck e ganhei mais de 50 mil no mês passado". "Cinquenta paus! Não acredito! Eu tenho um monte de amigos corretores e todos eles estão pastando desde a quebra da Bolsa!". Expliquei: "É que eu só cuido de ações pequenas. Elas não foram tão afetadas por essa queda. Que tipo de trabalho você faz?". "Estou no negócio de ambulâncias", respondeu ele rapidamente, "o que é um terrível pesadelo. Eu tenho sete vans que constantemente quebram e sete motoristas haitianos que quase nunca aparecem para trabalhar. Eu teria tacado fogo no lugar para conseguir o seguro se tivesse como escapar sem ser pego."

"Assenti com a cabeça, compreendendo o que ele queria dizer, e disse sem pensar: 'Bem, se você quiser uma mudança em sua vida, tenho certeza de que consegue um emprego na empresa onde trabalho. Posso treiná-lo eu mesmo', ao que Danny me olhou nos olhos e respondeu: 'Meu amigo, se você me provar que está ganhando 50 mil por mês, eu estarei à sua porta, às 6 horas da manhã de amanhã, pronto pra escavar merda pra você, se for preciso!'.

– E quando ele realmente foi trabalhar para você? – perguntou o Canalha.

– Na manhã seguinte – disse eu. – Fiel à sua palavra, ele estava esperando na minha porta, segurando uma cópia do *The Wall Street Journal*.

– E o negócio de ambulâncias dele?

Eu dei de ombros.

– Ele nunca mais voltou para aquilo. Danny tinha um sócio, 50%-50%, e então apenas entregou as chaves para o cara e disse: "Até mais, amigo, legal te conhecer!", e foi tudo. Ele ficou fazendo ligações para mim durante o restante do verão e depois passou no teste para corretor na primeira semana de setembro. George, por sua vez, foi se tornando cada vez mais agressivo sobre abrir nossa própria corretora. A CVM tinha começado a investigar a Investors' Center e, se essa notícia vazasse, disse ele, a empresa iria quebrar rapidamente. O que mais me preocupava era que eu tinha acabado de convencer Lipsky e o Pinguim a vir trabalhar para mim. O Pinguim finalmente tinha jogado a toalha em relação à empresa de carnes e frutos do mar, e a fábrica de móveis de Lipsky estava à beira da falência. Então, de certa forma, eu me sentia responsável por eles também. Foi por isso que finalmente concordei em ir com George falar com um advogado, porque eu queria reunir conhecimento sobre as coisas.

– Com que advogado você falou? – perguntou o Canalha.

– Seu nome era Lester Morse, embora Danny e eu costumássemos chamá-lo de Lester Re-Morse, porque tudo que se relacionava com esse cara era cheio de remorsos, era taciturno. Ele era pessimista ao máximo, quase difícil de entender. Quer dizer, cada pessoa que ele conhecia estava apodrecendo na cadeia ou tinha perdido seu último centavo para a CVM. E a maneira como Re-Morse contava uma história o fazia querer cortar os próprios pulsos. Ele começava contando como alguém era um grande sujeito e como tinha feito uma fortuna em seu auge, mas a história rapidamente degenerava para uma história cheia de advertências e ele acabava dizendo: "... E o que o governo acabou fazendo com ele foi uma terrível sacanagem. Ele está em Allenwood agora e não vai sair pelos próximos dez anos". Então, sacudia a cabeça e passava para sua próxima vítima.

– Interessante – resmungou o Canalha.

– Sim – eu disse –, e o que é ainda mais interessante é que um dos nomes que ele trouxe à baila foi o de Bob Brennan, o Demônio de Olhos Azuis em pessoa.

O Canalha se animou.

– É mesmo? E o que ele falou sobre Brennan?

Eu dei de ombros.

– Disse que tinha sido a única pessoa a sair livre com todas as pedrinhas, 200 milhões delas, pelas contas de Lester.

– Hum... – murmurou o Canalha. – E que mais ele falou?

– Que Bob era esperto demais para ser preso. Ele disse que ele estava sempre dois passos à frente dos reguladores e que cobria suas pegadas como um índio. Lembro-me de ficar muito intrigado com isso na ocasião, jurando a mim mesmo que, se um dia entrasse no negócio de corretagem, gostaria de ser como Bob Brennan. Veja, Lester não pintou Bob como um arquivilão, pelo contrário. De acordo com Lester, a culpa foi de reguladores com excesso de zelo, juntamente com um sistema de justiça em dois níveis que se mostrava tendencioso contra as corretoras de ações baratas. Já as empresas WASP, por outro lado, escapavam dos assassinatos sem serem pegas.

– Você acreditou nele? – perguntou o Canalha.

– Sim, em boa parte do que ele falou. Embora não possa negar que parecia um pouco que estava dizendo tudo aquilo em seu próprio benefício. Eu conhecia as coisas suficientemente bem naquele momento para perceber que as corretoras de ações baratas arranjavam as coisas não muito a favor do cliente, embora um jogo de cartas marcadas e a ilegalidade flagrante sejam duas coisas diferentes. Mas o escritório de Lester me lembrou a Investors' Center. Era pequeno, sujo e não cheirava a sucesso. E Lester me lembrava um anãozinho envelhecido. Tinha cerca de 1,60 metro e era completamente careca no topo da cabeça, com grossas faixas de cabelo grisalho encaracolado sobre as orelhas.

– Então estavam só vocês três na reunião? – perguntou o Canalha.

– Não, éramos quatro, Mike Valenoti também estava lá. – Eu olhei para TOC. – Mike, tenho certeza de que você está familiarizado com ele.

TOC assentiu.

– Eu tenho um monte de perguntas sobre Valenoti.

– Não estou surpreso – disse eu. – Se há uma única pessoa que tenha me ajudado a fazer a Stratton ser a Stratton, essa pessoa foi ele. Ele foi o cérebro operacional por trás de tudo, o cara que manteve as coisas funcionando em todos os 12 cilindros. Ele foi meu primeiro mentor, antes mesmo de Al Abrams, e também foi o primeiro mago de Wall Street que conheci. Quer dizer, sua amplitude de conhecimento era absolutamente incrível!

Dei de ombros.

– Mas, para poupar tempo, vou lhe dizer que Mike Valenoti é completamente inocente nessa história. Ele estava sempre tentando me manter no caminho certo, e eu estava sempre jurando a ele que fazia as coisas direito. No final, porém, ele se tornou tão sobrecarregado com o fluxo do negócio que não podia mais enxergar o quadro geral da situação. Ele não tinha ideia de que eu estava violando a lei.

TOC torceu os lábios por um momento.

– Aprecio sua lealdade a Mike – disse ele –, mas me parece um pouquinho implausível que alguém tão sofisticado quanto ele não soubesse o que estava acontecendo por ali. – Ele me deu um sorriso rápido, incrédulo. – Você entende o que estou dizendo, não é?

Aquiesci lentamente.

– Claro, o que você está dizendo faz total sentido, Greg. Mas também acontece de estar totalmente errado. – Fiz uma pausa para o efeito. – Entenda que 90% do negócio da Stratton era completamente legítimo: nós não roubávamos dinheiro das contas de clientes, não lançávamos ações de empresas fraudulentas e, ao contrário do que a imprensa possa dizer, nossos clientes sempre podiam vender, se quisessem fazer isso. Claro, nossas práticas de vendas deixavam muito a desejar, mas quem não fazia isso? Prudential-Bache? Lehman Brothers? A Pru-Bache estava ocupada demais arrancando dinheiro de vovós e vovôs, e a Lehman Brothers fez com que eles parecessem meninos de coral. Na verdade, foram os *scripts* da Lehman Brothers que serviram de modelo para a Stratton!

Eu balancei a cabeça lentamente.

– O lado fraudulento da Stratton ocorria em minúsculos *blips*, e se você não estivesse a par desses *blips* tudo pareceria normal. Mas deixe-me voltar para o escritório de Lester por um segundo. Primeiro, eu rapidamente percebi que George Grunfeld era completamente inútil. Ele sabia menos ainda que eu sobre o negócio de corretagem, e cada palavra que saiu de sua boca foi um total absurdo. Com Lester, no entanto, a história foi diferente. Ele tinha conhecimento e experiência suficientes, mas era completamente desprovido de carisma. Falava com uma voz baixa e estridente, e suas palavras saíam lentamente, dolorosamente, como se uma tartaruga estivesse falando. Achei difícil manter minha mente em apenas um ponto, então fiquei lá sentado, fingindo escutar, dando algumas olhadas em Mike com o canto dos olhos. Lester tinha pintado Mike como uma espécie de guru das operações, mas até aquele ponto ele havia dito apenas uma ou duas palavras. Do ponto de vista físico, fiquei muito pouco impressionado. Mike estava vestido com um terno azul barato e uma camisa de *rayon* ainda mais barata, e seu cabelo era meio torto... – *do tipo do seu, Canalha, embora o cabelo de Mike fosse mais para o grisalho, enquanto o seu é uma sombra plebeia de lama marrom –*

embora eu devesse ter reconhecido um velho cão de guerra de Wall Street assim que o visse.

– O que é um velho cão de guerra de Wall Street? – perguntou o Canalha.

– É alguém que trabalhou em Wall Street por muito tempo e passou por mercados de alta e mercados de baixa, alguém que viu os excessos vertiginosos e as histórias de desastres fabulosos. É alguém que viu diversos homens saírem dos trapos, encontrarem a fortuna e depois voltarem aos farrapos de novo e para a riqueza mais uma vez. Ele viu as prostitutas e as drogas e os jogos ridículos, e viu Wall Street sair da idade das trevas de comissões fixas e entrega de ações físicas para a era moderna, onde as empresas de corretagem competem com a Merrill Lynch em transações feitas eletronicamente.

Dei de ombros.

– Há apenas alguns poucos desses velhos cães de guerra ainda em Wall Street, porque a maioria deles já morreu de ataque do coração ou de cirrose. Mas, se você tiver sorte suficiente para realmente encontrar um deles, eles valem seu peso em ouro. E Mike Valenoti era um dos membros dessa raça em extinção. Talvez eu devesse ter reconhecido no momento em que coloquei os olhos nele, deveria ter notado seus olhos devastados pelas batalhas enquanto ficava ouvindo as insanidades ditas por Lester e George. Ele manteve o queixo enfiado entre as clavículas e os ombros curvados, como se estivesse prestes a cair no sono. E havia o nariz de Mike, que era digno de aplauso! Era recoberto por veias vermelhas que se espalhavam como uma teia e do tamanho de uma batata doce! No entanto, ele possuía os olhos castanhos mais inteligentes que eu já vi. Eles eram penetrantes e podia-se dizer apenas de olhar para eles que Mike não estava perdendo uma só palavra. De qualquer forma, para não entrar em mais detalhes, o simples fato foi que Mike e eu nos entrosamos fabulosamente naquele dia. Falamos exatamente a mesma língua, e era a língua de Wall Street. Quando ele iniciava uma frase, eu terminava, e vice-versa. De fato, no momento em que a reunião acabou, eu tinha dado a Mike um discurso completo de vendas, fingindo que ele era um cliente. E, claro, o discurso o impressionou de fato, assim como a Lester. Mas acho que a coisa mais importante daquele dia foi o efeito que Mike havia causado em mim. De repente, eu voltei a me sentir como o velho Jordan de sempre.

Encolhi os ombros.

– Enfim, eu sabia que tinha me mostrado o mais arguto dos argutos naquela tarde, por isso não foi surpresa nenhuma para mim quando Lester me telefonou em casa naquela noite, me aconselhando a abrir minha própria empresa de corretagem. Aparentemente, Mike tinha puxado ele de lado após a reunião e dito que trabalharia para mim sem um salário inicial. Tudo o que ele queria era uma pequena porcentagem dos lucros. Em troca, ele construiria uma área de operações para rivalizar com qualquer empresa em Wall Street. Lester também estava disposto a trabalhar de graça. Ele iria preencher toda a papelada e os formulários necessários com a NASD e depois me acompanharia durante minha entrevista de adesão. Em troca, tudo que ele queria era uma chance de representar as empresas que eu levasse à Bolsa. Se elas iriam querer ou não seus serviços, não era minha responsabilidade. Eu só precisava fazer a apresentação, ele faria o resto.

– E sobre Grunfeld? – perguntou TOC.

Eu balancei a cabeça.

– George ficou de fora. Na verdade, foi a primeira questão levantada por Lester. Ele não servia a nenhum propósito útil, guinchou Lester. Era um cara bom e coisa e tal, mas era um peso morto. Mike e eu tínhamos tudo o que era necessário para tocar uma empresa. De qualquer forma, eu disse a Lester que iria pensar sobre o assunto, embora, lá no fundo, realmente não tivesse nenhuma intenção de seguir adiante. Ainda estava abalado pela história da empresa de carnes, e percebi que era preferível esperar por um tempo para ver.

– Onde estamos agora na linha do tempo? – perguntou o Canalha.

– Início de setembro – respondi –, que foi quando as coisas começaram realmente a esquentar. Primeiro, Danny passou no teste para ser corretor, e eu o chamei até meu apartamento para uma sessão de treinamento. Sentado no meu sofá da sala de estar, comecei. "Muito bem", disse eu, "aqui está a questão: a primeira chave para vender uma ação é aprender a ler a partir de um roteiro sem soar como se estivesse lendo um roteiro. Você entendeu?". "Sim", disse ele, confiante, "não há problema algum". "Bom", respondi. "Finja que você é um ator em um palco: você levanta a voz e abaixa a voz, você acelera e, em seguida, vai mais devagar. Você deve manter os clientes interessados, vidrados em cada palavra sua. E nem pense em pegar o telefone até que saiba todas as respostas para todas as objeções potenciais. Você nunca pode parecer perplexo, Danny... Nunca!". Ele acenou com a cabeça, confiante de novo. "Entendi, amigo. Você não tem que se preocupar com Danny Porush. Ele pode vender gelo para um esquimó e petróleo para um árabe!". "Eu tenho certeza de que ele pode fazer isso," concordei. "Mas, lembre-se, você tem que conhecer esse *script* como a palma de sua mão. Você não pode gaguejar, que é o primeiro sinal de um vendedor novato, pois o cliente vai sentir o cheiro direto através do telefone".

E continuei:

– Eu sorri para ele, enquanto Denise olhava com ansiedade. Eu tinha contado a ela que achava Danny um tremendo vendedor, apesar de nunca tê-lo ouvido vender alguma coisa. Mas ele tinha uma atitude muito arrogante, por isso eu sabia que ele seria ótimo. Com a cafeteira na mão, Denise sorriu para Danny e disse: "Você quer que eu vá para a cozinha, para não deixá-lo nervoso?". Danny acenou para ela: "Ora, Denise, para um cara como eu isso é como dar tiros em peixes num barril...". Denise encolheu os ombros e disse: "O.k., então eu vou ficar aqui e ouvir você". Danny assentiu, enquanto eu lhe entregava o *script* da Arncliffe National. "Muito bem", disse eu, "vamos fingir que você está me ligando e a gente interage um pouco". Ele concordou, pegou o *script* das minhas mãos, limpou a garganta com uma série de *uhums* e *uhus*. Por fim, com grande confiança, ele disse: "Alô, Jordan está?". "Sim", respondi rapidamente, "estou bem aqui. Como posso ajudar?". Danny estalou o pescoço, como se fosse um lutador antes de entrar no ringue: "Oi, Jordan, aqui quem fala é Danny Porush, ligando do... Ligando de... âh... Er... Investors' Center. Como... Como está passando?", e então ele fez uma pausa, suando em bicas. Denise disse que iria para a cozinha "para deixar vocês dois sozinhos" e um Danny de repente humilde respondeu "Sim, eu, uh, acho que é uma boa ideia, Denise. Isso é um pouco mais difícil do que parece", e então ele limpou uma gota de suor da testa.

– Pare com isso – disse TOC. – Você está exagerando, ele não pode ter ido tão mal assim.

Eu comecei a rir.

– Mas ele foi, Greg. Na verdade, ele foi tão mal que, depois de ele sair do meu apartamento naquela noite, Denise me disse: "Olha, querido, é impossível que ele vá conseguir. Ele parece um retardado. Quer dizer, por que ele ficou resmungando a noite inteira? Por que ele não consegue falar como uma pessoa normal?". E eu respondi: "Não sei, talvez ele tenha uma rara forma de síndrome de Tourette que só se manifesta quando ele tem de vender alguma coisa", e Denise concordou. De qualquer forma, fiz questão de ir trabalhar no dia seguinte porque queria testemunhar a carnificina em primeira mão, mas então algo estranho aconteceu, algo muito inesperado. Eu estava sentado a poucos metros de Danny, tentando conter o riso. Ele estava fazendo seu velho "Oi... Âh... Eu... Da-anny Por-ush... Como... Hã... Vai você" quando, de repente, *snap!,* aquela gagueira parou completamente e ele começou a falar de maneira inacreditável. Parecia quase tão bom quanto eu, quase..

Pisquei para meus captores e continuei:

– Danny começou a fechar negócios a torto e a direito, e depois de duas semanas, como sinal de companheirismo, perguntei se ele não queria me acompanhar em uma visita a meu contador, na cidade. O dia 15 de outubro se aproximava e eu ainda estava em aberto com meus impostos de 1987. Danny concordou alegremente, e lá fomos nós. Nós pulamos no meu Jaguar branco pérola e fomos para Manhattan em uma quarta-feira à tarde. Agora, vejam vocês, até aquele momento eu achava que Danny fosse um cara completamente normal, porque se vestia de forma conservadora, agia de forma conservadora e vinha de uma família muito boa. Ele tinha crescido na South Shore de Long Island, na cidade de Lawrence, que é uma área muito rica, e seu pai era um nefrologista dos bons. Danny se referia a ele como o Rei do Rim no Brookdale Hospital. No entanto, no *front* do lar, Denise tinha ouvido alguns rumores muito estranhos sobre Danny: a saber, que ele e sua esposa, Nancy, eram primos de primeiro grau. Claro que eu disse a Denise que ela era louca, porque não havia nenhuma maneira de Danny deixar de me contar isso. Na maior parte do tempo que passamos juntos, ele reclamava da mulher, dizendo que a única missão na vida dela era fazer com que a vida dele fosse a mais miserável possível. Então, pensei, por que ele não me contaria que ele e Nancy eram primos de primeiro grau? Não fazia sentido. Quer dizer, se fosse verdade, isso definitivamente exerceria um papel em tudo. Mas eu nunca descobri uma maneira de abordar o assunto com ele, então eu só deixei isso de lado, descartando a história como sendo apenas um boato maldoso. Em todo caso, depois que terminei meu assunto com o contador, nós dois pulamos no Jaguar e dirigimos para fora da cidade. Estávamos em algum lugar perto da rua 95, nos limites do Harlem, quando a loucura começou. Eu me lembro de Danny gritar: "Pare! Pare! Você tem que parar". Eu parei o carro e Danny saiu e correu até uma bodega dilapidada com uma placa escrita *Groceteria.* Ele veio correndo de lá um minuto mais tarde, segurando um saco de papel marrom. Entrou de volta no carro com um sorriso insano no rosto e disse: "Vamos, depressa, para o norte até a rua 125, vamos!". "Mas que merda está acontecendo com você, Danny?", murmurei. "Aqui é o Harlem, caralho!" "Está tudo bem", disse ele, conscientemente, e enfiou a mão no saco, tirando um cachimbo da droga de vidro e uma dúzia de frascos da droga. "Esta coisa aqui vai transformar você em um super-homem. É meu presente para você, por tudo o que tem feito por mim!".

Balancei a cabeça e comecei a dirigir. “Você está realmente louco!”, rosnei. “Eu não vou fumar essa merda, é puro mal!” Mas ele acenou para mim. “Você está exagerando, só faz mal se você tiver acesso constante a ela, e eles não vendem isso em Bayside, portanto estamos bem.” “Olhe”, repliquei, “você é um porra de um retardado de merda!”, gaguejei. “As chances de me fazer fumar crack são abaixo de zero, entendeu? Entendeu, amigo?” “Sim...”, respondeu ele. “Entendi. Agora, vire à esquerda aqui e vá até o Central Park.” “Que porra de cara é esse!”, resmunguei, balancei a cabeça desgostoso e fiz uma curva à esquerda.

“Quinze minutos mais tarde, eu estava no Harlem, no subsolo de um antro de crack caindo aos pedaços, frequentado por prostitutas desdentadas e haitianos bêbados, levando o tubo de vidro aos lábios enquanto Danny segurava um isqueiro na tigela. E enquanto o crack chiava como uma tira de bacon na frigideira, dei um longo trago e o segurei enquanto podia. Uma onda de euforia indescritível ultrapassou meu corpo. Tudo começou na base da minha aorta e percorreu minha coluna vertebral, borbulhando em torno do centro de prazer do meu cérebro com um bilhão de explosões sinápticas. ‘Ah, porra’, murmurei, ‘você é o melhor amigo que eu já tive, Danny!’, e passei o cachimbo a ele. ‘Obrigado’, respondeu ele, ‘você também, somos irmãos até o fim’, recarregando o cachimbo com mais crack.

TOC balançou a cabeça incrédulo.

– O que diabos havia de errado com você? Por que você faria isso?

A Bruxa disse:

– Porque eles são viciados em drogas, Greg, eles não têm vergonha.

– Quanto tempo você ficou lá? – perguntou o Canalha, num tom de curiosidade mórbida.

– Por um longo tempo – respondi, balançando a cabeça. – Você precisa saber uma coisa sobre o crack: uma vez que começa com ele, só há duas maneiras de parar: quando fica sem dinheiro ou quando morre de ataque cardíaco. Felizmente, nossa farra terminou com a primeira opção, não com a segunda. Eu só tinha cerca de 700 dólares no bolso, e Danny uns 500. Então, juntamos nosso dinheiro, como dois bons socialistas, e fomos capazes de manter nossa compulsão até depois da meia-noite.

Eu dei de ombros.

– O lado bom da coisa, porém, é que fui capaz de reunir informações valiosas demais durante nossa farra. Como acontece com todas as drogas, há várias fases de pico, e com o crack elas são particularmente agudas. Se quiserem, posso contar a vocês como é.

TOC balançou a cabeça com seriedade.

– É um mistério para mim o porquê de eu estar interessado em ouvir sobre isso, mas já que você deixou o gênio sair da garrafa, é bom que siga em frente.

Sorri para ele.

– O prazer será todo meu, Greg. A primeira fase do pico do crack é a fase da euforia. Isso acontece quando você se sente tão incrivelmente maravilhoso que quer apenas gritar do alto das colinas: "Eu amo crack! Eu amo crack! E todos vocês aí embaixo que não estão fumando essa merda não sabem o que estão perdendo!" – dei de ombros. – E caso não acreditem no que estou dizendo, experimentem por si mesmos e verão o que eu quero dizer.

– Quanto tempo dura essa fase? – perguntou o Canalha.

Eu balancei a cabeça, triste.

– Não o suficiente – respondi. – Talvez 15 ou 20 minutos, depois acaba e você desliza para a fase dois, que é quase tão boa, mas nem tanto. É a chamada fase de "cagar pela boca", que por si só já é autoexplicativa. Nesse caso, porém, o tipo de diarreia oral que é induzida pela droga difere um pouco da diarreia oral induzida pela variedade botânica que o típico artista de merda lança em você.

– E qual é a diferença? – perguntou a Bruxa, em busca de uma forma de reconhecer um artista de merda quando visse um.

Apertei os olhos sabiamente.

– Bem, é muito difícil descrever as falas sem sentido induzidas por drogas para aqueles que nunca mergulharam nelas, mas vamos apenas dizer que consiste de um fluxo interminável de divagações ocas, que as outras pessoas que estão na mesma fase acham que são brilhantes. No entanto, para todos aqueles que estão fora da fase, soa como um completo disparate.

TOC parecia entender:

– Por isso que nessa fase você fez a maior parte de sua coleta de informações, eu presumo.

– Na verdade, Greg, é uma suposição bastante lógica. Danny e eu estávamos sentados naquele chão de concreto, sob um teto de amianto despencando, com as costas apoiadas contra uma parede de gesso barato, que precisava de duas demãos de tinta, enquanto três putas desdentadas cheias de crack olhavam com admiração. Então eu disse a ele: "Não consigo pensar num lugar melhor que esse para fazer uma viagem de crack, hein, Danny?". "De jeito nenhum", murmurou ele. "E aí, você acha que eu fiz uma indicação errada?" Ele colocou o cachimbo na boca e inalou mais uma vez. "Deixe-me fazer uma pergunta", eu disse. "Você sabe, há alguns rumores muito loucos flutuando em torno do nosso prédio sobre você e Nancy serem primos de primeiro grau. Claro, eu sei que eles não são verdadeiros, mas eu só achei que você precisava tomar conhecimento, entendeu, de modo que você ficaria sabendo o que as pessoas andam falando sobre vocês." De repente, ele começou a tossir violentamente. "Caralho... Caralho!", e balançou a cabeça rapidamente, como se tentasse controlar aquele pico. Após alguns segundos, ele disse: "Não é um boato, cara, é verdade. Nancy e eu somos primos de primeiro grau. O pai dela e minha mãe são irmãos". Ele deu de ombros. "Você não está preocupado com a consanguinidade?", perguntei a ele. "Quer dizer, Jonathon parece bastante normal até agora, mas o que acontecerá com seu próximo filho? E se ele sair deformado?". Danny balançou a cabeça. "O risco é baixo", disse ele, confiante. "Meu pai é médico e fez os exames. Mas, se de fato der merda, eu vou deixar o mutante nos degraus de uma instituição de caridade. Ou vou trancá-lo no porão e dar pra ele um balde de carne moída uma vez por mês." Lembrem-se, não fui eu quem disse isso, foi Danny. Além disso, nós estávamos no meio da fase de "cagar pela boca", e até mesmo as coisas mais absurdas faziam sentido, naquele momento!

TOC e o Canalha começaram a rir.

– Então, que outra informação valiosa você conseguiu reunir? – perguntou o Canalha.

Eu balancei a cabeça, ansioso para mudar de assunto.

– Bem, eu também descobri que ele tinha cheirado seus dois últimos negócios falidos direto pelo nariz. Antes do serviço de ambulâncias houve um serviço de mensageiros em Manhattan; foi quando ele começou a fumar crack com os mensageiros de bicicleta. Esse foi o início do fim financeiro de Danny. Antes disso, ele tinha sido um sujeito bem-sucedido; naquele momento, no entanto, ele era apenas uma casca de seu antigo eu. Sua confiança foi quebrada, sua conta bancária se esgotou e sua esposa, que nunca fora uma pessoa fácil, para começar, estava determinada a transformar a vida dele num inferno. De qualquer forma, nós só saímos da cidade naquela noite depois da meia-noite, e foi só então que percebi que tinha me esquecido de avisar Denise. Foi também então que eu comecei a cair de um penhasco emocional, batendo no fundo no mesmo instante em que pegamos a rampa de saída para Bayside, e aterrissei na fase da preocupação.

Parei por um momento, sentindo-me preocupado só de *pensar* na fase de preocupação que se aproximava.

Respirei fundo e disse:

– Essa é a terceira fase: um ataque virulento de pensamentos negativos que o afogam como um tsunami assassino. Você se preocupa com tudo: erros do passado, problemas do presente e qualquer coisa que possa aparecer no futuro. No caso de Danny, a preocupação tinha a ver com dinheiro, e eu sabia disso porque, assim que saímos da rampa de acesso a Bayside, ele me disse: "O Citibank está prestes a tomar meu apartamento e jogar minha família na rua. Você acha que pode me emprestar 10 mil dólares? Eu não tenho mais ninguém a quem recorrer". Respirei fundo naquele momento, tentando extrair alguma energia das preocupações de Danny, porque se a vida de Danny andava pior que a minha, então com o que eu devia me preocupar realmente? "Sim", respondi. "Você tem um Valium ou um Xanax? Não estou me sentindo muito bem..." Mas ele balançou a cabeça negativamente. "Não tenho, mas por que você não fuma o bocal? Deve ter algum resíduo de crack lá, e vai fazer você se sentir melhor." Concordei com a cabeça e peguei o tubo. "Obrigado. Segure o volante enquanto eu acendo isso aqui. Não quero me queimar." Danny pegou o volante e foi desse jeito que fizemos o caminho por Bayside, comigo fumando o bocal do cachimbo de crack e Danny segurando o volante do carro. Durante nossa viagem no elevador, não dissemos uma única palavra um para o outro. Nem mesmo olhamos um para o outro. Estávamos ambos muito envergonhados. Eu me lembro de ter jurado a mim mesmo que nunca mais falaria com ele. No fundo, sabia que alguém como Danny não podia ser bom para mim. Alguém que falava sobre sua família do jeito que ele fez, alguém que consumia drogas do jeito que ele fez e alguém que teve a porra da audácia de me levar para as profundezas e o desespero de um antro daqueles no Harlem... Eu sabia que ele só iria trazer à tona o pior de mim. Enfim, no momento em que coloquei a chave na fechadura, a porta se abriu e lá estava Denise, chorando. Eu olhei para ela com pânico nos olhos. Meu coração estava batendo no peito de um jeito que parecia que iria explodir. Ergui as palmas das mãos no ar e abri a boca para dizer alguma coisa, mas as palavras não saíram. Foi quando entrei na fase quatro, a fase da contemplação do suicídio.

"Há apenas dois antídotos conhecidos para isso: o primeiro é o consumo maciço de benzodiazepinas, de preferência Xanax, Valium e Klonopin. O segundo é uma quantidade maciça de sono, coisa de dois a três dias. Qualquer período menor que esse e você ainda pode tentar o suicídio. Enquanto estava em frente a Denise, cheirando a urina e prostitutas e crack, ela teve pena de mim e me abasteceu com uma quantidade de Xanax que derrubaria uma baleia azul. Então ela tirou minha roupa e me jogou na cama. E eu desmaiei.

– Caramba... – murmurou TOC.

Eu balancei a cabeça, concordando.

– Sim – eu disse – Isso mesmo, caramba... O fato é que demorei três dias para me recuperar, o que nos leva à manhã de domingo. Foi quando eu entrei na fase de ressurreição, que é a fase mais produtiva de todas. As reservas de dopamina de seu cérebro já estão plenamente reabastecidas e nesse momento você promete a si mesmo que aprendeu a lição. Você sabe que aquilo que fez foi algo completamente insensato e só uma pessoa louca faria de novo, e você não é definitivamente uma pessoa louca! O que torna essa fase tão produtiva é que você pode olhar para todas as suas preocupações com um distanciamento frio, descartando aquelas preocupações que foram imaginadas e formulando estratégias para lidar com as que são reais. É um momento de tremenda clareza, um momento em que um homem faz um balanço de sua vida. E desde que não seja um viciado maluco em crack que esteja pensando em voltar para aquela toca de novo, você emerge dessa experiência um homem muito melhor, um homem mais focado e...

– Ah, por favor! – rosnou o Canalha. – Economize essas racionalizações para os menos informados! O crack não faz de você alguém melhor ou mais focado. Ele só faz mal e nada mais.

O TOC soltou uma risada. A Bruxa levantou uma sobrancelha. Eu disse ao Canalha:

– Você tem um excelente ponto de vista sobre isso, Joel, embora no meu caso, em particular, a fase de ressurreição tenha se mostrado excepcionalmente produtiva, porque logo percebi que eu tinha apenas uma coisa com que me preocupar, e era o Investors' Center. Se George estava certo, então eu precisava fazer um movimento naquele momento, antes de a merda bater no ventilador. Ficar sentado esperando seria como um avestruz enfiando a cabeça na areia. Então, no dia seguinte, puxei Kenny de lado e lhe disse que estava pronto para fazer uma jogada. O Investors' Center estava a caminho de desaparecer, expliquei, e nós precisávamos arrumar as coisas naquele momento, em antecipação ao desastre.

– E quanto a seu futuro parceiro de crime? – perguntou a Bruxa. – Você emprestou dinheiro ao Danny?

Deus... Como eu gostaria de dar um tapão naquela cabecinha de rato dela! Sorri calorosamente em resposta e disse:

– Sim, Michele, eu fiz isso, e se quiser saber o porquê, a resposta é: eu não sei muito bem. No trajeto para o escritório naquele dia, minha vontade era de demiti-lo. Realmente era o que eu queria fazer. Mas quando o vi sentado à mesa, não consegui juntar forças para fazê-lo. Ele parecia nervoso e envergonhado. Quando finalmente nossos olhos se cruzaram, ele me lançou o mais triste dos sorrisos, depois baixou a cabeça de novo e voltou a discar. Lembro-me de olhar para ele, observando-o bater o telefone, me sentindo totalmente confuso por dentro. Eu queria demiti-lo, mas simplesmente não conseguia me obrigar a fazê-lo. Ele tinha uma esposa e um filho, ambos a quem eu conhecia e com quem me preocupava. E eu sabia o quão talentoso ele era, de modo que a ganância estava me torturando também. Então decidi emprestar o dinheiro e mantê-lo no rebanho. Eu apenas ficaria atento e garantiria que o controlava. Mas, alguns dias depois, a caminho do prédio, o porteiro me parou e entregou uma carta registrada. Olhei para o envelope e gelei: era da CVM. Sem nem abrir a carta, já sabia que era uma intimação.

– Intimação para quê? – perguntou o Canalha.

– Para os registros – respondi – e também para uma entrevista pessoal. Ela não dava uma data específica, mas no dia seguinte Lester Re-Morse me ligou logo cedo e disse: "Acho que a Investors' Center fechará as portas ainda esta semana. Para falar a verdade, acho que será um milagre se eles passarem de quarta-feira". "Mas que merda você está falando?", rebati. "Como é que a SEC pode estar fechando a firma antes de começar uma investigação?" "Mas não é a SEC que os está fechando", replicou Lester. "Eles mesmos estão fechando. Estão sem dinheiro". Como, sem dinheiro?, pensei. Como diabos podia ser? "Como eles podem estar sem dinheiro, Lester? Eles vinham fazendo uma fortuna!" "Não, não", chiou ele. "Eles vinham faturando uns 2 milhões por ano, no máximo, e sugaram todo esse dinheiro para fora da empresa. O resto de Wall Street vinha vendendo a descoberto suas ações desde que vazaram, na quarta-feira, os boatos de que eles iam ser investigados. Então, é apenas uma questão de tempo."

Olhei para meus captores e encolhi os ombros.

– E aquelas foram as famosas últimas palavras de Lester Re-Morse. Todas as corretoras de Wall Street estavam vendendo a descoberto suas ações, imaginando que a investigação iria colocá-las para fora do negócio. Então, a coisa toda foi se tornando uma profecia autorrealizável. "Quanto tempo vai demorar para que minha firma comece a funcionar?", perguntei a ele. "Entre seis e nove meses." "De seis a nove meses? Eu não tenho de seis a nove meses!

Eu vou perder tudo se levar muito tempo." Então outra questão me ocorreu. "Ah, droga! E nossos contracheques, Lester? Segunda-feira é dia de pagamento!", ao que ele murmurou, "Sim, bem, você sabe... vamos apenas dizer que, se eu fosse você, não contaria muito com isso. Corretores acabam nunca sendo pagos quando esse tipo de coisa acontece. A melhor coisa é de fato descartar essa hipótese". Eu comecei a rir com as palavras de Lester, porque Danny deveria receber seu primeiro salário na segunda-feira. Ele receberia cerca de 40 mil dólares e seria um esmagador golpe final para ele. Eu sabia então que se quisesse mantê-lo em meu rebanho, teria de levá-lo até que as coisas se definissem. Mas Danny era apenas um de meus problemas. Eu tinha outras sete pessoas na minha equipe, e, por mais leais que elas fossem, não podiam esperar de seis a nove meses. "Tem de haver um meio mais rápido que esse, Lester. Seis a nove meses é uma sentença de morte para mim. Eu preciso falar com Mike Valenoti, talvez ele conheça um caminho." "Eu já falei com Mike", disse Lester, "e ele está com você. Ele disse que viria a meu escritório hoje e sentaria com você, se quisesse. Podemos nos encontrar ao meio-dia". "Tudo bem, estarei aí ao meio-dia". "Pense sobre isso", disse Lester, "você poderia começar como um braço de outra corretora, isso é chamado de OSJ, que significa Escritório de Fiscalização e...". Eu o interrompi. "Eu sei o que significa e é um pesadelo. O dono sempre tenta foder com o gerente da filial e eu não quero começar algo que vai explodir em seis meses." "O que você está dizendo é verdade", respondeu Lester, "e normalmente eu não recomendaria uma coisa dessas. Mas acontece que eu conheço uma firma pequena que é um diamante bruto; eles não têm de fato uma operação da qual se possa falar, apenas um escritório pequeno em Maiden Lane, a uma quadra de Wall Street. Você poderia abrir um pequeno escritório em Long Island e pagar-lhes uma porcentagem. O proprietário é um cara muito honesto, um sujeito adorável, para falar a verdade. Mas ele perdeu todo o dinheiro com a queda da Bolsa e está à beira da falência." "Qual é o nome dele?" "Jim Taormina. E a empresa é a Securities Stratton."

– E lá vamos nós – disse TOC, com um sorriso.

O Canalha acrescentou:

– Muito bem, então aí estamos. Finalmente chegamos ao começo, um dia e meio depois de você começar a cooperar.

– É isso aí – concordei –, mas ninguém nunca vai poder me acusar de não ser capaz de contar uma boa história, certo? – sorri calorosamente para meus captores. Eu tinha chegado ao núcleo da história, uma história sem igual.

Nós quatro tínhamos criado uma conexão estranha, mas ainda assim agradável, de certa forma, e eu não pude deixar de admirar a sabedoria de Magnum. Na ausência dele, as paredes da formalidade tinham ruído, sendo substituídas por uma familiaridade cordial e por um espírito de solidariedade. Na verdade, eu finalmente me sentia parte da equipe dos Estados Unidos!

Infelizmente, a Bruxa foi rápida em estourar minha bolha.

– Então foi aí que você embarcou em sua vida de crimes – disse ela. – Tudo o que veio antes foi apenas aquecimento.

– Então, o que aconteceu depois? – perguntou o Canalha.

Dei de ombros e soltei um grande suspiro.

– Bem, o resto do dia foi de uma insanidade total. Antes de ir para o escritório de Lester, liguei para a casa de George Grunfeld, mas a esposa dele me disse que ele não estava. "Ele está no escritório *cuidando da papelada*", disse ela, e pelo tom de sua voz eu pude literalmente ouvir o triturador de papel zumbindo ao fundo. Então, eu telefonei ao Cabeça Quadrada, contei a ele o que estava acontecendo e lhe disse que seria melhor ele ir cuidar da *nossa* papelada, antes que os federais invadissem o lugar. Depois, telefonei ao Danny e lhe passei a má notícia de que ele não seria pago na segunda-feira. Claro, Danny sendo Danny, recebeu a má notícia com calma. "Eu tenho problemas maiores que esse", rosnou ele. "Ah, é mesmo?", eu disse. "Como o quê?" "Bem, eu ainda estou casado com Nancy", respondeu ele. "Não acha que é suficiente?" Como de costume, resisti ao impulso de lhe perguntar por que diabos ele tinha se casado com a prima, antes de qualquer coisa. Mas disse a ele para não se preocupar, que eu cobriria a hipoteca e as despesas e qualquer outra coisa de que ele precisasse até que conseguisse colocar as coisas em ordem. Danny me agradeceu efusivamente e disse que estaria comigo até o fim. Então desliguei o telefone e fui até o escritório de Lester.

– Estou curioso – comentou o Canalha. – Que tipo de documentos você queria destruir?

– *Scripts*, em sua maioria, e talvez alguns tickets de compra e venda de ações. Mas, na verdade, não havia muito que eu pudesse destruir que não estivesse armazenado em dois ou três outros lugares. No entanto, a caminho do escritório de Lester, um plano se formou em minha mente. Na verdade, isso marcaria o início do que eu viria a chamar de minha Grande Janela de Clareza. Ela começou no carro a caminho do escritório de Lester e durou até o começo de 1993, quando acertei minha questão com a CVM e vendi a firma para Danny por 180 milhões de dólares. Foi um momento marcante em minha vida, um período de quatro anos e meio em que não havia nenhum problema muito complicado que não pudesse resolver. Parecia que meu cérebro estava trabalhando em aceleração máxima; eu poderia ir em 20 direções diferentes ao mesmo tempo e ainda assim era capaz de encontrar o caminho certo sem pegar uma única entrada errada.

Fiz uma pausa por um momento, avaliando minhas palavras.

– Eu não estou tentando parecer arrogante aqui, acredite, essa é a última coisa que eu poderia fazer agora. Fui humilhado pela minha própria vida: pelo meu vício em drogas, por minha acusação e pela minha esposa – *traidora* – me abandonando na escadaria do tribunal. Mas só estou tentando pintar um quadro para vocês, uma imagem de como eu era na época, assim fica fácil entender por que todo mundo me seguiu cegamente: pessoas como Mike Valenoti e meu pai, Danny e Kenny, Jim Taormina e, finalmente, milhares de outras pessoas que viriam a trabalhar na Stratton. Foi uma época em que eu tinha todas as respostas, que eu era capaz de dominar o negócio de corretagem em uma questão de dias, tanto o lado operacional quanto o lado de negociação. Mike viria a me chamar de aluno mais capaz do mundo, e muitos outros, com o passar do tempo, viriam a me chamar da mesma coisa. Infelizmente muitos deles faziam parte de uma lista do "quem é quem" dos criminosos do mercado de transações financeiras – balancei a cabeça tristemente. – De todo modo, quando olho para trás, para esses dias, sinto um misto de emoções e uma saudável dose de admiração. De certa forma, acho que foi essa janela de claridade que me levou para as drogas, as prostitutas e tudo o mais. Eu sempre sofri de insônia, mas de repente descobri que achava impossível dormir mais que uma ou duas horas por noite. Eu não conseguia acalmar os pensamentos que rugiam pela minha cabeça. No início dos anos 1990, eu estava administrando as contas de negociação de quatro diferentes empresas de corretagem: Stratton, Monroe Parker, Biltmore, além de uma conta secreta que eu mantinha na MH Meyerson, que eu usei para equilibrar as outras, e eu sabia o que cada empresa tinha em sua conta, até cada cota...

Parei por um momento, deixando minhas palavras assentarem.

– Quando essa minha clareza finalmente desapareceu, me vi tentando recapturá-la desesperadamente. Eu tentei uma dúzia de negócios diferentes: fiz filmes, abri uma empresa de vitaminas, trabalhei na Steve Madden Shoes, até tentei vender ações a descoberto, imaginando que eu poderia fazer dinheiro atacando a indústria que tinha criado. Mas, no final, não pude recapturá-la. Eu nunca consegui voltar ao ponto em que sentia meu cérebro funcionando com todos os cilindros – balancei a cabeça tristemente. – Algumas vezes me pergunto se algum dia irei conseguir... Quer dizer, eu sei que tenho um longo caminho pela frente e que provavelmente vou acabar passando uma considerável quantidade de tempo na cadeia, mas depois que tudo for dito e feito, depois que cumprir a pena e pagar minha dívida com a sociedade, por assim dizer, me pergunto se conseguirei realizar algo de extraordinário de novo. Eu me pergunto se algum dia terei outra dessas janelas de clareza...

Deixei escapar um suspiro sincero.

Depois de alguns instantes de silêncio, TOC finalmente disse:

– Eu tenho uma ligeira suspeita de que sim, de que terá outra, mas espero, para seu próprio bem e para o bem do público em geral, que você venha a fazer algo mais positivo com sua próxima oportunidade...

– Pois eu não poderia estar mais de acordo – disse a Bruxa, estreitando os olhos para mim e inclinando a cabeça para o lado de uma maneira esclarecedora, como se estivesse estudando um minúsculo espécime no laboratório. – Eu acho que o que mais me incomoda em você é a maneira como tomou um presente que lhe foi dado por Deus e abusou dele. Um ladrão comum ou mesmo um bandido, nesse caso, seriam mais fáceis de suportar. Mas você... Não foi nada além da ganância que o motivou, a cobiça em todas as suas formas, por todas as coisas carnais, por todas as coisas perversas. Foi isso e um desenfreado desejo pelo poder.

Houve mais um momento de silêncio, enquanto as palavras da Bruxa pairavam no ar como gás tóxico. Por fim, o Canalha falou, em um tom pacificador:

– Bem, eu acho que todos nós concordamos que o capítulo final de sua vida ainda está para ser escrito, mas por enquanto precisamos manter o foco no presente... Ou no passado, eu deveria dizer, e, mais especificamente, na sua reunião no escritório de Lester.

Sim, pensei, você é meu salvador e protetor, Canalha, e isso mostra de maneira estrondosa a terrível situação da minha vida. Afinal, você não ficaria feliz com mais nada além de me ver apodrecendo em uma prisão, e ainda assim há outro ser humano na sala que me deseja coisa ainda pior que você.

Eu balancei a cabeça e disse:

– Certo... Bem, no momento em que cheguei ao escritório de Lester minha janela de clareza estava totalmente aberta, e eu já havia trabalhado as coisas em minha mente. Havia três coisas que eu precisava alcançar. Em primeiro lugar, precisava fazer um acordo com Mike; em segundo, precisava fazer um acordo com Jim Taormina; e, em terceiro lugar, tinha que arrumar um escritório temporário para entrevistar os vendedores até que conseguisse um espaço permanente. Então, quando cheguei ao escritório de Lester, não perdi um segundo. Dessa vez, só estávamos nós três, Lester, Mike e eu, e fui direto ao ponto. "Apenas me diga seu preço e eu pagarei", disse a Mike. "Tudo o que eu quero é que meu salário seja uma porcentagem dos lucros ou, melhor ainda, uma porcentagem da receita. Dessa forma, você nunca vai ter que se preocupar em me foder colocando suas despesas pessoais na conta da empresa." Sorri para ele, tentando ao máximo ignorar o idiota fabuloso que era. "Eu sei como você é valioso, Mike, e não posso fazer isso sem você. Você deve ter esquecido mais coisas sobre esse negócio do que eu jamais vou aprender. Você é meu pivô, minha arma secreta."

E continuei:

– Mike, é claro, adorou isso, como eu imaginava. Em Wall Street, as pessoas que ficam nos bastidores, dando suporte nos escritórios, são os heróis anônimos, os que mantêm as máquinas zumbindo, enquanto os corretores e banqueiros fazem suas fortunas. Eles são dramaticamente mal pagos, em minha opinião, e amplamente subestimados. Por isso, não foi nenhuma surpresa para mim quando Mike me disse: "Eu não preciso de um salário. Apenas me pague o que achar justo e estará tudo bem". Eu já tinha verificado isso com Lester e um cara de operações de primeira-classe como ele valia 150 mil dólares ao ano. Então, respondi a Mike: "Que tal 10% da receita até meio milhão por ano?". E foi isso, Mike era meu. Então me virei para Lester: "Ligue para Jim Taormina e traga-o aqui. Eu quero fechar um acordo com ele até o final do dia de hoje. Qual é a porcentagem padrão para um ramo de uma corretora?". Lester resmungou: "Bem, eu...". "Dez por cento da receita", respondeu Mike, "e mais uma taxa de 10 dólares para cada ticket emitido, mas apenas pelo lado da compra. A venda é gratuita. Mas a coisa mais importante é que eu não quero esse cara segurando nosso dinheiro. Temos que varrer a conta da negociação uma vez por semana. Ele pode ficar com um depósito pequeno, digamos de 25 mil, coisa assim". Concordei. "Tudo bem", disse a Lester. "Ligue para o Jim e lhe diga que eu pago 15% das receitas, mas com um limite de 30 mil dólares por mês, que é o máximo que ele vai tirar de mim. Acima disso, eu fico com tudo. Você acha que ele vai topar?" "Ah, é claro que ele vai", resmungou Lester. "Ele está na iminência de pedir falência. Mas ele é, uh, do tipo passivo, o Jim. Estou preocupado que você possa assustá-lo." "Não se preocupe", disse eu. "Eu sei exatamente como falar com um cara como Jim. Basta fazer com que ele venha até aqui e eu cuido do resto", e, claro, eu estava certo. A Stratton começou assim. Lester pediu licença para sair da sala de reuniões e Mike passou as horas seguintes me dando um curso intensivo sobre o negócio de corretagem. Quando Jim finalmente apareceu, vi que ele era, de fato, um sujeito completamente passivo. Fiz o acordo com ele em menos de um minuto.

– E o que dizer de sua intimação pela CVM? – perguntou o Canalha.

Eu ri.

– Pois é, bem, aquilo acabou sendo a maior piada de todas. Na verdade, no momento em que finalmente fui depor, a Stratton já estava atuando no mercado havia um ano! E quando eles processaram a Stratton, nunca tentaram usar o que acontecera na Investors' Center para dar um nocaute! – dei de ombros. – Mas é assim que eles são: a mão direita nunca sabe o que a mão esquerda está fazendo.

Depois de alguns instantes de silêncio, o Canalha perguntou:

– Quanto tempo mais a Investors' Center ficou operando?

– Acredito que mais uns cinco ou seis minutos – respondi casualmente. – Na verdade, depois que eu saí do escritório de Lester, dei uma passada por lá, e havia uma semelhança estranha com o que eu imaginava ter sido a sede do Terceiro Reich quando os russos estavam se aproximando de Berlim. Havia papéis por toda parte e os corretores estavam correndo, carregando caixas, mas não foi nada comparado com a semana seguinte, quando nossos salários não foram pagos. Os corretores começaram a derrubar as paredes...

Eu dei de ombros.

– Não surpreendentemente, o Cabeça Quadrada se mostrou uma pessoa muito adepta a esse tipo de coisa. Primeiro, ele pegou uma copiadora Canon, que serviria para nossa futura firma de corretagem, e depois usou um pé de cabra para arrombar o cofre do escritório e roubar todos os formulários de novas contas. Havia milhares deles, uma verdadeira mina de ouro de pessoas que tinham mostrado alguma propensão a investir em ações baratas. Foram esses formulários de novas contas que serviram como nossa primeira fonte de buscas de receita, quando começamos o trabalho de telemarketing duas semanas depois. Foi esse o tempo que levou para arrumarmos um espaço para trabalhar.

– E o que você usou nesse meio tempo? – perguntou TOC.

– A concessionária de automóveis de um amigo. Era no fim da mesma rua onde ficava a Investors' Center. Fiquei lá por cerca de duas semanas, até que encontrei o espaço certo, na cidade de Lake Success, Long Island. Ele ficava a leste do limite entre Queens e Long Island e, apesar de ser pequeno, o edifício era limpo e sofisticado. Apertando um pouco, percebi que poderiam caber 20 corretores na sala de pregões. Isso seria perfeito, pensei. Com 20 corretores, eu poderia fazer uma fortuna.

TOC, com uma risada:

– Vinte corretores?

Eu balancei a cabeça lentamente.

– Sim, acho que minhas perspectivas estavam um pouco baixas.

– Qual era o percentual da sociedade? – perguntou o Canalha.

– Era 70 e 30 – respondi. – Setenta por cento para mim, 30% para o Kenny.

– Danny não era um dos sócios? – perguntou a Bruxa.

– Não, eram apenas Kenny e eu. Danny comprou sua parte mais tarde.

A Bruxa prosseguiu:

– Qual foi o capital inicial da empresa?

– Cerca de 80 mil – respondi rapidamente. – E, apesar de eu ter o dobro das cotas de Kenny, nós dividimos o investimento da mesma forma: 40 mil cada um. Isso porque eu era o líder – disse respeitosamente. – Então, dividir o investimento parecia justo. A única baixa foi Elliot Loewenstern, o Pinguim. O que aconteceu na Investors' Center o assustou e ele conseguiu um emprego em Manhattan, no Bear Stearns. Ele voltou, naturalmente, logo depois de eu acertar com minha ideia de vender ações de 5 dólares para os ricaços.

– E quando foi isso? – perguntou o Canalha.

– Cerca de um mês depois – respondi casualmente. – No início de novembro.

– O que fez você pensar nisso? – perguntou TOC.

Eu inclinei a cabeça para o lado e sorri.

– Você quer saber se foi um momento *eureca*?

– Sim – respondeu ele –, um momento *eureca*. Algo como: "*Eureca!* Acabo de imaginar um jeito de roubar 250 milhões de dólares e de foder a CVM no processo!".

Hummm, pensei, TOC era muito esperto e muito cínico. Aliás, ele estava certo, embora eu pudesse discutir a quantidade de dinheiro que tinha roubado. Quer dizer, não poderia ter sido 250 milhões de dólares! Ou poderia? Com o coração apertado, eu disse:

– Sim, bem, qualquer que seja o montante, digo com toda a honestidade e invocando o nome de Deus que não comecei a Stratton com más intenções. Mas, como eles costumam dizer, a estrada para o inferno está pavimentada de boas intenções.

– Muito bem – retrucou o Canalha. – Você pode contar isso ao juiz no momento apropriado – e ele me soltou seu sorriso de diretor de prisão. – Mas por enquanto vamos apenas nos ater aos fatos.

Eu balancei a cabeça, resignado.

– Bem, tudo começou com George Grunfeld e aquilo que ele me disse em meu primeiro dia na Investors' Center. Essa noção de que as pessoas ricas não compram ações baratas nunca fez muito sentido para mim, então fiz com que Danny realizasse um pequeno experimento para mim, ou seja, tentar vender essas ações ao ricos. Mas os ricaços não estavam interessados. Então percebi que talvez estivessem desligados da opção porque cada ação custava menos que 1 dólar, mas descobri uma ação que custava 6 dólares e fiz com que Danny tentasse mais uma vez. Também não deu certo, e devo confessar que isso me surpreendeu. É que eu realmente achava que as pessoas ricas fossem aceitar, mas quando chamei Danny em meu escritório para conversar, ele discordou completamente. "Talvez se eu estivesse ligando da Merrill Lynch", disse ele. "Mas não, quando estou falando da Stratton Valores Mobiliários, há um monte de coisas trabalhando contra. Eles nunca ouviram falar de mim, não ouviram falar da empresa e não ouviram valar das ações. Entendeu o que estou dizendo?" "Sim", respondi, "entendi perfeitamente o que você está dizendo", e... B*uuummm*! Assim, do nada, me veio a ideia. Eu tive meu momento *eureca*. "Volte aqui em 15 minutos", disse a Danny, e antes mesmo que ele tivesse cruzado a porta do escritório, eu já tinha pegado minha caneta e começado a escrever um novo *script* para o telemarketing.

Fiz uma pausa e continuei:

– Quinze minutos depois, ele estava de volta à minha sala e eu estava explicando meu novo sistema. "Certo", comecei, "quando a gente telefonar a alguém pela primeira vez, não tentaremos vender nada a ela; vamos apenas apresentar a firma e perguntar se estariam interessados em falar conosco mais tarde, noutro dia." Eu lhe entreguei meu script. "Leia isso e depois me diga o que você achou." Ele olhou para o papel durante alguns segundos e depois começou a ler: "Oi, sou Danny Porush, ligando da Stratton Valores Mobiliários. Eu sei que você está ocupado, por isso vamos direto ao ponto. Você provavelmente nunca ouviu falar de nós antes, porque nos últimos dez anos fomos uma empresa estritamente institucional, lidando apenas com bancos, companhias de seguro e fundos de pensão". Danny começou a rir. "Isso aqui é demais, eu...". "Cale a boca e continue lendo", disse eu. E ele: "No entanto, recentemente nós abrimos as portas para o investidor privado mais substancial, e o que gostaríamos de fazer, senhor, com sua permissão, é enviar-lhe algumas informações sobre nossa firma, Stratton Valores Mobiliários, e depois voltar a entrar em contato algumas semanas depois, da próxima vez lhe fazendo recomendações de um de nossos clientes institucionais. Isso lhe parece bem?". Danny parou de ler e me lançou um de seus famosos sorrisos. Ironicamente, a Stratton de fato tinha estado no mercado por 10 anos, e a única coisa que tinham feito fora negociar com as outras corretoras; e, uma vez que as corretoras são consideradas instituições, eu não estava mentindo sobre o negócio da Stratton ser estritamente institucional...

Sorri para minha própria lógica distorcida. Então, desisti de meu sorriso e disse:

– Eu não vou negar que o roteiro foi desenhado de forma um pouco enganosa, mas esse não é o ponto agora. Seja como for, Danny estava recebendo cerca de dez ligações por dia, e depois de uma semana percebi que já era hora de executar o segundo passo do meu plano, que era começar a vender uma ação das grandes, ou seja, uma ação que fosse conhecida na Bolsa de Nova York. Foi por isso que escolhi a Eastman Kodak: por causa do reconhecimento do nome e também porque era uma história muito cativante. Eles estavam em litígio com a Polaroid naquela época por causa de uma violação de patente, e meu script falava sobre como a Kodak iria crescer muito assim que aquele litígio fosse resolvido. Era um bom *script*, mas Danny não ficou assim tão impressionado. "Tudo bem, mesmo que alguém compre 10 mil dólares da Kodak, minha comissão é de apenas 100 dólares. Então, qual é a porra da vantagem aqui?" "Pense nisso como um meio para atingir um fim", respondi. "Na próxima semana, depois que eles pagarem pela negociação, eu ligo para eles de volta com o segundo passo." E com isso Danny deu de ombros e saiu, passando os dez dias seguintes abrindo contas para a Kodak, 12 delas ao todo, cada uma com cerca de 5 mil dólares de ações, o que dava uma centena, mais ou menos. Então, eu o chamei de volta ao meu escritório e expliquei o segundo passo, que não era exatamente aquilo que ele pensava que seria. "Quer dizer que você não quer que eu diga a eles para se livrar da Kodak depressa e comprar uma das ações do nosso *portfolio*?", foi a pergunta dele. "Não", respondi, "quero que diga a eles que tudo vai correndo bem com a Kodak e que eles devem manter essas ações a longo prazo". Entreguei então a ele um *script* que eu tinha preparado para uma empresa chamada Ventura Entertainment.

Fiz uma pausa, oferecendo a meus captores um sorriso irônico.

– Eu tenho certeza de que estão todos familiarizados com a Ventura. Essa foi a primeira ação que nós recomendamos.

– Sim – disse TOC, cínico. – E foi também a mais supervalorizada ação de empresas de entretenimento da história das ações de empresas do ramo.

Eu balancei a cabeça aquiescendo, envergonhado.

– Sim, mas não foi intencional. Eu só não consegui acompanhar a demanda – e dei de ombros. – Mas, deixando isso de lado, a Ventura era apenas uma empresa com ações a 6 dólares então, uma *startup* tão pequena que nem estava listada na NASDAQ, ainda era negociada nas folhas rosas. Na verdade, ela poderia facilmente ter sido uma daquelas empresas com ações a 1 centavo, mas por mera coincidência o presidente da empresa, um homem chamado Harvey Bibicoff, estava pensando a mesma coisa que eu, ou seja, que uma ação de 6 dólares parecia mais atraente e valiosa que uma de 20 centavos. Então, quando fomos a público com a Ventura, ele a estruturou com apenas 1 milhão de ações em circulação, ao contrário dos 20 milhões de ações que uma típica empresa de ações a centavos teria – olhei para TOC. – Você está me acompanhando, presumo.

Ele acenou com a cabeça.

– Sim, 1 milhão de ações a 6 dólares é o mesmo que 20 milhões a 30 centavos.

– Exatamente – eu disse. – Em um nível matemático são exatamente a mesma coisa. Porém, em um nível emocional, são totalmente diferentes. E enquanto Danny estava de pé em meu escritório estudando o *script* que eu tinha preparado, imediatamente soube que era perfeito, sobretudo a abertura, onde eu fazia a transição de grandes ações para pequenas ações. "Leia isso para mim", pedi e ele assentiu, começando a ler: "Sr. Jones, há dois motivos para minha ligação de hoje. Tudo está correndo bem por aqui e eu queria lhe dar uma rápida atualização sobre a Kodak. A ação está bem lá onde a compramos e parece que vai vender mais alto no curto prazo. Tem havido um interesse institucional pesado sobre ela nos últimos dias, por isso por hora é melhor ficarmos quietos. A segunda razão do telefonema é algo que só chegou à minha mesa nessa manhã e parece ser a melhor coisa que vimos nos últimos seis meses. É um dos negócios do nosso banco de investimentos, e trata-se de uma empresa com a qual estamos muito familiarizados, e cujo potencial de lucratividade é muito maior que o da Kodak. Se tiver um minuto, gostaria de compartilhar a ideia com o senhor". Danny ergueu os olhos e disse: "Porra, isso aqui é do caralho! Deixe-me testar para ver se funciona!". Eu balancei a cabeça concordando. "O.k., mas lembre-se: essas pessoas são ricas e sofisticadas, por isso não vá cair na tentação de exagerar e falar merda. Use a lógica, a razão, e a máxima pressão. Nunca se esqueça, Danny: nós nunca trabalhamos com chamadas de retorno. Você só tem uma bala na agulha com essas pessoas. Por isso, fique grudado no *script* como se fosse cola." Com isso, Danny me lembrou mais uma vez que eu estava falando com o Danny Fodidão Porush e que ele poderia vender petróleo para os árabes e gelo para os esquimós! Daí ele acenou com a cabeça uma vez e saiu.

Encolhi os ombros.

– É irônico pensar que eu só estava esperando conseguir um negócio melhor com esse meu novo sistema, talvez um lote de mil ações da Ventura, contra os 200, mas era isso que eu tinha em mente naquele momento. Porém, cinco minutos depois, Danny entrou correndo em minha sala, literalmente sem fôlego. "Puta merda", disse ele. "O primeiro cara comprou 20 mil lotes de mim! Vinte mil lotes, caralho! Então ele me pediu desculpas por não comprar mais! Ele disse que estava sem liquidez agora, mas assim que pudesse iria comprar mais. Você pode imaginar uma coisa dessas?" E foi isso. Naquele instante, eu soube. Eu sabia que o cliente de Danny não tinha feito distinção entre o envio de 120 mil dólares para a Stratton ou 120 mil para a Merrill Lynch. E foi tudo porque a gente tinha recomendado uma ação *blue chip* em primeiro lugar. Danny estava mais feliz que um porco na lama, porque ele tinha acabado de fazer 20 mil em comissão. Mas o que ele não sabia era que eu tinha acabado de fazer um adicional de 60 mil dólares abaixo da compra. Era aí que estava o verdadeiro negócio!

– Explique isso – disse o Canalha.

– O.k., veja se me acompanha por um segundo: a Ventura estava 5 para compra e 6 para venda. Isso significa que, se um cliente queria comprá-la, ele teria que pagar 6 dólares, mas, se quisesse vender, ele só poderia receber 5 dólares. É por isso que a comissão de Danny era de 1 dólar por ação, ou 20 mil dólares. Mas Harvey estava dando garantias à Ventura de que podia exercer um preço de dois. Em outras palavras, Ventura me custava apenas 2 dólares por ação. Tudo somado, no pacote de 20 mil de Danny, eu fiz 60 mil abaixo da compra e mais 10 mil acima, que era a minha metade da comissão de Danny. E tudo isso a partir de um simples telefonema, de uma única chamada. Mas isso foi só o início. Eu sabia que, se a Ventura subisse, e havia milhares de clientes no sistema, eles enviariam muitos milhões mais.

Parei por um momento, considerando minhas palavras.

– É claro, isso depois viria a se tornar centenas de milhões, mas eu não estava pensando então em ir tão longe. Eu ainda tinha sérios obstáculos para vencer, o menor deles era o fato de que Harry tinha apenas mais alguns milhões de títulos para vender e, com meu novo sistema, eu comeria isso em questão de semanas. Então eu teria de comprar ações no mercado aberto. Mas as primeiras coisas em primeiro lugar, pensei. Eu tinha de desligar a velha Stratton e treinar todo mundo. Fui falar com Mike para lhe contar meu plano. Parecia bom, ele achou, mas eu poderia dizer que ele definitivamente não se sentiu muito entusiasmado. "Manda bala", disse ele. "Por mais negócios que você traga, eu consigo lidar sem problemas." E essas foram as famosas últimas palavras de Mike Valenoti. Um minuto depois, eu estava de pé na frente da sala de pregões, pronto para dar a palestra da minha vida. Eu ainda me lembro daquele dia como se fosse ontem. "Todo mundo, desliguem seus telefones!", eu disse para os corretores. "Desliguem seus telefones agora mesmo! Eu tenho algo a dizer." A maioria deles estava bem no meio das ligações e não desligou logo de cara. Então eu pisquei para Lipsky e ele se levantou da cadeira e começou a desligar os telefones deles no meio das falas. Danny entrou no ato, e alguns segundos depois o salão estava quieto. "O.k.", eu disse. "Agora que eu tenho a atenção de vocês, quero que juntem seus telefonemas, suas respostas, os livros de seus clientes, eu quero que juntem tudo e qualquer outra coisa em sua mesa que diga respeito a ser um corretor da Bolsa. Recolham tudo isso e joguem direto na porra do cesto de lixo!"

E continuei:

– É claro que ninguém fez nada disso no começo, estavam todos estupefatos demais para se mexer. Então Lipsky começou rosnando para todos. "Vamos lá! É hora de limpar a casa, como o chefe diz!" Quase nem percebi quando Danny e Cabeça Quadrada se juntaram a ele, andando pelas mesas e segurando sacos de lixo, e os últimos vestígios do antigo sistema foram desaparecendo diante dos meus olhos. Em poucos minutos, havia apenas 12 mesas de madeira, 12 telefones antigos e 12 corretores obscenamente jovens, cada um usando ternos de diferentes valores, mas todos baratos. Todos ficaram olhando para mim com os olhos arregalados, à espera do que eu diria a seguir. "Eu quero que todos ouçam bem", disse eu, "porque o que estou prestes a dizer vai mudar a vida de vocês para sempre. O simples fato é que todos vocês estão a caminho de se tornarem ricos, muito além do que imaginam". Eu passei a explicar meu novo sistema para eles, apontando para Danny como prova de que ele funcionava. "Quanto de comissão bruta você acabou de ganhar em uma única negociação?", perguntei a ele. "Vinte paus!", devolveu ele, "vinte paus de uma vez!". "Vinte paus de uma vez", repeti, e comecei a andar para a frente e para trás, como um pregador, deixando minhas palavras pairando no ar. Então parei. "Usando meu novo sistema, Danny, quanto você acha que pode faturar em um único mês? Apenas uma estimativa..." Ele fingiu pensar por um momento, interpretando o papel dele perfeitamente. "Pelo menos 250 mil", disse ele, confiante. "Qualquer valor menor e eu me jogo da janela!" E com isso, a sala irrompeu em completo pandemônio.

Eu dei de ombros.

– O resto foi fácil. Reciclei meus strattonitas, usando a teoria linear. Era um sistema que eu tinha trazido da Investors' Center e não tinha considerado crucial naquela época, porque, quando você está falando com pessoas pobres, é mais uma questão de eles terem ou não dinheiro para investir; se tivessem, seria fácil convencê-los. Mas com pessoas ricas as regras são totalmente diferentes: elas têm dinheiro para investir, é só uma questão de convencê-las de que você é o cara certo com quem investir. Você é inteligente o suficiente? Você é afiado o suficiente? Você sabe de coisas que o corretor local delas não sabe? Você é um mago de Wall Street, digno de gerir o rico dinheirinho de um homem? Isso é exatamente o que a linearidade fazia: ela permitia que um garoto de 20 anos de idade, com diploma de ensino médio e QI pouco acima do nível de Forrest Gump, parecesse um mago de Wall Street falando ao telefone.

Parei por um momento, pensando em uma maneira de explicar a teoria.

– Em essência, era um sistema de *scripts* e refutações que permitiriam mesmo ao mais idiota dos corretores controlar uma venda. Ele mantinha as coisas se movendo para a frente, do ponto A para o ponto B, da abertura ao fechamento, até que um cliente finalmente dissesse: "Tudo bem, pelo amor de Deus! Escolha 10 mil ações para mim e me deixe em paz!". Eu sei que soa simples demais, mas ninguém nunca tinha feito isso antes. Havia centenas de *scripts* flutuando ao redor de Wall Street, mas ninguém nunca tinha parado para organizá-los em um sistema coeso. De qualquer forma, durante dez dias diretos eu ensinei a eles, indo adiante e voltando, invertendo os papéis, fazendo teatro, como eu tinha feito com Danny naquela noite, até que eles conhecessem o sistema tão bem que poderiam recitar as porras das frases durante o sono. Na verdade, eu só passei a metade de cada dia ensinando-lhes, a outra metade eles passaram fazendo telemarketing, construindo um maciço banco de dados para telefonar depois. E, finalmente, no décimo dia, quando cessou a fase de telemarketing, eles começaram a abertura de contas na Kodak com tanta facilidade que era incompreensível. Era como se a linha direta de nossa teoria pudesse transformar o mais fraco vendedor num vendedor de massa. E isso me encorajou ainda mais, e comecei a bater neles ainda mais, sem piedade, prometendo-lhes riquezas além de seus sonhos mais loucos. "Eu quero que vocês comecem a gastar dinheiro agora", preguei para eles. "Quero que vocês se alavanquem, cresçam, quero que se sintam pressionados! Quero que não se deem outra escolha senão ter sucesso! Deixem as consequências do ato de falhar serem tão terríveis e impensáveis que vocês nem conseguirão pensar nisso!" E continuei: "Entendam uma coisa. Quando Pizarro chegou ao Novo Mundo, a primeira coisa que ele fez foi queimar a porra de seus malditos navios, para que sua tripulação não tivesse escolha a não ser se virar para sobreviver no Novo Mundo. E é isso que eu quero que vocês façam! Eu quero que vocês cortem todas as rampas de saída, todas as rotas de fuga! Afinal, vocês devem isso para as pessoas sentadas a seu lado, discar o telefone. Vocês devem isso a cada strattonita sentado nesta sala, discar o telefone. É daí que nosso poder vem: um do outro, do esforço coletivo, da energia combinada de uma sala cheia de pessoas motivadas para bater sempre o pessoal de Wall Street, uma sala cheia de vencedores!".

Fiz uma pausa e esperei um momento para recuperar o fôlego.

– De qualquer forma, vocês sabem o que aconteceu a seguir: sete dias depois, lançamos Ventura, e todo o inferno começou. Blocos de 10 mil e de 20 mil ações começaram a voar pela sala de pregões e o dinheiro começou a cair do céu – balancei a cabeça lentamente. – Eu não posso sequer descrever a rapidez com que crescemos a partir desse ponto. Foi como se tivéssemos atingido um veio de ouro, e jovens garimpeiros começaram a aparecer em Lake Success para reivindicar seus lotes. No início, foram aos poucos, mas depois jorraram aos montes. Tudo começou a partir do Queens e de Long Island, e rapidamente se espalhou por todo o país. E foi assim que a Stratton nasceu. De qualquer forma, foi apenas algumas semanas depois disso que entrei no escritório certa manhã e encontrei Jim Taormina esperando por mim. "Tome", disse ele. "A Stratton é sua", e me entregou um conjunto de chaves que estava segurando. "Eu vou vender o lugar para você por 1 dólar e me transformar em seu diretor da mesa de operações. Mas, por favor, tire meu nome da licença!" E então Mike entrou, o velho cão de guerra de Wall Street, que tinha pensado já ter visto de tudo. "Você tem de detê-los!", implorou ele. "Não conseguimos mais gerenciar nenhum negócio. Estamos na iminência de explodir nosso agente de compensação." Ele balançou a cabeça, descrente. "Eu nunca vi nada como isso, Jordan. É absolutamente incrível..." O engraçado foi que nosso agente de compensação, a empresa que processava nossas transações, não conseguia lidar com o influxo de volume e estava ameaçando se desconectar da Stratton a menos que desacelerássemos as coisas.

Fiz uma pausa e continuei:

– E então veio o Cabeça Quadrada. "Estou afogado em comissões", disse ele, em pânico. "Eu não posso mais acompanhá-las. Milhões estão chegando e o banco continua me ligando." Eu tinha colocado o Cabeça Quadrada no comando de nossas finanças e ele estava se afogando debaixo de um mar de dinheiro e de papelada. Em todo caso, eram todos bons problemas, problemas fáceis de manipular. Com Jim Taormina, eu fiz o que ele pediu: comprei a empresa dele por 1 dólar e fiz dele o diretor da mesa de operações. Com Mike, fiz o que ele pediu também: fiquei de pé em frente à sala de pregões e fiz uma reunião de vendas que transformou a coisa toda em um aspecto positivo. Com uma energia agressiva, eu disse: "O que temos aqui é tão poderoso e tão eficaz que o resto de Wall Street não consegue nos acompanhar!". Meus strattonitas aplaudiram, gritaram e uivaram. Então, passamos as duas semanas seguintes apenas gerando contatos, o que acabou por alimentar nosso crescimento ainda mais. Para ajudar o Cabeça Quadrada, procurei meu pai, que ainda estava desempregado. Ele era um homem brilhante, um contador licenciado que passara a melhor parte da vida como CFO de várias empresas privadas. Mas ele estava com 50 e tantos anos, um pouco velho demais e superqualificado demais para conseguir um bom emprego. Então eu o recrutei, meio relutante no começo, mas o recrutei assim mesmo. Ele se mudou para o escritório do Cabeça Quadrada, onde os dois tiveram o prazer de levar um ao outro à loucura. Mad Max rapidamente mostrou suas presas, chamando-o de imbecil de merda, idiota do caralho e mil outras coisas pesadas, incluindo, claro, besta do caralho. O fato de que o Cabeça Quadrada era alérgico à fumaça de cigarro foi algo que Mad Max aproveitou além de qualquer limite razoável, consumindo quatro maços por dia e expirando grossos jatos de fumaça na cara do outro, com a força de um canhão da Guerra Civil. Mas, deixando isso de lado, vocês agora podem ver como eu deixei todas as coisas arranjadas. Entre Mike e meu pai eu tinha meu flanco traseiro protegido, e entre Danny e Kenny eu tinha a ponta de uma espada que rivalizava com o Mossad. E eu... Bem, vamos apenas dizer que eu tinha todo o tempo necessário para sentar, fazer reuniões e focar no grande cenário, e para resolver a última peça que faltava no quebra-cabeça, que era onde encontrar ações baratas, como as opções da Ventura tinham feito.

Eu olhei para TOC e sorri.

– Quer adivinhar quem fui procurar para me arrumar isso?

TOC se encolheu.

– Al Abrams – murmurou ele.

– Isso mesmo – respondi. – O senhor Al Abrams, o mais louco de todos em Wall Street – inclinei a cabeça para o lado e olhei para TOC. – Corrija-me se eu estiver errado, Greg, mas uma vez eu ouvi um boato de que Al estava escrevendo cartas para Bill Clinton sobre você, dizendo que você era um agente corrupto.

TOC balançou a cabeça, cansado.

– Ele é um velho louco, esse cara. Quando foi preso, ele tinha uma centena de documentos com ele, alguns com mais de 30 anos.

– Bem, isso parece mesmo coisa do Al – disse casualmente. – Ele nunca gostou de jogar coisas fora. Ele é o que você chamaria de um criminoso cuidadoso.

– Não o suficiente – disse a Bruxa. – Da última vez que verifiquei, ele ainda estava atrás das grades – ela me deu um sorriso diabólico.

Sim, pensei, mas não por causa de você, Cruella, foi TOC que o pegou. Mas eu mantive esse pensamento para mim e disse:

– Na verdade, eu acho que ele já saiu e está provavelmente de volta a Connecticut, enlouquecendo sua pobre esposa. – Olhei para TOC. – Só por curiosidade: quando o prenderam, ele trazia comida nos bolsos? Alguma torta Linzer meio comida? Ele adorava isso.

– Apenas algumas migalhas – respondeu TOC.

Eu balancei a cabeça, mostrando que compreendia.

– Sim, provavelmente estava guardando isso no caso de ficar com fome...

E passei as horas seguintes explicando como Al Abrams tinha me ensinado a arte negra da manipulação de ações. Três vezes por semana nos encontrávamos para tomar café da manhã no restaurante grego local, onde tive o prazer de assistir Al consumir incontáveis tortas Linzer, com metade de cada torta indo direto para sua boca e a outra metade indo para a testa e o rosto, enquanto ele bebia xícara após xícara de café com muita cafeína, até ficar com as mãos tremendo. Em meio a isso tudo, tremedeiras e falações, ele me ensinou o que eu levaria uma vida para aprender. Mas, infelizmente, ao contrário do que aprendi com Mike, esses ensinamentos consistiam no lado negro das coisas, o submundo de Wall Street, o mercado fora da Bolsa, que foi o precursor da NASDAQ, onde as ações eram negociadas por nomeação e os preços eram definidos pelo capricho de gente de intenções escusas como Al e eu.

O mais preocupante, admiti, foi que não demorou muito para que eu estivesse ensinando uma ou duas coisas a Al. Dentro de semanas, na verdade, eu estava em processo de modernização de seus golpes antigos, trazendo minhas próprias ideias e brilho, juntamente com a petulância que viria a caracterizar o Lobo de Wall Street.

Já passava um pouco das 5 da tarde e eu finalmente tinha acabado de cantar na Court Street naquele dia, um dia que meus captores tinham considerado um grande sucesso. Afinal, eles agora sabiam exatamente como a Stratton Oakmont tinha surgido e como, através de uma série de coincidências minúsculas e eventualidades, ela acabou crescendo em Long Island, entre todos os lugares do mundo.

Antes de sair da sala de interrogatório, a última coisa que perguntei ao Canalha foi quanto tempo ele achava que ia demorar até que eu finalmente recebesse minha sentença. Seriam três anos? Quatro? Talvez até cinco anos? Quanto mais, melhor, pensei.

– Provavelmente entre quatro e cinco anos – respondeu ele. – Essas coisas costumam se arrastar, às vezes.

– Isso é verdade – acrescentou a Bruxa –, e não serão anos tranquilos. Sua cooperação irá a público no próximo ano e confiscaremos seu patrimônio em conformidade com esse processo.

TOC entrou na conversa, oferecendo-me um fino raio de esperança:

– Sim, mas você terá a chance de começar uma nova vida. Você é um cara jovem e da próxima vez vai fazer as coisas direito, eu espero.

Eu balancei a cabeça, concordando, preso nas palavras de TOC e do Canalha, ignorando as palavras da Bruxa. Infelizmente, todos eles estavam errados, e eu veria o interior de uma cela de prisão muito antes disso.

E perderia tudo o que eu tinha.

CAPÍTULO 13

A PORTA GIRATÓRIA

Dois meses depois

Southampton Beach! Para melhor ou pior, não há como negar que Meadow Lane foi um fabuloso local para assistir às paredes da realidade desabando sobre mim. As águas azuis do Atlântico estavam logo atrás de mim, as águas cinzentas da Shinnecock Bay estavam à minha frente e, de cada lado, imponentes mansões, como a minha, se levantavam diante das dunas como templos gregos, dando seu testemunho silencioso de como era maravilhoso ser um WASP rico ou um judeu *nouveau riche*.

Minha mansão particular, que em breve seria propriedade de TOC e do Canalha, era uma gigantesca construção cinza e branca, no estilo de Cape Cod. No deque traseiro, uma piscina e uma jacuzzi olhavam por cima do Atlântico; no gramado da frente, uma quadra de tênis para todos os climas tinha vista para Shinnecock; e, na frente, uma fileira de arbustos imaculadamente aparados em quadrados subiam a uns 4 metros de altura, ocultando a vista da propriedade.

Naquele momento, eu estava sentado em um sofá estilo *shabby chic* que ficava na sala de estar da mansão também estilo *shabby chic*, olhando nos olhos de Sarah Weissman,[1] autoproclamada Rainha Judaica do Boquete. Ela estava sentada a menos de 1 metro de distância, usando uma blusa de gola alta preta de algodão e calças pretas de malha, acentuando um corpo firme que tinha cheiro da beleza do passado e da bulimia do presente.

No entanto, a Rainha do Boquete ainda era atraente. Com apenas 22 anos, tinha um rosto agradavelmente fino, cabelo preto brilhante, olhos negros e

[1] O nome foi trocado.

faiscantes, pele cor de oliva, uma plástica de nariz de primeira classe, dentes perfeitos e um lábio inferior mais úmido que o Nilo. Apesar de ter conhecido a moça há apenas 15 minutos, achei que ela parecia ser alguém razoavelmente confiável. Nós tínhamos nos encontrado naquela noite na reunião dos AA e simpatizamos instantaneamente um com o outro. Ela acabara de ficar sóbria (menos de uma semana, na verdade), lutando contra um vício triplo em crack, álcool e autoindução de vômitos, o último dos quais achei bastante nojento. Mas ela estava no rebote agora, recém-saída de uma clínica de desintoxicação e de volta aos Hamptons, pronta para recomeçar a vida.

Até então tínhamos apenas conversado sobre superficialidades, trocando histórias de guerra sobre nossos vícios em drogas, mas aparentemente ela estava pronta para entrar nos negócios, porque estava dizendo:

– ...e são as garotas judias que fazem o melhor boquete do mundo, você sabia disso?

– Eu... Er... Não – respondi. – Nunca saí com uma judia antes...

– Bem, elas são as melhores – disse Sarah com orgulho. – Se você quiser, posso demonstrar.

– Ah, sim, isso seria ótimo! – respondi, e a Rainha Judaica do Boquete rapidamente passou a trabalhar, agachando e se inclinando em minha direção com um sorriso lascivo nos lábios.

Instintivamente, inclinei-me para trás e descansei a cabeça numa almofada redonda macia, enquanto a Rainha do Boquete estendeu as pequenas mãos e abriu o zíper da minha calça. Então, com notável eficiência, ela puxou minhas calças jeans até meus tornozelos, subiu entre minhas pernas e torceu seu longo cabelo preto em um rabo de cavalo.

De repente, ela fez uma pausa.

– O que há de errado? – perguntei.

– Nada, bobagem – disse ela, enquanto tirava um colar de ouro, na ponta do qual pendia uma estrela de David cravejada de diamantes. Ela o colocou no bolso. – Eu não quero que ele fique no meu caminho.

Assenti, fechei os olhos, ergui as pernas e me preparei para o melhor boquete de minha vida. Era exatamente o que o médico tinha receitado, pensei. Um toque da Rainha do Boquete e eu esqueceria a Duquesa para sempre!

– Ai! – gritou a Rainha do Boquete. – Tem alguma coisa cutucando minha bunda!

Olhei para baixo e... *caramba!* Minha tornozeleira estava espetando a bunda magra da Rainha do Boquete. Baixei as pernas com a velocidade de um coelho.

– Não é nada – disse eu. – Só um bipe que eu uso no trabalho. Tudo bem, continue.

A Rainha do Boquete estreitou os olhos, desconfiada.

– Um bipe, hein?

– Sim – retruquei –, um bipe...

Alguns momentos se passaram, mas ela continuou me olhando.

– Tudo bem – disse, afinal –, vou acreditar na sua palavra...

Ela se inclinou lentamente e começou a trabalhar... E foi um daqueles longos, suntuosos boquetes, do tipo que um homem só recebe da esposa durante o período de namoro. Eu comecei a gemer, apreciando:

– Ah, caramba, Sarah! É tããooo bom... Você tinha razão, as garotas judias de fato fazem o melhor boquete...

– Uhm-hum – ela murmurou, incapaz de falar.

– Ahhhh... – eu gemia, e fechei os olhos, deixando meu sistema nervoso dissolver, levando meus problemas para longe, à deriva, cada vez mais longe... Até que nada mais importava... Apenas o boquete e a Rainha do Boquete... Minha mente começou a vagar... Vagar para a Duquesa... O que ela estaria fazendo agora? Será que ela estaria em casa com os filhos ou com outro homem? Era uma noite no meio da semana, então ela provavelmente devia estar em casa com as crianças... Embora tivesse ouvido rumores de que ela estava tendo um caso com seu *personal trainer*, um bunda suja romeno chamado Alex... Mas isso não era importante... As crianças que eram importantes, elas eram tudo para mim!

E então, *uma sensação de frio*! Eu abri os olhos e a Rainha do Boquete estava afastando a cabeça, com uma expressão preocupada no rosto.

– O que há de errado? – perguntou. – Não está gostando?

Olhei para baixo e... *ah, merda!* Meu pênis parecia um espaguete cozido demais... Que foda, era constrangedor!

– Ah... Eu... Não... – murmurei. – Está tudo ótimo, quer dizer, é o melhor boquete que já recebi e... É que... – procurei desesperadamente as palavras corretas – Você... Hã... Você é a primeira garota com quem estive em tipo, uh, 10 anos. Quer dizer, sem incluir minha esposa, é claro, quer dizer, minha ex-mulher, minha ex-mulher em breve, melhor dizendo...

Parei por um segundo, me perguntando se o fato de eu ter dormido com cerca de mil prostitutas enquanto estava casado com a Duquesa significava que eu estava mentindo para a Rainha do Boquete.

Endireitei-me no sofá e respirei fundo, deixando o ar escapar lentamente.

– Eu sinto muito, de verdade – disse suavemente. – Talvez seja cedo demais para mim. Eu não tenho certeza – balancei a cabeça, triste.

A Rainha do Boquete não se ofendeu; em vez disso, ela me ofereceu o mais quente dos sorrisos, um sorriso totalmente maternal.

– Tudo bem – disse. – Eu acho que é muito meigo você estar nervoso. Isso me faz querê-lo ainda mais – ela sorriu de novo e observei que os dentes eram muito brancos. Isso é bom, pensei. A Rainha do Boquete tem dentes muito brancos.

– Agora é melhor deitar-se e relaxar – disse ela calorosamente. – E pode parar de se preocupar. Tudo vai ficar bem. – E, com isso, a Rainha colocou a mãozinha no meu ombro e gentilmente me empurrou de volta para baixo. – Apenas relaxe sua mente... – disse ela, em um tom de voz usado normalmente por um hipnotizador – ... relaxe seu corpo, relaxe tudo... Tudo vai ficar bem...

Eu balancei a cabeça respeitosamente e fechei os olhos, pensando... *Puta que pariu!* Essa Rainha do Boquete realmente sabe das coisas! Quer dizer, aqui está ela, três dias sóbria, uma viciada em crack, bulímica, alcoólatra, sem dúvida viciada em todos os tipos de comprimidos e provavelmente anoréxica também, e mesmo assim ela assumiu completamente o controle da situação. Eu senti que era mesmo uma sorte ter aquela garota comigo!

E, de fato, eu era um cara sortudo. Rapidamente, sem esperar muito, a Rainha do Boquete tinha retomado seu trabalho, com aquele tipo de desenvoltura que você costuma ver em vídeos pornográficos. Alguns minutos mais tarde, eu gritei:

– Ah, meu Deus! Eu... – quase gritei as palavras *Eu te amo,* mas me segurei e gritei – Não consigo segurar mais!

E, um segundo mais tarde, estava tudo acabado. Fiel à sua palavra, a Rainha Judaica do Boquete tinha conseguido tirar o melhor de mim, e meu corpo já estava mole.

Só então ela apareceu com a cabeça e limpou o queixo com as costas da mão.

– Então, como você se sente agora? – perguntou provocativa.

– Incrível, Sarah. Sinto-me realmente incrível.

Ela sorriu gentilmente.

– Estou feliz – disse ela, alegre. – Estou muito feliz – e ela começou a olhar ao redor da sala de estar junto à imponente lareira de arenito atrás dela, para as dúzias de peças no estilo *shabby chic* ao redor dela, para todos os sofás e poltronas e pufes e mesas de café e mesas laterais e almofadas e flores e vasos e pinturas nas paredes e, ao lado da sala de estar, a mesa de jantar *shabby chic*, que era maior que uma pista para lançar ferraduras. Então, ela olhou para o teto que tinha 9 metros de pé direito e, por fim, olhou para a parede de vidro que corria por todo o comprimento do fundo da casa e dava para o Atlântico. – Olha, esse lugar é realmente lindo. Quer dizer, eu estive perto do dinheiro antes, mas esse lugar cheira a dinheiro antigo! Entende o que eu quero dizer?

Dinheiro antigo! Cacete! Se houvesse um dinheiro mais recente em qualquer lugar dos Hamptons, eu ainda estava para descobrir. Talvez ela quisesse dizer dinheiro evaporando? Seria mais preciso...

– Obrigado – respondi –, mas não é dinheiro antigo. É tão novo quando poderia ser... – sorri, ansioso para mudar de assunto. – De qualquer forma, você quer fazer uma caminhada na praia? Hoje a noite está linda!

– Eu não posso – disse ela, com tristeza. – Eu tenho que chegar logo em casa, meu namorado está esperando por mim.

Levantei-me rapidamente e me pus na posição vertical.

– Seu *namorado!* Você tem namorado?

Ela encolheu os ombros.

– Sim, eu moro com uma pessoa. Eu provavelmente não devia estar aqui. Você sabe o que eu quero dizer?

Levei um momento para deixar esse pensamento rodar na minha mente e decidi que ela estava certa: ela provavelmente não deveria estar ali. Mas naquela época do ano não havia muitas garotas nos Hamptons, então, se eu deixasse que a Rainha do Boquete fosse embora, logo estaria sozinho de novo. Passei um tempo estudando suas características. Ela era bonita o suficiente? Ela poderia estar à altura da Duquesa? Sarah tinha um nariz muito agradável, e talvez eu pudesse encontrar a paz por meio de seus boquetes. Na verdade, talvez eu pudesse até transformá-la em outra Duquesa! Eu poderia levá-la para fazer compras e dar-lhe roupas e joias, depois levá-la para jantares extravagantes, talvez eu pudesse até apresentá-la a meus filhos. Afinal, ela estava sóbria havia três dias inteiros e estava definitivamente em recuperação. Avaliando tudo, até que era uma boa conquista!

Foi assim que, cinco dias depois, convenci a Rainha Judaica do Boquete a terminar com o namorado e a trouxe para viver na minha mansão em Meadow Lane, onde duas vezes por dia ela fazia boquetes de nível internacional e de vez em quando fazia amor comigo. Foi perfeito. Trocamos nosso primeiro "eu te amo" no sétimo dia e começamos a falar em casamento no décimo dia. Ela não ligou para minha tornozeleira, como se não fosse grande coisa; na verdade, o Canalha, em um raro momento de humanidade, tinha aliviado minhas restrições, transformando-as de um bloqueio de 24 horas para um toque de recolher à meia-noite, e eu desculpei suas saídas da mesa de jantar para vomitar a comida que tinha acabado de ingerir com a mesma bondade e compreensão.

Enquanto isso, minha cooperação estava indo fabulosamente bem. Eu não tinha tido notícias de TOC nas últimas semanas, o que, de acordo com Magnum, era previsto no curso do processo. Afinal, eu tinha passado um mês inteiro cantando na Court Street, passando por todos os negócios da Stratton e dando ao TOC e ao Canalha uma quantidade imensa de informações. Agora eles precisavam fazer sua lição de casa: as intimações, as entrevistas com testemunhas, seguir as trilhas de documentos importantes.

Fazendo um registro importante, meu encontro com o Demônio de Olhos Azuis tinha se mostrado um completo desperdício de tempo. Ele era cuidadoso demais para ser pego em uma fita gravada, especialmente com alguém sob intimação. No entanto, meus captores tinham considerado que a falha na verdade não fora minha culpa. Enquanto eu tentasse o melhor que podia, dissera o TOC, eu receberia minha "carta de recomendação" da Promotoria. Tudo se resumia a honestidade. Basta se lembrar disso, sugeriu ele, e você sairá da cadeia ainda jovem.

Essa foi a última vez que conversamos, com exceção de uma rápida ligação telefônica, durante a qual ele me disse que Danny havia conseguido fiança e que Victor Wang finalmente tinha sido indiciado. Sem dizê-lo, a mensagem era clara: Danny estava cooperando e Victor se tornara cativo da Bruxa, seu troféu pessoal para exibição.

Em todo caso, foi por volta do dia de Ação de Graças que finalmente apresentei a Rainha do Boquete para meus filhos. Ela foi maravilhosa com eles, na verdade, e, com exceção de um imprevisto – ela sofreu um ataque de pânico, acompanhado por violentos tremores de corpo, enquanto nós quatro estávamos almoçando em East Hampton –, comecei a enxergá-la como uma madrasta adequada para as crianças. Embora nós não tivéssemos de fato definido a data do casamento, seria apenas uma questão de tempo. Nós éramos perfeitos juntos, duas almas machucadas que de alguma forma conseguiram se adequar para curar um ao outro.

E então veio o desastre. Foi na semana antes do Natal, quando estávamos deitados na cama juntos, muito felizes. Era uma tarde de sábado, eu estava assistindo à TV e ela lia um livro. Quando olhei para ela de relance, percebi que estava usando óculos de avó. E também notei uma pequena cicatriz embaixo do queixo. Eu olhei para a cicatriz. "Não é muito atraente!", pensei. Então, foquei nos óculos de avó. "Ainda menos atraente!", pensei. Então desci meu olhar para os peitos pequenos e os braços fininhos como bambus. "Muito feios!", pensei.

Estávamos deitados sob o edredom de seda branca, então eu não podia analisar todo o corpo dela, mas, apesar disso, não havia como negar que eu a pegara em um ângulo muito ruim. E foi isso: eu já não adorava mais a Rainha do Boquete.

Respirei fundo e tentei me equilibrar, mas foi inútil. Eu não poderia tê-la mais em minha casa. Eu precisava ficar sozinho, ou com a Duquesa. Talvez eu pudesse convencer a Duquesa a voltar e ficarmos juntos para o bem das crianças. Aliás, eu já tinha tentado abordar esse ângulo, sem sucesso. O rumor mais recente era de que ela estava transando com Michael Bolton, aquele cantor de merda que usava rabo de cavalo!

Bem, o fato é que no dia seguinte atirei a Rainha do Boquete porta afora, ou pelo menos tentei, mas ela teve um colapso nervoso na minha sala de estar, ameaçando se suicidar. Então eu disse a ela que estava apenas brincando, que não queria realmente terminar as coisas. Eu estava ficando com frio na barriga, como resultado de todo o tumulto que rolava na minha vida.

Então, ela sorriu tristemente e me perguntou se eu gostaria de um boquete. Eu ponderei por um momento, sabendo que certamente seria o melhor boquete da história, considerando-se que a Rainha do Boquete estaria fazendo aquilo para manter sua posição em Meadow Lane...

Mas no final eu disse a ela que não, embora talvez eu quisesse mais tarde. Ela pareceu aliviada com isso, então eu logo me desculpei, dizendo que precisava dar uma saída rápida para ver meu padrinho, George, que morava no final da rua.

– Você não pode simplesmente pegar uma camisa de força e levá-la embora? – perguntei a George. – Eu não vejo outra solução.

Aquelas não foram as primeiras palavras que eu pronunciei naquela tarde a George, mas eram parecidas com as primeiras. As primeiras foram:

– Estou numa grande merda, George. A Rainha do Boquete está ameaçando cometer suicídio e meu pau anda tão dolorido de todos os boquetes que está pronto para cair!

George e eu estávamos sentados à mesa de madeira branqueada em sua cozinha francesa, um em frente ao outro, enquanto sua esposa, Annette, uma bonita nativa do Brooklyn de 1,50 metro com cabelo loiro avermelhado, pele perfeita e sotaque feroz, nos preparava o café. Na verdade, era mais que café (eram donuts, muffins, café e frutas recém-cortadas), porque Annette nunca fazia nada pela metade, especialmente quando se tratava de cumprir sua principal missão, que era fazer com que a vida de George fosse a mais confortável e maravilhosa possível. Na verdade, George merecia isso.

Ele estava com 62 anos, era 12 anos mais velho que Annette e servia como prova viva de que um leopardo pode, sim, trocar suas manchas. Aqueles que não tivessem ouvido falar de George nos últimos 22 anos iriam alertá-lo: "Se você vir esse cara andando na rua, atravesse para o outro lado e procure não fazer contato visual. Ele é bravo e perigoso, sobretudo quando está bêbado, ou seja, sempre. E se acontecer de ele espancá-lo ou simplesmente agarrá-lo pelos tornozelos e deixá-lo de cabeça para baixo por duas horas, sacudindo-o de vez em quando, nem chame a polícia, a menos que você diga que foi um cara de 1,90 metro e mais de 100 quilos chamado George que o agrediu. Dessa forma, eles vão trazer dardos tranquilizantes!".

Em todo caso, George finalmente ficou sóbrio e passou os 22 anos seguintes de sua vida se redimindo. Ele fez sua primeira fortuna no setor imobiliário, sua segunda fortuna em clínicas de reabilitação e ajudou a recuperar mais alcoólatras nos Hamptons que dez homens juntos.

Ironicamente, a primeira vez que vi George foi pela TV, quando sua ameaçadoramente bela cabeça apareceu em minha tela às 3 da manhã, enquanto eu estava no meio de uma farra de cocaína. George fazia propaganda de sua clínica de reabilitação, Seafield, e estava dizendo coisas como: "Você está chapado... bêbado... alto? Onde está sua família agora? Você precisa de ajuda? Seafield tem as respostas..." Minha resposta foi jogar uma escultura de bronze na tela da minha TV, colocando um fim prematuro ao comercial de George.

Ainda me lembro de pensar, naquele momento, que o rosto na minha TV era do tipo que eu nunca iria esquecer: aqueles traços asperamente bonitos, penetrantes olhos castanhos, cabelos grisalhos perfeitamente penteados. Foi por isso que não demorei muito para reconhecê-lo quando encontrei com ele seis semanas mais tarde, em Southampton, na sala dos Alcoólicos Anônimos. Agora, 18 meses depois, ele era muito mais para mim que apenas um padrinho. Na verdade, ele era como um pai.

– Eu não posso simplesmente ir com uma camisa de força – disse George, com um aceno de sua cabeça enorme. – Você sabe, eu avisei sobre isso: dois alcoólatras namorando são como dois caminhões indo de encontro um ao outro. – Ele encolheu os ombros enormes. – De qualquer forma, como disse antes: você ainda não terminou com sua esposa. É cedo demais.

Só então Annette entrou na conversa, com seu maravilhoso sotaque do Brooklyn:

– Ah, que mal tem isso, George? Uns boquetes não vão matar ninguém! Jordan anda solitário, ele precisa de um pouco de diversão – dizendo isso, ela cruzou o reluzente piso de terracota e colocou o café e as guloseimas na mesa da cozinha.

– Annette – disse George, olhando para ela por um segundo comprido demais –, ele não precisa de encorajamento nessa área. – Então virou-se para mim e disse: – Vou ver se consigo convencer Sarah a se internar em Seafield, mas só porque eu acho que seria bom para ela. Enquanto isso, sugiro que você não namore ninguém por um tempo. Você deve ficar sozinho por um ano e aprender a se virar. E continue indo às escolas, dando palestras antidrogas, que é a melhor maneira de passar seu tempo livre, ser produtivo e não ficar transando.

Eu prometi a George que faria isso e, durante o mês seguinte, segui seu conselho ao pé da letra, ou quase. O "quase" tinha a ver com encontros ocasionais com uma jovem russa que andava garimpando ouro. Natasha, como os jornais se referiam a ela, era cortesia de um conhecido dos Hamptons, uma espécie de playboy local, que poderia enviar uma legião de Natashas impertinentes a todos os quatro cantos do mundo assim que recebesse um dinheirinho em seu bolso.

Logo, porém, isso se tornou gasto demais. Na verdade, por volta do início de abril, decidi fechar a porta giratória de uma vez, pelo menos por um tempo, e me acomodei em um regime diário de monotonia e tédio, pontuado por visitas das crianças no fim de semana e jantares noturnos com George e Annette.

Sim, era chato e tedioso, tudo bem, mas também me deu uma chance de encontrar a mim mesmo, para tentar descobrir quem realmente Jordan Belfort era. A última década da minha vida tinha sido absurdamente complicada, e a criança que meus pais tinham trazido ao mundo tinha pouca semelhança com o Jordan Belfort de hoje. Então, quem eu era agora? Era um homem bom ou um homem mau? Eu era um experiente criminoso de carreira ou um cidadão honrado, que tinha apenas se perdido em seu caminho? Eu era um sujeito capaz de ser um marido fiel e amoroso ou era um devasso habitual que se recusava a usar preservativo até que seu pinto caísse? E meu vício em drogas? A besta estaria apenas dormindo ou ficaria por perto para sempre?

Todas essas perguntas e muitas outras ficaram ricocheteando em meu cérebro enquanto passei o resto do inverno no exílio. A *insanidade*, como eu tinha nomeado essa questão, tinha penetrado em todos os aspectos da minha vida e destruído tudo em seu caminho. Portanto, essa era minha chance de finalmente resolver as coisas, de chegar ao cerne das coisas. A única questão era: quanto tempo eu ainda teria?

Não muito, como se viu, porque TOC rapidamente quebrou o tédio.

Era uma noite de segunda-feira quando ele telefonou, e foi uma ligação perturbadora, para dizer o mínimo. Eu estava sentado na minha sala de estar, em uma poltrona, quando o telefone sem fio tocou. Coloquei meu manual do AA de lado e atendi.

– Alô?

– Sou eu – disse TOC. – Você está sozinho?

Tendo em vista que era o FBI ligando, eu realmente olhei em volta para me certificar de que estava sozinho.

– Sim – respondi –, estou sozinho. Então me levantei e comecei a andar em torno da sala, nervosamente. – O que está acontecendo? Como tem passado?

– Ocupado – respondeu ele. – Correndo atrás das coisas. E você, como está? Dormindo com alguma russa ultimamente?

– Muito engraçado – respondi, com uma saudável dose de riso nervoso. – Já me cansei dessas Natashas por ora. Não suporto mais o sotaque, você sabe, *da, da, da... blá-blá-blá*. Fica chato depois de um tempo.

Seguindo o conselho de Magnum, eu tinha contado a TOC sobre as Natashas impertinentes, para que não fossem colocadas no banco das testemunhas sob interrogatório. Então TOC fez sua própria investigação e, não surpreendentemente, chegou à conclusão jurídica de que não havia nada inerentemente contra a lei sobre se deitar com garotas russas que estivessem atrás de dinheiro.

– De qualquer forma, o que está acontecendo? – perguntei. – Faz tempo que não tenho notícias suas.

Nenhuma resposta a princípio, apenas alguns momentos de silêncio doentio, o tipo de silêncio que você ouve quando uma bomba-relógio fica ticando até o zero e há uma interminável demora antes da explosão. Finalmente, ele disse:

– Não há muitas novidades, mas eu preciso que você coloque escutas para falar com Dave Beall. – Mais silêncio. – Eu sei que isso não é agradável para você, mas é preciso.

– Por quê? – retruquei imediatamente. – Ele não é ninguém!

Enquanto as palavras escapavam de meus lábios, eu sabia que soavam ridículas. Não tinha nada a ver com os crimes que eu tinha ou não cometido com Dave Beall (é claro que eu tinha, simplesmente porque cometera crimes com todos os meus amigos), mas tinha tudo a ver com as pessoas a quem Dave Beall poderia levá-los.

TOC calmamente explicou:

– Quem ele é ou não é não importa, o importante é que eu sei que ele é um de seus amigos mais próximos. – Ele fez uma pausa por um momento, como se estivesse procurando as palavras certas. – Escute, não tenho nenhum grande prazer nisso e, acredite ou não, Joel também não. Mas é algo que você tem de fazer. Eu quero que você tente marcar um jantar com ele, o.k.?

Com o coração apertado, respondi:

– Certo. Quer dizer, que porra de escolha eu tenho, não é? – deixei escapar um suspiro óbvio. – Quando você quer que eu telefone?

– Nada melhor do que já – disse ele. – Posso começar a gravar?

Eu balancei a cabeça, triste.

– Sim, que diferença faz? Onde você quer que eu marque a reunião?

– Em um restaurante que seja calmo, em algum lugar em Long Island, mas não nos Hamptons. É muito longe para mim.

Eu pensei por um momento.

– Que tal no Caracalla, em Syosset? É italiano, pequeno, comida boa, tranquilo – balancei a cabeça, desesperado. – É um lugar tão bom quanto qualquer outro para trair meu melhor amigo, sabia?

– Não seja tão duro consigo mesmo – disse TOC. – Se ele estivesse em seu lugar, faria a mesma coisa. Acredite em mim.

– Eu acredito – respondi, mas o que eu não disse foi que sabia que ele estava errado. Dave nunca iria me trair. – Vá em frente, faça a gravação. Vamos acabar com isso.

– Tudo bem, espere um segundo... – Silêncio por um momento, em seguida, dois cliques, e então: – Aqui é o agente especial Gregory Coleman do Federal Bureau of Investigation. A data é 3 de abril de 1999, e a hora é... São 8 horas da noite. Esta é uma conversa de telefone gravada consensualmente entre Jordan Belfort, testemunha que vem cooperando com o governo federal, e David Beall.

Outro momento de silêncio, então eu ouvi o zumbido do telefone da casa de Dave, e a cada toque meu ânimo se afundava cada vez mais. No momento em que Dave atendeu, me ocorreu que eu não era mais baixo que uma bactéria de esgoto. Agora eu era menor que o muco que alimenta essa bactéria.

CAPÍTULO 14

UMA CRISE DE CONSCIÊNCIA

De certa forma, David Michael Beall passou a representar tudo o que poderia ter sido justo e puro na Stratton Oakmont. Nascido na cidade ultracaipira de Burtonsville, em Maryland, onde esportes como lançar ferraduras e desviar de bosta de vaca eram os passatempos favoritos da população, ele tinha crescido muito pobre e sem um pai. Ele era do tipo que teve uma infância "faça você mesmo", em que um corte profundo era costurado pela própria mãe, usando uma agulha aquecida e um fio qualquer.

Intelectualmente, Dave não era nem muito brilhante nem muito burro; estava na média. E não era bem do tipo vendedor, era alguém honesto e franco demais, falando com o tipo de conversa lenta do Sul que não conseguia convencer ninguém a fazer algo que não quisesse, para começo de conversa.

Como a maioria das crianças de Burtonsville, ele não tinha crescido com um ardente desejo de ser rico, algo que viria mais tarde, mas tinha uma compreensão clara de que o mundo tinha poucos chefes e muitos índios, que ele era um dos índios e não havia nada de errado com isso.

Normalmente, um caipira de quase 2 metros de altura como Dave Beall nunca iria para a faculdade, mas acabaria trabalhando numa oficina da cidade, trocando óleo e ajustando motores, e então passaria os finais de semana tentando entrar nos jeans apertados da gostosona local. Mas, como quis o destino, Dave tinha sido abençoado com duas coisas maravilhosas, velocidade e força, que juntas lhe conseguiram uma bolsa de estudos para a Universidade de Maryland, para a equipe de luta livre.

Nesse meio tempo, ele conheceu uma linda judia loira chamada Laurie Elovitch, que tinha a metade do tamanho dele e era seu completo oposto. Laurie era de Long Island, de uma família muito rica e politicamente cheia de contatos; então, depois que ela e Dave se formaram, ambos se transferiram para Long Island a fim de ficar perto deles. Entendia-se que um cara como Dave – que você normalmente encontraria sentado em um fardo de feno, vestindo macacão jeans sem camisa – seria um peixe fora d'água na desumana e implacável Long Island. Todo mundo achou que o pai de Laurie, Larry, ajudaria a encontrar um caminho para Dave, que usaria seus contatos políticos para obter um emprego decente para o genro (talvez no Departamento de Parques ou de Serviços Públicos).

Mas, novamente, o destino iria intervir na vida de Dave Beall, quando, em novembro de 1988, Laurie se deparou com um anúncio de emprego no *New York Times* e Dave tornou-se um dos primeiros jovens americanos a atender ao chamado da Stratton. Como muitos jovens que vieram depois dele, ele se dirigiu para a entrevista em um carro que não era mais que um pedaço de merda, vestindo um terno que era outro pedaço de merda e estava tão esfarrapado que sua futura sogra teve de usar fita adesiva para impedir que as costuras arrebentassem.

No entanto, ele passou no teste do espelho sem incidentes e, em seguida, passou pelo programa de treinamento e aprendeu a vender – ou, nos termos da Stratton, aprendeu a ser um assassino. Duas vezes por dia, eu ficava de pé na frente da sala de pregão fazendo meu discurso, e ele também passou a acreditar que a ganância era uma coisa boa, que os clientes deviam comprar ou morrer e que uma vida de riqueza e ostentação era o único caminho para a felicidade.

Então – *voilà!* –, mais ou menos uns seis meses depois, Dave Beall estava dirigindo um Porsche conversível, vestindo-se com ternos de 2 mil dólares e falando com a desenfreada autoconfiança de um corretor de primeira linha.

No entanto, foi através do casamento com Laurie que seu destino acabou sendo selado: Laurie atingiria o grau mais próximo possível de amizade com a Duquesa, empurrando, assim, a mim e a Dave para a mais improvável das amizades... Nós éramos uma dupla estranha, com certeza, mas, enquanto minha dependência em drogas saía do controle, Dave se tornou o companheiro perfeito para mim. Afinal, ele nunca teve muito a dizer, para começo de conversa, e eu estava chapado demais na maior parte do tempo para compreender qualquer coisa. Então nós assistíamos a filmes juntos, os mesmos de sempre, James Bond em sua maioria, e os episódios originais de Star Trek, enquanto nos escondíamos em meu porão, com as cortinas fechadas e as luzes apagadas, e eu consumia drogas em quantidade suficiente para derrubar uma família de ursos-pardos.

Claro que Dave também curtia drogas, mas não tanto. (E quem curtia mais que eu, exceto Keith Richards, dos Rolling Stones?) De qualquer maneira, ele sempre ficou atento o suficiente para manter o olho em mim, por ordem da Duquesa. A paciência dela já se esgotara, então ela engarregara Dave de se certificar que eu não me mataria antes que ela descobrisse um jeito de me levar para a reabilitação.

Por fim, ela conseguiu, mas não antes de eu tentar me matar.

Há dois anos, eu estava um dia na cozinha de Dave, perturbado e desesperado, mastigando uma centena de comprimidos de morfina, então ele me jogou no chão e enfiou os dedos na minha boca, puxando os comprimidos para fora. Aí chamou uma ambulância e salvou minha vida.

Quatro semanas mais tarde, quando saí da reabilitação e cheguei a Southampton, com meu casamento em frangalhos, foram Dave e Laurie que vieram para a praia e fizeram o possível para nos ajudar a nos recompor. Embora eu estivesse bem ciente de que isso era algo que só a Duquesa e eu poderíamos fazer, aquele foi um gesto que eu nunca iria esquecer.

No entanto, foi ainda mais revelador como Dave e Laurie agiram depois de minha intimação: enquanto a maioria de meus amigos correu para se proteger, Dave ficou a meu lado, e enquanto a maioria dos amigos da Duquesa embarcou na onda de "dê o fora em seu marido", Laurie tentou convencê-la a ficar.

Foi por todas essas razões que, enquanto eu me sentava com Dave no restaurante Caracalla, me sentia o maior piolho do mundo. Eu estava usando uma Levi's azul-escura, que escondia o diabólico aparelho de TOC, e sob minha blusa de algodão preto estava o microfone ultrassensível do FBI, que subia pelo meu esterno para descansar à direita de meu coração partido.

Embora fossemos só nós dois naquela noite, estávamos em uma mesa para quatro pessoas, com uma toalha imaculadamente branca, pratos de porcelana branca e talheres reluzentes. Dave estava sentado bem à minha esquerda, a menos de meio metro de distância; tão perto, pensei, que o microfone do TOC pegaria o som de sua respiração. Ele usava uma jaqueta esporte sobre uma camiseta branca, a típica roupa de Dave Beall, e em seu rosto bonito e grande estampava a mais inocente das expressões: um cordeiro à espera do abatimento.

Depois de alguns minutos de conversa, ele me entregou uma pilha de papéis.

– Você poderia dar uma olhada nisso? – questionou. – Estou pensando em entrar no negócio de câmbio, as pessoas estão fazendo fortuna com isso.

– Claro – respondi, e pensei: Puta merda, como ia ser terrivelmente simples! O chamado negócio de câmbio era o mais recente golpe na praça e eu não tinha dúvida de que podia fazer Dave se incriminar em menos de um minuto. Ainda assim, aquilo não tinha nada a ver com o que TOC e o Canalha estavam interessados. Ao contrário, eles queriam saber sobre a corretora em que Dave tinha trabalhado depois do fechamento da Stratton. Em todo caso, seria muito fácil fazer Dave falar sobre isso.

Então passei alguns momentos fingindo olhar seus papéis, que tinham palavras como ienes e marcos alemães impressas, enquanto dava rápidas espiadas pelo restaurante com o canto do olho. Caracalla era um lugar pequeno, com talvez 15 ou 20 mesas. Às 8 da noite, numa quarta-feira, apenas algumas delas estavam ocupadas. Eram principalmente casais de meia-idade, nenhum dos quais tinha a menor ideia da trapaça que acontecia a poucos metros de distância. TOC e o Mórmon estavam me esperando no estacionamento de um cinema local, por isso éramos apenas Dave e eu... *O homem que salvou minha vida... O único amigo que eu tinha e que me apoiou... Nossos filhos eram amigos... Nossas esposas eram amigas... Nós éramos amigos! Como eu podia fazer aquilo?*

Eu não podia.

Sem pensar, coloquei os papéis na mesa, me desculpei e fui ao banheiro. No caminho, parei na área dos garçons e peguei uma caneta. Dentro do banheiro, escondido em uma das baias, peguei uma toalha de papel, apoiei na parede e, em letras grandes, escrevi:

NÃO SE INCRIMINE, ESTOU COM UM MICROFONE!

Olhei para a nota por um segundo, meu coração quase saindo do peito. Se TOC e o Canalha descobrissem sobre aquilo, eu estaria morto. Eles iriam encerrar minha cooperação no ato e eu seria condenado sem a tal da carta da Promotoria. *Trinta anos, porra!* Eu fiz os cálculos: eu teria 66 anos de idade! Respirei fundo e tentei me reequilibrar. Não havia nenhuma maneira de TOC descobrir. Eu estava certo disso.

Encorajado por esse pensamento, saí do banheiro e voltei para a mesa, meus olhos correndo ao redor do restaurante como se fossem os de um coelho. O caminho estava livre; não havia agentes do governo.

No momento em que cheguei à mesa, coloquei a mão esquerda no ombro de Dave e levei o dedo indicador direito aos lábios, o sinal que diz: "Shhh!". Na minha mão esquerda estava a nota, dobrada ao meio. Eu tirei a mão de seu ombro, desdobrei a nota com os dedos e então a coloquei sobre a mesa, na frente dele.

Quando me sentei, vi seus olhos azuis quase saindo de seu crânio robusto, como cabides de chapéu, enquanto ele lia a nota para si mesmo. Então ele olhou para mim, perplexo. Eu olhei para trás, com o rosto imóvel. E assenti lentamente. Ele acenou de volta.

– De qualquer forma – eu disse –, se o negócio de câmbio seguir como está, acho que é uma coisa boa, mas você precisa ter cuidado. Há um monte de dinheiro flutuando lá, pelo menos isso foi o que eu ouvi; todos levando propinas. Quer dizer, era uma coisa quando você e eu fizemos isso, mas é diferente quando há estranhos envolvidos – baixei a voz para dar mais efeito. – Deixe-me fazer uma pergunta – sussurrei. – Você nunca depositou qualquer soma do dinheiro que lhe dei, não é?

Ele olhou para mim com os olhos arregalados.

– Eu não sei do que você está falando. Eu estou quebrado agora.

– Eu entendo – sussurrei –, mas não estou falando de agora. Estou falando de dois anos atrás. Estou preocupado com os 250 mil que lhe dei. O que você fez com o dinheiro?

Uma gota de suor começou a escorrer pela testa dele.

– Eu acho que você estava chapado na época, cara. Estou quebrado, totalmente...

E foi assim a noite toda.

Uma hora mais tarde, quando entreguei a fita a TOC, senti uma ligeira pontada de culpa, mas apenas uma leve pontada. Apesar de tudo, se TOC descobrisse aquilo, ele iria entender. Ohhh, ele não teria escolha senão me atirar na cadeia pelos 30 anos seguintes, mas não iria encarar minha traição como algo pessoal. Ele concordaria que um homem poderia se afundar tanto que não seria mais um homem, e naquela noite eu tinha chegado a esse ponto; sim, naquela noite eu tinha agido como um homem.

No caminho de volta para Southampton, percebi que tinha encontrado algo muito importante naquela noite, algo que eu tinha perdido muitos anos antes, no primeiro dia em que entrei na Investors' Center e vi as opções de compra e venda.

Minha autoestima.

CAPÍTULO 15

O MARAVILHOSO MUNDO DO CARMA

Aquilo era carma, pensei.

Afinal, depois de três dias que eu passara o recado a Dave Beall, que outra explicação poderia haver para o fato de a Duquesa ter me chamado para conversar sobre reconciliação? Na verdade, não era uma plena reconciliação, mas foi um grande passo na direção certa.

– Então – disse minha saborosa Duquesa, andando de braço dado comigo ao longo da beira da água –, se você me comprar uma casa nos Hamptons, eu acho que vai ser muito bom para nós. A gente se livra da casa em Old Brookville e podemos nos ver o tempo todo. Quem sabe o que pode acontecer a partir daí, certo?

Eu assenti com a cabeça e sorri calorosamente enquanto caminhávamos em silêncio por alguns momentos. Estávamos andando para oeste, na direção do sol, e apesar de ser abril estava quente o suficiente para as 5 horas da tarde, de forma que nossas jaquetas azuis de náilon combinando eram tudo de que precisávamos para nos proteger contra a brisa salgada do mar.

– De qualquer forma – continuou a Duquesa –, eu fiquei muito brava com você durante um tempo. Eu nunca soube direito o que aconteceu, quer dizer, eu achei que soubesse, mas sei lá, eu meio que coloquei debaixo do tapete, junto com um monte de outras coisas. – Ela parou por um momento, apertando meu braço. – Mas eu sou tão culpada quanto você por tudo isso. Veja, todos esses anos, eu realmente achei que estava te ajudando, mas de fato eu estava te matando. – Ela balançou a cabeça, triste. – Mas como eu ia imaginar? Eu era tão codependente naquela época, eu não sabia mais que caminho tomar...

– Sim – eu disse, suavemente –, você está certa, mas apenas sobre a última parte. O que aconteceu com as drogas não foi culpa sua, não foi de fato culpa de ninguém, apenas aconteceu. Lentamente, insidiosamente, aquilo se arrastou para cima da gente.

Ela assentiu, mas não disse nada. Eu, de minha parte, segui em frente, em um tom otimista:

– De qualquer forma, eu era um viciado em drogas e você era uma codependente, e juntos fizemos uma confusão danada. Mas pelo menos conseguimos sair vivos, certo?

– Sim, mais ou menos – disse ela. – Eu tive de trabalhar duro comigo mesma nos últimos seis meses. Você sabe, codependência é uma doença terrível, Jordan – ela balançou a cabeça com seriedade –, uma doença terrível, terrível, e eu me tornei a mais clássica codependente que se pode ser...

– Sim – respondi solenemente, mas que porra de piada era aquilo? Codependência, caralhodependência... blá-blá-blá! Toda essa porra era risível. Tudo bem, a Duquesa tinha sido codependente, mas a ponto de quê, de procurar um grupo de autoajuda que teve a audácia de se chamar Codependentes Anônimos? Ainda assim, quando a Duquesa começou a falar sobre isso pela primeira vez, eu tentei manter a mente aberta. Na verdade, eu até perguntei a George se ele já tinha ouvido falar do tal grupo e, surpreendentemente, ele me disse que tinha. Sim, eles existiam, mas ninguém os levava a sério. Era um clube de mulheres que odiavam homens, acima de tudo, um lugar onde eles transformavam mulheres dóceis em pit bulls. Em resumo, concluiu George, eles eram perigosos.

Mas essa era a Duquesa: sempre aspirando a ser perfeita em alguma coisa, e aquele era seu último show, ser perfeitamente codependente. Então eu não tinha escolha, a não ser dançar conforme a música e fingir que a codependência era a última moda. Pelo lado positivo das coisas, apesar de tudo, qualquer motivo que a fizesse deixar de lado sua pá de garimpar novas minas de ouro estava bem para mim.

Foi então que senti uma cutucada brincalhona.

– No que está pensando? Estou vendo você com uma cara de pensativo...

– Nada – respondi. – Eu estava pensando em quanto eu ainda amo você.

– Bem, eu também te amo – disse ela. – Eu sempre vou te amar.

Merda! A segunda metade de sua declaração não fora nada encorajadora! Afinal de contas, dizendo que sempre me amaria, ela estava inferindo que seu amor não era de natureza conjugal, em outras palavras, do tipo "abra as pernas". Em vez disso, era do tipo "você é o pai de meus filhos" ou "compartilhamos uma história juntos", ambos inaceitáveis para mim. Eu queria um amor conjugal. Eu queria um amor vigoroso. Eu queria aquele tipo de amor que nós costumávamos dividir, antes de eu ser burro o suficiente para me deixar ser indiciado! Ainda assim, era um começo, um ponto de partida para que eu pudesse manobrar a Duquesa...

– Bem – eu disse, confiante –, enquanto ainda amarmos um ao outro, podemos resolver as outras coisas, certo?

Ela assentiu com a cabeça lentamente.

– Com o tempo, sim, mas precisamos nos tornar amigos primeiro. Nós nunca fomos realmente amigos, Jordan. No início, tudo o que rolou foi sexo, quer dizer, quase não paramos para respirar, sabe?

– Sim – respondi e pensei: que diabos havia de errado nisso?

Aqueles tinham sido os melhores momentos de minha vida, porra! Todas aquelas tardes preguiçosas em que fizemos amor no closet, todas as noites na praia, a maneira como tínhamos transado no estilo cachorrinho na parte de trás da limusine, uma vez no cinema, durante *Entrevista com o vampiro*, enquanto um velho casal na fila de cima revirava os olhos. Quem poderia pedir mais que isso?

– Sim, isso mesmo – acrescentou a Duquesa. – Éramos como dois maníacos sexuais!

De repente, ela parou e se virou para mim. Estava de costas para o oceano agora, seu cabelo loiro brilhando à luz do sol da tarde. Ela parecia um anjo, meu anjo!

– Então, o que você acha, querido? Você vai me comprar a casa? – ela fechou os lábios em um biquinho irresistível.

– Não sou contra isso – respondi rapidamente, debatendo se devia ou não dar-lhe um beijo –, mas, com tudo o que está acontecendo agora, você não acha que faria mais sentido se mudar para cá? – fiz um gesto em direção às dunas. – Vamos fazer uma tentativa e ver o que acontece, Nae! Se não funcionar, eu compro a casa em dois segundos.

Ela balançou a cabeça, triste.

– Eu não posso fazer isso ainda, não estou pronta. – Então, nervosamente, ela acrescentou: – É o dinheiro? É o governo incomodando?

Eu balancei a cabeça, negando.

– Não, eu ainda posso gastar o que quiser, desde que seja razoável.

– Bem, o que Greg diz?

Eu sorri.

– Qual Greg? Greg meu advogado ou o outro Greg?

– Greg, seu advogado!

Eu sorri novamente.

– Ele não fala muito, Nae. Ele está tentando negociar o melhor acordo que puder, basicamente é isso. Mas a boa notícia é que ele acha (acha!) que podemos manter as casas por um tempo, pelo menos até que eu seja condenado, e que isso deve demorar uns quatro anos, por aí. Portanto, temos algum tempo.

Ela não deixou passar:

– Onde é que eu fico? Você vai me comprar a casa ou não? Custa apenas 1 milhão de dólares, Jordan. É muito menos que Old Brookville, então eu tenho certeza de que o governo vai ficar feliz com isso, não?

Eu dei de ombros.

– Acho que sim, mas, ainda assim, preciso de aprovação para isso – disse, e só então algo estranho me ocorreu. – Você já encontrou uma casa, Nae?

Ela encolheu os ombros inocentemente.

– Não... na verdade, não. Quer dizer, eu fui ver algo que seria perfeito para as crianças e para mim... – então, como uma reflexão tardia – e talvez para você também um dia! – Ela sorriu ansiosamente. – Então, o que você acha, querido? Você vai comprá-la para mim?

Eu sorri de volta, pensando em como seria maravilhoso viver com a Duquesa e com as crianças novamente! Nada mais de boquetes de judias nem das russas Natashas, como seria maravilhoso!

– Eu acho que devemos olhar a casa agora – respondi, sorrindo, mas o que eu *não* disse foi: "Antes de realmente comprá-la para você, Duquesa, eu vou procurar ter certeza de que não está me manipulando!".

– Ela está manipulando você – exclamou meu antigo detetive particular, Richard "Bo" Dietl, sentado à minha frente em uma mesa para dois no Caracalla. – Tenho certeza disso, Bo.

– Talvez – respondi –, mas eu preciso ter certeza. Você sabe, eu estava começando a me desligar dela quando ela telefonou, e agora estou de novo fisgado... – Fiz uma pausa e balancei a cabeça com raiva. – Mas é isso, Bo, se ela me foder *dessa* vez, está tudo acabado pra sempre.

– Isso é justo – disse Bo, cético –, mas eu ainda acho que é um carma ruim, esse seu *planis*. E não é legal, também.

Dei de ombros evasivamente, espantado pela forma como eu entendia a maneira de Bo falar, que exigia que se desconsiderasse aquele estranho hábito dele de chamar todos à sua volta de Bo (apesar de seu próprio apelido ser Bo), e que também desconsiderasse a terminação *is* em tudo que ele dizia, adicionando-a a uma palavra qualquer, como um humorista da TV. Assim, um plano virava um *planis* e um almoço virava um *almocis*. Ainda assim, Bo era mais esperto que uma raposa e, por acaso, era o melhor detetive particular da praça.

– Eu não estou muito preocupado com a parte do carma ruim – respondi, casualmente –, pois eu tenho feito algumas coisas muito boas nos últimos tempos. – Sorri conscientemente, resistindo à vontade de explicar a Bo que a razão de ter escolhido o Caracalla era porque eu tinha criado um carma muito bom da última vez em que estivera ali (passando a nota para Dave Beall) e que eu estava certo de que estava mais que compensando qualquer carma ruim que pudesse ser criado com meu último plano, de grampear as reuniões dos Codependentes Anônimos da Duquesa. – Quer dizer, estou transbordando de carma bom, Bo.

– Tudo bem – disse ele –, mas ainda assim não posso grampear a *salis* pra você. Se formos pegos, eles vão nos jogar na cadeia por causa disso.

Dei de ombros novamente e então dei um tempo, avaliando Bo.

Como sempre, ele estava vestido impecavelmente, com seus quase 100 quilos e 1,80 metro envoltos em um terno cinza de 2 mil dólares, uma camisa branca impecável fechada no pescoço com uma gravata cinza de crepe atada num perfeito nó estilo Windsor. Na mão esquerda, ele usava, no dedo mindinho, um anel de diamante que parecia pesado o suficiente para fazer levantamento de peso, e junto com o resto do corpo, o pescoço do tamanho de um gorila, os traços bonitos, a barba acinzentada perfeitamente aparada, a cabeça com cabelos rareando, ele realmente exalava um cheiro de mafioso elegante.

Claro, Bo não era um mafioso, ele simplesmente tinha crescido em torno deles, naquela parte de Ozone Park, Queens, onde um garoto de ascendência irlandesa e italiana como Bo tinha apenas dois caminhos possíveis: tornar-se policial ou mafioso. Assim, ele tinha se tornado policial, subindo rapidamente na polícia de Nova York e ganhando seu distintivo de ouro ainda muito jovem. Ele então se aposentou bem cedo e usou seus contatos, em ambos os lados da lei, para construir sua empresa, Bo Dietl e Associados, e torná-la uma das empresas de segurança privada mais respeitadas do país.

Ao longo dos anos, Bo tinha sido uma enorme vantagem para mim, fazendo de tudo, desde proteger minha família até investigar as empresas que tornei públicas, além de assustar os ocasionais bandidos de baixo nível que tinham cometido o erro de querer abrir caminho à força nos negócios da Stratton. Agora, no entanto, Bo não tinha ideia de que eu estava cooperando; talvez ele suspeitasse, pensei, mas ele era muito profissional para perguntar. Além disso, se chegasse a esse ponto, Bo era meu amigo, e como qualquer amigo ele não iria me colocar em uma posição em que eu tivesse de mentir para ele.

– Eu entendo o que você está dizendo – respondi a Bo –, mas não estou pedindo que grampeie a sala.

Ele deu de ombros.

– Então o que você está me pedindo para fazer, me esconder dentro da porra do armário?

Eu sorri calorosamente.

– Não, não, não, eu nunca lhe pediria uma coisa tão sorrateira e dissimulada. O que eu quero que você faça é grampear uma de suas agentes do sexo feminino e infiltrá-la na reunião – pisquei. – Enquanto o grampo estiver nela, é legal, certo?

Bo olhou para mim, espantado. Eu continuei:

– De qualquer forma, estou bem certo de que uma conversa gravada com um dos lados consentindo é perfeitamente legal – preferi não dizer a ele por que eu estava tão certo disso. – Então, enquanto o grampo estiver nela, estamos limpos – ergui as sobrancelhas rapidamente por duas vezes. – É um plano muito bom, você não acha, Bo?

– Caralho! – murmurou Bo. – Você é um maluco fodido, meu amigo!

Eu dei de ombros.

– Vou encarar isso como um elogio, vindo de um cara como você. Enfim, eu só posso imaginar o que essas mulheres dizem nessas reuniões. Quer dizer, pense nisso: nós seremos como duas moscas na parede. Se não houver nada demais, pelo menos vai ser a gargalhada do século!

Bo, o homem das cavernas, completou:

– Que porra é essa merda de codependente, afinal? Parece um monte de merda para mim – ele balançou a cabeça, descrente. – Eu aposto com você que algumas dessas mulheres poderiam se beneficiar de um tempo num hospital psiquiátrico. Você entende o que eu estou dizendo, Bo?

Eu balancei a cabeça, concordando.

– Sim, compreendo exatamente o que você está dizendo, mas essa é a mais recente viagem da Duquesa: ela é uma codependente aspirante e não há nada que se possa fazer sobre isso. De qualquer forma, você vai fazer isso para mim, Bo? Você vai embarcar nessa comigo até o fim?

– Sim – respondeu ele, sem entusiasmo. – Estou com você, Bo. Mas se sua *esposis* descobrir alguma coisa sobre isso, ela vai crucificá-lo!

Afastei essa preocupação dele com um aceno da mão no ar.

– Não se preocupe com isso, Bo. Nenhum de nós dois vai contar a ela, então, como caralhos ela vai descobrir?

Exatamente nessa hora um garçom alto e magro veio com nossas bebidas. Ele usava um bolero vermelho, uma gravata-borboleta preta e nenhuma expressão no rosto. Entregou a Bo um copo de Jack Daniel's e para mim uma Coca--Cola. Bo olhou para o garçom e disse:

– Traga-me mais um desses *drinquis,* Bo, vai?

O garçom olhou para Bo, confuso. Bo pressionou:

– O que há de errado, Bo?

Eu disse para o garçom:

– Ele gostaria de outro, por favor.

O garçom assentiu e saiu.

Bo balançou a cabeça, desgostoso.

– Garçom de merda – murmurou. – O cara mal fala nossa língua e eles colocam esse porra pra servir nosso *almocis.* É uma farsa, porra. – Com isso, Bo ergueu o copo. – Enfim, espero que você tenha a resposta que está procurando, Bo, porque minha experiência com essas coisas é que os pensamentos secretos de uma mulher nunca são bonitos.

– QUE BANDO DE MULHERES MALUCAS! – murmurou Debbie Starling.[1]

Isso aconteceu duas noites depois, quando uma das agentes favoritas de Bo, Debbie Starling, murmurou aquelas palavras de um telefone em Long Island, a poucos quarteirões de onde tinha ocorrido a reunião das Codependentes Anônimas da Duquesa. Bo e eu estávamos no viva-voz.

– Nunca ouvi nada parecido com isso – acrescentou. – Quer dizer, nem mesmo sei como descrever a vocês. Era como se... Hã...

Houve alguns momentos de silêncio, enquanto eu estava sentado na ponta da cadeira, e Bo, presumi, estava sentado na ponta de sua própria cadeira. Ele estava trabalhando até tarde naquela noite de quarta-feira, ainda em seu escritório, à espera do relatório de Debbie depois da reunião.

[1] O nome foi trocado.

Eu nunca tinha encontrado Debbie, mas, de acordo com Bo, ela parecia perfeita para o trabalho. Com 40 e poucos anos, tinha passado a maior parte de sua carreira acampada em um banco de parque, parecendo sexy e vulnerável, à espera da possível abordagem de um assaltante. Quando isso acontecia, ela o atraía e depois fechava as algemas nele. Então ela soprava o apito e meia dúzia de policiais de Nova York saía das sombras e dava um cacete no cara, para em seguida prendê-lo.

Ainda assim, não foi isso o que impressionou Bo sobre Debbie, especialmente para aquela operação. Na verdade, tinha mais a ver com o fato de Debbie ter frequentado um clube de teatro em sua época de faculdade e ganhado elogios da crítica. Ela era perfeita, Bo dissera. Era uma atriz nata, que poderia se infiltrar naquele clube tipo "menino não entra" mais rápido do que a Duquesa poderia dizer *codependência*! Então ele a grampeou com seus gravadores e microfones e enviou-a para trás das linhas inimigas.

Finalmente, a aspirante a atriz falou:

– Olha, talvez eu pudesse explicar dessa forma: vocês já viram o filme *Jerry Maguire*?

– Sim – respondemos, em uníssono.

– O.k., bem, lembram-se da cena na sala de estar da casa de Renée Zellweger, onde todas as mulheres divorciadas estão sentadas, reclamando e gemendo, chamando os homens de *o inimigo*?

– Sim – respondemos novamente.

– Bem, foi assim, mas multiplicado por 20!

Todos nós paramos de falar após essa frase, mas depois de alguns segundos eu já sentia vontade de saltar pelo fio do telefone e fazê-la contar tudo. Bo recuperou a compostura e disse:

– Tudo bem, Debbie, então o que se passou na Terra da Fantasia nessa noite?

– Bem – disse Debbie –, parece que a esposa de Jordan é a líder por lá. Será que isso é uma surpresa para você, Jordan?

– Não, não é – respondi. – É assim que ela é. Tudo aquilo que para ela é o interesse do momento, ela mergulha de cabeça. Hoje ela é uma aspirante a codependente, amanhã ela poderia ser uma astronauta aspirante; não tem explicação, mas eu a amo mesmo assim.

– Bem, ela é muito bonita – observou Debbie.

Não brinca! Por que outra razão você acha que eu sou apaixonado por ela? Por causa de sua personalidade, porra? Ela é capaz de deixar um desfile inteiro de soldados malucos!

– Obrigado – disse –, mas não é por isso que eu a amo, Debbie. A beleza é apenas superficial – enquanto a feiura vai direto ao osso, pensei. – É a personalidade dela que eu amo: seu mau humor, seu raciocínio rápido, o jeito como ela se mostra uma concorrente digna, enfim... – e o jeito como ela me fazia boquete enquanto eu dirigia a Ferrari na hora do *rush*, enquanto os caminhoneiros buzinavam em apreciação. – Quer dizer, sua aparência não tem nada a ver com isso, absolutamente nada.

Houve alguns momentos de silêncio, enquanto minha besteira ficava pairando no ar como a poluição de Los Angeles. Bo finalmente falou:

– Tudo bem, então qual é o veredicto, Debbie? Será que ela o ama ou não?

– Sim, ela o ama – disse Debbie, o que me fez sentir um *grande alívio* –, mas ela também o odeia – e senti uma *grande angústia*! Debbie parou por um momento. – Mais que qualquer coisa, acho que ela está confusa.

– Confusa sobre o quê? – perguntei.

– Sim – acrescentou Bo. – Que porra é essa de se sentir confusa? Não foi ela quem foi indiciada, caralho... Essas porras dessas mulheres são inacreditáveis!

Debbie, com paciência, falou:

– Você já terminou, Bo?

– Sim, já terminei – murmurou ele. – Então, qual é a história com a casa?

Eu imediatamente me endireitei.

– Ah, ela falou dessa coisa de East Hampton?

– Não diretamente – disse Debbie. Que merda!, pensei – Embora ela de fato tenha dito que queria sair de Brookville.

Eu me animei novamente.

– Ah, é mesmo? Ela disse por quê?

– Sim, ela disse que seu nome está nos jornais o tempo todo, e ela está se sentindo envergonhada – *a angústia e tristeza de novo!* – Ela diz que as pessoas estão olhando para ela de um jeito engraçado, especialmente na escola de sua filha. Ela só quer ficar longe de tudo e levar as crianças com ela.

– Bem, isso não parece muito promissor – comentei.

– Não mesmo – concordou Bo. – Eu acho que é hora de você parar com essa coisa de procurar *casis.* Entendeu, Bo?

– Eu não tiraria conclusões apressadas – rebateu Debbie. – Veja, logo depois de ela dizer isso, começou a falar que ainda o amava. Ela disse que sentia falta de estar com você...

– Ah, isso é ótimo! – festejei.

– Bem, vá com calma você também... – alertou Debbie. – Um segundo mais tarde, ela disse que esperava que você morresse em um incêndio, algo assim. Dessa forma, ficaria livre de você para sempre.

– Você pode imaginar uma coisa dessas? – rosnou Bo. – Você não pode confiar nessas fêmeas nem por um segundo! Basta virar as costas e elas enfiam a faca!

Debbie, perdendo a paciência, disse:

– Você não está sendo construtivo, Bo. – Uma breve pausa, e então: – Ouça, Jordan, como eu disse, ela anda muito confusa. Talvez você deva dar um tempo, apenas lhe dar uma brecha para resolver as coisas. Então talvez ela volte para você, não sei... Enfim, existe uma coisa que me parece certa, Jordan.

– O que é? – perguntei.

– Ela odeia o pai ainda mais do que o odeia.

– Bem, isso é reconfortante – disse. – Ele a abandonou quando Nadine tinha 3 anos.

– Então, onde é que isso nos deixa? – Bo perguntou a Debbie. – Pode nos dar um parecer sobre esse assunto?

– Bem, não vou me sentir confortável fazendo isso – disse Debbie. – Talvez, se voltar na próxima semana, eu possa saber mais. Tenho certeza de que ela não suspeita de nada. Fui recebida no grupo de braços abertos. Eu acho que elas ficaram felizes em arrastar mais alguém para sua infelicidade...

– Isso pode levar um longo tempo, Bo – disse Bo.

– Eu não tenho muito tempo – respondi. – Minha mulher não vai parar de me pressionar, eu a conheço.

Eu estava ficando sem tempo por outras razões, também, razões que eu não podia compartilhar com Bo e Debbie. No mês seguinte eu iria me apresentar diante do juiz, dar entrada em minha confissão de culpa e teria de preencher uma ficha financeira atestando todos os meus bens. Claro, tudo isso seria feito em segredo, nada seria anunciado até o ano seguinte, antes que minha cooperação se tornasse pública. Mas, ainda assim, era o melhor momento para vender a casa de Old Brookville, antes que eu terminasse minha declaração de bens.

Bo disse:

– Tem de haver uma maneira de fazê-la confessar tudo mais rapidamente.

A ex-atriz complementou:

– Talvez se eu pudesse criar amizade com ela. Quer dizer, se eu entrasse na próxima reunião chorando histericamente, tipo dizendo que meu marido me bate ou coisa assim... – A atriz parou por um momento. – Do pouco que eu sei sobre sua esposa, Jordan, acho que ela viria correndo me ajudar.

Ah, caralho!, pensei. Eu estava indo direto para o inferno com aquilo... Não havia nenhuma maneira de eu deixar isso acontecer. Nunca! Nem em um milhão de anos!

– Essa é uma ideia incrível, Debbie! Você podia convidá-la para tomar um drinque e então fazê-la abrir o bico. Você devia ver como ela fica depois de uns dois tragos, é como o soro da verdade! – Meu Deus, o que eu estava dizendo? – E eu sei o lugar perfeito para levá-la, chama-se Buckram Stables. É um ponto de encontro dos velhos WASPs em Locus Valley; é agradável e tranquilo, de forma que dá para fazer uma gravação bem nítida.

– Isso é terrível – disse Bo. – Eu não posso permitir que isso aconteça sem dar a Debbie algum tipo de bônus, se ela tocar adiante e der certo.

– Bem, obrigada – disse Debbie –, mas não tenho medo: vou conseguir. Vou levar uma cebola comigo e tirar a casca no carro antes de ir para a reunião. Vou entrar naquela igreja com lágrimas descendo pelo rosto!

Houve alguns momentos de silêncio.

– Merda! – disse Bo. – Isso é ruim, muito ruim. Vamos fazer isso logo!

– Eu não posso permitir que isso aconteça – disse eu, com força. E então continuei: – O único problema é que agora está fora de meu controle. É, já foi decidido. Então, o que eu posso fazer?

– Nada – respondeu Bo. – Nós já passamos do ponto de retorno.

– Ótimo – disse Debbie. – Vou comprar a cebola!

O CLUBE DAS MENINAS que odiavam os meninos se reunia uma vez por semana, às quartas-feiras, e os encontros duravam uma hora, terminando às 8 da noite. Já passava de 11 horas e eu ainda não tinha tido notícias de Bo. Então estava caminhando de um lado para o outro em minha sala de estar, tentando manter a calma e calculando quanto carma bom eu ainda tinha em meu tanque de carma.

De certa maneira, a Duquesa tinha atraído aquilo para si mesma, não é mesmo? Quer dizer, que homem não iria querer conhecer os pensamentos secretos de sua esposa? Eu não era pior que qualquer outro marido obcecado! A única diferença era que eu tinha recursos para levar as coisas um pouco mais adiante que a maioria dos homens. Além disso, se ela estava disposta a compartilhar seus pensamentos secretos com a primeira pessoa estranha que aparecesse em seu caminho... Bem, isso faria com que seus pensamentos secretos se tornassem de domínio público.

Na verdade, eu me sentia bastante confiante em receber boas novas naquela noite. Depois de tudo, eu havia repassado todas as coisas que Debbie nos contara na semana anterior e, em resumo, tinha destilado os pensamentos interiores da Duquesa em duas verdades simples. Verdade um: ela ainda me amava, mas estava confusa. Verdade dois: com o tempo, ela iria sentir tanta falta de fazer amor comigo que não teria outra escolha a não ser voltar. Sim, até mesmo naquele dia na praia ela tinha levantado esse assunto específico em duas ocasiões: uma vez como simples maníacos sexuais (o que foi, certamente, uma coisa boa) e também comentando sobre como a gente nunca parava para respirar (que foi uma coisa ainda melhor!). Claro, eu tinha ouvido aquelas fofocas perturbadoras sobre ela e Michael Bolton e sobre ela e seu *personal trainer*, Alex, o Desprezível, mas, provavelmente tinha sido apenas fofoca...

Encorajado por aquelas verdades, tinha telefonado para Magnum na semana anterior e contado sobre o que estava acontecendo com a Duquesa.

– Será que o Canalha vai fazer alguma objeção se eu vender minha casa em Old Brookville para comprar uma casa muito mais barata nos Hamptons?

Magnum respondeu com um otimismo cauteloso. Ele estava mergulhado até os joelhos em profundas negociações com o Canalha, dissera, que estava sendo o Canalha de sempre. No entanto, Magnum achou que ele iria olhar positivamente para qualquer coisa que fizesse eu cortar minhas despesas. De toda maneira, ele esperava ter um acordo definitivo no início de maio, quando eu iria me colocar na frente do juiz Gleeson e dar entrada em minha declaração de culpa.

Nesse momento, o telefone tocou. Devia ser Bo! Corri em linha reta para a cozinha. Quando cheguei ao telefone, congelei, parado no lugar. Não era o telefone, era o sistema de intercomunicação que estava ligado ao telefone. Alguém estava no portão da frente! Quem seria? Com cuidado, peguei o telefone.

– Alô...

– E aí, Bo – disse Bo. – Sou eu, Bo!

– Bo? – respondi a Bo. – O que você está fazendo aqui?

– Deixe-me entrar. Eu estou fazendo uma entrega pessoal, Bo.

Eu respirei fundo, tentando manter a calma e acompanhar todos aqueles Bo-Bos... Só poderia ser uma boa notícia, pensei. Por que outra razão Bo teria vindo até Southampton? Se fosse má notícia, ele teria me telefonado, a não ser, claro, que fosse uma dessas pessoas que ficam contentes em ver de perto a infelicidade dos outros. Não, Bo não era assim! Como eu poderia pensar uma coisa dessas? Ele era um verdadeiro amigo e provara sua lealdade a mim mil vezes. Ele só queria me dar a boa notícia em pessoa.

–E aí, Bo! – disse Bo. – Você vai abrir o *portãozis* ou o quê?

– Sim, sim – eu disse. – Desculpe, Bo.

Apertei o código do portão e fui até a porta.

Poucos minutos depois, estávamos sentados à mesa da sala de jantar, sob um lustre de ferro forjado, que custara uma fortuna. Pousado sobre a mesa de madeira branqueada estava um pequeno gravador. Bo ainda estava para revelar o conteúdo da fita, porque continuava explicando como a ex-atriz Debbie Starling tinha tido um desempenho digno do Oscar, rapidamente se esgueirando para dentro das barreiras da Duquesa e conquistando sua confiança.

– ... e o truque da *cebolis* funcionou como mágica – ele estava dizendo. – Debbie cheirou, começou a espirrar e logo as *lágrimis* estavam escorrendo pelo rosto, enquanto ela contava para sua esposa como o marido tinha dito que ela era isso e aquilo e aquilo outro... E claro que a... Hã... Duquesa ficou muito comovida com isso, porque é assim que lida com tudo. – Bo encolheu os ombros. – Então, as duas já estavam amigas antes mesmo de a reunião começar.

Eu balancei a cabeça e cocei o queixo, pensativo.

– Bem, isso parece bem legal, mas... Então, o que ela disse durante a reunião?

Bo balançou a cabeça lentamente.

– Não se trata do que ela disse durante a reunião, mas do que ela disse *após* a reunião.

Eu fiquei mais animado.

– Ah, é mesmo? Elas foram jantar?

Bo começou a esfregar a barba.

– Saíram para um drink – respondeu. – Você sabe, tipo *in vino veritas.*

– Interessante – disse eu. – Então, que verdades o *vino* arrancou?

Bo torceu os lábios e balançou a cabeça, resignado.

– Bem, eu acho que você pode parar com sua caçada por uma casa, Bo. Não é recomendado dadas as.... Hã... circunstâncias atuais.

De uma vez só, senti meu coração despencar até o estômago. A Duquesa estava me enganando! Mas que safadeza! Até onde ela iria descer? Brincar comigo para comprar uma casa mostrou uma total falta de ética da parte dela.

Bo continuou:

– Você sabe, eu vim aqui essa noite porque eu vejo você mais como amigo que como um cliente... – Ele fez uma pausa, olhou para o gravador, que não era maior que um baralho de cartas, e então olhou para cima. – Então, quero fazer um acordo, Bo. Toda essa coisa de *gravaçãozis* já deu uns 5 paus até agora, mas se você me deixar destruir a fita antes de ouvir, digo que fica elas por elas. Vou pagar Debbie do meu próprio bolso. Mas, se você me fizer pressionar o *play*, então você tem que me pagar. A decisão é sua.

Com o coração apertado, olhei para o gravador. Caramba, era uma maquininha diabólica, aquela! Tão pequena, tão minúscula... E tão enganadora do caralho! Ela era a portadora de más notícias, portadora de um carma ruim.

– Isso não pode ser tão ruim assim, Bo, pode?

Bo deu de ombros.

– Como eu disse, Bo: *in vino veritas.*

Eu balancei a cabeça lentamente, com o mais triste dos sorrisos no rosto. Depois, soltei uma risada curta que queria dizer "Então, é assim" e outra risada que também dizia "É o fim da linha, o fim de um casamento, o fim de toda minha falsa esperança". Meu casamento é um caixão, pensei, e esse é o último prego que coloco nele. Olhei Bo nos olhos e disse:

– Toque essa porra de fita!

Bo assentiu e apertou o *play.*

Tudo o que eu pude ouvir no início foi um zumbido baixo e algum ruído de fundo, e então uma troca de palavras murmuradas com o garçom. Bo disse:

– Avancei a fita para a parte boa. Elas estão no Stables, prestes a fazer um brinde. Ouça...

Assenti com a cabeça, coloquei os cotovelos na borda da mesa da sala de jantar e cruzei os braços, um em cima do outro. Então descansei minha fronte perturbada sobre eles, olhando para o gravador do mal a partir de um ângulo lateral. Era tudo tão terrível. Eu tinha grampeado minha própria mulher, a mãe de meus filhos! O que Bo tinha dito? Os pensamentos secretos de uma mulher...

Só então ouvi a voz da Duquesa, muitíssimo feliz.

– Aqui está, para quebrar um ciclo!

E a surpreendentemente crível resposta da atriz:

– Sim! Para quebrar o ciclo de codependência!

Então, o tilintar inconfundível de copos de vinho.

– Você acredita nessa merda? – murmurou Bo. – Eu nunca ouvi falar dessa merda de codependência antes. É uma porra alucinante.

Eu balancei a cabeça, concordando. Então a Duquesa recomeçou a falar. Ela estava reclamando de mim, dizendo que eu tinha dormido com prostitutas enquanto estávamos casados. Bem, o que ela esperava? Ela havia sido minha amante, caralho! Ela sabia muito bem o que eu podia aprontar bem antes de se casar e agora jogava isso na minha cara...

De repente, fiquei alerta.

– Bem, tenho feito o melhor sexo da minha vida ultimamente, eu vou dizer para você! Sabe, os últimos anos com meu marido foram tão chatos, a mesma posição o tempo todo...

O quê... Mas como ela pôde? Ela estava me castrando na frente de Debbie, uma estranha total! Alguém que trabalhava para mim! Como poderia a Duquesa dizer que eu era uma merda na cama? Não! Eu costumava enlouquecê-la! Ela costumava me chamar de seu pequeno príncipe...

Sem pensar direito, deixei escapar uma olhada em direção a Bo, para avaliar sua reação. Ele estava olhando para mim? Ele estava sorrindo? Não. Ele não estava. Bo estava olhando para o gravador, seu rosto uma máscara de concentração. Ele acenava com a cabeça devagar. E rangia os dentes, como faz uma pessoa quando está tentando decifrar alguma coisa. De repente, ele olhou para cima. Eu abri a boca para me defender das acusações infundadas da Duquesa. As palavras não saíram. Eu não conseguia pensar em nada para dizer. A Duquesa tinha me castrado na frente de Bo também. Negá-lo seria apenas me fazer parecer culpado.

Só então Bo sorriu e balançou a cabeça.

– É tudo mentira, Bo! Toda mulher diz que o marido é uma merda na cama. Faz parte do processo – ele deu de ombros. – Mas, se acontecer de você dar uma cutucada nela de novo, você deve tomar uns *Viagris* antes de colocar seu pau nela; daí você vai ensinar uma lição pra ela!

Com isso, ele piscou e olhou novamente para o gravador. Eu descansei a testa de novo em meus braços, preparado para mais dor.

– De qualquer forma – disse a voz na fita –, eu tive um pequeno lance com meu *personal trainer* por um tempo, e foi muito bom – *eu sabia!* –, mas aí cansei dele e comecei a namorar Michael Bolton. Você o conhece? O cantor?

A voz de Debbie parecia surpresa.

– Sim, claro! Como ele era?

A voz da Duquesa:

– Ah, ele era bom. Muito romântico, na verdade. Passamos um fim de semana juntos no Hotel Plaza. Nós nos hospedamos na suíte presidencial e ele encheu todo o quarto com flores frescas. – A voz na fita riu. – Como eu disse, ele era muito romântico.

Eu olhei para Bo.

– Essa cadela ingrata! – eu disse. – Você sabe quantas vezes eu enchi a suíte presidencial com flores para ela? Ela se esquece disso!

Bo assentiu, compreensivo, e então apontou para baixo, em direção ao gravador.

– Ouça isso, Bo. Essa é a parte em que fica bom.

Eu balancei a cabeça, incrédulo, e olhei para o pequeno e maligno gravador. Traga mais dor, pensei.

A voz da Duquesa, enfiando mais a faca, continuou:

– De qualquer forma, houve alguns outros também: eu conheci um jogador profissional de golfe, enquanto estava na Pensilvânia aprendendo sobre codependência, e então fiquei com um dos meus ex-namorados por um período, apesar de ter sido apenas pelos velhos tempos. – E continuou, muito mais feliz: – Mas agora estou envolvida com um cara que é dono de uma enorme confecção! Eu gosto dele, na verdade, embora ele seja um pouco fechado emocionalmente. Vou ter que esperar para ver.

A voz da atriz:

– Então você acha que seu marido vai comprar-lhe a casa?

Uma Duquesa de repente cansada respondeu:

– Bem, ainda estou trabalhando nisso. Ele é muito liso, então tenho de saber lidar com ele. Veja, eu sei que ele ainda quer voltar comigo, então meio que uso isso como vantagem, você sabe, dando a entender que ainda há uma possibilidade. – Uma pausa, e então: – Eu sei que não é a melhor coisa a se fazer, mas não tenho muita escolha, entende? E não vou levá-lo no bico mais tempo do que precisar; quando eu o convencer a comprar a casa, peço o divórcio no dia seguinte. Aí eu posso seguir em frente com minha vida. Talvez me apaixonar por um dos empreiteiros locais ou um eletricista. Isso seria...

Bo apertou o botão de parada.

– Você ouviu o suficiente, Bo?

Olhei para Bo, sem palavras. A Duquesa tinha acabado comigo na fita. No entanto, de tudo o que ela disse, o comentário sobre fazer sexo na mesma posição todas as vezes foi o que mais me feriu. Tinha de haver algumas palavras que eu pudesse dizer a Bo para compensar esse comentário venenoso. Quebrei a cabeça atrás delas. Elas não existiam. Eu tinha sido oficialmente emasculado. A coisa mais importante era ter certeza de que Debbie juraria segredo. *O que ela deveria estar pensando de mim?*

– Está tudo bem, Bo? – perguntou Bo.

Eu balancei a cabeça lentamente.

– Sim, eu estou bem. Eu estou bem – respirei profundamente e forcei um sorriso. – De qualquer forma, parece que ela ainda não se decidiu, não é, Bo? Talvez ainda haja esperança, certo? – eu comecei a rir.

Bo sorriu calorosamente.

– Esse é o espírito, Bo. Você só tem que rir disso tudo.

Eu balancei a cabeça, sorri tristemente e olhei em volta de minha linda casa, maravilhado com seu esplendor... E o quão pequeno tudo parecia. O tempo mais feliz que passei tinha sido com Denise, quando a gente não tinha nada.

Só então Bo estendeu sua enorme mão e a colocou em meu braço, apertando-o suavemente. Em um tom muito sério, ele disse:

– Ouça-me, Bo, porque não vou falar merda para você. O que aconteceu com você ao longo dos últimos seis meses não deveria acontecer com ninguém. Não estou jogando confete. É uma merda. Tudo é uma merda – ele balançou a cabeça lentamente. – Mas você tem que respirar fundo agora e recolher os cacos, entendeu? É hora de ser um homem. Você entende, Bo? Ser um homem?

Eu balancei a cabeça.

– Sim – respondi suavemente. – Entendo.

Ele apertou meu braço com mais força.

– Nenhuma mulher pode ter o melhor de você, Bo, nem esposa, nem namorada, nem amante, nem ninguém. Exceto uma. Você sabe quem é, Bo?

Eu assenti com a cabeça lentamente, lutando contra as lágrimas.

– Chandler – respondi suavemente.

– É isso mesmo, Bo, Chandler. Ela é a única que importa agora, o resto delas vai entrar e sair da sua vida. E você deve isso a ela, endireitar a coluna e manter a cabeça erguida, e você deve isso a seu filhinho também – Bo sorriu nostalgicamente. – Eu me lembro de quando ele nasceu e quase morreu de meningite. Eu nunca vou esquecer como meu coração afundou quando Rocco me ligou do hospital e me disse o que estava acontecendo. Fui à igreja e fiz uma oração para ele naquela noite.

Eu assenti com a cabeça, enxugando uma lágrima no canto do olho.

– Bem, funcionou. Ele é um bom garoto. Está crescendo forte.

Bo sorriu.

– Sim, Bo, ele vai continuar crescendo, e então ele vai procurá-lo um dia para que você mostre a ele o que significa ser um homem e que não importa quanta merda venha em sua direção, você sempre pode sair por cima – Bo encolheu os ombros largos. – E é isso, Bo, essa é a maneira como são as coisas. Seus filhos são suas constantes, eles são os únicos que podem mantê-lo seguindo em frente em merdas como essa. De qualquer forma, você está prestes a descobrir quem são seus verdadeiros amigos e quem estava junto apenas pelo passeio. Lembre-se, as amizades compradas com o dinheiro...

– Não duram muito tempo – completei.

Bo assentiu.

– Tem mais. Lealdade comprada com dinheiro...

– Não é lealdade de verdade – acrescentei.

– Exatamente, Bo.

Com isso, ele estendeu a mão para o gravador, apertou o botão de ejetar, retirou a fita e segurou-a no ar. Então disse:

– Até onde sei, essa coisa toda nunca aconteceu – ele colocou a fita no bolso interno da camisa. – Você não me deve nada por isso, Bo. Tudo que eu quero é sua amizade, porque eu, por mim, sou realmente seu amigo. E sempre serei.

E eu sabia disso.

CAPÍTULO 16

QUANDO UM HOMEM AMA UMA MULHER

Na manhã seguinte, acordei com: *Brrruuu! Brrruuu! Brrruuu!... Brrruuu! Brrruuu! Brrruuu!*

Eu abri o olho direito e, sem levantar a cabeça nem mesmo um centímetro acima da fronha de seda branca, rolei meu pescoço para a direita e fiz contato visual com o telefone do futuro, uma maravilha tecnológica cromada com duas dezenas de luzes vermelhas piscantes e a campainha mais irritante do mundo, a última das quais soou como um pequeno pardal preso em um fio elétrico. O telefone estava descansando em uma mesa fabulosamente cara, que fazia parte de um conjunto que combinava, é claro.

Brrruuu! Brrruuu! Brrruuu!... Brrruuu! Brrruuu! Brrruuu!

– Caralho – murmurei. Eu estava tão sonolento... Não podia me mover. Minha cabeça parecia pesar mil quilos.

Brrruuu! Brrruuu! Brrruuu!... Brrruuu! Brrruuu! Brrruuu!

Porra! Quem estava ligando àquela hora? *Que audácia!* Eu me sentei na cama e respirei fundo. O edredom de seda branca estava agora estendido sobre minhas pernas, cobrindo minhas partes íntimas, e, apesar de estar sozinho, minha vaidade me fez olhar para meu torso nu e correr os dedos sobre meus músculos abdominais. Eles pareciam bem, eu estava em uma forma fabulosa. Isso era importante, agora, sobretudo se eu queria atrair outra Duquesa, mas não era tão importante quanto ser rico.

Bem, pelo menos eu ainda teria minha mansão por um tempo. A mansão no estilo *shabby chic* poderia ser um afrodisíaco muito poderoso. Eu olhei em volta do quarto. O teto ficava 9 metros acima do tapete de 15 mil dólares e minha cama era digna de um rei. As colunas de madeira esculpidas como pinhas se erguiam dos quatro cantos da cama, apoiando um dossel de seda da

Indonésia que combinava perfeitamente com o tapete. A Duquesa amava essas merdas de dosséis. E ela amava seda também. A mansão tinha sete quartos, e cada um tinha um maldito dossel de seda!

Brrruuu! Brrruuu! Brrruuu!... Brrruuu! Brrruuu! Brrruuu!

Foda-se! Estendi a mão e peguei o telefone cromado.

– Alô! – murmurei, em um tom excessivamente sonolento que mostra que a ligação foi feita em uma hora imprópria.

A merda é que o que recebi em troca foi a voz vibrante e alegre da minha codependente menos favorita.

– Acorde e levante-se, dorminhoco! – declarou a Duquesa. – São 8h30! Temos um compromisso com o corretor de imóveis em duas horas!

Alegre, jovial, feliz!

Mas que descarada! Eu fiquei sem palavras! Perdi completamente a fala! O que ela diria em seguida, que ia usar meu perfume favorito? Caralho! Se eu não tivesse prometido não explodir o disfarce de Debbie, eu daria um esporro na Duquesa naquele exato momento.

A Duquesa, ainda feliz, continuou:

– Acorde, menino dorminhoco! Hoje é o primeiro dia do resto da sua vida. Por que você não pede para a Gwynne fazer um café?

– Gwynne só chega às 9h – eu disse, sem emoção. – E não estou a fim de tomar café.

A Duquesa, pegando meu tom, comentou:

– Nossa, alguém parece terrivelmente mal-humorado esta manhã! Por que você não abre as cortinas para deixar entrar um pouco de claridade? Está lindo lá fora!

Cerrei os dentes de raiva e lentamente virei a cabeça para a esquerda, para as fabulosas cortinas. Deviam ter uns 6 metros, aquelas porras de cortinas, e deviam ter custado uma fortuna! Deus, como eu adoraria ter essa grana agora, em dinheiro vivo!

De repente, uma ideia!

– Sabe de uma coisa? – disse alegremente. – Você tem razão, seria bom ter alguma claridade aqui! Espere um segundo, querida – e inclinei-me para a mesa para pegar o controle remoto do futuro, que controlava tudo no quarto, desde as cortinas até as luzes do centro de entretenimento do outro lado da cama, com a TV de alta definição de 40 polegadas e o sistema de som que incluía, entre outras coisas, um CD player para 300 discos. Tudo por 75 mil dólares.

Primeiro, as cortinas: controle na mão, apertei um quadrado marcado CORTINAS e, do nada, elas começaram a se abrir lentamente, revelando um par de portas francesas que davam para um deque de mogno avermelhado com vista para o Atlântico.

– Ah, luz! – eu disse para a traidora. – Espere mais um segundo, querida.

Então apertei um botão marcado CD SEARCH, fazendo um novo menu aparecer. Pressionei as letras B-O-L-T-O-N e um instante depois o álbum *Greatest Hits* de Michael Bolton surgiu na tela, acompanhado por uma foto bastante irritante dele (com nariz grande, rosto fino e rabo de cavalo ridículo) e uma lista de todas as suas 17 canções de amor ridiculamente melosas, a maioria das quais ele havia roubado de outros artistas mais talentosos, todas feitas para manipular o coração e a mente das fêmeas desavisadas.

Meus dentes ainda estavam cerrados de raiva quando coloquei o dedo indicador sobre a música "When a Man Loves a Woman" [Quando um homem ama uma mulher] e apertei suavemente. Em seguida, mudei o dedo para o botão VOLUME UP e pressionei-o por alguns segundos.

A Duquesa, ainda feliz, perguntou:

– O que você está fazendo aí?

– Nada – respondi, olhando para meu centro de entretenimento no estilo *shabby chic* e ouvindo alguns cliques e claques enquanto o CD player fazia o que tinha de fazer. – Eu estou apenas colocando algumas músicas para começar o dia.

– Sério? – disse ela, um pouco confusa. – O.k.! Vou para a praia em breve. Imaginei que podíamos passar o dia juntos.

– Bem, antes de entrar no carro, Nadine, eu acho que você deveria saber que estou repensando essa coisa de casa nos Hamptons. Na verdade, acho que você deveria dar um tempo em Old Brookville.

Não tão feliz, ela retrucou:

– Do que você está falando? Pensei que já tivéssemos discutido isso.

Só então eu ouvi as notas de abertura da música. Respirei profundamente, determinado a não revelar nada do que sabia.

– Sim – disse, friamente – mas você já está com tudo arrumado por aí. Entendeu? Suas atividades estão todas organizadas, as aulas de culinária, e eu sei quanto gosta de ter Alex como seu *personal trainer*. Alex... – parei por um momento, deixando o nome romeno flutuar no ar. – Eu não consigo imaginar Alex gastando uma hora e meia de condução para vir aos Hamptons. Você entende?

– Eu não treino mais com ele – disse ela, nervosa.

– Ah, é mesmo? O que aconteceu?

– Nada. Nós tivemos, uh, um pequeno desentendimento.

Bem, isso é o que acontece quando você trepa com seu *personal trainer*, pensei. Mas eu não podia simplesmente dizer isso, porque comprometeria Bo. Então retruquei:

– Bem, isso é o que acontece quando você trepa com seu *personal trainer*! Você tem um desentendimento!

Desculpe, Bo!

– Do que você está falando? – disse ela, na defensiva.

Com veneno, respondi:

– Ah, você vai negar que trepava com aquele merda daquele romeno?

– Eu... Eu não...

– Ora, não gaste suas desculpas, Nadine! Eu sei que aquele porra fedorento estava dormindo em minha cama. Eu sei tudo sobre isso.

Só então eu ouvi a voz repulsiva do desgraçado de rabo de cavalo: "*When a man loves a woman, can't keep his mind on nothin' else*" ["Quando um homem ama uma mulher/Não consegue focar sua mente em nada mais"].

Ergui o telefone para o teto por um segundo, em direção aos 80 watts dos alto-falantes Bose, e então o trouxe de volta ao ouvido, para ouvir a Duquesa dizer:

– E, por favor, desligue essa música!

– Não está tão alto assim – e ergui o aparelho de novo em direção aos alto-falantes. Então eu o coloquei de volta ao ouvido e a ouvi gritar:

– ... com você, Jordan! Pare! Por que você está fazendo isso?

– Fazendo o quê? – perguntei inocentemente. – Ouvindo Michael Bolton ou falando sobre o gosmento do romeno? Qual deles?

Em um pânico calmo, ela perguntou:

– Quem está contando tudo isso?

E eu, com um grito:

– Ah, por favor, Nadine! Com quem você acha que está lidando? Sei dessa merda toda há meses!

A Duquesa contra-atacou:

– Ah, é? E quem diabos é você para atirar pedras? Como se estivesse vivendo com um anjo por aí? Você dormiu com aquela garota judia nojenta que fez todos aqueles boquetes! – Um momento de silêncio e, em seguida, a Duquesa continuou: – E eu também sei sobre todas aquelas meninas russas loucas. Você nunca vai mudar! Você é um devasso!

– Sim, você está certa – retruquei –, e você é uma merda de uma codependente, que fode seus colegas codependentes do tipo daquele jogador decadente da Pensilvânia. O que ele lhe ofereceu: aulas de golfe de graça a cada trepada?

A Duquesa, incrédula, acrescentou:

– Eu... Eu não sei do que você está falando...

Com os dentes cerrados, eu disse:

– Eu nunca vou perdoá-la pelo que fez, Nadine. Você me deixou nos degraus do tribunal, sua puta fodida!

De volta para mim:

– E você me chutou escada abaixo, seu drogado do caralho! Eu espero que você morra na cadeia!

– Ah, é? – bati de volta. – Bem, eu espero que você morra de codependência!

E desliguei o telefone. "Vadia de merda!", murmurei para o telefone do futuro. Respirei fundo e tentei me acalmar. Então o telefone tocou: *Brrruuu! Brrruuu!* Eu o peguei em um milésimo de segundo.

– Vá se foder! O que quer agora?

– Bem, foda-se você também! – devolveu meu advogado. – O que foi, está tendo uma manhã ruim por aí?

– Ah, ei, Greg! – respondi alegremente. – O que está acontecendo?

– Nada – respondeu ele. – O que está acontecendo com *você*?

Pensei sobre aquilo por um segundo.

– Ah, nada, na verdade. Só um pouco de bate-boca com minha futura ex-esposa.

– Entendo... – disse Magnum. – Posso perguntar por que você está explodindo os alto-falantes com Michael Bolton às 8h30 da manhã? O cara é uma merda!

– Opa! Espere um segundo – pressionei a pausa no controle remoto. – Desculpe por isso. Eu não sou fã de Michael Bolton, acredite em mim. Na verdade, eu vou atirar a porra desse CD no micro-ondas, assim que eu desligar o telefone.

– E por que isso? – perguntou meu advogado.

– Essa é uma conversa privilegiada entre advogado e cliente?

– Todas as nossas conversas são privilegiadas.

– Sem problema – eu disse. – Bem, acabo de descobrir que a Duquesa estava transando com o Michael Bolton. Você pode imaginar uma coisa dessas?

– Sério? – disse Magnum. – O cara é patético! Ela poderia conseguir coisa melhor.

– Ah, muito obrigado, Greg. Talvez você não esteja entendendo meu ponto aqui: o Michael-*filhadaputa*-Bolton estava comendo minha esposa!

– Enquanto vocês estavam juntos?

– Não! Não enquanto estávamos casados! Depois!

– Então por que você está tão chateado? Você não ficou exatamente sentado, quietinho, lá fora. Seja como for, você pode vir para a cidade hoje?

– Por quê? Algo de ruim aconteceu?

– Eu não diria ruim – respondeu ele –, mas não é a melhor notícia do mundo. Eu resolvi seu acordo com o Joel.

– Quanto tempo eu posso ficar com as casas? – perguntei rapidamente.

– Bem, é diferente para você e Nadine – respondeu ele, com cautela. – Mas eu prefiro discutir isso pessoalmente. Venha fazer um passeio até a cidade, vamos pedir alguns sanduíches e ter um almoço de trabalho. Gostaria que Nick participasse também.

Eu pensei por um momento, decidindo se deveria ou não pressionar para ter mais detalhes, mas ele logo disse:

– E tenho algumas boas notícias para você também, que dizem respeito a seu amigo Joel. Portanto, mantenha o queixo para cima e o verei daqui algumas horas, tudo bem?

Sorri para o telefone.

– É isso aí! – respondi cordialmente. – Estarei aí ao meio-dia.

Desliguei o telefone do futuro, sabendo que o que Magnum iria me contar só podia significar uma coisa: o Canalha estava saindo da Procuradoria.

MEU IMPONENTE ADVOGADO estava sentado atrás de sua mesa, o rapaz branquelo de Yale estava sentado à minha direita e eu estava sentado em frente a Magnum, no ângulo perfeito para dar algumas olhadelas na foto em que ele aparecia ao lado do juiz Gleeson, tirada quando trabalhavam juntos no Gabinete do Procurador dos Estados Unidos. Enquanto nós três estávamos envolvidos em uma conversa fiada sobre as deficiências em nossas tacadas no golfe, me vi por vezes saindo fora do ar, focando a imagem do juiz Gleeson e rezando para que, quando chegasse a hora, ele se lembrasse de que Magnum e ele eram bons amigos.

– ... e isso me faz bater na bola de lado – estava dizendo Magnum. – É por isso que eu mantenho o cotovelo direito perto do quadril. – Ele deu de ombros, intencionalmente. – É a chave para qualquer boa tacada no golfe.

Bela merda, pensei.

– É verdade – retruquei. *Podemos voltar ao meu caso, pelo amor de Deus?*

O rapaz de Yale entrou na conversa.

– Sim – acrescentou –, mas não é esse seu problema, Greg. É sua aderência. É muito fraca, é por isso que fica batendo fora – ele deu de ombros. – É geometria simples, na verdade. Quando você corta transversalmente...

Ah, Jesus! Salvai-me! Saí do ar novamente. Eu estava em seu escritório havia 15 minutos e, até então, tudo bem. Como eu suspeitava, o Canalha estava planejando deixar a Promotoria. Exatamente quando, Magnum não tinha certeza, embora ele tivesse ouvido de "fonte confiável" que o Canalha já teria ido embora no fim do ano. A boa notícia era que isso significava que alguém diferente escreveria minha carta para o juiz e havia boas chances de que fosse alguém mais benevolente que o Canalha.

A má notícia, no entanto, era que o Canalha queria que minha cooperação fosse tornada pública antes que ele renunciasse. Havia um grande número de razões para isso, Magnum explicou, e uma delas era minha confissão de culpa (e cooperação posterior), já que isso era um grande feito da gestão dele, que ele usaria para assegurar uma parceria em um grande escritório de advocacia. Além disso, verificou-se um componente emocional envolvido, à medida que o Canalha desejava seus 15 minutos de fama, com a chance de realizar uma coletiva de imprensa e dizer: "Eu não só trouxe o Lobo de Wall Street à Justiça, mas também o transformei num dedo-duro de primeira, o que nos permitiu avanços sem precedentes em direção à erradicação das fraudes com pequenos valores de capitalização nos Estados Unidos".

O que o Canalha não iria dizer, no entanto, era que as fraudes com os pequenos títulos mobiliários eram mais comuns *agora* que no auge da Stratton. De fato, com a proliferação da internet, as fraudes com ações tinham se elevado a um nível inteiramente novo, e só Deus sabia quantos milhões eram perdidos a cada dia como resultado de e-mails falsos, mensagens fraudulentas e toda aquela mania ponto.com.

Ainda assim, não havia como negar que a saída do Canalha era uma boa notícia para mim, então nós três tínhamos nos dado o direito de passar aqueles últimos minutos parabenizando-nos mutuamente. Meus advogados pareciam colocar aquilo como uma estratégia esperta da parte deles, embora eu estivesse convencido de que tinha mais a ver com meu valor em longo prazo como rato dedo-duro, o que era superior à paciência do Canalha de trabalhar para o governo federal com salários que eram quase escravidão. Qualquer que fosse o caso, essa informação era estritamente confidencial e não poderia ser soprada para ninguém.

O homem de Yale estava dizendo:

– ... de dentro para fora, acima de tudo. Esse é meu segredo para manter a bola na grama curta – ele ofereceu a Magnum e a mim um aceno de cabeça, ao qual Magnum acenou de volta, concordando.

Eu sorri e disse:

– Você sabe, meu problema com essa conversa é que nós três somos péssimos no golfe – levantei o queixo em direção a Magnum –, especialmente você, Greg. Então, se você não se importa, eu gostaria que vocês parassem com essa merda de tortura e me dissessem quando eu vou perder minhas casas.

Meu imponente advogado sorriu.

– É claro: sua casa tem que ser entregue em 1º de janeiro, e a de Nadine, no mês de junho.

– Isso é péssimo – eu disse. – O que aconteceu com os quatro anos?

Magnum encolheu os ombros.

– Como eu sempre disse, Joel não é uma pessoa fácil de lidar, principalmente agora, que está se preparando para sair da Procuradoria-Geral. Ele quer extrair o máximo de sangue possível antes de ir embora.

O homem de Yale disse:

– Na verdade, as coisas estavam ainda mais sombrias ontem.

– Isso mesmo – acrescentou Magnum. – Na manhã de ontem, Joel queria que Nadine entregasse a casa na mesma data que você, mas conseguimos convencê-lo a recuar por causa de seus filhos. Então, nesse sentido, de certa forma foi uma vitória.

– Sim – disse eu sarcasticamente –, uma vitória. Uma vitória de merda! – respirei fundo e devagar deixei escapar o ar. – E quanto dinheiro ficará comigo?

– Oitocentos mil dólares – respondeu Magnum –, além de cada um ficar com um carro, os móveis e todos os bens pessoais. E você vai manter as notas promissórias que listou. Alguma delas já é executável?

Levei um tempo para registrar tudo em minha mente. Havia três, a maior das quais com Elliot Lavigne, que me devia 2 milhões de dólares. Naqueles dias, Elliot tinha sido meu principal laranja, me mandando de volta milhões de dólares em dinheiro. Na época, ele era uma lenda no ramo da indústria do vestuário, subindo para a presidência da Perry Ellis quando ainda estava na casa dos 30. Mas ele também era um viciado em drogas da pesada, um jogador degenerado e um devasso compulsivo (por isso nós tínhamos nos dado tão bem), e acabou perdendo tudo, inclusive o emprego. Nós não nos falávamos desde que eu tinha ficado sóbrio, e não havia nenhuma maneira, eu sabia, de ele me pagar de volta. Ele estava completamente falido.

A segunda maior promissória era de Cabana, que era de 250 mil dólares. Infelizmente, Cabana estava ainda mais quebrado que Elliot, e não havia nenhuma chance com ele. E depois havia o doutor David Schlesinger, um oftalmologista de Long Island que tinha se casado com Donna, amiga de infância da Duquesa. David era um cara muito bom, embora Donna fosse, em grande parte, uma cadela. No entanto, ele poderia me pagar de volta, e eu não tinha dúvida de que ele o faria. Afinal, eu tinha emprestado a ele 120 mil dólares para começar seu consultório e agora ele estava fazendo dinheiro com isso.

Ainda assim, a maior vergonha em tudo isso era Elliot Lavigne. Se ele ainda tivesse dinheiro, é claro que iria me pagar! Éramos como irmãos de sangue, nós dois. Eu até tinha salvado a vida dele uma vez, depois que ele quase morreu afogado em minha piscina. Ironicamente, nem TOC, nem o Canalha nunca demonstraram muito interesse em Elliot, apesar das propinas em dinheiro. Mas isso foi bom para mim, já que eles não levantavam o assunto, então eu não precisava falar sobre ele.

Eu disse:

– Sim, acho que uma delas é, mas é só de 120 mil dólares, o resto é inútil. Seja como for, isso de fato não importa. No ritmo em que queimo dinheiro, estarei quebrado em seis meses de qualquer maneira.

– Bem, você tem de cortar despesas – retrucou Magnum. – E você tem de dizer a Nadine para cortar também! Isso não é brincadeira, Jordan. É hora de baixar o padrão.

Eu balancei a cabeça, dizendo não.

– Não vou dizer uma palavra a Nadine sobre isso. Por mais que a odeie, não quero que fique preocupada. De qualquer forma, tenho mais de um ano para descobrir onde ela e as crianças irão viver e, acredite, por bem ou por mal, eu vou garantir que seja em algum lugar bonito.

Magnum apertou os lábios e balançou a cabeça, como se fosse um oncologista prestes a dar um diagnóstico terminal a um paciente.

– Bem, infelizmente você vai ter que deixá-la saber de tudo um pouco mais cedo do que tinha imaginado. Joel quer que ela assine isto.

– Bem, isso é outra merda! – rebati. – Na verdade, tudo que está acontecendo hoje é uma merda – balancei a cabeça, desgostoso. – Quando eu tenho de dizer a ela?

Com o toque de um sorriso, me respondeu:

– Hoje.

QUANDO EU TELEFONEI para a Duquesa e lhe disse que precisava passar lá para falar com ela sobre algo, fiquei chocado que ela não tenha mandado eu me foder. Ela era uma menina do Brooklyn, afinal de contas, e, dada a natureza da nossa última conversa, mandar eu me foder seria o equivalente a dizer "Eu acho que seria melhor se nós nos comunicássemos por nossos advogados por um tempo". E então, algumas horas mais tarde, quando entrei pela porta da frente um pouco antes das 5 e as crianças vieram correndo para meus braços, gritando "Papai está aqui! O papai está aqui!", fiquei ainda mais chocado pelo modo como ela parecia genuinamente feliz com o amor de nossos filhos por mim.

Ela era uma mulher complicada e, apesar de todos os meus ressentimentos, havia uma parte de mim que sempre a olharia com admiração. Ela havia se educado sozinha, melhorado e, para o bem ou para o mal, tinha aspirado à perfeição em todos os aspectos de sua vida. Em muitos aspectos, ela era tudo o que eu nunca poderia ser: perfeitamente linda, totalmente autoconfiante e envolta por uma armadura emocional que a protegeu da dor; de outras formas, eu era tudo o que ela nunca poderia ser: inteligente, financeiramente autossuficiente e emocionalmente vulnerável a uma falha.

Talvez, em um tempo e um espaço diferentes, a gente pudesse ter composto belas músicas juntos, porque, no final, não foi a falta de amor que tirou o melhor de nós, mas, sim, tudo o que o destruiu: o dinheiro, as drogas, a vida no *jet-set*, os falsos amigos. E, claro, a Stratton, a árvore da qual apenas frutas venenosas brotaram, incluindo o fruto de nosso casamento. Apenas as crianças tinham conseguido sair ilesas, um fato pelo qual eu sempre daria graças a Deus.

Nós estávamos sentados na mesa da cozinha e eu tinha acabado de lhe dar todos os detalhes terríveis sobre o que ocorrera, as datas, os valores e tudo o mais.

Sua resposta me chocou.

– Eu realmente sinto muito – disse ela calmamente. – Eu sei quanto essa casa de praia significa para você. Onde você vai viver agora?

Eu olhei para ela, espantado. Ela estava mesmo falando sério? Quer dizer, depois de tudo que eu tinha dito a ela, ela estava preocupada com o lugar onde eu iria viver? Mas e sobre onde *ela* iria viver? E o que aconteceria com as crianças?

Eu estava prestes a falar isso quando de repente entendi: não era ironia. Ela simplesmente tinha andado pela vida debaixo de chuva por tanto tempo que assumiu que sempre seria assim. Tudo iria acabar bem para ela, ela sabia, e, por mais estranho que parecesse, eu sabia que ela estava certa.

Forcei um sorriso e disse:

– Não se preocupe comigo, Nae, vou ficar bem. E não se preocupe com você e as crianças também – olhei nos olhos dela. – Sempre cuidarei de vocês, não importa o que aconteça.

Ela assentiu com a cabeça, embora o que eu quisesse dizer com aquilo acho que nenhum de nós soubesse. Com a maior sinceridade, ela disse:

– Eu sei que você vai cuidar de nós o melhor que puder. E já sabe quanto tempo ficará... fora?

– Eu ainda não tenho certeza – respondi. – Joel está saindo da Procuradoria, o que é uma coisa boa para mim, mas tenho certeza de que vou pegar alguns poucos anos – dei de ombros, tentando fazer pouco da situação. – Este é o fim da linha, Nae: você vai tocar sua vida e eu vou para a merda da cadeia – sorri e dei uma piscada. – Que tal trocar de lugar comigo?

– Não! – respondeu ela, com alguns acenos exagerados de cabeça. – Mas prometo a você que as crianças sempre vão saber que o pai é um bom homem – ela estendeu a mão e agarrou a minha, como um amigo faria. – Seus filhos sempre irão amá-lo, Jordan, e estarão esperando por você assim que sair da cadeia.

Apertei sua mão delicadamente e então me levantei da cadeira e caminhei até uma janela do chão ao teto, na parte de trás da sala. Apoiei o ombro nela e fiquei um momento ali, para saborear a beleza de minha propriedade. Era linda naquela época do ano. O gramado estava tão verde quanto qualquer floresta tropical, e o lago e a cachoeira pareciam uma pintura. Como as coisas poderiam ter sido diferentes se eu tivesse feito as coisas direito.

Após alguns segundos, a Duquesa se juntou a mim na janela e olhou para fora.

– É lindo – disse ela. – Não é?

– Sim. É difícil de acreditar que outra família vai viver aqui um dia, sabia?

Ela assentiu, mas não disse nada.

De repente, uma lembrança agradável:

– Ei, lembra o que a gente fez quando assinamos o contrato dessa casa?

Ela começou a rir.

– Lembro! A gente escapou pela propriedade e fez sexo na parte dos fundos!

– Exatamente! – disse eu, rindo. – Foram dias engraçados aqueles, não?

– Sim, mas não foram os de que mais gostei.

Eu olhei para ela, surpreso.

– Ah, é mesmo? Quais foram?

– Os primeiros dias – respondeu ela, casualmente. – Naquele minúsculo apartamento na cidade. Eu te amava demais naquela época. Se você soubesse, Jordan... Mas você nunca se permitiu confiar em mim, por ser tão rico quando nos conhecemos. – Ela parou por um instante, como se procurasse as palavras certas. – Eu quero que você saiba que sempre fui fiel enquanto estávamos juntos. Eu nunca traí você uma vez sequer! E, bem, o que aconteceu esta manhã ao telefone... – ela parou e balançou a cabeça rapidamente, como se estivesse desgostosa consigo mesma – ... Bem, foi uma exibição ruim da minha parte, e eu sinto muito.

– Eu também – repliquei rapidamente. – Foi uma exibição ruim da minha parte também.

Ela assentiu com a cabeça.

– Quero que você saiba que não estava tentando manipulá-lo com os Hamptons. – *Ah, tá bom!* – Ou melhor, talvez no final eu estivesse, mas não no início. Quando surgiu a ideia, eu achava que havia uma chance para nós – ela parou por um momento. – Mas, então, ao longo das últimas semanas, bem, eu soube que não tinha. Muito aconteceu: muito machucado, muita dor, muitas lembranças ruins. Eu não vou usar nenhum desses clichês baratos aqui, mas acho que nós definitivamente quebramos o recorde dos relacionamentos insanos, sabe?

Eu sorri tristemente, sabendo que ela estava certa.

– Sim, acho que fizemos isso – disse –, mas foi divertido por um tempo, pelo menos no início – tentei animar o tom da conversa. – Pelo menos temos dois filhos maravilhosos, e eu sempre vou amá-la por isso – ofereci-lhe minha mão, palma para cima, como se fosse realmente uma duquesa. – Então, vamos lá, Duquesa, por que não vamos os dois lá para cima dar um beijo nas crianças? Depois vou embora.

Ela sorriu, depois pegou minha mão e lá fomos nós, saindo da cozinha, pela sala de jantar, atravessando a enorme entrada de mármore e, em seguida, até a suntuosa escada em espiral que levava ao segundo andar da mansão.

Quando chegamos ao topo da escada, eu virei à direita, em direção ao quarto das crianças, e ela virou para a esquerda, em direção ao quarto do casal. Nós ainda estávamos de mãos dadas, de modo que parecíamos dois marinheiros se inclinando para ventos opostos. Eu sorri alegremente.

– O que você está fazendo? – perguntei.

Ela apenas olhou para mim, com os lábios comprimidos, como se fosse uma criança pensando em fazer algo impertinente. Então, apontou com a cabeça na direção do quarto.

– Venha para dentro comigo – disse ela, maliciosamente.

Meus olhos estalaram, abertos como um par de guarda-chuvas.

– O quê? Você quer fazer amor comigo agora, depois que eu acabei de lhe dizer que perdi as casas?

Ela assentiu com a cabeça, ansiosa.

– Sim, é o momento perfeito. Eu nunca estive nesse casamento por causa do dinheiro! É que... – apertei os olhos, desconfiado, e ela voltou atrás. – Tudo bem, não vou negar que o dinheiro definitivamente ajudou, mas eu poderia ter me casado com um monte de caras ricos. Eu escolhi você porque você era bonito. Você ainda é bonito! – piscou. – Então, vamos lá! Vamos fazer uma última vez antes de nos divorciarmos, tudo bem?

– Você vai na frente, eu sigo! – respondi alegremente, e um segundo depois a porta do quarto estava batendo atrás de nós e nós estávamos pulando naquele fabuloso edredom de seda, com seus milhares de pequenas pérolas.

Nós começamos a nos beijar profundamente. *Que paixão desenfreada! Que ferocidade sexual! Como nunca antes!* A Duquesa cheirava tão bem que parecia quase impossível. Eu queria aquela mulher, para possuí-la por toda a eternidade.

– Eu te amo – gemi.

– Eu também, sempre vou te amar– ela gemeu de volta.

Puta!, pensei.

– Eu também – respondi de maneira amorosa, e começamos arrancando fora nossa roupa, opa, a Duquesa estava sem sutiã! Empurrei meus mamilos nus contra seus mamilos nus e minha barriga nua contra a barriga nua dela. *Que suavidade senti! Que calor!* A Duquesa era uma chama furiosa! Dominada pela paixão! Eu nem conseguia pensar direito!

De repente, ela interrompeu o beijo, me olhou nervosamente e murmurou:

– Eu espero... – resfolegou – que você não esteja pensando... – resfolegou – que vai passar a noite aqui – resfolegou de novo –, pois nem consigo pensar – resfolegou – em me ver acordando... – resfolegou de novo – com você amanhã de manhã.

Cadela!, pensei.

– Claro que não – resfoleguei. – Eu tenho uma reunião em Southampton – resfoleguei – logo cedo de manhã.

– Ah, bom – murmurou ela. – Agora, faça amor comigo.

E acabaram-se os sufocos. As pernas da Duquesa... *Perfeição!* Como eram macias, flexíveis! Como nunca antes! Aquelas coxas, os tornozelos finos, aqueles quadris celestiais! Meu sistema nervoso estava numa sobrecarga sensorial, e eu adorei.

– Beije-me suavemente – gemeu a Duquesa. – Do jeito que costumava fazer...

Sim, pensei, vou beijá-la suavemente, do jeito que costumava fazer, e então farei amor com ela, do jeito que eu costumava fazer, comigo em cima e as pernas gostosas dela presas juntas, para ter mais fricção. A Duquesa adorava dessa maneira!

Com grande ternura, coloquei as mãos em seu rosto, os lábios nos lábios dela e beijei-a suavemente, respirando cada molécula dela. Seus lábios estavam totalmente deliciosos, totalmente brincalhões, assim como costumavam ser.

Então, nós ficamos ali, apenas nos beijando, durante o que pareceu um tempo muito longo.

Finalmente eu parei nosso beijo e olhei para minha linda Duquesa, em seus fabulosos olhos azuis, e decidi dar-lhe uma última tentativa.

– Eu ainda te amo – disse baixinho, rezando para que ela devolvesse minhas palavras.

Ela assentiu com a cabeça rapidamente.

– Eu também te amo – disse ela. – Agora venha fazer amor comigo, querido.

Ela ainda me amava!

Em seguida, um choque, quando ela disse:

– Espere um segundo. Deixe-me virar, assim a gente pode fazer por trás.

E mais rapidamente do que parecia possível, a Duquesa escapou por debaixo de mim e agachou-se sobre os joelhos, de costas para mim. Em seguida, ela cruzou os braços sobre seus seios e arqueou as costas, como um gato, empurrando sua bunda para trás. E disse urgentemente:

– Depressa, venha agarrar meus braços e me abraçar por trás!

Cadela!, pensei. Ela aprendeu um novo truque na minha ausência! Não havia insulto maior! Quem tinha lhe ensinado aquilo? Aquele estilo de cachorrinho com os braços cruzados? Fora aquele bastardo de rabo de cavalo? Ou o imbecil do jogador de golfe? Ou, o que seria pior, o romeno de merda?

Só então ela balançou a cabeça loira e me encarou intrigada.

– O que você está esperando? – resfolegou. – Me pegue agora ou me perca para sempre!

Olhei para ela, sem palavras.

Ela sorriu timidamente.

– Ah, vamos lá, bobo! Você vai gostar dessa maneira!

Puta!, pensei. E então sorri.

Acabamos fazendo amor apaixonadamente naquela noite de quinta-feira, e acho que ambos sabíamos que seria pela última vez. Por que isso tinha de acontecer, eu nunca saberia, embora suspeitasse que tivesse algo a ver com um encerramento, de que nós dois desesperadamente precisávamos. Tínhamos descido ao inferno e voltado juntos, e agora era hora de seguir em frente. De alguma forma, eu sabia que nós sempre nos amaríamos.

LIVRO III

CAPÍTULO 17

A ARTE DA AUTODESTRUIÇÃO

Três meses depois

Estávamos em algum lugar ao longo de Staten Island, perto da divisa com Nova Jersey, quando percebi que não conseguiria voltar a Southampton naquela noite para meu toque de recolher. Eu me lembro de descer a mão para minha perna esquerda e levantar a bainha da calça de gabardine, para dizer algo como:

– Er... Eu não fui totalmente honesto com você, Kiley. Essa coisa no meu tornozelo não é realmente um bipe – e de repente eu ouvi o som lamentoso e horrível, e os pilotos na frente estavam apontando nervosamente para as luzes laranja do painel de instrumentos do helicóptero Sikorsky S-76, que estava girando para o oeste a 140 nós com vento de cauda de Atlantic City.

E então, os lamentos cessaram. Kiley estava sentada à minha esquerda, presa pelo cinto a um dos suntuosos assentos de couro do Sikorsky, e parecia à beira das lágrimas.

– Eu... Eu nunca estive em um helicóptero antes – murmurou Kiley, que usava um minivestido de seda vermelho de 2 mil dólares que eu tinha acabado de comprar em uma loja da moda em Southampton. – Está certo ele fazer esses ruídos todos?

– Sim – respondi casualmente –, isso acontece o tempo todo.

Eu tinha conhecido Kiley algumas horas antes, então eu não sabia quase nada sobre ela, a não ser que tinha 22 anos de idade, fora criada em Vancouver, na Colúmbia Britânica, e tinha chegado a Nova York para tentar a carreira de modelo, mas a interrompera por um transtorno alimentar que fez com que seu peso aumentasse e diminuísse 15 quilos em questão de dias. Agora ela pesava em torno de 60 quilos, o que a tornava um pouco carnuda demais para uma modelo de 1,72 metro, e por isso Kiley estava com dificuldades para encontrar trabalho. No entanto, ela era linda, com características perfeitamente cinzeladas, pele cor de mel, lábios carnudos, maçãs do rosto elevadas e olhos castanhos amendoados.

De repente, o helicóptero começou a executar uma curva fechada para a direita e entrou em um mergulho íngreme. Os olhos puxados de Kiley se arregalaram.

– Ah, meu Deus! – gritou ela. – O que há de errado agora? Por que estamos indo para baixo?

Eu agarrei sua mão de forma tranquilizadora.

– Não sei – disse calmamente, mas o que eu não disse foi: "Coisas como essa só tendem a acontecer comigo. Você sabe, coisas que você costuma ver nos filmes, como aviões caindo, carros batendo, iates afundando, cozinhas explodindo, helicópteros que precisam ser empurrados para o oceano para abrir espaço para o resgate... Mas não tenha medo, Kiley, porque eu sempre consigo escapar com vida!".

Foi então que o copiloto se virou em sua cadeira e deslizou para trás uma divisória fina que separava a cabine do piloto da cabine de passageiros. Com um sorriso confiante, ele enfiou seu nariz na ranhura e afirmou:

– Estamos com algum problema mecânico, por isso precisamos fazer um pouso de emergência em Teterboro. – Ele piscou para Kiley. – Não se preocupe, senhora. Teterboro fica apenas a alguns quilômetros de distância. Nós ficaremos muito bem.

Então ele deslizou a divisória e a fechou, virou-se em seu assento e começou a dizer algo ao piloto. Eu olhei para Kiley, que até então estivera bastante radiante, mas até a última gota de cor tinha desaparecido de sua fabulosa pele. Então coloquei a mão sobre o ombro dela e disse:

– Relaxe, Kiley. Eu já passei por isso antes e sempre acaba tudo bem – apertei a mão dela novamente. – Além disso, você tem apenas 22 anos, e isso não é idade para uma jovem morrer!

Ela balançou a cabeça tristemente.

– Eu menti para você! Tenho apenas 17 anos!

Foi quando eu soube que estava fodido.

Eu tinha certeza de que a idade para estupro diferia de Estado para Estado; assim, enquanto o Sikorsky fazia sua descida no Aeroporto de Teterboro, me vi tentando descobrir qual Estado teria jurisdição sobre mim se eu decidisse comer Kiley: Nova York ou Nova Jersey? Na verdade, nós havíamos decolado de Southampton, que era em Nova York, e a idade legal lá era 17 anos, mas agora estávamos indo para Atlantic City, que fica em Nova Jersey, onde a idade legal era... Eu não tinha bem certeza... E esse era o problema, porque era lá, em uma chamativa suíte do Trump Castle Casino, onde eu estava planejando consumar o ato. Então qual era a idade legal de Jersey?, perguntei-me.

Obviamente, não era o tipo de pergunta que eu poderia fazer aos pilotos pela janelinha, especialmente com Kiley junto de mim. Após uma inspeção mais minuciosa, Kiley realmente parecia estar nas últimas fases da puberdade. Na verdade, aquela fina camada de gordura que eu tinha anteriormente atribuído a um distúrbio alimentar estava agora desprendendo o preocupante cheiro de gordura de bebê, pertencente a uma adolescente ainda em florescimento.

Ainda assim, nada daquilo era culpa minha, porque quando eu coloquei os olhos em Kiley ela estava nua em um de meus chuveiros e tinha cabelo em todos os lugares certos, bem como um par de alegres peitinhos que pareciam ter idade suficiente para votar. E ela nem mesmo estava sozinha! Em pé ao lado dela havia outra menina nua – uma garota loira de olhos azuis chamada Lisa que, como Kiley, também parecia ter idade suficiente para votar –; e as duas estavam envolvidas em um apaixonado beijo, saboreando os momentos finais de um frenesi de Ecstasy.

Mesmo essa cena não era tão estranha quanto parecia, duas jovens modelos que eu nunca tinha visto antes se esgueirando em minha casa para tomar um banho de chuveiro juntas, porque, desde meados de julho, era de conhecimento comum que nos Hamptons havia essa fabulosa casa em Meadow Lane onde qualquer jovem modelo podia aparecer, dar um sorriso lascivo e ficar por quanto tempo desejasse. E mesmo eu sendo o primeiro a admitir que esse tipo de comportamento de devorador compulsivo de modelos era totalmente detestável, percebi que, com minha vida à beira da implosão, eu poderia também encerrá-la com chave de ouro!

Por isso, foi assim que decidi passar meu último verão em Meadow Lane: faturando modelos enquanto a Duquesa e eu dividíamos as crianças, alternando os fins de semana.

Chandler, sendo a garota do papai, adorava o movimento, embora gostasse mais de torturar as jovens modelos que seu papai tinha faturado, assegurando que elas não significavam absolutamente nada para ele e que qualquer restaurante a que ele as levasse ou qualquer butique onde lhes comprasse um vestido seria o mesmo restaurante ou butique onde ele havia levado uma dúzia de outras garotas exatamente iguais a elas. O ponto de vista de Chandler era: *você é uma puta inútil e alguém mais jovem e mais bonita que você vai substituí-la na próxima semana.*

Carter, por outro lado, não dava a mínima. Ele estava muito ocupado na piscina ao ar livre, o que, na língua de Carter, era uma *piscinaolivre*. Quando ele não estava lá, podia ser encontrado na sala de TV, assistindo a vídeos dos Power Rangers, enquanto modelos seminuas se sentavam ao lado dele e esfregavam sua barriguinha, garantindo que fariam o que ele quisesse se ele emprestasse seus cílios para uma foto. Um dia, eu tinha certeza, Carter iria ficar muito emputecido quando descobrisse que havia afastado todas aquelas jovens belezas só porque tinham atrapalhado seus filmes dos amados Power Rangers.

Numa observação à parte, foi em algum momento no final de julho que ouvi falar de alguém chamado John. Chandler tinha trazido o nome em primeiro lugar, descrevendo-o como "o novo amigo californiano de mamãe". John. John. No começo não dei muita importância àquilo, embora uma vozinha dentro de minha cabeça insistisse em dizer: "Esse cara pode ser problema". Não era o fato de a Duquesa ter um namorado, eu estava bem com isso. O que eu não aprovava muito era ele morar do outro lado do país. Afinal, se ela se apaixonasse por ele, poderia querer se mudar para lá.

Eu não sabia muito sobre o cara, apenas que ele era um pouco mais velho que eu, que era muito rico (*puxa, que surpresa*) e que era dono de uma enorme indústria de roupas infantis em Los Angeles. Eu tinha resistido ao impulso de chamar Bo para fazer sua parte, decidindo, em vez disso, deixar as coisas quietas. Da forma como eu via as coisas, a Duquesa estava fazendo a parte dela, namorar nas férias, de forma que as chances de ela se apaixonar por John eram mínimas.

A única coisa que vinha me incomodando de verdade – além do fato de que eu estava queimando dinheiro mais rápido que um país da América Latina – era o modo obstinado como TOC estava perseguindo o Chef. Na verdade, eu tinha estado em Nova Jersey duas vezes nas últimas quatro semanas, tentando fazer o Chef discutir nossos antigos negócios para gravar em fita. Mas em ambas as vezes ele se recusou. Ainda assim, TOC estava certo de que em algum momento ele o faria. Ele era um bandido nato, raciocinou TOC, e não seria capaz de resistir à tentação para sempre.

Ironicamente, fora por causa dessas duas viagens recentes a Nova Jersey que eu tinha aceitado a ideia de Kiley de ir a Atlantic City. Eram cerca de 11 horas da manhã e eu estava na cozinha fazendo o café da manhã para ela e Lisa quando Kiley teve a ideia:

– Você me levaria um dia para Atlantic City para me ensinar a jogar?

O que de fato complicou as coisas foi eu achar Kiley atraente, não apenas na aparência, mas em personalidade também. Ela era vibrante e vivaz – exalando uma certa inocência infantil que, na época, atribuí ao fato de ela ter sido criada no Canadá, e não de ela ser realmente uma criança.

– Então você nunca foi Atlantic City antes? – perguntei a ela.

– Nãoooo – respondeu ela inocentemente. – Você me levaria até lá?

Hoje eu me lembro de pensar que seu tom era o de uma criança perguntando ao avô se ele estaria disposto a levá-la ao zoológico, um dia. Quando perguntei a Kiley quantos anos tinha e ela disse "22; e você?", eu estava inclinado a acreditar nisso. Foi quando comecei a calcular os riscos de fazer uma viagem não autorizada de helicóptero para Atlantic City, enquanto ainda estava em prisão domiciliar.

No final, acabei reduzindo as coisas para dois riscos distintos: primeiro, deixar o Estado de Nova York sem aprovação prévia e, segundo, a possibilidade de ficar preso em Atlantic City por ter violado meu toque de recolher à meia-noite. Quanto ao jogo, eu não estava tão preocupado, porque não era ilegal. Eu também não estava muito preocupado em ter de levar 50 mil dólares em dinheiro para convencer Donald Trump a despachar um helicóptero. Afinal, eu tinha duas vezes esse valor no cofre do meu quarto, que, por mera coincidência, era o tanto de dinheiro que eu supostamente teria de entregar ao governo como parte do meu confisco de bens (eles simplesmente não tinham aparecido para pegá-lo ainda). Então, qual seria o mal, concluí, se eu só pegasse emprestado alguns dólares deles?

Nenhum, pensei. Então liguei para o cassino, pedi o helicóptero, levei Kiley para comprar roupas, tomei um empréstimo de curto prazo do governo federal e me dirigi para o heliporto.

Agora, no entanto, seis horas depois, eu estava preso em Teterboro, em um hangar dilapidado, com uma menina menor de idade e prestes a quebrar o toque de recolher. Estar em Jersey, percebi, era o menor de meus crimes.

– Isso significa que não vamos? – lamentou Kiley.

Olhei para meu relógio e balancei a cabeça gravemente.

– Eu não sei, Kiley. Já são 9 horas e eu preciso estar em casa por volta da meia-noite.

Com um bico, ela disse:

– É triste.

– Sim, é – concordei com um aceno de simpatia e, em seguida, concentrei-me no fato de que meu toque de recolher não era realmente um toque de recolher... Ou era? Bem, tecnicamente era, mas na prática não era, sobretudo em uma noite de domingo onde uma violação inofensiva (como aquela) provavelmente iria escorrer através das rachaduras. Sim, talvez a empresa de monitoramento fizesse uma chamada para Patrick Mancini, meu agente da pré-condicional, e ele poderia apenas supor que minha tornozeleira estivesse com problema de funcionamento. Por que, afinal, aquela coisa podia ter um problema de vez em quando, não é? Sim, isso certamente acontecia e, além disso, Pat sabia que eu não era um cara que apresentasse risco de fuga, certo? Claro, eu tinha quase certeza disso, e ele estava bem ciente de que eu era uma testemunha que colaborava com o governo federal (do lado da retidão do problema).

Nesse momento o piloto veio sorrindo:

– A boa notícia é que foi apenas um indicador de combustível – disse ele alegremente. – E estará consertado dentro de 20 minutos.

Kiley pegou minha mão e começou a agitá-la para cima e para baixo, como a dizer "Ebaaa! Ebaaa! Agora podemos ir para Atlantic City!".

– E qual é a má notícia? – perguntei.

O piloto deu de ombros.

– Bem, o que ocorre é que eu e o copiloto estamos fora de nosso horário de serviço. Vocês vão ter que esperar dois novos pilotos, que estarão aqui em cerca de uma hora...

Kiley olhou para mim, confusa.

– O que isso significa? – perguntou tristemente.

Minha vontade era dizer: "Significa que isso é o que acontece quando você viaja com o antigo Lobo de Wall Street. Qualquer coisa que pode dar errado, vai dar errado!". Mas em vez disso eu disse:

– Significa que estamos presos aqui por um tempo.

Outro bico amuado:

– Então não vamos agora?

Olhei para Kiley e dei de ombros.

– Deixe-me pensar por um segundo.

Percorri a situação novamente em minha mente. Bem, óbvio que eu não poderia dormir com Kiley; ela era muito jovem. Mas, por outro lado, eu era um jogador muito bom, então talvez eu pudesse ganhar alguma grana!

– Há um telefone por aqui? – perguntei ao piloto.

Ele apontou o dedo na direção de um telefone de parede.

– Obrigado – disse, e um segundo depois eu deixei uma mensagem no correio de voz de Pat Mancini, explicando que eu estava preso na "cidade", sem dizer em *qual* cidade, e que estaria de volta bem tarde naquela noite ou na manhã seguinte. Então desliguei o telefone e fiquei olhando para ele por um segundo, me perguntando se eu tinha acabado de cometer um grande erro. Não, pensei. Patrick tinha as mãos cheias de assassinos e estupradores e eu já tinha tomado a decisão de não ter relações sexuais com Kiley. Com esse pensamento, caminhei de volta para Kiley e lhe ofereci um sorriso paternal.

– Tudo bem, querida, nós vamos!

– Ebaaaaaa! – ela gritou. E foi isso.

NÃO HAVIA COMO NEGAR que Donald Trump ostentava o pior penteado deste lado da Cortina de Ferro, mas o safado sabia como ganhar dinheiro! Em Atlantic City, ele possuía três cassinos: Trump Plaza, Taj Mahal e Trump Castle. Eu preferi o Castle porque tinha um heliporto no telhado, o que permitia entradas e saídas rápidas. Isso é importante numa cidade como Atlantic City, onde a decadência pode lançar um jogador em uma pirueta emocional quando ele já está prestes a saltar de uma janela.

Mas algo estava me incomodando.

Desatei meu cinto de segurança e deslizei a divisória, abrindo-a:

– Com licença – disse ao novo copiloto, apontando para o telhado do Castle, que se aproximava. – Por que não vamos pousar no telhado hoje à noite?

O piloto deu de ombros.

– Não sei – respondeu ele. – Fomos informados para desembarcar no cais. Isso é tudo que eu sei.

– Hummm – murmurei. – Talvez o telhado esteja fechado para reparos.

– Não que eu saiba – respondeu o copiloto.

Poucos minutos mais tarde, Kiley e eu estávamos sentados na parte traseira de um carro de golfe elétrico, com um motorista do Trump Plaza atrás do volante. Sentado ao lado do motorista estava um funcionário elegantemente vestido, também do Trump Plaza. Ele tinha um horrível amontoado de cabelos grisalhos e uma atitude escorregadia.

– Eu não entendi: quando liguei para a seção informações hoje à tarde, pedi especificamente pelo número do Trump Castle.

Ele soltou um largo sorriso:

– Bem, eles devem ter cometido um erro. Isso acontece o tempo todo. Enfim, somos todos parte da família Trump, certo?

– Está tudo bem? – perguntou Kiley. – Você parece chateado.

Peguei a mão dela e segurei-a.

– Não, está tudo bem, querida. É só uma pequena confusão, isso faz parte do pacote quando se viaja comigo.

Kiley riu como uma colegial.

– Aproveitando o ensejo – disse o funcionário desprezível do cassino –, vi seu velho amigo Elliot Lavigne lá em baixo. Ele estava detonando nas mesas...

– Você quer dizer, ele estava *jogando*? – perguntei incrédulo.

– Sim, por que você está surpreso? Ele é um jogador compulsivo, não é?

Eu assenti lentamente.

– Sim, claro... Mas a última coisa que ouvi dele é que estava quebrado.

O anfitrião balançou a cabeça e sorriu.

– Não mais – disse conscientemente. – Ele está fazendo milhões de novo. Ele tem uma linha de roupas e agasalhos de *hip-hop* que se chama... Hã... Fat Farm... ou Fubu, não sei bem...

Kiley, como uma estilista, falou:

– Ah, eu conheço a Phat Farm!

Olhei para Kiley e não resisti.

– Por que, você foi para uma clínica de engorda?*

Ela soltou minha mão e me deu um tapa no ombro.

– Não é esse tipo de *fat farm*, espertinho! Esse é soletrado P-H-A-T. E é uma gíria, quer dizer legal ou boa aparência. Você sabe, como se diz, "essa menina é *phat*" ou "esse cassino é *phat*!".

– Acho que ela está certa – disse o anfitrião do cassino.

– Eu também penso assim – concordei e sorri para Kiley, que estava radiante.

Então ela disse:

– Quem é Elliot Lavigne?

O anfitrião do cassino e eu trocamos um olhar.

– Ah, ele é apenas um velho amigo meu – respondi casualmente, *que por acaso me deve 2 milhões de dólares, os quais agora posso pegar de volta!* – Ele é um cara pitoresco.

---

* *Fat farm*, em inglês. A pronúncia de "Phat" e "fat" são iguais em inglês, e "fat" quer dizer "gordo"(N. T.)

– Ah – disse uma Kiley sem noção de nada. – Parece um cara legal.

Com isso, o anfitirão e eu trocamos outro olhar. Cinco minutos mais tarde, Kiley e eu estávamos caminhando pelo cassino de braços dados, como dois jovens amantes. Ela olhava para lá e para cá, observando todas as mesas de jogos e as máquinas caça-níqueis e os espelhos e as luzes estroboscópicas com o tipo de expressão impressionada que você veria normalmente em uma menina de 5 anos de Dubuque, Iowa, que estivesse passeando na Times Square pela primeira vez.

Com passos confiantes, conduzi-a para uma mesa de jogo de dados.

Havia seis pessoas em torno dela, todas exibindo a mesma expressão degenerada de jogadores de dados.

– Veja isso – disse a Kiley e, com um sorriso diabólico e uma piscadela, abri minha bolsa de ginástica azul da Nike e despejei 50 mil dólares em dinheiro sobre a mesa de dados. Em seguida, olhei para o caixa, um sujeito de 1,95 metro com um bigodão que parecia desafiar a gravidade, e disse:

– Fichas, por favor.

Houve um momento de silêncio, enquanto o resto da mesa olhava espantado. *Ah, sim! O Lobo estava de volta! E espere até vê-lo jogando!* Ohhhh... Eu era o bonzão, claro! Como o porra do James Bond!

O homem alto do caixa sorriu e disse:

– Vinte mil dólares para o senhor Belfort jogar enquanto contamos.

E assim eu recebi 20 mil em fichas.

Kiley parecia impressionada.

– Como eles conhecem você? – sussurrou ela.

Ah, por favor!, eu pensei. Todo mundo me conhece por essas bandas! Eu costumava ser o Lobo de Wall Street, pelo amor de Deus!

– Isso não é nada – disse com confiança. – Observe enquanto limpo todos esses filhos da puta!

E rapidamente comecei a jogar.

Cinco minutos depois, a maioria de minhas fichas tinha ido embora e Kiley perguntava:

– Por que eles continuam pegando suas fichas e levando embora?

Balancei a cabeça tristemente, enquanto olhava para os 18 mil dólares do dinheiro do governo sendo empilhados do lado errado da mesa de dados.

– Estou numa maré de azar – resmunguei. – Preciso dar um jeito de ainda ficar com os outros 30.

Foi então que o altão do caixa veio até mim segurando uma prancheta.

– Assine aqui, senhor B – e me entregou a prancheta e uma caneta.

Com o coração apertado, assinei um recibo que parecia um cheque de banco. Então, com um profundo suspiro, devolvi a ele. O homem assentiu com a cabeça uma única vez e disse:

– Eu só preciso de uma cópia da sua carteira de motorista – acrescentou, – e você estará pronto para ir.

– Nenhum problema – respondi, mas fui procurar em meu bolso de trás e...

– Que merda! – murmurei. – Esqueci a maldita carteira – olhei para o homem e sorri. – Tenho certeza de que vocês têm uma cópia no arquivo, certo?

Ele balançou a cabeça.

– Na verdade, nós não temos, senhor B. O senhor nunca jogou aqui antes.

– Hummm – resmunguei. – Acho que você está certo. Deixe-me pensar... Que tal ligar para o Castle e pedir que eles lhes mandem um fax da minha carteira? Isso deve resolver, certo?

Olhei para Kiley e pisquei. O Lobo de Wall Street era um mestre em resolver problemas!

Infelizmente, o homem-caixa começou a balançar a cabeça novamente.

– Não é assim que as coisas funcionam, senhor. Uma vez que você mostra 10 mil em dinheiro, é preciso consultar a identidade. A lei é assim.

Inclinei a cabeça de lado e disse:

– Então deixe-me entender direito as coisas: vocês pegam 50 mil do meu dinheiro, contam, me dão 20 mil em fichas para jogar e perder, e agora você não vai me dar uma chance de ganhar meu dinheiro de volta?

O homem-caixa deu de ombros.

– É mais ou menos assim, senhor B.

Senhor B? *Senhor B!* Mas era uma piada do caralho! Se a cara dele não tivesse duas vezes meu tamanho, eu daria um soco de direita naquela porra detestável de bigode! Respirei fundo e disse:

– Tudo bem, posso falar com seu chefe, por favor? Tem de haver alguma forma de resolver isso.

– Claro! – disse o homem-caixa, feliz em passar o abacaxi adiante.

Cinco minutos depois, não só o chefe dele estava lá, mas havia cinco ternos o acompanhando, e todos pareciam pertencer à família Corleone... Os ternos se mostraram, porém, todos muito bons, muito pacientes, mas depois de coçar os queixos, o Terno de todos os Ternos, quer dizer, o gerente do turno, finalmente me disse:

– Desculpe, senhor B, mas não há nada que eu possa fazer, a não ser enviar algumas garrafas de champanhe até sua suíte para que o senhor e a linda moça desfrutem – e piscou para ela.

– Tudo bem. Vou pegar minhas fichas e trocar agora – olhei para Kiley. – Venha, querida, está na hora de irmos embora.

– Certo – disse ela, alheia. – E vamos para onde?

Com um sorriso demente, respondi:

– Primeiro nós vamos sacar o dinheiro e então voaremos para casa – olhei para o gerente. – Pode fazer o favor de chamar o helicóptero para nós?

– Está muito tarde, senhor – respondeu ele, parecendo lutar contra o desejo de sorrir. – O helicóptero já está no caminho de volta para Long Island. Mas não se preocupe, nós temos uma bela suíte para vocês e vamos enviar-lhe algumas garrafas de Dom Pérignon e um pouco de caviar.

– Que ótimo! – chilreou Kiley. – Eu amo caviar!

Olhei para ela, sem palavras.

– Então, está bem – disse o gerente de turno, sentindo minha dor. – Vamos até os caixas de forma que possa trocar suas fichas.

Sim, pensei, é hora de colocar um fim nesse pesadelo.

– Mas que porra você está me dizendo? – quase gritei para a bruxa velha do outro lado do vidro à prova de balas. – Como você não pode me dar meu dinheiro de volta?

– Lamento muito – a resposta veio firme, através de uma fenda em uma estrutura de alumínio brilhante. – Eu não posso lhe dar o dinheiro a menos que me mostre sua identidade. É a lei.

Eu estava perplexo. Chocado. Em descrença absoluta.

Lá estava eu, de pé dentro “da gaiola”, que era do tamanho de um banheiro no Denny’s, acompanhado por uma garota menor de idade, um gerente de turno que era provavelmente um chamariz da máfia e uma pilha de multicoloridas fichas de cassino no valor de 32 mil dólares, com as quais estava agora encalhado porque a bruxa velha do outro lado do vidro à prova de balas era uma defensora dos detalhes. Aquilo era bizarro!

Virei-me para o chefe de turno e disse:

– Você tem de fazer alguma coisa, isso não está certo – e então apertei os dentes e balancei a cabeça lentamente, como se dissesse: “Alguém vai pagar por isso, no fim!”.

O chefe de turno ergueu as palmas das mãos no ar e deu de ombros.

– O que posso fazer? – disse inocentemente. – A lei é a lei.

Com frustração no coração, olhei para Kiley e disse:

– Você sabe por que essa merda acontece só comigo e com mais ninguém?

Ela abanou a cabeça nervosamente.

– Porque eu atraio essa merda pra cima de mim! Eu sou um porra de um maníaco por castigos, é por isso! – e voltei a olhar para o vidro à prova de balas, encarando desconfiado a bruxa velha. Então rodei o pescoço, como um homem à beira de um ataque. – Ouça – disse, com um tom de lógica na voz, apoiando os cotovelos na bancada de fórmica preta do meu lado do vidro. – Em geral, eu sou um cara sensato, então me deixe apenas dar-lhe um resumo dos acontecimentos da noite e, em seguida, você me diz se mereço ter meu dinheiro de volta, o.k.?

A bruxa deu de ombros.

– Bem – disse eu –, vou tomar isso como um "sim".

E então comecei a lhe contar minha história de aflições, iniciando pelo mau funcionamento do helicóptero e terminando com o fiasco da carteira de motorista esquecida, enquanto cuidadosamente omitia todas as referências à tornozeleira, a meu espúrio telefonema para Patrick Mancini, ao problema da idade de Kiley, a meu empréstimo sem juros do dinheiro do governo federal e por último (mas não menos importante...) ao fato de que eu estava sob condicional e não fora autorizado a pisar em Atlantic City, para começo de conversa. E disse:

– Acho que é bastante óbvio que eu sou quem digo que sou. Então por que você não troca as fichas e me deixa ir embora em paz, certo? – lancei meu sorriso mais razoável para a bruxa. – É pedir demais?

A bruxa velha ficou me olhando por alguns segundos a mais do que as boas maneiras recomendam. Depois veio sua resposta firme, através das fendas:

– Me desculpe. Eu não posso trocar suas fichas a menos que você mostre sua identidade. É a lei.

– Tudo bem... – respondi. – Achei que seria isso mesmo que você responderia.

Essas foram as últimas palavras que eu disse para a bruxa velha naquela noite. Na verdade, foram as últimas palavras que eu disse a qualquer pessoa naquela noite, com exceção de Kiley, que acabou por ser uma excelente companhia numa viagem tão azarada quanto aquela. Claro, jamais coloquei um dedo nela, mas, olhando para aquele dia hoje, sei que teve menos a ver com as leis de estupro e mais com meu próprio senso de certo e errado. Afinal, a maneira que eu tinha escolhido para passar meu último verão em Meadow

Lane era uma vergonha. Eu sabia disso melhor que ninguém, mas simplesmente não conseguia me controlar. Era como se eu estivesse determinado a me autodestruir... Não, era como se eu *precisasse* me autodestruir.

Talvez estivesse pensando que, se realmente me destruísse, queimando todos os bens que possuía, tanto físicos quanto emocionais, então de alguma forma eu poderia fazer o relógio voltar no tempo, para uma época antes da Stratton, antes que a árvore envenenada brotasse. Talvez. Ou talvez eu tivesse apenas ficado maluco...

De qualquer maneira, havia certas linhas que eu mesmo não poderia atravessar: uma delas tinha sido Dave Beall e a outra tinha sido Kiley. Ao mesmo tempo que os dois não tinham nenhuma relação, cada um à sua maneira permitiu que eu me aferrasse a meus últimos vestígios de respeito próprio.

Quando cheguei em Southampton na manhã seguinte, pedi um táxi para Kiley, dei-lhe um beijo na bochecha e mandei-a seguir seu caminho. Eu sabia que um dia acabaria me encontrando com ela de novo, e provavelmente me daria um chute na bunda por não ter me aproveitado dela naquela noite de domingo. Afinal, você não se depara com meninas como Kiley todos os dias, sobretudo no mundo real e sobretudo se você é um cara como eu, com um pé no xadrez e outro no asilo.

Então eu estava sentado em uma cadeira na minha sala de estar, olhando para o oceano Atlântico e tentando fazer com que tudo tivesse um sentido. Era quase meio-dia e Patrick Mancini não tinha ligado ainda, o que significava que ele nunca o faria. Em suma: eu tinha escapado!

Então, o telefone tocou.

Ai, meu Deus!, pensei. Me pegaram! Tão rápido como um relâmpago, comecei a fabricar em meu cérebro um álibi para tudo aquilo. Tinha de haver uma explicação... Eu tinha ido visitar meu irmão em Montclair, Nova Jersey, e me perdido no caminho... Estava procurando novos lugares para meu próximo encontro com o Chef... *Sim!*

O telefone se manteve tocando.

Eu peguei o sem fio.

– Sim? – disse, num tom resignado e sombrio.

– Aqui é seu advogado – disse meu advogado. – Você está sozinho?

Com voz superdireita, afirmei:

– Eu juro por Deus, eu nunca toquei nessa menina, Greg! Você mesmo pode ligar para ela e perguntar! – de repente, percebi que eu não tinha o número de telefone de Kiley. Na verdade, eu não sabia nem mesmo seu sobrenome. Ela era Kiley, a criança.

– Do que você está falando? – perguntou Magnum. – Que menina?

– Esqueça – murmurei. – Eu estava apenas divagando... O que está acontecendo?

– Recebi um telefonema muito perturbador de Joel Cohen hoje pela manhã.

Minha boca imediatamente ficou seca.

– Sobre o quê?

– Ele diz que você pode ter violado o acordo de cooperação. Ele quer encontrá-lo no primeiro horário amanhã de manhã.

Eu senti uma onda de pânico subindo por minha coluna vertebral, acompanhada de desespero. Se eu não estivesse sentado, teria caído. Permaneça calmo, pensei. Você não fez nada. *Nada!*

– Isso é impossível! – respondi com confiança. – Ele disse como?

– Não especificamente, mas tenho a impressão de que ele pensa que você pode ter alertado alguém sobre sua cooperação. Alguma ideia do que ele está falando?

Alertado. Que palavra estranha para se usar. O que isso queria dizer no contexto? Alertar, deixar alguém saber que eu estava cooperando? Sim, minha cooperação deveria ser algo secreto, mas havia algumas pessoas que tinham de saber, como minha esposa, por um lado, e meus pais... E George... Mais ninguém; nem mesmo Bo tinha sido alertado – *alertado!* Eu tinha dito isso a alguns de meus amigos? Não, a nenhum. Para a Rainha do Boquete? Não. Para alguma das Natashas impertinentes? Ninguém, não. Eu não tinha dito isso para uma única alma, na verdade. Então, eu estava limpo.

Sentindo-me muito confiante, disse:

– Não, Greg. Eu não alertei ninguém. Juro. Joel está completamente enganado.

– Isso é bom – respondeu ele calmamente. – Você não tem nada com que se preocupar, então. Tenho certeza de que é apenas um engano. Nós vamos esclarecer tudo isso logo na primeira hora de amanhã.

– Sem dúvida – disse rapidamente. – Onde ele quer se reunir?

– No centro, na sede do FBI. Eu não estarei lá, tenho que viajar para um depoimento. Mas não se preocupe, Nick estará com você.

– Isso é bom – disse. – Nick é um bom homem.

E além disso, pensei, quando você não tem nada a esconder, não tem nada a temer.

Graças a Deus.

CAPÍTULO 18

O IMPENSÁVEL

Com os ombros firmes, o queixo erguido e o branquelo do homem de Yale a meu lado, entrei na sala de reuniões (ou de interrogatório?) preparado para o pior. Imediatamente, três coisas me pareceram estranhas, a começar pelo fato de que todos os meus quatro captores tinham vindo para as festividades do dia: o Canalha, o TOC, o Mórmon e, infelizmente, a Bruxa Má do Leste, que eu não via há quase um ano. Os quatro estavam sentados de um lado da mesa, esperando que o homem de Yale e eu tomássemos nossos lugares em frente a eles.

A segunda coisa estranha era que todo mundo estava vestido formalmente, incluindo TOC, que quase nunca fazia isso. Meus captores masculinos estavam com o paletó, a gravata apertada no colarinho. Trajes de tribunal. O homem de Yale e eu também usávamos ternos, assim como a Bruxa, que ostentava um tailleur de poliéster preto que, assim como o resto de seu guarda-roupa, necessitava desesperadamente de algumas alterações.

E a terceira estranheza, a mais perturbadora de todas, foi que notei a ausência das trocas de amabilidades iniciais de abertura. O Canalha apertou minha mão molemente e não disse nada. O Mórmon apertou minha mão com firmeza e disse:

– Como é que vai, cara? – usando aquele tipo de tom sombrio que um treinador da faculdade usaria com um jogador antes de cortá-lo da equipe e revogar sua bolsa de estudos.

O TOC apertou minha mão com força, um pouco forte demais, de fato, como se fosse um general romano gentil enviando um de seus soldados para um poço de gladiador repleto de leões. E a Bruxa nem sequer apertou minha mão.

Então, nos sentamos.

– Tudo bem, vamos tratar dos casos, então – começou o Canalha, calmamente. – Michele... – e ele estendeu a mão em direção a ela, palma para cima.

A Bruxa assentiu com a cabeça e entregou-lhe uma pasta grossa de arquivos legais que estava segurando. Então, colocou suas mãos pequenas na mesa e começou a girar os polegares na velocidade da luz.

Eu senti meu coração pular uma batida.

Com muito cuidado, o Canalha depositou o arquivo na frente dele. E olhou para ele. A pasta estava fechada, mantida assim por um barbante marrom claro, que envolvia a pasta e dava voltas em um fino disco de papelão do tamanho de uma moeda de 10 centavos. O safado só se manteve olhando a pasta.

Olhei para o homem de Yale, confuso. Ele revirou os olhos e deu de ombros, como se dissesse: "É apenas teatro, não significa nada". Eu assenti com a cabeça e olhei para o Canalha, que ainda estava olhando para o arquivo – teatralmente.

Por fim, fazendo uma imitação quase perfeita do assustador e impenetrável agente Smith, do filme *Matrix*, o Canalha lentamente começou a desenrolar o barbante marrom, numa velocidade incrível e em círculos perfeitos. Quando acabou, abriu lentamente a pasta com os arquivos e olhou para um documento que estava no topo da pilha.

Ainda olhando para baixo, ele disse, no tom assustador do agente Smith:

– Senhor Belfort, você já se confessou culpado de praticamente todas as fraudes de valores mobiliários para as quais temos leis – verdade, pensei. – Manipulação de ações, violações de 10B5, fraudes em vendas, fraudes com moedas... – ele lentamente olhou para cima – e, claro, lavagem de dinheiro – ele deslizou o documento para meu lado da mesa. – Você está familiarizado com este documento, senhor Belfort?

Olhei para o papel por um momento e ouvi o agente Smith dizer:

– Por que não deixa o senhor De Feis examiná-lo para você, para que não haja nenhum erro?

Ansioso para agradar, o homem de Yale inclinou-se e estudou o documento por um momento.

– É seu acordo judicial – sussurrou em meu ouvido.

Não diga, Sherlock! É o que diz bem em cima!

O homem de Yale veio em meu socorro:

– É o acordo judicial dele, Joel.

– Eu gostaria de ouvir o senhor Belfort dizer isso – rebateu o agente Smith.

– É meu acordo judicial – disse eu, monocordicamente.

O agente Smith assentiu com a cabeça e voltou os olhos para a pasta, olhando fixamente para ela por um momento. Depois de uns bons 10 segundos, ele pegou um segundo documento do topo da pilha e deslizou-o sobre a mesa para mim. Então, ergueu os olhos.

– E você sabe que documento é esse, senhor Belfort?

Estudei-o por um momento.

– É meu acordo de cooperação.

Ele balançou a cabeça.

– É isso mesmo. Na parte inferior da página, você verá uma frase realçada em amarelo. Por favor, leia em voz alta.

– O réu concorda em ser sincero e honesto em todos os momentos.

O homem de Yale parecia estar ficando sem paciência:

– Onde você quer chegar, Joel? Você está dizendo que ele não tem sido sincero e honesto?

O Canalha se recostou na cadeira e sorriu com os lábios finos.

– Talvez, Nick. – Então ele me olhou e disse: – Por que você não nos diz, Jordan? Você foi sincero e honesto?

– Claro que sim! – respondi rapidamente. – Por que eu não seria?

Olhei ao redor da sala e todos os quatro algozes me encaravam, inexpressivos.

A Bruxa começou falando:

– Você está dizendo que nunca tentou nos enganar, nem uma vez sequer...

Eu balancei a cabeça em um "não", confiante; não havia nenhuma maneira que eles já pudessem ter descoberto sobre Atlantic City. Afinal, tinha acontecido na noite anterior... Tudo bem, duas noites atrás, pensei. Mas, seja como for, eu sempre tinha sido verdadeiro, a menos que... *Dave Beall! O bilhete! Não!* Não podia ser! Nem em um milhão de anos! Empurrei esse pensamento para longe de minha mente... Não tire conclusões precipitadas. Ele nunca iria me denunciar. Não levaria nenhuma vantagem com isso. E eu o tinha protegido. Salvado. Alertado. *Alertado! Alertado!*

– Existe alguma coisa que você queira nos contar? – perguntou TOC, cruzando os braços sobre o peito.

– Não! – respondi com segurança. Depois, não tão seguro assim. – Quer dizer, claro que não. Eu só não tinha bem certeza sobre o que vocês queriam que eu dissesse... Er... Sobre honestidade – olhei para meus captores, um por um, até que meus olhos se fixassem sobre o Canalha. – E então, sobre... Hã... Confiabilidade... – senti-me compelido a adicionar isso, embora não tivesse ideia do porquê.

Mas ele parecia sentir o cheiro de sangue.

– Deixe-me ser mais específico, então – disse ele, pacientemente. – Você nunca disse a ninguém que estava cooperando conosco?

Uma faca direta no coração! Era hora *de blefar*!

– Sim – disse confiante.

– Para quem?

– Meus pais, uma vez. Ou duas, pode-se dizer – sorri da minha piada. – Isso é crime?

O Canalha não sorriu.

– Não, isso não é crime – respondeu. – E para quem mais?

– Hããã... – minha boca estava ficando seca. – Contei à minha mulher, é claro – os lábios pareciam vibrar –, porque eu tinha de contar a ela. Por um monte de motivos. Para começar, ela teve de assinar o confisco – *de repente, me veio uma ideia* –, e pode ser, não sei, que ela tenha deixado escapar para uma de suas amigas, por acidente...

... como para Laurie Beall, se vocês pegaram minha dica, que em seguida pode ter contado a Dave Beall, e aí tudo virou esse mal-entendido gigantesco.

– Quer dizer, nunca enfatizei que ela devia manter isso em segredo. Talvez devesse... Isso é um problema?

O Canalha sacudiu a cabeça.

– Não, acho que sua esposa é inteligente o suficiente para saber o que está em jogo aqui. Para quem mais?

Mantenha a calma!

– Para George – respondi com confiança.

O Canalha olhou para TOC, que disse:

– É o padrinho dele no AA – então TOC acenou com a cabeça para a frente e para trás, como se dissesse: "George está limpo!".

Finalmente, o homem de Yale entrou na conversa:

– Acho que a gente pode cortar essa baboseira aqui, certo, Joel? É evidente que você acha que Jordan contou a alguém que estava cooperando, então por que simplesmente você não nos diz quem é essa pessoa? Então a gente pode ir direto ao assunto.

O Canalha deu de ombros, ignorando as palavras do homem de Yale com tal indiferença que parecia que ele não estava mesmo dando-lhe crédito por ter ido para Yale. Em seguida, ele laçou-me um sorriso medonho e disse:

– Você nunca passou um bilhete para ninguém, Jordan?

Deus meu! Meus piores receios foram confirmados! Não consigo pensar. Preciso dar um tempo nesse negócio. E negar.

– Como assim, um bilhete? Se passei um bilhete para alguém, quando? Na escola...? Quando você quer dizer? Na faculdade ou...

– Desde que você começou a cooperar – disse TOC, poupando-me de meu próprio absurdo.

– Não – atirei de volta. – Ou, bem, talvez, na verdade. Quer dizer, eu tenho que pensar sobre isso, porque tem, uh, uma questão importante.

Fiz uma pausa por um momento, desesperado para fugir. Quantos agentes do FBI estavam no edifício? Muitos. Mas podia ser minha única oportunidade! O TOC poderia colocar algemas em mim a qualquer momento, naquela mesma sala. O Canalha iria estalar os dedos e apontar para meus pulsos e o TOC iria fechar as algemas tão rápido que me daria vertigem! Mas eles poderiam fazer isso sem um juiz? Talvez. *Provavelmente. Definitivamente!* Eu precisava falar com o homem de Yale. Mas, não, se eu pedisse privacidade, eles saberiam que eu era culpado. Má jogada. Melhor blefar. *Negar! Negar! Negar.*

Voltei a falar asneiras:

– Bem, teve aquela vez em Nova Jersey, quando eu estava com Gaito e Brennan, se isso é o que você quer dizer. Depois que nós jogamos uma partida de golfe, escrevi o nome de uma ação no papel dos resultados e passei a Dennis. Mas isso está na fita, pode checar.

– Isso é um desperdício de tempo – cuspiu a Bruxa. – Sabemos que está mentindo para nós. Nunca poderemos usar você como testemunha.

– O que significa dizer adeus para a carta ao juiz – acrescentou o Canalha.

A Bruxa retomou a palavra:

– De acordo com meus cálculos, você deve pegar mais de 35 anos.

Agora, o Canalha:

– Mas, se jogar limpo com a gente agora mesmo, talvez exista uma chance. Talvez – ele me olhou com o rosto sério. – Eu vou perguntar pela última vez, e só. Você alguma vez passou um bilhete para alguém?

O homem de Yale veio a meu resgate:

– Quero falar com meu cliente em particular antes de prosseguirmos – ele agarrou meu braço. – Venha, vamos lá para fora por um segundo ter uma conversa.

Minha resposta imbecil:

– Não, está tudo bem, Nick – e afastei o braço dele. – Não tenho nada a esconder. Eu não fiz nada de errado. Juro por Deus. Nunca passei para ninguém nenhum bilhete e posso passar pelo detector de mentiras para provar.

Sim, eu poderia passar pelo detector de mentiras... Sharon Stone tinha feito isso em *Instinto selvagem*, embora ela não estivesse mentindo. Mas, ainda assim... Eles poderiam não saber! Eles poderiam estar apenas jogando um verde! Sem um pingo de prova... Eu tinha pegado o bilhete ou foi Dave que o pegou? Não tinha certeza... Mas não faça um jogo limpo. Fazer jogo limpo aqui é o mesmo que morrer. Além disso, talvez eles nem sequer saibam que é Dave. Se soubessem com certeza, bastaria dizer de primeira e pronto. Eles estavam tentando forçar uma confissão! Não havia dúvidas sobre isso!

As últimas palavras do Canalha:

– Tudo bem, então você nunca passou a ninguém um bilhete. Beleza... – dizendo isso, ele deu de ombros e fechou a pasta de arquivos. E então disse para o homem de Yale: – Sinto muito, Nick. Não podemos usar seu cliente como testemunha; ele não é confiável. Se ele mente para nós aqui, vai mentir na frente do júri.

Na sequência, a Bruxa levantou-se da cadeira, apenas para ser interrompida pelo vozeirão do TOC:

– Tudo isso é besteira! – e olhou furiosamente para a Bruxa. – Sente-se um segundo, Michele! – Então olhou furiosamente para mim. – Ouça bem – disse ele em um tom que nunca tinha usado comigo antes. – Sei exatamente o que aconteceu. Você saiu para jantar com Dave Beall e deslizou-lhe um bilhete dizendo: *Não se incrimine! Estou com um microfone!* Em seguida, você deixou o restaurante e mentiu na minha cara, dizendo que tinha feito o melhor que podia!

Ele fez uma pausa, mas não foi de desgosto. Ele estava desapontado comigo. Eu era uma estrela entre seus colaboradores e o tinha decepcionado, talvez até mesmo envergonhado.

Houve alguns momentos de silêncio e, em seguida, ele disse:

– Sempre agi corretamente com você, desde o primeiro dia, e estou lhe dizendo agora, sem conversa mole, que, se você não disser a verdade sobre o assunto, Joel vai quebrar seu acordo de cooperação e você irá passar os próximos 30 anos na prisão. E, mesmo jogando limpo, ele ainda poderia romper seu acordo e você envelheceria na cadeia – TOC tomou fôlego e deixou o ar escapar lentamente. – Mas nunca menti antes e não estou mentindo para você agora. Você tem que jogar limpo ou não há nenhuma chance.

O homem de Yale quase saltou da cadeira.

– O.k.! – disse ele, num tom de voz só um pouco mais suave que um grito. – Quero cinco minutos com meu cliente, sozinho! E agora. – Em seguida, ele suavizou seu tom um pouco. – Por favor, todo mundo aguarde no corredor enquanto eu confiro as coisas com meu cliente!

– Claro – disse o Canalha. – Leve o tempo que precisar, Nick.

Na saída, TOC travou os olhos comigo e assentiu com a cabeça lentamente. *Faça a coisa certa,* disseram seus olhos. E então ele saiu.

– Eu SUPONHO que você tenha feito isso – afirmou meu advogado.

Eu olhei ao redor da sala de reuniões, ou de interrogatório, para as paredes nuas e sem janelas, para os móveis baratos do governo, as poltronas negras e o jarro vazio de água colocado de lado, e comecei a me perguntar se a sala estava grampeada.

Olhei para o homem de Yale e disse as palavras:

– Você acha que é seguro falar?

O homem de Yale olhou para mim, incrédulo. Depois de alguns segundos, ele disse:

– Sim, Jordan, é seguro falar. Tudo que dissermos um para o outro é confidencial. Segredo entre cliente e advogado.

– Tá bom... – murmurei. – Acho que você nunca foi ao cinema, esse é o truque mais velho de todos: os tiras saem da sala e esperam por uma confissão. Então, eles correm de volta para dentro e dizem: "Peguei você!".

O homem de Yale deitou a cabeça um pouco para o lado, da maneira que você faz quando está olhando para alguém que acaba de ficar maluco. Então respondeu:

– Esta sala não tem escutas. Eu trabalhei na Promotoria por muitos anos, fazendo exatamente isso que o Joel faz, então pode confiar em mim. Então, você passou um bilhete para Dave Beall?

Negue! Negue! Negue!

– E se eu fiz isso? – perguntei agressivamente. – Não estou dizendo que fiz, mas já que eles acham que fiz, e daí, e se fiz isso mesmo?

– Então nós temos um problema sério – respondeu. – Joel poderia romper o acordo de cooperação, o que significa que você seria condenado sem ter a tal carta de recomendação em mãos...

Mantenha a calma! É a sua palavra contra a dele!

– Isso é besteira, Nick! Como eles podem provar que passei um bilhete qualquer para Dave Beall? Quer dizer, eu estou dizendo que não passei e eles dizendo que passei. Mesmo que Dave esteja cooperando, quem pode afirmar que não é ele quem está mentindo? Sério, eles não podem segurar minha carta sem ter provas, certo?

O homem de Yale deu de ombros.

– A coisa não é assim tão preto no branco... Se eles acharem que você está mentindo, podem segurar essa carta, embora eu duvide que seja isso que está acontecendo aqui.

– O que você quer dizer?

– Meu palpite é que eles têm uma prova, ou pelo menos pensam ter essa prova. Eles não pegariam tão pesado se não fosse assim – Nick fez uma pausa por um momento, como se perdido em pensamentos. Depois de alguns segundos, ele disse – O.k., vamos apenas supor por um segundo que você tenha de fato passado esse bilhete. Onde supostamente você estava quando fez isso?

Inacreditável! Mesmo ali, num momento de ruína, eu não conseguia deixar de me maravilhar com a natureza distorcida do sistema legal americano. O simples fato de jogar aberto com meu advogado, confessando que tinha de fato passado o bilhete para Dave Beall, faria com que ele não pudesse mais me representar se eu continuasse a mentir. Assim, em vez disso, nós tínhamos que falar em "termos hipotéticos", então meu advogado poderia tentar descobrir onde eu estava mais vulnerável. Em seguida, ele me ajudaria a moldar a melhor história possível que fosse consistente com os fatos conhecidos.

– Provavelmente em um restaurante – respondi.

– E por que você diria isso?

– Porque foi onde ocorreu o encontro em questão.

Ele assentiu com a cabeça.

– O.k., e qual era o nome do restaurante?

– Caracalla. Fica em Long Island, em Syosset.

– E o restaurante estava lotado?

Eu sabia onde ele queria chegar.

– Não, havia apenas um punhado de pessoas lá e nenhuma delas era agente do FBI. Eu estou certo disso.

O homem de Yale assentiu de acordo.

– Você está certo, provavelmente. Você vem cooperando há bastante tempo, então tenho certeza de que Coleman confia em você.

Ele fez uma pausa por um momento, enquanto suas últimas palavras ficaram pairando no ar como gás mostarda. Sim, eu tinha traído TOC e sua confiança. Ele sempre tinha sido honesto comigo e, em troca, eu fodi com ele! Mas, ainda assim, eu tinha agido como um homem. Eu tinha mantido o respeito próprio. *E é isso o que acontece!*

O homem de Yale continuou:

– O.k., então, apenas como argumentação, vamos assumir que você de fato passou um bilhete, mas ninguém o viu fazendo isso. Você se lembra de alguma coisa gravada na fita que seja incriminadora, tipo, como Dave Beall teria reagido ao bilhete? Você entende o que estou dizendo?

– Sim, entendo – *o que você acha, que eu sou um idiota? Eu não passei o bilhete para ele simplesmente sem avisar!* –, mas tenho certeza de que não há nada. Se eu fosse correr esse risco, teria sido muito cuidadoso. Eu olharia em torno do restaurante para me certificar de que ninguém estava vendo e, em seguida, teria enviado um sinal a ele, como talvez colocar meus dedos nos lábios ou algo parecido. Enfim, não há nada fora do comum nessa fita, exceto o fato de que Dave não incriminou a si mesmo. Mas isso não é tão incomum, é? Quer dizer, eu tive quatro ou cinco encontros com Gaito e ele nunca se incriminou! Então é realmente minha palavra contra a de Dave, não?

– Entendo o que está dizendo, Jordan – raciocinou ele –, mas tem alguma coisa faltando aqui – fez uma pausa. – Deixe-me perguntar uma coisa: se você tivesse passado um bilhete para ele, você o teria pegado de volta ou ele o teria guardado como uma espécie de recordação?

Deixei escapar um grande suspiro.

– Não tenho certeza, Nick. Quer dizer, eu provavelmente iria supor que ele jogaria o papel fora, mas não tenho certeza disso.

Fiz uma pausa e balancei a cabeça ironicamente. Aquilo era inacreditável! Eu tinha protegido meu amigo e, como uma maneira de dizer obrigado, ele tinha me dedurado! Magnum estava certo o tempo todo e TOC também. Eu era um tolo e agora estava prestes a perder minha vida por causa disso.

Então, perguntei:

– Preciso lhe perguntar uma coisa, Nick: o que vai acontecer se eu não conseguir uma carta de recomendação da Promotoria? Quer dizer, vou mesmo acabar condenado a 30 anos?

– Sim – disse Nick rapidamente. – Talvez ainda mais. Joel vai atacar você com outras acusações além daquelas em que já se declarou culpado: obstrução da justiça, mentir para um funcionário federal e mais algumas outras. Mas não podemos deixar que isso aconteça. Precisamos fazer tudo o que for possível para impedir que isso vá além desta sala. – Ele colocou a mão em meu ombro, da maneira como um amigo faria. – Eu preciso saber agora, como seu advogado: você passou um bilhete a Dave Beall?

Assenti tristemente:

– Sim, Nick, eu passei. E ele dizia exatamente o que Coleman citou – ri baixinho. – É difícil de acreditar, você se arrisca assim por um amigo e olha o que recebe em troca!

O homem de Yale concordou com a cabeça.

– Posso perguntar por que você fez isso?

Dei de ombros.

– E isso tem importância?

Com surpresa, ele me disse:

– Mas é claro que tem! Se você estivesse tentando proteger Dave Beall porque ele estava segurando dinheiro para você ou se estava em processo de infringir a lei com ele, então isso não vai acabar bem. Mas, se foi simplesmente por uma crise de consciência, sem nada a ganhar senão recuperar uma noção errada de respeito próprio, então pode ser que exista uma forma de sair dessa. Então, como foi? Você está me escondendo mais alguma coisa ou foi só porque ele é seu amigo?

– A segunda – disse eu confiante, sentindo-me como uma criança mentirosa. – Eu juro por Deus, Nick – *merda! Eu já tinha feito aquilo naquele dia e, logo em seguida, mentido!* – Quer dizer, dessa vez eu realmente juro por Deus! Eu não tinha nada a ganhar a não ser ajudar um amigo. É isso aí. Eu fui para o encontro com toda a intenção de conseguir que Dave falasse, mas então algo aconteceu quando me sentei à mesa. Eu não sei, meio que olhei para ele e vi tudo o que a Stratton poderia ter sido. Para começo de conversa, senti que era minha culpa ter corrompido aquele cara. Tinha acendido sua ganância com as reuniões estúpidas que eu costumava dar e todo esse tipo de merda. E, ao contrário de outras pessoas a quem entreguei nessa colaboração, Dave era um amigo, pelo menos eu pensei que fosse. Agora eu sei que não há nenhum amigo – *e que não há nenhuma lealdade* – e que é cada um por si! – balancei a cabeça com raiva. – Agora provavelmente vou para a cadeia pelo resto da minha vida de merda por causa disso! – fiz uma pausa por um momento, tentando controlar a raiva. – E o que dizer de meus filhos? – balancei a cabeça, incrédulo. – Chandler e Carter. Ah, Deus, o que foi que eu fiz?

O homem de Yale colocou a mão em meu ombro de novo e bateu levemente algumas vezes.

– O.k. – disse ele. – Agora temos de recolher os cacos. Precisamos limpar essa bagunça.

– E como faremos isso?

– Bem, para começar, você tem que jogar limpo com eles imediatamente. Não podemos deixar essa coisa se arrastar além de hoje.

– Ah, é? Bem, Joel me odeia, Nick. No segundo em que eu admitir isso, ele vai romper meu acordo de cooperação. Eu sei disso – fiz uma pausa, para pensar nas ramificações de curto prazo. – Preciso ver meus filhos novamente. Eu preciso vê-los mais uma vez, antes de tudo desabar. Só para dar um beijo de adeus e dizer que eu os amo.

– Eu entendo – disse ele, solidariamente. – Tenho certeza de que, se eu for lá fora dizer a Joel que você tem algo a contar, ele vai concordar em não tomar qualquer ação imediata; ele vai pelo menos pensar sobre isso durante a noite.

– E, em seguida, o que acontece? O que você faria nessa situação?

Ele riu.

– O que eu faria?

Olhei para ele muito sério.

– Sim, o que você faria? Você romperia meu acordo de cooperação bem na hora ou me daria um tapa na cara?

– Eu não quebraria esse acordo de maneira nenhuma – respondeu ele depressa. – As consequências são muito graves, e diria que 90% dos procuradores e promotores concordariam comigo. Infelizmente, Joel fica fora desses 90%, mas isso não significa que ele vá quebrar o acordo. O que ocorre é que a maior parte dos promotores não é tão cabeça-dura quanto Joel. Mas, para responder à sua pergunta, o que eu provavelmente faria seria dar-lhe uma severa advertência ou, na pior das hipóteses, obrigá-lo a se confessar culpado de outro crime, algo como mentir a um funcionário federal ou talvez obstrução de justiça. Meu objetivo seria ensinar-lhe uma lição e também enviar uma mensagem para o júri, de que você já foi punido pelo que fez.

– Mas qual júri? Eu já confessei que sou culpado!

Nick balançou a cabeça.

– Eu não estou falando sobre seu júri. Eu estou falando sobre o júri em que você acabará depondo. Entenda uma coisa: tudo isso vai passar por uma reinquirição. Por isso está todo mundo puto da vida com você agora! Tenho certeza de que eles sabem que seus motivos não eram maldosos. Você estava apenas tentando ajudar um amigo. Enfim, dê-me permissão e eu vou lá fora agora mesmo dizer-lhes que você está pronto para jogar limpo. Em seguida, Greg e eu vamos arregaçar as mangas e trabalhar por você, avaliando todos os obstáculos. Tenho certeza de que, assim que Greg descobrir o que aconteceu, ele estará de volta; então, a primeira coisa que faremos amanhã será ir ao escritório da Promotoria fazer uma moção no seu caso. E iremos direto ao topo, se for preciso. Temos um excelente relacionamento com o chefe da divisão criminal e, no fim das contas, é com ele que Joel terá de falar para sair. Nesse meio--tempo, sugiro que vá conversar com Coleman e peça a ele que interceda a seu favor. Eu sei que vocês têm um bom relacionamento. Já ouvi mais de uma fonte dizer que ele realmente gosta de você e o respeita.

– Pode ser – respondi gravemente. – Pode ser que tenha sido verdade, mas agora não é mais. Eu traí totalmente o cara – balancei a cabeça, constrangido. – Quer dizer, nem sei como vou olhar para ele novamente – mordi o lábio com o pensamento. – Ele deve me odiar até a morte agora.

– Sem essa – disse o homem de Yale, com um leve sorriso. – Ele não odeia você. Na verdade, tenho certeza de que ele entende exatamente o que aconteceu. Sabe, você não é o primeiro colaborador a fazer esse tipo de coisa. Acontece mais frequentemente do que você pensa. Pelo menos seu coração estava no lugar certo. Quer dizer, Coleman nunca admitiria isso, mas ele provavelmente o respeita ainda mais agora – Nick piscou para mim. – E eu também. Então, isso nos deixa com Joel: temos de fazer tudo o que pudermos para ele não encerrar sua cooperação. E então podemos seguir com nossa vida.

Assenti com a cabeça, sentindo-me muito afortunado por ter escolhido a firma De Feis O'Connell & Rose como meu escritório de advocacia. Eles não eram apenas advogados de primeira linha, eram também amigos, uma mercadoria que estava se esgotando rapidamente no meu estoque. Claro, ainda havia uma chance maior que 50% de que o Canalha rompesse meu acordo de cooperação, ou pelo menos tentasse fazer isso, mas com Nick e Greg ao meu lado – e também TOC, se eu tivesse sorte –, pelo menos ainda havia uma chance de lutar.

Cinco minutos depois, meus captores estavam de volta à sala de interrogatório e eu derramava toda a minha história. Trinta minutos mais tarde, estava terminado. Eu tinha contado tudo.

O Canalha recebeu a história bem, pelo menos era o que parecia. Ele demonstrou pouca emoção, dizendo a Nick que voltaria a entrar em contato depois de alguns dias. A Bruxa, para minha surpresa, ficou de fora, assim como o Mórmon.

Restara TOC, que tinha se mantido extraordinariamente calmo.

De início, aquilo me incomodou... Não, aquilo acabou comigo, porque eu presumi que qualquer clima de boa vontade que tivesse construído com ele fora permanentemente destruído. Afinal, eu tinha traído sua confiança completamente. Tinha olhado nos olhos dele e mentido, não só quando tinha entregado a fita, mas de novo na sala de interrogatórios, quando ele me confrontou. Então, sim, ele tinha todo o direito de esquecer que eu existia e de apagar toda aquela experiência.

Mas eu estava errado; ele estava apenas guardando seus pensamentos para quando nós dois estivéssemos sozinhos. Isso aconteceu cerca de 10 minutos mais tarde, depois de ter me escoltado com o homem de Yale até o elevador de serviço, pelo lobby, com seu infinito mar de rostos escuros e tristes de estrangeiros semi-ilegais, e então para a rua. Foi então que o homem de Yale virou à esquerda e foi para o metrô e TOC e eu viramos à direita, para o estacionamento.

Estávamos em algum lugar da Broadway, com o Federal Plaza número 26 elevando-se atrás de nós e a Broadway à nossa frente, quando TOC parou e me deu um soco no bíceps.

– O que diabos há de errado com você? Você ficou louco, é isso?

Parei também.

– É – respondi timidamente. – Fiquei.

O TOC atacou:

– Bem, agora você está numa bela merda, entendeu? Você tem ideia da batalha difícil que está travando com Joel? Puta merda! Você não entendeu ainda! Você está brincando com sua vida aqui! – Ele apertou os lábios e sacudiu a cabeça. – Não consigo acreditar! Depois da merda que você fez, eu tenho que defender a porra de seu caso com Joel, meu chefe, o chefe do Joel, todo mundo! Você tem alguma ideia de quanta papelada do caralho eu vou ter de preencher por causa dessa merda? – Ele balançou a cabeça com raiva. – Inacreditável! – murmurou. – O que foi que eu disse a você naquela noite, quando estava todo melindrado de ser grampeado e entregar o Beall? Vamos lá, você não é aquele bosta cheio de história da sua memória fotográfica? Então, me diga, gênio: o que eu disse para você?

Com meu rabo entre as pernas, falei:

– Você disse que, em meu lugar, ele faria a mesma coisa contra mim. Você estava certo. Não sei o que dizer. – Fiz uma pausa e perguntei: – Você gostaria de saber por que eu fiz isso?

– Não – respondeu ele, categoricamente. – Não gaste saliva à toa. Eu já sei por que fez isso. É por isso que estou aqui falando com você em vez de você estar sentado na cadeia. – Ele balançou a cabeça mais um pouco. – De qualquer forma, a bagunça é sua, e agora eu tenho que tentar limpá-la. Queria lhe agradecer por isso.

Como não sabia bem o que dizer, arrisquei:

– Bem, é para isso que servem os amigos...

– É... – murmurou TOC. – Você... Meu amigo. Caramba! Quem precisa de inimigos quando se tem colaboradores como você? – mais agitação da cabeça. – Enfim, preste atenção no que vou dizer: não posso prometer a você como isso vai acabar, mas farei tudo ao meu alcance para tentar salvar sua vida. Em troca, quero intensificar sua cooperação para novos níveis. Você fez um bom trabalho até agora, mas apenas *bom*. Você poderia fazer melhor, muito, muito melhor. Eu sei que você é capaz disso; Joel também sabe. É a melhor coisa que existe para você. Por isso, meu caro, você conhece os alvos. Então quero que vá para casa hoje e use seu cérebro para descobrir um modo de chegarmos a eles. Dessa forma, enquanto eu estiver ocupado articulando com Joel para poupar sua vida, poderei dizer a ele que você está preparado para levar sua cooperação a um novo nível. Você entendeu?

– Sim, claramente – respondi. – Você estava certo o tempo todo: não há nenhuma lealdade neste mundo. Todo mundo dedura.

Com isso, nós apertamos as mãos e fomos para lados opostos.

Foi muito estranho quando me sentei com George naquela mesma noite e pedi-lhe para ligar para Elliot Lavigne e ver se ele podia me enviar um pouco do dinheiro que me devia. George desligou o telefone um minuto depois, espantado.

– De acordo com seu amigo Elliot – disse George –, você não precisará de dinheiro na cadeia. Ele me disse para lhe mandar um abraço e para que eu fosse me foder. Então, desligou na minha cara.

Certo, pensei. Havia algumas poucas pessoas neste mundo com quem eu tinha cometido crimes que achavam que tinham se safado de tudo. Bem, elas estavam prestes a ter uma surpresa.

CAPÍTULO 19

O GRANDE DEDO-DURO

Era um daqueles sufocantes dias de verão do início de agosto, uma terça-feira, e a ilha de Manhattan estava sendo asfixiada por uma massa de ar tão pesada e grudenta que, por volta das 10 da manhã, você podia literalmente sentir a atmosfera em sua pele. Mas dentro dos escritórios da firma de advocacia De Feis O'Connell & Rose, perfeição! O ar-condicionado do prédio estava fazendo hora extra enquanto nós três discutíamos os acontecimentos dos últimos sete dias.

Ao contrário de meus advogados, eu estava vestido de acordo com o clima, de camisa polo branca, calças de golfe e mocassins de couro. Claro, eu também usava meias, que escondiam minha tornozeleira do olhar casual de algum intrometido. Agora Magnum tinha o centro das atenções e explicava o resultado de suas negociações com meu bom amigo, o Canalha.

– Obstrução da justiça – declarou orgulhosamente, enquanto se recostava em sua cadeira de couro de encosto alto. – Você se declara culpado e soma mais 30 meses na cadeia. *Mas...* – e manteve seu dedo indicador no ar – ainda consegue sua carta de recomendação e evita o Armagedom! – ele assentiu com a cabeça uma vez. – É um resultado fantástico, Jordan, especialmente se considerarmos a natureza da pessoa com quem estamos lidando.

– Sim – concordei –, especialmente quando você considera a magnitude da minha idiotice – e balancei a cabeça, espantado. – Vou dizer uma coisa, isso deve ser anotado como a coisa mais idiota que já fiz em toda a minha vida – balancei a cabeça de novo. – E não há nada em segundo lugar... – virei-me para o homem de Yale e ofereci-lhe um sorriso sincero.

Disse a ele:

– Olhe, se não fosse por você, Nick, acho que não teria me safado naquele dia. Você foi incrível, do começo ao fim.

O homem de Yale levantou as sobrancelhas.

– É muito bom ouvir isso de você, mas está preparado para jurar por Deus sobre isso? – perguntou, e começou a rir. – Ou está disposto a fazer um teste no detector de mentiras?

– Foda-se, Nick! Isso é o que *todos* os culpados dizem quando você os encurrala contra a parede. É um reflexo biológico, não é diferente de uma água-viva que queima os nadadores que passam por perto – dei de ombros. – Ela não pode ser responsabilizada.

– Quem? – Magnum perguntou. – A água-viva?

– Sim, nem a água-viva nem eu, no caso. Eu fiz o que qualquer homem inteligente em minha posição faria: menti o tempo todo, até não ter outra escolha a não ser confessar, e depois implorei perdão – dei de ombros novamente. – Não havia outra mancira.

– Talvez – disse o homem de Yale –, mas Joel sabe disso também.

– Sabe o quê?

– Que todos os culpados juram por Deus.

– Ahhh... Mas não são todos os culpados que se oferecem para passar pelo detector de mentiras – dei uma piscadela para ele. – Você vê? Eu sou diferente, Nick!

Nada além de silêncio.

– Enfim, o que posso dizer? Vocês são os melhores! E você, Nick... Bem, estou tão endividado com você que me disponho a esquecer seu último insulto e seguir em frente com essa relação. – Olhei para Magnum. – Então, diga-me, Greg, quando preciso me declarar culpado deste meu último crime?

– Em algum momento no outono – respondeu ele –, embora a gente vá arrastar isso pelo máximo de tempo que conseguir. Mas, lembre-se, a acusação de obstrução da justiça não vai entrar em sua carta de recomendação da Promotoria, de forma que Gleeson será duro com você.

Mas eu tinha agido como homem!

– Bem, dois anos não é um preço assim tão alto a pagar por meu respeito próprio. Na verdade, talvez um dia eu possa explicar tudo para Carter e ele vai se orgulhar de mim – olhares estranhos vindos de meus advogados – ou talvez não. Enfim, na verdade prefiro acabar logo com tudo isso que ficar adiando. Você entende o que estou dizendo?

Magnum olhou para mim com os lábios franzidos. Olhei para o homem de Yale e ele me olhava da mesma maneira.

– Tudo bem – eu disse –, o que estou deixando de entender aqui?

– Beeemmm... – disse o tenor –, deixe-me começar a explicar como as coisas aconteceram na Procuradoria ontem. Havia cinco de nós na reunião. Nick, eu e Joel, claro, além de Coleman e alguém chamado Ron White, que acaba de ser nomeado chefe da divisão criminal.

Eu me animei.

– Sim, conheço esse Ron White! Ele uma vez me interrogou sobre outro caso. Ele é um cara muito legal. Pena que não é meu promotor em vez desse Joel.

Magnum assentiu, de acordo.

– Sim, isso seria bom, mas, infelizmente, ele não é. Por isso, é com Joel que devemos lidar e, da mesma forma, é Joel quem tem de lidar com você. Assim, por mais legal que Ron White seja, ele ainda tem de dar passagem ao Joel no seu caso.

– Pensei que Joel estivesse saindo da Promotoria.

– E está – disse Magnum –, e é por isso que não estamos correndo com sua petição. Veja, se a gente adiar até depois que ele vá embora, então poderemos tentar renegociar com o próximo promotor, que esperamos que seja – e Magnum piscou – mais solidário à nossa causa.

– Isso é brilhante! – exclamei.

Que sistema de justiça mais louco, pensei. Se eu fosse pobre ou mesmo da classe média, estaria na cadeia, congelando minha bunda e perdendo a melhor parte de meus 30 anos.

O homem de Yale disse:

– Nosso primeiro objetivo será tentar reduzir a obstrução da Justiça por mentir a um oficial federal, que é de longe menos grave.

– E não tem um tempo obrigatório na prisão – Magnum acrescentou com uma piscadela.

– Correto – disse o homem de Yale, com um encolher de ombros. – É claro que seria ainda melhor se pudéssemos convencê-los a deixar a coisa toda de lado, embora não ache que seja muito realista. Joel já soltou o gênio da garrafa, então iria parecer que a Procuradoria estava indecisa se revogassem tudo.

Fazendo o papel do advogado do diabo, eu disse:

– O que vocês estão dizendo parece lógico, mas e se o próximo promotor for ainda pior que Joel? Eles podem recusar todos os acordos vigentes?

– Duas boas perguntas – respondeu Magnum. – Sob nenhuma circunstância sua posição pode ficar pior. Obstrução da Justiça é muito duro e tenho certeza de que Ron White concordaria comigo nisso. Quase ninguém seria pior que Joel Cohen, exceto Michele Adelman. Mas ela não vai assumir este caso, porque já está com as mãos amarradas aterrorizando Victor Wang. A maioria dos promotores deixaria você sair com uma severa advertência, mas, por alguma razão, Joel armou essa para você.

O homem de Yale interveio:

– Acho que Joel está bastante envolvido emocionalmente em seu caso.

E também ele é um imbecil de merda!, pensei.

– Em outras palavras – continuou Nick –, ele perseguiu você por tanto tempo que não consegue evitar de olhá-lo como "o bandido que costumava ser", por falta de termo melhor, em vez de "o cidadão honrado que é agora", que seria uma definição mais correta.

Magnum entrou na conversa:

– Nick acertou na mosca com essa explicação, e é por isso que é tão importante esperar as coisas acontecerem. O próximo promotor não terá nenhuma ligação com você; a única pessoa que ele vai conhecer é o Jordan Belfort que faz parte da equipe Estados Unidos.

– E Coleman? – perguntei. – Ele me perseguiu por mais tempo que todos os outros juntos.

Nick disse:

– As coisas são diferentes para um agente do FBI, especialmente em um caso como o seu, onde não houve nenhuma violência. Você tinha a reputação de ser um cara brilhante, então Coleman respeita você. Você nunca foi apenas um mané qualquer que violou a lei.

– Para sua informação – acrescentou Magnum –, é por causa de Coleman, principalmente, que Joel não rompeu seu acordo. Ele se posicionou a seu lado de maneira muito impressionante ontem. Ele defendeu a posição de que, com exceção do bilhete para Dave Beall, você tinha sido um cooperador de primeira classe. Ele também disse que vocês estão trabalhando em um caso muito grande agora. Você sabe do que ele estava falando?

Acenei com a cabeça.

– Sim, Gaito e Brennan. Não tivemos muita sorte até agora, mas acho que isso logo deve mudar. Na verdade, tenho um encontro com Coleman logo depois daqui e vou dar um pequeno presente para ele.

– O que é? – perguntou Magnum.

Cerrei os dentes, irritado com a recente série de traições por parte de homens que tinham tido a audácia de se denominarem meus amigos.

– Uma pequena receita sobre como cozinhar um Chef – respondi friamente, porque, no meu lugar, ele faria a mesma porra contra mim.

Parecia bastante apropriado que nós estivéssemos em Brooklyn Heights quando finalmente eu contasse a TOC a história de como eu e a Duquesa nos conhecemos e como ela roubou meu coração, levando-o para longe de Denise. Afinal, fora ali, naquele valorizado bairro, a algumas quadras da Procuradoria e a poucos quarteirões do Palácio da Justiça Federal, que eu tinha buscado a Duquesa em nosso primeiro encontro.

Naquela época, ela alugava um apartamento de um quarto em um prédio baixo na rua Joralemon, que ficava a apenas um quarteirão do restaurante chinês onde TOC e eu estávamos almoçando agora. Obviamente o tema principal do almoço não era a sordidez de minha vida pessoal, mas eu senti que, depois de tudo o que TOC tinha feito para mim, devia isso a ele. Afinal, nenhum americano de sangue vermelho, nem mesmo um dedicado agente do FBI, poderia resistir a uma história como aquela, em que os principais ingredientes eram sexo, drogas, ganância, luxúria, divórcio, traição e loiras. Eu já estava explicando como nossos caminhos tinham se cruzado pela primeira vez.

– ... e eu organizava essas festas malucas na minha casa de praia e a política era de portas abertas total. Tudo o que você tinha de fazer era aparecer, sorrir e estava dentro. Foi o melhor método de recrutamento de todos os tempos.

Fiz uma pausa e dei uma mordida numa panqueca de carne de porco *mu shu* que eu tinha acabado de enrolar como se fosse uma articulação, enquanto TOC experimentava uma garfada de seu prato favorito, frango *chow mein*.

Depois de alguns segundos, eu disse:

– Você estava certo, a comida é realmente muito boa por aqui.

TOC assentiu com a cabeça.

– Os preços são baixos também. Para dizer a verdade, eu não sei como esse lugar continua aberto. O aluguel não deve ser barato por aqui.

Dei de ombros.

– De repente estão pagando 6 centavos a hora para os garçons e ameaçando matar seus parentes na China se reclamarem.

– Provavelmente – disse o agente do FBI. – Mas, se isso é o necessário para se cobrar 5,95 dólares por um prato de frango *chow mein*, o que se pode fazer, certo?

Depois de colocar o garfo de volta na comida e suspendê-lo no ar, ele disse:

– Então, você estava dizendo...?

Assenti e coloquei minha panqueca de volta no prato.

– No começo, as festas eram relativamente pequenas, talvez com algumas centenas de pessoas no máximo, mas, ao longo do tempo, elas chegaram aos milhares. E, como tudo relacionado a Stratton, cada festa tinha de ser mais radical que a última.

TOC depositou seu garfo no prato.

– Por que isso?

Dei de ombros.

– Dessensibilização, principalmente; você sabe, o que parecia muito louco em 1989 não parecia tão selvagem em 1991. Era isso e também o fato de que a Stratton foi uma sociedade autocontida. Nós éramos como a antiga Roma, de certa forma, mantidos juntos pela sede de sangue para testemunhar atos de depravação. Em Roma eles costumavam alimentar os leões atirando-lhes escravos; na Stratton, costumávamos arremessar anões em um alvo de velcro.

Fiz uma pausa e dei outra mordida na panqueca.

– Enfim, as primeiras festas foram relativamente inofensivas. Havia DJs com seus discos, pessoas dançando, tínhamos um *open bar*, alguns aperitivos, talvez um pouco de drogas, mas isso era tudo. Avançando alguns anos, já era a mais completa e absoluta insanidade. Havia milhares de pessoas na minha casa, literalmente vazando pela rua e pela praia, e no deque dos fundos havia tanta gente que parecia que ia desabar. A Dune Road ficava totalmente obstruída, lotada de strattonitas, e tudo isso era supervisionado pelos policiais de Westhampton, para que a festa continuasse, apesar das reclamações dos vizinhos. Enquanto isso, uma banda tocava ao vivo, malabaristas faziam malabarismos, dançarinos dançavam, prostitutas se prostituíam, strippers se desnudavam, acrobatas faziam cambalhotas e um anão andava por lá vestido de macacão, simplesmente por uma questão de diversão. Na praia, eram servidos enormes peixes-porcos e lagostas, que giravam num espeto ao lado de um leitão recheado com uma maçã na boca. Para ter certeza de que ninguém ficaria com sede, duas dúzias de garçonetes seminuas andavam por ali, carregando bandejas de prata com copos de Dom Pérignon.

– Caramba – murmurou TOC, e comeu outra garfada de *chow mein*.

– Enfim, conheci Nadine no final de semana de 4 de julho de 1990, e ainda era relativamente cedo, de forma que ela ainda não estava totalmente ensandecida quando passou pela porta. Eu estava na minha sala de estar na ocasião, jogando sinuca com Elliot Lavigne – *que pensamento maravilhoso!* –, que, por acaso, está ganhando rios de dinheiro mais uma vez.

– Sério? – disse TOC, colocando o garfo no prato. – Eu pensei que ele estivesse quebrado.

Eu balancei a cabeça.

– Não mais, ouvi dizer que ele está voando alto outra vez – disse, mas como e onde tinha ouvido a conversa, optei por manter segredo. – Está mexendo com roupas e confecções, mas não sei de todos os detalhes, embora a fofoca seja de que ele está faturando milhões.

– É incrível – disse TOC –, considerando que o cara é um completo degenerado.

– Sim – concordei. – E, conhecendo Elliot, ele provavelmente ainda deve estar contrabandeando dinheiro para Hong Kong. – Dei de ombros. – O que me surpreende é o fato de você e Joel nunca terem ido atrás dele. Quer dizer, esse cara me trouxe mais dinheiro que todos os outros somados.

TOC deu de ombros.

– É um caso difícil. Nós intimamos os registros bancários dele há algum tempo, mas havia muito pouco dinheiro entrando e saindo para encontrarmos um padrão. Nesse sentido, ele foi uma boa escolha para um laranja.

– É mesmo? – rebati. – Bem, eu me lembro de uma vez em que a secretária dele encheu uma sacola de ginástica com 700 mil dólares em dinheiro e, em seguida, entregou a meu antigo motorista, George, para que a trouxesse. Tenho certeza de que todo aquele dinheiro foi sacado do Bank of New York no mesmo dia e enviado diretamente do banco para a secretária, depois para George e então para mim.

TOC torceu os lábios.

– E como você sabe disso?

– Porque a secretária me ligou e disse que tinha acabado de sacar o dinheiro, para que eu mandasse George ir apanhá-lo antes que Elliot o pegasse e torrasse tudo no jogo. E quando George trouxe o dinheiro para mim, estava suando em bicas e me lançando olhares estranhos. Ele nunca me disse nada diretamente, mas comentou algo com Janet e então ela me contou. Aparentemente, George ficou curioso, abriu a sacola e quase capotou – dei de ombros. – Enfim, tudo que você tem a fazer é mandar uma intimação para George, Janet e a secretária de Elliot, depois investigar os registros do banco, e o resto é história.

TOC olhou para mim por um segundo. Então ele deu outra garfada no *chow mein* e começou a mastigar. A mensagem implícita era: "Vou verificar isso. Volte para sua história".

Eu respirei fundo e disse:

– Enfim, Elliot e eu estávamos jogando sinuca quando o Cabeça Quadrada veio correndo sem fôlego, dizendo: "Vocês têm que ver essa menina saindo da Ferrari, ela não existe!", e, claro, como se tratava do Cabeça Quadrada falando, considerei aquilo um exagero. Mas, em seguida, ele literalmente me arrastou para a porta da frente. Foi quando eu vi Nadine pela primeira vez – sorri com a lembrança. – Eu me senti como Michael Corleone em *O poderoso chefão*, quando ele vê Apolônia pela primeira vez; ela estava andando pelos campos de oliveiras na Sicília, e quando Michael a vê é atingido por aquele raio. Fiquei totalmente encantado por ela – fiz uma pausa e olhei para minha panqueca, considerando se dava ou não uma mordida. Levantei os olhos, percebendo que tinha perdido o apetite. – O que mais me lembro são das pernas dela. Sempre amei as pernas da Duquesa, e a bunda também. É mais redondinha que a de uma porto-riquenha, no caso de você já ter percebido – e pisquei.

TOC começou a rir.

– Enfim, trocamos apenas algumas palavras, porque ela apareceu acompanhada, e então os strattonitas começaram a torturá-la – continuei.

– Como assim? – perguntou TOC.

Dei de ombros.

– Eles ignoraram o fato de ela ter vindo com o sujeito e começaram a dar em cima dela como se ele não existisse. E a coisa toda se complicou quando fomos apresentados. A gente estava perto da mesa da piscina e ela disse alguma coisa do tipo "Essa casa é muito bonita" e eu respondi "Obrigado", mas aí ela ficou de cara no chão. Eu me virei e vi Mark Hanna, que era um dos meus corretores na época. Ele estava de pé poucos metros atrás de mim olhando fixamente para ela e batendo uma punheta.

TOC se encolheu no lugar:

– Mas... como assim?

Dei de ombros.

– Ele abaixou as calças até os joelhos e estava dando trabalho ao seu cacete. E então a mulher dele, Fran, veio correndo e gritando: "Mas que porra há de errado com você, Mark? Levante essas calças!". Ele levantou as calças e Fran começou a esmurrá-lo. Nesse momento, virei-me para Nadine, esperando ver um olhar de espanto no rosto dela ou talvez mesmo medo, mas, em vez disso, eu vi a raiva naquele rosto gelado. Ela estava com os olhos estreitos e os punhos cerrados de raiva e se inclinava para a frente como se estivesse se preparando para dar uma porrada em Mark. Claro que eu naquela época não sabia que ela era uma menina do Brooklyn; ela parecia ser da Austrália, da Escandinávia ou de algum lugar como esses. Enfim, de repente, Denise entrou em cena e sentiu o perigo de uma forma que só uma mulher pode fazer, e então eu ouvi o namorado de Nadine dizer: "Muito bem, está na hora de irmos embora". Nadine e eu estávamos dizendo "Não, não, ainda não", mas Denise começou a apressar os dois porta afora. Enquanto tudo isso acontecia, a festa estava no auge, com a música detonando e o champanhe fluindo. No instante em que estava saindo, Nadine se virou e lançou-me um sorriso travesso e, em seguida, um segundo depois, o namorado dela a arrancou da porta como se fosse uma boneca de pano. Fiquei olhando aqueles longos cabelos loiros flutuando atrás dela, e então ela foi embora. Foi como nos filmes.

Fiz uma pausa e fiquei um momento estudando TOC. Ele parecia gostar imensamente da minha história. Ainda continuava desfrutando de sua comida, mas tinha aquele olhar de expectativa selvagem no rosto. Sim, eu pensei, apesar do crachá e da arma, era um homem como qualquer outro. Ele disse:

– Entãããããão... – e girou seu garfo em pequenos círculos.

Assenti com a cabeça:

– Bom, para encurtar a história, no segundo em que Nadine foi embora, comecei a perguntar a todo mundo quem era ela, e depois passei o restante do verão tentando cruzar com ela de novo, o que conseguia de vez em quando, mas nessas ocasiões eu estava sempre com Denise. E Denise sempre dizia algo como: "Ah, olhe! Lá está aquela menina loira bonita da festa, lembra-se dela?". E eu dizia: "Ah, sim, deve ser ela...", mas meu tom estava mais para: "Que bela merda". Para me dar crédito – revirei os olhos –, suportei até o Dia de Ação de Graças, quando finalmente desisti e paguei alguém para marcar um encontro com ela.

Os olhos de TOC saltaram:

– Você fez o quê?

Dei de ombros timidamente.

– Sim, eu sei que isso parece meio ridículo, mas é assim que as coisas são. A gente não tinha de fato muitos amigos em comum, exceto essa menina chamada Ginger, que era uma completa mercenária. Então ela veio com essa merda para cima de mim, dizendo "Pô, Jordan, você é um cara casado, não quero me meter nisso", e eu disse: "Tudo bem, Ginger, e se eu lhe der 10 mil em dinheiro, isso vai acalmar sua consciência?". Lógico que no dia seguinte eu tinha o telefone de Nadine na minha mão e Ginger já tinha dito maravilhas a meu respeito.

– Cara – disse TOC –, mas que tipo é essa Ginger, hein? – ele balançou a cabeça, espantado. – E o que Nadine disse sobre você ser casado?

Dei de ombros inocentemente.

– Bem, essa foi a primeira coisa que ela perguntou quando telefonei, então fiz a única coisa que poderia fazer um homem casado: falei "Estou no meio do processo de divórcio".

Os olhos de TOC se arregalaram de novo.

– Você não pensou que poderia ser pego mentindo para ela?

Balancei a cabeça rapidamente.

– Não, não foi exatamente desse jeito. Quer dizer, não foi como se eu dissesse sem rodeios: "Estou me divorciando amanhã". Eu meio que pintei um retrato de que as coisas não estavam indo muito bem em meu casamento. Você sabe, que estávamos avaliando se íamos nos divorciar ou não.

TOC começou a rir.

– Sim, estou falando sério! Isso foi exatamente o que eu disse a ela. Isso é o que todo cara casado diz quando começa um caso – ergui as sobrancelhas. – É o que você chamaria de *procedimento operacional padrão*. De qualquer forma, não deixava de existir um pouco de verdade em minhas palavras; não que eu estivesse avaliando a ideia de me divorciar, mas meu casamento com Denise estava de fato sentindo os efeitos da Stratton. Nós dois nunca estávamos sozinhos e já tínhamos conhecido Elliot e Ellen. E se você acha que Elliot anda meio fora de órbita, precisa conhecer a descontrolada da Ellen, esposa dele. Enfim, eu não quero colocar a culpa em Elliot e Ellen, mas o pouco da magia que ainda existia entre mim e Denise foi esmagado quando nós quatro começamos a sair juntos. Antes disso, a gente praticamente não fazia uso de drogas e Denise era uma garota linda, até Ellen enfiar as garras nela. Antes que eu me desse conta, Denise estava usando roupas Chanel e relógios Bulgari e tomando Quaaludes durante o dia. Não me entenda mal, eu não estava chateado com Denise por ela gastar dinheiro nessas coisas. Meu dinheiro era dela e eu estava ganhando tanto e tão rápido que não fazia nenhuma diferença. Só que aquela não era mais a Denise, entende? O que a fazia maravilhosa era a pureza dela, o fato de ela sair para jantar usando camiseta e jeans e ainda assim parecer fabulosa. Essa era Denise, não aquela perua usando roupas e joias caras. Ela era boa demais para isso. Enfim, quando conheci Nadine, Denise e eu estávamos passando mais tempo separados que juntos, e eu estava dormindo com as putas Blue Chips, tipo a 1 centavo a dúzia. – Dei de ombros e balancei a cabeça, triste. – Quando Nadine e eu saímos pela primeira vez, recebi muito mais do que esperava, ou seja, uma loira burra que eu poderia encher de presentes em troca de algumas atracações.

TOC inclinou a cabeça para o lado.

– Atracações?

– Sim – respondi –, atracações: como se meu pau fosse o barco e a boceta dela o atracadouro. – Dei de ombros inocentemente. – Enfim, Nadine, como se viu, não era uma loira burra, e no final da noite eu estava totalmente cativado por ela. Quando nós estacionamos o carro na frente de seu apartamento, eu estava tentando descobrir uma maneira de seduzir a garota, mas nunca tive a chance, porque ela saiu direto com um "Você quer subir para uma xícara de café?". Quando percebi, eu já estava em seu minúsculo apartamento, dizendo: "Nossa, Nae, este apartamento é muito legal", mas o que realmente estava pensando era: como vou fazer para levar essa garota para a cama? Mas aí ela disse: "Por que você não acende a lareira? Eu preciso ir ao banheiro por um segundo". Então eu disse: "Lógico!", mas me lembro de ter ficado um pouco chocado de uma garota tão linda como aquela ter que ir ao banheiro! Quer dizer, ela parecia perfeita demais para cagar, entende o que eu quero dizer?

TOC começou a rir.

– Você é demente, sabia disso?

– Claro – respondi, orgulhoso –, mas isso não vem ao caso. Bem, enfim, lá estava eu, agachado na frente da lareira, buscando em minha cabeça demente a frase certa que a levasse para a cama, e então escutei: "Olá, voltei!". E quando me virei, lá estava ela peladinha, da maneira como veio ao mundo.

O queixo de TOC caiu.

– Você está brincando comigo!

– Não mesmo... Acabei dormindo lá naquela noite e disse a Denise que tinha ficado preso em Atlantic City, e as coisas rapidamente entraram numa espiral fora de controle. No início, a gente só se via uma vez por semana, às terças à noite. Nem nos falávamos nesse intervalo. Depois, começamos a nos falar todos os dias por telefone, apenas por alguns minutos, para saber como estávamos passando o dia. Mas isso logo se transformou em algumas horas por dia, embora eu não saiba direito quantas. Então eu percebi que precisava passar alguns dias sozinho com ela, você sabe, para resolver tudo de uma vez. Então falei para Denise que precisava ir para a Califórnia a negócios. E esse foi o fim: Nadine e eu ficamos loucamente apaixonados e começamos a falar pelo telefone sem parar e a nos encontrar durante as tardes para liberar nossos hormônios acumulados! Foi em algum momento no final de janeiro que eu finalmente disse a Denise que precisava de espaço e me mudei para a cidade, para Olympic Towers. Ironicamente, Denise ainda não fazia ideia de que eu estava tendo um caso. Eu tinha sido muito cuidadoso com as coisas, pelo menos no início, mas depois que me mudei para a cidade isso mudou muito. Em meados de fevereiro, Nadine e eu estávamos dançando em boates e de mãos dadas numa mesa no Canastel, que era um dos restaurantes mais quentes de Manhattan naquela época. Todo mundo me conhecia lá e alguém, eu acho, telefonou a Denise uma noite para lhe dar a notícia de que eu estava jantando com Nadine. Algumas horas mais tarde, quando minha limusine estacionou em frente ao Olympic Towers, a porta de entrada do prédio se abriu e, em vez do porteiro, quem estava lá era Denise. E, para deixar as coisas ainda piores, eu estava abraçando Nadine naquele momento, envolvido em um apaixonado beijo e dizendo-lhe como a amava. "Você fica dentro dessa porra desse carro!", gritou Denise para Nadine. "E você saia dessa porra desse carro!", ela gritou para mim. Então ela deu uma boa olhada no rosto de Nadine e seu queixo caiu: "Você é a menina da festa...". De repente, as duas estavam chorando ao mesmo tempo.

Fiz uma pausa e balancei a cabeça, tristemente.

– Então me virei para Nadine, que estava branca como um fantasma, e apertei sua mão de forma tranquilizadora. "Eu preciso cuidar disso", disse suavemente. "Por que não vai para casa e eu ligo mais tarde, tudo bem?" "Sinto muito...", disse ela, entre lágrimas, "Eu não quis que isso acontecesse, me sinto péssima!". Era verdade, claro. Nenhum de nós queria que aquilo acontecesse e estávamos nos sentindo mal. Mas tinha acontecido, e o fato de nos sentirmos mal não ia facilitar as coisas para Denise...

Balancei a cabeça lentamente, tentando fazer com que as coisas tivessem mais sentido.

– De certa forma, você não escolhe por quem vai se apaixonar, não é? Apenas acontece. E quando você realmente se apaixona, essa paixão que o consome, um amor sensual, em que duas pessoas vivem e respiram o outro 24 horas por dia, o que você faz? – encolhi os ombros e respondi à minha própria pergunta. – Não há nada que se possa fazer. Não dá para ficar sem a outra pessoa por mais que algumas horas sem enlouquecer. Era esse tipo de amor que Nadine e eu tínhamos. A gente passava cada momento possível juntos. Mesmo quando eu ia para o trabalho, que era raramente, ela dirigia até Long Island comigo e arranjava com que se ocupar até a hora do almoço. E quando tinha seus compromissos de modelo, eu a deixava no local e ficava esperando até que terminasse. Ficamos obcecados um com o outro.

Fiz uma pausa e continuei:

– Enfim, a limusine foi embora e ficamos apenas Denise e eu. O porteiro correu para dentro do prédio quando ouviu Denise gritando comigo. Ela estava berrando a plenos pulmões: "Como pôde fazer isso comigo? Eu me casei com você quando não tinha nada! Fiquei a seu lado segurando as pontas na miséria! Quando estava quebrado, fiz comida para você! Fiz amor com você! Fui uma boa esposa! E é desse jeito que você me retribui? Como pôde fazer isso?". No começo, tentei justificar, mais pelo instinto mesmo, porque na verdade não havia o que dizer. Ela estava totalmente certa e nós dois sabíamos disso. Então, fiquei lá, parado, pedindo perdão a ela e me desculpando, dizendo que não queria que tivesse acontecido. Até que, por fim, ela disse: "A única coisa que quero saber é: diga-me que não está apaixonado por ela". Ela me agarrou pelos ombros e olhou em meus olhos; havia lágrimas escorrendo por seu rosto. Ela disse: "Olhe-me nos olhos e diga-me que não está apaixonado por ela, Jordan. Por favor. Se você não estiver apaixonado por ela, a gente pode resolver isto!". Mas, depois de alguns segundos, balancei a cabeça e disse: "Desculpe, mas estou apaixonado por ela, sim. Eu não quis que isso acontecesse". E comecei a chorar. "Vou cuidar sempre de você, você nunca vai passar necessidade." Mas não adiantou. Ela irrompeu em lágrimas e começou a tremer em meus braços.

Balancei a cabeça, triste.

– Posso lhe dizer que me senti o maior sacana do mundo naquele momento. Denise continuou chorando incontrolavelmente, bem ali na rua. Mas aí, do nada, sua amiga Lisa emergiu das sombras, agarrou Denise e abraçou-a. Lisa me disse: "Está tudo bem, Jordan. Eu vou cuidar dela agora. Ela vai ficar bem". Piscou para mim e levou Denise embora. Fiquei surpreso com aquilo. Quer dizer, eu esperava que Lisa me olhasse com sangue nos olhos, mas não foi assim. O que eu não sabia na época é que Lisa estava no meio de seu próprio enrosco, que veio à tona alguns meses depois, quando foi apanhada traindo o marido com um playboy de Long Island. Depois ela se divorciou também – olhei para TOC e dei de ombros. – E é isso, Greg. Esse era o Estilo de Vida dos Ricos e Malucos na costa norte de Long Island. E não é uma imagem bonita.

Passamos depois alguns minutos falando sobre o que aconteceu em seguida, meu casamento com Nadine, o nascimento de meus filhos, meu crescente vício em drogas e, finalmente, entramos no assunto do Chef.

– O problema – disse eu – é que pessoas como Dennis e eu ficamos tão presos a nossos falsos álibis que, quando falamos sobre o passado, nos referimos mais às mentiras que à história real. Não tem nada a ver com ele achar que estou grampeado. Porque, se fosse assim, ele nem retornaria minhas ligações. Na verdade, mais que qualquer outra coisa, tem a ver com certo protocolo: quando você fala sobre o passado, comece mencionando a história que lhe serviu de álibi. É por isso que, quando se ouve a fita, Dennis sempre começa dizendo coisas do tipo: "Sempre existem duas versões das coisas, a nossa versão e a versão deles". Daí ele começa a falar sobre júris e dúvida razoável, e por aí vai.

TOC assentiu com a cabeça.

– É um ponto válido, e, claro, estou ciente disso. Ao longo do tempo, as pessoas tendem a ficar desleixadas. Então podemos esperar que ele baixe a guarda.

Neguei com a cabeça.

– Isso não vai acontecer com o Chef. O álibi que ele criou é, para ele, mais verdadeiro que a realidade. É por isso que nós temos de tomar um rumo diferente.

– E qual seria?

– Bem – disse, confiante –, acho que é hora de deixar o passado para trás e olhar para o futuro.

E, com isso, contei meu plano a TOC.

CAPÍTULO 20

TODOS OS HOMENS TRAEM

Desta vez era diferente.

O Nagra era meu escudo, o microfone era minha espada, e as palavras rolavam de minha boca com tanta facilidade e fluidez que eu poderia ter feito John Gotti confessar todos os detalhes de como ele e sua gangue queimaram Paul Castellano em frente ao Sparks Steak House.

Sim, pensei, ter a consciência limpa é uma coisa maravilhosa para um delator.

Um delator? Não, não. Eu não era nada disso. Afinal de contas, um delator entrega seus amigos, e eu não tinha nenhum. Eu tinha sido traído por todos: Dave Beall, Elliot Lavigne, minha mulher, *pelo amor de Deus*, e, se houvesse a chance, pelo Chef de Jersey também.

Então agora era a minha vez.

Era sexta-feira à tarde, um pouco depois das 2 horas, e o Chef e eu tínhamos acabado de chegar ao pequeno e bem equipado escritório que eu mantinha em Plainview, Long Island, a meio caminho entre Manhattan e os Hamptons. Plainview era uma cidade tão chata, mas tão chata, que em toda a história de Long Island nenhuma conversa tinha começado com: "Você não vai acreditar no que aconteceu em Plainview no outro dia...".

Bem, isso estava prestes a mudar!

Eu estava determinado a empreender, antes que a tarde terminasse, a mais incriminadora conversa consensualmente registrada na história não só de Plainview, mas também de Manhattan, de Nova Jersey, da costa leste dos Estados Unidos e, quem sabe, de todo o mundo.

Mas, antes, a troca de gentilezas. Trocamos abraços e olás enquanto eu levava o Chef para uma pequena área com alguns móveis. Um sofá de couro vermelho escuro e duas poltronas do mesmo jogo se encontravam ao redor de uma mesa de vidro. Ao sentarmos no sofá, o Chef disse:

– Eu nem sabia que você ainda mantinha este lugar.

– Sim – disse, casualmente. – Ainda não tive coragem de me livrar dele. Eu sou sentimental, acho.

Sorri calorosamente para o Chef, que, como de costume, parecia frio como um pepino em seu terno cinza-claro e sua gravata vermelha xadrez. Eu estava vestido de maneira mais informal, com jeans e uma camisa polo branca, ambos fazendo um bom trabalho em esconder minha espada e meu escudo.

O Chef sorriu de volta.

– Bem, é um lugar agradável. Eu sempre gostei daqui.

Assisti com um distanciamento gelado enquanto o Chef passava os olhos em volta. No passado, eu sempre tinha achado tranquilizadora a presença do Chef, pela forma orgulhosa como ele carregava sua calvície, sua mandíbula quadrada, o nariz aquilino, aquele sorriso contagiante... Mas eu tinha achado a Duquesa deliciosa, também, não tinha? E onde ela estava agora? Onde estava Dave Beall agora? Onde estava aquele patife do Elliot Lavigne agora? Todos os homens traem, eu lembrei, e todas as mulheres também. Então, por que me sentir culpado? Não há razão para isso, nenhuma razão mesmo.

– É – disse, sorrindo. – E aí, quais são as novas? Como estão sua esposa, seus filhos, seu golfe...

Passamos os minutos seguintes em conversas amenas e sem muito sentido. Mas, na verdade, até que elas não eram tão sem sentido assim, porque sutilmente eu estava acentuando duas coisas importantes: a primeira é que eu estava de bom humor e me sentindo melhor a cada dia, e a segunda, que uma vez que meus problemas legais estivessem resolvidos, eu esperava um futuro brilhante, que incluía o Chef como meu amigo, confidente e conselheiro. Meu comportamento indicava que eu estava calmo e confiante, um homem que lida com seus problemas com força e honra.

Depois de alguns minutos, casualmente dirigi a conversa para a situação do meu processo judicial.

– É óbvio que minha melhor opção é fazer um acordo, porque, se eu for a julgamento e perder, vou tomar um tombo tão grande que será até ridículo! – dei de ombros. – Cada processo de lavagem de dinheiro conta dez anos, e eu estou enfrentando cinco deles. Mas, por outro lado, se eu fizer esse acordo, será apenas para as fraudes com títulos, o que dá muito menos tempo.

O Chef assentiu.

– Quanto tempo você teria que cumprir?

Eu dei de ombros.

– Seis anos, de acordo com Greg, mas isso é sem as deduções; após bom comportamento, o programa de reabilitação e seis meses em uma casa de recuperação, devo encarar uns três anos, o que, acredite, posso cumprir com um pé nas costas.

– Que bom isso – disse o Chef. – Quem bom mesmo. E o que dizer do Danny?

– O mesmo que eu, tenho certeza. Nossos advogados ainda estão trabalhando juntos, em uma defesa conjunta, mas é apenas por razões cosméticas. Se o escritório da Procuradoria achar que devemos ir a julgamento, vai ficar mais fácil fazer um acordo quando chegar a hora.

– Verdade – disse o Chef. – Essa sempre foi minha filosofia: você luta com unhas e dentes e, depois, *badabum!*, costura um acordo nas escadarias do tribunal. – Ele fez uma breve pausa e começou assentindo a cabeça de novo. – Bem, isso é bom, muito bom. E qual é a multa que você acha que terá que pagar?

– Eu não tenho certeza – respondi, parecendo despreocupado. Então, parei de falar, olhei ao redor da sala com um ar suspeito e baixei a voz para um sussurro (nenhum problema para o Nagra, é claro), acrescentando: – Eu, pessoalmente, não estou nem aí para isso. Tenho tanto dinheiro socado lá fora que estou tranquilo para sempre. E tenho ele escondido aqui e lá... – balancei a cabeça em direção à porta – ... em ambos os lados do Atlântico.

O Chef balançou a cabeça, compreensivo.

– Bom – sussurrou, embora seu tom não fosse tão silencioso quanto o meu. – É sua rede de segurança.

Assenti com a cabeça e sussurrei:

– Você sempre me falou isso, Dennis. Se eu tivesse usado seu pessoal desde o início, talvez não precisasse lidar com toda essa merda agora.

O Chef franziu os lábios e assentiu.

– Isso é verdade – disse ele. – Mas não vale a pena chorar sobre o leite derramado.

– Sim, sim, eu sei disso. Um homem deve aprender com os erros, certo? – pisquei. – Bem, este homem aqui tem aprendido da maneira mais difícil. O único problema é que... – baixei a voz de novo – ainda tenho uma tonelada de dinheiro no exterior. Mais de 10 milhões, e não estou muito confortável com quem está perto dele. Essa grana está a apenas dois passos do Saurel, e ele é o safado que delatou!

O Chef jogou as mãos no ar.

– Entããããão, vamos tirar de lá! Qual é o problema?

– Er... Não há problema – disse, e pensei: Caramba, o Chef tinha acabado de se enterrar mesmo na fita! – É que você é o único em quem confio. Quer dizer, meus dias de imprudência se acabaram, sério!

– É bom mesmo – disse ele, erguendo as sobrancelhas. – Em que país está o dinheiro?

– Na verdade, em dois países: Suíça e Liechtenstein – respondi, e minha mente começou a rodar em duas pistas descontroladamente. Na pista 1, as palavras vinham automaticamente, como se gravadas. – Está distribuído por sete contas diferentes, cinco na Suíça e duas em Liechtenstein – e, enquanto continuava falando, a pista 2 começou a organizar todos os tópicos que eu precisava discutir para ter certeza de que minha fita garantiria uma acusação de lavagem de dinheiro contra o Chef: ele tinha de saber que meu dinheiro era produto de atividade ilegal; ele tinha de saber que eu não tinha intenção de relatar a transação para o governo; a quantidade deveria ser superior a 1 milhão de dólares (para receber a pena máxima) e, numa peculiaridade do caso, eu tinha de descobrir uma maneira de amarrar minha lavagem de dinheiro às atividades do Demônio de Olhos Azuis. – ... o que não é um problema – estava dizendo a pista 1 ao Chef. – É o dinheiro dos novos lançamentos que Lavigne mandou para mim, a maior parte vindo de Hong Kong. Então, sei que não há como rastrear.

– O que precisamos fazer – disse o Chef – é criar novas contas lá, e precisamos fazê-lo imediatamente. Conheço alguns bons sujeitos para isso, são as mesmas pessoas que eu usei com Bob – Bingo!, pensei. – O que estou pensando, porém, é que devemos ficar longe da Suíça por um tempo, pelo menos até a poeira baixar.

– Concordo totalmente – disse logo. – Eu não gostaria de ver os federais arrancando meu dinheiro. Eu tive de usar um monte de laranjas para gerar esses 10 milhões em dinheiro.

– Não se preocupe – disse o Chef, confiante. – Eles nunca vão encontrar o dinheiro, não com meu pessoal. Eles são especialistas.

Balancei a cabeça rapidamente, enquanto minha mente corria à frente. O Chef sem dúvida já havia incriminado a si mesmo em lavagem de dinheiro, mas apenas em conspiração. Será que eu poderia pressioná-lo ainda mais? Poderia tentar.

– Deixe-me perguntar uma coisa – disse, baixando a voz, como se ainda estivesse paranoico. – E se eu quisesse passar mais dinheiro ao exterior? Eu ainda tenho 5 milhões que Lavigne chutou de volta para mim. Seria ótimo ter esse dinheiro fora do país.

– Não é um problema – disse o Chef. – Eu sei exatamente quem é o cara que pode fazer isso.

É mesmo?, pensei. Puta merda!

– Ah, é mesmo? Quem? – perguntei, não esperando que ele respondesse.

– O nome dele é James Loo – respondeu o Chef, como se eu tivesse apenas lhe pedido o nome de seu carpinteiro. – Eu acho até que você deve conhecer o sujeito, Bob o apresentou faz algum tempo. Ele é honesto e direto como ninguém.

Assenti ansiosamente, me perguntando o que diabos tinha acontecido com o Chef. Ele era um dos mais astutos homens que eu já conheci, mas por alguma razão inexplicável tinha baixado a guarda. E perguntei:

– Então James Loo tem contatos na Suíça?

O Chef encolheu os ombros.

– Pode apostar! Esse cara tem ligações em todos os lugares! Metade da família dele ainda vive na Ásia! Ele vai levar seu dinheiro até Hong Kong mais rápido do que se você fizesse um depósito no Citibank local. E ele tem as pessoas certas em Cingapura, na Malásia... Escolha um lugar e ele terá pessoas lá.

Balancei a cabeça, compreensivo, quase chocado demais para fazer a próxima pergunta. Mas a fiz, de qualquer maneira.

– Então você está dizendo que eu poderia realmente dar meu dinheiro a James Loo e ele mandaria ao exterior para mim, sem ninguém descobrir?

O Chef balançou a cabeça devagar, deliberadamente, e quase com um sorriso no rosto.

– Sim – disse. – Isso não seria um problema para James Loo.

Eu decidi jogar a bomba:

– Ele já fez isso para Bob?

O Chef assentiu novamente.

– Sim, fez, e sem problemas. Bob deu-lhe o dinheiro, e *schhhwiitttt!* – o Chef bateu com as mãos, com seu movimento deslizante patenteado, fazendo o braço direito voar na direção que ele provavelmente pensou que era a Ásia.

Joguei uma bomba ainda maior:

– E posso me encontrar com ele?

Dessa vez, o Chef recuou em sua cadeira, como se eu fosse louco mesmo questionar uma coisa como aquela. Eu esperava por isso; afinal, minha pergunta tinha sido altamente inadequada, não? Pelo visto não, porque o Chef disse em seguida:

– É claro que pode! O que acha da próxima semana?

– Na próxima semana é perfeito – respondi.

Sem que eu perguntasse mais nada, o Chef imediatamente mergulhou nas várias maneiras diferentes como eu poderia filtrar meu dinheiro de volta para os Estados Unidos uma vez que ele estivesse enfiado em contas numeradas na Suíça e no Oriente. Na verdade, ele parecia apreciar a oportunidade de explicar isso para mim, como se a coisa toda fosse um jogo gigante de gato e rato, sem consequências graves caso o gato ganhasse.

Depois me encontrei com TOC em um novo estacionamento. Entreguei-lhe a fita e disse:

– Você mesmo tem que ouvir isso, Greg, para acreditar – balancei a cabeça lentamente, ainda incrédulo pela imprudência do Chef. – É espetacular.

– Mas por quê? O que tem nessa fita?

– Tudo – respondi –, incluindo a cabeça de Brennan em uma bandeja.

Dei de ombros, não me sentindo tão satisfeito comigo mesmo, de repente. Respirei fundo e soltei o ar lentamente. *Todos os homens traem! Dave Beall! Elliot Lavigne! Minha própria esposa!*

– De qualquer forma – continuei –, tenho que ir embora, é meu fim de semana com as crianças e quero fugir do tráfego para os Hamptons.

– Tudo bem, eu ligo para você na segunda e a gente vê o que faz.

– Parece bom – respondi, embora tivesse uma suspeita de que nos falaríamos antes disso.

Na verdade, ele me ligou mais tarde naquela mesma noite, enquanto eu estava deitado na cama acordado com as crianças dormindo a meu lado.

Suas primeiras palavras foram:

– *Puta merda!* – Então ele disse: – Gaito perdeu a cabeça?

– Foi o que eu lhe disse – respondi, suavemente. – É como se ele tivesse um desejo de morrer ou coisa parecida. Não sei, é fodidamente alucinante. Enfim, o que vem a seguir? Defino uma reunião com James Loo?

– Claro que sim! Na verdade, nós precisamos gravar isso em video! Mas nos falamos na segunda-feira. Eu sei que você está com seus filhos, então não quero prendê-lo. Tenha um bom fim de semana. Você merece.

Sim, pensei, outro fim de semana sem valor, comendo modelos e transando com mulheres por uma noite. *Eu mereço.* Era tudo tão triste e tão solitário. O que eu realmente precisava era encontrar uma garota legal e me apaixonar de novo. Infelizmente, apenas metade desse meu desejo estava prestes a se tornar realidade.

CAPÍTULO 21

A BELA E A FERA

– Isso é ridículo! – murmurei para Gwynne, enquanto ela caminhava um passo atrás de mim pela sala de estar. – Como ela poderia simplesmente desaparecer?

– Já oiô na quadra de tênis?

– Sim – respondi rapidamente. – Eu chequei em todos os lugares e nem sinal dela.

Era uma tarde de domingo, e a festa estava no auge.

Do lado de fora, no lado oposto da parede de vidro, um grupo alegre de 50 ou 60 pessoas, algumas das quais eu conhecia, embora nenhuma delas tivesse importância para mim, estavam espalhadas no deque da parte de trás da casa, festejando como se fossem estrelas do rock e devorando os últimos vestígios de meu império que estava ruindo. A maioria eram jovens do sexo feminino, altas, magras e lindas, e nenhuma delas parecia prestar atenção ao mundo.

Só então algo chamou minha atenção: dois pares de peitos muito jovens, perfeitos em todos os sentidos. Um par pertencia a uma loira ágil com uma deslumbrante cabeleira cacheada; o outro pertencia a uma curvilínea morena com madeixas onduladas que desciam em direção ao racho no meio de sua bunda. Elas estavam dançando, rebolando em seus sapatinhos, com a palma das mãos para o céu, elevando-as para o teto, por assim dizer.

Eu balancei a cabeça gravemente.

– Você vê como são as coisas, Gwynne? – apontei para as duas garotas com seios que desafiavam a gravidade. – Elas não deviam tirar a blusa enquanto meus filhos estão por perto. Não é certo, porra.

Gwynne assentiu com tristeza.

– Eu acho que elas tão *bêba*.

– Não estão bêbadas, Gwynne, estão doidonas, provavelmente com Ecstasy. Veja como se esfregam uma na outra. É o primeiro sinal.

Gwynne assentiu sem falar.

Continuei procurando em meu deque, espantado. Porra, quem eram todas aquelas pessoas? Eles estavam comendo minha comida, bebendo meu vinho, nadando na minha piscina e relaxando na jacuzzi de Carter e... *Outra onda de pânico!* Carter!

Corri para a sala de TV e lá encontrei ele, são e salvo. Ele estava deitado no sofá assistindo a um vídeo. Estava vestido como eu, com calção azul de náilon e sem camisa. Parecia bem contente, com a cabeça apoiada no colo de uma jovem. Era uma loira de não mais de 20 anos. E era linda. Estava com um biquíni azul-celeste do tamanho de uma linha de pipa. Seu decote era fantástico. Alguém tinha diminuído as luzes, provavelmente a garota, e ela estava fazendo carinho nas costas de Carter, enquanto ele assistia a um episódio dos Power Rangers.

– Carter James! – disse imediatamente. – Você viu sua irmã?

Ele me ignorou e continuou assistindo. A menina, no entanto, olhou para cima e me deu um sorriso de modelo, todo brilhante.

– Owwwww – disse ela, girando os dedos nos cachos do cabelo de Carter. – Ele é tãããão lindo, seu filho! Eu poderia comê-lo vivo!

Eu sorri calorosamente para a jovem loira.

– Eu sei. Ele é muito bonito – concordei –, mas agora não consigo encontrar minha filha. Você não a viu por aí, por acaso, não é?

A loira balançou a cabeça nervosamente.

– Não, eu sinto muito. – Então de repente ela se animou. – Mas eu poderia ajudá-lo a procurar, se quiser!

Ela apertou os lábios como um peixinho dourado.

Olhei para ela por um momento, com pensamentos obscuros.

– Não, tudo bem – respondi. – Mas você poderia ficar de olho em meu filho, por favor? Detestaria perder os dois ao mesmo tempo.

Outro sorriso brilhante:

– Ah, eu adoraria fazer isso! Mas é melhor ele ter cuidado ou posso tentar roubar os cílios dele! – ela olhou para ele. – Certo, Carter? Você vai me deixar roubar seus cílios?

Ele a ignorou.

– Carter! – chamei. – Você viu sua irmã em algum lugar?

Ele me ignorou também.

A nova babá de Carter começou a esfregar seu rosto suavemente.

– Carrrrrrrter – ela quase cantou. – Você tem de responder a seu pai quando ele lhe fizer uma pergunta!

Sem desviar o olhar nem sequer um milímetro da tela da TV, Carter lamentou:

– Estou assistindoooooooooooooooooo!

A babá de Carter olhou para mim e encolheu os ombros.

– Ele disse que está assistindo.

Eu balancei a cabeça incrédulo e caminhei de volta para a sala de estar. Olhei em volta, mas nada de rostos conhecidos, só aquelas modelos com sorrisos brilhantes. Achei aquilo totalmente deprimente. Era como o Império Romano antes da queda. Tudo iria desabar em breve, menos a mansão, que seriam as ruínas e...

Ah! Pouco antes da parede de vidro, uma das altas cortinas do teto ao piso tinha um volume suspeito perto do chão. Fiquei olhando para aquele caroço um momento, observando, com alívio, como ele se revelava na forma de uma menina de 6 anos de idade, travessa. Andei até lá, espiei atrás da cortina e lá estava ela: minha filha. Ela estava apoiada em ambos os joelhos, usando um biquíni branco, olhando para o deque. Segui sua linha de visão... Que ia direto para as garotas de *topless*!

– Chandler! O que você está fazendo aí?

Ela olhou para cima, seu rosto uma máscara de espanto e constrangimento. Os fabulosos olhos azuis que ela havia herdado da mãe eram grandes como pires. Ela abriu a boca por um momento, como se estivesse se preparando para dizer algo, mas então apertou os lábios e olhou de volta para as garotas de *topless*.

– O que você está fazendo aí, sua boba? Gwynne e eu estávamos procurando por você! – Eu me abaixei, peguei-a delicadamente e dei-lhe um beijo confortante no rosto.

– Perdi minha boneca – disse, inocentemente. – Achei que tinha caído ali atrás da cortina – e olhou para a cortina, procurando em sua cabecinha uma forma de apoiar sua mentira branca. – Mas ela não estava lá.

Balancei a cabeça, desconfiado.

– Você perdeu sua boneca, é?

Ela assentiu com a cabeça, tristemente.

– Qual delas?

A resposta foi surpreendentemente rápida:

– Uma Barbie. Uma de minhas favoritas.

– E você por acaso não ficou espiando enquanto estava por lá, ficou?

De início, ela não respondeu, mas lançou os olhos ao redor da sala, para ver se alguém estava ao alcance da voz. Em seguida, num tom de fofoqueira, ela disse:

– Aquelas garotas estão mostrando os peitos, papai! Olhe...

Ela levantou o braço para apontar para as garotas seminuas. Eu o empurrei de volta.

– Tudo bem, querida, mas é feio apontar.

Eu vasculhava em minha mente algo para dizer, quando ela perguntou:

– Por que elas mostram os peitos em público?

Eu estava chocado, horrorizado. Como aquelas meninas expunham minha filhinha de 6 anos de idade a algo assim (a culpa era delas, não minha). Devia haver certo decoro, não?

– Essas garotas são da França – respondi. – E na França as moças tiram a parte de cima da roupa quando vão à praia. – Em parte era verdade, pelo menos.

Maravilhada, ela comentou:

– Elas fazem isso?

Balancei a cabeça ansiosamente.

– Sim, querida, elas fazem. Esse é o costume delas.

Chandler olhou para as meninas de novo, pensativa, os lábios torcidos. Então ela olhou para mim e disse:

– Mas nós não estamos na França, papai, estamos nos Estados Unidos.

Fiquei impressionado. Minha filha era brilhante! Mesmo na tenra idade dos 6 anos, ela sabia identificar um comportamento inadequado! Com um pouco de sorte, pensei, ela não iria denunciá-lo à sua mãe.

– Bem, você está certa – disse –, estamos nos Estados Unidos, mas acho que talvez as francesas tenham se esquecido. – Eu a beijei no rosto novamente. – Vamos lá, vamos dar um passeio na praia juntos. No caminho, podemos falar com elas e lembrá-las de que não estão no país delas.

– Tudo bem – disse ela, alegremente. – Vou lembrá-las.

No deque, me antecipei a Chandler.

– Muito bem! – gritei para as duas meninas de peitos de fora, enquanto Chandler e eu passávamos depressa. – Vocês devem usar a parte de cima enquanto estiverem visitando nosso país! Façam isso em St. Tropez!

Elas sorriram e mostraram o polegar para cima, parecendo entender.

Chandler disse:

– Elas têm peitões como a mamãe!

– Verdade – eu disse, *e isso porque elas vão ao mesmo médico* –, mas acho que você deve apenas fingir que nunca viu.

Melhor discutir isso com seu terapeuta quando for a hora, quando for uma conturbada adolescente tentando dar sentido à loucura a que seu pai – que em breve estaria na cadeia – a expôs em seus últimos dias de liberdade.

Com esse pensamento, cheguei até minha inocente filha e disse:

– Venha, vou levá-la para a praia, sua gansa boba!

Ela pulou em meus braços e lá fomos nós, pai e filha, desfrutando nossos últimos dias juntos em Meadow Lane.

EMBORA FOSSE SUFOCANTE andar nas ruas de Manhattan, era perfeitamente confortável à beira do oceano. Era como se cada última gota de umidade tivesse sido sugada para fora da atmosfera, substituída por uma massa de ar tão agradável e inspiradora que se parecia com uma dádiva de Deus. Enquanto Chandler e eu caminhávamos ao longo da borda da água, de mãos dadas, a insanidade de minha vida parecia mantida em suspensão. De vez em quando um casal de meia-idade ou um corredor passava sorrindo, e eu sorria de volta.

Havia tanta coisa que eu queria dizer a Chandler e tanta coisa que eu sabia que não podia... Um dia, é claro, gostaria de dizer-lhe tudo, sobre todos os erros que eu tinha cometido e como a ganância e as drogas tinham me destruído, mas não até que se passassem muitos anos e ela tivesse idade suficiente para entender. Então conversamos apenas sobre coisas simples da vida, as conchas na praia, as dezenas de castelos de areia que a gente tinha construído ao longo dos anos e todos os buracos que tínhamos escavado para chegar à China, apenas para desistir depois de alcançarmos a água poucos centímetros abaixo. Depois, ela quase me nocauteou ao dizer:

– Adivinhe, papai? Minhas irmãs estão vindo para a cidade amanhã – ela continuou andando.

Por um segundo eu não entendi do que ela estava falando, ou pelo menos foi o que eu disse a mim mesmo. No fundo, porém, eu sabia: ela estava se referindo às filhas de John, Nicky e Allie. Nicky era alguns anos mais velha que Chandler, e Allie era exatamente da mesma idade. A companheira perfeita para brincadeiras, pensei.

John Macaluso: eu estava ouvindo cada vez mais sobre ele ultimamente, não apenas pelas crianças, mas também de um punhado de amigos comuns meus e da Duquesa. Felizmente, estava ouvindo apenas boas coisas, que ele era um cara muito decente, que tinha se divorciado duas vezes e que não usava drogas. O mais importante, no entanto, era que meus filhos gostavam dele. Então, eu gostava dele também. Enquanto ele tratasse bem meus filhos, estaria bem comigo.

Com esse pensamento, eu disse:

– Você quer dizer as filhas de John, querida?

– Sim – disse ela, ansiosamente. – Eles estão vindo da Califórnia amanhã e virão depois para a praia!

Um pensamento adorável: a Duquesa queria se divertir nos Hamptons com outro homem. Em seguida, um pensamento mais obscuro: se, apenas alguns meses depois de conhecê-los, Chandler já estava se referindo às filhas de John como suas "irmãs", ela poderia um dia se referir a John como pai dela? Por um momento, fiquei muito preocupado, mas apenas por um momento.

Eu sempre seria o pai de meus filhos, não poderia haver outro. Além disso, a capacidade de amar não era mutuamente exclusiva. Assim, que eles fossem amados por todo mundo e retribuíssem esse amor de sobra. Havia o suficiente para todos.

– Bem, isso é ótimo! – disse, calorosamente. – Isso é muito legal. Tenho certeza de que você vai se divertir muito com eles essa semana. Quem sabe um dia eu possa conhecer as meninas, hein?

Ela assentiu com a cabeça alegremente e passamos mais alguns minutos andando e conversando. Então voltamos para a mansão. A longa passarela de mogno, limitada por grossas cordas de cada lado, levava até o deque traseiro por cima da areia. Enquanto eu carregava Chandler no colo pela passarela, meu espírito afundava a cada passo.

Os romanos estavam esperando.

Por que eu me sujeitava àquilo?, eu me perguntava. A tortura autoimposta era em nome de poder transar com alguém? Não podia ser, não é? Quer dizer, eu não era tão raso assim, era? Na verdade, era exatamente nisso que eu estava pensando quando coloquei os olhos nela pela primeira vez.

Ela era alta e loira e se destacava entre os romanos como diamante no meio de *strass*. Ela se mexia ao som da música, no momento perfeito e no ritmo. Parecia distante da cena, como se fosse um observador casual, não um membro da farra. À primeira vista, ela me pareceu o tipo de garota que eu nunca ousaria abordar em uma boate para convidar a dançar. Seu cabelo loiro brilhava como ouro polido. Ela estava com uma saia de algodão branco, muito curta, uns bons

15 centímetros acima do joelho, revelando suas longas pernas nuas, que eram impecáveis. Ela usava uma camiseta rosa-bebê que abraçava seus deliciosos seios como uma segunda pele e expunha sua barriga perfeitamente tonificada. Seus pés estavam com um simples par de sandálias brancas, embora fosse óbvio, mesmo de relance, que tinham custado uma fortuna.

Então *um choque terrível*!

De trás da visão loira surgiu uma criatura de aparência horrenda, curta, atarracada e com o rosto de um buldogue. Seu corpo parecia ser composto de grossos tocos cilíndricos, colados na pressa pelo bom humor de Deus. A Criatura tinha cabelo laranja-queimado, pele pálida, traços grosseiros, nariz de lutador e uma mandíbula muito grande. Ela usava um vestido curto roxo que pendia em seu corpo robusto como a capa de uma impressora. A blusa era muito decotada, expondo as bordas de seus peitos flácidos. A Criatura agarrou a visão loira pela mão e veio cambaleando. Senti Chandler recuar em meus braços.

– Vem, Yulichka – a Criatura rosnou para a visão loira, em uma voz grave que cheirava a Brooklyn, Rússia, sarjeta, uísque, sindicato dos caminhoneiros e a fase final de um câncer de garganta. – Este é o dono da casa. Eu quero que você o conheça.

Fiquei chocado e impressionado. A Bela e a Fera, pensei.

– Você deve ser Jordan – rosnou a Criatura que, em seguida, olhou para Chandler e disse: – Ah, que gracinha!

Senti Chandler estremecer em meus braços quando a Criatura agarrou sua mão e babou:

– Oi, *munchkin*! Eu sou Inna e esta aqui é Yulia.

Com isso, ela quase jogou Yulia para a frente, como se ela fosse uma oferta de paz loira. Parecia claro que as duas vinham como um pacote.

Yulia sorriu, e seus dentes eram brancos como porcelana. Suas feições eram finas, cinzeladas até quase a perfeição. Tinha olhos azuis parecidos com os de um gato, que revelavam algo que o resto da aparência de Yulia de alguma forma camuflava: que lá atrás, na história, talvez 500 anos antes, um tártaro invasor havia estuprado uma de suas ancestrais.

Delicadamente, Yulia estendeu a mão para apertar a mão de Chandler.

– Alloa, – disse ela, com um sotaque surpreendentemente forte. – Eu sou Yulia. Qual é seu nome, linda?

– Chandler – minha filha disse com uma voz tímida, e então eu esperei que ela atacasse dizendo algo como: "Ah, outra loira estúpida, né?" ou, mais provavelmente, "Meu pai já tem uma namorada e a trai o tempo todo!". Mas, em vez disso, tudo o que ela disse foi:

– Você tem o cabelo muito bonito, Yulia – e todos começamos a rir.

Yulia disse:

– Bem, você é muito doce, Chandler – então ela se virou para Inna e começou a dizer algo numa metralhadora russa. Sua voz era suave e doce, quase melódica, de fato, mas a única palavra que pude reconhecer foi *krasavitza*, que significava "bonito".

Passamos um minuto assim, conversando amenidades, mas Chandler estava inquieta, de forma que era meio imprevisível o tipo de veneno que ela poderia lançar para cima de Yulia. Então pedi licença com uma piscadela e um sorriso.

Quando estava saindo, eu disse:

– Sinta-se em casa. Minha casa é sua casa – ao que Yulia sorriu calorosamente e agradeceu.

Inna, no entanto, não sorriu e não disse uma palavra. Ela simplesmente assentiu com a cabeça uma vez, como se dissesse: "É claro que vou!". Afinal de contas, em sua própria ideia, ela tinha feito seu trabalho direito. Ela viera para Meadow Lane trazendo um presente, de forma que agora tinha direito de devorar tudo que estivesse à vista.

EMBORA FOSSE IMPOSSÍVEL negar que Inna era uma monstruosidade excepcional, eu não poderia imaginar como ela lutava para ganhar seu sustento. Mais tarde naquela noite, depois de a Duquesa ter pegado as crianças e a festa chegar ao fim, Inna sugeriu que os poucos romanos remanescentes, oito de nós, fossemos até East Hampton para pegar um cinema. Pareceu-me uma ideia razoável no início, que rapidamente se tornou uma ideia fabulosa antes mesmo de ter conseguido sair da garagem.

– Vamos – rosnou ela para Yulia. – Vamos com Jordan e pegamos o carro mais tarde.

– É uma ótima ideia! – concordei rapidamente, pois de fato era.

No meio de toda a loucura, Yulia e eu mal tivéramos a oportunidade de conversar. Para complicar as coisas, o inglês dela era terrível, portanto, qualquer conversa significativa teria de ocorrer em silêncio, sem distrações. O único problema era que Inna estaria sentada no banco de trás com a gente.

Só que, mais uma vez, ela estava um passo à frente.

No momento em que Yulia subiu para o banco do passageiro da frente do meu Mercedes, a Criatura rosnou:

– Tenho de ir *pischka*. Vocês dois vão na frente, encontro com vocês no cinema.

Sem dizer mais nada, Inna virou-se sobre seu grosso e calejado calcanhar e foi bamboleando de volta para as escadas.

Quinze minutos depois, Yulia e eu estávamos sozinhos em minha Mercedes, dirigindo por uma estrada a caminho de East Hampton. Às 8 horas de uma noite de domingo, o trânsito era mais intenso na direção contrária, de forma que avançávamos numa velocidade muito boa. As janelas estavam abertas e o doce aroma do perfume de Yulia se misturava aos aromas terrosos do feno e dos pinheiros de uma forma mais que deliciosa. Mantendo um olho na estrada, eu dava espiadelas sorrateiras para a garota com o canto do outro olho, procurando qualquer sugestão de um ângulo ruim. Não havia nenhum. Ela era absolutamente perfeita, sobretudo aquelas longas pernas nuas, que estavam cruzadas e mostrando as coxas. Ela estava fazendo algo muito sexy com o pé, deixando a sandália na ponta dos dedos e lentamente balançando o pé para cima e para baixo. Eu me esforcei para manter os olhos na estrada.

Por cima do som do ar que entrava pelas janelas, levantei a voz e disse:

– E então, como foi ganhar esse concurso? Isso mudou sua vida para sempre?

– Sim – respondeu Yulia –, é muito bonito lá fora.

Quê? Eu estava me referindo ao fato surpreendente de que Yulia Sukhanova fora a primeira, última e certamente única Miss União Soviética. Afinal, o Império do Mal agora residia junto aos outros impérios de merda, ao lado de Roma, do Terceiro Reich, do Império Otomano e do rei Tut do Egito; por isso, dali em diante só haveriam Misses Rússia.

Ainda assim, Miss URSS ou não, dona Yulia era ainda mais fraca no departamento de inglês do que eu tinha imaginado. Eu precisava cortar a falação à toa e deixar as coisas mais simples:

– Sim – disse eu –, é uma linda noite para se passear de carro.

– Sim – respondeu ela. – Vai começar às 9 nesta noite.

Mas que...

– Você quer dizer o filme?

Ela assentiu com a cabeça ansiosamente.

– Sim, eu gosto de ir cinema.

Ao cinema, pensei. Por que será que essas belezuras russas não conseguem falar *ao, o, a*...? Qual é a porra da dificuldade nisso? Enfim... A rainha da beleza era linda, então aquela deficiência poderia ser facilmente esquecida. Mudando de assunto, perguntei:

– Então, você acha que Inna vai aparecer?

Essa pergunta ela entendeu.

– Não tem como – disse ela. – Essa é Inna para você. Sempre dando uma de... Hã... Como se diz na sua língua... Er... *svacha*.

– Casamenteira?

– *Da, da!* – exclamou a rainha da beleza, linguisticamente desafiada.

Eu sorri e assenti, sentindo como se eu tivesse acabado de chegar ao pico do Everest. Assim, encorajado, atravessei todo o console central e agarrei a mão da Miss União Soviética.

– Tudo bem se eu segurar sua mão? – perguntei timidamente.

Também timidamente, ela respondeu:

– Três meses agora.

Olhei para ela por um momento.

– O que você quer dizer?

Ela encolheu os ombros.

– Esta última vez mãos dadas.

– Sério? Tudo isso?

Ela assentiu com a cabeça.

– *Da*, que é quando eu terminar com o namorado.

– Ohhhh! – eu disse, sorrindo. – Você quer dizer Cyrus, certo?

Seus olhos azuis se abriram.

– Você conhecer Cyrus?

Eu sorri e pisquei.

– Eu tenho minhas fontes – disse, maliciosamente.

O "Cyrus" ao qual tinha me referido não era outro senão Cyrus Pahlavi, o neto do xá do Irã. Eu tinha investigado um pouco sobre Yulia naquela tarde. Eu havia descoberto que ela terminara um relacionamento de três anos com Cyrus, que, dois anos antes, tinha substituído o príncipe da Itália como seu "rolo" principal. Uma devoradora de realeza, pensei.

Em essência, Yulia tinha vindo para os Estados Unidos como embaixadora da boa vontade, chegando, em 1990, sob os atentos olhos de Mikhail Gorbachev, Boris Yeltsin e Mikhail Khodorkovsky, o então dirigente do Komsomol, a Liga da Juventude Comunista, e agora o homem mais rico da Rússia. Yulia foi essencialmente uma ferramenta de propaganda: brilhante, educada, culta, elegante, graciosa, encantadora e, acima de tudo, muito bonita.

Ela fora eleita com a intenção de representar o melhor que a União Soviética tinha a oferecer e, por consequência, o comunismo como um todo.

Era um conto selvagem de intriga política e desonestidade financeira, mas tudo começava a fazer sentido para mim. Havia uma razão pela qual Yulia se destacara tão regiamente entre os romanos: ela deveria fazer isso. Cem milhões de mulheres tinham disputado o título de "primeira Miss União Soviética", e Yulia Sukhanova tinha vencido. Ela fora preparada e treinada para transmitir uma única mensagem: a de que a União Soviética era melhor.

Após sua chegada aos Estados Unidos, Yulia se reunira com Nancy Reagan, George Bush, Miss Estados Unidos, apresentadores, socialites, estrelas de rock, dignitários e diplomatas. Depois viajara por todo o país, cortando fitas em inaugurações e apresentando shows na TV, enquanto servia como orgulhosa representante da pátria.

E então veio a queda da União Soviética.

De repente, Yulia tornara-se rainha da beleza reinante de uma superpotência inexistente. A outrora orgulhosa União Soviética era agora uma nação-Estado falida que apareceria nos livros de história como nada mais que uma experiência fracassada de falsa economia e ideologia corrupta. Então Yulia decidiu ficar nos Estados Unidos e tornar-se modelo. Inna, na época, era uma das únicas agenciadoras de modelo que falava russo na indústria da moda, por isso colocou Yulia debaixo de suas asas.

Havia apenas dois pontos que me inquietavam sobre Yulia. O primeiro foram algumas referências a um homem chamado Igor, que era vagamente conectado a Yulia e a seguia por toda parte, nas sombras; e o segundo foi o fato de que Yulia fora agente da KGB, e Igor, seu mestre. Por mais inverossímil que parecesse, eles tinham vindo até aqui sob os auspícios do governo soviético, não tinham?

Então, lá estava eu, cinco horas mais tarde, em direção a East Hampton, com uma agente da KGB sentada ao meu lado e o temido Igor à espreita. Igor, eu percebi, era a menor das minhas preocupações.

– Seja como for – disse eu à rainha da beleza/agente da KGB –, eu não quis dizer isso de forma ruim. Todos nós temos nossas fontes, sabe? Aposto como você também tem as suas, certo? – pisquei brincando para a KGB. – Eu acho que as minhas são um pouco melhores que a maioria.

KGB sorriu, parecendo entender.

– Sim, você é muito bom cozinheiro.

– Quê? Do que você está falando, que cozinheiro?

– Você diz molhos* – disse KGB, que aparentemente tinha dormido durante suas aulas de inglês na escola de treinamento secreto da KGB. – Como este noite: você faz molhos de tomate, sobre *penne*.

Eu comecei a rir.

– Não, nada de molhos! *Fontes!* – Eu olhei KGB no olho e arrastei a palavra *sources* o máximo que podia, de forma que saiu tipo *sourrrrrrrrrrrrrrrrces*. Daí, eu disse: – Entendeu?

Ela soltou minha mão e começou a sacudir a cabeça, desgostosa, dizendo algo como: "Bleaha muha, inglês stupido! Ehhh! Não ter sentido!". Então ela acenou com os braços perfeitamente tonificados ao redor do carro, como se estivesse espantando moscas imaginárias.

– Souwwwwsses... Sourrrrrces... Seeeeeesses... Sowwwwwsses! – estava murmurando. – Louco, louco demais...

Depois de alguns segundos, ela começou a rir e disse:

– Esta inglês me deixa louco! Juro, não faz sentido. Russo faz sentido! – com isso, ela apertou o botão do vidro do carro, apontou para o lado da estrada e fez sinal para eu parar.

Parei debaixo de uma grande árvore a poucos metros da estrada, coloquei o carro em ponto morto e apaguei as luzes. O rádio era quase inaudível, mas KGB estendeu a mão e desligou-o, de qualquer maneira. Então ela se virou para mim e disse muito lentamente:

– Eu... fazer... falar... inglês. É que é difícil de entender com o vento soprando. Eu pensei que você diz que fazer molhos, como molhos de tomate, porque você fazer esta noite: molhos de tomate.

– Está tudo bem – disse, sorrindo. – Você fala inglês muito melhor do que eu falo russo.

– *Da* – disse ela suavemente, e se virou para mim, apoiando as costas contra a porta do passageiro e cruzando os braços sob seus seios. Ela havia jogado um suéter de tricô macio sobre sua camiseta rosa, com um decote V muito baixo, limitado por duas listras grossas, uma marrom e outra verde. Era o tipo de suéter de tênis que a gente vê as pessoas usando em fotografias antigas. Ela havia arregaçado um pouco as mangas, revelando pulsos maravilhosamente flexíveis e um relógio bastante clássico, fino e discreto. Tinha uma pulseira rosa

* A pronúncia de *sauce* (molho) e *source* (fonte) podem soar parecidas em inglês. (N. T.)

pálido e o mostrador branco. Seu cabelo loiro era brilhante como a seda e repousava sobre ambos os lados do suéter, enquadrando o rosto de um anjo.

Ela não se parecia com um agente da KGB, não é? Respirei fundo, olhei para seus lindos olhos azuis e sorri calorosamente. Por mais que eu tentasse, não conseguia evitar de compará-la com a Duquesa. De muitas maneiras, as duas eram muito parecidas. Loiras, de olhos azuis, ombros largos e fina ossatura, proporções perfeitas acima e abaixo da cintura. E ambas exibiam a mesma postura imperiosa de líder de torcida, com os ombros puxados para trás, joelhos travados e bundas perfeitamente redondas e firmes, o que costumava me deixar louco.

– Você é linda – disse baixinho para KGB, ignorando meu último pensamento.

– *Da* – disse ela, cansada – *krasavitza, krasavitza*... Eu sei disso – e ela balançou a cabeça com igual cansaço, como se dissesse: "Eu já ouvi isso mais de mil vezes, então você vai ter que fazer melhor que isso". Ela sorriu e disse: – E você é gracinha também, você igual homem russo de verdade! – ela riu. – Você sabe disso?

Eu balancei a cabeça e sorri.

– Não, o que você quer dizer?

Ela ergueu o queixo em direção à minha tornozeleira.

– Você rouba dinheiro – ela piscou – como homem russo de verdade! – Ela riu. – E eu ouvir você rouba muito!

Puta merda!, pensei. Malditos russos! Naturalmente, não era o momento para alertar KGB para o fato de que eu não tinha roubado o bastante e que por causa disso eu não viveria mais em Meadow Lane no próximo verão. Melhor deixar essa informação para outra hora, decidi.

– Sim – eu disse, forçando um sorriso –, mas não estou exatamente orgulhoso disso.

– Quando a cadeia para você? – perguntou ela.

– Ainda vai levar um tempo – respondi suavemente. – Mais quatro anos ou mais. Eu realmente não sei.

– E sua esposa?

Eu balancei a cabeça para trás e para a frente.

– Estamos nos divorciando.

Ela assentiu com a cabeça, tristemente.

– Ela é bonita.

– Sim, ela é – eu disse, suavemente. – E ela me deu dois filhos maravilhosos. Acho que sempre vou amá-la por isso, sabia?

– Você ainda a ama? – perguntou.

Eu balancei a cabeça.

– Não, não – dei de ombros. – Quer dizer, por um tempo pensei que ainda a amasse, mas acho que foi apenas... – parei por um momento, tentando encontrar palavras que KGB pudesse entender. Na verdade, eu não estava realmente certo de como me sentia sobre a Duquesa. Eu a amava e a odiava, e suspeito que sempre me sentiria assim. Mas de uma coisa eu tinha certeza, que a única maneira de superar o amor/ódio por alguém seria me apaixonar por outra pessoa... – Acho que foi apenas a *ideia* de amá-la. Eu não estava realmente apaixonado por ela. Muitas coisas ruins aconteceram. Muita mágoa – olhei nos olhos da KGB. – Você entende o que eu quero dizer?

– *Da* – respondeu ela rapidamente –, entendo, muito comum – ela olhou para longe por um momento, como se estivesse perdida em pensamentos. – Você sabe, eu estou aqui nove anos – balançou a cabeça, espantada. – Você pode imaginar? Eu deveria falar melhor, acho, mas eu nunca tenho amigos americanos. Meus amigos são todos russos.

Eu balancei a cabeça, compreensivo, pois entendia muito mais do que a KGB provavelmente imaginaria. Havia apenas dois tipos de russas que eu havia conhecido até agora: as que abraçavam os Estados Unidos e as que os desprezavam. As primeiras faziam tudo o que podiam para assimilar o modo de vida americano: aprendiam o idioma, namoravam homens americanos, comiam comida típica e, com o tempo, se tornavam cidadãs americanas.

O segundo grupo, no entanto, fazia exatamente o contrário: se recusava a assimilar nossa cultura. Mantinha sua herança soviética como um cão com um osso velho. Eles viviam em meio aos russos, trabalhavam em meio aos russos, socializavam com os russos e se recusavam a dominar a língua. E, bem no fundo disso tudo, eu sabia, havia o fato de que ainda ansiavam pelos dias gloriosos do império soviético, quando o mundo se maravilhava com a engenhosidade do Sputnik, a coragem de Yury Gagarin e a vontade de ferro de Khrushchev. Aquele fora um momento inebriante para ser soviético, com o mundo tremendo diante do Pacto de Varsóvia, do Muro de Berlim e da crise dos mísseis de Cuba.

Yulia Sukhanova tinha sido um produto de tudo isso; não, ela sintetizava isso. Ela ainda ansiava pelos dias do Grande Império Soviético e, como consequência, tinha se recusado a assimilar a cultura local. Ironicamente, isso não me fez respeitá-la menos – na verdade, muito pelo contrário: eu senti sua dor. Eu também tinha subido uma vez, para as alturas malucas de Wall Street, tornando-me uma espécie de celebridade, ainda que num sentido distorcido da palavra. No entanto, assim como Yulia Sukhanova, tinha visto tudo desabar sobre mim. A única diferença era que a queda dela não tinha sido por culpa própria.

Ainda assim, nós dois, é o que parecia, precisávamos descobrir uma maneira de reconciliar um passado completamente insano com qualquer futuro possível. Talvez, pensei, pudéssemos fazê-lo juntos; talvez, logo que tivéssemos conseguido ultrapassar a barreira da língua, ela pudesse me ajudar a entender o que tinha acontecido na minha vida, e eu poderia ajudá-la a achar sentido na dela. Com esse pensamento, respirei fundo e fui adiante:

– Posso beijá-la? – disse, suavemente.

Ao que Miss Yulia Sukhanova, a primeira, última e única Miss União Soviética, sorriu timidamente. Então ela assentiu.

CAPÍTULO 22

MANTENDO O RUMO

E nós fizemos amor.

Não naquela noite, mas no dia seguinte.

Foi lindo; na verdade, não apenas lindo, mas, graças a alguns bioquímicos muito experientes da empresa farmacêutica Pfizer, meu desempenho foi o de um garanhão fenomenal.

O que houve foi que, pouco antes de apanhar a KGB na casa da Criatura em Sag Harbor, engoli 50 miligramas de Viagra com o estômago vazio. Em consequência, no momento em que estacionava em minha calçada naquela tarde, tive uma ereção que o DEA poderia ter usado para arrombar a porta de uma casa de viciados em crack.

Não que eu fosse impotente ou nada parecido (eu juro!), mas parecia uma atitude prudente. Afinal, consumir uma bomba azul, como o Viagra era carinhosamente conhecido (devido à sua cor arroxeada e a seu efeito bombástico), era o equivalente a fazer uma apólice de seguro bioquímica contra o mais temido de todos os complexos masculinos: a ansiedade de desempenho.

E eu fui um garanhão bioquímico, não apenas naquela tarde, mas naquela noite também. O que a Pfizer não anuncia na bula (e todo homem que já tomou um sabe) é que essa bomba azul permanece em seu sistema por um tempo. Assim, oito horas depois, sua ereção pode não ser mais como um aríete, mas ainda é firme o suficiente para pendurar algumas peças de roupa.

Em algum lugar por volta da 14ª hora, as últimas moléculas da bomba azul tinham se metabolizado ao ponto da inutilidade, transformando-me novamente num homem mortal. Foi por essa razão que, precisamente 14 horas depois, eu tomei outra bomba azul, e 14 horas depois, mais outra.

A KGB, pensei, poderia lidar com isso. No entanto, na quarta-feira de tarde, ela começou a reclamar. Ela estava mancando em direção ao banheiro do quarto de casal, vestindo seu uniforme soviético, que consistia em uma fita vermelho-comunista no cabelo e nada mais, e murmurava:

– *Bleaha muha*! Sua coisa não desce! Há algo errado aqui! É uma loucura! É uma loucura! – e bateu a porta do banheiro atrás de si, resmungando um pouco mais de palavrões russos.

Enquanto isso, eu estava deitado na cama, virado para cima, vestido com meu uniforme americano, que consistia de um monitoramento eletrônico emitido pelo governo federal e uma ereção induzida por Viagra que era mais rígida que aço, e estava bastante sorridente. Afinal, não é todo dia que um garoto judeu do Queens de 1,70 metro consegue enviar a primeira, última e única Miss União Soviética mancando para o banheiro, com a bunda em chamas! E, apesar de ser impossível negar que os meninos na Pfizer ajudaram, não era essa a questão.

A questão era que eu estava me apaixonando novamente.

De fato, no final da tarde, quando KGB me disse que teria de voltar para seu apartamento em Manhattan, senti meu coração afundar no peito. Quando ela me ligou algumas horas depois, dizendo que estava com saudades, meu coração disparou. E então, quando ela ligou de novo, duas horas depois disso, só para dizer "Olá", eu imediatamente liguei para Monsoir e pedi que ele fosse buscá-la no apartamento dela para trazê-la de volta aos Hamptons.

Assim, chegou mais tarde, naquela noite, carregando uma grande mala, que de bom grado ajudei a desfazer. E foi assim que nós nos tornamos inseparáveis. Ao longo dos dias seguintes, nós fizemos tudo juntos: comemos, bebemos, dormimos, fomos às compras, jogamos tênis, fizemos exercícios, andamos de bicicleta, de patins, de *jet-ski* e até tomamos banho juntos!

E, é claro, em todas as oportunidades, fizemos amor.

Toda noite acendíamos uma fogueira na praia e fazíamos amor em uma manta de algodão branco, sob as estrelas. E, é claro, a cada estocada, eu dava uma espiada em direção às dunas, verificando se o temido Igor não estaria por perto, mas, segundo ela, era apenas seu cunhado que tinha vindo para os Estados Unidos para ficar de olho nela. Embora sua explicação me parecesse um pouco rasa, decidi não pressioná-la com essa questão.

Quando o final de semana chegou, o pessoal das festas não apareceu. A Criatura tinha cuidado disso, espalhando a notícia de que a casa 1.496 da Meadow Lane estava fechada para balanço. Na manhã seguinte, segunda-feira, eu deixei KGB em seu apartamento na cidade para apanhar mais pertences e desci para o número 26 da Federal Plaza para uma reunião com o Canalha e o

TOC. Não surpreendentemente, eu estava de volta às boas graças do Canalha, então a reunião foi rápida.

O tema foi a picada que daríamos em Gaito em breve, e chegamos à rápida decisão de que eu iria marcar uma última reunião com o Chef antes de James Loo vir para a cidade. O objetivo era simples: fazer James Loo aceitar dinheiro vivo. Eu diria ao Chef que queria que James Loo visse que eu estava falando sério e queria saber se ele era sério também. Eu daria a Loo um depósito em dinheiro de pouco valor, como sinal de boa fé: 50 mil dólares, seria a sugestão, que ele poderia usar para as coisas andarem.

No começo eu estava cético em relação ao plano, pensando que o Chef poderia farejar um delator. Mas, pensando bem, eu sabia que ele não iria fazer isso. Por alguma razão inexplicável, algo tinha se desligado em sua mente, talvez devido à alegria irracional que ele tinha em ficar à margem da lei.

Ele era um homem complicado, um cidadão cumpridor da lei e que jamais sonharia em violá-la da forma como a considerava, ou seja, todas as leis que não tivessem a ver com negociação de títulos e circulação de dinheiro e sua posterior comunicação à Receita Federal. Se você fosse pedir ao Chef conselhos sobre como roubar um banco ou falsificar cheques, ele iria denunciá-lo às autoridades ou, mais provavelmente, apagaria seu número de telefone para sempre.

Aquilo, no entanto, era diferente. Nós estávamos falando sobre dinheiro que, em sua cabeça, havíamos roubado de forma justa e limpa, sem violência, sem armas colocadas na cabeça das pessoas, com vítimas que não tinham nome nem rosto e, o mais importante, ele achava que, se a gente não tivesse feito aquilo, outra pessoa teria feito a mesma coisa. Em consequência, era justificado que escondêssemos nosso dinheiro sujo daqueles que pretendiam encontrá-lo.

Portanto, em retrospecto, não foi de fato um grande choque para mim quando o Chef e eu nos encontramos dois dias mais tarde, em meu escritório, e ele achou que ter trazido "um sinal de boa fé" para nosso encontro era uma ideia fabulosa.

Ele passou a explicar seu esquema de lavagem de dinheiro nos mais ínfimos detalhes – chegando até mesmo a mencionar o nome dos parentes de James Loo que nos ajudariam na Ásia. Ele também deu o nome dos bancos e das empresas de fachada que usaríamos, terminando com o álibi impermeável que ele iria grudar em toda a operação, caso Coleman e seus rapazes ouvissem falar de alguma coisa.

Era um plano inspirado, que envolvia a compra de imóveis em meia dúzia de países do Extremo Oriente e a manutenção de um pessoal em tempo integral no exterior, para operar uma série de empresas legítimas – fabricantes de roupas no Vietnã e no Camboja e de eletrônicos na Tailândia e na Indonésia, onde o custo do trabalho era mais barato e a mão de obra era feliz.

Sim, o plano era brilhante, tudo bem, mas também era incrivelmente complicado. Na verdade, era tão complicado que me perguntei se um júri algum dia seria capaz de compreendê-lo. Então peguei um bloco de notas em cima da mesa de bronze e vidro, arranquei uma folha de papel, peguei uma caneta e comecei a desenhar um diagrama.

Com a voz baixa conspiratória, eu disse:

– Então deixe-me ver se entendi: vou dar a James Loo 50 mil dólares – e desenhei uma caixa com o nome de Loo e mais o valor de 50 mil dólares –, e ele então vai fazer com que uma de suas pessoas leve esse dinheiro para o exterior, para sua cunhada, Sheila Wong[1], em Cingapura – fiz outra caixa do outro lado da folha, com o nome de Sheila, e desenhei uma longa linha conectando as duas caixas –, e depois Sheila vai usar esse dinheiro para abrir contas em Hong Kong e nas Channel Islands e Gurnsey... – e antes de eu terminar de falar sobre o papel de Sheila em nosso esquema, o Chef arrancou a caneta de minha mão e começou a desenhar um diagrama que se assemelhava bastante com os planos para um submarino nuclear. Enquanto ele narrava seu plano, com uma mistura de orgulho e satisfação, o gravador funcionava, registrando cada uma de suas palavras.

Quando o Chef terminou, ele disse:

– Isso é um verdadeiro Picasso, mas é melhor jogá-lo no lixo!

Amassei o bilhete em uma pequena bola e fiz exatamente isso.

– Melhor prevenir que remediar – eu disse, casualmente.

Nós trocamos um abraço no estilo mafioso e então confirmei nossos planos de encontrar James Loo na segunda-feira. Eu sugeri o Hotel Plaza Athénée, em Manhattan, onde, por pura coincidência, expliquei, eu iria ficar por alguns dias com minha nova namorada. Mas não era por acaso, é claro. Muito antes de Loo e o Chef chegarem lá, TOC e sua equipe de tecnologia teriam grampeado todo o quarto com som e imagem.

Quando me encontrei com TOC depois, brinquei que estava fazendo meu velho truque de novo, passando notas e tal, embora dessa vez tivesse guardado aquela para a posteridade.

[1] O nome foi trocado.

Com isso, lhe entreguei um envelope lacrado, com a fita e o papel todo amassado dentro.

– É melhor você parar na Macy's e comprar um ferro a vapor – eu disse, brincando. – Você vai precisar.

Então entrei no carro e voltei para os Hamptons.

Mas, infelizmente, ao longo dos dias seguintes, comecei a me sentir culpado de novo.

Naquele domingo à noite, o pensamento de entregar o Chef se tornou deprimente. Aparentemente, o fato de me apaixonar pela KGB tinha suavizado a picada dos recentes acontecimentos, aquelas terríveis traições que tinham acendido chamas de vingança na maneira como eu enxergava os amigos como inimigos e os inimigos como amigos. Agora, no entanto, eu não estava mais tão certo.

Foi um pouco antes das 9 horas. KGB e eu estávamos desfrutando de nosso pequeno ritual noturno, sentados sobre o cobertor de algodão branco perto da água, com uma pequena fogueira queimando próxima, lutando contra os primeiros arrepios do outono. Logo acima do horizonte, uma lua cheia alaranjada estava dependurada no céu noturno, com as águas escuras do Atlântico logo abaixo dela.

– Ela parece perto o suficiente para ser tocada, não acha?

– *Da!* – respondeu ela – Parecem um queijo suíço.

– *Parece* – disse eu, corrigindo-a. – Ela *parece* um queijo suíço.

– O que você quer dizer? – perguntou.

Eu peguei a mão dela e apertei-a com amor.

– Quero dizer que você tem o hábito de misturar os verbos e os nomes. Como quando disse *ela parecem* em vez de *ela parece*. Não é grande coisa, na verdade, é apenas uma questão de singular ou plural. Veja só, quando se tem uma coisa só, como uma lua, é *parece*. Mas quando se tem mais de uma coisa, como as estrelas, se diz *parecem*. Novamente, não é grande coisa, só que é engraçado, meio que dói nos ouvidos.

– O que você quis dizer dói ouvidos? – perguntou ela, soltando minha mão.

– *Nos* ouvidos – respondi calmamente, embora um pouco de frustração tivesse me invadido –, e esse é um bom exemplo do que acabei de dizer. – Respirei fundo e disse: – Você "engole" o artigo, Yulia, sempre! E o artigo é a coisa mais utilizada quando falamos! Ele dá certo ritmo para as coisas, um determinado fluxo, e quando você não diz, como acabou de falar "dói ouvidos", ou quando diz "quero ir shopping", soa engraçado. Quer dizer, parece que você é ignorante ou algo assim, e eu sei que você não é – dei de ombros novamente, não querendo fazer daquilo um grande problema, embora não pudesse evitar.

Nós estávamos passando todo o tempo juntos, e sua deficiência no idioma estava começando a me incomodar. Além disso, estava apaixonado por ela, então sentia que era minha obrigação ensiná-la ou treiná-la, por assim dizer, e conduzi-la suavemente pelo caminho para uma pequena aldeia chamada "Assimilação".

– De qualquer forma – continuei –, se você realmente quer melhorar seu conhecimento de nossa língua, gostaria de começar com essas duas coisas: o uso do artigo e saber quando é plural e quando é singular– sorri e agarrei a mão dela. – A partir daí, todas as coisas boas virão – pisquei para ela. – E, se você quiser, eu poderia até ser seu professor! Cada erro que fizer eu... Ai! O que você... Aiiiii! Pare, isso dói... Aiii! Aii! Aiiiiiiiiiiii! – gritei. – Solte meus dedos, você vai quebrar meus... Pare!

– Seu putinho! – murmurou, enquanto dobrava meus dedos para trás num apertão KGB. – Você e seu inglês idiota, rá! Os Estados Unidos pensa que é dona do mundo! *Bleaha muha!* Porcos capitalistas!

"*Pensam* que são donos do mundo", pensei, e então gritei:

– Solte! Ai! Solte meus dedos! Por favor, você vai quebrá-los!

Ela soltou meus dedos, então virou as costas para mim e começou a murmurar:

– Americano idiota... Isso ridículo!

– Puta merda! – gaguejei. – Qual é seu problema? – comecei a sacudir os dedos no ar, tentando aliviar a dor. – Você poderia ter quebrado meus dedos com aquele aperto de morte da porra da KGB! – balancei a cabeça com raiva. – E quem é você para me chamar de putinho, hein? Agora você acha que eu sou um puto? Cinco minutos atrás você estava dizendo quanto me amava e agora está me falando palavrões... – balancei a cabeça, triste, como se estivesse muito desapontado com ela. E me preparei para um sexo que seria uma maravilha depois daquela discussão.

Depois de alguns segundos, ela se virou para mim, pronta para fazer as pazes novamente.

– *Praste minya* – disse ela, suavemente, e eu presumi que significava obrigado, e então ela começou a balbuciar algo em russo. Seu tom era bastante doce, na verdade, de forma que supus que ela tentara quebrar meus dedos por amor.

Então, ela disse:

– Venha aqui, *musek-pusek*; deixe-me beijar seu *palcheke* – e agarrou meus dedos e começou a beijá-los muito suavemente, o que me levou a acreditar que *palcheke* eram dedos.

Sentindo-me vingado, inclinei-me para trás sobre o cobertor e me preparei para minha recompensa (ou seja, ela beijar meu pênis ereto), e apenas um segundo depois ela estava deitada a meu lado e nós estávamos nos beijando. Foi um beijo lento e suave, um beijo russo, que parecia durar uma eternidade. Em seguida, ela descansou a cabeça no meu ombro, e nós dois, amantes mais uma vez, ficamos olhando para o céu, contemplando a extensão impressionante do universo, a lua alaranjada, as estrelas brilhantes, a difusa banda branca da Via Láctea.

– Sinto muito por antes – disse eu, mentindo através dos dentes. – Não vou mais corrigi-la, se não quiser. Quer dizer, não me importo se a lua parece um queijo suíço ou parecem um queijo suíço, enquanto estiver olhando para você.

Dizendo isso, beijei-a no topo da cabeça loira e puxei-a para mais perto de mim. Ela respondeu, colocando a perna longa e nua sobre a minha e se apertando contra mim, como se estivéssemos tentando nos tornar uma só pessoa.

– *Ya lublu tibea* – disse ela, suavemente.

– Eu também te amo – respondi no mesmo tom.

Respirei fundo e olhei para a lua, me perguntando se eu já tinha sido mais feliz do que era agora. Aquela menina era realmente especial – *Miss União Soviética, porra*! – a conquista do século e, mais importante, o antídoto perfeito para a traição da Duquesa.

Com uma boa dose de nostalgia na voz, eu disse:

– Sabe, eu me lembro de olhar para a lua quando era criança e ficar totalmente abismado com ela. O que quero dizer é que sabia que pessoas já tinham estado lá em cima e caminhado sobre ela, entendeu? Em 1969, você só tinha 1 ano de idade, de modo que era nova demais para se lembrar daquele dia, mas eu me lembro como se fosse ontem. Meus pais tinham uma TV preto e branco na cozinha e todos nós estávamos lá, aglomerados em torno dela, observando Neil Armstrong descer a escada. Quando ele deu seus primeiros passos na Lua e começou a saltar – balancei a cabeça, assombrado – decidi que queria ser um astronauta – deixei escapar alguns risos envergonhados. – Sonhos de menino. Que de alguma forma me levaram a Wall Street. Eu nunca teria imaginado isso naquela época.

A KGB riu de volta, embora seus risos tivessem um quê irônico:

– Esse é grande piada americana – disse ela, confiante. – Você sabe disso, certo?

– O que... Que todo menino queria ser astronauta?

– *Nyet* – respondeu ela rapidamente. – Eu falo sobre lua – *a lua, pelo amor de deus, o que tem de tão difícil nessa merda*? – Tem uma palavra inglês para coisa de lua de vocês... Esse... Hã... Como se diz... *falcefekaceja*... Ah! Você faz embuste!

– Nós fazemos *um* embuste! Você está tentando dizer que o pouso na Lua foi uma farsa?

– *Da* – exclamou alegremente e ficou de pé olhando para mim. – Isso fraude contra o povo soviético! Todo mundo sabem disso.

– *Sabe* – respondi, com os dentes cerrados. – Todo mundo *sabe* disso... Você não está realmente olhando para mim com essa cara impassível e dizendo que acha que os Estados Unidos forjaram os pousos na Lua para constranger a Mãe Rússia! Por favor, não me diga isso! – olhei para ela, incrédulo.

Ela apertou os lábios e balançou a cabeça lentamente.

– Este pouso você fala é filmado em estúdio de cinema. Todos no resto do mundo sabe disso. Só aqui as pessoas acreditam. Como você acha que América voar para a Lua, quando a União Soviética não pôde? Tivemos cosmonauta feminina no espaço enquanto vocês estava voando macaco! E de repente você bater-nos na corrida para Lua? Ah, por favor, isso é brincadeira! Olhe para fotos. Você vê bandeira ondeando na lua, mas não há atmosfera. Assim, como pode ondear bandeira? E o dia é noite, quando a noite deve ser o dia e planeta Terra sobe, quando se deve cair. E há cinturão de radiação... – e assim por diante, a KGB foi explicando como o pouso na Lua era nada mais que um embuste gigantesco filmado em um estúdio de cinema de Hollywood, com o único propósito de constranger sua amada União Soviética. – Vamos conversar sobre isso com Igor quando vocês se encontrarem, e depois você vai ver a verdade. Igor é famoso cientista. Ele domar o fogo.

Eu balancei a cabeça, descrente, sem saber ao certo como reagir àquilo.

– Bem – disse, lutando contra a vontade de dizer a ela que sua amada ex-União Soviética, incluindo o extinto programa espacial, tinha se tornado nada mais que uma piada –, todo ser humano tem direito à opinião, embora eu deva lhe dizer que, para montar uma conspiração assim, você precisaria de mil pessoas, cada uma delas jurando manter esse segredo monumental, e neste país, eu garanto a você, se mais de duas pessoas sabem de alguma coisa, isso não fica em segredo por muito tempo. E não quero nem mencionar o fato de que houve, na verdade, três pousos na Lua, e não apenas um. Então vamos apenas supor que, para fins de discussão, o governo de fato tenha forjado o primeiro pouso lunar e tido a sorte de se safar. Por que ele iria arriscar de novo? Seria como dizer: "Ei, escapei uma vez, senhor Brezhnev! Agora quero que você observe muito de perto como vou fazer isso de novo e veja se você pode me pegar dessa vez!". Mas, ei, o que eu sei sobre as coisas? Quer dizer, talvez os alienígenas tenham mesmo caído em Roswell e você estivesse certa quando disse ontem que "os Estados Unidos nunca lutaram na Segunda Guerra Mundial" – pérola de sabedoria que KGB tinha compartilhado comigo na quadra de tênis, depois de eu vencê-la em dois sets em 11 minutos e meio, quando então lutamos na grama e a luta acabou comigo gritando: "Solte-me, pare! Você está me machucando!" – e que "os americanos roubaram os planos para a primeira bomba atômica da Rússia, não o contrário".

Essa última tinha saído dos lábios comunistas e vermelhos de KGB enquanto assistíamos a um documentário do History Channel que discutia as armas de guerra. KGB me informou que o povo russo, o que significa dizer os soviéticos, foi responsável por praticamente todas as invenções significativas, desde a bomba atômica até a máquina de raio-X, da literatura de qualidade até a goma de mascar.

– Na verdade, Yulia, e digo isso por amor, como em *ya lublu tibea*, o que de fato me interessa é a cura pelo fogo descoberta por Igor. Conte-me tudo, porque isso, sim, é o que eu acho mais fascinante!

Ela me olhou por um momento, sacudindo a cabeça com ironia.

– Você não gostaria de sabe...

– Sim – respondi –, claro que eu gostaria de *sabe*! Então, por que você não me conta?

Ela me olhou com os olhos semicerrados. Então fez um gesto com seu delicado queixo em direção à nossa pequena e perfeita fogueira de praia, na base da qual repousava uma Duraflame.

– Você vê chama?

Eu balancei a cabeça.

– Sim, o que têm *as* chamas?

KBG estalou os dedos longos e finos e fez *pop!* no ar.

– Assim, desse jeito – disse ela, com orgulho –, Igor pode fazer chama ir embora.

– E como é que ele faz isso? – perguntei, cético.

– Ele controlar atmosfera – respondeu ela, com indiferença, como se controlar a atmosfera não fosse mais difícil que o ajuste de um termostato.

Olhei para ela por um momento, admirado e tentando calcular quanto dinheiro eu poderia ter feito com um cientista russo maluco disposto a afirmar que controlava a atmosfera. Ele era exatamente o tipo de coisa que os strattonitas teriam engolido. Eu colocaria Igor na frente da sala de pregões vestido num traje de mágico, como o professor Dumbledore de *Harry Potter*, e diria ao microfone: "Eis o Professor Igor e sua cura pelo fogo!". Os strattonitas teriam aplaudido feito loucos e colocado fogo em Lake Success, e então Igor poderia exibir seu material.

Eu disse à KGB:

– Ahh, agora entendi! Eu acho que realmente vi isso nos filmes. Foi em *Austin Powers*. Dr. Evil havia descoberto uma maneira de controlar o tempo e queria manter o mundo como refém. Pensando bem, talvez fosse James Bond. Ou foi o Superman? – dei de ombros. – Eu não tenho certeza.

Ela encolheu os ombros para trás.

– Ri tudo o que você quiser, espertinho, mas eu não brincando. Igor pode curar fogo, e eu sou acionista da empresa. Um dia ele vai...

KGB continuou falando, mas eu parei de escutar. Acho que ela realmente acreditava no que estava dizendo, não apenas no absurdo do professor Igor, mas em tudo. Ela havia crescido com um conjunto diferente de livros de história, assistindo à TV soviética, na qual nós éramos o Império do Mal determinado a dominar o mundo. Dei uma olhadinha no meu relógio: eram 9h30 da noite. Eu tinha que estar no Plaza Athénée por volta das 9 horas da manhã no dia seguinte, o que significava que eu tinha que sair dos Hamptons às 6 e meia.

Já era hora de encerrar aquela noite, coisa que não podia fazer até depois de ter transado com KGB em frente ao fogo. Aquele era nosso ritual, afinal, algo que os dois ansiavam fazer todos os dias. Então agora eu tinha de concordar com ela. Sim, diria: "*Apesar de meu ceticismo anterior, agora estou convencido de que a cura de Igor pelo fogo deve mudar o mundo. Então, seja uma boa namorada, KGB, e venha fazer amor comigo. Eu não me importo que seja uma comunista empedernida. Eu te amo assim mesmo!*".

E foi exatamente isso que aconteceu.

NA MANHÃ SEGUINTE, precisamente às 11 horas, o Chef e James Loo entraram no quarto 1104 do Hotel Plaza Athénée. Era uma suíte de um quarto e dois banheiros, e o Chef e James Loo pareciam dois cordeiros se encaminhando para um matadouro.

Cumprimentei-os na porta da frente, abraçando primeiro o Chef e depois trocando um aperto de mão caloroso com James Loo, que era um sujeito baixo, um pouco calvo, usando um terno caro sem gravata.

Conduzi os dois para a sala principal, bem ao lado da entrada da varanda. O quarto ficava do lado oposto da suíte e a porta estava bem trancada, por uma boa razão. Dentro daquele quarto, usando fones de ouvido, revólveres e expressões sérias no rosto, estavam quatro agentes do FBI, TOC, Mórmon e mais dois caras da técnica, ambos na casa dos 30 anos e com cara de quem conserta computadores.

Tínhamos passado as últimas duas horas analisando a sala de estar e checando os vários ângulos das câmeras e os lugares onde poderíamos esconder os microfones. Era um espaço pequeno, com talvez 4 metros por 6. Três janelas altas que davam para a rua 64 deixavam entrar uma boa quantidade de luz, tanta luz que os caras da técnica fecharam as cortinas vermelhas de bordel para reduzir o brilho.

Ofereci o sofá a meus convidados e me sentei em uma das poltronas. Eu já tinha combinado as coisas com os meninos no quarto. Naquele exato momento, eles estavam assistindo a tudo no monitor de 12 polegadas do circuito interno de TV que recebia imagens de uma câmera escondida dentro de um relógio digital. O relógio estava em uma das mesas laterais, colocado lá pelo pessoal de tecnologia. Ironicamente, eu não tinha sido grampeado hoje, apenas o quarto, de acordo com uma ordem judicial. A única coisa que eu escondia no bolso da minha jaqueta esporte era um envelope muito gordo com 50 mil dólares dentro, os quais entregaria a Loo no momento apropriado.

Depois de alguns minutos de conversa, eu disse:

– Quero que você saiba, James, que Dennis avalizou você em 100%. E isso significa muito para mim.

James assentiu respeitosamente.

– E digo o mesmo – disse ele. – Dennis também o recomendou bastante, então eu estou muito confortável.

– Isso é muito bom – disse o Chef, que tinha pouca capacidade para essas bajulações. – E agora que já está resolvido, vamos passar para as coisas boas!

– Claro – concordei. – Quanto mais cedo eu tiver meu dinheiro no exterior, melhor. A propósito, James, quero que você saiba que o fato de ter feito um monte de negócios com Bob me deixa muito mais confortável – balancei a cabeça, respeitosamente. – É como receber um endosso do papa, sabe?

Na verdade, era mais como um endosso de Darth Vader, pensei.

James assentiu.

– Sim, temos uma história muito boa juntos. E também é uma história muito engraçada sobre como nos conhecemos.

– Ah, é mesmo? – disse eu. – Gostaria de ouvi-la.

– Bem – ele disse, com orgulho –, eu era o que você chama de "CEO de emergência" numa das subscrições de Bob.

– Sim, veja só isso! – retrucou o Chef. – Bob faz um acordo, ganha 10 milhões, mas o CEO chuta o balde no dia em que a coisa vai a público. Então, precisávamos de alguém, devo dizer, qualquer um para entrar em cena. – O Chef olhou para o amigo chinês. – Sem ofensa, James.

– Tudo bem – respondeu ele.

– Mas, então – continuou o Chef –, James estava no conselho da empresa naquele momento e concordou em entrar como CEO. Lógico, ele fez a coisa certa depois, e é por isso que estamos todos sentados aqui hoje.

Eu balancei a cabeça lentamente, pensando em uma maneira de aprofundar como James tinha "feito a coisa certa depois", o que em termos de Chef (e em termos de Lobo) significava que James tinha continuado a emitir ações baratas para o Demônio de Olhos Azuis, depois que tinha vindo a público.

– E como a companhia se saiu? – perguntei casualmente. – Ela foi para algum lugar?

– Lutou por um tempo – disse James –, mas nos saímos bem.

O Chef disse:

– A coisa mais importante é que James é confiável. A empresa teve seus altos e baixos, mas James foi sempre sólido como uma rocha. E é assim que ele vai estar com você nisso: sólido como uma rocha.

Percebendo uma abertura, perguntei:

– Então, você ajudou Bob da mesma maneira que vai me ajudar? Você sabe, como... – e pisquei – ... As coisas lá no Oriente?

James deu de ombros.

– Eu faço muitas coisas para Bob, mas não gosto de discuti-las. Vai ser a mesma coisa com você. O que fazemos é apenas entre nós e, claro, Dennis.

Eu precisava sair daquele tópico rapidamente, então sorri para James, como se o testasse para ver se era fofoqueiro.

– Isso é exatamente o que eu queria ouvir, James. Exatamente! Veja, o mais importante para mim é que ninguém fora desta sala descubra sobre isso. Isso é crucial.

– Eles não vão descobrir – disse James, confiante. – Afinal, isso seria tão ruim para mim quanto para você.

– Totalmente verdade – acrescentou o Chef, com um aceno de cabeça. – Então, tudo o que tem de acontecer agora é você e James entrarem num acordo. Eu vou fazer o que tenho de fazer, e você vai fazer o que *você* tem de fazer, e então James vai fazer o que *ele* tem de fazer, e *badabip, badabop, badabup-schwiiiitttt*! O dinheiro estará lá, nós estaremos aqui e todos poderemos dormir tranquilos à noite.

– Estamos todos entendidos aqui – disse eu, confiante – e, se estiver tudo bem para você, James, gostaria de seguir em frente rapidamente. Eu tenho 2 milhões em dinheiro que desejo tirar dos Estados Unidos o mais rápido possível, porque... Hã... – olhei ao redor do quarto e baixei a voz – é um dinheiro das propinas, entendeu? Dos clientes a quem dei unidades para que fizessem a coisa certa e depois me devolvessem parte do dinheiro – levantei a voz lentamente ao normal. – Enfim, então tenho mais 10 milhões de dólares já na Suíça, que eu gostaria de transferir para sua irmã, logo que tivermos todas as contas configuradas.

– Não é nenhum problema – disse James. – Ela é muito organizada e muito confiável.

O Chef disse:

– Eu posso cuidar de toda a papelada ou de qualquer outra coisa que você precise que seja feita. Quando se tratar de fazer investimentos, eu vou trabalhar como um conselheiro para mantê-lo um passo afastado até que seus problemas acabem.

Eu balancei a cabeça, compreensivo, perguntando-me se ainda havia algum motivo para ficar naquela sala um segundo a mais. Tanto o Chef quanto James Loo já tinham se enterrado mil vezes, e ainda havia a fita do Chef que eu havia gravado no outro dia, com aquele diagrama de submarino nuclear dele.

Mas, de acordo com TOC, não havia nada mais poderoso diante de um júri que uma fita de vídeo, por isso, se possível, eu deveria tentar que o Chef explicasse todo o esquema de lavagem de dinheiro de novo. Obviamente, da maneira como as coisas estavam indo, eu sabia que ele faria isso, mas eu estava tão entediado com a coisa toda àquela altura que não podia mais suportar. Eu já era especialista em lavagem de dinheiro antes de tudo aquilo começar e estava de saco cheio de bancar o idiota.

No entanto, eu tinha um trabalho a fazer, então respirei fundo e disse:

– Tudo parece ótimo, mas ainda estou um pouco confuso. Só para evitar desentendimentos no futuro, podemos passar o negócio inteiro mais uma vez?

O Chef balançou a cabeça rapidamente, como se eu estivesse um pouco obtuso, e disse:

– Claro que sim, pegue aquela caneta e aquele papel ali, e vamos em frente...

E foi isso. Dez minutos mais tarde, eu tinha outro submarino nuclear, dessa vez ainda mais detalhado. Depois de tudo, o primeiro tinha sido apenas um protótipo, este já era de segunda geração. Tudo o que eu tinha de fazer era passar o envelope a James. Então eu teria terminado.

Dei um tapinha do lado de fora de minha jaqueta esporte, bem ao lado esquerdo do bolso.

– Imagino que Dennis tenha mencionado que eu lhe daria um pouco de dinheiro hoje, para começar as coisas.

James assentiu.

– Sim, o que seria excelente.

– Tudo bem, então – disse o Chef –, acho que não precisam mais de mim, por isso vou andando. – Ele se levantou do sofá. – Tudo bem pra você, James?

James deu de ombros.

– Sim, não há problema.

O Chef olhou para mim.

– Está tudo bem pra você?

Não, pensei, tenho de verificar primeiro com os caras no quarto.

– Claro – disse rapidamente –, está tudo bem.

O Chef apertou a mão de James Loo e foi para a porta.

Foi então que caiu a ficha: eu nunca mais veria o Chef de novo. Não tinha nenhuma dúvida de que, assim que o Canalha visse o vídeo, iria indiciar o Chef imediatamente e, na sequência, anunciar minha cooperação. O fim estava se aproximando rapidamente, e era hora de me despedir do homem a quem, um dia, eu tinha confiado meus segredos mais sujos, um homem que eu havia chamado uma vez de amigo.

O Chef fora esse tipo de homem, e não havia mais ninguém como ele. Era o tipo de Chef que poderia se manter no calor da cozinha, o tipo de homem que eu gostaria de ter a meu lado numa guerra. Quantas vezes eu tinha dito isso a mim mesmo ao longo dos anos? Quantas vezes eu o tinha procurado por respostas, por sua sabedoria, seus conselhos e suas palavras de coragem? E era assim que tudo iria acabar.

Quando o Chef abriu a porta do quarto de hotel, eu disse:

– Ei, Chef!

– Yo! – disse ele, sorrindo. – O que foi?

Eu sorri de volta, tristemente.

– Eu só queria agradecê-lo por tudo que fez por mim. Estamos num negócio fodido demais, e você sempre foi um amigo para mim. Não pense que eu não reconheço isso.

– Sim – disse ele –, são em momentos como esses que você descobre quem são seus verdadeiros amigos. Agora você sabe.

Aquelas foram suas últimas palavras antes de ele me dar uma piscadela e sair pela porta.

James Loo, ao contrário, nunca passaria por aquela porta.

Por instruções de TOC, eu iria lhe passar o envelope e, em seguida, dizer-lhe que precisava descer por um minuto para pegar alguma coisa com o porteiro. Na sequência, eles iriam prendê-lo. Claro que o Chef nunca iria descobrir, porque James Loo também faria parte da equipe dos Estados Unidos, assim como em algum momento ele mesmo faria, eu esperava, quando chegasse a hora dele. Afinal, eles não estavam atrás dele, e sim do Demônio de Olhos Azuis...

O Chef era apenas um degrau para chegarem até lá.

Em meu caminho de volta para Southampton, me segurei a esse pensamento pelo que ele valia: o Chef iria cair em cima do Demônio e eu seria poupado da culpa de ter dedurado meu velho amigo. E, quando não estava mais pensando nisso, fiquei lembrando que todos os homens traem... Todos os homens traem... Todos os homens traem...

Mas eu estava errado sobre isso.

Alguns não traem.

CAPÍTULO 23

REVIRAVOLTAS DO DESTINO

O único jornal que a KGB tinha lido em sua vida fora o *Pravda*, o mais respeitado jornal da antiga União Soviética. Em russo, a palavra *pravda* quer dizer *verdade*, o que de certa forma era irônico, considerando que, enquanto a União Soviética existia, o *Pravda* nunca publicou nada que fosse remotamente próximo da verdade. O *Pravda* atual era substancialmente mais preciso que o *Pravda* de então, e tudo o que me importava naquele 21 de setembro, dia em que minha cooperação seria anunciada, era que aquele jornal não dedicasse nem um mísero caractere em cirílico ao assunto mais quente da atualidade nos Estados Unidos: o Lobo de Wall Street tinha secretamente se declarado culpado *meses antes* e desde então tinha cooperado com os federais, por mais de um ano.

Assim, enquanto 99% dos americanos estavam lendo seus jornais da manhã e dizendo "Isso é ótimo! Eles finalmente pegaram aquele sacana!" e o outro 1% estava lendo seus jornais da manhã e dizendo "Isso é péssimo! Aquele desgraçado agora vai nos entregar!", a KGB estava lendo o *Pravda* e xingando os rebeldes chechenos, que, em sua mente, eram inúteis cães muçulmanos que mereciam receber uma bomba atômica na cabeça.

Era isso o que eu mais amava na KGB: não o fato de ela arder de desejo de transformar os chechenos em pó radioativo (eu me opunha a isso), mas ao fato de que ela estava completamente alheia ao que vinha acontecendo em minha vida. Melhor ela continuar focada nos cães chechenos, pensei, que saber que vivia com um rato.

Naquele momento específico, ela estava sentada com Carter no sofá da sala de TV, olhando para uma tela de 40 polegadas de alta definição. Até a última gota de sua energia mental estava concentrada em um corajoso e geneticamente melhorado marsupial chamado Crash Bandicoot, que estava fazendo o que ele sempre fazia: correndo para sobreviver.

– O que vocês estão fazendo? – perguntei aos dois videoólicos.

KGB me ignorou; ela estava muito ocupada com os controles do PlayStation, seus polegares se movendo para cima e para baixo em um ritmo frenético. Carter, no entanto, estava apenas observando, embora estivesse tão extasiado que também me ignorou. Seus olhos eram grandes como os de uma coruja, os cotovelos apoiados em suas coxas com o queixo pequeno em suas mãos.

Cheguei perto de Carter e perguntei:

– O que está fazendo, filho?

Ele levantou os olhos e balançou a cabeça em reverência.

– A Yuya é *inclível*, pai... Ela... Ela... Ela... – Carter não conseguia fazer as palavras saírem – ... ela está numa fase nova. Ela está lutando com monstros que eu nunca vi antes. Ninguém jamais viu!

– Olha aqui – murmurou a KGB para Carter, enquanto ajudava o personagem em sua fuga. – Se eu capturar máscara dourada me tornar invencível!

Carter olhou para a tela da TV, boquiaberto. Após alguns segundos, ele sussurrou:

– Invencível!

Sentei-me ao lado de meu filho e coloquei o braço em volta dele.

– Ela é muito boa, hein?

– Use o ataque de salto! – gritou ele para a KGB.

– Não – respondeu ela. – Para derrotar esse monstro devo usar ataque de rotação!

– Ohhhh... – disse ele, suavemente.

O ataque de rotação, pensei. É só dizer o artigo, *porra*! Ainda assim, não havia como negar que KGB era a mais habilidosa das jogadoras de videogame de toda a porra do planeta – Pac-Man, Super Mario, Asteroids, Donkey Kong, Hércules e, claro, sua mais recente obsessão, Crash Bandicoot, o marsupial geneticamente melhorado da ilha Wumpa, no oeste da Austrália. Ela havia vencido todos eles, alcançando níveis com que meros mortais, como Carter, nunca ousaram sonhar.

Enquanto assistia a Yulia dobrar seu glorioso corpo daquele jeito e meu filho Carter inclinar seu corpinho do mesmo jeito, me vi perguntando a mim mesmo o que é que fazia Yulia Sukhanova funcionar. Ela jogava videogames não menos que oito horas por dia, gastando o resto do tempo na leitura de livros russos, balbuciando no telefone em russo ou sussurrando doces besteiras russas em meu ouvido enquanto fazíamos amor. Ela residia nos Estados Unidos, sim, mas só no sentido físico. Seu coração e sua alma ainda estavam na Rússia, presos em um túnel do tempo geopolítico no ano de 1989, mesmo ano em que ela foi coroada Miss União Soviética.

Intelectualmente, ela era brilhante. Ela se destacava em xadrez, damas, gamão, Gin Rummy e, para falar a verdade, em todos os jogos de azar, que jogava com um ar de traficante, e odiava perder mais que qualquer coisa. Seus pais estavam ambos mortos; o pai tinha sucumbido a um ataque cardíaco quando ela tinha apenas 9 anos. Yulia e o pai eram próximos, e sua morte a traumatizou. Ele tinha sido um homem importante na União Soviética, um cientista de foguetes com o grau de segurança mais alto, e mesmo após sua morte a família sempre recebera cuidados. Ela nunca precisou pedir nada. Filas do pão, prateleiras vazias no supermercado, roupas sem graça, coisas como essas estavam tão longe da infância de Yulia como tinham sido da minha. Sua vida tinha sido encantada e, pelos padrões soviéticos, houvera riqueza.

Sua graça e beleza tinham vindo da mãe. Eu já tinha visto fotos, era uma loira de tirar o fôlego, de olhos azuis e com o mais quente dos sorrisos. Em sua época, de acordo com Yulia, sua mãe fora ainda mais bonita que ela e tinha uma posição muito importante no mundo artístico. Em consequência, Yulia havia crescido em um apartamento chique de Moscou, onde um desfile interminável de famosos artistas soviéticos – atores, pintores, escultores, cantores e dançarinos de balé – festejavam nas primeiras horas da noite, bebendo vodca Stolichnaya e cantando canções russas.

Sua mãe não tinha morrido de causas naturais: fora assassinada, morta a facadas em seu apartamento, e é aí que a história tinha se tornado sombria. Sua morte tinha acontecido pouco depois de Yulia ter sido coroada Miss União Soviética e, literalmente, coincidiu com uma disputa sobre quem tinha "direitos" sobre o trem da alegria que Yulia Sukhanova havia se tornado. Muitos eram suspeitos do assassinato, mas ninguém jamais foi acusado. Então, quem a matou? Foi a KGB? Ou a máfia russa? Um empresário falido tentando extorquir Yulia por seus ganhos como modelo? Ou fora simplesmente um ato aleatório de violência?

Qualquer que fosse a resposta, aquela era a garota por quem eu havia me apaixonado, uma garota que amava seu país, mas estava relutante em voltar para lá até mesmo como visitante. Na verdade, ela nem mesmo voara de volta para o funeral de sua mãe, e, embora ela não dissesse isso, eu sabia que era por medo. Igor, que ela ainda teimava em dizer que era seu cunhado, casado com a irmã mais velha, Larissa, não tinha ido também, embora em seu caso, ela admitiu, ele pudesse ter ido se quisesse. Ele era um homem procurado em seu país, mas não pela lei. Havia "outros", disse ela, em cujos dedos Igor tinha pisado, e tinha algo a ver com ela. E foi isso. Por mais que tentasse, ela se recusou a ir mais longe com a história.

À medida que minhas circunstâncias entravam em jogo, eu estava certo de que ela sabia mais do que deixava entrever. No dia em que minha colaboração foi anunciada, eu ofereci-lhe uma breve explicação do que estava acontecendo, destacando o incidente com Dave Beall e como, apesar de ele voltar a me perseguir, eu ainda sentia que tinha feito a coisa certa. Tinha mantido minha autoestima, disse a ela, e ela agarrou minha mão e apertou-a de modo tranquilizador. Quando o Chef foi indiciado, duas semanas depois, contei a ela sobre isso também, como ele havia sido meu contador, um amigo leal, que parecia sentir uma alegria irracional em montar "conspirações", o que, em última instância, o levara à sua ruína – ao que ela disse que não existem amigos nos negócios e que, se eu não tinha aprendido a lição com Dave Beall, então eu nunca o faria.

Ela passou boa parte do tempo me contando sobre a grande alma russa, a *Velikaya Russkaya Dusha*, e como nenhum americano poderia realmente entendê-la. Honestidade, integridade, sensibilidade, compaixão, imaginação, culpa, necessidade de sofrer em silêncio. Essas foram apenas algumas das palavras que ela usou para descrevê-la, manuseando-as com auxílio de seu dicionário russo-inglês.

No entanto, na minha perspectiva, não era sua grande alma russa que eu achava impressionante, mas sua lealdade. Nós nos conhecíamos havia menos de dois meses e tinha ficado óbvio para ela que eu não era o homem que ela pensava que fosse. Estava sobrecarregado com problemas, meu futuro era incerto. Eu era um homem cuja estrela financeira estava em queda, não em ascensão. Ainda assim, nada disso parecia incomodá-la.

Quando lhe contei que teria de me livrar da casa de praia, ela encolheu os ombros e disse que não dava importância a Meadow Lane. Melhor vivermos em Manhattan, ela acrescentou, e quem precisava de uma casa tão grande, afinal? Quando eu disse a ela que o dinheiro poderia ficar apertado por um tempo, Yulia me assegurou que qualquer homem que tivesse ganhado tanto quanto eu ainda tão jovem poderia descobrir uma maneira de fazê-lo novamente.

Encorajado por suas palavras, concordei com a cabeça e depois tomei a decisão de começar a negociar ações de novo, ainda que legitimamente.

A NASDAQ estava voando com a mania das empresas pontocom, e, com o dinheiro que o governo tinha me deixado, eu poderia fazer alguns milhões por ano só dormindo. Eu não entendia por que não tinha pensado nisso antes, embora soubesse que tinha alguma coisa a ver com o fato de KGB acreditar em mim.

Nesse sentido, ela era tudo o que a Duquesa não era. Estava disposta a apostar em mim, não naquilo que me cercava. No entanto, em defesa da Duquesa, Yulia não tinha dois filhos com quem se preocupar nem uma "história" comigo.

Seja como for, a Duquesa era meu passado e a KGB, meu futuro, e lá estava ela, prestes a atingir o nível 25 no Crash Bandicoot. Tudo o que precisava fazer era derrotar o Dr. Neo Cortex, o nêmesis de Crash, e então o herói se uniria a sua namorada, Tawna, mais um bandicoot geneticamente melhorado, que, no mundo dos marsupiais, era tão sexy quanto Jessica Rabbit.

De repente, KGB começou a gritar:

– *Blyad! Blyad! Nyet! Nyet!*

– Volte! – gritou Carter. – Ele está jogando bolas de fogo!

– Eu não posso! – gritou KGB. – Eu perdi energia!

– Não! – gritou Carter. – Use um cristal de poder...

Eu fiquei olhando a tela totalmente fascinado quando um macaco musculoso chamado Koala Kong pegou uma bola de fogo e tacou na cabeça de Crash, fazendo-o explodir em chamas. Neste ponto, Crash gritou em agonia, saltou no ar, fez uma pirueta, e depois pousou sobre sua pequena bunda bandicoot e queimou até a morte. Em seguida, a TV fez um som parecido com "Wa, wa, wa, wa, wa... bum!". E foi isso: a tela ficou preta.

No começo, KGB e Carter apenas se entreolharam, congelados. Então ela balançou a cabeça e disse:

– *Chto ty nashu stranu obsirayesh!*

Carter comprimiu os lábios e acenou com a pequena cabeça de acordo, sem ter ideia do que KGB tinha dito: "Eu só cago toda esta jogo estúpido!". Então Carter disse:

– De novo, Yuya!

KGB assentiu resignada, respirou fundo e apertou um botão no controle, trazendo Crash de volta à vida, ainda que na parte inferior do castelo de Neo Cortex.

Enquanto os dois se perdiam no jogo, fiquei imaginando que tipo de mãe KGB seria para meus filhos, se um desastre um dia acontecesse. Por mais improvável que parecesse, era algo que eu deveria considerar, a hipótese de a Duquesa faltar e as crianças se tornarem uma responsabilidade exclusiva minha.

KGB e Carter tinham uma estreita ligação com base em seu amor pelos videogames; fora isso, eu não tinha tanta certeza. Havia certa desconexão entre eles, à medida que, quando não estavam sentados em frente à tela da televisão, conversavam muito pouco. Claro, ela sempre se mostrava agradável, sem hesitação, mas havia certa falta de calor, certa apatia que não se esperaria encontrar, dada a natureza da *grande alma russa*.

Chandler, no entanto, não jogava esse jogos. Ela brincava com suas Barbies, de casinha e de trocar de roupa e gostava de assistir à TV americana, por isso ela e KGB tinham muito pouco em comum. Isso era algo que me incomodava, porque nunca tinha visto KGB procurar por Chandler. De fato, assim como com Carter, ela sempre era agradável e oferecia um sorriso caloroso, mas também existia aquela desconexão.

Na minha mente, era simples: KGB era adulta, e Chandler e Carter duas crianças, por isso a bola estava no campo dela, não no deles. Ou eu estava esperando demais? Ela não era a mãe de meus filhos, então talvez não fosse razoável esperar que ela se comportasse como uma segunda mãe para eles. Talvez certa indiferença casual fosse saudável, talvez fosse normal, e talvez eu devesse agradecer às minhas estrelas da sorte que KGB fosse gentil. Não, pensei, gentileza não era suficiente. A apatia é a própria forma da crueldade, e as crianças podem detectá-la a uma milha de distância.

Por outro lado, na outra extremidade do espectro, vinha John Macaluso, namorado da Duquesa. Na semana anterior ele tinha me ligado do nada e sugerido que nós nos encontrássemos para tomar um café. Ele estava passando muito tempo com meus filhos, afirmou calorosamente, e queria me assegurar de que ele tentaria sempre seu melhor para ser uma influência positiva na vida deles. Foi uma jogada de classe, para dizer o mínimo, e quando nos encontramos, alguns dias depois, no Old Brookville Diner, nos demos bem imediatamente.

Ele era da minha altura, magro e rijo, e transpirava energia. Era bonito, com o cabelo grisalho e proeminentes características italianas e era carismático, mais que qualquer coisa. Nós passamos uma hora trocando histórias de guerra – tomando o cuidado de evitar o assunto de meu casamento fracassado com a Duquesa ou seu relacionamento atual com ela, e eu resisti à vontade de perguntar a ele se ela gemia "Venha para mim, meu pequeno príncipe!" enquanto estavam fazendo sexo. No entanto, apesar de todos os risos e sorrisos, havia um problema que pairava sobre nossa reunião como uma nuvem escura.

Finalmente, ele o trouxe à tona.

– Você sabe, é realmente uma merda que eu more na Califórnia e Nadine more em Nova York – disse ele, cansado. – Quem poderia imaginar que eu fosse me apaixonar por uma mulher que vive a quase 5 mil quilômetros de distância!

E lá estava: o gato tinha subido no telhado.

Havia um grande problema, ele sabia disso e eu também sabia. E o problema não iria desaparecer por conta própria. Ele teria de se mudar para cá ou ela teria de se mudar para lá. Conhecendo o advogado da Duquesa, aquele gordo cretino do Dominic Barbara, com sua notória boca gorda e a propensão de colocar sua bunda ainda mais gorda no centro das atenções, ele usaria minha situação jurídica como alavanca.

John não era tolo; ao ver minha reação, ele logo acrescentou que Nadine nunca faria nada pelas minhas costas. Ela sabia quanto eu era ligado às crianças e sempre dizia que eu era um bom pai. Com isso, deixamos de falar do assunto, embora eu ache que ambos soubéssemos que, em algum momento, a questão iria ressurgir.

E a bela KGB, onde ela ficava nisso tudo?

Ao olhar a loira russa com Carter, unidos pelo amor a um bandicoot geneticamente melhorado, senti esperança sobre tudo que ela poderia ser. Talvez ela pudesse aprender a amar meus filhos, e talvez eu pudesse aprender a amá-la da mesma maneira que havia amado a Duquesa e do jeito que eu havia amado Denise... Embora, na verdade, eu me sentisse bastante desconectado na minha própria relação com ela, assim como sentia haver uma desconexão entre ela e meus filhos.

Talvez, com o tempo, o abismo entre nossas culturas pudesse se tornar nossa maior força. Os norte-americanos, afinal, tinham sua própria grande alma, não é verdade? De acordo com Dostoiévski, a essência da grande alma russa era sua sempre presente e insaciável necessidade de sofrer e, de acordo com essa verdade, a essência da alma americana era: por que a gente deve sofrer, se nossos pais e avós já sofreram tanto por nós? Então, juntos, será que a KGB e eu não poderíamos nos unir em uma alma perfeita? Ela seria meu otimismo americano misturado com o fatalismo russo, a soma dos quais resultaria em *perfeição*.

Enfim, teríamos alguns anos para atravessar esse fosso. O novo milênio estava ali, na esquina, a apenas 80 dias de distância, e ainda se passariam três ou quatro anos até que eu recebesse minha sentença.

E então o telefone tocou.

– *Blyad!* – reclamou a KGB. – Por favor, pegar telefone! Ele perturbar meu jogar.

Carter virou-se para mim e acenou com a cabeça.

– Ele perturbar seu jogo.

– *Perturba* – disse a Carter, temendo a influência da KGB sobre sua fluência no idioma.

Estendi a mão para o telefone sobre a mesa lateral e o atendi.

– Alô?

– É seu advogado – disse Magnum, em uma oitava de dó menor – Como você está?

– Estou bem – respondi automaticamente, e depois percebi que eu estava realmente bem. Sim, pensei, pela primeira vez em muito tempo eu estava perto de encontrar a felicidade. – O que está acontecendo? – perguntei.

– Houve uma enxurrada de atividades hoje na Procuradoria.

Senti o coração acelerar.

– Sério? E tinham a ver com o quê?

– Você conhece um promotor assistente chamado Dan Alonso?

– Não – respondi rapidamente. – O que tem ele?

– Bem, ele é seu novo promotor – respondeu Magnum. – Ele telefonou hoje cedo para mim e para Nick para nos dar uma atualização. Joel está saindo do escritório da Promotoria na semana que vem e Alonso foi designado para seu caso.

Cruzei os dedos.

– E então, como ele é? É um cara legal ou um saco de merda?

– Beeemmm... – disse Magnum. – Numa escala de 1 a 10, com babaca sendo 1 e cara legal sendo 10, diria que Alonso cai em algum lugar entre 10 e 11.

– Você deve estar brincando!

– Shhhhh! – reclamou a KGB. – Não poder concentrar!

Carter olhou para cima e colocou o dedo indicador nos lábios. Então ele olhou para a tela. Eu ri e disse ao telefone:

– Quer dizer que ele é legal assim?

– Sim – respondeu Magnum –, ele é, sim. Ele é duro, justo, muito inteligente, um excelente litigante e, acima de tudo, tem um grande coração. Já abordei com ele o assunto de reduzir sua acusação de obstrução, e ele disse que está disposto a sentar e conversar sobre isso. Ele quer conhecê-lo primeiro e, então, vai nos deixar defender nossa causa. Acho que estamos em uma posição muito boa.

Senti uma onda de alívio percorrer meu corpo.

– Bem, é uma ótima notícia, Greg, realmente ótima.

– Sim – concordou ele. – Mas, num aparte, recebi um telefonema muito estranho de Joel Cohen nesta manhã. Ele estava dizendo algo sobre você estar em Atlantic City há alguns meses e ter se recusado a se identificar. Ele deu a entender que você estava tentando fazer uma lavagem de dinheiro ou algo assim. Eu sei que não é verdade, certo?

Minha boca ficou seca imediatamente, meus intestinos se enrolaram depressa e chegaram a conclusões mais depressa que minha mente.

– Claro que não! – respondi. – Isso é besteira total! Eu não estava tentando lavar dinheiro coisa nenhuma! Foi apenas um mal-entendido!

– Mas então você esteve lá, mesmo? – Magnum pareceu extremamente surpreso.

Eu já sabia onde aquilo iria terminar.

No final, eu conseguiria provar que não tinha tentado lavar dinheiro, mas não poderia provar que não tinha violado as restrições de minha fiança. Eu tinha saído de Nova York sem permissão.

– Sim, eu estava lá – disse, com calma. – Espere um segundo, deixe-me mudar de quarto.

Quando estava saindo da sala de TV, gastei um momento observando o rosto inocente de meu filho. Ele tinha passado por um começo difícil, mas vinha crescendo forte. Uma onda terrível de tristeza tomou conta de mim. Era como se eu o tivesse decepcionado.

Dentro do quarto principal, peguei o telefone do futuro, sentei-me na beira da cama e contei todos os detalhes de minha história para meu advogado, começando pela deliciosa menor de idade, Kiley, e terminando com a bruxa de rosto de pedra dentro da gaiola do caixa que tinha se recusado a devolver meu dinheiro. Então, eu disse:

– Eles não vão interromper minha cooperação por causa disso, certo?

– Não – ele respondeu rapidamente –, não se o que você está me dizendo for verdade.

Tentando manter o controle, respirei fundo e deixei o ar escapar lentamente. Depois, comecei a cuspir pregos em meu advogado, jurando por todos os lados que eu estava dizendo a verdade. Primeiro jurei por meus olhos, depois jurei pelos olhos de meus filhos, então jurei pelos olhos de meus filhos ainda não nascidos e depois jurei pelos olhos dos filhos de Magnum também.

Finalmente, ele disse:

– Tudo bem, tudo bem! Eu acredito em você, acredito, juro! Pode parar de tentar me convencer agora. Porra! Você sabe que, de qualquer forma, ainda temos um grave controle de danos a fazer. Que tipo de relacionamento você tem com seu oficial de pré-julgamento?

– Pat Mancini? – respondi, sentindo um fino raio de esperança. – Ele é ótimo! – optei por não relatar meu telefonema enganoso para Pat, com a vaga referência a ficar preso na cidade, sem dizer em qual cidade. – Por que a pergunta?

– Porque ele é o único que pode apagar suas luzes aqui. Se ele escrever uma carta ao juiz relatando seu passeio de helicóptero para Atlantic City, acompanhado de uma menor de idade e levando um saco de dinheiro do governo federal para jogar, poderia ser um problema. Jordan, isso não se parece com o comportamento de um homem arrependido. Entendeu?

E foi aí que eu percebi: *a audácia de minhas ações*! Não se tratava tanto do fato de eu ter violado as condições dc minha liberação (que já era ruim o suficiente por si só), mas a forma como eu tinha feito isso.

Se eu tivesse ido a Atlantic City em uma perua, levando minha mãe de 70 anos de idade e um punhado de moedas de 25 centavos enrolados numa meia, então o juiz Gleeson provavelmente ia dizer: "Ah, é apenas o caso de um bom filho querendo passar um tempo com sua mamãe idosa", e então ele me deixaria sair sem nem mesmo uma advertência. Mas eu tinha roubado 100 milhões de dólares e estava tendo uma segunda chance, mas como eu demonstrava meu agradecimento? Fazendo uma viagem secreta de helicóptero para a Sodoma e Gomorra de Nova Jersey com uma modelo menor de idade. E, para financiar meu passeio, tinha pegado um empréstimo sem juros do governo federal!

Com o coração apertado, perguntei:

– E agora, o que vem a seguir?

Depois de alguns momentos de silêncio, ouvi:

– Espero que nada... Vou ligar para Joel, contar a ele seu lado da história e direi que tratarei disso com Alonso, apesar de não ser exatamente a melhor maneira de começar um relacionamento com ele. – Magnum parou por um momento. Em seguida: – Mas o que se há de fazer, certo?

– Sim, claro – respondi, sem emoção. – O que se há de fazer?

Passamos mais alguns minutos pensando em estratégias, mas não havia realmente muito que pudéssemos fazer. A coisa mais importante, nós concordamos, era garantir que a história jamais aparecesse diante do juiz Gleeson. Ele era um homem conservador, disse Magnum, um homem completamente racional, que vivia conforme as regras. Isso era o tipo de coisa que só faria aumentar sua ira.

Depois que desliguei o telefone, fiquei sentado na beira da cama por um momento, estupefato. Devo ter dito milhares de vezes, em tom de brincadeira, que eu era meu pior inimigo, mas daquela vez não foi engraçado. Mais uma vez, eu tinha colocado minha liberdade em perigo, e por quê? Em retrospecto, minha decisão parecia totalmente incompreensível. Eu estava realmente sendo autodestrutivo? Não pensava assim, mas, olhando de fora, era exatamente o que eu aparentava ser. Que tipo de mau funcionamento eu possuía que me levava a fazer esse tipo de coisas, que me levava a assumir esses riscos descontrolados, mesmo quando não haveria nenhuma vantagem?

Respirei fundo e lutei contra a vontade de me censurar ainda mais. O que foi feito, foi feito. Se o juiz Gleeson descobrisse isso, iria me jogar na prisão na hora, eu perderia Yulia, as crianças ficariam de coração partido, a Duquesa iria se mudar para a Califórnia, Meadow Lane seria confiscada na minha ausência, meus móveis e roupas seriam leiloados por alguns centavos de dólar e meu plano de negociar ações seria frustrado. Mas minhas despesas com a Duquesa e as crianças continuariam. Então, quando eu finalmente fosse condenado, dali a três anos, e saísse da cadeia alguns anos depois, estaria nu, sem dinheiro, sem casa e meus filhos estariam morando a 5 mil quilômetros de distância e chamando John Macaluso de papai!

CAPÍTULO 24

O DEUS DO DESTINO CONTRA-ATACA

Os sete dias seguintes foram angustiantes.

Depois de desligar o telefone, eu liguei para Pat Mancini, que, não surpreendentemente, tinha acabado de receber um telefonema do Canalha, perguntando se ele tinha me dado autorização para viajar a Atlantic City. Pat, é claro, disse-lhe que não tinha, e o Canalha tinha sugerido que ele informasse ao juiz Gleeson sobre minha violação da fiança.

Pat disse a ele que iria pensar sobre aquilo.

Felizmente, ele me disse que não iria avisar o juiz; na verdade, ele disse que tinha se sentido mal por mim. Sim, eu era definitivamente um idiota por ter pegado um helicóptero para Atlantic City, mas de certa forma aquilo tinha sido armado para a minha queda. "Quando um homem fica tanto tempo em prisão domiciliar, ele acaba fazendo merda", explicou Pat. "É como o velho ditado: você deixa corda suficiente para o cara se enforcar."

Antes de desligar, ele disse uma coisa que eu ouviria bastante nas semanas seguintes: "Para um cara inteligente como você, Jordan, você faz algumas coisas bem burras!". Então ele desligou na minha cara.

Passei o resto do fim de semana em um estado de relativa calma. Em seguida, na manhã de segunda-feira, o mundo desabou.

Tudo começou quando Mancini ligou para Magnum dizendo que tinha recebido uma carta mordaz do Canalha, exigindo que ele escrevesse uma carta para Gleeson informando-o de minha viagem para Atlantic City. E, apenas para melhorar, o Canalha descrevera todos os pontos altos da minha viagem: a garota, o saco de dinheiro, o helicóptero... E que tudo isso deveria constar na carta a Gleeson, para Pat não ser acusado de pintar um quadro enganoso para o juiz.

Magnum deu um telefonema de emergência para Joel, pedindo-lhe que rescindisse a carta para Mancini, mas ouviu somente uma mensagem gravada que era algo como: "Oi, aqui é Joel Cohen, eu não sou mais do escritório da Promotoria e estarei de férias durante as próximas duas semanas...".

Sim, o Canalha tinha desaparecido, e aquela era sua vingança.

Ele queria ter revogado minha fiança com o incidente de Dave Beall, mas tinha sido vencido. Portanto, aquela era a vingança dele, filho de uma puta! Magnum, no entanto, não estava pronto para desistir sem lutar, então pulou no metrô e desceu à Procuradoria para reunir-se com Alonso, que concordou em chamar Mancini e dizer que ele poderia lidar com isso "em casa". Minhas restrições seriam apertadas por alguns meses, e depois finalmente Alonso faria uma moção para Gleeson para tirar minha tornozeleira, afastando-me dos olhos de Mancini de uma vez por todas.

Claro, disse Mancini, isso seria maravilhoso. O único problema era que ele tinha acabado de apertar o botão de "enviar" do e-mail, e então, naquele exato momento, o juiz Gleeson provavelmente estaria lendo a carta, que, de fato, incluía todos os detalhes sujos. Quando Magnum me informou disso, deixei cair o telefone, corri para o banheiro e vomitei. Então, corri de volta para o telefone e perguntei a Magnum o que isso queria dizer: minha batata tinha assado de vez?

Ele me disse que não, que ainda havia uma chance de 50% de Gleeson ler a carta e não tomar nenhuma medida. Afinal, a carta não tinha sido acompanhada de um pedido de audiência. Com um pouco de sorte, Gleeson iria apenas sacudir a cabeça, incrédulo, perder um pouco de respeito por mim e depois seguir em frente com seu dia.

Não tive sorte.

Na manhã de quinta-feira, às 8h30 em ponto, ouvi um som muito preocupante: o telefone tocando.

Ah, meu Deus!, pensei. Olhei à minha esquerda, e lá estava KGB. Como sempre, ela estava dormindo profundamente, a cabeça loira soviética aparecendo por debaixo do edredom de seda branca.

Era Magnum. Suas primeiras palavras foram perdidas, mas não suas palavras seguintes:

– Infelizmente, recebi um fax de Gleeson e ele marcou uma audiência.

– Quando? – perguntei, em um estado muito além do pânico.

– Amanhã de manhã às 10 horas.

Roubei um olhar para a KGB. Bem, foi bom conhecê-la!, pensei.

– Acho que agora estou fodido – disse, bem calmo.

– Não necessariamente – respondeu ele. – Eu acho que ainda há uma saída para isso. O fundamental é nos aproximarmos de Gleeson como uma frente unida. Eu já falei com ambos, Mancini e Alonso. Mancini vai estar lá também amanhã e prometeu que vai se colocar a seu lado. Ele vai dizer que foi um mal-entendido e que, na opinião dele, você ainda pode ser confiável para viver de acordo com suas restrições de fiança.

– E Alonso, o que ele vai dizer?

– Como eu lhe disse, quando se trata de promotores, Dan Alonso é o melhor cara possível. Então, apesar de nunca tê-lo visto, disse que ficará a seu lado também. Vou me encontrar com ele mais tarde hoje e nós vamos preparar algo que possa ser vendido a Gleeson. Haverá algumas restrições severas por um tempo, acabar com as viagens, estar em casa às 6 da tarde, nada mais de noitadas na cidade, mas é muito melhor que ir para a cadeia, certo?

– Sim, é – respondi. – E quais são as chances de Gleeson comprar isso?

– Perto de 100% – disse Magnum. – É muito raro que um juiz vá contra a recomendação de um promotor. E o fato de Mancini estar a bordo conosco praticamente fecha o negócio.

Excelente, pensei. Não havia nenhuma razão para me preocupar.

O Tribunal ficava no número 225 da Cadman Plaza e parecia envolvido por um desespero irredutível. Ninguém, ao que parecia, realmente queria estar por lá, desde advogados, réus, funcionários, delegados, repórteres, pessoas que varriam o edifício de seis andares largos, até os próprios juízes. Todos pareciam entediados, desesperados ou à beira das lágrimas. Embora se pudesse encontrar o sorriso ocasional de alguém que tinha acabado de ser absolvido de uma acusação criminal, para cada sorriso largo havia uma carranca. Afinal, para cada vencedor, havia um perdedor.

Exceto no meu caso.

Era sexta-feira de manhã, alguns minutos antes das 10, e meus advogados e eu estávamos em um corredor longo e largo fora da sala do tribunal do juiz Gleeson. Tirando alguns bancos de madeira encostados contra as paredes, o corredor estava completamente vazio. Os bancos em volta pareciam tão confortáveis como o chão de linóleo. Entre os bancos havia quatro portas à prova de som, duas de cada lado, e cada uma levava a um tribunal separado.

Só então Magnum olhou por cima da minha cabeça e disse:

– Olhe, Alonso está chegando – e ele apontou para uma figura alta e magra que vinha em nossa direção. À primeira vista, ele parecia mais um astro de cinema que um promotor assistente. Alto, magro, de boa aparência, imaculadamente bem arrumado e com um sorriso surpreendentemente caloroso, era tudo o que o Canalha não era, uma imagem de graça e gentileza. Parecia o ator George Hamilton, sem o bronzeado.

– Então você é Jordan Belfort – disse Dan Alonso, estendendo a mão para um aperto. – Você não parece capaz de causar tanta comoção!

Eu sorri e apertei sua mão calorosamente, me perguntando se ele estava fazendo alguma vaga referência à minha altura. Afinal, ele era muito alto, e a cabeça de Magnum estava quase raspando o teto do corredor. Dei um passo em direção ao homem de Yale, buscando proteção quanto à altura, e disse:

– Bem, a aparência às vezes pode ser enganosa, certo?

Alonso assentiu e apertou minha mão firmemente.

Magnum disse:

– Eu prometo a você, Alonso, este é o fim de toda a comoção. Jordan perdeu seu desejo de voar em helicópteros com sacos de dinheiro. Certo, Jordan?

"Não se esqueça da garota menor de idade", pensei.

– Para sempre – disse eu, confiante. – Eu nunca mais vou pisar em Atlantic City. Na verdade, não tenho vontade nem de colocar os pés em Nova Jersey de novo!

– E quem tem? – comentou o homem de Yale.

Magnum disse a Alonso:

– Eu acho que seria um bom momento para repassar as informações. Eu já falei para Jordan sobre suas novas restrições e ele está totalmente de acordo com elas. Correto, Jordan?

– Sim – disse eu, sem entusiasmo. – Estou realmente ansioso por elas...

Alonso disse:

– Basta se comportar por alguns meses e a gente pode voltar a falar com Gleeson para fazer uma moção e retirar você da prisão domiciliar. Acho que essa é a aposta mais segura para nós.

Comprimi os lábios e assenti humildemente, mas por dentro estava pensando: Alonso é muito melhor! Que o Canalha queime no mármore do inferno, com um tridente enfiado no rabo!

– Obrigado – respondi humildemente.

– Sem problema – disse, e virou-se para Magnum. – Acho melhor não levantar o assunto Dave Beall hoje. Podemos marcar outra audiência para isso.

Magnum assentiu e depois olhou para mim:

– Dan foi legal o suficiente para reduzir a ação de obstrução de justiça por mentir a um agente federal.

Alonso, sarcasticamente, falou:

– Agradeça a seus advogados por essa. Eles vinham me atormentando tanto nos últimos dias sobre isso, principalmente Nick, que já não suportava mais ouvir a voz deles.

– Só estou fazendo meu trabalho – disse o homem de Yale.

Sorri para Magnum e para o homem de Yale. E disse a Alonso:

– Eu agradeço por tudo isso, mas, acima de tudo, sei que meus filhos também vão agradecer um dia.

Alonso balançou a cabeça, compreensivo.

– Tudo bem, vamos entrar e acabar com isso – ele deu um passo e parou. Virou-se para nós e disse: – Espero sinceramente que Gleeson não faça muitas perguntas hoje, porque, para todos os fins, eu não tenho a menor ideia do que realmente aconteceu aqui. Essa coisa toda foi despejada no meu colo de última hora, e eu detesto ir para o tribunal sem saber todos os detalhes. Quer dizer, para início de conversa, por que diabos iria para Atlantic City? Você estava sob prisão domiciliar, caramba!

Balancei a cabeça, envergonhado.

– Bem, eu acho que foi apenas...

Alonso me cortou com a mão levantada.

– Não, não me diga nada. Eu prefiro não saber. Não há sentido nisso – ele balançou a cabeça. – De qualquer forma, para um cara tão inteligente, você faz algumas coisas bem burras, sabia?

Eu balancei a cabeça, concordando.

– Sim, eu já ouvi isso antes.

– Bem, não estou surpreso. Vamos, vamos entrar.

– ATENÇÃO! – esbravejou uma mulher de meia-idade vestindo um terninho anódino marrom. – A Corte dos Estados Unidos para o Distrito Leste de Nova York está agora em sessão – continuou ela, com uma voz surpreendentemente profunda. – Todos de pé para o honorável juiz John Gleeson.

Como um mágico, o juiz Gleeson, em vestes negras, emergiu por detrás de uma porta com painéis de madeira que ligava seus aposentos ao tribunal. Sem dizer uma palavra, ele caminhou calmamente até um curto lance de escadas e sentou-se atrás de uma mesa grande de madeira que ficava em cima de um palco de madeira, que serviria para o próprio Fantasma da Ópera.

À esquerda do juiz, uma estenógrafa do tribunal tomou seu lugar em antecipação aos processos do dia. Atrás dela, ficou de pé um homem atarracado, que usava uma folgada jaqueta esporte azul, com uma protuberância gigante debaixo da axila esquerda. Ele só estava ali de pé, os braços cruzados sob o peito enorme, esperando alguém começar a foder com o juiz. Então ele atacaria com a velocidade de uma cobra.

O resto de nós, incluindo meu oficial de serviços pré-julgamento, Patrick Mancini, que com seu tamanhão poderia ter jogado na posição de ataque dos Rams, ficamos todos de pé atrás da mesa da defesa. Isso foi um bom sinal, pensei, porque não havia ninguém atrás da mesa do procurador. (Estamos todos do mesmo lado aqui!) Na verdade, mesmo a única pessoa nas cadeiras do público, uma jovem negra de 20 e poucos anos, que calculei ser uma aspirante a advogada ou uma repórter, parecia estar do meu lado. Ela estava sentada segurando um caderno espiral e uma caneta.

Magnum colocou a mão no meu ombro e me empurrou para baixo, para meu lugar. A mulher que tinha anunciado a presença do juiz começou a murmurar alguma coisa para a estenógrafa, algo como todos os Estados Unidos da América estarem contra mim, Jordan Belfort. Eu nunca tinha olhado a coisa realmente sob aquele prisma antes, mesmo em meu julgamento, que ocorreu em segredo, dentro da sala do juiz Gleeson.

O juiz Gleeson parecia bastante agradável, na verdade. Mesmo naquelas balouçantes vestes negras, eu podia dizer que ele tinha um bom coração. Ele olhou para mim como um cara que ia fatiar um peru de Ação de Graças para sua família. Era jovem para um juiz federal, com pouco mais de 45 anos, e tinha reputação de ser brilhante. Torci para que estivesse de bom humor.

De repente, Magnum fez sinal para eu ficar de pé, então me levantei.

– O.k. – disse o juiz Gleeson, suavemente. – Então, o que está acontecendo aqui?

Alonso disse:

– Se a corte permitir, meritíssimo, eu gostaria de falar.

O Juiz Gleeson assentiu.

– Obrigado – disse Alonso. – Bem, meritíssimo, nós chegamos a um acordo com o advogado do réu sobre este assunto, bem como com o senhor Mancini. O acordo consiste em apertar as restrições da prisão domiciliar do réu para termos mais estritos. O réu só será capaz de viajar para o trabalho e deverá estar em casa às 6 horas da tarde, sem exceção. Nos fins de semana, estará com 24 horas de bloqueio.

Alonso assentiu uma vez, satisfeito com minhas novas condições.

– Ah, é? – grunhiu o juiz Gleeson. – Bem, eu tenho perguntas.

E foi isso, a coisa acabou antes de começar.

Gleeson tinha perguntas e Alonso não tinha respostas, porque ele acabara de assumir o caso. Mesmo que ele as tivesse, não importaria de qualquer maneira, porque, como Magnum tinha dito antes, aquilo era o tipo de coisa que elevava a ira de Gleeson, e muito!

De repente, pecebi que Alonso estava balbuciando algo sobre um helicóptero... Um saco de dinheiro... Em seguida, uma fêmea não identificada (e, obviamente, cada uma das almas na sala do tribunal, especialmente Gleeson, sabia exatamente o tipo de mulher que era), e então ele começou dizendo...

– Mas eu realmente não sei de todos os fatos, meritíssimo, porque eu só...

Gleeson o interrompeu com uma voz ameaçadora:

– Você está me dizendo que veio ao meu tribunal despreparado, que você não sabe nada sobre este caso?

Eu lancei uma rápida olhada para Alonso, que parecia que tinha acabado de levar um tiro. Do jeito que eu imaginei as coisas, ele tinha duas opções: a primeira seria jogar toda a culpa sobre o Canalha, e a segunda seria apenas dizer que sentia muito e que não voltaria a acontecer. Alonso disse:

– Sinto muito, meritíssimo, isso não vai acontecer de novo.

Então foi a vez de Mancini.

– Senhor Mancini? – disse o irritado juiz.

Pat se atrapalhou com algumas notas, começou a vomitar fatos de forma aleatória e depois algumas contradições acabou por dizer:

– Mas... Er... Apesar de tudo isso, eu ainda acho que o senhor Belfort pode ser confiável e capaz de viver de acordo com suas novas condições de liberação – ele deu de ombros, como se dissesse: "Mas é apenas a opinião de um homem. Não vá me prender por causa disso".

Gleeson não mandou prendê-lo. Em vez disso, não dirigiu uma única palavra a ele, apenas ficou lá por alguns segundos, olhando para Mancini, seus olhos emitindo o que parecia ser um incrível raio de encolhimento; assisti fascinado enquanto Mancini, aquele compridão, parecia encolher-se mais e mais, até ficar do tamanho de um anão.

Satisfeito com isso, Gleeson desligou seu raios encolhedores e voltou-se para seu velho colega Magnum, dizendo:

– E a defesa, tem algo a acrescentar?

Magnum ficou de pé em toda a sua estatura e disse, num tom bastante confiante:

– Sim, meritíssimo...

E começou a fazer um relato bastante acurado dos acontecimentos. Suas palavras saíram confiantes e completamente lógicas, o que foi uma porra de desastre para mim, porque não era uma daquelas situações em que a verdade vos libertará, especialmente quando Magnum chegou na parte sobre o mau funcionamento do helicóptero ser a principal causa de eu não ter voltado a tempo para casa. Foi quando Gleeson atacou:

– Então, o que você está dizendo, advogado, é que a desculpa de seu cliente é que ele pensou que poderia se safar disso?

– Er... Não exatamente – disse Magnum, e... porra!, pensei. Como diabos poderia um juiz, que nunca tinha quebrado uma única lei em sua vida inteira, peneirar todas as besteiras tão rapidamente? Quais seriam as chances?

Magnum tentou me defender novamente, expelindo mais meias verdades e algumas previsões bastante ousadas (considerando meu histórico) sobre minha futura conduta sob prisão domiciliar. Mas eu já não podia ouvir mais. Eu sabia onde aquilo ia parar e sabia onde eu estava indo parar. E não seria em casa.

Finalmente, houve alguns momentos de silêncio. Eu lutei contra a vontade de me virar e dar uma espiada na minha espectadora favorita. Ela deve ter pensado que ficaria sentada assistindo a uma audição chata e estava prestes a ver um cara que tinha colocado 10 milhões de dólares em fiança vê-la revogada!

Gleeson se pronunciou, e eu sabia que ele estava falando palavras em inglês, mas por algum motivo eu não conseguia entendê-las. Ele soava como aquele professor abafado dos desenhos do Charlie Brown. Estava me sentindo tonto, quase vomitando. A sala do tribunal parecia revirar lentamente, como se eu estivesse em um carrossel...

Então eu ouvi Gleeson dizer:

– Não... Não... Não gosto disso... Vamos ao fundo disso... Flagrante desrespeito... Helicóptero... Onde... Ele conseguiu dinheiro... – Então, de repente, mais Charlie Brown: “Weep, womp... Womp, weep... Weep, womp...”. E então: – Por este meio, devolvo o réu à prisão.

Depois, a única coisa de que me lembro era de Magnum dizendo:

– Dê-me seu relógio, seu dinheiro e seu cinto também.

Eu tinha apenas alguns segundos de liberdade e minha mente logo saltou para meus filhos. Eu tinha combinado de buscá-los à tarde. *Que tristeza...*

Eu tinha decepcionado meus filhos de novo. Enquanto retirava o relógio de pulso, disse a Magnum com um tom de urgência na voz:

– Você tem de ligar para Nadine e lhe contar o que aconteceu. Diga-lhe que não sei quando serei capaz de telefonar, mas para dar um beijo nas crianças e dizer que eu as amo muito. E que sempre vou amá-las.

– Vou cuidar disso imediatamente – disse ele. – Sinto muito por isso ter acontecido.

– Não tanto quanto eu, garanto – disse, suavemente. – Tem algum jeito de eu me safar dessa encrenca?

Ele negou com a cabeça.

– Não neste momento; a gente precisa deixar Gleeson se acalmar, e isso deve demorar algum tempo... *Muito* tempo.

– E quanto é esse *muito* tempo?

– Alguns meses, talvez um pouco mais que isso.

Num piscar de olhos, aquele homem que tinha uma protuberância debaixo do paletó estava parado a meu lado. Gentilmente, ele me disse:

– O senhor se importaria de vir comigo, senhor?

– Eu tenho escolha? – perguntei, com um sorriso nervoso.

– Temo que não, senhor – respondeu ele, colocando a mão musculosa sobre meu ombro e gentilmente me conduzindo em direção a uma porta secreta na parte da frente da sala do tribunal.

Dei alguns poucos passos e então me virei para dizer a Magnum:

– Merda! Você precisa ligar para a Yulia! Ela está no hotel Four Seasons! Eu lhe disse que voltaria em uma hora!

– Pode deixar, eu cuido disso – respondeu ele, calmamente. – Logo depois de falar com Nadine.

– O quarto está em meu nome – gritei por cima do ombro.

E então, fui levado embora, passando por uma porta e saindo em uma área pouco conhecida do número 225 na Cadman Plaza, que consiste em celas, lâmpadas fluorescentes e pessoas desesperadas. A área não tem um nome, mas eu estivera ali uma vez antes e quase tinha morrido congelado. Agora eu estava de volta.

Como de costume, eu não tinha ninguém para culpar além de mim mesmo.

CAPÍTULO 25

O INEVITÁVEL

O Centro de Detenção Metropolitano se eleva por nove andares acima do miolo sombrio do Brooklyn, um lugar agourento para o qual os motoristas que estão passando apontam e depois se encolhem. A mais ou menos 3 quilômetros e meio do prédio do Tribunal, o edifício, com sua imponente cerca de arame farpado e holofotes que varrem seu perímetro, ocupa um quarteirão inteiro da cidade, sugando a força vital do ar circundante.

Os policiais tinham gastado um bom tempo transportando-me para lá; de cela para cela, de corredor de concreto para corredor de concreto, da van da prisão para o desembarque da prisão, eu tinha sido conduzido, algemado e acorrentado como gado, e, o tempo todo, seja por desígnio, seja por acaso, a temperatura média ambiente nunca excedeu a temperatura da superfície de Plutão.

Mas o pior já tinha passado.

Despojado de minha roupa e de minha dignidade, tinha sido obrigado a erguer meu saco, me curvar e tossir, e tinha chegado com estilo, quer dizer, estava agora num quarto sem janelas, sem divisórias, sem esperança e conhecido como Cela 7N, que ficava no 7º andar no lado norte do edifício. Eu estava agora sentado na borda do meu colchão da espessura de uma navalha, entretido numa conversa com meu novo colega, Ming, que estava sentado a meu lado. Sobre Ming: apesar de ser um chinês de 30 anos de idade, ele parecia um velho fantasma de 60 anos.

– Então, deixe-me ver se entendi – disse eu, cético. – Faz seis anos que você não vê o sol? Acho que é um pouco difícil de acreditar, Ming.

Ming encolheu os ombros estreitos, que estavam conectados a uma série de partes do corpo igualmente estreitas. Ele disse, em forte sotaque:

– Não seis anos, seis anos e meio. Juiz diz eu risco de fugir, então não fiança.

– Isso é uma merda, hein? – murmurei. – Quer dizer que nós nunca vamos lá para fora?

Ming balançou a cabeça negativamente.

– Só nesta cela. Fazer tudo aqui.

Caramba, parecia lógico que, uma vez que uma planta precisa de luz solar para sobreviver, um ser humano também precisa, não é? Aparentemente, não. Com o coração apertado, levei um momento para avaliar a cela. Era um espaço grande, talvez 12 por 25 metros, totalmente lotado com 106 reclusos, ou detentos, como chamavam, todos vivendo como em barracas, fazendo tudo, desde comer até dormir e mijar e cagar e tomar banho e escovar os dentes debaixo daquele mar de luzes fluorescentes zumbindo. Sem uma única divisória à vista, eu podia ver de um lado até o outro daquele espaço.

Não que houvesse muito para ver, simplesmente um vasto mar de beliches de metal e cadeiras de plástico, limitado ao fundo por seis horríveis banheiros e três chuveiros carregados de germes. No centro do salão estavam duas dezenas de mesas de aço inoxidável para piquenique, um mesa de pingue-pongue caindo aos pedaços, um forno de micro-ondas que um dia deve ter funcionado, uma antiga torradeira e três televisores em cores suspensos no teto. Em vez de serem usadas para comer, as mesas eram utilizadas para assistir à TV (com fones de ouvido) ou para jogar xadrez, damas, cartas ou, se você fosse dominicano, uma versão prisional do dominó, que requeria que você esmagasse as peças em cima da mesa enquanto murmurava uma série de xingamentos em espanhol.

Isso era tudo que a Cela 7N tinha a oferecer, a menos que se incluíssem os três telefones públicos afixados na parede acima da estação do guarda, onde um único agente penitenciário estava sentado atrás de uma mesa de madeira barata, com o dedo sobre um botão de pânico. Os telefones eram o grande destaque da cela, um lugar onde os detentos, a maioria deles negros ou hispânicos (menos de 10% eram brancos ou asiáticos), tentavam vagamente conectar-se com o mundo exterior. De manhã até a noite, em fila, eles esperavam para falar com seus entes queridos, que, em sua maioria, os amavam menos a cada dia que passava. Meu beliche estava localizado perto dos telefones públicos.

Então lá estava eu, sentado com Ming, tentando ver sentido em tudo aquilo.

Ele tinha sido abençoado com um sorriso generoso, um sorriso totalmente gentil. Era difícil de imaginá-lo um traficante de heroína da máfia chinesa, um executor baixinho que uma vez tacou fogo em um concorrente e depois usou o carvão de sua carcaça ardente para assar algumas costelinhas.

– E aí, como é a história desses telefones? – perguntei a Ming, o Impiedoso.

– Chamadas a cobrar só – respondeu ele.

Foi nesse momento que três detentos vieram apressados, em fila única. Eles estavam mexendo seus quadris desajeitadamente e balançando os braços de uma forma exagerada. Praticantes de marcha atlética, pensei. Como todos os demais, eles usavam calças de moletom cinza, camiseta branca, tênis de lona branca e fones de ouvido. Ming e eu nos inclinamos e os observamos diminuírem a distância. Fiz um gesto para os apressados:

– O que eles estão fazendo?

Ming deu de ombros.

– Eles exercitam. Caminham em círculos durante todo o dia. Passar o tempo.

Interessante, pensei.

De fato, apesar de chegar à 7N apenas cinco minutos antes, eu já tinha chegado à conclusão de que meu principal inimigo não eram os outros detentos, mas o tédio intenso de ficar preso ali. Afinal, ao contrário de uma prisão federal, onde as atividades são abundantes e a violência é galopante, um centro de detenção federal é desprovido de qualquer atividade e de violência. Eles simplesmente o aborrecem até a morte...

– Quer dizer então que nunca há brigas por aqui? – perguntei a Ming.

Ele balançou a cabeça estreita, negando.

– Todo mundo com muito medo. Você enfrenta 10 anos, briga, agora você enfrenta 20 anos. Entendeu?

Assenti com a cabeça. Noventa por cento dos detidos estavam aguardando sua sentença, assim, se entrassem numa briga ou fizessem alguma merda, a supervisão das prisões federais poderia alertar o juiz e ele então iria condená-los com o máximo rigor da lei.

– Eu preciso usar o telefone – disse, sem emoção, levantando-me da borda do colchão.

Ming colocou a mão em meu braço.

– Ei, você cara rico, certo?

Eu olhei para ele e dei de ombros.

– Por quê?

Ele sorriu.

– Porque Ming fazer tudo para você: cozinhar, limpar, lavar a roupa, fazer a cama, cortar o cabelo. Eu ser como escravo.

Eu olhei para ele por um momento, incrédulo.

– Quanto é?

– Vinte dólares por semana. Você paga em selos da intendência. Dê-me 10 dólares extras, eu roubar comida da cozinha. Nós comemos como reis. Eu faço melhor frango com laranja deste lado de Chinatown!

Eu ri.

– Claro – murmurei, – por que não?

E fui para o fim da fila.

MINHA PRIMEIRA LIGAÇÃO foi para a casa de Magnum que, infelizmente, era um número que eu sabia de cor. A notícia não foi boa. Alonso estava em pé de guerra: não tanto porque ele estava com raiva de mim, mas porque estava bravo com a situação como um todo e, acima de tudo, estava bravo com ele mesmo. Tinha entrado despreparado num tribunal e pagara o preço por isso. Em consequência, iriam se passar muitos meses antes que ele voltasse a falar em meu favor. Além disso tudo, ficaria a nosso cargo fazer a investigação – conseguir depoimentos dos caras das mesas e dos gerentes dos cassinos e dos pilotos do helicóptero, bem como de Kiley, se eu pudesse encontrá-la para provar, sem sombra de dúvida, que minha viagem a Atlantic City não tivera nada a ver com lavagem de dinheiro.

Magnum já convocara Bo, que estava falando com seus contatos em Atlantic City. Coleman concordou em ajudar também, embora Magnum achasse melhor que nós fizéssemos nossa própria investigação e, em seguida, apresentássemos os fatos para Gleeson sob a forma de depoimentos, pois assim o juiz saberia que era sério.

Antes de desligar o telefone, encontrei-me fazendo o que todos os detentos fazem: implorando ao advogado que não desistisse de mim.

– Não importa o que aconteça – disse a Magnum com a mão em concha sobre o bocal –, não pare de tentar me tirar daqui. Não me importa quanto tempo leve e quanto vai custar.

– Eu não pararia por qualquer cliente – disse ele, calorosamente – e especialmente não com você. Apenas aguente firme aí durante alguns meses. Eu vou tirar você daí, cara.

Dei um suspiro de alívio.

– Você conseguiu entrar em contato com Nadine?

– Sim, ela está bem. Talvez bem *demais*, se você entende o que quero dizer.

– Sim, eu sei... – respondi, sério. – Ela estava rezando para isso acontecer. É a desculpa de que ela precisava para fugir para a Califórnia. Ela perguntou quanto tempo ficarei preso?

– Não, e eu também não levantei o assunto, exatamente por essa razão. Mas eu pedi a ela que aceitasse ligações a cobrar de você, e ela prometeu que faria isso.

Bem, isso é o mínimo que ela podia fazer, porra!

– E Yulia? – perguntei com um sorriso. – Ela provavelmente voltou com o ex-namorado, a essa altura.

– Duvido muito – respondeu Magnum.

– Ah, é? Por quê?

– Eu acho que ela deve estar é no consultório do psiquiatra, isso sim.

– Do que você está falando? O que aconteceu com ela?

– O que aconteceu é que ela entrou em pânico, foi isso! Eu a chamei no hotel, como você pediu, e quando lhe contei que você fora detido, levado para a cadeia, porque ela não sabia o que significava, bem, ela ficou completamente perdida. Começou a chorar histericamente no telefone dizendo "Ah, meus Deus! Ah, meus Deus!"; devo admitir que achei um pouco engraçado, ela usar o plural em *meus*...

– Sim – respondi, orgulhoso –, ela tem uma tendência a fazer isso – de repente, comecei a achar que as deficiências de linguagem da KGB eram bastante reconfortantes. – O que mais ela disse?

– Eu não tenho certeza, porque ela começou a falar em russo, a coisa de 100 quilômetros por hora. Enfim, ela é uma garota muito bonita. Eu posso entender porque foi escolhida Miss União Soviética.

– Espere um segundo: você a viu?

– Sim, ela apareceu no meu escritório sem avisar, acho que ela deve ter pedido informação. Enfim, ela estava tremendo incontrolavelmente. Foi muito assustador, na verdade. Nick estava prestes a chamar um médico, mas depois um cara chamado Igor apareceu e levou-a embora. Você sabe quem é esse Igor?

Um choque!

– Você conheceu o Igor? – senti uma pontada de ciúme.

Por que Magnum conheceu Igor antes de mim? Que seja. A curiosidade dominou o ciúme e eu perguntei:

– Como ele é?

– Bem comum – respondeu ele. – Alto, magro, cabelo grisalho, deve ter uns 50 anos, por aí. Ele tem uma aparência suspeita, como uma raposa. E excelente postura.

– O que quer dizer com excelente postura?

– Que *ele tem uma excelente postura*! O cara é empertigado como uma vareta. Ele provavelmente esteve no serviço militar – disse e depois de uma breve pausa: – Ele provavelmente ainda está, se você me entende.

Houve alguns momentos de silêncio, enquanto a obviedade das palavras de Magnum pairava no ar. Então ele disse:

– De qualquer forma, o sujeito deixou uma mensagem muito enigmática para você, algo sobre você estar sob proteção dele agora. Eu não tenho a menor ideia do que ele quis dizer com isso. Você tem?

Eu, sob a proteção de Igor? Do que o russo maluco estava falando?

– Não tenho ideia – respondi – A menor ideia. Eu nunca me encontrei com ele!

– Interessante – disse Magnum. – Bem, Yulia deixou uma mensagem para você, também, embora a dela tenha sido um pouco menos enigmática.

Fiquei mais animado.

– Ah, é mesmo? O que ela disse?

Com uma risada, me contou:

– Ela diz que ela *amo* você e que vai esperar por você quanto tempo *demora*, mesmo que *demora* para sempre – mais risadas da gramática da KGB. – Ela me pareceu sincera.

Nós trocamos um caloroso adeus, então eu desliguei o telefone e fui até o fim da fila. Havia umas quatro pessoas na minha frente, de forma que eu teria alguns minutos para pensar. Acima de tudo, ficara surpreso com a lealdade da KGB. Eu nunca tinha imaginado isso, especialmente depois de minha experiência com a Duquesa. Eu tinha acabado de assumir que KGB teria fugido da gaiola, porque era o que a Duquesa tinha feito. Mas, agora que estava pensando sobre isso, a atitude de KGB não foi tão surpreendente.

Poucas mulheres abandonariam o marido na escadaria do tribunal. O que a Duquesa tinha feito fora inconcebível. Eu sabia que pensaria assim para sempre. Mas agora já não dava tanta importância, porque estava apaixonado por outra pessoa. Naquele lugar onde antes me sentia traído e de coração partido, eu agora sentia raiva e apatia. E, na verdade, nem raiva de fato estava sentindo. Eu só queria que meus filhos ficassem a leste do Mississippi.

A fila se moveu rapidamente e minha conversa com a Duquesa foi ainda mais rápida. Magnum já tinha dado os fatos a ela, eu preenchi os espaços em branco. Curiosamente, Magnum tinha deixado de fora o papel do helicóptero no desastre, concentrando-se no que tinha acontecido com Dave Beall e em como aquilo tinha preparado o palco para a vingança do Canalha. Fiz uma nota mental para agradecer a Magnum por aquilo.

De todo modo, assegurei à Duquesa que logo estaria em casa, uns dois meses no máximo, e, embora não tivesse dito isso, meu tom de voz alertava: "Então, nem pense em se mudar para a Califórnia em breve, minha senhora!".

De sua parte, nem suas palavras nem sua voz traíram qualquer coisa. Ela apenas disse que "realmente sentia muito" que eu tivesse sido jogado na cadeia, embora não parecesse nem mais nem menos chateada do que se eu tivesse dito a ela que tinha acabado de perder as chaves de casa e sido obrigado a chamar um chaveiro.

Isso posto de lado, decidimos que não havia nenhuma razão para que disséssemos alguma coisa para as crianças. Com as idades de 6 e 4 anos, seria melhor enganar os dois – enganar no sentido de *proteger*. Além do mais, para que preocupá-los se logo eu estaria em casa de novo? Era por isso que eu rezava a toda hora.

A Duquesa prometeu aceitar todas as minhas chamadas a cobrar e não falar mal de mim para meus filhos, e eu acreditei na palavra dela em ambos os casos, não porque eu achasse que ela sentia um grão de compaixão por mim, mas porque eu sabia que ela sentia pelas crianças. E fiquei bem; quando você está em uma posição como a minha, é melhor aceitar suas vitórias sem questionar os motivos. E agradecer.

Quando falei com as crianças, mantive a conversa curta e doce. Disse a eles que estava viajando a negócios, coisa que eles acharam muito emocionante. Nenhum deles perguntou quando eu voltaria para casa, simplesmente porque eles assumiram que seria em breve. Na idade de Carter, o conceito de tempo não significava muito. Ele media as coisas em meias horas, que era o tempo médio de um desenho animado; qualquer coisa além disso já era considerado "muito tempo".

Chandler, no entanto, foi outra história. Ela estava no primeiro grau e sabia ler (não muito bem, graças a Deus!), de modo que ela não poderia ser tapeada por muito tempo. Eventualmente, dentro de um mês, talvez, ela começaria a farejar uma tapeação, e então seu bem merecido apelido de CIA deixaria as coisas complicadas. Ela começaria a investigar, a fazer perguntas difíceis, a checar as omissões, mentiras e contradições. Em essência, ela se tornaria a menina intrometida de 6 anos por excelência, uma garotinha preocupada que sentia falta do papai e não iria parar de cavoucar até que chegasse ao cerne das coisas.

Com isso em mente, antes de desligar, eu disse a ela que minhas viagens me levariam a lugares fantásticos e distantes, exatamente como os dois franceses bobos, Phileas Fogg e Passepartout, do filme *A volta ao mundo em 80 dias*. Nós tínhamos assistido ao filme juntos muitas vezes e ela sempre o achara fascinante, especialmente as diferentes formas como eles tinham viajado.

– Vai ser ótimo! – eu disse a ela. – Você pode assistir ao vídeo com Gwynnie e ver todos os lugares enquanto papai vai visitá-los. Na verdade, vai ser como se a gente estivesse visitando-os juntos!

– Você vai a todos os mesmos lugares que Passepartout? – perguntou ela, maravilhada.

– Mas é claro que sim, baixinha! Acho até que posso levar o mesmo tempo que eles!

– Oitenta dias? – exclamou ela. – Mas por que você levaria 80 dias? Eles montaram em um elefante, papai! Você não pode pegar um avião?

Que diabinha! Ela era muito inteligente! Eu tive de cortar a conversa:

– Bem, acho que eu poderia, mas isso ia tirar toda a diversão, né? De qualquer forma, basta ver o vídeo com Gwynnie e depois vamos conversar sobre ele, o.k.?

– Tudo bem – disse ela, alegremente. – Eu amo você, papai.

Então ela explodiu um grande beijo no telefone.

– Eu também amo você – disse, calorosamente, e mandei-lhe um beijo de volta.

Depois, desliguei o telefone, lutei contra as lágrimas e voltei ao fim da fila de novo, esperando minha vez. Dez minutos depois, eu estava discando para Southampton.

Primeiro eu ouvi a voz da KGB:

– *Alloa*?

Então a voz gravada da telefonista: “Esta é uma chamada a cobrar a partir de uma prisão federal. Se você deseja aceitar, por favor, pressione 5 agora, se você não quiser aceitar, pressione 9 ou desligue o telefone, se você deseja bloquear as chamadas deste número de forma permanente, pressione 7-7 agora”.

E então houve um silêncio.

Ah, meu Deus!, pensei. KGB não conseguia entender as instruções! Eu gritei para o telefone:

– Yulia! Não pressione 7-7! Senão nunca vou poder ligar para você de volta! Não pressione 7-7!

Olhei em volta procurando um rosto amigo. Um homem negro muito alto era o próximo da fila. Ele estava olhando para mim, com uma expressão divertida. Balancei a cabeça e disse:

– Minha namorada é estrangeira. Ela não entende a mensagem...

Ele sorriu de maneira cordial, expondo uma notável ausência dos dentes incisivos.

– Acontece o tempo todo, xará. É melhor desligar antes que ela aperte o 7-7. Se ela fizer isso – o telefone fez *bip-bip* –, você está fodido.

Nesse momento escutei um *clic* alto. Com o coração apertado, levantei o fone e olhei para ele com curiosidade. Então me virei para o imponente homem negro e disse:

– Eu acho que ela pressionou 7-7.

Ele balançou a cabeça e deu de ombros.

– Então, você está ferrado.

Eu estava prestes a desligar quando ele disse:

– Você tem outro número em casa?

Eu assenti com a cabeça.

– Sim, por quê?

Ele apontou para o telefone.

– Então ligue para ele. Eles não bloqueiam a casa inteira, só aquela linha.

– Mas você não se importa? – perguntei nervosamente. – Pensei que só fosse uma ligação de cada vez.

Ele deu de ombros.

– Vamos, ligue para sua garota. O que não me falta aqui é tempo.

– Obrigado!

Mas que cara fantástico! Primeiro Ming, o Impiedoso, e então esse negro da altura de uma torre. Essas pessoas não eram tão más assim, eram? Principalmente esse cara. Ele era um verdadeiro cavalheiro. Mais tarde descobri que ele estava enfrentando 20 anos por causa de extorsão.

Virei-me, disquei o número novamente e então ela atendeu. Suas primeiras palavras foram:

– Ah, meus Deus! *Maya lubimaya! Ya lublu tibea!*

– Eu também te amo – respondi suavemente. – E aí, está aguentando bem?

– Aguentando o quê? – perguntou ela, com uma fungada confusa.

Caramba, pensei. Apesar de tudo, era o suficiente para deixar qualquer um louco.

– Eu quero saber se você está bem.

– *Da*... – disse ela, com tristeza. – Eu... Bem... – e depois – Ah, Ah... meus Deus... Eu... Ah, meus Deus – e começou a chorar incontrolavelmente.

Por mais que eu tentasse, não conseguia deixar de pensar que eu encontrava conforto em seus soluços. Era como se cada soluço, cada lágrima, cada fungada fosse uma forma de ela reafirmar seu amor por mim. Fiz uma nota mental de contar cada "Eu te amos" que ela falasse por dia. Quando eles começassem a diminuir, eu saberia que o fim estava próximo.

Naquele dia, definitivamente, o fim não estava nem um pouco à vista. No momento em que parou de soluçar, ela disse:

– Eu não me importo quanto tempo demorar, eu espero por você para sempre. Eu não vou sair de casa até que você esteja casa.

Fiel à sua palavra, foi exatamente o que ela fez.

Quando minha primeira semana atrás das grades estava chegando ao fim, ela estava lá a cada vez que eu ligava para Southampton. Segundo as regras da cela, você podia falar pelo tempo que quisesse em cada chamada, e algumas vezes nós falávamos por horas a fio. Isso era bastante irônico, pensei, considerando que nunca tínhamos conversado muito quando eu estava do lado de fora. Nosso relacionamento se baseara principalmente em sexo e, quando não estávamos fazendo amor, a gente estava comendo, dormindo ou discutindo sobre qual livro de história era mais preciso.

Agora, no entanto, nós não tínhamos essas discussões. A gente parecia concordar em tudo, muito porque evitávamos falar de assuntos que fossem vagamente relacionados com história, política, economia, religião, gramática e, claro, a Lua. Em vez disso, falávamos de coisas simples, como todos os jantares maravilhosos que tínhamos compartilhado juntos... Todas aquelas pequenas fogueiras na praia... E como tínhamos feito amor a noite inteira. Mas, acima de tudo, a gente falava sobre o futuro, nosso futuro, e como, assim que tudo aquilo tivesse acabado, iríamos nos casar e viver felizes para sempre.

Quando não estava conversando com a KGB, eu estava lendo livro após livro, tentando me atualizar depois de anos me entretendo com sexo, drogas e rock and roll. Por mais tempo do que poderia me lembrar, eu havia desprezado a leitura, associando-a a tédio e chateação em vez de a admiração e prazer. Eu vi a mim mesmo como o produto de um equivocado sistema de ensino que enfatizara que nós deveríamos ler os "clássicos", os quais, em sua maioria, eram chatos e ultrapassados. Talvez se eu tivesse sido forçado a ler *Tubarão* e *O poderoso chefão*, em vez de *Moby Dick* e *Ulysses*, as coisas tivessem sido diferentes. (Sempre buscando colocar a culpa em outro lugar.)

Então, estava tentando recuperar o tempo perdido, com a média de quase um livro por dia, e também escrevendo três cartas, uma para KGB e as outras duas para cada um de meus filhos. É claro, eu telefonava para as crianças todos os dias para dizer que os amava e que estaria em casa de volta em breve. Embora detestasse mentir para elas, eu sabia que era a coisa certa a fazer.

Como esperado, Carter foi fácil de enganar. Nós conversávamos sobre qualquer filme da Disney com o qual ele estivesse obcecado no momento e depois trocávamos alguns "eu te amo". Nossas conversas não duravam mais que um minuto, e depois ele voltava para a feliz ignorância da infância.

Chandler, no entanto, já era outra história. Nossa conversa durava em média 15 minutos e, se no dia ela estivesse especialmente falante, podia se estender para quase uma hora. Eu não sabia exatamente sobre o que a gente falava durante todo esse tempo, mas, enquanto as semanas se arrastavam, notei que ela estava ficando cada vez mais obcecada com Passepartout. Em essência, ela estava usando o filme para manter controle do meu progresso, da forma como um adulto riscaria os dias em um calendário.

Ela ficava dizendo coisas como: "Passepartout fez isso, papai, e fez aquilo, papai", como se eu pudesse de alguma forma aprender com os erros dele e acelerar minha viagem ao redor do mundo. Com a ajuda de Gwynne, ela tinha indexado o dia 10 de janeiro como o dia de minha chegada aos Estados Unidos, vindo de Yokohama, exatamente como Passepartout. No entanto, se ela pudesse me ajudar a descobrir uma maneira de viajar mais rápido ou simplesmente evitar um acidente, então talvez eu pudesse estar em casa para o Natal.

Então, quando eu lhe disse que estava em Paris, ela disse "Tenha cuidado quando você decolar em seu balão de ar quente, papai! Passepartout teve que subir no balão, e ele quase caiu!". Tive de prometer que tomaria cuidado.

E quando eu disse a ela que estava indo para a Índia, ela disse "Tenha cuidado quando você montar em seu elefante, papai, porque Passepartout foi capturado por caçadores e teve que ser resgatado!". E a partir daí o assunto se tornaria algo completamente inócuo, tipo seus novos amigos na escola, algo que ela tinha visto na TV, os brinquedos que ela queria para o Natal. Nunca, nem uma vez, ela trouxe à baila o nome de John Macaluso ou o de sua mãe. Se isso foi por acidente ou premeditado, eu não tinha certeza, mas eu podia sentir que Chandler tentava proteger meus sentimentos.

Em meados de novembro, Alonso finalmente concordou em fazer uma nova tentativa diante de Gleeson. O único problema era que ele precisava obter autorização do novo chefe da divisão criminal, um homem chamado Ken Breen (Ron White havia mudado de lado, tornando-se um advogado de defesa). Breen estava em julgamento e não poderia ser perturbado.

Isso não fazia sentido para mim; afinal, Magnum não iria levar mais que 15 minutos para fazer uma apresentação para Ken Breen. Bo havia assegurado todos os depoimentos necessários e estava muito claro que a única coisa da qual eu deveria ser acusado era burrice. Eu disse a Magnum:

– Não me interessa o quanto ele está ocupado, eles sempre têm 15 minutos de sobra para algo importante.

Magnum explicou que era uma questão de protocolo. Quando um promotor vai a julgamento, é como um lutador entrando no ringue, e entre os assaltos ele não fala com seu melhor amigo. Tudo com que ele se preocupa é em derrubar o outro boxeador.

Assim, a possibilidade de eu estar em casa no dia de Ação de Graças desapareceu como um peido no vento. Por sorte, eu não tinha realmente esperado que isso acontecesse, então não me decepcionei muito. Sim, teria sido bom, claro, mas tinha sido uma perspectiva tão distante que eu não fora tolo o suficiente para alimentar minhas esperanças.

Como eu descobri rapidamente, as expectativas podem ser tanto seu melhor amigo como seu pior pesadelo quando você está atrás das grades. Um homem encarando 20 anos de prisão se apoia na esperança de ganhar uma redução da pena; quando ele perde essa apelação, ele se apoia na esperança da liberdade condicional; e quando ele perde isso também, e sua vida parece totalmente inútil e não vale mais a pena viver, ele encontra Jesus.

Eu caí em uma categoria única de quem ficaria ali por um tempo ultracurto, um detento cuja presença seria medida por questão de meses. No pior dos casos, Magnum assegurou-me, Gleeson me deixaria sair na primavera, simplesmente por misericórdia. No entanto, se a gente colocasse nossa moção para um pouco antes do Natal, ele não conseguia imaginar que John pudesse negar isso. Ele era um homem misericordioso, garantiu Magnum, e estaria disposto a me dar uma segunda chance.

Que assim seja, pensei. Eu teria de passar o dia de Ação de Graças na prisão. Disquei para Old Brookville na manhã de terça-feira da semana de Ação de Graças. A data era 23 de novembro. Como sempre, disquei os números com um sorriso no rosto, ansioso, mais que tudo, por ouvir a voz de meus filhos. Infelizmente, no segundo toque, eu ouvi: "Sinto muito, o número que foi chamado foi desconectado. Se você chegou a esta gravação por engano, por favor, desligue o telefone e tente novamente. Não existe mais nenhuma informação disponível".

No começo, não desliguei o telefone. Fiquei com ele pressionado em meu ouvido. Eu estava simplesmente surpreso demais para me mexer. Enquanto meu cérebro procurava desesperadamente por respostas, meus instintos não precisavam fazer isso: meus filhos tinham se mudado para a Califórnia.

Dois dias depois, não foi nenhuma surpresa quando a Duquesa ligou para meus pais e deixou as novas informações de contato na secretária eletrônica deles, e tanto o código de área quanto o código postal pertenciam a Beverly Hills.

Sem perder a calma, anotei ambos. Então desliguei o telefone e fui para o fim da fila. Como havia sete pessoas na minha frente, eu tinha tempo para pensar, descobrir a sequência precisa de palavrões a pronunciar, as ameaças apropriadas a fazer e qualquer outra coisa que um homem na minha posição poderia dizer, quer dizer, um homem que não tinha poder sobre coisa alguma nem sobre ninguém, incluindo ele mesmo.

Eu iria chamá-la de puta e acusá-la de querer dar o golpe do baú e... *Mas a quem eu estava enganando?* Se eu a chamasse de qualquer dessas coisas, ela digitaria o 7-7 e cortaria todas as comunicações por telefone! Sem mencionar que poderia arrancar minhas cartas da caixa de correspondência e cortar toda a comunicação escrita também. Minha completa falta de poder estava começando a me irritar! Contudo, o que mais me enfureceu foi que, no fundo, eu sabia que ela estava certa.

Quer dizer, o que ela poderia fazer? Eu estava na cadeia e o dinheiro estava acabando. A Duquesa tinha contas a pagar, filhos para criar e o teto sobre a cabeça dela estava prestes a ser confiscado. E lá estava John Macaluso na ponte, como um cavaleiro de armadura brilhante. O cara tinha dinheiro, uma mansão e, por coincidência, era um sujeito pra lá de legal. Ele iria apoiá-la, cuidar dela e amá-la.

E ele iria cuidar das crianças.

Falando nisso, e elas? O que seria melhor para elas? Deveriam crescer em Long Island, sob a sombra escura de meu legado? Ou seria melhor para elas ter um novo começo na Califórnia? Claro, o lugar de meus filhos era perto de mim. Disso eu tinha certeza. Mas a que lugar eu pertencia? O que era melhor para mim?

Tendo tão pouca escolha, fiz o que eu não tinha dúvida de que muitos homens com a infelicidade de ser um prisioneiro na Cela 7N fizeram antes de mim: voltei para a cama e puxei as cobertas sobre a cabeça.

E então eu chorei.

CAPÍTULO 26

UMA NOVA MISSÃO

Finalmente, a liberdade!

Ar fresco! Ar livre! O céu azul sobre mim! A bola alaranjada do sol! As fases gloriosas da lua! O doce perfume das flores frescas! E o perfume ainda mais doce da perereca soviética! E pensar que eu não dava o devido valor a essas coisas! Como eu era tolo! Os simples prazeres da vida sempre foram os mais importantes, não é mesmo? Eu tinha sido enviado para o inferno e sobrevivido.

Foi assim que saí do Centro de Detenção Metropolitano, numa manhã fria de segunda-feira, com um sorriso no rosto e um sobressalto no coração – e com todos os aspectos de minha vida totalmente em frangalhos.

Muita coisa pode mudar em quatro meses e, em meu caso, era isso que tinha acontecido: meus filhos estavam morando na Califórnia; Meadow Lane estava nas mãos do governo, meus móveis, num depósito, meu dinheiro, se esgotando e, para piorar tudo, eu usava uma tornozeleira com restrições tão draconianas que eu não podia nem mesmo sair de casa, a não ser para ir ao médico.

Eu tinha alugado um apartamento duplex que se espalhava pelo 52º e 53º andares do Edifício Galleria, uma ultraluxuosa torre de vidro e concreto que se erguia na Park Avenue com a Rua 57, em Manhattan (Por que não ficar preso com estilo?, pensei).

O edifício era um refúgio de luxo para o lixo da Europa, das duas variedades, oriental e ocidental. Do Oeste, eles vinham de lugares como Roma, Genebra e da *Gay Parrrris*; e do Leste, vinham dos países que formavam o antigo bloco soviético, a maioria mafiosos, que também mantinham casas em Moscou ou São Petersburgo quando não estavam em fuga. Não surpreendentemente, KGB encaixou-se perfeitamente ali, e um de seus amigos russos tinha sido gentil o suficiente para nos alugar o fabuloso apartamento.

Foi no começo de dezembro que Magnum me perguntou para qual endereço eu queria ser liberado assim que Gleeson tivesse aprovado a aplicação da fiança. Meadow Lane não servia mais, ele explicou, porque seu confisco seria executado no final daquele ano.

Dada a atual situação, minhas opções eram poucas: comprar uma casa seria ridículo, ficar em Southampton seria ainda mais ridículo. Com as crianças vivendo em Beverly Hills e o coração da KGB pertencendo a Manhattan, não havia nenhum sentido em morar no meio do nada. Além disso, eu precisava ficar perto do escritório da Procuradoria, porque, para minha decepção, o Chef tinha se recusado a cooperar e estava ameaçando levar seu caso a julgamento; se ele realmente fizesse isso, eu iria passar muitas noites queimando as pestanas me preparando no Gabinete do Procurador.

No entanto, por mais problemática que fosse a decisão do Chef, ela parecia um distante segundo violino se comparada a meus problemas com Chandler, que desde meados de fevereiro tinha estado fora de si pela emoção. Os 80 dias haviam se passado e eu ainda não tinha acabado de dar minha volta ao mundo. Ela sabia que havia algo errado, e minhas desculpas tinham se esgotado semanas antes.

– Onde você está? – ela continuava choramingando. – Por que você não vem para casa? Eu não entendo! Você prometeu! Você não me ama mais...

Foi então que a Duquesa e eu fizemos as pazes um com o outro. Nós mal tínhamos trocado dez palavras desde aquela terrível manhã de quarta-feira e então eu não tinha mais escolha. O sofrimento de nossa filha eclipsava o desprezo mútuo que sentíamos.

A Duquesa me disse que Chandler estava chateada assim havia meses, não deixando transparecer as emoções ao telefone apenas para meu benefício. Ela chorou no Dia de Ação de Graças e não tinha parado de chorar desde então. Algo tinha que ser feito, disse a Duquesa. Nossa estratégia de proteção tinha saído pela culatra. Sugeri que ela telefonasse para Magnum e contasse a ele o que estava acontecendo, e foi o que ela fez; Magnum foi até o gabinete da Procuradoria implorando que fizessem alguma coisa. Chega de atrasos!, suplicou. Não se tratava mais de Jordan Belfort, era sobre uma criança, uma criança que estava sofrendo.

E foi assim que aconteceu: moções foram feitas, audiências foram realizadas, detalhes foram trabalhados e, na última sexta-feira de fevereiro, o juiz

Gleeson assinou uma ordem para minha libertação. A partir daí, Magnum imediatamente avisou a Duquesa, que ligou imediatamente para Gwynne, que imediatamente pegou um avião para a Califórnia. Ela pousou em um sábado, passou duas noites na nova mansão da Duquesa em Beverly Hills e, em seguida, embarcou em um voo de manhã cedo, de volta para Nova York, com as crianças a tiracolo. Ela iria pousar às 5 da tarde, exatamente dali a três horas e meia.

Com esse pensamento, respirei de maneira profunda e ansiosa, e bati na porta brilhante do apartamento 52 C. Eu já tinha estado ali uma vez, e por dentro era absolutamente lindo. Um grande hall de mármore negro levava a uma sala de estar com painéis de mogno e com telas afixadas nas paredes. O teto ficava 6 metros acima do piso de mármore italiano. No entanto, por mais bonito que fosse o lugar, ele era também um dos mais tristes apartamentos de toda Manhattan, porque fora ali, naquele mesmo apartamento, onde o filho de Eric Clapton, de 4 anos de idade, havia acidentalmente caído da janela do quarto. Eu tinha ficado relutante em alugá-lo por causa disso, mas KGB me garantiu que o apartamento tinha sido abençoado por um padre e um rabino.

Então a porta se abriu, mas apenas um pouco. Um momento depois, eu vi aparecer a familiar cabeça loira soviética por entre a fresta. Sorri para minha comunista preferida e disse, com sotaque russo:

– Abrir a porta!

Ela puxou a porta e a abriu totalmente, mas em vez de jogar os braços a meu redor e me regar com beijos, ela só ficou lá com os braços cruzados sob os seios. Ela estava usando um par de calças jeans muito apertados. O brim fora ferozmente pré-lavado e os joelhos e coxas tinham o número apropriado de rasgos e furos neles. Eu não era um especialista em jeans femininos, mas sabia que aqueles custavam uma fortuna. Ela usava uma camiseta branca simples que parecia sedosa como *vison*. Seus pés estavam descalços e ela estava batendo o pé direito no chão de mármore, como se estivesse se debatendo se ainda me amava ou não.

Fingindo estar insultado, disse:

– Bem, você não vai me dar um beijo? Fiquei preso por quatro meses!

Ela encolheu os ombros.

– Vir pegar se quiser.

– Tudo bem, vou pegar você, sua atrevida!

De repente saí correndo atrás dela, como um touro enfurecido pelos hormônios. Ela desistiu de sua pose e saiu correndo.

– Socorro! – gritou. – Estou sendo perseguida por capitalista! Socorro, *polizia*!

Uma escada de mogno curva no centro da sala erguia-se para o andar de cima, e ela subiu os três primeiros degraus como uma corredora olímpica. Eu estava uns bons 4 metros atrás dela, distraído pela pura opulência do lugar. A parede traseira era toda de vidro, mostrando a mais impressionante vista de Manhattan que eu já tinha visto. Excitado como estava, ainda assim eu não podia deixar de admirá-la.

No momento em que cheguei à escada, ela estava sentada lá no alto, as longas pernas escancaradas em completa indiferença. KGB estava recostada casualmente, com as palmas das mãos apoiadas no piso de madeira. Ela não estava nem um pouco sem fôlego. Quando alcancei o degrau logo abaixo dela, caí de joelhos, bufando e resfolegando. Por ter ficado preso durante tanto tempo, estava em más condições físicas. Corri meus dedos pelos cabelos dela, descansando um pouco para recuperar o fôlego.

– Obrigado por esperar – finalmente disse. – Quatro meses é muito tempo.

Ela encolheu os ombros.

– Eu sou menina russa. Quando nosso homem senta-se na prisão ter que esperar – ela se inclinou e me beijou na boca, suavemente, ternamente. E eu ataquei!

– Preciso fazer amor com você agora! – rosnei. – Aqui mesmo, no chão – e antes que ela percebesse o que tinha acontecido, já estava deitada e eu por cima dela, esfregando meus jeans em seus jeans, pelve contra pelve. Beijei-a profundamente, apaixonado!

De repente, ela virou a cabeça para o lado e eu estava beijando seu rosto.

– *Nyet!* – choramingou. – Aqui não! Eu tenho surpresa para você!

Uma surpresa, pensei. Por que ela não podia simplesmente aprender de uma vez a usar os artigos? Ela estava tão perto da perfeição! Quem sabe existisse algum curso que ela pudesse fazer, um livro que pudesse ler...

– Que tipo de surpresa? – perguntei, ainda sem fôlego.

Ela começou a se contorcer por baixo de mim.

– Venha – disse ela. – Eu vou mostrar, está em quarto.

Ela pegou minha mão e começou a me puxar para cima.

O quarto principal ficava a menos de 3 metros da escada. Quando eu o vi, fiquei sem palavras. Dezenas de velas acesas estavam espalhadas por todo o aposento, no carpete escuro... Dos quatro lados da plataforma de laca preta da cama... Na cabeceira de laca preta da cama, com seu suave acabamento curvo com bordas douradas... E depois alinhadas de ponta a ponta no peitoril de quase 6 metros da janela, na parede mais distante. As cortinas vermelhas bloqueavam até a última nesga de luz solar. As luzes estavam apagadas, e as chamas das velas tremeluziam suavemente.

Na cama *king-size* havia um edredom de seda italiana azul royal estofado com tantas penas de ganso que parecia macio como uma nuvem. Nós mergulhamos nele com uma risadinha e eu manobrei rapidamente para ficar por cima dela. Em menos de 5 segundos estávamos fora de nossos jeans e gemendo apaixonadamente.

Uma hora depois, ainda estávamos gemendo.

PRECISAMENTE ÀS 5 HORAS o porteiro ligou e disse que eu tinha três visitantes no térreo. O adulto estava esperando pacientemente, ele disse com uma risada, mas as crianças não. O menino tinha corrido, passando por ele para apertar o botão do elevador, e ainda o estava apertando naquele exato minuto. A menina, no entanto, não tinha feito isso; ela estava de pé olhando para ele com suspeita. E, pelo som da voz do porteiro, ela parecia deixá-lo nervoso.

– Pode deixar subir – eu disse, alegremente.

Desliguei o telefone, agarrei a mão da KGB e desci as escadas até o andar de baixo, abrindo a porta da frente. Alguns momentos depois, ouvi a porta do elevador se abrir. E depois, a voz familiar de uma menina:

– Papai! Onde está você, papai?

– Eu estou aqui! Siga a minha voz – disse em voz alta, e um momento depois eles viraram a esquina e vieram correndo em minha direção.

– A casa do papai! – gritou Carter. – A casa do papai!

Agachei-me e eles correram a toda a velocidade para meus braços.

Pelo que pareceu uma eternidade, nenhum de nós disse nem uma palavra sequer. Nós apenas ficamos ali nos beijando e nos abraçando e nos apertando uns aos outros por todo o tempo, enquanto KGB e Gwynne nos olhavam em silêncio.

– Eu senti muita falta de vocês, crianças! – disse eu, finalmente. – Não posso acreditar quanto tempo faz! – e comecei a enfiar meu nariz no pescoço deles, farejando os dois. – Preciso cheirar vocês dois para ter certeza de que são mesmo vocês. O nariz nunca mente, como vocês sabem.

– É a gente – insistiu Chandler.

– Sim – acrescentou Carter. – É nós!

Segurei-os pelos braços.

– Então deixem-me dar uma olhada nos dois. Vocês não têm nada a esconder, certo?

Fingi que estava estudando os dois. Chandler estava linda como sempre. Seu cabelo tinha crescido bastante desde o verão e estava na altura dos ombros agora. Ela estava usando um vestido de veludo vermelho com duas alças finas. Por baixo, usava uma blusa branca de algodão e meia-calça de balé. Era uma menininha perfeita de linda. Eu a abracei e disse:

– Tudo bem, agora estou convencido de que é você mesmo.

Ela revirou os olhos e balançou a cabeça.

– Eu não disse?

– Ei, e eu? – disse Carter. – Ainda sou eu?

Com isso, ele girou a cabeça de um lado para o outro, oferecendo-me os dois lados de seu perfil.

Como sempre, ele era todo cílios. Seu cabelo era uma exuberância de ondas loiro-platinadas. Estava usando jeans, tênis e uma camisa de flanela vermelha. Era difícil imaginar que quase o tínhamos perdido quando bebê. Ele era o retrato da saúde agora, um filho que era motivo de orgulho.

– É ele? – Chandler perguntou nervosamente. – Ou ele é um robô?

– Não, é ele, tudo bem – eles correram de volta para meus braços e começaram a me beijar novamente.

Depois de alguns segundos, eu disse:

– Ei, vocês não vão dar um beijo em Yulia? Ela também sentiu falta de vocês.

– Não! – responderam os dois em uníssono. – Só você!

Bem, isso não era bom! Eu sabia que a KGB era sensível a tais coisas. Tinha algo a ver com a grande alma russa, embora, exatamente como, eu não tivesse a menor ideia.

– Ah, vamos lá – eu disse, em um tom de liderança. – Ela merece um beijo também, certo?

– Nããããooooooo! – rosnaram eles. – Só o papai!

Gwynne, então, entrou na conversa.

– É que eles sentiram tanto a sua falta que não se cansam. Não são tão fofinhos?

Eu olhei para KGB. Ela parecia ter sido insultada. Pensei em falar com ela só mexendo a boca, sem emitir sons: *É só porque estavam com muitas saudades!* Mas eu sabia que ela não ia conseguir fazer leitura labial (já que mal falava a porra do idioma!).

– Está tudo bem! – disse ela, friamente. – Vou levar malas para cima.

No andar de cima, andamos por um longo corredor estreito, no final do qual havia dois quartos pequenos. Um tinha sido convertido em biblioteca, o outro estava mobiliado com duas camas de solteiro. Enquanto KGB e Gwynne desfaziam as malas, nós três ficamos sentados no chão sobre o tapete marrom, tentando compensar o tempo perdido. Havia muitas sugestões de Meadow Lane naquele quarto, como dezenas das bonecas favoritas de Chandler ao lado do trenzinho de madeira de Carter que serpenteava pelo tapete, o edredom azul com Thomas, o Tank, estampado numa cama e o edredom rosa e branco de Laura Ashley na outra. Chandler já estava ocupada organizando suas bonecas em um círculo perfeito em torno de nós, enquanto Carter inspecionava seus trenzinhos para ver se tinha acontecido algum dano durante a mudança. De vez em quando, KGB olhava para nós e sorria com frieza.

– O.k. – disse eu, tentando quebrar o gelo –, aqui está o que Yulia e eu preparamos para vocês nesta semana. Já que perdemos um monte de feriados juntos, eu achei que... Aliás, *a gente* achou que podia compensar isso celebrando todos eles agora! – fiz uma pausa e inclinei a cabeça para o lado, em uma atitude que implicava lógica. – Antes tarde do que nunca, certo, pessoal?

Carter disse:

– Isso significa que a gente vai ganhar mais presentes de Natal?

Assenti com a cabeça.

– Mas é claro que sim! – respondi rapidamente. – E como perdemos o Halloween, amanhã à noite a gente se fantasia e sai por aí procurando travessuras ou gostosuras!

Com exceção de mim, evidente. Eu fingiria uma dor nas costas, na noite seguinte, para que não precisasse colocar o pé para fora do apartamento e me visse na Cela 7N no dia seguinte.

Chandler disse:

– E as pessoas vão nos dar doces agora?

– Lógico! – disse eu; que não!, pensei.

Naquele prédio você teria mais chance de se encontrar com Deus do que ganhar doces. O Galleria era o tipo de *esnobemínio* no qual você poderia viajar para cima e para baixo nos elevadores durante mil vezes e nunca ver uma única criança. Na verdade, em toda a história do edifício, nunca tinha acontecido de duas jovens mães se encontrarem no elevador e dizerem algo do tipo: "Nossa! Como é bom ver você! Vamos marcar um dia para nossos filhos brincarem juntos?".

Mudando de assunto, falei:

– A gente também perdeu o Dia de Ação de Graças e o Hanukkah, certo?

Chandler me cortou:

– Nós vamos ganhar mais presentes do Hanukkah, não vamos?

Assenti com a cabeça e sorri:

– Sim, espertinha, vão! E nós também não passamos o Natal juntos... – e Carter me lançou um olhar de dúvida – o que significa, conforme Carter disse antes, que irão ganhar mais presentes – Carter assentiu uma vez com a cabeça e voltou a seus trens – e então, por último, temos o Ano Novo. Nós vamos festejar todos eles.

Na noite de terça-feira, todo mundo estava vestindo suas fantasias, até mesmo KGB, que, para minha completa surpresa, usava sua faixa de Miss União Soviética e sua tiara de *strass*, enquanto Carter e Chandler a olhavam, espantados. Minha roupa de caubói, com um chapéu, um coldre e um par de revólveres de brinquedo quase realistas era bem menos inspiradora e muito menos sexy. As crianças estavam com suas fantasias de costume: Carter de Power Ranger azul e Chandler vestida de Branca de Neve. Felizmente, nosso vizinho de baixo foi legal o suficiente para brincar junto e dar doces para as crianças.

Na noite de quarta-feira, eu fiz peru recheado. Meu antigo eu o teria assado como se fosse couro de sapato, mas o mais recente já sabia usar o forno. O restante dos pratos e acompanhamentos, como o molho de *cranberry*, a torta de abóbora e um toque russo na forma de caviar beluga (a 150 dólares cada, que fez meu talão de cheques se esvaziar rapidamente), veio de um supermercado gourmet nas proximidades, dando um novo significado a *esfolar os preços*.

Na noite de quinta-feira, meus pais vieram. Acendemos uma menorá para minha mãe, e Chandler e Carter receberam seus presentes de Hanukkah (mais dinheiro saindo da conta). Na sexta, nós fomos – aliás, melhor dizendo, *eles* foram – à Macy's comprar uma árvore de Natal artificial, e depois passamos o resto do dia ouvindo músicas natalinas e decorando a árvore. E, claro, as crianças ganharam mais presentes.

Na noite de sábado, que era nossa última noite juntos, comemoramos o Ano Novo, o que acabou sendo de fato engraçado, porque foi quando conheci Igor. Magnum tinha sido muito feliz em sua descrição, começando pelo cabelo cor de prata, que mais parecia uma fina camada de pólvora brilhante, e ainda mais feliz quanto à postura, que no meu modo de ver só poderia ser o resultado de uma de duas coisas: ou ele havia passado incontáveis anos em posição de sentido em um campo de treinamento secreto da KGB ou alguém tinha lhe enfiado um bastão pelo rabo.

Qualquer que fosse o caso, Igor gostava de beber, embora, de acordo com ele, estivesse simplesmente limpando seu fígado da forma russa, ou seja, com vodca.

Sim, não havia como negar que Igor fosse inteligente, bem como muito ambicioso. Mais que qualquer outra coisa, tive a nítida impressão de que o que ele realmente desejava era possuir a arma do juízo final, para que o mundo todo fosse seu refém. E por qual motivo? Não por dinheiro ou poder, nem mesmo pelo sexo! Tudo o que Igor queria é que todo mundo calasse a boca e concordasse com ele.

Era um pouco depois das 8 da noite e decidimos celebrar o Ano Novo na longa mesa de jantar de 6 metros que, como o resto dos móveis, era grande, solene e revestida de laca preta italiana. A sala de jantar era grudada à sala de estar e as duas tinham a mesma vista espetacular de Manhattan. Àquela hora da noite, as luzes da cidade se elevavam para nós em uma deslumbrante exibição.

Apesar de eu ser teoricamente o dono da casa, Igor parecia determinado a ser o centro das atenções naquela noite, enquanto Chandler, Carter e eu – todos usando chapéus iluminados de Ano Novo no formato de chapéu de burro da escola – fingíamos ouvi-lo. KGB usava um deles também, mas ela estava se dependurando em cada palavra dita por Igor. Era repugnante.

Do outro lado da mesa de jantar, Igor disse-me:

– En-ten-da! Eu, com um estalar de dedos – e ele estalou o dedo, enquanto Chandler e Carter olhavam confusos –, posso fazer fogo impossível.

KGB entrou na conversa.

– Ele pode, eu já vi isso.

Foi a vez de Chandler:

– Você devia chamar Smokey, o urso.

E depois, a minha vez:

– Ela está certa, Igor. O urso Smokey iria cair matando em cima de você se soubesse que pode fazer o fogo impossível.

Carter disse:

– Por que seu nome é Igor? É nome de monstro.

KGB, que tinha feito uma espécie de conexão com Carter por causa do Crash Bandicoot, disse:

– Igor é como Gary. É nome russo.

Carter deu de ombros, sem se impressionar.

Igor perguntou a Chandler:

– Quem é esse urso Smokey de quem você fala?

– Ele é um urso que luta para acabar com os incêndios florestais – respondeu ela, alegremente. – Passa na TV.

Igor balançou a cabeça, compreensivo. Em seguida, levantou uma taça de conhaque Baccarat de 250 dólares, encheu até o topo de vodca Stolichnaya e bebeu como se fosse água. Então colocou a taça de boca para baixo com um baque.

– Vocês têm que entender! – declarou. – O fogo não pode existir sem oxigênio. Então, aquele que controlar o oxigênio controla o fogo.

Depois de alguns instantes de silêncio, Chandler pegou um apito, prendeu-o na boca, olhou para Igor e soprou tão forte quanto pôde. Igor apertou a mandíbula e cerrou os dentes. Então ele se serviu de outra dose de vodca e bebeu.

Mais tarde, antes de ir embora, Igor prometeu me dar uma demonstração de suas habilidades de controle de fogo, mas não naquele momento. Primeiro ele precisava me conhecer melhor, depois ele provaria o que estava dizendo. E foi assim que a noite de Ano Novo terminou.

NA MANHÃ SEGUINTE, os problemas começaram quando chegou a hora de dizer adeus. Na verdade, eu tinha planejado ter uma conversa em particular com cada um de meus filhos antes que eles fossem embora, mas eu simplesmente não conseguia encontrar as palavras. Carter, pensei, seria o mais fácil, sua idade, seu sexo, sua composição genética... Não sei por qual razão, mas as coisas pareciam deslizar para longe de seus ombros sem efeitos nocivos.

Chandler, naturalmente, era o oposto. Ela era uma garotinha complicada, bastante esperta para sua idade. Eu sabia que me despedir dela seria muito difícil e que lágrimas seriam derramadas. O que eu não contara, porém, fora a quantidade.

Eu a encontrei lá em cima, em seu quarto, sozinha. Ela estava deitada de bruços na cama, seu nariz pressionado profundamente contra o edredom rosa. Ao contrário de quando chegou, quando ela tinha se vestido toda caprichada para o papai, estava agora com uma roupa mais prática, com um moletom com capuz rosa.

Com o coração apertado, sentei-me na beira da cama, estiquei a mão para debaixo de sua camiseta e comecei a acariciar suas costas suavemente.

– O que há de errado, gatinha? Gwynnie me disse que você não está se sentindo bem.

Ela assentiu com a cabeça sem falar, o rosto ainda pressionado no edredom.

Eu continuei esfregando suas costas.

– Você está muito doente para viajar de avião?

Ela assentiu com a cabeça da mesma maneira, com um pouco mais de força.

– Ah, entendi – disse, com ar sério. – Você está com febre?

Ela encolheu os ombros.

– Posso sentir sua testa?

Ela encolheu os ombros novamente.

Parei de esfregar suas costas e coloquei a palma da mão contra sua testa. Ela estava fria.

– Bem, parece normal, gatinha. Tem alguma coisa doendo?

– Minha barriga – murmurou ela, no tom de um enfermo.

Eu sorri por dentro.

– Ohhhh, sua barriga. Entendi. Bem, por que não se vira para que eu possa fazer uma massagem, hein?

Ela balançou a cabeça negativamente.

Eu coloquei as mãos em seus ombros e, com muito cuidado, virei-a suavemente.

– Venha aqui, querida, deixe-me dar uma olhada em você – coloquei seus cabelos para trás e fiquei um momento olhando para ela.

O que eu vi, jamais irei esquecer: o rosto totalmente angustiado de minha filha, os olhos vermelhos e inchados, o lábio inferior ainda tremendo. Ela estava chorando em seu travesseiro porque não queria que eu visse.

Lutando contra minhas próprias lágrimas, sussurrei:

– Ah, Channy, está tudo bem. Por favor, não chore, meu amor. Papai te ama e sempre vai amar.

Ela apertou os lábios em uma linha firme e balançou a cabeça rapidamente, tentando lutar contra as lágrimas. Mas foi inútil. Pequenos fios de lágrimas começaram a escorrer por seu rosto. Foi quando perdi o controle.

– Ah, Deus – disse eu, suavemente. – Eu sinto muito, Channy.

Eu a agarrei com força e segurei-a perto de mim.

– Eu sinto muito, muito. Você não tem nenhuma ideia, a culpa é toda minha. Por favor, não chore, querida.

Desabei totalmente, incapaz de dizer mais uma palavra. Depois de alguns segundos, ouvi a vozinha dela:

– Não chore, papai, eu ainda te amo. Desculpe por fazer você chorar – e então ela rompeu o choro, tremendo incontrolavelmente em meus braços.

Nós dois choramos deitados sobre o edredom, pai e filha, agarrados um nos braços do outro. Eu me senti como o maior perdedor do mundo, a advertência final do que pode acontecer na vida de um homem. Eu nasci com todos os dons, todas as vantagens. Eu poderia ter tido o que quisesse, mas destruí tudo. Minha própria ganância e meus excessos tinham tirado tudo de mim.

Depois de alguns minutos, eu estava finalmente apto a me recompor. E disse:

– Ouça-me, Chandler. Precisamos ser fortes um para o outro. Nós podemos passar por isso, prometo a você! Um dia ficaremos juntos de novo o tempo todo. Eu lhe prometo isso, Channy, do fundo de meu coração!

Com minúsculos soluços, ela respondeu:

– Volte para a Califórnia comigo, papai, por favor, volte. Eu vou morar com você lá.

Balancei a cabeça, triste.

– Não posso, querida. Por mais que eu queira, não posso.

Ela começou a soluçar de novo.

– Por que não? Eu queria que fosse como era antes!

Abracei-a gentilmente, rangendo os dentes e balançando a cabeça com raiva. Eu tinha que fazer isso certo de alguma forma. Não havia nenhuma maneira de eu permitir que meus filhos crescessem sem mim. Eu ia descobrir um jeito de me mudar para a Califórnia. Essa seria minha única missão na vida, nada mais.

Respirei fundo e me fortaleci.

– Ouça, Chandler, eu quero dizer uma coisa.

Ela olhou para cima.

Limpei as lágrimas de suas bochechas com as costas de minha mão.

– Tudo bem, querida, muito do que vou dizer talvez não faça sentido para você agora, mas um dia vai fazer, quando você crescer mais um pouco. – Fiz uma pausa e balancei a cabeça, perguntando-me se não seria melhor que ela nunca soubesse o vigarista que eu tinha sido. – Muito tempo atrás, fiz algumas coisas erradas na minha empresa, que foram muito ruins, e por causa disso as pessoas perderam dinheiro. Foi onde eu estava nos últimos meses: estava ocupado pagando a elas. Você entendeu?

– Sim – respondeu ela, suavemente. – Mas por que você não pode se mudar para a Califórnia agora?

– Porque ainda não acabei de pagar. Ainda vai levar algum tempo, querida, porque foi muita gente que perdeu dinheiro.

– Eu tenho 12 dólares em meu cofrinho. Isso ajuda?

Eu sorri e a acariciei.

– Guarde esse dinheiro. Eu vou pagar as pessoas com meu próprio dinheiro. Mas ouça uma coisa, Channy, porque vou lhe fazer uma grande promessa agora. Você está pronta?

– Sim – murmurou.

– Tudo bem: eu prometo a você que, não importa o que aconteça, não importa o que eu tenha de fazer, mesmo se eu tiver que andar até lá... Eu vou me mudar para a Califórina. Você tem a minha palavra.

Seu sorriso iluminou o quarto.

– E quando vai ser isso?

Sorri em resposta.

– Assim que eu puder, gatinha. Mas você vai precisar de um pouco de paciência. Mas prometo que vou para lá.

Ela sorriu e acenou com a cabeça ansiosamente.

– Tudo bem, papai.

– E não precisa mais chorar, hein? – acrescentei com um sorriso.

– Tudo bem – disse ela, me abraçando. – Eu te amo, papai.

– Eu também te amo – respondi rapidamente, e, por mais estranho que parecesse, apesar de todas as chances se empilharem tão fortemente contra mim, eu sabia que ia concretizar meu objetivo.

CAPÍTULO 27

A PALAVRA DA MODA É IRONIA

Na manhã seguinte, eu estava deitado na cama assistindo ao Financial News Network quando uma âncora loira falou algo sobre a NASDAQ ter aberto com "forte queda" naquela manhã. Parece que havia um maciço desequilíbrio com um infeliz viés para o lado da venda.

Não é grande coisa, pensei. A loira provavelmente está exagerando e, mesmo se ela não estiver, não importa de qualquer maneira. Afinal, os mercados sobem e descem, e um corretor experiente pode ganhar dinheiro em qualquer mercado.

Meu plano era infalível: com os 250 mil dólares que eu ainda tinha, iria negociar as ações mais altas da NASDAQ com a precisão do Lobo e faria uma pequena fortuna no processo. A NASDAQ tinha mais que duplicado nos últimos 12 meses, e quem melhor que o próprio Lobo para aproveitar a maior bolha especulativa desde 1929? Seria como tirar doce da boca de uma criança.

Infelizmente, o destino tinha planos diferentes.

Por volta das 9h30 da manhã, a NASDAQ tinha caído mais de 4% e, dois dias depois, caiu outros 5%. No Dia da Mentira, tinha perdido mais de 20%, e eu não estava com sorte. A bolha pontocom tinha finalmente estourado e continuaria a esvaziar, a uma taxa imprevisível, por um futuro previsível. E, sim, embora fosse verdade que um profissional experiente poderia ganhar dinheiro em qualquer mercado, ele não poderia fazê-lo com recursos limitados, para não ser eliminado com um único negócio malfeito. Então abandonei meu plano infalível antes de começá-lo.

KGB e eu tínhamos nos dado bem enquanto eu estivera "sentado na cadeia", como ela havia se expressado, mas agora que estava fora as coisas tinham ficado mais tênues. Naturalmente, o sexo ainda era ótimo, mas nossas conversas eram mínimas. Na terceira semana de abril, eu estava certo de que não tínhamos futuro juntos. Isso era óbvio; na verdade, não tão óbvio, já que no dia 17 de abril, dia do aniversário da KGB, fiquei de joelhos e a pedi em casamento. Com o coração apertado, disse:

– Quer se casar comigo, *maya lubimaya*, e ser minha terceira esposa legalmente? – o que eu não disse, mas sabia que seria verdade, foi: "Você promete me torturar, me deixar louco e garantir que eu permaneça o homem mais miserável do planeta até que a morte nos separe?".

Como ela não era capaz de ler meus pensamentos, respondeu depressa:

– *Da, maya lubimaya*, eu vou ser esposa – e então eu enfiei em seu dedo anelar soviético um diamante amarelo canário de 7 quilates engastado em um anel de platina e fiquei olhando por um momento. Ah, era lindo, tudo bem, e também muito familiar; de fato, era o anel de noivado da Duquesa, que eu tinha conseguido manter comigo durante a divisão das posses.

Seria má sorte?, me perguntei. Quer dizer, não era todo dia que um homem perguntava a uma mulher se ela queria ser sua terceira esposa e então colocava no dedo dela o anel de seu último casamento fracassado como sinal de amor, afeto e compromisso com ela. Ainda assim, eu tinha minhas razões, não sendo a última delas o fato de eu não ter bem certeza do que dar a ela de aniversário (sem mencionar o fato de que um presente de aniversário iria me custar uma bela grana e eu estava tentando ter um bom controle financeiro das coisas).

Mas quando telefonei a George e tentei explicar tudo isso, ele explodiu em cima de mim:

– O que diabos há de errado com você? – gaguejava. – Você poderia ter vendido a coisa por mais de 100 mil, seu imbecil!

Blá-blá-blá, pensei. KGB tinha ficado comigo nos momentos mais tristes, então eu devia a ela pelo menos um casamento, não devia? Além do mais, e sua posição como primeira, última e única Miss União Soviética na história da agora defunta nação? Aquilo devia valer alguma coisa! Então George disse:

– De qualquer forma, ela nem sequer se dá bem com seus filhos, então sei que nunca vai dar certo.

Tudo bem. Se as coisas ficassem ruins, bastaria apenas me divorciar novamente.

Enquanto isso, a Duquesa estava sendo extraordinariamente agradável. Nem bem tinham se passado três semanas desde que meus filhos deixaram Nova York, ela já os mandara para outra visita. Além disso, ela havia concordado em me deixar ficar com eles pelo verão inteiro. O único problema era: como eu poderia mantê-los entretidos em um prédio de apartamentos de Manhattan infestado por lixo europeu enquanto estivesse sob prisão domiciliar com uma noiva emocionalmente desconectada ao meu lado e que não conseguia dizer a palavra "o"? Seria difícil. Sem gramado para correr, piscina para nadar ou praia para construir castelos de areia, eles ficariam entediados até a morte. Sem mencionar que a ilha de Manhattan teria uma temperatura de mais de 30 graus com uma umidade de 1.000%! Como as crianças poderiam sobreviver a isso? Iriam parecer minúsculos girassóis no deserto de Gobi.

A cidade não era lugar para crianças, sobretudo no verão! Todo mundo sabia disso, especialmente eu. Todos os amigos deles estariam nos Hamptons. Como eu poderia decepcioná-los de novo? Eu já os tinha colocado em um inferno suficiente apenas do jeito que as coisas estavam. No entanto, seria obscenamente caro alugar um lugar nos Hamptons, e eu estava tentando conservar meus fundos. Se a NASDAQ pelo menos não tivesse caído!

Mais uma vez, no entanto, George tinha uma solução. Ele me telefonou do celular enquanto estava no meio de um jogo de golfe em Shinnecock e disse:

– Fiquei sabendo de uma propriedade de 60 mil metros quadrados em Southampton. O proprietário é um principe alemão, ou algo assim, que tem um monte de títulos de nobreza e nada de dinheiro, então está vendo se consegue alugar o lugar baratinho.

– E como é o lugar? – perguntou o mendigo exigente.

– Bem, não é Meadow Lane – respondeu ele –, mas ainda é bom. Tem piscina, quadra de tênis, um quintal enorme. É perfeito para as crianças. Tem até veados correndo em seu quintal!

– Quanto é? – perguntei cautelosamente.

– Cento e vinte mil – respondeu ele. – É um roubo, considerando que o lugar parece um pavilhão de caça suíço.

– Eu não posso pagar isso – disse eu rapidamente, ao que George respondeu ainda mais rapidamente:

– Não se preocupe, eu vou pagar a locação para você. Você pode me pagar quando estiver com dinheiro novamente – completou. – Você é como um filho para mim, Jordan, e seria bom dar uma parada agora. Então, aceite isso e lembre-se, de cavalo dado não se olham os dentes.

De início, meu orgulho masculino me pediu para resistir à generosidade de George, mas só por um segundo. O local seria perfeito para meus filhos, e George era, de fato, como um pai para mim. Além do mais, para um homem tão rico quanto ele (tão rico como eu costumava ser), 120 mil não era nada. Nesse nível de riqueza, o dinheiro é apenas uma entrada no balanço financeiro, e você tem mais alegria em ajudar as pessoas com ele do que vê-lo crescer 4% no Bridgehampton National Bank. Tudo o que você quer em troca é amor, respeito e, claro, gratidão, tudo o que eu já sentia por George. Além disso, um dia eu pagaria de volta, depois de me tornar rico novamente.

Então fiz as malas e voltei para os Hamptons. Senti-me como uma porra de uma bola de pingue-pongue! Até que recebi um telefonema surpreendente de Magnum. Era início de junho, e eu atendi a chamada em minha nova sala de estar, que, como George tinha indicado, parecia mesmo um pavilhão de caça.

Magnum disse:

– Achei que você gostaria de saber que Dave Beall foi indiciado hoje por fraude de valores mobiliários. Aconteceu nesta tarde na frente do juiz Gleeson.

Com o coração apertado, me sentei em uma cadeira de couro meio detonada. Acima de mim pendia a cabeça de um alce gigante morto. O alce morto parecia indignado.

– Indiciado... – murmurei. – Como ele poderia ser indiciado, Greg? Eu pensei que ele estivesse cooperando com os federais!

– Aparentemente não – respondeu Magnum, e então começou a explicar como Dave Beall não tinha me delatado; ele havia chegado bêbado como um gambá e, então, tinha contado a um de seus amigos sobre o tal bilhete. O amigo, como se viu, era um dedo-duro no sempre em expansão depósito de dedos-duros do TOC. E o resto, como dizem, é história.

As crianças passaram o verão em Southampton e se divertiram muito; no dia em que partiram, Elliot Lavigne foi indiciado por fraude em títulos. Ele jogou toda a culpa em mim, é claro, o que foi bastante irônico, considerando que um dia eu tinha salvado a vida dele, no que eu agora considerava um lapso momentâneo de julgamento. Na verdade, eu ainda estava contente por ter salvado sua vida, porque durante a semana que se seguiu todo mundo estava me chamando de herói; mas agora, meia década depois, Elliot estava encarando cinco anos, e eu não dava a mínima.

Com o Chef, no entanto, a história foi diferente, e eu dava a mínima.

No que se configura a maior ironia de todas, o Chef tinha decidido desafiar a lógica convencional e levar o caso dele a julgamento. Mas por quê? Com as fitas de vídeo, as fitas de áudio, meu testemunho, o testemunho de Danny, o testemunho de James Loo e o hermético rastro de papel da minha história suíça como álibi, que estava carregado com as impressões digitais do Chef, sem falar das duas espetaculares descrições de seu submarino, o *SS Lavador de Dinheiro*, ele não tinha absolutamente nenhuma chance de ser absolvido. Ele seria considerado culpado da acusação e ficaria na cadeia por quase uma década.

De minha parte, eu ia sofrer a humilhação pública de ter que testemunhar em tribunal aberto contra um homem que eu havia chamado um dia de amigo. Isso sairia nos jornais, nas revistas, na internet, em todo lugar. E quão irônico seria que o que eu tinha feito com Dave Beall entraria para a história como nada mais que uma nota de rodapé, uma ação mínima para uma dúzia de atos de traição.

Naquele momento, eu estava sentado na sala de interrogatórios com Alonso e TOC, rindo por dentro quando TOC disse:

– Sabe de uma coisa, Alonso? Você tem o pior caso de TOC que eu já vi!

– Do que você está falando? – retrucou Alonso. – Eu não tenho TOC! Eu só quero ter certeza de que as transcrições são precisas.

– Elas são precisas – TOC rebateu, balançando a cabeça, incrédulo. – Quer dizer, você realmente acha que o júri dá a mínima se Gaito disse, "*Badabip, badabop, badabup*" ou "*Badabop, badabip, badabing*"? Ambas são a mesma coisa, porra! O júri sabe disso!

Alonso, que estava sentado à minha direita, virou a cabeça para mim um pouco e lançou uma piscadela, como se dissesse: "Você e eu sabemos que isso é importante, por isso não dê importância aos resmungos desse cara do FBI!".

Então, ele olhou para TOC, que estava sentado do outro lado da mesa, e disse-lhe:

– Bem, Greg, quando você se formar na faculdade de direito e passar no exame da ordem, então poderá ficar no comando do gravador! – e soltou uma risadinha irônica. – Mas, até lá, eu controlo o gravador! – e apertou o botão de retroceder novamente.

Já era perto das 11 da noite, e o julgamento de Gaito estava a menos de um mês. Há seis semanas, desde logo depois do Dia do Trabalho, estivéramos trabalhando desde as primeiras horas da manhã, tentando avaliar cada parte das transcrições. Era um processo árduo, durante o qual nós três nos sentávamos no porão do prédio número 26 do Federal Plaza, ficávamos ouvindo as fitas e fazendo as correções naquilo que estava rapidamente se tornando a transcrição mais precisa de toda a história do Direito.

Alonso era, de fato, um bom homem, e fora tão profundamente ferido que eu estava convencido de que um dia ele iria respirar fundo e simplesmente parar de respirar. Todos o chamavam de Alonso. Não sei por qual motivo, ele era uma daquelas pessoas que nunca são chamadas pelo primeiro nome. Embora nunca tivesse tido o prazer de conhecer os pais dele (que eram ricos aristocratas argentinos, segundo Magnum), eu estava disposto a apostar que eles também o chamavam de Alonso desde o momento em que ele saiu do ventre da mãe.

Alonso apertou o botão de parada e disse:

– Muito bem, agora virem para a página 47 da transcrição 7-B e me digam o que pensam disso.

TOC e eu assentimos cansados, nos inclinamos para a frente e começamos a folhear nossas transcrições de 12 centímetros de espessura, enquanto Alonso fazia a mesma coisa. Finalmente, quando estávamos todos na página 47, Alonso apertou o *play*.

Tudo o que eu pude ouvir no início foi um zumbido baixo, então um estalo e aí minha própria voz, que sempre soou estranha para mim quando a ouvia em uma fita: "... o risco é de James Loo contrabandear meu dinheiro para fora do país", dizia minha voz. "E se ele for detido na alfândega?"

Então vinha a voz do Chef: "Bem, e daí? Não se preocupe com isso! Ele sabe como fazer. Tudo que você precisa saber é que o dinheiro vai chegar até lá. Você dá sua grana a ele, ele dá para sua gente e *badabip, badabop, badabup... Schhhwiitttt!*" – uma palmada aguda do Chef – "e tudo certo! Não há como...".

Alonso pressionou o botão de pausa e balançou a cabeça lentamente, como se estivesse profundamente perturbado. TOC revirou os olhos, preparando-se para a dor. Eu me preparei também. Finalmente Alonso começou a murmurar:

– *Schhhwiitttt*, ele continua usando essa palavra – ele soltou mais um de seus profundos suspiros, que eram sua marca registrada. – Eu não entendo.

TOC balançou a cabeça e suspirou.

– Nós já passamos por isso antes, Alonso. Significa apenas "e isso é tudo". Como, *schhhwiitttt*! Isso é tudo. – TOC me olhou com desespero nos olhos. – Certo?

– Sem dúvida – respondi, assentindo.

– Ahh, *sem dúvida*? – declarou Alonso, levantando o dedo em defesa – Mas nem sempre! Dependendo do contexto, pode significar algo diferente – ele olhou para mim e levantou as sobrancelhas. – Certo?

Eu assenti com a cabeça lentamente, com ar cansado.

– Sim, poderia. Às vezes ele usa isso para amarrar as pontas soltas de uma história construída como álibi. Por exemplo, ele vai usar *schhhwiitttt* para dizer:

"E com esse último documento falso que criamos, o governo nunca vai ser capaz de descobrir as coisas!". Mas na maior parte do tempo significa o que disse Greg.

Alonso deu de ombros sem se comprometer.

– E o que dizer do som das palmas? Isso afeta o significado da expressão *schhhwiitttt*?

TOC se dobrou visivelmente, como um animal que tinha acabado de levar um tiro.

– Eu preciso de um tempo – disse ele, e sem dizer uma palavra deixou a sala de interrogatório, fechando a porta suavemente atrás de si, murmurando algo bem baixinho.

Alonso olhou para mim e encolheu os ombros.

– Tempos difíceis – disse ele.

Eu assenti com a cabeça, concordando.

– Sim, especialmente para Gaito. Ainda não acredito que ele está levando isso a julgamento. Não faz nenhum sentido.

– Nem para mim – concordou ele. – Não acho que eu já tenha visto um caso mais amarrado do que este. É suicídio para Gaito. Alguém está dando alguns conselhos muito ruins a ele.

– Sim, como Brennan – disse eu. – Deve ser.

Alonso deu de ombros novamente.

– Ele tem algo a ver, com certeza, mas tem que ser mais que isso. Ron Fischetti é um dos melhores advogados de defesa no ramo, e eu não acredito que ele faria Gaito passar por isso apenas porque Brennan disse isso a ele. Sinto que estou deixando passar alguma coisa aqui. Você entende o que estou dizendo?

Eu assenti lentamente, resistindo à vontade de dizer a ele o que eu realmente pensava – que o Demônio de Olhos Azuis ia tentar subornar um dos jurados. Era tudo de que Gaito precisava: um jurado em quem se apoiar, e depois Gleeson seria forçado a anular o julgamento.

Claro, eu não tinha provas, mas histórias como essa tinham girado em torno do Demônio de Olhos Azuis por anos – desaparecimentos de arquivos, testemunhas fazendo retratação de suas declarações, juízes tomando decisões de surpresa em seu favor, promotores que abandonavam o caso na véspera do julgamento. Mantive os pensamentos para mim e disse:

– Meu palpite é que Fischetti vai tentar se concentrar em mim, não nos fatos. Ou seja, ele vai fazer com que o júri me odeie, ou melhor, me despreze, e então eles vão absolver em princípios gerais. – Dei de ombros. – Então, ele vai tentar me pintar como um viciado em drogas, um devasso, um mentiroso compulsivo, um trapaceiro, ou seja, todas as coisas boas da vida.

Alonso balançou a cabeça.

– Ele não vai ter essa chance, porque eu farei isso primeiro. Não leve para o lado pessoal quando eu o fizer, porque vou bater duro quando estiver depondo lá em cima. Não vou deixar de falar sobre nada, especialmente quando se trata de sua vida pessoal – ele inclinou a cabeça para um lado. – Você sabe do que estou falando?

Assenti, tristemente.

– Sim, o que aconteceu na escada com Nadine.

Ele acenou de volta.

– E o que aconteceu depois, também, com sua filha. Vou trazer tudo, todas as coisas obscuras. E você não pode tentar minimizá-las ou racionalizá-las. Você vai simplesmente dizer "Sim, eu chutei minha esposa escada abaixo" e "Sim, eu lancei meu carro contra uma porta de garagem com minha filha no banco do passageiro, sem o cinto de segurança", porque, acredite em mim, se você tentar minimizá-las, Fischetti vai rasgá-lo ao meio durante o interrogatório. Ele vai dizer: "Ah, então o que você está dizendo, senhor Belfort, é que você não chutou sua esposa por um lance de escadas, porque ela estava apenas no terceiro degrau. Espere, perdoe-me, senhor Belfort, você realmente não a chutou, você a empurrou, o que é outra história. Assim, resumindo, o que você está dizendo é que tudo bem um homem empurrar sua esposa por três degraus e então arriscar a vida de sua filha jogando-a para o banco do passageiro de sua Mercedes de 90 mil dólares e enfiar o carro numa porta de garagem enquanto estava alterado com cocaína e Quaaludes?" – Alonso sorriu. – Percebeu como vai ser?

– Sim, entendi, mas não quero isso.

– Nenhum de nós quer isso – concordou ele –, mas esses são os fatos aos quais estamos presos.

Assenti com a cabeça, resignado. Alonso continuou:

– Mas o lado bom das coisas é que podemos passar algum tempo conversando sobre como você foi para a reabilitação e ficou sóbrio. E então você também pode levantar o assunto das palestras escolares sobre o perigo das drogas – ele sorriu, tranquilo. – Acredite em mim, desde que você seja honesto, as coisas funcionarão. A dependência em drogas é uma doença, e as pessoas vão perdoá-lo por isso. – Ele deu de ombros. – Agora, se ser mulherengo também fosse uma doença, então estaríamos feitos! – e começou a rir. – Engraçado, né?

– Sim – respondi, com uma porra de um sorriso histérico! Eu teria de admitir, sob juramento, que tinha abatido umas mil prostitutas de todas as formas e tamanhos. A única questão era: se isso acabaria nos jornais. Era exatamente o tipo de fofoca que o *New York Post* adorava!

Alonso tirou do bolso da calça um maço de Marlboro novinho e um isqueiro Bic barato.

– Veja, eu não tenho o hábito de burlar a lei – disse ele –, mas, apesar de este ser um edifício onde não se pode fumar, vou acender de qualquer maneira – ele fez exatamente isso, dando uma tragada leve, como se dissesse: "Eu não sou um fumante convicto, só faço isso quando estou estressado".

Eu fiquei em silêncio e deixei que ele fumasse em paz. Entendi que era algo importante, ser capaz de participar de um simples prazer viril sem ser interrompido por conversa fiada. Meu pai, um dos maiores fumantes de todos os tempos, havia explicado isso para mim em numerosas ocasiões. "Filho", ele dizia, "se eu quero me matar com esses palitos de câncer do caralho, então pelo menos deixe eu me matar em paz, pelo amor de Deus!".

Alonso sorriu para mim e disse:

– Entãooo... Como você está, Jordan?

Eu inclinei a cabeça para o lado e olhei para ele por um momento.

– Como estou? – perguntei. – Você está sendo sarcástico, Alonso?

Ele virou os cantos da boca para baixo e balançou a cabeça lentamente.

– Não, não mesmo. Eu só quero saber como você está.

Eu dei de ombros.

– Bem, já faz um longo tempo desde a última vez que alguém me fez essa pergunta, então preciso pensar sobre isso por um segundo. – Parei por cerca de um décimo de segundo, então disse: – Ah, uma merda! E você, como vai, Alonso?

Ele ignorou minhas últimas palavras e disse:

– As coisas vão melhorar; você só tem que dar tempo ao tempo. Após o julgamento, nós podemos fazer uma moção para tirar sua tornozeleira. – Uma breve pausa, então: – Tenho certeza de que Gleeson vai aprovar, assim que ele ouvir seu depoimento. Isso vai depender de quanto você demonstrar que está arrependido.

Eu balancei a cabeça.

– Bem, eu estou arrependido. Mais do que você pode imaginar.

Ele acenou com a cabeça.

– Eu sei, venho fazendo isso há bastante tempo para saber quando alguém está cheio de merda e quando não está. Mas, deixando isso de lado, você ainda não respondeu à pergunta.

– Sobre o quê, como estou?

– É. Como você está?

Eu dei de ombros.

– Eu tenho problemas, Alonso. Estou encarando anos de prisão, estou noivo de uma mulher por quem não estou apaixonado, não tenho carreira, meus filhos vivem do outro lado do país, estou usando uma porra de uma tornozeleira, traí meus amigos mais próximos, eles me traíram e, ainda por cima, estou prestes a ficar sem dinheiro e não tenho como ganhá-lo agora.

– Você vai ficar rico novamente – disse ele, conscientemente. – E não acho que alguém em sã consciência apostaria contra isso.

Eu dei de ombros.

– Sim, bem, você provavelmente está certo sobre isso, mas acho que não ficarei rico por um longo tempo. Estou no meio de uma onda de má sorte e, até que ela passe, não há nada que eu possa fazer. Enfim, meu objetivo é morar na Califórnia para ficar perto de meus filhos. É isso aí. Eu fiz um juramento à minha filha de que faria isso e não vou desapontá-la. Eu gostaria de ir para lá antes de ser condenado. Você acha que é realista?

– Sim, acho que é. E vou fazer o que puder para ajudá-lo, mas você tem que ser paciente por um tempo. O próximo ano vai ser agitado, há processos pendentes, os indiciamentos se aproximam, um monte de coisas ainda está no ar. Mas deve haver uma luz no final. De um ponto de vista logístico, porém, não sei se faz sentido você se mudar antes de cumprir sua pena. Quer dizer, o que você vai fazer: alugar uma casa e, em seguida, ir para a cadeia, logo depois de alugá-la?

Eu sorri e pisquei.

– Pode apostar que sim! Antes de eu ir para a cadeia, quero que meus filhos saibam que eu oficialmente me mudei para a Califórnia. Dessa forma, eles saberão que eu voltarei para lá quando sair. E quero passar minha última noite de liberdade com eles em uma casa que seja nossa, e não em um hotel. Todos dormiremos na mesma cama, cada um debaixo de um braço – parei por um momento, saboreando o pensamento. – É assim que eu quero passar minha última noite em liberdade.

Só então a porta se abriu e TOC entrou. Ele deu algumas farejadas no ar, com ar de desconfiança, e depois olhou para o cesto de lixo de metal, onde Alonso tinha jogado o cigarro. Então ele olhou para Alonso e disse:

– Então, até onde vocês foram sem mim? É que está ficando um pouco tarde.

Com grande entusiasmo, Alonso disse:

– Ainda estamos na mesma. É que nos desviamos um pouco...

Alonso comprimiu os lábios, suprimindo uma gargalhada.

Eu suprimi minha gargalhada também quando os últimos vestígios de cor deixaram o rosto de TOC.

DIFERENTEMENTE do seriado *Law & Order*, onde a emoção é palpitante e a tensão é tão espessa que você pode cortá-la com uma faca, os acontecimentos da vida real em um tribunal federal são completamente o oposto. O juiz Gleeson, por exemplo, fica no alto de sua bancada, às vezes parecendo interessado, às vezes parecendo entediado, ocasionalmente parecendo se divertir, mas sempre em completo controle. Não há explosões, discussões, pessoas que questionam a sabedoria de suas decisões nem qualquer coisa que possa levá-lo a se levantar da cadeira, inclinar-se para a frente sobre sua grande mesa, apontar o dedo e gritar: "Você está se excedendo, advogado! Sente-se ou será detido por desacato!".

Eu testemunhei durante três dias, três dias indescritíveis, durante os quais pude notar que Fischetti era bastante competente, mas sem exagero. Ah, ele parecia bem bacana em seu terno de seda cinza de 2 mil dólares e sua gravata cinza, mas isso era tudo. Suas linhas de questionamento pareciam chatas e enfadonhas. Se eu estivesse sentado no júri, teria adormecido.

Alonso, no entanto, foi brilhante: organizado, eloquente, persuasivo, minucioso. Ele havia deixado Fischetti sem ter para onde ir, além de andar em círculos, falando e falando, e quanto mais ele falava, mais culpado o cliente parecia. Danny testemunhou também, assim como um punhado de outras pessoas, apesar de eu não ter certeza de quem e quantos. Quanto menos eu soubesse, melhor, explicou Alonso. Eu não estava em julgamento, afinal, era apenas uma testemunha.

Um mês mais tarde, eu estava sentado na minha cabana de caça suíça, debaixo da cabeça do alce indignado, quando recebi a ligação de TOC, bastante indignado.

– O julgamento foi anulado – gaguejou ele. – Eu não posso acreditar nisso! Como aquele júri não o condenou? Não faz sentido.

– Você consultou o júri depois? – perguntei.

Com nojo, ele respondeu:

– Sim, por quê?

– Bem, deixe-me adivinhar, só houve um que negou, certo?

Silêncio mortal no início, em seguida, ele completou:

– Como diabos você sabe disso?

– Apenas um palpite – disse eu. – Quer ouvir meu segundo palpite?

– Sim – respondeu ele, com cautela.

– O voto foi daquele safado na fila da frente, um de bigode, certo?

– Foi, isso mesmo – disse TOC. – Você está apenas supondo?

– Não exatamente – respondi, e contei a ele meus pensamentos, ou seja, embora não tivesse como provar, a anulação tinha as digitais do Demônio de Olhos Azuis por toda a parte.

– Não brinca! Você realmente acha isso?

– Sim, acho. Novamente, eu não tenho nenhuma prova, mas, não sei, você viu Gaito apenas sentado ali, tão calmo, tranquilo, em paz? Parecia um cara convencido, e Gaito pode ser qualquer coisa, mas não é um sujeito convencido, ele é humilde. Talvez eu seja louco, mas toda a cena me pareceu estranha, principalmente aquele jurado; ele parecia desinteressado, como se já tivesse tomado sua decisão de antemão.

TOC concordou, assim como fez Alonso quando compartilhei meus pensamentos com ele alguns minutos mais tarde, por meio de teleconferência. De qualquer maneira, não havia como provar nada, e Alonso se recusou a investigar, pois considerava isso o ato de um mau perdedor. Além disso, ele não tinha realmente perdido, a nulidade do julgamento simplesmente significava que Gaito teria de ser julgado de novo, o que aconteceu exatos seis meses depois.

Durante esses seis meses, de dezembro de 2000 a maio de 2001, queimei a maior parte do dinheiro que tinha me sobrado, assim como o pouco da paciência que ainda me restava com a KGB. Ela, eu tinha certeza, me desprezava no mesmo tanto que eu a ela. Infelizmente, eu nunca tinha sido bom para terminar relacionamentos, e aparentemente a KGB também não. Assim, continuamos noivos, passando nossos dias com sexo raivoso e discussões amargas, estas últimas muito relacionadas a pousos na Lua e coisas afins.

Infelizmente, Gaito foi condenado no segundo julgamento, e o júri chegou a um veredito em um único dia. Eu estava em casa quando recebi a notícia, e naquele momento me senti como o menor verme sobre a face da Terra. Eu tinha traído um amigo, que ficaria na cadeia durante praticamente uma década, porque tinha se recusado a trair um de seus amigos.

Danny, por sua vez, já tinha ido para a cadeia; na verdade, ele nem teve chance de testemunhar no segundo julgamento. Danny tinha sido preso na

Flórida, em uma acusação relacionada a fraude de telemarketing ligada a memorabilia de esportes, ou algo assim – Gleeson o condenou no início de abril.

Quando o verão chegou, torrei com as crianças os poucos dólares que ainda tinha. Esse, sim, tinha sido um gasto apropriado, pensei, considerando que elas eram a única coisa boa em minha vida, de qualquer maneira. Quando me despedi delas no Dia do Trabalho, chorei por dentro, porque sabia que não iria vê-las de novo por um longo tempo. Apesar de Alonso manter sua palavra, tirando-me da prisão domicilar e me permitindo viajar sem restrições para a Califórnia, eu já não podia sustentar essas viagens.

Isso, no entanto, estava prestes a mudar.

CAPÍTULO 28

SAINDO DAS CINZAS

Foi cerca de uma semana depois do 11 de setembro, quando o país se preparava para a guerra, que minha onda de azar finalmente terminou. Eu estava colado à TV quando um velho amigo telefonou do nada e começou a me pedir conselhos sobre algo a que ele continuava se referindo como o *boom do refinanciamento.*

As taxas de financiamento de hipotecas tinham caído para mínimos históricos e os americanos faziam refinanciamentos em massa.

– Você pode me fazer um rápido favor? – perguntou ele.

– Sim – respondi. – Do que se trata?

– Eu queria que você em escrevesse um *script* para chamadas telefônicas de captação. Há uma fortuna que pode ser feita via telemarketing com esse negócio de refinanciamento.

Interessante, pensei, mas foi tudo que me passou pela cabeça. Eu estava tão deprimido com minha vida que as palavras dele passaram por mim como uma rajada de vento.

– Tudo bem – eu disse. – Fale um pouco sobre seu negócio e eu escrevo um *script* nesta tarde.

E ele passou a explicar os prós e os contras do refinanciamento para mim.

Era uma coisa elegantemente simples. Quase todos os proprietários de imóveis na época tinham uma hipoteca com taxas entre 8% e 10%, ao passo que as taxas atualizadas pairavam próximas de 6%. Então, tudo que o corretor de hipotecas teria de fazer era assegurar um novo empréstimo (com a taxa de juros mais baixa) para quitar o empréstimo anterior, e o custo mensal da nova hipoteca para a pessoa iria despencar. Embora houvesse alguns custos menores envolvidos, os chamados custos de fechamento, era possível juntá-los à nova hipoteca, tornando-a um pouco maior que a antiga, mas sem representar um custo para o mutuário. Melhor ainda, os custos de fechamento eram uma ninharia em comparação à poupança de longo prazo, que poderia ser de centenas de milhares de dólares, dependendo do tamanho do empréstimo.

– Hummm – murmurei –, parece bem básico. Você tem contatos para ligar?

– Sim, comprei uma lista de proprietários de imóveis que estão pagando 8% ou mais. Estou lhe dizendo, vai ser como tirar doce da boca de uma criança!

– Tudo bem – respondi. – Dê-me algumas horas e enviarei um *script* por e-mail. – Então, como um adendo: – Por que você não me envia alguns contatos enquanto isso, para testar o *script* e ter certeza de que ele funciona?

Foi assim que tudo começou.

Ele me passou os nomes, eu escrevi o *script* e, no meio do meu primeiro contato de vendas, uma mulher haitiana muito animada me cortou no meio da frase, dizendo:

– Isso parece bom demais para ser verdade! Quando você pode vir até aqui para fazer a papelada?

Neste mesmo segundo!, pensei. Mas, não querendo parecer um vendedor desesperado, eu respondi:

– Bem, acontece que amanhã estarei em sua região – olhei para o endereço dela e notei que ela morava em Bushwick, no Brooklyn, um lugar bem perigoso. Por que eu estaria naquela área? Que explicação seria plausível? – fazendo o refinanciamento de um de seus vizinhos – rapidamente acrescentei. – Posso passar aí por volta do meio-dia. Está bom para a senhora?

– Perfeito! – respondeu ela. – Vou preparar um lanchinho para nós.

No dia seguinte, eu me vi dirigindo através da zona de guerra do leste do Brooklyn, maravilhado pelo modo como a falta de dinheiro pode tornar um homem corajoso. A casa da mulher era um prédio de dois andares em uma rua suja de duas mãos. Do lado de fora, parecia um antro de crack. No interior, cheirava a peixe cozido e bolor. Havia pelo menos 12 haitianos morando lá.

Ela me ofereceu um lugar em sua mesa de cozinha de fórmica verde-bosta, onde imediatamente começou a me servir feijão, arroz e peixe cozido, recusando-se a falar sobre a hipoteca até que eu limpasse meu prato. Enquanto isso, eu continuava a ouvir um grito vindo de um dos quartos no andar de cima. Parecia uma criança pequena.

– Está tudo bem lá em cima? – perguntei, forçando um sorriso.

Ela balançou a cabeça devagar, conscientemente, como se dissesse: "Tudo está do jeito que deveria ser". Então ela comentou:

– É meu neto, que está com a febre.

A febre? O que ela quis dizer com aquilo? Pelo tom de voz, ela parecia dar a entender que algum jogo sujo, na forma de alguma força sobrenatural, estava envolvido.

– Bem, sinto muito por isso – disse eu. – Você chamou um médico?

Ela balançou a cabeça negativamente.

– Eu sou tudo de que ele precisa em termos de medicina.

Senti um arrepio na espinha. Obviamente, a mulher não tinha frequentado uma faculdade de medicina; ela era uma feiticeira, ou *moomba*, como se dizia. Seja como for, quando eu e Moomba finalmente começamos a tratar de negócios, consegui faturar 7 mil dólares de comissão em menos de 30 minutos e ajudei-a a economizar 300 dólares por mês em prestações. Pelo menos foi isso que eu *tentei* fazer. O que acabou acontecendo foi ligeiramente diferente.

Moomba lançou-me um sorriso, que expôs um incisivo central de ouro, e disse:

– Eu não dou a mínima sobre baixar minha hipoteca e meus pagamentos, Jordan. Eu só quero conseguir algum dinheiro com a minha casa – ela deu uma piscada. – Sabe como é, um pouco de dinheiro vivo? Você nunca sentiu vontade de torrar algum dinheiro?

Seu nome era Thelma. Eu sorri e devolvi:

– Bem, Thelma, houve uma vez em que eu estava tão doido com Quaaludes que decidi esticar meu iate para fazer caber meu hidroavião. – Então, completei: – De quanto dinheiro você gostaria, Thelma?

Como eu descobriria logo, a resposta de Thelma foi típica de muitos proprietários de imóveis americanos, a maioria dos quais atrasaria seus pagamentos de hipoteca e acabaria no arresto jurídico.

Ela respondeu:

– Ouça, Jordan, consiga para mim o máximo de dinheiro que puder, eu não dou a mínima se a taxa for exatamente a mesma de agora. Eu só quero redecorar minha casa, viajar para lugares exóticos, comprar uma nova máquina de costura, uma televisão de tela plana e uma lancha de dois motores e, então, quero pagar o saldo em meus cartões de crédito para que possa acabar com tudo em 6 meses e refinanciar mais uma vez! E, a propósito, Jordan, se você conseguir descobrir uma maneira de me aprovar numa dessas novas hipotecas de taxa ajustável, em que o pagamento é superbaixo nos primeiros anos e depois explode a um nível que não vou, possivelmente, ser capaz de suportar, então isso é o que eu quero também. Vou me preocupar com os pagamentos quando estiver vivendo em um abrigo para sem-teto!

Ahhhh, o *boom* do refinanciamento! Era mesmo igual ao que meu amigo havia me dito. Um dia, claro, seria um inferno pagar por todas essas hipotecas com taxas reajustáveis, um produto que permitiu que qualquer pessoa que estivesse respirando e tivesse um número do Seguro Social (independentemente de crédito e de avaliação de renda) pudesse emprestar 110% do valor de sua casa e só se preocupar em ser capaz de suportar o pagamento mensal em algum ponto obscuro no caminho. Mas, ainda assim, naquele momento era maravilhoso, e todos os proprietários, construtores, banqueiros, corretores de hipoteca, corretores e avaliadores das imobiliárias, varejistas de artigos de luxo e, claro, gestores de fundos de *hedge* de Wall Street que estavam comprando essas hipotecas malucas para colocar em lucro *presumido* – que eles poderiam depois propagandear aos investidores para apoiar a noção de que ainda mantinham o domínio do universo –, toda essa gente não poderia estar mais feliz. Eu, claro, era o mais feliz de todos.

Depois de uma semana eu tinha arrecadado 50 mil dólares em comissões, e na semana seguinte esse dinheiro tinha duplicado. E assim, do nada, meus problemas de dinheiro acabaram. A nuvem negra que havia me seguido desde aquele dia horrível nos degraus do tribunal tinha finalmente se evaporado.

No começo, KGB não percebeu nada. Não foi nenhum choque; afinal, ela passava a maior parte dos dias jogando Crash Bandicoot III (*Crash Super Smash*, como ela chamava) e as poucas palavras que trocávamos eram na forma de grunhidos e gemidos, durante o sexo.

No entanto, ela *era* minha noiva, então eu achei que era direito contar-lhe a boa notícia: que dali a um mês, quando os contratos de empréstimos fossem fechados, eu estaria rolando na grana de novo. Então nós poderíamos retomar a aparência de uma vida normal.

– Que bom – foi tudo o que ela disse. – Então você pode me levar para *shopping* novamente.

Nos 18 meses em que nós vivemos juntos, a garota tinha proferido os artigos "a" e "o" apenas uma vez, e tinha sido na hora errada. Esse importante acontecimento se deu enquanto ainda estávamos vivendo na cidade e eu estava sob prisão domiciliar. *Que momentos felizes eram aqueles!* Ela me disse:

– Belo dia lá fora. Vou ao Central Park agora dar uma caminhada.

KGB e eu estávamos morando juntos por tempo demais, e nós dois sabiamos disso. Na verdade, não fiquei nem um pouco surpreso quando, depois de meu primeiro empréstimo fechado, reservei um voo para a Califórnia e ela não ficou ofendida quando não a convidei para ir junto. Na verdade, ela parecera até aliviada...

E que viagem! Eu não conseguia me lembrar de alguma vez ter sido mais feliz. Por 79 dólares a noite, aluguei um quarto minúsculo no Manhattan Beach Hilton e, por um adicional de 29 dólares na diária, aluguei o carro mais barato que a Hertz tinha para oferecer. E como eu tinha voado? *Na classe econômica!* E também tinha feito escala em Boston, para economizar alguns dólares extras. *O novo eu!*

E as crianças? Bem, aparentemente, a Duquesa havia dito a eles que eu estava com problemas de dinheiro, pois quando fui comprar brinquedos eles se recusaram a comprar qualquer coisa que não fossem uns docinhos. No começo, me senti arrasado – não, pior, envergonhado. Eu sempre tentei ser o máximo para meus filhos, um pai que podia comprar tudo que eles quisessem e podia levá-los a qualquer lugar. Afinal de contas, era função do papai mostrar aos filhos apenas o melhor da vida, não?

Aparentemente não, porque, ao longo daquela semana, percebi algo muito importante, algo que minha vida anterior de riqueza e fartura tinha camuflado totalmente: meus filhos não davam a menor importância para toda a pompa. Tudo o que eles queriam era o pai. Tudo o que eles queriam saber era que ele os amava incondicionalmente e que sempre os amaria. Aquelas eram verdades simples, mas que tinham sido para mim as mais difíceis de entender.

Quando passei a conhecer seus novos amiguinhos, comer em seus restaurantes favoritos e brincar em seus parques prediletos, encontrei uma nova paz na vida. Comecei a pensar que esse poderia ter sido o plano de Deus o tempo todo: minha ascensão e queda em proporções bíblicas, apenas para ressuscitar com uma nova capacidade de apreciar as coisas.

Antes de voar de volta para casa, prometi às crianças que voltaria em duas semanas e que iria fazer isso a cada duas semanas, até que finalmente me mudasse para lá de vez. Então nos despedimos, com risos e sorrisos em vez de lágrimas. Sem dizer nada, todos sabíamos que papai estava de volta.

Quando cheguei a Nova York, fui direto para o trabalho e descobri que o *boom* de refinanciamentos estava acelerando a uma taxa exponencial. Em 2000, os americanos tinham se envolvido com as pontocom até morrer e, em 2001, estavam hipotecando até morrer. A bolha imobiliária estava se formando diante de meus olhos. Quando iria estourar? Era como se cada pessoa com quem eu conversasse quisesse refinanciar ou tivesse acabado de fazer isso. Consegui fechar 30 empréstimos em duas semanas e pulei de volta num avião para a Califórnia.

Obviamente, com todos aqueles contratos de empréstimos, fazia sentido ficar em um quarto um pouco maior no Hilton (uma suíte, na verdade) e alugar um carro um pouco melhor na Hertz (um Lincoln, na verdade). Na terceira viagem, os empréstimos foram fechados tão rápido que decidi voar de primeira classe do JFK. Quer dizer, que mal tinha? Eu estava ganhando meu dinheiro de forma legítima e, naquela velocidade, ficaria milionário num piscar de olhos!

Quando cheguei a Los Angeles, o motorista da minha limusine (sim, para economizar tempo, eu tinha uma limusine me esperando) disse que estava surpreso que um homem com dinheiro escolhesse ficar no Hilton. "Por que não fica na Beach House?", perguntou ele calmamente. "Fica a poucos passos da areia, e cada quarto tem uma linda vista para o Pacífico. Quer dizer, o lugar não é barato, mas é sem dúvida o melhor!"

– Bem, que diabos você está esperando? – respondi ao motorista. – Leve-me para esse lugar, pelo amor de Deus!

Assim encontrei minha nova casa longe de casa: o Beach House. Era pitoresco, lindo e ficava a menos de 4 quilômetros de meus filhos. Em nossa terceira estadia, Chandler e Carter já eram como pequenas celebridades por lá. Todo mundo nos conhecia e nós conhecíamos todo mundo.

A vida parecia maravilhosa.

Só EXISTIAM DUAS COISAS me corroendo.

A primeira era minha amada noiva, KGB.

Nós nos odiávamos. Por que ainda continuávamos vivendo juntos, acho que nenhum de nós saberia responder. Talvez tivesse algo a ver com a inércia. Suas roupas estavam em meus armários, suas calcinhas estavam em minhas gavetas, seus lençóis estavam na minha cama, e ninguém, nem mesmo Mary Poppins, gosta de fazer as malas. Mas, infelizmente, à medida que o ano de 2001 chegava ao fim, o sexo começou a desvanecer, o que significava que não havia mais razão para viver no mesmo código postal.

Era o Valentine's Day de 2002, um dia tão bom quanto qualquer outro para romper o noivado mais mal concebido desde Johnny Depp e Winona Ryder. Na verdade, por que não acabar com aquilo ali mesmo, no jantar? Nós estávamos sentados em uma mesa para dois no Hotel American em Sag Harbor.

Era um estabelecimento elegante e, o mais importante, era o tipo de estabelecimento onde alguém tão refinada quanto KGB iria pensar duas vezes antes de derramar um copo de Louis Jadot Montrachet safra 1992 sobre minha cabeça. O *sommelier*, vestido com um impecável smoking preto e sapatos de couro preto, acabara de tirar a rolha da garrafa, que tinha o módico preço de 350 dólares.

Os fabulosos olhos azuis da KGB estavam olhando para mim com desprezo à distância de uma minúscula mesa apenas. Ela estava ligada a cada uma de minhas palavras, desgostosa com cada uma delas – *já!* –, apenas 15 minutos depois de nos sentarmos. Mas eu estava só começando, não deveria me apressar. Aquilo tinha de ser mais que uma de nossas brigas típicas para instigar a soviética a fazer as malas. De seus lábios vermelho-comunistas, deliciosos como sempre, vieram as palavras:

– *On polny mudak!* – seu testículo de merda! – Você acha que vocês ganha Guerra Fria? Ah, por favor! É só o dinheiro com a América! Dinheiro, dinheiro, dinheiro! – o desprezo pingava de cada palavra que ela dizia. – Vocês fazer meu país à falência! Seu Ronald Reagan nos chama Império do Mal e fazer Star Wars! E quem salvar vocês na Segunda Guerra Mundial? Nós salvar! Perdemos 20 milhões de pessoas para derrotar o nazismo. Quanto vocês perder... Dez pessoas? Inacreditável! Foda-se América... *Pizda mudak!* Suas bichas do caralho!

Dei de ombros, pouco impressionado com seu mais recente discurso antiamericano.

– Bem, se você odeia tanto este país, Yulia, então por que não – comecei a levantar a voz – dá o fora daqui e volta para a porra de seu próprio país ou para o que sobrou daquela merda? – Outros casais começaram a olhar. – Mas antes de ir embora – peguei uma baguete do prato de pães e ofereci a ela –, tome, leve um pedaço de pão com você, assim não vai precisar ficar na fila quando chegar em casa – balancei a cabeça desdenhosamente. – Bela merda, essa Rússia! Um escárnio! Certa vez uma superpotência, e agora, olhe só o que sobrou... Vocês não conseguem sequer derrotar a Chechênia, eles estão jogando as porras das pedras em vocês!

– *Blyad!* Quem você pensa que é? Você nunca conseguir garota como eu de novo! Olhe para você e olhe para mim. Você se arrepender.

Infelizmente, Yulia tinha razão. Ela sem dúvida tinha me derrotado no departamento das aparências. Era o momento de melhorar sua disposição. Olhei diretamente em seu rosto e soprei-lhe um beijo carinhoso.

Ela franziu o nariz pequeno de modelo e murmurou:

– *Mudilo!* – seu saco encolhido! – *Idi na khui!* – Vá chupar seu próprio pinto!

– Bem, Yulia, a aparência não é tudo – enviei-lhe um sarcástico sorriso. – E quero agradecer a você por me ensinar isso. Veja, meu problema é que eu tive sorte com minhas duas primeiras esposas, então assumi que beleza e personalidade vinham juntas, como num pacote. – Dei de ombros inocentemente. – Agora eu sei que não é bem assim.

– Ah! – rosnou a KGB. – Volte para a ex-mulher que deixou você escadaria do tribunal. Bela mulher esse!

Apesar de tudo, eu ainda sentia necessidade de defender a Duquesa.

Eu disse:

– Meu casamento com Nadine terminou muito antes de eu ser indiciado, mas isso não interessa. O que importa é o que está acontecendo conosco, com nosso relacionamento. Ele não está funcionando.

– *Blyad!* Você não tem que me dizer isso. Você ser pesadelo para viver. Tudo o que você falar é de crianças e hipotecas, nada mais. Você grande chateação.

Com isso, ela desviou o olhar, murmurando mais maldições em russo.

Eu respirei fundo e disse:

– Ouça, Yulia, eu realmente não quero mais brigar. Você foi muito boa para mim num momento em que eu precisava que alguém fosse bom para mim – dei de ombros com tristeza. – Mas nós somos pessoas diferentes, você e eu. Somos de mundos diferentes, com diferentes livros de história. Não é nossa culpa que não vejamos as coisas da mesma forma. Nem poderíamos, mesmo que quiséssemos. – Dei de ombros novamente. – Além disso, meu coração está na Califórnia, que é onde eu preciso estar, perto de meus filhos. Não há outro caminho para mim – balancei a cabeça e deixei escapar algumas risadas. – Confie em mim, você vai ficar melhor sem mim. Eu ainda vou para a cadeia um dia, e não tenho ideia de quanto isso vai demorar. Seja como for, acho que você deveria se mudar nesta semana. Vou para a Califórnia amanhã e não estarei de volta até domingo.

Com grande orgulho, ela acrescentou:

– Já fazer planos para isso. Igor virá amanhã e arrumar minhas coisas. Você nunca vai me ver de novo.

Balancei a cabeça, triste. O que ela disse era verdade: eu nunca mais iria vê-la de novo. Nosso relacionamento, afinal, não era do tipo que se transformaria em amizade (não tínhamos sido amigos nem quando ficamos juntos). Ela mergulharia de volta para a "cena" e eu me mudaria para Califórnia tão logo fosse possível para construir uma nova vida lá. Alugaria uma casa na praia, assim como tinha jurado a Alonso, e veria meus filhos todos os dias, tentando compensar o tempo perdido.

Vislumbrei o anel de noivado da KGB, aquele que tinha sido da Duquesa. Olhei para ele por um momento, uma enxurrada de lembranças se despejando em cima de mim. Aquele anel era uma de minhas únicas posses que restaram dos velhos tempos. Tudo o mais se fora. A maioria de meus móveis tinha sido roubada do depósito, e eu tinha empenhado todos os meus relógios de ouro antes de tropeçar no *boom* dos refinanciamentos. De fato, além de alguns poucos ternos Gilberto, a única coisa que eu ainda possuía era minha Mercedes preta de quatro portas. Todo o resto tinha sido comprado com o dinheiro das hipotecas, quer dizer, com o dinheiro que eu ganhei de maneira honesta.

Aparentemente KGB me viu olhando para o anel, porque ela disse:

– Ohhh, então você quer anel de volta agora?

Virei os cantos da boca para baixo e balancei a cabeça lentamente.

– Não. Você pode ficar com ele, vender, guardar, usar, não dou a mínima para o que fará com ele. Esse anel é amaldiçoado, pelo menos no que me diz respeito. Pode ser que ele traga mais sorte para você do que trouxe para mim.

Fizemos com que o jantar fosse curto, e 10 minutos depois estávamos de volta ao carro, em direção ao apartamento. Estávamos cruzando a Noyack Road, uma estrada longa, escura e sinuosa que leva de Sag Harbor até Southampton. Estava frio e úmido; as estradas estavam escorregadias. Eu dirigia a menos de 60 por hora.

KGB estava olhando para fora, pelo parabrisa. Ela usava um casaco russo comprido e um chapéu combinando, e este último tinha uma aba larga e uma cauda fofa dependurada na parte de trás. Era o tipo de conjunto de pele que só mesmo uma mulher russa rica e que tinha sido eleita Miss União Soviética poderia usar sem parecer completamente ridícula. O anel de noivado estava voltado para dentro, com a pedra descansando na palma da mão, o pulso fechado com força.

Aparentemente ela não teria desistido dele sem luta, de qualquer maneira.

Inclinei-me para a frente, liguei o rádio e apertei o botão de pesquisa. Uma canção de amor. *Cupido de merda!* Por que ninguém atira na bunda desse cretino com uma de suas próprias flechas? Apertei o botão de pesquisa de novo, outra canção de amor.

– Cuidado! – gritou KGB. – Animais na estrada!

Eu olhei para a frente. Porra! Cervos, três deles, a apenas 20 metros de distância e chegando perto rapidamente. Uma onda de adrenalina... Apertei o freio antitravamento e gritei:

– Segure-se!

Girei o volante para a direita, tentando levar o carro para dentro da floresta, mas a Mercedes começou a derrapar... Não!... *Vamos, seus alemães de merda!* Enfiei a mão na buzina, mas o cervo apenas olhou para o carro, confuso. Pisquei o farol alto em desespero. O cervo estava a menos de 10 metros. Buzinei de novo, nenhum efeito. Então, girei o volante com força para a esquerda... Mais rabeadas... Pisei no freio com ainda mais força... Senti o mecanismo de antitravamento das rodas entrar em ação... Esses *boches*! Vamos, seus *boches*... Meu coração estava batendo a mil por hora... Eu segurava minha respiração... Não... Tarde demais... Vai bater... Os focinhos indefesos dos cervos... Que desperdício terrível... Cruzei os braços e me preparei para o impacto.

– Segure-se! – gritei. – Nós vamos bater!

De repente, como por magia, o carro parou completamente a menos de um metro de um dos cervos. KGB e eu ficamos lá sentados, sem dizer uma palavra, a boca aberta, olhando para o cervo que ainda estava congelado pelos faróis do carro. Ao fundo, o cupido ainda estava me torturando com um dueto entre Lionel Richie e Diana Ross: *And I'll give it all to you, my love, my love, my love, my endless love.*

– Caralho... – murmurei finalmente, ainda olhando para o veado. Balancei a cabeça devagar, enquanto os cervos olhavam para trás. Eles pareciam incomodados. Desliguei o rádio e olhei para KGB. Belo chapéu!, pensei. – Meu Deus, essa passou perto! Não posso acreditar!

SMASH!

O impacto do quarto cervo foi tão profundo que a Mercedes alemã de 1 tonelada pareceu voar alguns metros no ar e depois caiu ao solo em câmera lenta. Mesmo sem olhar, eu sabia que todo o lado traseiro do passageiro estava completamente destruído. E o cervo, é claro, estava morto. Eu me virei para KGB e seu chapéu.

– Você está bem? – perguntei.

Ela assentiu com a cabeça lentamente, com ar sonhador. Ela estava muito atônita para falar. Com o canto do olho, eu vi os três cervos se dispersarem pela floresta. Naquele momento, compreendi que eles eram uma família pequena, provavelmente à procura de comida. E eu tive a certeza de ter matado a mãe. *Que triste!* Disse à KGB para esperar no carro.

Fora, era uma carnificina pura. Um cervo muito grande de expressão gentil estava deitado sobre seu lado direito, imóvel. Senti um arrepio correr pela espinha. Levantei a gola de meu casaco esportivo para me proteger do frio e fiquei um tempo avaliando o veado. Que estranho, ele ainda estava lindo. Não havia danos externos. Seus olhos estavam abertos e sem vida. Seu corpo, completamente imóvel. Devia ter quebrado o pescoço.

Olhei para a Mercedes. Estava completamente destruída. Desde a porta traseira até a roda, todo o lado direito havia sido detonado. Parecia improvável que fosse possível tirá-la dali. Tudo bem, pensei. Era meu último bem contaminado. No dia seguinte eu faria com que fosse levado para o ferro-velho, junto com a KGB.

Virei-me para o veado, para dar uma olhada de perto. Estava morto? Ele não parecia morto. E, de uma só vez, um medo terrível veio subindo pela minha coluna. Um animal morto era portador de más notícias, um sinal que vinha lá das profundezas. Com o coração apertado, me agachei e coloquei a mão na garganta do cervo. Verifiquei a pulsação e, subitamente, os olhos do veado piscaram! Pulei para trás, espantado.

Lentamente, muito lentamente, o veado ficou em pé nas quatro patas e começou a balançar a cabeça para trás e para a frente, como se estivesse tentando se livrar de teias de aranha. Então começou a se distanciar mancando. Depois de alguns passos, ele começou a trotar, de volta para a floresta, para se reunir com sua família. Soltei um grande suspiro de alívio.

Havia apenas uma última coisa me corroendo.

CAPÍTULO 29

O DIA DO JULGAMENTO FINAL

5 de julho de 2003
Dezessete meses depois

Os procedimentos estavam ocorrendo exatamente do jeito que eu pensei que aconteceriam. Eles me fizeram fugir do tribunal do juiz Gleeson para que pudesse vomitar meu café da manhã com privacidade. Ainda assim, tinha chegado a hora de acabar com aquela loucura, de deixar tudo para trás. Eu tinha estado livre sob fiança por muito tempo, e todo mundo no tribunal sabia disso. Todo mundo, não só o juiz Gleeson, mas Magnum e o homem de Yale, que estavam em pé a meu lado, e Alonso e TOC, que estavam em pé ao lado deles. Todo mundo parecia bastante elegante no dia de minha condenação.

A área reservada ao público estava cheia, no máximo da capacidade, repleta de amigos e de inimigos. Eles estavam sentados atrás de uma espessa balaustrada de madeira com tampo curvo, a chamada Barra da Justiça, e estavam todos tão quietos como ratos de igreja. Entre eles havia uma dúzia de promotores de Justiça (os amigos, acredite ou não), quase a mesma quantidade de jornalistas (os inimigos, é claro), um punhado de completos estranhos que estavam lá simplesmente para observar a condenação de um homem (sádicos, percebi) e meus amados pais, Mad Max e Santa Leah, que estavam lá para dar apoio moral.

Já haviam passado 10 minutos do processo, e Magnum apresentava meu caso a Gleeson, dizendo que minha multa deveria ser muito menor que a de Danny. Gleeson tinha batido nele com 200 milhões em restituição, que seriam pagos em parcelas de mil dólares por mês. Com base nisso, o valor estaria totalmente pago em um pouco mais de 16 mil anos, quando estivéssemos na próxima Era Glacial, época em que o dinheiro não iria significar tanto. De qualquer forma, eu ainda achei que 200 milhões em restituição era algo ultrajante. Não que eu não merecesse isso, mas como diabos eu poderia poder pagar? Na verdade, eu não pagaria; de acordo com Magnum, aquilo era mais simbólico que qualquer coisa. No entanto, ele ainda se sentiu compelido a apresentar o caso a Gleeson.

Gleeson o interrompeu e disse:

– Desculpe interromper, senhor O'Connell. Às vezes, a restituição é quase um ato simbólico, mas não neste caso. O senhor Belfort é um *ganhador*, por falta de melhor termo para defini-lo. Ele vai ganhar muito dinheiro depois que sair da prisão.

– Isso eu entendo – disse Magnum –, mas o valor determinado no caso Porsuch estava muito longe... – *Que merda!* Por que Magnum estava querendo arranjar briga com o juiz Gleeson? Qual era a ideia, porra? Basta deixá-lo me acertar com uma multa simbólica e decidir uma pena leve para mim na prisão. – ... de se negociar – continuou Magnum. – Eu só não posso concordar com algo que esteja muito acima de 100 milhões de dólares.

Houve alguns momentos de silêncio enquanto eu esperava que o juiz Gleeson explodisse com algo como: "COMO VOCÊ SE ATREVE A QUESTIONAR MEU JULGAMENTO NESTE TRIBUNAL? VOCÊ SERÁ DETIDO POR DESACATO, MAGNUM!". Mas, para minha surpresa, ele reduziu minha restituição para 110 milhões, sem parecer nem um pouco perturbado com isso. Então Gleeson disse:

– Você gostaria de ser ouvido em relação à sentença, senhor O'Connell?

Magnum assentiu com a cabeça.

– Sim, meritíssimo – *e seja breve! Alonso prometeu fazer um apelo em meu nome, por isso não roube muito do tempo dele!* –, mas apenas algumas observações muito breves. – *Graças a Deus.* – Este é um caso no qual entendemos plenamente que houve um crime grave, um crime bastante amplo em termos de tempo envolvido, de número de vítimas e de grande quantidade de danos sofridos por elas.

Bem, muito obrigado, Magnum. O que você vai fazer em seguida? Trazer à tona minha inclinação para prostitutas, drogas e arremesso de anões? Siga em frente, caramba!

– Em primeiro lugar – continuou Magnum –, o senhor Belfort reconhece que foi motivado pelo egoísmo e pela ganância durante esse período de atividade, e se viu diante de um problema sério de uso de drogas, que acho que se encaixou à sua culpa sobre os crimes em que ele esteve envolvido e em sua luta para...

Nessa hora, eu desliguei. Era muito doloroso para ouvir.

Claro, eu sabia que Magnum estava fazendo o que tinha de fazer; se ele tentasse minimizar meus crimes, Gleeson não consideraria ter algo de positivo para dizer. No entanto, na verdade, a única pessoa que realmente poderia me ajudar no processo era Alonso. Qualquer coisa que fosse dita por Magnum seria suspeita, porque ele era meu porta-voz pago, e qualquer coisa que fosse dita por mim seria interpretada como as palavras de um homem desesperado, que faria qualquer coisa para se salvar da prisão.

– ...e, no caso do senhor Belfort – concluiu meu porta-voz pago –, apesar da gravidade das infrações, eu realmente acredito que uma sentença branda seria apropriada.

– Obrigado – disse o juiz, que era inteligente o suficiente para saber que Magnum acharia que a clemência seria apropriada para praticamente tudo, exceto estupro ou assassinato.

Então Gleeson olhou para mim.

– Senhor Belfort?

Eu humildemente acenei com a cabeça e disse:

– Meritíssimo, eu gostaria de me desculpar... – *Não faça isso, idiota! Não peça desculpas para o mundo! Soa hipócrita!* – ...com todas as pessoas que perderam dinheiro...

E lá fui eu, pedindo desculpas a todos, sabendo que, apesar de estar realmente arrependido, minhas palavras soavam totalmente ocas e eu só desperdiçava meu fôlego. Mas eu não conseguia me conter, minha mente estava se movendo a mil por hora. Em uma pista, as desculpas jorravam...

– ...fazer uma lista e pedir desculpas a cada uma das pessoas, mas a lista é tão grande...

Na segunda pista, eu estava pensando como seria muito melhor se eu dissesse algo como: *Sabe de uma coisa, juiz? Eu fodi com uma coisa aqui de modo terrível e gostaria de dizer que foi tudo por causa de todas as drogas, mas a verdade é que não foi. Eu era apenas um canalha ganancioso, não apenas ávido por dinheiro, mas também por sexo, pelo poder, pela admiração de meus colegas e por qualquer outra coisa que você possa imaginar. O que torna tudo ainda pior, meritíssimo, é que eu fui abençoado com dons maravilhosos e, em vez de usá-los de forma honesta e produtiva, usei-os para corromper outras pessoas, para fazê-las obedecer a meus comandos malignos...*

– ...e quando comecei a Stratton, não tinha a intenção de que esse fosse o caminho, mas eu logo sabia exatamente o que estava fazendo e continuei fazendo até que fosse detido. Eu assumo total responsabilidade por minhas ações. Só posso culpar minha ganância, a ganância de poder, de dinheiro, de reconhecimento. Eu tenho muito que explicar para meus filhos um dia e espero que eles aprendam com meus erros. Eu gostaria apenas de deixar tudo isso para trás e começar a pagar as pessoas. É o melhor que posso fazer.

Baixei a cabeça em contrição e sacudi-a com tristeza.

Houve alguns momentos de silêncio, durante os quais me recusei a olhar para cima. Senti que meu discurso tinha sido terrivelmente insatisfatório.

Ouvi Gleeson dizer:

– Senhor Alonso?

Alonso disse:

– Meritíssimo, nós acabamos de ouvir o réu falar brevemente sobre quão arrependido ele está, sobre o que pensa da honestidade e da ética e como ele está tentando fazer a coisa certa todos os dias; se eu estivesse sentado onde o senhor está sentado, juiz, estaria um pouco cético em relação a um réu que tenha feito o que este réu fez. No entanto, passei muitas horas discutindo honestidade e ética com este homem. É possível que eu seja um otimista, mas acho que ele realmente entendeu. Acredito que ele tenha de fato tentado sair do ponto onde esteve nos últimos anos para mudar sua vida. Não sei o senhor está ciente disso, mas a primeira vez que o encontrei foi no dia em que o senhor o jogou na prisão por causa da viagem de helicóptero para Atlantic City. – *Puta merda, de todas as coisas para trazer à tona, por que isso?* – Nos meses seguintes, quando ele finalmente foi liberado, acredito que tenha ocorrido uma mudança profunda nesse homem. Acho que ele de fato pensou consigo mesmo sobre tudo o que fez e, o mais importante, o que teria de fazer como um cooperador. Pois acho que ele conseguiu. É possível sermos céticos? Claro. Penso que exista uma boa razão para acreditar nele quando diz o que disse? Sim. Quando testemunhou no julgamento de Gaito, ele passou mais de uma centena de horas se preparando comigo, e foi o pior momento de sua vida. Foi um momento muito difícil, mas nós passamos muito tempo falando sobre o que ele fez, seus enganos passados e suas fraudes, e acho que há boas razões para acreditar nele sobre sua intenção de cumprir com suas promessas.

Dei uma rápida olhada para Gleeson, que estava balançando a cabeça. Ele estava balançando a cabeça concordando, talvez? Era difícil dizer. Aquele juiz era frio como uma pedra de gelo. Não iria mostrar sua jogada antes da hora.

– Obrigado – disse Gleeson. – Eu acho que todo mundo aqui demonstrou bom senso em não falar tanto quanto poderiam, tendo em vista os extremos deste caso, desde o contato criminoso extremo envolvendo o senhor Belfort até a cooperação extrema da parte dele. Uma cooperação extraordinária, devo reconhecer – ele me olhou nos olhos. – Isso ajudou a derrubar muitos, muitos anos de prisão que ele deveria cumprir em outra situação, mas isso fica equilibrado por seus muitos anos de fraude arrogante.

Ele tinha ligado seu incrível raio encolhedor, e eu me vi encolhendo cada vez mais enquanto ele dizia:

– Você vitimizou milhares e milhares de pessoas inocentes que confiavam em você, que confiavam nas pessoas que trabalharam para você. Você achou que os reguladores eram uma piada e os tratou com desprezo. Você viveu uma vida boa – *ah, merda* – no mais alto *jet-set*, não porque seus talentos o fizeram chegar até lá, e não tenho dúvidas de que você seja um homem talentoso, mas porque estava disposto a mentir, a enganar e a roubar. Seus concorrentes foram colocados em desvantagem, certamente não todos, mas a maioria deles fez o que a maioria das pessoas faz, tentaram realizar negócios de maneira honrada e honesta, sem roubar o dinheiro de muitas pessoas, tantas que você não tem como pedir perdão a todas elas. É importante para a sentença que estou impondo que você tenha aparentemente mudado sua vida. O que li sobre você na carta da Promotoria, o que o senhor Alonso disse sobre você, penetrou em mim. Parece-me que você virou uma página. Eu acho que o mais importante e difícil de prever em todo esse processo é o que se traduz no quanto de punição você merece.

Ele fez uma pausa e soltou um grande suspiro, o tipo de grande suspiro que o rei Salomão teria produzido se tivesse sido confrontado com a obrigação de sentenciar o agora redimido Lobo de Wall Street.

Eu tensionei minhas nádegas e fiz uma oração ao Todo-Poderoso. Gleeson havia condenado Danny a quatro anos, o que, após as deduções, equivalia a pouco menos de dois. Do jeito que Magnum e eu havíamos imaginado, ele iria me dar uma pena menor.

– É uma decisão muito, muito difícil. Eu tenho pensado sobre isso bastante e durante muito tempo e determinei que uma pena de prisão de quatro anos é apropriada, e é isso que estou impondo.

Uma súbita onda de murmúrios veio da seção dos espectadores.

Meu estômago começou a revirar antes que minha mente colocasse todas as informações em ordem. As crianças, o que elas iriam dizer? Mais lágrimas. Abaixei a cabeça, derrotado. Eu não podia acreditar. Foi o que de pior havia na extremidade do espectro, exatamente o que Danny tinha recebido. Meu cérebro começou a voar no meio dos cálculos. Quarenta meses davam quanto depois das deduções? Havia 15% de desconto por bom comportamento, o que dava 7,2 meses, mais 18 meses pelo programa de drogas, isso somado dava 25,2 meses no total, deduzido de 48, dava entre 22 e 23 meses na prisão...

Então Gleeson disse:

– Estou impondo a restituição no valor de 110 milhões de dólares – não é grande coisa, pensei – a pagar no valor de 50% de sua renda bruta. – *Puta merda!*

Mais murmúrios na seção dos espectadores! Estavam rindo de mim? Não podia ser, mas era o que parecia. O que meus pais estariam pensando?

O tempo parecia andar mais devagar; eu conseguia ouvir Magnum pedindo ao juiz se ele podia me recomendar para o programa de drogas... Gleeson concordou... Magnum estava pedindo um adiamente na notificação... Gleeson recomendou 90 dias. Embora Magnum e eu tivéssemos falado antes sobre adiar até depois do Ano Novo, ele disse que não deveria ser um problema. Ele estava pedindo a Gleeson que me permitisse cumprir a pena na Califórnia, para eu poder ficar perto das crianças. Gleeson, naturalmente, concordou.

De repente, percebi Gleeson se levantar da cadeira, e foi assim. Tudo acabou desse jeito. Não haveria recursos, não haveria uma ajuda sobrenatural, nada. Eu estava indo para a cadeia por quase dois anos. E a multa... 50%! Um pesadelo! Como eu poderia pagar aquilo? Eu teria de ganhar na loteria... E nesse meio-tempo seria forçado a ganhar duas vezes mais que todos os outros para viver a mesma vida. Tudo bem, pensei. Eu iria conseguir facilmente.

Fora do tribunal, toda a equipe estava reunida no corredor – Alonso, TOC, Mórmon, Magnum, o homem de Yale e meus pais. Ainda era tudo um borrão para mim. Eu não tinha me recuperado do choque. Havia muitas expressões sombrias. Desculpas de Alonso, de TOC e do Mórmon, desejando que as coisas tivessem corrido melhor. Agradeci, prometendo manter contato. Eu sabia que TOC e eu o faríamos. Ainda que fôssemos tão diferentes, tínhamos aprendido muito um com o outro. Apesar de tudo, eu me considerava melhor depois de tê-lo encontrado.

Então eu me virei para Magnum e o homem de Yale e trocamos abraços. Eles haviam feito um trabalho incrível, especialmente quando eu mais precisei.

Se alguém que eu amava estivesse em apuros, eu recomendaria o escritório de advocacia De Feis O'Connell & Rose de olhos fechados. Nós certamente manteríamos contato.

Então abracei meus pais, meu pai primeiro.

Mad Max estava frio como um pepino, a proverbial rocha de Gibraltar. Mas isso era de esperar; afinal, nada o acalmava mais que uma boa catástrofe. Por dentro, ele estava chorando por mim, mas acho que nós dois sabíamos que não era isso que eu precisava dele. Com o mais triste dos sorrisos, ele estendeu os braços para mim e me segurou pelos ombros. Então, me olhou nos olhos e disse:

– Nós vamos superar isso, filho. Sua mãe e eu estaremos sempre a seu lado.

Eu balancei a cabeça, compreensivo, com a certeza de que sempre seria assim. Eles eram pessoas de bem, talvez a única coisa boa gerada pela Stratton tenha sido a segurança financeira que eles conseguiram, resultado do salário de meu pai quando ele tinha trabalhado lá. Eles iriam envelhecer com graça, dignidade e decência. Eles não seriam sobrecarregados com preocupações financeiras. Eu estava orgulhoso disso.

Minha mãe tinha lágrimas nos olhos quando eu a abracei, e eu podia senti-la chorando em meus braços. Era exatamente isso que eu precisava dela. Eu precisava saber que havia uma pessoa em todo o mundo que estava mais machucada que todos os outros juntos. Minha mãe era uma mulher brilhante e complicada. Leah Belfort era uma mulher da mais alta fibra moral, que tinha visto o filho viver o tipo de vida que representava tudo aquilo que ela mais detestava, o hedonismo, a ostentação e a falta de respeito pelos outros. No entanto, mesmo assim ela ainda me amava, talvez mais do que nunca, simplesmente porque eu precisava.

Com muito cuidado, segurei-a pelos ombros, da mesma forma que meu pai tinha me segurado. Então forcei um sorriso e disse:

– Está tudo bem, mãe. Esses quatro anos não são realmente quatro anos, após as deduções serão menos que dois. O tempo vai voar. Vai ficar tudo bem.

Ela balançou a cabeça, perplexa.

– Eu só não entendo como você recebeu a mesma pena que Danny. Essa é a única coisa que não faz sentido para mim.

– Sim – concordei. – Eu acho que parece um pouco injusto. Mas é assim que a vida é, às vezes, não é?

Ela assentiu com a cabeça. Na verdade, com a idade de 71 anos, ela sabia disso melhor que eu.

– De qualquer forma – continuei –, Gleeson estava certo, mãe, e você sabe disso. Acho que todo mundo sabe. Eu era o cérebro por trás da coisa toda, não Danny, e, depois de tudo o que aconteceu, como eu poderia me livrar de passar um tempo na cadeia? Além disso, Gleeson é um cara inteligente: ele sabe tudo sobre o programa de drogas e sobre bom comportamento. Então, ele só me condenou a dois anos, suficientes para me enviar uma mensagem, mas não para arruinar minha vida – e pisquei. – Além do mais, isso vai me dar uma chance de recuperar o atraso em algumas leituras, o que não é de todo ruim, certo? – outro sorriso forçado.

– Quando você e Nadine vão contar às crianças? – perguntou meu pai.

– Nós não vamos – disse eu, sem emoção –, pelo menos não ainda. Por que preocupá-los agora? Vamos esperar até antes de eu ir, então contaremos juntos. De qualquer forma, eu tenho de ir agora. Preciso arrumar minhas coisas.

– Ah, você está indo para a Califórnia? – perguntou minha mãe.

Eu sorri, orgulhoso.

– Não, mãe, eu não estou *indo* para a Califórnia, eu estou me *mudando* para lá.

Eles olharam para mim, incrédulos.

– Agora? – perguntou meu pai. – Você acha que faz sentido, com essa condenação pairando sobre sua cabeça?

– Não – respondi calmamente. – Eu tenho certeza de que não faz, mas ainda assim vou me mudar. Veja, eu fiz uma promessa para minha filha uma vez e não vou decepcioná-la. – Dei de ombros, como se quisesse dizer: "Às vezes o amor supera a lógica, certo?". E então completei. – Eu sei que vocês compreendem.

As palavras não eram necessárias, afinal, eles eram pais também.

Foi assim que me tornei residente do Estado da Califórnia, quer eles gostassem, quer não. Em uma semana, encontrei uma bela casa perto do mar, a menos de uma dúzia de quarteirões da casa de meus filhos, e estava fazendo exatamente o que havia jurado fazer a Alonso numa outra noite: tentando recuperar o tempo perdido, muito contente de passar meus últimos três meses de liberdade numa vida comum, cozinhando para as crianças, assistindo à TV com eles, levando-os para a escola, jogando futebol, voleibol e o que fosse.

Então, depois de uma extensão de três meses, o tempo acabou.

Era a virada do ano de 2004, um sábado ensolarado, e eu precisava me apresentar na cadeia na manhã seguinte. Da forma como eu via as coisas, eu tinha duas opções: eu poderia me apresentar por conta própria ou os delegados viriam me buscar. Embora nenhuma das duas fosse de fato eletrizante, eu havia me resignado à primeira. As crianças, é claro, não tinham a menor ideia, mas estavam prestes a descobrir.

Naquele exato momento, os dois estavam descendo as escadas, só sorrisos, enquanto a Duquesa, parecendo nervosa, vinha atrás deles. John e eu estávamos sentados na sala de estar, que, em uma última dose de ironia, tinha uma estranha semelhança com Meadow Lane: parede de trás de vidro, com uma fantástica vista para o oceano, móveis *shabby chic* (de um jeito um pouco mais formal, porém), dezenas de almofadas, panos e bugigangas espalhadas aqui e ali e lareira de pedra até o teto. Tudo aquilo revelava o que eu já suspeitava sobre a Duquesa o tempo todo: ela gostava de decorar suas casas de praia da mesma forma.

– Não se preocupe – disse John, que estava sentado à minha frente no sofá. – Vou tratar seus filhos como se fossem meus.

Eu assenti com a cabeça, tristemente.

– Eu sei que você fará isso, John. Confio em você mais do que você pode imaginar.

E, de fato, eu confiava. Eu tinha chegado a conhecer John bastante bem ao longo dos últimos seis meses. Ele era generoso, amável, responsável, carismático, alguém que cresceu na vida por conta própria e, acima de tudo, um homem que, fiel a suas palavras, tratou meus filhos como se fossem dele. Eles estariam seguros com John, eu sabia, e nada lhes faltaria.

– Ei, pai – disse Chandler alegremente quando se sentou a meu lado no sofá. – Por que essa reunião de família?

Carter, no entanto, não se sentou; quando estava a uns 5 metros do sofá, ele executou uma manobra e veio deslizando pelo piso de terracota com um par de meias brancas suadas. Ele agarrou o topo do sofá e saltou sobre as costas, como um acrobata, e caiu bem ao meu lado sem incidentes.

– Oi! – cantou alegremente e, então, se inclinou para trás e colocou os pés em cima de uma mesa de café australiana.

John, sempre disciplinador, lançou-lhe um olhar, ao que Carter revirou os olhos azuis e pôs os pés para baixo. Enquanto isso, a Duquesa sentou-se na poltrona ao lado de John. Ela ainda estava linda, um pouco mais velha, talvez, mas, considerando o que nós dois tínhamos vivido, ela parecia muito bem. Ela estava vestida casualmente, com calças jeans e uma camiseta, como John e eu. As crianças vestiam shorts, e a pele deles brilhava de juventude e saúde.

Respirei fundo e disse a eles:

– Venham aqui, pessoal. Tenho algo a falar para vocês e quero que vocês se sentem no meu colo enquanto faço isso.

Estiquei um braço para cada um deles.

Carter, em seus 25 quilos, imediatamente saltou para meu colo e se ajeitou na minha coxa direita, as pernas balançando entre as minhas. Em seguida, ele colocou os braços em volta de mim. Com apenas 8 anos e meio de idade, não percebia nada.

Mas Chandler se moveu lentamente, com mais cautela.

– É alguém doente? – perguntou, nervosa, ajeitando-se sobre minha outra coxa.

– Não – respondi suavemente –, ninguém está doente.

– Mas é uma má notícia, certo?

Eu balancei a cabeça, tristemente.

– Sim, querida, é. Eu tenho que ir embora por algum tempo, e apesar de não ser um tempo muito longo para um adulto, vai parecer uma eternidade para vocês.

– Quanto tempo? – perguntou ela, rapidamente.

Eu apertei os dois, trazendo-os para mais perto.

– Cerca de dois anos, gatinha.

Eu vi as primeiras lágrimas brotando nos olhos.

– Não! – disse ela, com urgência. – Você não pode ir embora de novo. Você acabou de se mudar! Não nos deixe!

Lutando contra as lágrimas, eu disse:

– Escute, quero que vocês dois ouçam com atenção... Muito tempo atrás, quando eu estava no mercado de ações, fiz algumas coisas que eram muito erradas, coisas das quais não estou orgulhoso agora; um monte de pessoas perdeu todo seu dinheiro por causa disso. Agora, depois de tantos anos, tenho que compensar o que fiz, o que significa que tenho de ir para a cadeia por um tempo e...

Ela caiu em meus braços.

– Ah, não, papai, não, por favor... – Chandler começou a chorar histericamente.

Eu tinha lágrimas nos olhos.

– Está tudo bem, Channy. É só...

E então Carter desmoronou em meus braços e começou a chorar histericamente.

– Ah, papai, não vá! Por favor...

Apertei-o mais, enquanto ele chorava em meu ombro.

– Está tudo bem – disse, fazendo carinho em suas costas. – Vai ficar tudo bem. – Então, falei para Channy: – Não se preocupe, gatinha, pode acreditar, você nem vai ver o tempo passar.

A Duquesa saiu de sua poltrona. Ela correu e sentou-se na beira do sofá e abraçou as crianças também.

– Está tudo bem, crianças. Vai... Vai ficar tudo bem.

Eu olhei para a Duquesa e ela também estava chorando, suas palavras saindo com minúsculos soluços. Então comecei a chorar, ao ponto em que John também se levantou de sua poltrona. Ele veio se sentar na beirada da mesa de café e colocou os braços ao redor das crianças também, tentando consolá-las. Ele não estava chorando ainda, mas parecia prestes a fazer isso.

Não havia nada a fazer, a não ser deixar as crianças chorarem. Acho que todos nós sabíamos disso, até mesmo elas. Havia certa quantidade de lágrimas que precisavam ser derramadas antes que meus filhos conseguissem tentar entender o sentido de tudo aquilo, ou pelo menos aceitar o que estava acontecendo.

Finalmente, depois de alguns minutos afagando as costas e acariciando os cabelos, falando sobre os dias de visita e sobre como eles ainda poderiam conversar comigo pelo telefone e escrever cartas, eles começaram a se acalmar. Então, tentei explicar como tudo aquilo tinha acontecido, como tinha começado a Stratton muito jovem e como logo tudo rapidamente tinha saído do controle. Então eu disse:

– Muito do que aconteceu tinha a ver com drogas, que me deixaram fazer coisas que eu nunca faria normalmente. É muito importante que vocês dois aprendam com os erros do papai, porque, quando ficarem mais velhos, vocês poderão se ver em uma situação em que as pessoas estarão usando drogas e dizendo como é legal e como vocês se sentiriam bem e todo esse tipo de coisa. Na verdade, essas pessoas podem até mesmo tentar forçá-los a usar drogas, o que pode ser a pior coisa de todas – balancei a cabeça, seriamente. – E, se isso acontecer, eu quero que vocês pensem no papai e em todos os problemas que as drogas causaram a ele e como elas quase o mataram uma vez. Então vocês vão saber que não devem usar, tudo bem?

Ambos assentiram e disseram que sim.

– Ótimo, porque é muito importante para mim que vocês entendam isso, porque vai fazer com que o tempo em que eu estiver longe de vocês passe mais rápido, sabendo que entenderam – parei por um momento, percebendo que eu lhes devia mais que uma explicação alegando insanidade básica centrada no abuso de drogas. – Bem, havia outras razões pelas quais cometi esses erros e, por mais que não sejam tão graves quando as drogas, também são muito ruins. O que aconteceu com o papai foi que eu cresci sem ter tanto dinheiro, ao contrário de vocês – fiz um gesto para a parede de vidro, com sua deslumbrante vista para o Pacífico –, e eu realmente queria ser rico. Então eu cortei alguns caminhos, o que me fez ganhar dinheiro rapidamente. Vocês entendem o que isso quer dizer?

Carter balançou a cabeça negativamente. Chandler disse:

– Você roubou dinheiro?

Fiquei atônito. Olhei para a Duquesa, e ela mantinha os lábios comprimidos, como se estivesse tentando evitar uma risadinha. Olhei para John, que deu de ombros, como se dissesse: "Ela é sua filha!". Então olhei para Chandler.

– Bem, eu não diria que realmente roubei dinheiro, Channy, porque não foi bem assim. Deixe-me dar um exemplo: vamos supor que sua amiga telefonou e disse que tinha um brinquedo muito legal que ela queria comprar e lhe pediu para dividir com ela. Você topou fazer isso e lhe deu metade do dinheiro, porque sua amiga disse que aquele era o melhor brinquedo do mundo. Mas depois, mais tarde, você descobriu que o brinquedo não custou tanto quanto ela disse que custaria e que ela usou seu dinheiro para comprar doces, que ela nem sequer dividiu com você – balancei a cabeça gravemente. – Você vê o que eu quero dizer? Não seria ruim?

Chandler concordou em tom acusador.

– Ela me roubou!

– Sim – acrescentou Carter. – Ela roubou!

Inacreditável!, pensei. Sim, talvez eu tivesse roubado, mas pelo menos tinha feito isso com um pouco de brio! Quer dizer, eu não tinha usado uma arma nem nada! Mas como é que eu ia explicar táticas de venda de alta pressão e manipulação de ações para meus filhos?

A Duquesa entrou na conversa:

– Bem, é um pouco como roubo, mas a diferença é que quando você é mais velho, como seu pai ou eu, deveria saber que não pode enviar seu dinheiro a estranhos para comprar brinquedos, sabe? Ou seja, você deveria assumir a responsabilidade por suas próprias ações. Entenderam?

– Sim – eles responderam em uníssono, embora eu não tivesse tanta certeza de que fosse verdade. De qualquer forma, eu estava feliz porque a Duquesa tinha feito um esforço.

Houve algumas lágrimas mais à noite, mas o pior já tinha passado.

Não tendo outra escolha, as crianças rapidamente se resignaram com o fato de que me veriam apenas nos dias de visita, durante um tempo. No final, meu único consolo foi que, naquela noite, acabei adormecendo do jeito que eu queria, com Chandler e Carter em meus braços. E, claro, eu tinha mantido a promessa à minha filha e me mudado para a Califórnia.

EPÍLOGO
A TERRA DOS MULLETS

Por que todos esses mullets?

Esse não foi o primeiro pensamento que tive ao entrar no prédio de tijolos da administração do Instituto Correcional Taft, mas foi quase o primeiro. Meu primeiro pensamento foi que o edifício até parecia bastante tranquilo. A área de recepção era aberta e arejada, com um teto muito alto, algumas *muitas* bandeiras americanas e uma pequena sala de estar com cadeiras estofadas de um lado. Dois guardas uniformizados, um de cada sexo, estavam sentados atrás de uma grande mesa de fórmica na recepção, parecendo mais entediados que qualquer coisa.

Curiosamente, ambos ostentavam mullets.

O mullet do homem era composto de um cabelo marrom-avermelhado que tinha a consistência de palha de aço. Era bem alto em cima, elevando-se uns bons 3 centímetros acima de seu crânio moreno, e muito esticado nos lados. No entanto, na parte de trás, o mullet era tão fino quanto cabelo de milho e descia alguns bons centímetros abaixo do colarinho da camisa cinza-claro de seu uniforme de guarda. O mullet da mulher era de construção semelhante, embora seu cabelo fosse loiro abacaxi e muito mais comprido na parte de trás.

Eu tinha investigado um pouco na semana anterior e alguém que "sabia das coisas" (ou seja, um antigo convidado) me disse que eu deveria aparecer vestindo moletom cinza, camiseta branca e tênis brancos. Qualquer outra coisa seria confiscada e enviada de volta para minha família em uma caixa. A única exceção era uma raquete de tênis, que eu poderia levar comigo. Ele recomendou que eu fizesse isso, porque as raquetes oferecidas eram de qualidade duvidosa.

Foi por essa razão que, precisamente às 11 horas da manhã de sexta-feira, 2 de janeiro de 2004, entrei no prédio da administração vestindo um agasalho cinza e carregando uma raquete de tênis nova debaixo do braço direito.

– Eu sou Jordan Belfort – disse para os dois mullets da entrada. – Estou aqui para começar a cumprir minha pena.

– Bem-vindo ao Taft – disse a mullet fêmea em um tom surpreendentemente amigável. – Sente-se ali – ela fez um gesto em direção à sala de estar. – Alguém virá buscá-lo em alguns minutos.

Depois de uns minutos, um terceiro guarda surgiu. Ele era baixo, atarracado e de aparência simples, com quadris largos e com o tipo de marcha pesada que denota baixa inteligência. Ele usava o mesmo uniforme cinza dos outros guardas, embora o dele parecesse mais fortemente acolchoado. Em sua mão direita havia uma prancheta. Em seu crânio estreito havia um mullet castanho-claro que parecia exuberante o suficiente para abrigar um ninho de passarinho. Ele olhou para a prancheta e disse:

– Você que é o Belfort?

– Sim – respondi, observando o fato de que eu não era mais o senhor Belfort ou mesmo Jordan Belfort. Eu era simplesmente Belfort.

– Tudo bem – disse ele, cansado. – Siga-me, Belfort.

O guarda me levou por uma série de portas de aço, a última das quais se fechou atrás de mim com um *clank* sinistro. A mensagem implícita era: "Você agora é um prisioneiro, tudo o que conhecia do mundo exterior se foi". Então entramos em uma pequena sala sem janelas, sem mesa, sem cadeiras, no fundo da qual havia uma grande cortina branca pendurada no teto.

– Qual é o lance da raquete de tênis? – perguntou o guarda.

– Como vou para o Acampamento, me disseram que eu poderia trazer uma raquete de tênis comigo.

– Não mais, eles mudaram as regras há alguns anos. – Ele olhou para a prancheta por um momento, depois virou-se e disse: – Você tem certeza de que está indo para o Acampamento? Consta aqui que você está indo para o Inferior.

O Taft tinha duas instalações separadas: o Inferior e o Acampamento. O Inferior alojava detentos de verdade, enquanto o Acampamento abrigava... Campistas, como diz a palavra. Embora o Inferior não fosse ocupado por assassinos e estupradores, ainda tinha seu quinhão de violência; o Acampamento, no entanto, não tinha nenhuma violência. Na verdade, ele não tinha nem mesmo uma cerca em torno dele, você ficava alojado lá na base da palavra de honra e podia sair a qualquer momento.

Tentando manter a calma, eu disse:

– Eu tenho certeza de que estou designado para o Acampamento, o juiz recomendou ao dar minha pena e...

Ele deu de ombros, indiferente.

– Você pode discutir isso com seu conselheiro aqui. Dê-me seus tênis.

– Meus tênis? – Olhei para meus tênis Nike novos. – O que há de errado com meus tênis?

– Eles têm uma tarja vermelha. Apenas tênis brancos simples são permitidos. Nós vamos enviá-los de volta para sua família, juntamente com sua raquete. Agora vá para trás da cortina e tire a roupa.

Eu fiz como me foi dito e, dois minutos mais tarde, depois de puxar e olhar atrás de minhas orelhas, correr os dedos por meu cabelo, abrir minha boca, rolar minha língua, levantar um pé e depois o outro e, finalmente, levantar meu porta-nozes (como o guarda se referiu a ele), ele me devolveu o agasalho cinza e ordenou que me vestisse. Depois, entregou-me um par de chinelos de lona azul, o tipo que Mao dava aos dissidentes políticos ao entrar em um de seus campos de reeducação.

– Sua conselheira é a senhora Richards[1] – disse o guarda. – Ela vai chegar daqui a uma hora. Até lá, sinta-se à vontade.

Suas últimas palavras saíram com uma saudável dose de ironia; afinal, não havia nada no quarto onde eu pudesse sentar, a não ser o chão de linóleo barato. Então ele saiu, fechando a porta atrás de si.

Mantenha a calma!, pensei. Não havia nenhuma maneira de eles me manterem no Inferior. Eu pertencia ao Acampamento! Não tinha histórico de violência e era um réu primário. Eu tinha até cooperado com o governo!

Trinta minutos depois, a porta se abriu e entrou minha conselheira, a senhora Richards. Ela era enorme, com cerca de 1,80 metro de altura, os ombros de um jogador de defesa de futebol americano e as características carnudas de um shar-pei. Seu mullet castanho-escuro parecia ter 1 quilômetro de altura. Estava usando roupas casuais, jeans azuis e um blusão azul-escuro. Seus pés estavam calçados com botas militares pretas.

Antes que ela tivesse chance de dizer qualquer coisa, eu me levantei do piso de linóleo e disse:

– Senhora Richards, eu tenho um problema sério aqui: o guarda me disse que eu estou indo para o Inferior, mas eu fui designado para o Acampamento. O juiz recomendou isso na minha sentença.

---

[1] O nome foi mudado.

Ela me deu um sorriso amigável, expondo um par de incisivos centrais tão severamente sobrepostos que faziam-na parecer um gigantesco Snaggletooth*. Senti um arrepio na espinha.

A Snaggletooth me falou em um tom bastante alegre:

– O.k., bem, vamos ver se a gente consegue resolver isso. Siga-me.

E até que a Snaggletooth se mostrou ser alguém bastante agradável. Ela me levou até uma pequena sala de entrevistas, onde passou alguns minutos olhando meu arquivo. Por fim, ela disse:

– Eu tenho uma boa notícia para você, Belfort, você de fato se qualifica para o Acampamento.

Graças a Deus!, pensei. Eu era, na verdade, material campista. Sempre soube disso. A troco de quê fiquei preocupado, porra? Mas que bobagem a minha.

Então:

– Espere! Falei muito cedo!

Uma nova onda de pânico.

– O que há de errado agora?

– Seu oficial da condicional não nos enviou o relatório pré-sentença. Não posso colocar você no Acampamento até que eu o revise. O relatório tem todas as informações sobre seu caso.

Perto do pânico, falei:

– Então você está me botando no Inferior?

– Não, não – respondeu ela, fazendo seu sorriso Snaggletooth. – Não vou colocá-lo no Inferior; vou colocá-lo no Buraco.

Meus olhos saltaram das órbitas occipitais, como se fossem cabides de chapéus.

– Você está me colocando no Buraco? Num confinamento, como uma solitária?

Ela assentiu com a cabeça lentamente.

– Sim, mas só até sua papelada chegar aqui. Não deve demorar mais de uma semana.

Pânico e mais pânico.

– Uma semana? Como é que pode levar uma semana para minha papelada chegar até aqui? Eles não podem apenas enviar um fax sobre isso?

Ela apertou os lábios e negou com um aceno de cabeça.

– Ah, meu Deus – murmurei. – Uma semana no buraco. Não é justo.

Snaggletooth concordou e disse:

– Pois é, bem-vindo ao Taft, Belfort.

---

* Mascote da banda de rock Motörhead, com presas enormes. (N. T.)

PRIMEIRO, ELES PEGARAM minhas roupas e me entregaram um macacão laranja, então me deram os chinelos de reeducação e me pediram para colocar as mãos nas costas, para que pudessem bater as algemas em meus pulsos, que foi o que fizeram, com um sorriso.

"Eles" eram dois guardas uniformizados da Unidade Especial de Isolamento, mais conhecida como Buraco. Ficava nas entranhas mais profundas do prédio da administração, uma área da prisão onde ficavam alojados os casos mais graves. Algemado e em pânico, fui escoltado por um corredor longo e estreito com sinistras portas de aço de ambos os lados.

Não surpreendentemente, "eles" eram de uma raça totalmente diferente dos afáveis mullets da recepção (*e nenhum deles exibia mullets!*). Eles eram anormalmente altos, muito musculosos e tinham aquele tipo de mandíbulas superdesenvolvidas que indicavam abuso de esteroides acoplado a uma predisposição genética para a violência. Enquanto percorríamos o caminho pelo Buraco, nenhuma palavra foi trocada, a não ser um comentário passageiro que eu fiz sobre ser jogado na solitária não por ter feito algo de errado, mas simplesmente por um desses casos de documentos perdidos ou coisa assim (de forma que eles facilitassem as coisas para mim). A isso, ambos deram de ombros, como quem diz: "Quem se importa?".

Os guardas pararam e abriram uma das portas de aço.

– Dê um passo para dentro – ordenou um deles. – Depois que a porta for fechada, você enfia suas mãos através da abertura na porta e nós tiramos as algemas.

Dizendo isso, eles me empurraram para dentro da cela, que era incrivelmente minúscula, talvez com 1,90 metro por 4 ou pouco mais. Duas beliches de aço estavam cravadas em uma das paredes, um conjunto de assento e mesa de aço cravado na outra e um vaso sanitário de aço, sem assento, estava à direita, bem à vista de quem olhasse. Uma pequena janela, coberta por barras de ferro, dava para um campo empoeirado. A cama de baixo era ocupada por outro preso, um homem de meia-idade, branco, com a pele de alguém privado de sol há muito tempo. Ele estava ocupado escrevendo e, para minha surpresa, ostentava o mullet mais fabuloso de todos. Na verdade, era espetacular, composto de cabelo encaracolado vermelho tão baixo no topo da cabeça que você poderia usá-la como um prato. No momento em que os guardas fecharam a porta, ele saiu da cama e me perguntou:

– O que aconteceu? O que eles dizem que você fez?

– Nada – respondi. – Eu me entreguei e eles perderam minha papelada.

Ele revirou os olhos.

– Isso é o que eles sempre dizem.

– Como assim, o que você quer dizer com isso?

– Eu quero dizer que eles fazem dinheiro extra jogando as pessoas no Buraco. Taft não faz realmente parte do Bureau de Prisões, eles são uma corporação privada, que visa a lucro. Você sabia disso, não?

Assenti com a cabeça.

– Sim, é propriedade da Corporação Wackenhut.

– Exatamente – disse ele. – Para cada dia que você passa no Buraco, Wackenhut cobra do governo mais 100 dólares. Enfim, sou Sam Hausman[2]. – Ele estendeu o punho fechado em direção a mim para um aperto de mão da prisão.

– Jordan Belfort – respondi, batendo as juntas dos meus dedos nas dele. – E você, está no Buraco por qual motivo?

– Entrei com pedido de penhora da casa do diretor da prisão e da casa de alguns guardas também.

Meus olhos quase saltaram para fora de meu crânio.

– Você entrou com um pedido de penhora da casa do diretor? Por que você faria isso?

Ele deu de ombros casualmente.

– Eu tenho meus motivos. Fiz o mesmo contra o juiz que me condenou. E o promotor também. Basicamente, destruí o crédito deles. E agora estou começando o processo de alienação desses bens. E você, está na prisão a troco de quê?

Meu Deus, aquele mullet era insano!

– Manipulação de ações. Um monte de outras coisas também. Tudo de colarinho branco. E você?

Conscientemente, ele me disse:

– Eu não fiz nada, sou inocente.

Nossa, que surpresa!, pensei.

– Bem, o que eles *dizem* que você fez?

– Eles dizem que dei cheques sem fundo, mas isso é mentira. Eu posso escrever todos os cheques do jeito que eu quiser, independentemente de quanto dinheiro há na minha conta. Essa é a lei.

– Ah, é mesmo? Por que isso? – perguntei.

---

[2] O nome foi trocado.

– Porque o governo roubou minha certidão de nascimento no dia em que nasci e escondeu em algum cofre em Porto Rico. Em troca, eles me deram um laranja chamado SAM HAUSMAN, sim, em letras maiúsculas, não o legítimo Sam Hausman, em letras minúsculas. Quem eu realmente sou: Sam Hausman, em letras minúsculas.

Ele caminhou até sua cama, que estava a menos de 1 metro de distância, e me entregou um livro intitulado *Redenção pela lei*.

– Acredite em mim – disse ele –, depois que terminar de ler este livro, você vai entrar com pedidos de penhora contra o diretor, também. Entenda uma coisa: você não é nada mais que um escravo, Jordan. Você precisa recuperar seu laranja, não há outra maneira.

Eu balancei a cabeça e aceitei o livro. Então, para tirar uma com aquele maluco, perguntei:

– E o que dizer do pessoal do Imposto de Renda? Qual é a história com eles?

Ele sorriu conscientemente.

– A Receita Federal nem mesmo existe; de fato, se você encontrar uma lei que seja na Constituição dos Estados Unidos autorizando a Receita Federal a cobrar impostos, eu raspo a cabeça. – *Você quer dizer, corta os mullets.* – Existe apenas uma emenda que faz menção aos impostos, e ela nunca foi ratificada – com isso, ele estendeu a mão para uma pilha de papéis em sua cama e me entregou um que estava no topo. – Esta é uma lista de todos os senadores norte-americanos que ratificaram a 14ª Emenda. Vá em frente e conte: você verá que não é suficiente para obter uma maioria legítima.

Assenti com a cabeça e peguei meu material de leitura, subindo para o beliche de cima. Passei os dias seguintes aprendendo tudo o que havia para saber sobre resgatar meu laranja. Quando eu não estava lendo sobre isso, Sam estava falando sobre isso, enquanto refeições pouco comestíveis eram deslizadas através de uma pequena abertura na porta de aço, três vezes ao dia. Sam insistia que qualquer coisa que eu não comesse devia ser jogada na privada, incluindo maçãs meio comidas e pacotes fechados de ketchup. Afinal, os malfeitores da Wackenhut reciclavam tudo o que sobrava, em uma tentativa de cortar custos.

A cada manhã, Sam sorria e dizia:

– É hora de alimentar o diretor!

Então ele fazia um número dois fenomenal e soltava a descarga com um aceno de cabeça.

Consegui escrever duas cartas por dia, uma para Chandler e outra para Carter. Decidi que seria melhor mentir para eles, dizendo-lhes como o Acampamento era maravilhoso e que eu estava jogando tênis todos os dias e me exercitando no ginásio. A única razão pela qual eu ainda não tinha telefonado era que demorava um pouco para conseguir ter uma conta de telefone.

E enquanto um dia se misturava ao seguinte, Sam me passou tudo sobre o Acampamento, que era, de fato, um lugar confortável para se cumprir a pena. Por uma taxa nominal, explicou ele, eu poderia viver como um rei; cozinheiro, mordomo, empregado, massagista e alguém para fazer o trabalho que me tivesse sido determinado, tudo isso poderia ser assegurado por um custo mensal de menos de mil dólares, pagos em selos, cigarros ou comida que eu tivesse comprado na intendência ou, ainda, ao pedir que um de meus amigos do lado de fora fizesse uma ordem de pagamento para a conta de outro detento. Embora esta última estratégia fosse um pouco contra as regras, todos estavam fazendo isso, ele assegurou.

Finalmente, na manhã de meu 7º dia na solitária, a porta de aço se abriu e eu ouvi as palavras mais gloriosas do mundo:

– De pé, Belfort. É hora de ir para o Acampamento.

Graças a Deus, pensei, quase deixando escorrer lágrimas. Pulei do beliche de cima com a velocidade de um coelho e me virei para Sam, dando uma última olhada para seu mullet de tirar o fôlego:

– Boa sorte no resgate de seu laranja.

Ele piscou.

– Esses cretinos estão exatamente onde queria que estivessem.

Realmente é o que parece, pensei.

Então eu saí da cela.

– VOU ENFIAR ISSO aqui em sua garganta – latiu Tony, o negociante de metanfetaminas, que ainda tinha que cumprir cinco anos de sua pena de oito.

– Vá em frente e tente – lati de volta. – Vai voltar direto para você.

Duas horas mais tarde, Tony, o negociante de metanfetaminas, estava de pé a aproximadamente 15 metros de mim, do outro lado da rede de tênis. Era um dia ameno de inverno, com sol, 15 graus, e era a vez do saque de Tony. Eu fazia o máximo para manter os olhos sobre ele, mas estava difícil. Afinal, tinha muita coisa acontecendo no Acampamento. Atrás de Tony havia um campo de futebol, onde um jogo acontecia; à sua direita havia uma quadra de basquete, onde um jogo também estava em andamento, e perto da quadra de basquete ficava um campo gramado onde duas dezenas de mexicanos estavam sentados em mesas de piquenique de madeira, enrolando tacos e burritos para uma festa na sexta-feira à noite.

E isso era só o começo: atrás de mim havia um campo de beisebol; à minha direita, uma pista de atletismo, um poço de ferradura, uma quadra de vôlei e uma cancha de bocha de terra vermelha; à minha esquerda, mais distantes, estavam as trilhas de concreto que levavam a um punhado de prédios baixos de concreto – o salão de jantar, a sala de recreação, a biblioteca, os quartos, a sala de música, a enfermaria e o edifício da administração do campo. Dispersas ao longo do perímetro, havia pequenas placas brancas – *Fora dos limites* – e, ao longe, depois das placas, estavam as planícies poeirentas da cidade de Taft, limitada por uma inexpressiva serra.

De repente, uma voz potente veio pelo alto-falante:

– Contagem! Hora da contagem! Todos voltem para a unidade para a contagem das 4 da tarde.

Eu estava prestes a largar minha raquete quando notei que nenhum dos outros campistas estava prestando atenção ao anúncio; em vez disso, continuaram fazendo o que estavam fazendo. Só quando veio o segundo anúncio, 10 minutos depois, eles começaram a se mexer. A unidade era um grande espaço, aproximadamente do tamanho de um campo de futebol. Ela estava cheia de cubículos de concreto, delimitada de um lado por banheiros, do outro por salas de TV e quartos e em frente por uma meia dúzia de escritórios da administração, onde a equipe fingia trabalhar.

Entrei na unidade e caminhei por um corredor estreito em direção ao beliche 12-Inferior. Em ambos os lados do corredor havia pequenos cubículos, cada um com talvez 3 por 5 metros. Assim como no Buraco, eles continham apenas o essencial: dois beliches, dois armários e um conjunto de aço de assento e mesa, soldados ao chão de concreto cinza.

Logo que cheguei, encontrei-me rapidamente com meu novo colega de beliche, que parecia um cara decente (a típica variedade de revendedor de drogas). Ele era baixo, atarracado, de cabelos e olhos escuros, e tinha sempre uma expressão sombria. Seu nome era Mark e, com exceção de seus dois dentes da frente, que estavam faltando, parecia razoavelmente saudável. Naquele momento, ele estava deitado em sua cama, lendo um livro. Ele prestou pouca atenção em mim quando entrei no cubículo e me sentei junto à mesa de aço.

Ouvi uma ágil voz feminina:

– Ei, Belfort!

Olhei para cima e: *um choque*! Havia uma pessoa sexy na entrada do cubículo, olhando para mim. Ela não devia ter mais que 1,65 metro e tinha cabelos castanhos, que descansavam sobre um par de ombros delicados e estavam puxados para trás, como os de uma líder de torcida, acentuando seus alegres pequenos seios. Parecia ter por volta de 30 anos e usava uma camisa rosa para fora da calça e jeans Levis apertados. No mundo lá fora eu não a teria caraterizado como maravilhosa, mas ali dentro parecia mais sexy que uma modelo da Victoria's Secret.

Ela disse:

– Sou sua conselheira, senhorita Strickland.

O que aconteceu com a Snaggletooth?, pensei.

– O que aconteceu com a senhora Richards? – perguntei.

– Ela estava me substituindo na semana passada – ela olhou para mim por um momento e disse: – Bem, você não parece um cara que roubou 100 milhões de dólares. Até que parece bem inocente.

– Sim, já ouvi isso antes, mas sou definitivamente culpado do que fui acusado.

Com uma risada, ela continuou:

– A gente não ouve isso muitas vezes por aqui! Todo mundo é inocente em Taft. Na verdade, por falar nisso, como foi sua semana no Buraco, com Sam Hausman?

– Ele é um maníaco! Ele também entrou com um processo de penhora contra você?

Ela começou a rir.

– Não, mas sou minoria por aqui; ele fez isso contra praticamente todos os outros. Eu acho que ele gosta de mim – e encolheu os ombros. – Enfim, estou mudando você depois da contagem, seu novo beliche é o 42-Inferior. É o cubículo de Chong.

– Tommy Chong, o ator?

– Sim, achei melhor deixar vocês dois no mesmo lugar. Vai ser mais fácil manter os olhos em vocês.

Com isso, a senhorita Strickland sorriu e saiu sem dizer uma palavra.

Eu tinha ouvido falar que Tommy Chong estava no Taft cumprindo pena por causa de uma acusação ridícula de vender *bongs** pela internet. Do pouco

* *Bong*, também conhecido como purificador, é um aparelho de vidro utilizado para fumar qualquer tipo de erva, principalmente maconha, tabaco e derivados. É similar a um narguilé. (N. T.)

que eu sabia sobre o caso, era uma interpretação ridícula da justiça. Na verdade, a venda de narguilés ou *bongs* não era nem mesmo ilegal, mas ele tinha vendido pela internet (e assim atravessado as fronteiras dos estados) e violado a lei. Em consequência, tinha recebido uma pena de 10 meses.

Eu resisti à vontade de calcular comparativamente a justiça de nossas duas condenações; afinal, se vender *bongs* se traduzia em 10 meses na cadeia, então como deveria se traduzir o roubo de 100 milhões de dólares de milhares de investidores, os milhões de dólares transferidos ilegalmente para a Suíça e os atos de depravação que desafiavam as leis do homem e de Deus? Cerca de 10 mil anos, imaginei.

– Que merda que é isso! – reclamou meu colega de cela.

– O que é uma merda?

– Pessoas como você receberem tratamento especial por aqui.

– Como assim? Do que está falando?

Meu colega encolheu os ombros.

– Eu não estou dizendo que é culpa sua, mas estou aqui há 19 meses e a única vez em que Strickland me dirigiu a palavra foi pra me mandar arrumar a cama. No entanto, você está aqui só há algumas horas e ela vem pulando em sua camisa rosa e muda você para Tommy Chong. Veja: ela nem vai mandá-lo para a cozinha, como faz com qualquer outro detento recém-chegado. Aposto como vai fazer de você um cara para limpar a grama ou coisa assim, os melhores trabalhos daqui. – Então, em um tom amigável: – Enfim, tudo bem, o que eu realmente gostaria de fazer é ser seu cara na lavanderia. Eu vou cobrar 2 dólares por semana, além de outros 50 centavos pelo amaciante. Você pode me pagar tanto em selos quanto em latas de atum, o que ficar mais fácil para você.

– Tudo bem – respondi. – Eu pago em atum.

E veio então uma forte voz masculina da frente da unidade.

– Hora da contagem! Hora da contagem! Todos de pé para a contagem das 4 da tarde.

Mark saiu da cama e ficou de pé na frente do cubículo, assim como eu. Um silêncio tomou conta da unidade.

Alguns momentos depois, dois guardas vieram andando em um passo excessivamente rápido, olhando enquanto passavam. Os passos eram tão rápidos que eu tinha certeza de que não tinham nos contado, eles só presumiram que estávamos todos ali. Enfim, alguns minutos mais tarde, a mesma voz potente gritou "Certo!", o nível de ruído aumentou de novo e os campistas começaram a passear pela unidade, como se fossem atletas em um vestiário.

Com um toque das juntas dos punhos fechados, me despedi de meu cara na lavanderia e me dirigi pelo corredor estreito para o 42-Inferior. Quando cheguei ao cubículo, encontrei Tommy sentado em sua cama, passando os olhos por uma pilha de cartas. Ele era muito mais bonito do que eu me lembrava de seus filmes, embora eu estivesse sempre tão chapado quando assistia a eles que bem poderia ter sido uma alucinação. Ele era magro e bronzeado, com cabelos grisalhos prateados e uma bem aparada barba da mesma cor.

– Tommy... – disse eu.

Ele olhou para cima e sorriu.

– É. Jordan, certo?

Eu assenti com a cabeça e nós apertamos as mãos da forma tradicional, ou seja, sem dedos batendo. Então, passamos os minutos seguintes em conversas à toa. Aparentemente, as notícias viajavam rápido por ali, porque Tommy parecia saber muito sobre meu caso, assim como eu sabia sobre o dele.

– Quer dizer que eles fizeram aquele filme, *O primeiro milhão*, sobre você? – perguntou ele.

– Na verdade, não – respondi. – É vagamente baseado na empresa que eu tinha, mas foi escrito a partir da perspectiva de um funcionário de nível muito baixo. Ele nem sequer começou a contar a história. Quer dizer, tem a cena em que eles pegam o ônibus para Atlantic City...

E, enquanto eu explicava os muitos furos do filme, minha mente começou a andar por dois caminhos.

No primeiro, as palavras foram saindo automaticamente:

– ... E eu posso jurar que meus corretores nunca pegaram um ônibus. Na verdade, se eles pegassem ônibus, seriam apedrejados até a morte caso isso fosse descoberto. A gente só usava limusines e jatinhos executivos...

E no segundo caminho, meu monólogo interno foi: *Porra, não posso acreditar como Tommy Chong é diferente do que eu imaginava. É só olhar para a cara dele enquanto estou contando minha antiga vida de insanidade. Eu poderia jurar que tudo isso seria natural para ele, mas ele realmente parece chocado com minha depravação!*

Só então outro preso apareceu na entrada do cubículo. Ele tinha uns 50 anos e parecia uma versão detonada de Robin Williams. Ostentava uma barba grisalha ondulada e suficientemente exuberante para uma família de pardais morar. Com formalidade exagerada, ele disse:

– Senhor Belfort, sou David, humildemente a seu serviço. – Ele se curvou. – Eu gostaria de ser seu mordomo. Eu farei qualquer coisa que me pedir: arrumar sua cama, limpar o cubículo, trazer-lhe o café da manhã, não há tarefa muito grande nem muito pequena. – Ele olhou para Tommy. – O senhor Chong, tenho certeza, vai atestar sobre o profissionalismo de meus serviços.

Olhei para Tommy, tentando manter uma cara séria.

– David é um bom homem – disse Tommy. – Você deveria contratá-lo.

– Quanto é? – perguntei a David.

– Sete livros por mês – respondeu ele, com orgulho. – Faço um excelente *vanilla latte*. Eu roubo xarope da cozinha.

– Claro, por que não? – respondi. Afinal, um livro de selos custava apenas 7,20 dólares. Assim, por 50,40 dólares, eu teria um verdadeiro mordomo de cadeia. – Você pode começar amanhã.

David inclinou-se e, em seguida, foi embora.

Tommy disse:

– Só tome cuidado se ele oferecer qualquer alimento cozido. Ele está na cadeia há 20 anos e passa a maior parte do dia capturando esquilos; então, deixa marinando em molho de soja e depois cozinha no micro-ondas – deu de ombros. – Têm um sabor muito bom, pelo que ouvi.

Passei um momento revendo aquela cena na cabeça e me perguntando como ele conseguia pegar os esquilos. Devia colocar algumas armadilhas, pensei. E então ouvi outra voz:

– Ei, Jordan?

Eu olhei para cima e vi um mexicano baixo na entrada.

– O que foi? – disse eu, com um sorriso.

– Sou Jimmy, o chefe da arrumação. A senhora Strickland me disse que você vai trabalhar para mim – *a boa e velha Sra. Strickland!* – Eu suponho que você realmente não queira trabalhar, certo?

– Absolutamente não – respondi rápido. – Quanto vai custar?

– Cem dólares por mês, e você nunca mais vai encostar no cabo de uma vassoura.

– Fechado – disse eu. – Como você quer ser pago?

– Peça a um amigo do lado de fora que envie uma ordem de pagamento para minha irmã todo mês. Daí ela enviará para mim.

– Muito bem – respondi, e, no momento em que ele se afastou, um sujeito de aparência italiana e com enormes dentes brancos e brilhantes enfiou a cabeça.

– Você é o Jordan? – perguntou.

Assenti.

– Sim, como posso ajudá-lo?

– Sou Russo, o cara que consegue as coisas por aqui. Eu estava assistindo ao seu jogo de tênis antes. Você é muito bom, mas acho que seria muito melhor com a raquete certa.

– O que você tem?

– Uma Head, Liquidmetal. Novinha.

– Quanto é?

– Setenta e cinco dólares.

– Vou levá-la. Como você quer ser pago?

Ele acenou.

– Não se preocupe com isso, a gente vê mais tarde. Você e eu vamos fazer um monte de negócios juntos, deixe-me buscar a raquete. – Ele se afastou.

Olhei para Tommy e disse:

– Mas que lugar maluco é esse aqui!

– Ah, você não tem ideia – ele disparou de volta. – Não é exatamente o que se chamaria de "cana dura", rapaz. De fato, à noite, as pessoas dão uma escapada para os campos ao redor e pegam pacotes de seus amigos, e alguns deles até encontram as esposas para transar. É totalmente à vontade.

E de fato era.

Enquanto Tommy e eu passamos os dias seguintes trocando histórias de guerra, um fluxo aparentemente interminável de presos ofereceram seus serviços para mim. Tinha Miguel, o massagista mexicano (10 dólares por 60 minutos, sem final feliz); Teddy, o mestre retratista chinês (por 20 dólares você dava a ele uma foto de seus filhos e ele a recriava na aquarela); Jimmy, o homem de couro caipira (por 75 dólares ele fazia um livro de bolso estilo caubói para enviar à sua esposa em casa); Danny, o barbeiro gay (por seis latas de atum ele cortava seu cabelo enquanto tentava esfregar o pau contra seu joelho)... E assim por diante. Claro, havia ainda todos os *chefs*, que, usando uma combinação de alimentos comprados na intendência, plantados nos jardins, contrabandeados nos campos e roubados da cozinha, preparavam ótimas refeições no micro-ondas.

Foi assim que vivi: tudo do bom e do melhor atrás das grades.

Mas foi só depois da quarta noite conversando sobre nossas histórias de guerra que Tommy trouxe para a conversa algo que mudaria minha vida para sempre.

– Eu estive convivendo com malucos – disse ele –, mas você, meu caro, ultrapassou todas as medidas. Pedi para minha mulher dar um Google em você porque achei que estava cheio de merda e me enrolando, especialmente sobre aquele absurdo de afundar o iate. Quer dizer, isso é estranho! Quem afunda um iate? Mas ela disse que está tudo na internet.

– Sim – respondi com uma mistura de tristeza e orgulho. – Acho que vivi uma vida bem ferrada.

Tommy encolheu os ombros.

– Pode ser que sim, mas as histórias são hilárias, principalmente a maneira como você as conta, com todos os apelidos: o Cabeça Quadrada, o Chinês, Mad Max, o Sapateiro, especialmente a Duquesa, que gostaria de conhecer um dia.

Eu sorri.

– Bem, tenho certeza de que podemos organizar isso daqui a alguns anos. Eu e ela, na verdade, estamos nos dando bem atualmente, nada mais de atirar coisas um no outro.

Tommy ergueu as sobrancelhas.

– Vou lhe dizer o que você realmente *tem* de fazer.

– O quê?

– Escrever um livro.

Eu comecei a rir.

– Escrever um livro? Como vou escrever um livro? Eu não sei como escrever! Quer dizer, eu posso escrever, mas não um livro inteiro. Agora, se for para *falar*, aí, sim, eu posso fazer. Sou um orador muito bom, isso eu garanto a você. Coloque-me em frente a uma sala cheia de pessoas e eu faço todo mundo chorar!

– Não há diferença – disse ele, confiante. – Escrever é ter uma voz, e você tem uma das melhores vozes que eu já ouvi. Basta escrever sua história exatamente do jeito que você me contou.

– Tudo bem, vou tentar – respondi.

Então passei a semana seguinte tentando encontrar um ponto de partida para minha história. Algumas coisas muito estranhas tinham de fato acontecido durante toda a minha vida. Parecia uma série de eventos bizarros encadeados, um após o outro. Decidi fazer uma lista deles.

Em pouco tempo, me peguei pensando por que tantas coisas bizarras continuavam acontecendo comigo. Cheguei à conclusão de que as coisas não vinham acontecendo comigo, eu é que as atraía as coisas para mim. Era como se eu fosse um esganado compulsivo por castigos e punições. No topo da lista estava o desastre do iate; na parte inferior, o arremesso de anões. Decidi, então, começar a escrever.

Com caneta e papel na mão, sentei em um dos tranquilos quartos e comecei a escrever meu livro de memórias. Duas semanas depois, ainda estava no primeiro parágrafo. Eu li aquilo para mim mesmo. Depois li de novo. *Nossa, era uma merda!* Um monte de baboseiras sobre os homens em suas torres de marfim querendo saltar lá de cima depois da quebra da Bolsa de 1987. Quem dava a mínima para aquilo? Eu não dava. O que havia de errado comigo? Por que não conseguia escrever?

Decidi tomar um rumo diferente: iria falar sobre meus pais e como eles gostavam de comer no mesmo restaurante o tempo todo. Rapidamente escrevi quatro páginas. Olhei para elas, estavam de fato muito boas e me apressei a levá-las a Tommy, para a crítica dele.

– Tudo bem – disse ele, ansioso. – Vamos ver o que temos aqui.

E ele começou a ler, ler... Mas por que não estava rindo? Tinha uma ótima piada no primeiro parágrafo e ele tinha passado direto...

Um minuto depois, ele olhou para cima.

– Isso é realmente uma merda! – disse.

– Sério?

Ele assentiu com a cabeça rapidamente.

– Ah, sim, é muito ruim. Quer dizer, é absolutamente terrível. Não tem uma única qualidade redentora – encolheu os ombros. – Comece de novo.

– Mas, como, começar de novo? Você não leu o primeiro parágrafo?

Tommy me olhou diretamente nos olhos e disse:

– Quem se importa sobre essa coisa do restaurante? É chato pra caralho e normal demais. Deixe-me dizer uma coisa, Jordan. Há duas coisas sobre a escrita que você nunca pode esquecer: primeira, tudo gira em torno de conflito. Sem conflito, ninguém vai se importar. A segunda coisa é *o máximo de*. Você sabe o que significa *o máximo*?

Dei de ombros, ainda ferido pelo desprezo que Tommy havia mostrado pela história do restaurante.

Ele disse:

– Significa que você sempre deve escrever sobre o extremo de alguma coisa. O *máximo* disso, o *máximo* daquilo, a garota mais bonita, o cara mais rico, a dependência de drogas mais estrondosa, a mais insana viagem de iate – ele sorriu calorosamente. – Era disso que se tratava sua vida, cara: o *máximo de você mesmo*. Entendeu o que eu quero dizer?

Sim, eu tinha entendido, mas não conseguia escrever sobre aquilo.

De fato, por um mês inteiro, dia e noite, tudo o que fiz foi escrever, e

Tommy revisava meu livro e dizia coisas como: "Está desajeitado, é irrelevante, é chato, está péssimo, horrível". Até que, finalmente, desisti.

Com o rabo entre as pernas, entrei na biblioteca da prisão, à procura de um livro para ler. Depois de alguns minutos, tropecei em *A fogueira das vaidades*. Eu me lembrava vagamente de ter visto o filme e, do jeito como me lembrava, era horrível. Ainda assim, tinha algo a ver com Wall Street, então peguei e li os dois primeiros parágrafos... *Que total absurdo que era!* Quem iria ler aquela porcaria?

Fechei o livro e olhei para a capa. *Tom Wolfe*. Quem era esse porra? Por curiosidade, reli os primeiros parágrafos, tentando descobrir o que estava acontecendo. Era muito confuso. Aparentemente estava acontecendo uma revolta, uma revolta interior ou algo assim. Eu continuei lendo, tentando manter o foco. Ele estava falando sobre uma senhora; não dava para ver a mulher, mas ele sabia pelo som da voz dela como seria sua aparência: *90 quilos! Com a estrutura de um queimador de óleo*! Depois de ler isso, deixei cair o livro e comecei a rir alto. E foi assim. Fui fisgado.

Li o livro todo em um dia, de cabo a rabo, 698 páginas, e ri alto o tempo todo. Fiquei encantado. Hipnotizado. Não só era o livro mais brilhante que eu já tinha lido, mas havia algo sobre o estilo de escrita dele que ressoou em minha alma ou, como Tom Wolfe poderia ter colocado, *em minha alma, meu coração, meu fígado e meu dorso*.

Juro por Deus, devo ter lido aquele livro uma dezena de vezes, até que chegou ao ponto em que conhecia cada palavra de cor. E então li de novo, para aprender a gramática. Depois paguei a meu cara de confiança na lavanderia, Mark, o atravessador de drogas (que também era um leitor ávido), dez latas de atum para que fizesse um pente fino no livro e anotasse cada analogia em um pedaço de papel separado. Então li isso mais de uma vez, até que fosse capaz de recitar em meu sono. Antes que eu percebesse, uma voz tinha surgido em minha cabeça: minha voz de escritor. Era irônica, desinibida, desagradável, interesseira e muitas vezes desprezível, mas, como Tommy explicou, era engraçada demais.

No entanto, eu não iria realmente escrever minhas memórias na prisão, o que fiz foi aprender a escrever. Na verdade, quando saí de lá, 20 meses depois, não tinha escrito uma única página. Era 1º de novembro de 2005 e eu estava morrendo de medo. Não tinha a menor ideia do que pretendia fazer da minha vida. Acho que muitas pessoas começam a escrever por inspiração ou por desespero. No meu caso, era desespero. Eu tinha um passado terrível e um futuro incerto, e não havia maneira de conciliar os dois.

Então me sentei na frente do laptop e escrevi o que achei que seria a frase de abertura perfeita. Era como eu me sentia enquanto estive na prisão durante todos aqueles meses e foi como eu me senti em meu primeiro dia em Wall Street. Na verdade, era o que eu sentia naquele mesmo momento, olhando para a tela em branco do computador.

"*Você é pior que um balde de merda*", escrevi.

Agradecimentos

Mais uma vez, gostaria de agradecer meu agente literário, Joel Gotler, por todo seu apoio. Ele tem sido muitas coisas para mim ao longo dos anos e acima de tudo, um amigo.

Eu também gostaria de agradecer a minha editora, Danielle Perez, por todo seu maravilhoso discernimento. Eu aprendi mais sobre a técnica de escrita com Danielle que com todos os meus professores de inglês somados, desde o jardim de infância até a faculdade.

E, claro, gostaria de agradecer a meu editor, Irwyn Applebaum, que me ajudou de tantas maneiras que nem consigo contá-las todas, e também muitos agradecimentos a Barb Burg, Theresa Zoro e Chris Artis, do departamento de divulgação da Bantam Dell.

Muito obrigado a Alexandra Milchan, por trabalhar tão duro pelo filme e, é claro, a Scott Lambert, que tem sido um amigo e conselheiro. Scotty e Alexandra são casados, e que casal eles formam! Sair para jantar com eles é como assistir a dois pistoleiros atirando, embora com BlackBerrys em vez de armas.

Eu também gostaria de agradecer a Terry Winter, que leu o manuscrito inédito e o sugeriu para adaptação ao cinema antes que houvesse qualquer burburinho. Ele é um escritor absolutamente brilhante. Eu me senti muito confortável com ele fazendo a adaptação do livro, imaginando que a pessoa que tinha feito Tony Soprano parecer simpático era o cara certo para mim.

Também gostaria de agradecer a meus pais, Max e Leah, por estarem sempre a meu lado; a meus dois maravilhosos filhos, Chandler e Carter, que escolheram respeitar o pai pelo modo como ele vive sua vida agora, e não por seu passado; a minha ex-esposa Nadine (a Duquesa), por ser uma mãe maravilhosa e tão carinhosa; e a mais recente adição a minha vida, o pequeno Bowen Boulliane, que ilumina meus dias com todos os seus *bowenismos*.

E muito obrigado a meus bons amigos Bo Dietl, Kris Mesner, Michael Peragine, Paulo Scialla, John Flynn, Todd Kissel, Bob e Toni Shottenhammer, Renne e Anne Sandera, Johnny Marine, Marc Glazier, John Macaluso, Javier Perez (o melhor treinador de futebol do mundo), todos os rapazes da Starbucks – Mitch, Dr. Al, Tre e Jim T. –, a Petros, do Petros Restaurant em Manhattan Beach, por todos os momentos em que ocupei sua mesa para escrever este livro, e Milo, do Shade Hotel, pela mesma razão. E, claro, para todos os meus fãs que compraram o Lobo 1, principalmente os que me escreveram cartas de encorajamento. Elas foram muito importantes para mim.

E, por último, eu gostaria de agradecer a influência mais positiva em minha vida, George Benedict, que, por puro exemplo, me mostrou que um leopardo pode definitivamente mudar suas manchas. Não há uma só pessoa em minha vida que tenha sido tão bom comigo e tão solidário.

Este livro foi composto em Adobe Garamond Pro
para a Editora Planeta do Brasil
em janeiro de 2014.